[美]刘墉 著

啊啊
（第一册）

花山文艺出版社
河北·石家庄

图书在版编目（CIP）数据

余生很长，不必慌张．啊啊／（美）刘墉著．—石家庄：花山文艺出版社，2023.7
ISBN 978-7-5511-2378-5

Ⅰ.①余… Ⅱ.①刘… Ⅲ.①散文集—美国—现代 Ⅳ.①Ⅰ712.65

中国国家版本馆CIP数据核字（2023）第136327号
经刘墉授权在中国大陆地区独家出版发行

书　　名：余生很长，不必慌张
　　　　　Yusheng Henchang, Bubi Huangzhang
著　　者：［美］刘墉

责任编辑：梁东方　王李子
责任校对：李　伟
美术编辑：王爱芹
装帧设计：赵银翠
出版发行：花山文艺出版社（邮政编码：050061）
　　　　　（河北省石家庄市友谊北大街330号）
销售热线：0311-88643299/96/17
印　　刷：大厂回族自治县德诚印务有限公司
经　　销：新华书店
开　　本：620毫米×889毫米　1/16
印　　张：44
字　　数：479千字
版　　次：2023年7月第1版
　　　　　2023年7月第1次印刷
书　　号：ISBN 978-7-5511-2378-5
定　　价：90.00元（全三册）

（版权所有　翻印必究·印装有误　负责调换）

引 言

雁的世界何尝不是人的世界?它们总是流浪、总是漂泊,总有着重逢的喜悦和离别的忧伤。它们为生活而争逐,为生存而战斗,护着子女长大,带着孩子飞翔,看着下一代飞向远方。

这本书谈人与雁的奇缘,由陌生到熟稔,由猜疑到互信,进而发展出深厚的情谊。它带你进入雁的世界、雁的心灵,更思考人间的生死爱恨与恩怨情仇。

前　言

三十年前我犯了严重的哮喘，医生为我做"过敏原测验"，手臂上扎了十几个针眼，每个都肿很大，只有一个没问题，是鸡！

"猫狗都少碰，你只能养鸡！"医生说。

我没养鸡，养了一只亚马孙大鹦鹉。但是没过多久，就把鹦鹉送了人，因为它总对着窗外扯着嗓子喊"哈啰"，惹得很多路人登门问："有什么事？"更麻烦的是，我中年得女，鹦鹉一喊，小奶娃就哭。

女儿上小学，我总算又有了一只不让我敏感的宠物——螳螂。女儿为它取了个美丽的名字"派蒂"，我则每天为派蒂奉上各种大大小小的虫子，把它训练得武艺高强，能一个下午连捉七只马蜂，一个晚上把朋友大卸八块，而且在新婚之夜吃掉整个老公。派蒂在我的照顾下，比别的螳螂长寿三个月，它死的时候，我非但和女儿为它办了个有鲜花环绕的丧礼，还为它写了本十七万字的小说《杀手正传》。居然前后被两岸五家出版社出版，并译成韩文本。

此后我又养过两只螳螂，但都不及派蒂辛辣，不过瘾就不养了。所幸有许多花花草草跟上，她们的香味虽然有时也会令我敏感，但只要在盛开的时候把花搬出屋子，或用塑料袋罩起来就成了。

每天照顾花，活像养宠物，我居然在其中发现不少"天机"，写成《花痴日记》。这书叫好不叫座，据说学生家长和老师排斥，原因是书名让人产生不好的联想，怕孩子会变成"花痴"。直到我反问："爱书是'书痴'，爱画是'画痴'，爱砚是'砚痴'，爱花为什么不能叫'花痴'？那书谈物情、说物理，比什么都适合学生读。"家长和教师这才选作学生的优良读物。

《花痴日记》预计写春夏秋冬四本，最先出的是《冬之篇》。去年着手写《春之篇》，我的生活中又闯入新的宠物——两只野生的加拿大雁。

雁是会飞的鹅。大家都知道鹅能看家，那是因为它们认地方、认主人。如果你偷几个野雁蛋自己孵，小雁出生第一眼就看到你，它会认你作妈，跟着你、守你的家。

相反地，野雁不认你作妈，不把你的地方当家，也就特别警戒，视你为敌人。两只闯入我生活的野雁起先也如此，一见我就鬼叫着飞走。但是在我一点点笼络、一步步亲近之后，那被我取名"啊啊"和"呀呀"的两只野雁，非但会跟我散步、帮我看家，还得寸进尺地抢我东西、掏我口袋，甚至飞上我的餐桌、爬上我的肩头。

我也跟它们的一堆朋友打交道，惊讶地发现这群大鸟之间的爱恨情仇，一点也不比人类差。我甚至在"调教"它们的时候，领悟许多教育的道理。

这本书就是以纪实的方式，写我与它们的友谊。它是日记，也是小说，高潮迭起得连我自己都惊讶，悬疑起伏得我至今还搞不清。书写成，我对太太说："只怕读者会认为我很神经！"

太太笑答："你本来就很神经，很神经地写了一箩筐的鸟事。"

鸟事终于露面了。至于故事精不精彩，我神不神经，请读者找个安静的地方一口气读完，再打个分数、说个公道！

目　录

01　邂逅

一月三十日	在风雪中归来 / 002
一月三十一日	偷吃的仆人 / 004
二月一日	请你们吃饼干 / 006
二月二日	天降美食了 / 008
二月三日	为你们取个名字吧 / 011
二月六日	喂食出了问题 / 013
二月九日	神鸟知多少 / 016
二月十一日	雪地上的脚印 / 019
二月十二日	大鸟和小鸟的合作 / 021

02 接触

二月十三日	坠入薄冰的陷阱 / 024
二月十四日	当啊啊拄了拐杖 / 030
二月二十日	近之则不逊远之则怨 / 033
三月二日	大　雪 / 035
三月三日	为什么它们不告而别 / 038
三月四日	雁归来 / 040
三月五日	要有礼貌，不能抢 / 044

03 冲突

三月七日	有人来叫阵 / 048
三月九日	男人别跟女人斗 / 052
三月十日	我成了它们的警卫 / 057
三月十二日	雁仗人势 / 061
三月十四日	小心眼儿的呀呀 / 065
三月十五日	有雁如狗 / 069

04 旅者

三月十六日	啊啊是先行者	/ 074
三月十九日	迪士尼天堂	/ 076
三月二十日	来自远方的呼唤	/ 078
三月二十一日	高尔夫球场开放了	/ 081
三月二十二日	小帆和啊啊的第一次接触	/ 084

05 猎人

三月二十五日	猎人出现了？	/ 090
三月二十六日	今天我们去逛街	/ 094
三月二十七日	相机泡汤了	/ 097
三月二十八日	你们在雾里迷路了吗？	/ 101
三月二十九日	吵闹的观光客	/ 104
三月三十日	我们被邻居骂了	/ 107

06 亲爱

三月三十一日	我把呀呀夹住了 / 112
四月一日	老鹰出现了 / 116
四月二日	危险的季节 / 121
四月三日	我们一起飞翔 / 125
四月五日	盖在湖边的产房 / 129

07 母亲

四月六日	伟大的母亲 / 134
四月七日	啊啊来敲门 / 138
四月八日	我看到呀呀的蛋了 / 140
四月九日	会不会有贼潜入 / 144
四月十二日	大战拉开了序幕 / 147
四月十三日	老鹰出手了 / 151

08 战争

四月十四日	我们帮它孵蛋吧	/ 156
四月十六日	有人来偷蛋	/ 159
四月二十七日	殊死之战	/ 163
四月二十八日	野雁的爱恨情仇	/ 168
四月二十九日	啊啊会招呼客人了	/ 171
四月三十日	戴金坠子的啊啊	/ 174
五月一日	遇到劫匪？	/ 177
五月二日	居然挂了彩	/ 180

09 哀歌

五月三日	小雁该破壳了	/ 184
五月六日	长了脚的毛线球	/ 187
五月七日	宝宝在哪里	/ 191
五月八日	都是爱的错	/ 196
五月十日	不能宠孩子	/ 199
五月十一日	那是谁家的娃娃	/ 202

10 悔悟

十二月二十六日（西双版纳）	悔恨与感伤	/ 208
一月十日（台北）	雁爸的玄想	/ 211
一月二十四日	游子的归来	/ 215
一月二十五日	它们为什么不来	/ 218
一月二十六日	是光临，不是别离	/ 221

11 似曾相识

一月二十七日	几行鸿雁上青天	/ 226
一月二十八日	鬼门关前走一遭	/ 228
一月三十日	顽固的鸟	/ 231
一月三十一日	爱是一种执着	/ 234
二月三日	那熟悉的身影与呼唤	/ 237

01 邂逅

画花卉的人，多半不喜欢花圃里种植的花，因为虽然那些花开得饱满而鲜艳，却总是欠缺那份劲拔与含蓄的美。

略被虫蚀的叶片、几分残破的花瓣、盘错孤挺的枝干，才是画家们钟爱的，为的就是那份"力"！

生命的过程正是一种"力"的表现。唯有艰苦地冲出地面，受尽风霜雨露打击而获得成长的，才散发出自然生命的美。

酷寒中的野雁是这样，人生不也是这样吗？

一月三十日

在风雪中归来

在草地上发现两条野雁屎，湿湿的，表示刚拉不久。现在是一月底的隆冬，草地虽然还有些绿意，下面的泥土却冻得像石头，难道野雁已经回来了吗？

湖上一片冰，而且因为结冻的时间不同，显出一圈圈灰白的图案，只有湖心偏西岸的一侧，不知是由于水温较暖，还是得到较多阳光，露出一小块直径不到三十米的湖水。上面没有野雁，倒有几只海鸥，飞的飞、游的游，算是为这寂寥的冬日添上几许生机。

大学时作过一首诗，其中有一句："海是大眼的姑娘，海鸥是她片片的飞吻。"这一大片白冰当中，有一小片"蓝"和飞舞的海鸥，倒真像在白白的脸上，张着蓝色的大眼睛。

湖对岸的高尔夫球场，春天是红绿，夏天是翠绿，秋天是黄绿，现在则成为枯黄。落尽霜叶的树，像是一支支"竹耙子"倒插在枯黄的草地上。总掩在树丛后的岸边人家，现在才显现出来。很多人去南部避寒了，只有我，前天反而从温暖的台北飞到这冰封雪冻的纽约,困坐在临湖的书房,跟昏沉的时差对抗。

傍晚下了场小雪,虽然只薄薄一层,天地间却铺上一床白被单。雪才过就晴了,夕阳把雪地染成红红粉粉的,有小鸟在枯树寒林间飞过,拉出一条条黑线和拖在后面的尖叫声。不知小鸟住在哪儿,雪天又吃些什么?突然想到我的"喂鸟器",明天一定得挂出去,告诉小鸟们:我回来了,"刘氏鸟餐厅"重新开张!

趁着最后一抹余晖,我穿上厚厚的羽绒大衣和长筒雪靴,出去剪蜡梅。虽然说地球暖化,今年的纽约却奇冷,把蜡梅花苞都冻焦了。那确实是"焦",只见许多黄豆大的花苞,看似将绽未绽、挺有生气,却一碰就掉;用手捏,更惊人!全碎成黄色的粉末。所幸还有几枝遮在茶花叶子的下面,看来还好,就全部剪下。突然发现不远处一片零乱的三趾脚印,三根直直的线交织在一点,好像简体字的"个",我循着脚印找到湖边,一下子全不见了。

"野雁回来了耶!我看到它们的脚印了。"回房间对太太报告。她耸耸肩说:"这么冷、这么早,它们一定吃错药了,回来干什么,挨冻吗?"

正说呢,窗外突然刮大风,把地上的粉雪全卷了起来,打在玻璃窗上,发出叮叮当当的声音,表示里面夹了许多冰屑。远处好像传来啊啊啊啊的雁鸣,天已暗,所幸有雪,在一片银白间隐隐约约看见许多黑影,正迎着寒风,先朝湖的左侧飞,再右转,拉出弯弯的弧度,降落在冰湖上。

看温度计,外面是零下八摄氏度。

偷吃的仆人

大概因为时差,早早就醒了。拉开百叶窗,听见"呱啦呱啦"的叫声,抬头看,两只野雁正从后院朝湖上飞去,它们没有直接飞到那一小块未结冻的湖面,而是降落在东侧的冰上。接着伸长脖子扇了扇翅膀,一前一后地往西侧走去。

水边停了好多野雁,约有五六十只,好像一点也没被刚才的喧哗影响。它们多半在睡觉,把颈子向后弯,将头埋进翅膀之间,许多还藏起一条腿,用单脚站着。不知这么做是因为冰上太冷,少一只脚站立能保留些体温,还是为了平衡。当头埋在一边翅膀里的时候,用那边的单脚站立会更舒服。

想起小时候父亲说的笑话,有个仆人烧鹅,香味四溢,仆人实在忍不住,偷吃了一条腿。端上桌,主人问为什么只有一条腿。仆人说:"您不见在沙滩上站的鹅,多半只有一条腿吗?"

父亲在我九岁那年就过世了,他说的故事却让我记得一辈子,甚至年岁愈大回想起来愈有意思。可能小时候不懂幽默吧!他说的故事又常常很短,只见他说完自己一个劲儿地笑,我却觉得没什么,反而对他的笑有些诧异。像是他讲有个秃子往瓶子里灌水,水进入空瓶,发出"秃、秃、秃"的声音,秃子气了,把瓶里的水倒掉。水流出空瓶,发出"不秃、不秃"的声音,秃子又高兴了。

父亲还说过一个水缸的笑话:有个傻子看见地上放着一个水缸,摸摸上面,说:"奇了!这缸怎么没有口?"又把缸抬起来看,更大吃一惊:"怪了!这缸还没有底!"

这些笑话,我当时都觉得没意思,可是父亲死后,我只要往瓶里灌水或看到水缸,都会想到他。就像现在看冰上一只只单脚站立的野雁,想起那个偷吃的仆人,还有父亲的笑。

二月一日

请你们吃饼干

今天比昨天暖和些，正好零度。

起床，又看见那两只野雁。我知道就是昨天那两只，因为它们比湖上的那些都大，而且好像跟前天夜里降落的不属于同一批。

怕吓到它们，我没靠近窗子。但是它们显然看见我了。原先吃草的母雁（相信它是母的，因为它身材略小，看上去很温柔）不吃了，弯着颈子不动。公雁则伸长脖子，也一动不动，其实是在盯着我看。就这样五六秒的时间，公雁突然上下抖动着脑袋，"呱啦呱啦"大声叫。母雁跟着做同样的动作，大声叫，一齐往前跑几步，"啪啪啪啪"地拍着翅膀往昨天同样的位置飞去。

但是下午两三点钟，它们又出现在草地上了。母的低头猛吃，公的伸长脖子警戒。我以前在书上读过，雁群里总有一只负责警戒的"雁奴"。当别的雁在吃东西或睡觉的时候，"雁奴"必须保持清醒。这两只大概是夫妻吧，显然由丈夫负责站岗。但隔不久，我发现伸长脖子的换成母雁，而由公雁吃草，可见它们是"你吃我守望""我吃你守望"，轮流警戒的。

看它们吃草的样子，真觉得可怜！隆冬，草虽然没死，也泛黄，半死了！而且不知是因为去年秋天园丁剪得特别狠，还是草在冬天会缩短，而今最长不过四厘米。只见那两只野雁先咬紧草叶，再猛力往回缩颈子，硬生生把草叶拔断。它们的颈子长，而且是"S"形状的，我曾经见过同样长颈的灰鹭鸶，把"S"一下子拉成"I"，射箭似的，以惊人的速度咬住离它很远的小鱼。大雁则相反，它们把"I"弯成"S"，产生瞬间的拉力。

虽然站在窗内，但我几乎可以听见它们扯断草叶的声音。从望远镜看，更见到它们黑黑的嘴上挂着一根根小草，还有在寒冷空气中，红红的舌头和淡淡的白烟。

多可怜哪！让我喂它们吃点饼干吧！想起曾在动物园见过一种自动贩卖机，投币下去再转动开关，就吐出好多小饼干，可以用来喂湖上的天鹅。野雁跟天鹅一家，都是雁鹅类，当然也吃饼干。

我翻柜子，找到一些岳父从老人中心带回的小饼干，据说是专给糖尿病人吃的，想必野雁吃也不会有问题。就在口袋里揣了四包，拉开后门。只是我一条腿才伸出门外，"呱啦呱啦呱啦"，那两只野雁又飞走了。

我还是把饼干掰成小片撒在地上，接着躲回屋子，看它们会不会回来。

一直到天黑，都没再见到它们的影子，倒有一只蓝樫鸟，以很快的速度飞来，不知用什么技术一次叼起两块，闪电似的消失在杜鹃丛中。这蓝樫鸟可真贪心，它一次一次又一次地搬运，没多久，把我留给野雁的饼干全拿光了。

天降美食了

从夜里就刮强风,院子里一条条的白,是风把湖上的粉雪吹起来,重新在四处铺陈造成的。看粉雪随风移动,真美!好像在迪士尼乐园"鬼屋"里见到的"跳舞的鬼魂",白白的、虚虚幻幻,不停地打转。那转的途径,就是风的轨迹。让我想起小时候,家后面一大片稻田。我常站在墙头远望稻浪,一波一波像海浪,这边起了,那边伏了,还常常一条一条、横着竖着,在稻浪间挖起长长的沟槽,沟起沟灭,只一瞬。现在这湖上的风也如此,在画圆的时候也画直线,冷不防地来一刀,硬生生把原先跳舞的鬼魂们拆散。

不知小鸟们的眼睛好还是不好。昨天我才扔出饼干,就被蓝樫鸟叼走,但是大前天挂出去的喂鸟器,却连一个"食客"也没有。可能小鸟没看到吧!我想到个好点子,午餐后顶着寒风出去,在喂鸟器下面、露台、台阶,各撒了一大把鸟食。小鸟可以看不见喂鸟器,总看得见满地的大米、小米、高粱、玉米和葵花籽吧!

撒完鸟食，我正往屋里跑。突然看见房子右侧有灰灰黑黑的影子一闪，居然是野雁！我没敢追过去看，免得它们又吓飞了。话说回来，它们想必早看到我，只因为我站在湖边，挡住了它们的"航道"，所以没有飞。

我进屋立刻跑上楼，偷偷从屋侧的小窗往下看，果然是那两只野雁。大概看我进屋，放心了，正低头掏雪下面的草吃呢！它们今天没在临湖的草地，却走到我屋子的侧面，大概因为湖上吹来的风太大，也可能因为侧院被房子挡着，雪堆积得比较少。

因为我在二楼的小窗，上下很有一段距离，它们显然不知道我在偷看。我又发奇想，跑去厨房拿了一片吐司面包，撕成小块，再回二楼，将窗子很小心地拉开小缝，把面包扔了出去。

多妙哇！面包落在旁边，它们居然没受惊，甚至没抬头，就把面包吃了。起先还一小口一小口地试，大概发现味道绝佳，两只野雁居然抢了起来。也不是抢，是"争先"，看见一块，就急着过去吃。

我扔完手上的面包，发现它们好像意犹未尽，又去厨房拿了两块，从窗缝扔下去。公雁似乎警觉了，歪着头朝我看。我没躲得及，它却没看见我，又急着低头吃。我懂了！因为它在很下面，抬头看我的窗子，玻璃正好反光，所以就算我站在玻璃窗的后面，它也看不到。

只是，它们会怎么想呢？它们会不会想："多好的事啊！上帝赐下'玛那'了！（《旧约全书·出埃及记》里讲的《天赐的美食》）"

它们会不会想:"多好的事情啊!上帝赐下'玛那'了!"

二月三日

为你们取个名字吧

"刘氏鸟餐厅"果然生意兴隆,一早,我的老岳父就说有好多小鸟来吃我喂鸟器里的食物。

"因为造势成功!"我笑笑。

可不是吗?连现在都还有麻雀在地上找我昨天撒出去的谷子。别看麻雀小小的,它们可真聪明,会在雪地上并着两只脚,忽前忽后地跳;也可以说用双脚不断地踢雪,把雪踢开,找里面掩藏的谷子。

野雁当然更聪明了。早知道它们有出奇的记忆力和方向感,否则不可能年年循着同样的路线,找到同样的地方。不!应该说很多鸟都有这本事。"似曾相识燕归来",年年归来的燕子,不常常是同样的几只吗?天地多辽阔啊!它们凭什么能飞到千万里外,再找回老地方,找到同一家,在同一个屋檐下收拾旧家园?

那两只野雁又在我侧面的院子吃草了。它们八成想着天赐美食,所以吃草是假,企盼面包是真。我当然不能让它们失望,又扔了四片掰成小块的吐司出去。而且在扔最后几片的时候,故意从窗缝往外轻轻地"啊"一声,扔一块。

起先它们显然一惊,盯着窗户看,还低声私语,好像说:"不对耶!有奇怪的声音。"但是怀疑归怀疑,面包太好吃了,两个宝贝接着又低头抢面包。我要让它们产生条件反射,如同训练狗,敲一下锣,给一块美食。时间久了,狗只要听到锣声就认为会有好吃的;即使没有也会流口水。

我要让这两只野雁觉得面包是跟着"啊"出现的。听到一声"啊",就会有一块面包从天而降。

对了!我应该为它俩取个名字。它们每次起飞的时候,不是都要大叫,细听像是一串又一串的"啊呀啊呀啊呀"吗?从今天开始,公的就叫"啊啊",母的就叫"呀呀"吧!

二月六日

喂食出了问题

已经连续喂啊啊和呀呀五天了,我书房侧面的窗子,成为另一间鸟餐厅,专门供应面包和饼干。

为了营养均衡,我曾试着添点沙拉和水果,像是白菜、胡萝卜、葡萄和小蓝莓,但是都不受欢迎。它们叼起,不到二分之一秒,就吐出来。由此可见,它们的味觉相当灵敏。倒是披萨好像很对啊啊和呀呀的胃口,当然,也惹了麻烦。

事情是这样的:太太买回披萨当午餐,我因为血脂高,不敢多吃淀粉,所以留下许多披萨饼的边缘。正要倒掉,我灵机一动,这不是跟面包一样吗?于是把那些饼撕成小块,从窗子扔出去给啊啊和呀呀。

披萨饼的边,有些烤得比较焦、比较硬。起先我怕它们咬不动,没想到啊啊叼起来,一口就吞了下去。野雁显然没有牙齿,从来不见它们咀嚼,但是食道应该不窄,所以能把大而硬的披萨饼,很轻松地咽下去。这让我想起小时候父亲癌症病危的时候,有人拿来秘方,说用癞蛤蟆煮高粱,喂鸡,再把鸡杀了给我父亲吃，以毒攻毒，有奇效！

虽然事隔五十多年，我都记得母亲蹲在院子里，用勺子往鸡嘴里灌食。我也记得不久前在电视上看过"填鹅"，那勺子很像煮老人茶用的竹勺，把手是竹筒，勺口是将竹子削成一半制成的。"填鹅"的人比我娘更狠，简直难以想象，那么一大勺接着一大勺往下填，鹅怎能受得了。更残忍的是"填鹅"的人还用手抓着鹅的脖子往下挤，好像灌香肠，硬从喉头挤过长长的颈子，挤进它们的胃，可见鹅的食道确实够宽。据说"填鹅"和"填鸭"不同，填鸭是为了养成大肥鸭，好做烤鸭。填鹅则是为了让鹅的营养过多，得脂肪肝，也可以说造成肝肿大，再杀鹅取肝，做"鹅肝酱"法国料理。

啊啊和呀呀就是一种鹅，我一边往外扔披萨，一边想到"填鹅"，有点怕它们吃出问题。可是看啊啊和呀呀对披萨很感兴趣，一口接着一口，还不时发出"哦哦"的声音。偶尔吃些应该无妨，就当作特别加菜吧！

太太好奇，过来看了看，说还有昨天买来的炸鸡，好几块鸡胸肉，柴柴干干的，不好吃，扔了又可惜，也喂它们吧！我啐了她一口，说啊啊和呀呀只吃素，披萨饼倒是很对胃口。太太就兴高采烈地跑去厨房，又拿来两块披萨，还很热心地撕成小块扔了下去。我还没来得及依"训练的规矩"，叫几声"啊"，啊啊已经把太太扔的披萨饼叼起来了。但是没看到它咽下去，只见它从叼起那块披萨开始就不断摇头，我再扔披萨下去它也不吃了。倒是呀呀没管啊啊，一块接一块吃。突然呀呀也出问题了，跟啊啊一样不停地摇头，再低头猛吃草，可竟然连草也吞不下去。这下可麻烦了！

我急急忙忙找来望远镜看,原来它们扁扁的嘴被披萨饼的"起司"黏住了。起先我喂的是饼的边缘,没问题;但是后来太太扔下去的带有"起司",就出毛病了。而且因为呀呀接着吃草,大概想用草把起司"顶"下去,没想到起司又把草黏住,使它活像长了大胡子的张飞。

我急了!怕它们噎死,我穿上大衣从前门跑出去,绕到屋子侧面,想帮它们清理。可是才转过侧院,啊啊和呀呀已经叫着向湖上飞去。

这次它们的声音不大,可能嘴张不开。但既然能叫,表示气管还通。我站在冷风里,看它们落在右边的冰上,把嘴在冰上摩来摩去。又摆着头叫,一边叫一边齐步跑、起飞,低飞掠过那块水面,降落在一群野雁之间,好多野雁也跟着仰着脖子叫。

太冷了,我不得不跑回屋子。再从窗子看,几十只野雁已经不见了,只有左侧林梢,一堆晃动的黑影逐渐远去。

二月九日

神鸟知多少

大前天真是弄巧成拙，不但把啊啊和呀呀吓跑了，而且惊走了一湖的野雁。整整三天，湖上空空的，连一只野雁也没见到，只有海鸥趁机占领了未结冻的水面，还得意地漫天飞舞、不停尖叫。

不知啊啊和呀呀那天为什么飞到雁群之间，它们是去通风报信吗？它们会急着告诉大家，湖边山坡那栋白房子里的人设了毒饵，打算抓野雁吗？可真是证据确凿呢！啊啊和呀呀的嘴上都黏着黄黄白白的起司，别的野雁能不吓一跳吗？

还有！怪我那天急着由前门绕到侧院。以前它们看见我，都是在后门或后院，那天突然从另一边出现，而且是冲过去，当然会让它们觉得我在埋伏。问题是这么复杂的情节，啊啊和呀呀怎么说给别的野雁听？它们有那么多的词汇？还是用"身体语言"？好比蜜蜂以跳舞打转的方式，告诉"同侪"哪个方向有可采的花蜜。

人们愈来愈发现各种动物的聪明,以前珍古德看见黑猩猩用草茎掏白蚁,又把干草塞进小树洞里吸水,已经惊讶极了。说除了人类,黑猩猩居然也会用工具,一时成为大新闻。现在竟然发现连鸟都会用工具了。这两年我就在网上看过好多"神鸟"。一只是灰鹭,它先去叼面包屑,自己不吃,却把面包扔在水面,还不停地拨动,吸引鱼的注意。电光火石的一瞬间,它已经把来吃面包的小鱼衔住了。另一只神鸟是鹦鹉,手里抓一根自己的羽毛,伸到头上搔痒;羽毛长度不对,还会调整"攥"的位置,不小心捅到自己耳朵,还吓一跳,活像人!

对了!最近看到个渡鸦(Raven,是一种大乌鸦)的影片更神了!大家都知道渡鸦聪明,于是有人做测验,在一个细细长长的筒子里放食物逗它。渡鸦够不着,于是想了个办法叼了根铁丝伸进筒子够,可是每次才把食物拨到一半就掉下去了。那渡鸦居然想办法把铁丝弄弯,硬把食物钩了出来。

鹭鸶、鹦鹉、渡鸦,不都是鸟吗?不都会用工具吗?照这么想,如果我细细观察野雁,说不定也能发现它们惊人的智慧。

突然想起以前买过一本奥地利动物行为学家劳伦兹(Konrad Lorenz)写的《所罗门王的指环》(*King Solomon's Ring*),写他怎样带大一只雁鹅。简直把那"小东西"说得像小孩儿,会撒娇撒野,还会争风吃醋。我赶紧到书架上找,一晚上把雁鹅那章全读了。愈读愈有意思,而且书里的雁鹅一下子变成了啊啊和呀呀,它们的影子不断在我脑海浮现。

  我愈想念它们了！只怪自己不小心把它们吓跑了。亡羊补牢，说不定还不晚，夜里一点我发电邮到书店，买劳伦兹的另一本专谈雁鹅的作品《雁鹅与劳伦兹》(*Here Am I-Where Are You*？)。

二月十一日

雪地上的脚印

经过一个多礼拜的暖天,草地全露了出来,湖面没结冻的那块水面也扩大了好几倍。但是昨夜一下子又变得很冷,早上睁眼,外面奇亮,很可能下了雪。

拉开百叶窗,果然地上一层白,而且还在下。均匀的小雪花,因为没有风,像是慢慢飘落的小羽毛,又像用千万条细线串了小珠子,从天挂到地。隔着这层珠帘,所有的景物都蒙上一层神秘。结了冰的湖面又显出一圈圈的图案,大概因为即使是冰也有厚薄和温度的不同吧!有些地方的冰比较暖,雪落上去就化为冰的一部分;有些地方非常冷,雪花融不了,就像小棉絮松松地堆着。

我正想这道理呢,突然发现远处有一堆小灰点子,细看居然是野雁!约四五十只,全静静地站在冰上一动也不动。怪不得我起先没看见,因为白雪已经积在它们背上,加上野雁的肚子是白色的,简直成为雪景的一部分。

下午上楼作画,经过侧面的小窗,天哪!雪地上居然有好多三角形的脚印，是啊啊和呀呀的吗？但我跑前跑后，都不见它们的影子，想必它们早来过，又失望地走了。

但我仍然拉开窗子，扔了好多面包和饼干出去。

只是，面包和饼干因为原先在屋子里，比较温暖，加上重量，才掉在雪地上，就陷了下去。除非啊啊和呀呀从正上方看，否则是不可能发现的。

但我还是扔了不少，一边扔一边叫："啊！啊！啊！"零下八度的空气，像把刀似的对着我的脖子"插"进来，我穿得少，打了个寒颤。

晚上喉咙痛……

二月十二日

大鸟和小鸟的合作

虽然昨天有点儿受寒,但我今早穿着睡衣就往楼上跑,看啊啊和呀呀来了没有。

哗!一片热闹的景象,它们果然来了,正在掏白雪下隐藏的面包呢!它们很走运,因为有小鸟打头阵,好多麻雀与红雀跳来跳去,这些"小家伙"先找出面包,再由啊啊和呀呀去吃。蓝樫鸟没来,如果来了,这些面包恐怕早没了,因为我昨天扔出去的块比较大,小麻雀和红雀叼不走,只有强悍的蓝樫鸟有这力量。话说回来,如果蓝樫鸟来,麻雀们早都吓跑了。

我三十年前刚来美国,就见过一位贵妇指着窗外骂:"滚!滚!滚!小强盗滚!"原来是骂正在"喂鸟器"里吃谷子的蓝樫鸟。我那时候不懂,后来才知道蓝樫鸟是强盗,只要它在场,别的小鸟都只有看的份。它还会攻击"别人",甚至偷蛋;更可恨的是它连刚孵出的小雏鸟也偷,偷去吃!我亲眼见过一只蓝樫鸟站在树枝上,嘴里叼着一个粉红色的东西用力往树干上摔,从望远镜看,它摔的竟然是只还没长毛的小雏鸟。

不知是否因为有啊啊和呀呀在，蓝樫鸟避开了，才使大小鸟能合作在雪里挖宝。也多亏我昨天扔出的面包特别大块，啊啊和呀呀一口咬下去，总掉些渣子，正好由小鸟们抢着"拾牙慧"。

怕再受凉，我先下楼穿上毛衣，再去厨房拿了几块吐司，把窗子拉开小缝，将面包一块块扔出去。小鸟们很警觉，我才开窗它们就全飞走了，所幸啊啊和呀呀还留在那儿。我先一边扔一边很小声地叫"啊"，看它们没受惊，就逐渐加大了声量。喂了几块，我灵机一动，干脆转移到后窗，从那里往外扔面包。

后窗正对着湖，啊啊和呀呀在房子的侧面，被屋角挡着，我们彼此看不到对方。但我可以用力向屋侧扔面包。今天湖上有风，扔出去的面包被吹成弧线，好几块"应该"正好落在它们旁边。我又跑回侧面的小窗偷看，两个家伙果然吃得很开心，而且顺着面包往我的后窗下面走。我就继续从后窗往外扔，一边扔一边喊得更大声。

它们显然看见我了，但是已经不在乎了。也可能因为后院临湖，随时有退路，所以不怕。今天的气温比较暖，我干脆把后窗完全打开，跟它们面对面。

它们还是毫无惧色，似乎把上个礼拜吃起司的事全忘了。再不然它们飞走之后，慢慢品味挂在嘴边的起司，愈尝愈有味儿，发现是它们自己没品味呢！

我把手里的吐司面包扔光，关上窗子，看它们还歪着头，脖子伸得长长的，盯着我的窗子看。

"明天可以出去喂它们了！"我心想。

02 接触

我愈想愈看，愈发现啊啊和呀呀的世界真是男女有别。啊啊是男的，带头的是它，示警的是它，下令起飞的是它。就算脚扭伤了，走路一跛一跛的，它也要走在前面。

坠入薄冰的陷阱

今天太棒、太精彩了！简直可以拍成剧情片。

事情是这样的：

下午两点钟，啊啊和呀呀又在屋侧出现。我先往窗外扔了几块面包，再往后窗扔了几块，接着飞快地跑出门，一边叫着"啊啊啊啊"，一边往它们那边扔大块的面包（因为大块才扔得远）。这叫"循序渐进"，让它们先习惯我在屋里，再接受我在后院。

它们果然没被吓跑，只是啊啊不吃，伸直了脖子警戒，由呀呀独自享用。我就再进一步，也就是再"近"一步，一边扔面包，一边往露台下走。事情本来好好的，偏偏因为台阶上有冰，我一脚没踩稳，"啪哒"滑了一下，接着就见它们猛拍翅膀，连"助跑"都没有，就朝着湖上飞去。

好戏上演了！因为它们受惊起飞，事先没看清飞行路线，湖边又有好多大树枝子伸得长长的。其中一只——也看不清是啊啊还是呀呀——眼看要撞上树枝，连忙急转弯，正好碰上另一只,接着"噼里啪啦",两个家伙像飞机失事似的,朝着湖边的冰直直落下。

我在高处,看不清它们落在冰上的情况,原以为它们会马上再起飞,却半天没动静,不知发生了什么事,就先回去换雪靴,顺便拿起录像机,再小心翼翼地走下湖边的台阶。远远就看见啊啊和呀呀正在拍水,原来湖边的冰不够厚,它们又降落得太急太重,把冰撞破,陷进冰洞里了。

我跑上伸向湖面的"钓鱼台",它们就在正下方,活像嵌在玻璃上的两个大雁木雕,四周全是平平亮亮的冰,正好黏在中间。看到我,它们居然没受惊——搞不好身陷薄冰动不了,或者降落得太猛,脚受了伤!

水上结薄冰是最危险的,每年不知有多少孩子因为不小心陷落薄冰,送了命。据说由于一下子掉下去,身体的重量造成冲力,人会坠进水里,再浮上来的时候如果不是正对着冰上的裂口,就好像被关在毛玻璃的水箱,只见上面一层透亮的冰,出不去又敲不开,最后淹死。所幸啊啊和呀呀不太重,又浑身长满羽毛,有很好的浮力,所以没坠入深水。也可能刚才已经坠下去又浮了上来。

我怕它们再受惊、乱拍翅膀进一步受伤,先退到钓鱼台后面,避开它们的视线,再把小块面包往下扔。犯人就算要被砍头,也得先吃饱嘛!最起码吃点东西可以增加热量,还有安神的作用。

头上传来嘎嘎嘎的叫声,抬头,好多白影在闪,居然是海鸥,十几只上上下下,一副要趁火打劫的样子。最近虽然总看到海鸥,但都是在湖心那块没结冻的水面,就算掠过院子，也飞得高高的。今天它们可真大胆，我还站在这儿，已经一一尖叫着俯冲到啊啊和呀呀身边，把我扔在冰上的面包叼起来，再鬼叫着飞走。

"去！"我对那些趁人之危的家伙大喊一声。海鸥没反应，脚底下却一片喧哗，啊啊和呀呀先"呱啦呱啦"地叫，接着猛地鼓翅。大概因为下面不是水而是冰，它们又身陷冰洞，每扇一下翅膀都好像拿着书本往桌面上砸，发出惊人的巨响。其中之一——也不知是啊啊还是呀呀——一边鼓翅一边往冰上踩，先踩上冰面，跟着腾空而起，以高度不到半米的低空向着湖心飞去。但是低头看，另一只还在猛拍翅膀，先拍得很快，大概累了，改为隔两秒拍几下。虽然当它鼓翅的时候好像就要脱离冰洞，但翅膀一停又回到原先的样子。我站在上面盯着它看，不知如何是好。远处传来另一只的叫声，是单音的，每一声都拉得很长。海鸥居然还在极高的地方盘旋，它们的速度奇快，有些已经高到看来像是挂在蓝天上的小米粒，却能吱吱尖叫着突然斜着滑下来，再蓦地升空。

我终于看清楚了，陷在冰洞里的是啊啊，它现在完全不动了，只偶尔叫两声，呼应远处的呀呀。我看不是办法，啊啊可能受伤了，否则它不会放弃拍翅膀。我有点矛盾，是先回去找老婆一起下来帮忙，还是自己直接下去救啊啊。又想如果叫她，单单等她穿好衣服，再一步步扶着栏杆摸下来就得十分钟，搞不好啊啊已经出问题了。于是把手上的录像机放下，由钓鱼台右侧跳上山坡，再扶着钓鱼台的边缘，一步步往下摸索。湖滨有好多张牙舞爪的冰块、冰锥、冰笋、冰刀。都是一次又一次结冰、融冰，大浪把裂冰往岸上打，造成冰块重叠，或者由水气在树枝上结冻造成的。一条条、一片片、一根根，每寸冰都像刀子。

幸亏我穿着长筒雪靴，里面有绒毛，鞋底有深齿，旁边是拉链。我一手抱住钓鱼台伸进湖水的柱子，一脚试着踩上冰面，那里的冰好像挺结实，能落脚。我就试着把两只脚都踩上去，突然，我还没反应过来呢，人已经站在了水里！所幸靠湖边，只有三四十厘米深。

"啪哒！啪哒！啪哒！"啊啊又猛拍翅膀。我人在水里，很清楚地看见它几乎飞离了冰洞，只是它的脚好像被什么东西拉住，又陷了回去。它累了，把两只翅膀摊在冰上，脖子一挺一挺地喘气。我慢慢朝它靠近，冰不厚，我干脆先抬脚用力把冰面踩破，再往前进。啊啊又拍翅膀，打了我一身水。原来冰面自己开了，从我站的地方裂出一长条，正好到它身边。水更深了，已经超过我的靴子，一股杀人的冰寒倏地钻进来，羽绒衣的下摆立刻泡了汤。我有点慌，往前跨一大步，两手一伸，把啊啊右边的翅膀拢起来。它猛拍左边翅膀，身子一下子倾斜，正好倒向我怀中。我又伸左手把它另一只翅膀紧紧抓住再用力拢，好像把它绑起来似的。相信我一定在慌忙间用了很大力气，只觉得它的身体一直扭，还像触电似的发抖。我把它往上拉，拉到一半，觉得下面有阻力，松开左手到水面下摸，居然摸到一根钓鱼的塑料线。我知道了，是前几年来访的朋友偷偷钓鱼，有一次收线勾住水下的树枝，干脆把线剪断留下的。

忍着啊啊左翅拍出的水花，我把缠在它脚上的线拉开。虽然只绕了一圈，但是如果我不帮忙，啊啊可能永远脱不了

我先用右手紧抓它的右翼，再伸左手，把它的左翼拢好，然后像抬个大木头鸭子似的，把它抬离水面……

身。怕它乱拍翅膀，我在解开的一瞬间，先用右手紧抓它的右翼，再伸左手把它的左翼拢好，然后像抬个大木头鸭子似的，把它抬离水面，放在前面的冰上，再松手。啊啊先怔了一下，还回头看看我，接着大叫着往前跑，张开翅膀，好像一支箭似的射了出去……

二月十四日

当啊啊拄了拐杖

二十多年前我养过一只亚马逊大鹦鹉,名字叫"哈啰",因为它学会的第一句话就是"哈啰"。后来不得不把它送人,也是因为"哈啰"——它对每个路人都扯着嗓子喊"哈啰",而且喊不停,害得很多人上门问有什么事。

我常放哈啰到外面玩,只要把笼门一开它就会很兴奋,咕噜咕噜自言自语地爬出来站在笼子顶上。如果我在旁边,它会把后颈的羽毛竖起来要我为它抓痒。而且一边"被搔痒"一边调整脖子的角度,甚至把嘴对着天,要我为它搔脖子下面。如果我"不解鸟意",没有"服侍到位",它会急得回头咬我。

有一回它又冷不防地咬我,被我大吼一声吓得飞起来。虽然修剪过翅膀,它还是能飞,只是比较笨拙,结果狠狠撞上窗子坠落地面。我过去看,只见它鼻子旁边流下一道鲜血,却没露出什么惊慌之态。我把手臂放在地上,它跟平常一样嘴里咕哝咕哝地主动走上来。放回笼子,它居然又竖起羽毛要我为它抓痒,好像把刚发生的事全忘了。

事隔二十多年,今天看啊啊和呀呀让我又想起哈啰。它们太像了!同样因为我大叫一声而飞起来,也同样受了伤。但是事情才过,它们好像已经忘了。鹦鹉与大雁都是有名的聪明鸟,所以应非它们健忘,而是因为它们够强,如同罗马竞技场的"神鬼战士",能在出战前一天还好吃好睡。它有自信,所以稳;它强大,所以自信。还有一点,所谓"大人不计小人过""大人好斗,小鬼难缠"。愈能把敌人一举歼灭的主子愈有耐性,也可以说:表现得愈宽容。反而是那些没有二两重的小人,你得罪他一点点,他能记一辈子,找到机会就阴私地捅你几刀。

原本以为啊啊和呀呀受了惊,最起码会躲起来一阵子,没想到今天它们又来了。没等在侧院,而是站在后院与侧院转弯的地方,大概它们知道我不只从侧窗,还会由后窗扔食物,甚至会走出去喂它们。

它们既然有胆再来,我也不必再偷偷摸摸,干脆直接走出后门。照昨天的方式,先扔几大块面包表示诚意,再走下台阶。但是为了减少对它们的压力,我采取特别的姿势——把头转往相反的方向,故意不看它们。

所有的动物都把注意力放在眼睛上,所以很多小昆虫会长出像大眼睛的花纹。譬如蝴蝶,有些怎么看翅膀都像一对大眼睛;连毛毛虫都会在圆圆的头上显出眼睛似的图案。对了!读过我《杀手正传》的朋友应该知道我曾经花很长时间养螳螂。有一回螳螂受惊,翅膀打开来吓我一跳,原来藏在它那绿绿翅膀底下的是件又红又黄的纱裙,上面还印了两只大眼睛。那些小东西长出假的"大眼睛",目的是在必要的时候秀给对手看。就算不能直接把敌人吓退,最起码让敌人怔一下,自己也就利用那么一怔的时间,逃跑!

啊啊和呀呀当然也一样,我不盯着看绝对能减少对它们的压力。我甚至一边朝背后扔面包,一边往反方向走,两个家伙果然跟了过来。起先我还把面包甩很远,后来干脆轻轻扔,扔在离我背后三四米的地方。它们跟来了,而且因为争先恐后从慢步走变成大步跑。我也就换成快步,突然它们不跟了,一起转头走开,循着"来时路",好像在检视有没有刚才漏吃的面包。

这时我发现啊啊走路的样子有点怪,一歪一歪的,好几次还把一边翅膀伸长,好像不良于行的人不得不借助手杖。它以左边翅膀扑在地上,帮助受伤的左脚。它的脚一定是昨天扭伤的。我有点后悔,刚才走太快,或许使啊啊伤得更厉害了。

我把剩下的面包往它们身边扔,使啊啊能少走几步。接着就进屋,忧心忡忡地远远观察。只见呀呀陪着一跛一跛的啊啊走向草坪边缘,像个体贴的妻子,陪着受伤的丈夫拄着拐杖散步。

二月二十日

近之则不逊远之则怨

高三上国文课，老师说每年大学联考最少有两题出自《论语》。接着一笑："我没办法告诉你们会考什么，却可以斩钉截铁地预测不会考什么。我保证不会考'老而不死是为贼'和'唯女子与小人为难养也，近之则不逊，远之则怨'。"接着神秘地一笑："因为这年头小人得罪得起，女人得罪不起。"

我不记得那老师怎么解释女子和小人，大概因为保证不考，他根本没说。倒是后来在很多书上，甚至电视节目里听学者分析"女子"与"小人"。为了不得罪女人，学者们用了各种方法"闪烁其词"，有的说"女子"指的是家里的女佣，有的说"女子"就是"子女"。总归一句话，没人敢直着说中国古代女子比较没有社会地位，书读得比较少，见识短些，所以被男人歧视。孔老夫子那两句话很简单，就是："女人跟下人最难对付，因为你跟她们太亲近了，她们会没大没小；太疏远了，又怨你耍大牌！"

何止女子如此，哪个人不都一样？连职场也有"潜规则"，就是长官最好在公开场合少跟下层部属太亲近。免得那些人得意忘形，甚至挟长官以自重，去跟同侪炫耀，放些不实的小道消息。

我想到这些，是因为发现啊啊和呀呀都表现出了"近之则不逊，远之则怨"。上个礼拜它们还见到我就飞，但是自从我从冰洞里拯救啊啊，涉着冰水把啊啊抱出来，它们就一下子神了。可是那"神"里面还是有"顾忌"，也就是"不逊"里有"怨"。

当我在前面走，往背后扔面包的时候，它们愈跟愈近。今天我把手背在背后走，手里拿着面包，啊啊居然一口咬住我手里的面包，还有——我的手指。天哪！还挺疼的呢！可是当我转身面对它们，两个家伙又一下子躲得老远。想起以前逗不是很熟的狗，当狗既想靠近又害怕的时候，人只要蹲下，它就八成会摇着尾巴过来。我于是对着啊啊和呀呀蹲下来扔面包，果然它们不怕了，随着我的面包愈丢愈近，它们也愈走愈近。

现在我比较会分辨啊啊和呀呀了，因为公雁本来就比母雁大，最近啊啊的面包又吃得多些，比较起来呀呀就更小了。还有一点，是啊啊敢正面对着我，呀呀却即使走近也歪着身子，好像脊椎侧弯的老人家，弓着背偏着头。这又让我想起历史剧里审问的场面，女犯低着头，"老爷"叫她抬头，她才把头抬起来，还要略略侧斜一些。不！不能说她们怯懦，应该说那是温婉。温良恭俭让，细想想不也是女子柔和的表现吗？温柔、善良、恭敬、俭朴、礼让，只怕用来形容处处退居背后、勤俭持家的女人，实在是太恰当了。

我愈想愈看，愈发现啊啊和呀呀的世界真是男女有别。啊啊是男的，带头的是它，示警的是它，下令起飞的是它，就算它的脚扭伤了，走路一跛一跛的，它也非走在前面不可。

三月二日

大　雪

　　下了一夜的雪，花圃围墙上足足积了三十厘米。灰暗天空的映照下湖水一片黑，雪地就更白了。

　　温度计显示零下十度，这么冷按说应该结冰，只是沿着湖滨望去，竟然一点也没结冻。或许因为风大，湖水被翻搅，下面较暖的水升上来，使湖面一直没有降到冰点；也可能因为波浪不断，让湖面没有结冻的机会。

　　妙的是，远处许多野雁正随着波浪起伏，把头藏在翅膀下睡觉，而且似乎被风吹得慢慢移动。搞不好它们原先是在湖的左侧，硬是随风荡到了右侧。好像在越洋飞机上睡觉，不知不觉醒来已经到了地球的另一边。不知那些野雁怎么想，又怎么能在这么凛冽的寒风中和起伏的波浪上睡着？

　　还有，它们为什么不躲在岸边的树林里？就算那是光秃秃的寒林，窝在大树背风的一侧，总比在空荡荡的湖面暖和啊！接着我就想通了：湖水一定比雪地温暖，它们上身虽然顶着零下十度的寒风，肚子却已经泡在暖流之中，"春江水暖鸭先知"正是这个道理。

啊啊和呀呀没来。我透过望远镜看那群水上的野雁,一只一只找,不知它们在不在其中。当然最好的办法还是举着面包站在岸边喊,只是天太冷,又刚起床,太太不答应。我只好说:"等吃完饭,身子暖了,再拉开门叫它们吧!"

后门外堆了厚厚的雪,屋檐下挂着许多冰笋,最长的足有五英尺,一根根像尖刀似的垂着。强风一阵阵吹来,每次越过屋脊,都从天窗传来尖锐的呼啸,接着卷起团团积雪,像白面粉似的在空中飞撒。

好多麻雀在后门外的雪地上跳,其实不是跳,是踢——用跳的方式把它们脚下的雪踢开,目的是寻找由上面喂食器掉落的谷子。喂食器快空了,只剩下最后一格,上面站着一只有红宝石胸毛的啄木鸟,正伸着长喙往里拼命掏。它应该是吃虫的,为什么也来抢喂食器里的谷子?我有点同情下面的麻雀,它们小,不敢跟大鸟争,只好在下面捡食啄木鸟嘴边掉落的。

很快地吃完饭,太太似乎已经看出我的心事,主动叮嘱只可打开后门叫几声,绝不能走进雪里。我便穿上厚厚的羽绒衣,把面罩拉上,一手拿着面包一手将门推开。一股刺骨的寒风立刻钻进来,眼睛受刺激落泪,才滚下面颊就变凉,只怕再过两分钟就能结成冰珠。

我对着湖面喊"啊啊",发觉面罩遮了嘴,又把面罩往下拉,大喊"啊啊",喊了十几声,似乎听见由水面雁群间传来几声呼应,却不见哪只朝我游来。我再举起面包喊了十几声,还是没消息。太太直喊风太冷,我只好退回屋子。临关门,我抓了两把鸟食,撒在门前的雪地上,立刻就飞来一群麻雀争食。

"我听见啊啊的回答了,"我问太太,"你听见了吗?"

她摇摇头,说是我的幻觉,再不然是有别的鸟作假叫两声,想骗吃。又说啊啊或许早知道要下大雪,所以先飞到别处避难了。

倒真有可能,昨天中午它们还来吃面包,傍晚照例该来报到,却不见踪影。搞不好真飞到不下雪的地方去了。只是雪停之后,啊啊会不会回来呢?

三月三日

为什么它们不告而别

今天是个艳阳天,雁群却不见了,连一只也不剩,只留下大理石花纹的冰湖。奇怪!昨天那么阴冷,它们还浮在湖面睡觉,今天大太阳怎么反而走了呢?它们是什么时候离开的?为什么不告而别?像是偷偷撤退。只是它们飞到哪儿去了呢?重新回到南方,还是只在附近找个没有风雪的地方栖息?

野雁是很会长程翱翔的,而且日夜都能飞,尤其在这种强风的天气,"大鹏一日同风起,扶摇直上九万里"。说不定就这么一天,它们已经飞去了遥远的弗吉尼亚州。问题是,候鸟会在同一个季节南南北北地移动吗?

这里应该是啊啊北方的家。它们既然已经飞来,而且住了两个礼拜,就算离开应该也是暂时的。只怪这场大雪把它们赖以维生的草地全覆盖了,逼得它们不得不飞到有青草的地方待几天。

想到这儿,我有点儿失落。啊啊有我喂食不愁吃喝,为什么还要走呢？是不是因为风太冷雪太大，而我没给它们一个可以遮风避雪的地方？

我是不是该为啊啊盖个小房子？

傍晚，黄黄的夕阳在雪地上拉出一条条树影，风更大也更冷了。我却穿着长雪靴从正门出去，一脚高一脚低地走过深可及膝的雪地，绕到湖边。我跟太太说要去搬几块柴回来点壁炉，其实是想试试能不能见到啊啊。会不会我叫几声，它们就从某个灌木丛中或常青树下，像前几天一样有说有唱地跑出来？

我抱着柴，喷着白烟，对着空荡荡的湖面用力喊："啊啊！啊啊！啊啊！啊啊！"没有回答，只有冷风，吹得我又直流眼泪……

三月四日

雁归来

"啊啊回来了吗?"我一起床就问太太。她摇摇头说:"没回来。"接着改口,"野雁倒是回来不少,湖水也露出来了。"

"回来没回来,一喊就知道了。"我看看温度计已经零上摄氏一度,就打开后门大声叫,"啊啊!啊啊!啊啊!"后门右侧是我餐厅的外墙,跟厨房和后门成直角,我想那应该有喇叭的效果,当我在直角的尖上喊,声音会向外扩张传得特别远。

问题是我喊了几十声,湖面上虽然有不少野雁,却没一只转头,也没有半声回应。我不太好意思再喊,怕邻居每天听我鬼叫觉得奇怪。转念又想,他们知道又何妨,正可以宣告我有两只野雁的宠物,大家要善待它们。于是又连着喊了十几声。还是没回音,正要关门,隐隐约约听见远处有雁鸣,而且很像啊啊"呱啦呱啦"的叫声。

"你听到了吗?有回音耶!"我问太太,她又笑说是我的想象,却边说边启动她的摄影机。"何必浪费电呢?电池快没了。"我叫她把机器关上。话才说完就见窗外两道黑影夹着雁鸣，从右侧湖面低空飞来降落在眼前的湖面。那不正是我的啊啊吗？

我转身从厨房桌上拿起一个大面包，穿上雪靴扶着栏杆走下积着厚雪的台阶；再抄近路跳出露台，双脚一下子陷入最少五十厘米厚的雪堆。想必因为强风不断由湖上吹来，把粉雪全积在露台的矮墙边。我朝院子边缘走去，通往湖滨的台阶全掩在雪里成为白色的陡坡，啊啊两口子正朝着阶下的湖边游来。

我举着面包大叫："啊啊！啊啊！来呀！"

到了跟前才发现，距湖边十英尺的地方全结了冰，它们能上来吗？正担心的时候，却见啊啊游到浮冰的边缘，毫不犹豫地就踏上冰面。所幸冰够厚，没有陷落。接着啊啊在前呀呀在后，快步走上岸。这时候反而麻烦了，岸上是厚厚的积雪，尤其台阶雪积得更厚。只见啊啊吃力地在雪里扭，一边扭一边一级级地往上移动。突然它不扭了，可能因为整个身子都陷在雪中使不上力，我正为它担心，蓦地噗噗噗噗，它们两个竟奋力振翅腾空而起朝我迎面飞来，扑得我一脸雪花。

我赶紧退后，把面包分成小块扔到雪上。啊啊正好降落在旁边，却没立刻来吃，原来它在厚厚的雪里很难移动，必须不断扭动身躯，用胸口往前挤开雪，再伸长脖子捡食。平常它们不敢那么接近我，今天不知是否饿极了，一边发出"嘶嘶嘶嘶"的警戒声，一边向我靠近。我蹲下身，试着由远而近把面包从平常喂食的三英尺，缩成两英尺、一英尺，甚至故意扔在脚边。

它们起先害怕,"嘶嘶"叫着不敢过来,但是当我在距脚边半英尺的地方再扔两块面包,它们大胆吃了之后,就进一步以很快的速度叼走我脚边的面包。其实"脚边"也不是脚边,因为双脚陷在深深的雪里,脚边等于腿边。我又把面包放在右膝盖上,看它们敢不敢进一步。"嘶嘶"的声音更大,它们更矛盾了。

但是呀呀显然很饿,居然看中我左手拿的大面包,作势要抢。我对它摇摇手,说:"No!No!不能没礼貌!"再扭动身子把右膝盖对着它,它还是不敢吃。我又移动,把膝盖对着啊啊,它盯着上面的面包,不敢。我加了两块在膝盖上,其中一块从前面滑下去,我再故意转头不看它,它犹豫再三,动了,先叼走滑下雪地的那块,再抬头以更快的速度抢走我膝盖上的。

太太在屋里为我们摄影,这画面真是太有意思了:一人二雁,窝在三四十厘米厚的雪里,啊啊只能露出半个身子,我则好像坐在白白的棉花堆里。说实话,它们陷在雪里非常冒险,我只要伸手,它们一定跑不掉,或许正因此,我过去从未见过野雁降落在厚雪地上。虽说"雪泥鸿爪",野雁会在雪地留下脚印,但那雪必定是薄薄的雪。也只有薄薄的雪上能留下清晰的脚印。像现在,厚雪之上哪会有鸿爪?只有一个个熨斗形状的凹洞,尖尖的地方是它们的胸,钝钝的一头是它们的腹部。

看呀呀非常饿,我今天特别多给它一点,啊啊似乎也有意让太太多吃些,直挺着脖子完全没有抢的意思。我猜它们快有宝宝了，为了下一代，丈夫确实该体贴些。

　　一个大大的面包喂光了，虽然它们好像还没饱，我却不得不摊摊手，说："没了！"经过这么久的喂食，相信它们已经听得懂"没了"。

　　我转身回屋，它们没跟。只见啊啊低着头往我踩过的脚印里掏，像在吃东西。

　　"它们还在吃什么？"太太问。

　　"掉在地上的面包渣吧！"我说。

　　可是进到屋里半天，发现啊啊还在掏，细看，是在吃东西，嘴上还挂着长长的草叶。

　　啊啊居然从我雪地的脚印里，找到下面被掩盖的小草。

要有礼貌，不能抢

早晨去验血，发现医院外的空地，大概被铲雪车铲过，露出绿绿的草坪，上面聚了好多野雁，全在低着头吃草。

读《雁鹅与劳伦兹》才知道野雁们进食和栖息的地方常常不一样，好比人们会到外面餐厅吃晚饭，回家睡觉。我过去以为野雁都守在湖的附近，很少飞远，显然是错的。这是因为莱克瑟丝湖正好在高尔夫球场旁边，四周人家又有大片的草坪，所以好比餐厅跟卧室连着，它们没有必要飞远。前几天大雪，湖滨一片白，它们发现自家的餐厅不开伙，只好外出吃餐馆。

我的眼前浮起一个由高空俯视的画面，当啊啊飞在几百米的高空往下看，尤其大雪之后一片闪耀的白，哪边露出一块泥土地，哪里铲雪车推出一角草坪，它们必定看得清清楚楚，甚至只要有一只发现了"好地方"，就会呼朋唤友。

野雁的眼力一定好极了，它们甚至能在好几百米的地方看见下面的一个小黑点。我这么想，是因为它们飞到很高的地方，我从地面仰望，只见一个个芝麻大的小黑点。当然它们从空中看地面，如果停了一只同类，也就像个小黑点。

三十年前我刚来美国的时候，常在店里看见木雕的假雁和假鸭，非但比例准确，连颜色都涂得逼真，当时还以为是专供欣赏的艺术品，后来才知道全是放在水边的诱饵。有个老美说得好，这叫利用野雁的同情心，它们很可能在高空看见地面有同类落单，打算下来救援，却没想到猎人早准备好散弹枪，躲在湖边的草丛里。

在美国猎杀野雁是合法的，据说有些地方还大批豢养专供食用的加拿大雁，很多鹅绒枕头，也是这么来的。所幸莱克瑟丝湖附近被列为野生动物保护区，湖上不准划船、不准钓鱼、不准打猎。大概也正因此，像啊啊这样聪明的野雁才会选择这儿，作为它们北方的家园。

不知湖上的野雁是不是都飞去了露出草坪的地方，车子转进家门，看见湖上空空一片。

今天的湖光很特殊，简直是波平如镜，把对面高尔夫球场的树，清清晰晰地映在水里。直到我进屋细细趴着窗子看，才惊觉原来整个湖面都结了一层冰。奇了！今天是零上的气温，湖面怎么反而结冰了？正猜想那必定是薄冰，就听见一片喧哗，接着许多黑影掠过雪地，一群野雁正往湖面降落。只见它们由七八十米的高度就不再振翅，双翼横张着，像风筝似的利用空气的阻力呈四十五度角下降。那速度比平常降落水面还快，角度也来得大些。大概它们早有经验，冰面滑，不能太斜，否则会溜出去滑倒。为了防止掉进冰洞，它们在落在冰面的瞬间猛力向前鼓翅。我猜想，当它们双蹼落在冰上的时候，已经没了什么重量。

不知啊啊回来没有？吃完中饭，我出去叫啊啊，才喊两声，就从右邻院子传来它们的呼应。只是迟迟不见啊啊的影子。我走到院子边缘，再叫，循它们响应的声音找，才发现两口子正小心翼翼地走在薄冰上。步子很慢很小心，叫声却一声比一声急。看得出它们想快，又不敢快，只是我不知它们为什么不干脆飞上来。

跟昨天比起来，啊啊今天更绅士了，它尽量让呀呀吃。呀呀也显然特别饿，不但捡我扔在脚边和双腿之间的面包，甚至在我拍照的时候啄我的腿；我还不给，它就往裤子口袋找。我偷偷把面包藏在大衣里面掰成小块，刚拿出来，呀呀已经上来一口，而且它的技术差，没咬到面包却咬到我的手指，还挺疼的呢！我火了，不继续喂，改为训话："要有礼貌、要乖、不能抢！"

从头到尾啊啊都在旁边冷眼旁观，我猜它八成在想，该帮着老婆抢，护着老婆跟我辩，还是装不知道。啊啊聪明，它显然选了后者——谁也不得罪。

还有一点，我虽然被咬却有个收获，就是知道呀呀也会嘴馋得流口水。才那么一下，它已经把我手指弄湿了！

03 冲突

　　生物就是在竞争中成长和进化的。有竞争，就有压力，只有具备最强的实力，又能忍耐最大的压力的人，才能站在巅峰！

三月七日

有人来叫阵

晨起,看见啊啊与呀呀已经在院子里吃草。啊啊显然立刻发现了我,伸直脖子盯着我看。我怕它看不清,特别把脸贴在玻璃窗上,就见它拍了两下翅膀,大概表示高兴。

但我没立刻出去喂它,我不能把它们惯坏了。现在草地多半露出来了,它们理当自己吃草。

今天气温出奇的高,居然有华氏六十几度,相当于摄氏近二十度了。相较于六天前的零下十度,足足差三十度。大概因为被雪覆盖多日,草坪有些黄,但我知道只要暖几天,小草就会像变魔术似的,换上一身绿。

湖面完全解冻了,很多野雁正朝南边游,还有几只矶雁,快艇似的从野雁旁边掠过。海鸥自成一区,好像夏天傍晚草地上的蚊子群飞成一团,又轮流从那团当中脱离,俯冲到水面,在接近水面的时候突然拔高。我猜它们并非在水面觅食而是在玩耍——还有些卖弄的意思。或许春天是寻偶交配的季节,公鸟得好好卖弄,获得母鸟的青睐。

啊啊和呀呀大概也快交配了。不知它们是像一般小鸟，先筑巢再交配，还是交配之后再做窝。我猜是前者，像人，先买房子或租屋，有了安适的住处再结婚养孩子。

才放下筷子，连咖啡都没喝，我就去冰箱拿出面包走到后院。啊啊和呀呀立刻迎了上来，隔着露台的矮墙对我叫。

我走下露台，先站在草地上扔面包给它们，照前两天的方法，扔远再扔近。我发现一靠近我脚边，它们就不过来了，于是蹲下，啊啊果然立刻靠近。只是它没捡我脚边的，好像把那小块面包忘了，竟直直伸头过来，要抢我手上的大面包。有了前天的经验，我把面包抓得很紧，它没抢走，却啄去一大块，立刻转身张着嘴摇着头猛吃。它摇头的样子太滑稽了，居然把嘴里的面包渣甩到一米外，呀呀立刻过去啄食。啊啊还不断摇头，原来面包也像起司，黏住了它的嘴。只见它嘴的两边都是面包，好像擦了一圈白色的唇膏。

我站起身往前院走，就见猛摇脑袋的啊啊和小一号的呀呀跟在我后面，不知它们会不会跟到前院。我走几步就往背后扔一块面包，回头看，全被走在前面的啊啊抢走了。我又往呀呀面前扔两块，啊啊立刻转头跟呀呀抢，而且没有再回头跟我。两口子开始大声叫，起先我以为它们为了争食吵架，后来才发现它们是对着湖上叫，而且愈叫愈大声。接着它们一起朝着湖边走，突然振翅而起，一边"呱啦呱啦"喊，一边掠过树梢朝湖面飞去，原来不远处正有一队野雁向这边游来。

我形容那是"一队野雁"，因为它们不像平常午睡时平均散落在四周，而是排成整整齐齐的一行，如同海军战舰纵深突破的阵势。带头的野雁也伸着脖子叫，一副叫阵的样子。

只见啊啊和呀呀拍着翅膀，贴着水面朝带头的那只野雁冲去。啊啊才两口子，人家有七八只，啊啊居然理直气壮，过去就给对方一口。被咬的没有"回口"，还吓得匆匆忙忙地转身逃走，其他的野雁也跟着跑了。就见啊啊和呀呀在水面挺着胸脯猛拍翅膀，一幅打胜仗的表情，再接着转身朝岸边游来。

这场面勾起我的童心。没等它们上岸，我主动跑下湖边的台阶，走到钓鱼台上。愈有矛盾冲突，愈精彩！我把手上的面包掰成大块，用力捏成一个个小面团，故意朝那群野雁扔去。小面团还是太轻，只能扔十几米远，正好落在啊啊呀呀和那群"来客"之间。啊啊立刻游过去把面团吃了，"来客"则动也没动。

我猜它们列队过来，一定是因为看见我喂啊啊和呀呀，它们好奇，想分杯羹又害怕。幸亏有胆大的带头，所以大家跟着形成纵队。可是它们心里知道这地方属于啊啊和呀呀，而且猜我会护着啊啊，仍然有些胆怯。

我再用力扔了几块面团过去，有一个就落在"来客"面前，它们居然也不敢捡，还往旁边让开，眼睁睁看啊啊冲过去吃掉。

面包没了，我摊摊手说"没了"，转身离开，一边不断回头看，发现那队野雁并未离去，而是排成横队沿着湖上无形的"领海界线"游。带头那只发现我刚才丢在湖面被啊啊漏吃的一团面包，十分小心地啄了一下，好像尝味道，又啄了一下，面包被啄散在水里。它显然吃出味道，突然一个劲地猛吃，连头都伸进了水里。

下次会有一场好戏上演！我猜。

男人别跟女人斗

"你最好上网查查能不能喂野雁？免得被人告你虐待小动物。"太太一边把面包交给我一边说。

她这么讲是因为发现啊啊和呀呀最近都胖了，尤其上湖边阶梯的时候，一扭一扭好像很吃力。

可不是吗？今天它们又一扭一扭地上来。以前啊啊由湖面上到陆地，为了避开湖滨的大石头和小树枝，得费好一番功夫找路。现在它熟了，左绕右绕，轻轻松松就能登陆。可是在水上看似轻盈的身子，一到地面就变得沉重。啊啊和呀呀爬楼梯的样子真是太滑稽了！只见上面是小小的脑袋和细长的黑脖子，接着是个不成比例、既圆又胖的大身体，下面是两条短短的腿，爬楼梯时由上往下根本见不到。于是活像两个白肚黑头的"不倒翁"，一摇一摆地在台阶上扭。

因为昨天啊啊几乎跟我到了前院，所以今天我径自往前面走去，照例边走边叫"啊啊"，每叫一声"啊"，就往后扔一小块面包。走了二三十步，我偷偷回头看，两个家伙果然都跟在后面。只是啊啊跑得快,所以都是啊啊在吃。有了昨天的经验,我不打算再往呀呀面前扔,怕啊啊一回头就不再继续跟我了。

只是我走到接近前院的车道上,听后面脚步声很单调,回头看,又只有啊啊跟来。呀呀非但没跟还好像往后退到了湖边的位置。我不能管它了,因为难得啊啊愿意跟到前院,我得把握机会。于是我继续往前门走,而且扔出更大块的面包。

前院的车道是柏油路面,地有点潮,啊啊大大的蹼走在上面发出"啪啪啪啪"的清脆音响,让我想起迪士尼卡通里的"唐老鸭"走路也是"啪啪"响。华特·迪士尼显然对小动物下了一番功夫,他画的唐老鸭,头顶小小、脸颊胖胖。啊啊和呀呀就长得这样,正面看活像唐老鸭。

现在唐老鸭正跟在我后面演一出好戏,不时有车子从门前驶过,如果车上的人看到,一定觉得很有意思。还有,它们会觉得我很有办法,居然能把湖上的野雁带到前院的柏油路上。

可不是吗?看啊啊的表情,它真是壮着胆子过来的,既想吃、又害怕。这是个它从未到过的"国境",没了湖水、没了树林,只有花圃、砖墙、门灯柱、白色的前门和马路上来往的车子,一切都陌生,而它的老婆还独自留在后院。我看得出,它虽然一路追着吃,但边吃边回头,很想转身回去。大概也因为紧张,它一路拉屎。

我是绕着房子走的,先走过右前院的车道柏油路,再进入左前院的草地。啊啊显然有方向感,它不再转头,反而加快脚步往前,因为它知道再走不远,就可以绕过房子回到后院了。我也就加快脚步,一边跑一边继续往背后扔面包,却发现它错过了好几块,一味往前冲,大概急着找呀呀吧!转过屋角,才进入后院,就看见迎上来的呀呀。啊啊好像久别重逢,伸着脖子"哇啦哇啦"地对着呀呀叫。呀呀先把颈子伸得高高地对天喊,但是跟着把脖子放低,突然张开嘴对着啊啊冲过去。啊啊转身跑已经来不及,被呀呀一口咬住尾巴痛得尖叫。

显然呀呀火了,先骂丈夫竟然为了贪吃丢下老伴,独自跑去"国外",接着祭出家法。为了缓解气氛,我赶快扔了几块面包给呀呀,果然它不吵了,急着吃。我又扔了两块在啊啊面前,它瞄一眼,居然没动,看着呀呀冲过去吃掉。我再故意扔在它们两个之间,啊啊还是不动,脖子向上伸得长长的,装作没看到。

不知是不是因为受到刺激,今天呀呀变得特别大胆。它不但敢抢我扔在脚边的,甚至当我一步一步试,双腿伸开,故意把面包扔在两腿之间,往后,再往后时,敢把头穿过我的双腿去捡食。这时候只要我往下一坐,就能变成"倒骑大雁"了。

只是我发现啊啊做出警戒的样子,好像唯恐老婆受到伤害,所以在旁边伸长脖子看。我若敢动呀呀半根毫毛,它就会过来攻击。

妙的是呀呀虽然胆子大了,但还是不敢吃我故意放在膝头的面包。它八成不了解那是什么地方,会不会有什么特别的作用,所以不敢动。但我相信它很了解我的双手,因为只要我掰面包稍微慢一点,它就会朝前,一副要啄我手上面包的样子。

"好,我倒看看你有多大的胆子!"我把左手的大面包伸到呀呀面前,它居然毫不犹豫地一口咬住。天哪!它的劲儿还真大,幸亏面包放在冰箱里两天,已经变硬,没被它扯断。但它硬是不松口,居然跟我拔河。现在我懂了,别看大雁只有两片扁扁的嘴,和下喙边缘一团小牙齿,其实夹的力量很不小。因为大雁吃草,它们没爪子能抓,又没利齿能咬,只好靠拔的。

说时迟那时快!我手上一下子轻了,半块面包硬是被呀呀抢去。我没叫也没骂,怕吓到它。但这家伙显然知道做错事,叼着面包转身就走,躲得远远地猛吃。我掏出相机拍照,但拍了又拍,都拍不到它的头,因为它背对着我一个劲儿地躲,唯恐我又把面包抢回去。

我不拍了,把剩下的面包分成小块扔给啊啊,然后对它摊摊手,说"没"。呀呀从后面快步过来,大概还想抢,我又转身对呀呀说"没"。它还盯着我看,我就把两只手、十指张得开开地给它看。它伸着脖子看看我左手、再看看我右手,又走近,上下打量两眼。

说实话,有了刚才的"经验",我有点害怕,它会不会咬我的手指。但它显然知道手指就是手指,不是面包。一声没吭,两只大雁居然一起转身走开了。

我进屋,对太太说刚才呀呀比啊啊还大胆的事。"奇怪,那呀呀不敢抢我膝盖上的,却敢抢我手上的。它居然比啊啊还贪心耶!"我说。

太太一笑:"当然!"

"当然贪心?"

"不,是女的可以不讲理!"太太笑说,"女人能耍赖。所以男人别跟女人斗,会吃亏的!"

显然呀呀火了,先骂丈夫竟为了贪吃丢下老伴,接着祭出家法。

三月十日

我成了它们的警卫

昨天夜里上网查了半天，没什么有关喂野生大雁的规定，倒是说在加州有些地方，野雁因为整年有人喂，干脆冬天不迁徙，变成"留鸟"。其实每个生物都受环境的影响，进化论的书上早纪录，有些小喙的鸟因为原先吃的小种子消失，不得不吃大种子，而渐渐变成大喙；改天大种子消失，小种子又出现，它们就再变回小喙。

不久前也读到有关鸽子的报导，说以前认为鸽子全凭脑里的磁性感应和天光辨别方向，现在发现好多鸽子干脆顺着公路飞。我当时心里笑："搞不好，碰上十字路口的红灯，它们在空中也停着等呢！"

在网上还看到一条，说美东有很多小鸟原本冬天要飞往南边，现在反而往北飞，因为它们知道北方人家冬天常会挂出喂鸟器。甚至有张图片，是个老太太掌心放着一盘糖水，手指上站了二只蜂鸟。文字说明是：该在冬天避到中美洲的蜂鸟，因为贪图老太太的糖水，留在她家过冬了。

这让我想起以前住家附近的湖上有一对白天鹅，大家都喂食，到了冬天，它们早该南迁了却没迁，据说因为吃得太胖，没办法起飞。

　　不知道啊啊和呀呀会不会也因为我喂得太胖，秋天飞不动而不得不留下来。如果它们愿意留，我绝对会给它们在湖滨盖间小房子，再不然让它们住车房。对不起！不能进屋。因为它们没办法控制拉屎。

　　今天出门喂啊啊之前，我从冰箱拿出大面包，先自己咬了一口，正好被岳父看见。我发现近九十岁的老岳父愣了一下，他八成心想原来我一边喂野雁一边自己偷吃。其实我咬一口是因为太太说那面包是甜的，我过去都以为是普通的白面包，从来没注意看过。今天尝一口，又细细检查，发现果然不但甜，而且上面有一圈细细的黄色装饰，好像菠萝面包上甜甜黏黏的东西。怪不得常看见啊啊和呀呀吃着吃着，突然好像黏到了嘴，猛甩头。昨天啊啊不就是这样吗？

　　出门，看见近处正有一群野雁，棒极了！有好戏看啦！我立刻冲下台阶，走到钓鱼台上，却发现啊啊和呀呀不知什么时候，已经站在后院里，正朝着我"呱呱"叫。接着它们就朝我飞来，像一阵狂风掠过我的头顶，降落在湖面上。而那群原本在附近的"来客"，居然全以很快的速度游开了。

　　无法制造抢食的场面，我很失望，随便扔了几块面包，就返回后院。啊啊和呀呀也真快，我前脚由台阶走上草坪，它们后脚就跟来了。而且看我直直站着也不怕，一左一右伸着脖子叫，嘴巴几乎要碰到我的衣服。我还是蹲下，因为这样可以平视它们的脸，我要观察它们的表情而且记住长相。

因为一直到今天我还不能确定,如果它们混在一群野雁当中,没有主动呼应,我是不是能分辨得出。当然,也可能分得出,因为啊啊和呀呀显然比较胖,单单靠这"小胖子"的特征,我就认得出。

今天这两个家伙更神了,我甚至得防着它们在抢面包的时候咬到我的手。问题是它们急得要死,好像等不及我掰面包,最好一大块交给它们的样子。解决这问题不难,我只要把一些面包扔远,眼前的压力就减轻了。我也进一步试验,除了把面包放在胯下,要它们伸直脖子过来捡,或把面包留在膝头让它们自己叼,还先把面包放在膝盖上,再故意用羽绒大衣的一角遮住。起先只要遮住,它们就不管了。但是当我一次又一次,先遮住再拉开一点点,露出面包时,它们就会把喙伸到下面掏了。

我这样做是想训练它们,有一天能从我口袋掏食物,那多有意思!记得以前去印度尼西亚巴厘岛的一个神庙,那里的猴子就会掏游客的口袋,甚至抢皮包,还会在打不开宝特瓶的时候,用力在地上摔,更聪明的则在地上磨,磨破了再喝。我现在倒要看啊啊和呀呀能怎么神!

面包喂完了,我摊摊手:"没了!"两个家伙立刻死心,低下头去吃草。今天我故意蹲在那儿不走,看它们会怎样。起先啊啊还不时偷瞄我两眼,渐渐它们都不看了,一起在我旁边吃草。过去它们对我保持警戒,很少在近处背对着我,但是今天不一样,尤其啊啊,可以在我贴身的地方背着身子吃草。

还有一样重大的发现——野雁栖息的时候总有几只伸长

脖子警戒，啊啊和呀呀平常在吃草的时候，也必有其中之一守卫。可是今天它们居然一反常态，两个家伙一起低头吃。

我懂了！它们把我看成警卫，非但不再防我，而且有我在，它们的天敌老鹰、浣熊和野狗都不敢来，它们更放心了。

三月十二日

雁仗人势

八年前刚搬到莱克瑟丝湖的时候,从旧家移了些箭竹,种在屋子左边跟邻居交界的地方。起初几年它长得很慢,冬天受不了湖上的风寒,叶子全变成白色,我还怕它活不成。没想到这两年突然蓬勃发展,而且扩张地盘,眼看要侵犯到草坪了。

虽然今天挺冷,但我还是穿着厚厚的羽绒衣,并且拉起帽子,拿着铁铲和锯子出去,打算好好修理修理这堆猖狂的竹子。因为天一暖,它们就会快速发展,必须趁现在把地底下的"箨",也就是看来像根,以后却会钻出地面变成竹子的玩意儿,先斩断再挖出来。

我把尖尖的小锯子插入泥土一点儿一点儿试,只要碰到带有弹性的阻挡,就前后拉动锯齿。这真是件辛苦的工作,蹲在地上弯着腰,没锯二十分钟就觉得伤了背,只好收拾东西回房。才转身,我吓一跳,只见个黑了丫的东西在眼前晃!原来是啊啊,接着"啪啪啪",敢情呀呀也在旁边,看到我转身受惊,张着翅膀往后退。

我干脆不动了,蹲着面对一左一右两个家伙。啊啊立刻靠近,伸长脖子看我,还特别把头放低,从下面往上看我被帽子遮住的眼睛。然后盯着我的手,目不转睛。

"没!"我把双手张开,还正面反面翻了几遍,说,"你们中午不是吃过了吗?"啊啊却不死心,作势要啄我的手。我把手背在后面,呀呀立刻绕到我背后看,怕它啄,我只好把双手插进口袋。这下子,啊啊更大胆了,居然不断啄我大衣和裤腿。我知道了,它是猜我会不会把面包放在膝头,再拿大衣盖上。我用揣在口袋里的双手,把大衣的两襟掀开,吓得啊啊立刻退了两步。我却觉得后面有人拍,原来呀呀正在啄我的背。

我站起身拿着工具走回车房。啊啊居然一直跟着,它似乎不懂工具也不怕工具,如同它不懂照相机,我可以对着它的脸"咔嚓咔嚓"猛拍,它也不躲。

放好工具,发现啊啊还站在车房门外,我又摊摊手:"没!"并且往后院的边缘走去。看见呀呀正在那儿,没吃草,而是直直地伸着脖子。

我坐在湖边的大石头上,啊啊和呀呀立刻围过来。我故意不理它们,面朝湖。却见两个家伙一左一右站在我两边,既没低头啃草,也没找我要东西吃。它们居然跟我一样盯着湖上看,而且不断地转头,好像在倾耳细听。

今天的风大浪也大,远处两群大雁多半在睡觉。以对岸的树林当坐标,看得出所有的大雁都被风吹得往湖的一侧移动。高尔夫球场还是一片枯树寒林,但是看得出已经有些淡黄和淡红的意思。那只是"意思"，不见嫩芽也没有花开，却能感觉一种"暖色调"的氛围。上个礼拜还一片枯黄的球场草坪已经绿了不少，大概这两天的雨给小草带来滋润。

坐在湖边，"视点"的高度比较接近水面，加上风大浪白，看得出湖面升高了，那是上礼拜大雪被雨水融化造成的。每年春天湖边许多人家的后院都会因此淹水，还有一小片"公有地"，平常看是草坪，一淹水就成为湿地，长了不少菖蒲，很多野雁喜欢在里面钻，不知是不是做窝。

天空不时有海鸥盘旋，只是不敢下来。如果野雁是巨无霸客机，海鸥就是喷射战斗机，它们利用窄而长的翅膀和高超的飞行技巧，能在上升气流中很快地升高，再一收翅膀快速地俯冲。那次啊啊和呀呀陷入薄冰裂缝，海鸥就是以俯冲再拔高的方式，抢走我扔在冰上的面包的。

啊啊显然也注意到了海鸥，不时歪着头看天空，由此可知它是用一边的眼睛往上看，不是用右眼就是用左眼，却不会直直地用嘴对着天，以两只眼睛同时看。

妙的是，从头到尾呀呀都没往上看，它专心望着湖面。突然呀呀发出一声高亢的叫声，边叫边上下抖动头部，啊啊也跟着大叫，两个家伙一左一右把我耳朵都闹炸了。"啪啪啪啪"，它们居然一齐起飞，先往上越过湖滨猫柳的枯枝，再斜斜朝右飞去。

我站起身，从寒林间看见它们贴着水面飞到右侧的湖滨。叫声更响了，接着看见一片白色的水花，两只外来的大雁好像连滚带爬地向左边飞走。啊啊又抬着头、扇着翅膀做出胜利的姿态。呀呀没这样做，它还盯着那两只飞不远的大雁，突然凌波而起继续追,直到"人家"几乎躲到了湖对岸,才转身,很快地朝啊啊游来。

太太说得不错,女生果然凶悍。我最近愈来愈发现看似羞怯的呀呀,在某些情况下比啊啊还大胆。而且它们两口子愈来愈霸道,以我院子为中心,把左边五十米、右边一百五十米,也就是包括我左邻和右邻的湖边,全划进了它们的势力范围。

是雁仗人势吗?

我不知道。

三月十四日

小心眼儿的呀呀

为什么每次我带啊啊和呀呀往前院走,只要快看不到湖了,呀呀就不再前进,而且转身退回湖边?

今天我终于懂了。

事情是这样的,下午一点多我照例出门叫"啊啊",叫了半天没回音。我扫视了湖面一圈,右边一只雁也没有,只听见左边湖面一群野雁洗澡拍水的声音。对面高尔夫球场也是空的,猜啊啊可能飞到别处吃草了。正要回屋,发现湖左两个黑影拖着长长的波痕,正往这儿游来。由那胖胖壮壮的身子看,应该是啊啊和呀呀。问题是平常它们老远就会叫,譬如昨天它们原本在高尔夫球场上吃草,那距离最少有三百米,它们都一边飞一边鬼叫地朝我飞来。

可是今天即使距我五十米,它们都没出声。太反常了!不过我立刻想到两年前有一对红胸知更鸟,在门前的松树上筑巢。有一天我看见其中一只衔着蚯蚓从草地飞过来,按说应该直接回窝。但是看到我,它居然不飞了,落在远处等着。

我故意低头装作整理花圃的样子,才见它一溜烟飞回窝里。

不仅是知更鸟,其他小鸟也很聪明。像在我后院树丛里住的麻雀,我早知道它们藏在里面,虽然伸手就能摸到它们的窝,但是从不去打扰,它们还是对我"使心眼儿"。每次我在附近,它们都不直接飞回家,一定要等着我走远了,才回巢。并且不由树丛上面跳下去,而是先落在地面,跳上下方的树枝,再钻回隐藏在深处的窝里。不论是大知更鸟还是小麻雀都懂——别泄露自己的住址。

今天啊啊和呀呀八成也在使坏心眼儿,但不是对我,是对那群正在洗澡和睡觉的同类。有了上次的经验,它们怕自己一叫,其他野雁都知道我要喂食,一起过来抢。套句老家俗语,这叫"恬恬吃三碗公",也就是"闷不吭声,吃三大碗"。

尽管如此,还是有一只机灵的野雁跟了过来,它的脖子比啊啊短,却粗得多,像是前些时带头入侵"领海"的那只雁,也只有这种强壮又胆大的雁会被选为头头。

只见啊啊和呀呀在前,后面跟着那个头头(就管它叫"头头"吧!),啊啊毫不犹豫地登岸,一扭一扭地爬上台阶。但是呀呀没来,它先跟着啊啊游到岸边,却一转身朝着后面的头头游去,接着就扑上前狠狠一口。会咬人的狗不叫,呀呀就没叫,叫的是那头头,拼命踏着水面飞开,留下一团羽绒在风中飞散。

啊啊显然知道湖面发生的事,它在台阶上停了停,回头瞄了两眼,但是听我不断叫"啊啊!来啊",而且丢出面包,它还是受不了食物的诱惑,爬上来低头猛吃。我也就一路扔、一路把它带往前院。这中间啊啊停下脚步好几次，尤其在转进前院的时候，我连扔了三大块，分别距它一米、两米、三米，才使它由近处的开始，一路跟上来。相反地，起先我只扔一块距它三米的，它就一副要放弃的样子。

我相信它内心很挣扎，是回去帮老婆对付头头，还是跟着我吃香喝辣呢？倒是我有点为呀呀操心，怕它独自打不过强壮的头头。所以我尽量走快，最后用跑的，回头看，啊啊确实胖了，每落一脚，身子就一歪，褐灰带白的大肚皮圆圆滚滚，真怕它会像球一样滚下来。

所幸才转到后院，已经看到呀呀跑过来。后面还跟一个，居然是头头。多棒啊，又有好戏看了！我故意扔了两块面包到呀呀和头头之间，呀呀转身就抢，头头居然没动。大概知道这是别人的"地界"，要懂得做客之道。

管它是不是客人，呀呀可不客气，把脖子向前伸得长长低低的，以很快的速度冲过去。头头被吓到了，猛拍翅膀起飞，又在空中转变方向，朝湖面像一块大石头似的飞去，大概因为冲力太强，落水时溅出好大的水花。接着呀呀"呱啦呱啦"地叫着，也朝着头头冲去。倒是啊啊，圆圆胖胖的呆头鹅，还站在我旁边，一边往湖上看，一边低头吃呀呀没来得及吃的面包。

我懂了！跟啊啊比起来，呀呀更护地盘。大概因为快做窝生蛋了，就像女人才知道怀孕，就会开始收集婴儿用品。呀呀现在必须选个安全的地方筑巢。什么地方安全，则要看哪个地点最不会被侵入。

问题是啊啊就能不管吗？保家卫国更是男人的责任，为什么最近把关的，护土的，盯着湖面守望、稍有动静就飞过去攻击的总是呀呀？

可能啊啊贪吃吧！也可能公雁神经比较大条。再不然是母雁心眼儿小、爱计较，啊啊心胸宽得多……

我一定会找出原因的。

三月十五日

有雁如狗

昨天傍晚啊啊和呀呀差点闯祸。

我的朋友小金带着孙子来玩,两岁的娃娃才下车就往后院跑,正碰上啊啊和呀呀。大概因为娃娃的个儿小,两只雁居然追他,吓得那娃娃一路哭着往回奔。这时候小金正从车上搬他送我的"木柴",听孙子哭,大吃一惊,赶快冲过去把孙子抱起。小金身高最少一米七五,啊啊和呀呀居然不怕,虽止住步子不敢再往前,却"嘶嘶嘶"地低头做出攻击的样子。小金先将孙子送进屋,接着跑出去说要把两只大雁打死。我一听,不好!急着从后门出去,就见小金一路追,啊啊和呀呀正"呱啦呱啦"大叫着飞向湖面。

小金一肚子火,他不知道啊啊和呀呀是我的宠物,进屋还一个劲儿地往窗外张望,一边望一边骂:"没见过这么凶的大雁,居然敢对老子凶,下次抓到非把它们烤了不可!"

说实话,我听在耳里不是太高兴。因为知道啊啊和呀呀能跟练过武术的小金对干,好比家中的狗对着客人鬼吠,主人一边骂狗甚至打狗,一边会窃喜。是啊!养狗干什么的?当然为了看家!它能尽职,而且管他是不是朋友,只要不是自家人就吼,更表示狗聪明,知道亲疏有别。如此忠狗,真没白养!哪个主人不会暗自得意?

何止狗会看家啊!我儿子刘轩养了一知名叫 Bijou 的三花母猫,也会看家。早听他说有一回出门,留清洁工一人打扫,Bijou 居然穷凶极恶地攻击清洁工,吓得那胖女人躲进卧房打电话求救。当时我还不信,最近刘轩因为搬家,把猫带到了办公室。他做节目出门,留猫和我小姨子在公司。那猫又攻击我小姨子,吓得她躲进我的书房,猫则守在门口,只要我小姨子一开门,就竖着毛发出怒吼,害得我小姨子也四处打电话求救。问题是她躲在书房,开不了大门,没人能救她,刘轩又因为做节目,没开手机。后来总算找到了刘轩的经纪人,派了一位跟猫熟识的助理拿钥匙赶去,才救我小姨子"脱险"。

我老婆听说那猫厉害,初到刘轩家去也十分紧张,令我非常担心。说实话,我不是担心老婆被猫抓伤,是怕被抓之后真如她早早撂下的狠话——"把那猫放烤箱烤了"。所幸 Bijou 知道主人的娘不好惹,非但没敌意还特别有礼貌。平时它跳上桌没人管,管也没用,但是只要我老婆吼一声,它立刻发出小小"喵"的一声撤退。它甚至会在我老婆腿上厮磨,一边磨一边小声叫,一副拍马屁的样子。

我说这是"神鬼怕恶人"。我老婆则说是因为她属虎,会克猫。又讲那些被攻击的人,八成早听说猫凶,心里先害怕,猫能感觉到人的胆怯,自然就嚣张起来。狗也一样。碰到陌生的狗，如果你转身就跑，狗不追也得吼几声，说不定还追过来。我老婆说猫狗都会看脸色，还好像听得懂人说话。像是不久前有位杂志女记者去刘轩家访问，进门看见 Bijou，说了一句："这猫怎么这么胖！" Bijou 好像听得懂，立刻扑上去咬，害那记者挂彩，擦了不少碘酒。我老婆居然也不骂猫坏，说都因为记者说话不好听，惹猫不高兴了。后来她知道太多人被咬，还是不怨猫，说都因为刘轩太惯，惯坏了，以为家里它最大。又说："将来刘轩生了孩子，不知道会宠成什么小混蛋。"

顺着她的这个道理想，啊啊和呀呀昨天对小金凶，也是被我惯出来的。确实如此，今天下午我喂它们的时候，呀呀不但抢我左手拿的大面包，还一个劲儿地啄我腿。啊啊显然聪明得多，我把面包放在手掌心，啊啊会很准确地一口就叼走，呀呀却猛啄我的手指。如果不是因为它笨，就因为它怕，怕我手一伸把它的脖子掐住，所以啄我手指，要我把面包扔在地上。至于它啄我腿，也是笨。它不像啊啊，我只要把面包放在大腿上，再用衣服盖住，就会自己过来掏。大概跟人一样吧！雄性比较有方向感，能了解抽象的事，呀呀只要见不到，就认为不在；啊啊则知道不见了不一定不在，而是藏在衣服下面。

这又让我想到知更鸟，不是前面提过的那只，是住在我左边院子石楠树上的。每次我接近它们的窝，公鸟都会在高处叫，好几次甚至飞下来，很快地掠过我头顶，一副攻击和警告的意思。假使我不怕，继续走，那母的也会从窝里跳出来对我吼。但是只要我转身离开，才绕过屋子出了母鸟的视线，它立刻回窝孵蛋。公鸟则不然，它由这棵树飞到那棵树，一路跟着我，非要确定我真走远了，才回头。所以母鸟有"近忧"，公鸟做"远虑"，跟人很像。女人守在家里，最重要的是眼前有食物能喂孩子，男人则不同，就算库房里有存粮，却要想下个月、下下个月还够不够吃。所以女人守家、男人远征。

想必啊啊和呀呀也这样，呀呀护着眼前的地盘，最要紧的是不准别人侵入它家，或抢走它的食物。啊啊则是看着整个湖面，既帮老婆抵御外侮，更防着别的公雁窥伺。雁鹅类多半雌雄相守，好像十分忠实，但是据生物学家观察，母雁还是会偷情，甚至有人见到母天鹅夜晚趁丈夫不注意，出去会"情郎"。

不过我这啊啊和呀呀显然十分恩爱，总是出双入对、同入同出。更棒的是：Bijou 会看家，啊啊和呀呀也会看家。

下午太阳挺好，气温有十几度，波平无浪，我一边写稿一边从窗子向外望，看见啊啊和呀呀在湖滨台阶的最上方，面对着湖面，正微微打开翅膀晒太阳。它们的左右，也就是石阶的两边，各有一只已经摆了七八年的石雕天鹅。多有意思的画面哪！左右两座白的，中间两只黑的，一起守着通往湖面的石阶，谁敢上来就给它一口。

我觉得卧在那儿的确实是狗仔——是我养的两只看家的"雁狗"！

04 旅者

人类何尝不像候鸟,总有个来自内心深处的声音,催促我们"该起飞了!该远行了!"于是一批又一批年轻人,告别美好家乡。

许多人在远征时死在战场,在渡海时做了"波臣",在拓荒时饱了"兽吻"。虽然有人终于找到乐土,世世代代安居下来,但那世世代代的子孙里,必定还会有不甘终老故乡的人,因为那来自内心的声音和"远方的呼唤",再一次背井离乡,走出去。

三月十六日

啊啊是先行者

坐一大早的班机飞佛罗里达的奥兰多,出门前想先喂喂啊啊和呀呀,但是太太催说车子已经等半天了,而且现在登机检查很严,绝不能迟到。我只好拜托岳父每天帮忙喂,又说不必在我平常喂食的下午一两点钟,免得影响他睡午觉,可以等四五点的时候再叫啊啊和呀呀过来。我还教老岳父怎么叫"啊!啊"。近九十的老先生笑道,哪能喊得像我这么响。我说只要意思意思就成了,相信它们只要看是从我们后门出去的,自然心里有数。而且即使不认人也认得面包,到时候把面包举高,它们就会过来了。

傍晚虽然在迪士尼世界,还是不放心打个电话回纽约。老岳父说已经喂过了,是走到水边站在钓鱼台上喂的。因为啊啊和呀呀怕他,不敢上来,他只好下去,把面包撕成小块扔到水里。还说今天的风比昨天还冷。我赶快讲:"别喂了!别喂了!免得着凉。而且走向水边的台阶已经长了青苔,无论结冰或下雨,都滑,太危险了。啊啊和呀呀本来就能自力更生,四五天不喂没问题。"话虽这么说,其实我心里挺遗憾。

晚餐是由住在奥兰多的老刘夫妇请客。

大概因为有了啊啊和呀呀,老刘闲谈时不知怎么提到他家后面的湖畔,这两天还有野雁吵闹。我立刻反应:"什么?现在还有野雁?它们还不走?"老刘说大概还没到时候吧!纽约不是还在零度吗?总得等春暖花开再去吧!

这下我知道了,野雁并非一起迁徙的,它们大概也像人,有人年纪轻轻就出国,有人临老才移民。不!应该说它们对季节的敏感度不一样,有些野雁像啊啊,二月已经感觉到北方的春意,于是早早出发。真到了北方,就算冰天雪地依然留下。另外有些野雁,像老刘家后面的,慢三拍,非等到四月才飞往北方避暑。

只是我不懂,它们为什么都要在春天飞到北方育雏,却不趁秋冬,南方温暖的时候养孩子?像是终年温暖如春夏的佛罗里达,既然能吸引那么多人搬去享福,当然也适合野雁终年留守。

晚上睡在旅馆的鹅绒枕头上,我突然想通了,八成因为它们身上的羽毛太厚、太温暖,又不能像许多动物到夏天大量掉毛,所以不怕冷,怕热。像是今天的奥兰多,足足有摄氏三十度,加上大太阳,穿短袖短裤都嫌热,那些站在湖边白沙滩上的野雁,上面晒下面烤,又脱不下天生的羽绒衣,怎么受得了?

我开始同情老刘家后面的野雁,觉得还是啊啊和呀呀棒。它们更敏感更勇敢,所以能做先行者。早起的鸟儿有虫吃,早飞的野雁可以选择最好的地方。啊啊和呀呀的命好,天天有面包吃,甚至有我保护,就因为它们能抢先一步。

三月十九日

迪士尼天堂

今天我整个下午都待在动物王国（Animal Kingdom）。太太跟女儿非坐"雪山飞车"不可，即使排两小时只坐三分钟也愿意。我的腰不好，更正确地说是我觉得那样不值得，所以分道扬镳，自己一个人在园子里逛。

"动物王国"进大门不远处，有一片开放式的动物园。虽说"开放"，其中的小动物还是出不来。唯有水鸟区的绿头鸭自由，只见它们一下子飞出栅栏衔起人们掉落的食物，一下子又飞回它们的"家园"。它们的家园真是太美了，有飞瀑湍流，甚至还有个小峡谷，旁边则是树林。大概现在正是孵化的季节，好多像绒球的雏鸭在水上漂，别看它们小，游得可真快。十几只小雏，却看不出谁是妈妈，许多公公母母的鸭子在岸上睡觉，没有一个在管小孩。不过旁边"解说牌"上写绿头鸭有个特别的天性，是会照顾彼此的小孩。

啊啊呀呀在这一点上和它们不一样，据劳伦兹的书上说，雁鹅家族分得很清楚。有时候两家雁妈妈同时孵出小孩，一时间孩子没认清谁是妈妈，妈妈也没认清自己的孩子，还可能为了认子而争执。至于跟着父母学习觅食和飞翔，再一起飞往南方的小雁，有些次年会不再跟着双亲北飞。从这一点想，老刘家湖边的野雁也可能是留下来的小雁。

只是我想，如果我是雁妈妈，当我离开的时候小雁还没成家，我会多么不舍？当我暮秋飞回南方的时候，又会何等地兴奋。还有，那留在南方的孩子看见远远天边的雁群归来，听见爸爸妈妈高空的呼唤，它会飞上天去会合，还是等待父母的降临？

"动物王国"的绿头鸭显然没有这方面的忧虑。它们已经认定这个天堂，世世代代留下来，不再迁徙。瞧！下午四点钟，这里的绿头鸭个个惬意，有的浮在水面上，正忙着用它们扁扁的嘴，吸食水面浮游物，而更多的男鸭女鸭、老鸭少鸭却都在树下睡觉。它们个个长得圆圆胖胖，只怕想飞也飞不远了。不知经过几代或几十代，它们会不会成为另一物种。如同野雁被驯养成为鹅，狼被驯养成为狗，山猫被驯养成为家猫，野猪被驯养成为肉猪。

这样的日子好吗？我曾经写过一本书——《寻找一个有苦难的天堂》，假使天堂是不愁吃穿、不必工作、永永远远活着，那活着有什么意思？正因为有苦恼，才有解决的快乐；正因为有病痛，才能有痊愈的欢喜；正因为有忧愁，才有忘忧的美好；正因为今天不足，所以憧憬明天；正因为有死亡，才会尊重生命。

如同啊啊和呀呀，正因为它们有"雁别离"的哀伤，所以有"雁归来"的喜悦。

三月二十日

来自远方的呼唤

因为纽约大雨,造成飞机误点,进家门已经将近午夜了。窗外黑漆漆的,大门口的牡丹花苞一点也没变大,可见这五天纽约的气温都很低。

想起在"动物王国"见到的那些绿头鸭、像小绒球似的雏鸭,还有一面飞一面尖叫的海鸥,它们终年生活在迪士尼乐园,游客的食物不时送到嘴边,哪里还需要迁徙?问题是,我后院的湖上也有绿头鸭和海鸥,它们都是从哪儿飞来的呢?难道它们从来不知道南方有迪士尼这样不愁吃喝的天堂?抑或它们早知道,只是不愿意留在那儿让人供养。就像叛逆少年,即使家大业大、从小养尊处优,到了年岁还是会跟父母唱反调,好像在找个离家的理由,然后跑到外地读书打工,建立自己的家。

从这儿往下想,啊啊和呀呀显然是不安于富贵,而选择远行的一种。也就因为它们这样南来北往的远征,使得原属于北美洲的加拿大雁,不但越过大西洋散布到西欧,更越过太平洋，而今连日本都有了它们的踪迹。

其实所有的动物都有迁徙的本能。蒲公英的种子为什么要撑着小伞随风远扬？枫树的种子为什么要长出翅膀？凤仙花的种子为什么会爆炸？虽然它们每次都跑不远，但是千年万载下来，硬是散布到全世界。

人更是如此了，假使真如学者研究，人类都由非洲的衣索匹亚起源，凭什么今天连最荒寒的北极和草木难生的大漠都有人迹。人类何尝不像候鸟，总有个来自内心深处的声音，催促我们："该起飞了！该远行了！该看看地平线的另一边会是什么样子了！"于是一批又一批年轻人，告别美好的家乡。许多人在迁徙的过程中，像野雁，被猎人射杀了，吃了有毒的果子或感染病毒死亡了。许多人在远征时死在战场，在渡海时做了"波臣"，在拓荒时饱了"兽吻"。虽然有人终于找到乐土，世世代代安居下来。但那世世代代的子孙里，必定还会有不甘终老故乡的人，因为那来自内心的声音和"远方的呼唤"，再一次离乡背井，走出去。

走出去，使我们看不一样的风景、处不一样的水土，使我们总得保持体能、锻炼翅膀，使我们总在发现。还有，使我们对生活有计划和盼望。

看看窗外的一片夜色，不知啊啊和呀呀是不是正在湖上的哪个角落，将头塞在翅膀下睡觉。它们会留其中一雁彻夜守望吗？守望的那只啊啊或呀呀会看见我卧室的灯光，隔五天又亮了起来吗？

它们的心会一跳、一惊、一喜吗？它们知道我正由它们南方的家飞来北方的莱克瑟丝湖畔吗？

它们知道我跟它们一样，也是一只爱飞翔、爱迁徙的"旅雁"吗？

三月二十一日

高尔夫球场开放了

虽然在迪士尼走太多路令我腰酸背痛，昨夜又到三点才睡，我却早早就醒了。心里一直念着啊啊和呀呀。它们正是决定孵窝地点的时候，会不会因为好几天没见到我，又看见许多别的野雁继续往北飞，而跟着走了？

不顾太太的叫嚷，我起床穿上羽绒衣走出后门，大声叫："啊啊！啊啊！"声音立刻被风吹掉。我走到露台下一层再喊，还是没回音。再朝院子右边去，隔着树林和竹丛喊，因为最近它们都在右侧的湖面移动，或许藏在那里。竹叶"唰啦唰啦"地响，湖浪"啪啦啪啦"地打，还是没回音。实在受不了风寒，我不得不转回屋。

"啊啊和呀呀不见了。"我说。

太太一笑："不见好几天了。爸爸说他只喂了一天，就没再下去喂，也没见到那两个家伙。爸爸一直注意都没看见它们，连草地也没上来一次。"正说呢！突然听见外面"哇啦哇啦"地喊，不正是啊啊和呀呀的叫声吗？我跑去窗边，看见两道黑影，正从我的草地向湖上飞去。不知什么时候，啊啊和呀呀已经在草地上等着，可是它们又为什么飞走呢？而且一下子就不见了。

匆匆吃完早饭，我又披衣出去大声叫啊啊，果然立刻有了响应，声音微弱，显然在远处，接着就看见它们俩并肩由对岸的高尔夫球场飞来。我举着面包叫："啊来呀！啊来呀！"它们就飞得更快、喊得更响了。

接近湖边的时候，两个一起往下降，但是啊啊突然转向，奋力振翅，一下子越过钓鱼台和小树丛，直接飞到我眼前的草地上。呀呀大概没来得及飞高，只听见它"扑通"落水的声音，接着是不断的尖叫，好像骂啊啊为什么临时转向、不说一声。

我没等呀呀，因为啊啊已经伸着脖子，一边叫，一边点头鞠躬跟我要吃的了。我扔出一块面包，它快步上前吃下去，还发出一种我以前没听过的高音，好像说："好吃！好吃！"

我存心测验啊啊会不会等呀呀，一边扔面包，一边径自往前院走。今天的风大，面包被吹落得忽左忽右，甚至扔向后方却落在前面，啊啊居然一片也没漏。前院不像后院迎着湖上的冷风，加上房子遮挡，感觉温暖得多。我故意把啊啊带上门前的水泥路，它一点也没犹豫，伸着两只黑黑的大脚，在湿湿的地面上"啪啦啪啦"地走。突然脚步声停了，我回头，发现啊啊呆在那儿，接着转身快步沿着来的路线跑，跑着跑着还张开翅膀，原来迟到的呀呀正在后院叫。

前几次啊啊在前院的时候，呀呀也叫过，当时啊啊都只是停下步子听一听，就继续跟着我，不知今天为什么那么匆忙地赶回去。我紧追在后，跑过侧面院子，只见它们两个影子，正向右边湖面飞去。它们一边飞一边叫，但叫声有点不一样，不是以前穷凶极恶赶"入侵者"的那种"呱啦呱啦"的大叫，而是比较小声，像狗挨打的哼声。

再往远处看，一辆小小的红色车子，正从高球场的湖边草地上驶过。我看看月历，三月二十一，已经是球场开放的"春分"了！

三月二十二日

小帆和啊啊的第一次接触

今天是女儿春假的最后一天,大概因为在迪士尼玩得太累,她过了中午才起。

下午一点半,我正在后院喂啊啊和呀呀,抬头看见小丫头站在餐厅里,招手叫她,她摇头。我多希望她也能跟啊啊和呀呀认识啊,于是跑回屋子,把面包递给她,说由她来喂吧!她说不敢,妈妈讲啊啊会咬人。我说你长得像爸爸,又从咱们屋里出去,啊啊知道,不会咬你的。她还是不敢。我就把每天都穿的紫色羽绒衣脱下来,说:"这样吧!你穿我的衣服出去,再把帽子戴上,长头发藏起来,它们说不定会以为是我呢!"

小丫头起先还是不愿意,禁不住我催促,才穿上我的大衣,连额头的小发丝都藏进帽子里,怯生生地出去了,还一边下楼梯一边摇着手里的面包喊:"啊!啊!"没想到她才走一半,离啊啊和呀呀还有四五米呢!两只大雁居然一起张开翅膀,伸着脖子,张着红红的嘴,对她发出"嘶嘶"的攻击声。而且它们先往后,再往前,眼睛鼓起,一副要扑的样子。我看不妙,赶快拉开门叫女儿回来。

小丫头吓得都快哭了,顿着脚怨我。我一边说"都怪我",一边想到书里写的,雁鹅有"铭印式"的记忆,出生几小时,看到谁,就认谁是妈妈。所以劳伦兹自己孵化的小雁鹅,会一直跟着劳伦兹,连夜里都睡在劳伦兹的床边;而且像婴儿似的,隔一下就要叫两声,劳伦兹如果不响应,小雏雁就要大声哭。

啊啊和呀呀虽不是我从小带大的,显然也铭记了我的脸。就算女儿穿我的大衣和雪靴,又戴上连身帽,它们还是一眼就认出来了。

对了!劳伦兹在他的书里不是也说了吗?雁鹅能认得主人的声音,所以当主人叫雁鹅的时候,千万别让陌生人跟着叫。就算学主人的叫法,雁鹅还是分得出来。更麻烦的是它们会因为"印象混乱",产生焦虑:"那是主人,或不是主人呢?是主人的叫法,为什么不是主人的声音呢?我的主人怎么了?我回应还是不回应呢?"

我让女儿穿上我的羽绒衣和雪靴,还用我的方式喊它们的名字,啊啊不是更要困惑了吗?我赶快把紫色的羽绒衣穿上,再叫女儿换上她自己的大衣,跟我一起去喂啊啊和呀呀。女儿不高兴还一副要哭的样子,但我说:"你不是上过心理学吗?恐惧发生最好尽快解决。它们印象错乱产生焦虑,如果我一个人出去,只怕难解决,必须有你,让它们知道那确实是不同的两个人。"我还求女儿,说她如果不帮忙,只怕啊啊和呀呀也从此要畏惧我了。

小丫头这才勉强同意。

果然,这次我走在前面女儿跟在后面,呀呀先还"嘶嘶嘶"地叫了几声,接着就过来要面包吃了。只是我喂的时候,女儿虽然躲在五米外,啊啊却挺着脖子"放哨"。我知道它还是怕我女儿,所以在呀呀专心用餐的时候,它必须保持警戒。

我想到了个好办法,叫女儿,说我把面包从草地滚给她,由她喂。我不用"扔"而用"滚",是怕扔的动作太大,让啊啊和呀呀受惊。可是当我把面包滚过去到女儿面前,小丫头却不敢捡,因为她才弯腰,啊啊就"嘶嘶嘶"地叫,而且快一步冲过去把那半个面包叼起来。

"不行!不能没礼貌!"我对啊啊说。那确实是"说"不是"骂",因为今天的情况特殊,我不能骂它。但啊啊似乎听得懂,立刻把面包放下了。想起上个礼拜,呀呀有一次从我手里抢走面包,立刻叼着跑开,还一路躲着我边跑边吃。啊啊显然比呀呀讲理。

女儿总算拿到了面包,开始照我讲的做。而且由扔到两米、一米半,到一米。我叫她再扔近些,她不敢。我掏出小照相机,为她拍照,要她转身对着光。她刚转身,啊啊和呀呀就吓得"嘶嘶"叫着倒退。

"它们还是怕我。"女儿回到房间埋怨道。

"慢慢来,才第一次,已经很不错了,你要想想爹地花了多少时间,才得到它们的信任。如果它们像是贱狗,陌生人一叫就摇尾巴,什么人喂东西都跑来吃,你还会觉得可贵吗?"我说,"爱,本来就要时间培养,爱也本来就带有排外的特质。"

但妈妈的看法不同,她对女儿说:"都怪你太小气!你爸爸每次给一大块,你每次给一小块。谁不喜欢慷慨的?"

我说你长得像爸爸，又从咱们屋里出去，啊啊知道，不会咬你的。

05 猎人

并不是任何情况都允许你做暂时的逃避与停顿，不论你有多强，面对紧急状况时，都必须立刻武装、立即反击、主动出击！最困苦的时候，没有时间去流泪。最危急的情况，没有时间去迟疑，只有迎向战斗。

三月二十五日

猎人出现了？

今天出了大事。

早上我好梦正酣，突然被不知什么巨响惊醒，然后传来好多野雁的叫声，隔着百叶窗看见许多黑影在闪。我跳下床，拉开窗帘看，只见许多野雁已经飞远。而且一团乱，显然是在匆忙间起飞的。正纳闷，又听见一声巨响，是枪声！但不知来自何处。

太太从厨房跑出来，说她就猜我被吵醒了。我说是枪声耶！太太说对，只是在屋子里听不出方向，好像从湖对面的高尔夫球场传来，但是看了半天，只见几个背着球袋的人，没看见有人拿枪。"会不会是湖边哪家来了顽皮的小孩？"我问。太太摇头说不太可能，因为今天不是周末，孩子都上学，而且放枪是违法的。我又猜会不会有外地人跑来打猎，湖边有块公有的湿地，外人可以从那里潜入湖边，还是打个电话到警察局去问问吧！

太太跟警察局很熟，因为家里有两位八九十岁的老人，每次我们外出旅行，即使只去一两天她也会跟警察打招呼，请他们注意家里的情况。

太太立刻拨了电话，警察居然想都没想就说是高尔夫球场在放枪，为的是赶野雁。太太说我们湖边不是规定不准钓鱼划船打猎吗？而且在湖边挂牌子写得清清楚楚，怎么能放枪呢？警察就说那只是对空放，有响声，没子弹，为的是把野雁赶走。太太道声谢，就把电话挂上了。这下我急了，怨她为什么简简单单就挂电话，高尔夫球场凭什么赶野雁？

太太一笑说因为我不打球，所以不知道野雁有多讨厌，连她只上过练习场都能感觉到，整片草地都是野雁的粪便，一条条黑黑绿绿的，虽然打出去的球，是用特别的车子捡回来，但上面还是沾着雁屎。恶心死了！那些野雁胆子还特大，也不管正有人挥杆，居然不怕被球打中，照样低着头吃草，好像知道打球的人有多大能耐，它们正好站在打不到的地方。还有人恨得牙痒痒，拼命用力挥杆，说非打死一只不可呢！太太又一笑："你没看见前几天的新闻，说有高尔夫球场的球都被野雁叼走了吗？它们在附近做窝，居然以为小小的高尔夫球是蛋，带回去孵了。"我没再吭气，回房继续睡，只是心里很不安，它们这样放枪，会不会把啊啊和呀呀吓跑，再也不回来？是啊！天下之大，何处不能容身？它们何必冒险到这有枪的地方来。野雁怎能知道那都是空弹？心里愈想愈急，浑身冒汗，再也睡不着了。我竖着耳朵一直听，希望听见啊啊的叫声。

下午一两点钟，是平常为啊啊丁饭的时候。照例它们不是在院子里吃草，就是在我的湖边巡逻，只要看见我的影子，就会朝后门走过来。但是今天湖上一片空，我出去叫了五六次，也没消息。我只好回书房工作，只是一边写文章，一边注意湖上的动静。

春分之后白天愈变愈长了，太阳也愈来愈向北移。夕阳下看到好多海鸥在高空飞，它们大概先观察没什么危险，再一下降聚在湖的中央。白白的翅膀在暮色里都成为粉红色，很美。但我无心欣赏，只注意四周的天空。确实有几对野雁像摇摆的音符，在远处的林梢掠过，我每次看见心都怦怦跳，想它们会转向对着湖上飞来，只是一次又一次地失望了。

晚餐时我一直骂高尔夫球场。太太先只是听，不吭气。我就火了，说："是不是你也不支持我保护野雁？"

太太歪歪头，说她当然支持，她也很喜欢啊啊和呀呀，可是……

我就追问："可是什么？"

太太又耸耸肩说："你出去问问，咱们湖边十几家哪家喜欢野雁？八成只有咱们。"

我说："为什么？野雁多可爱！"

太太笑了，说："只有咱们觉得可爱。因为咱们家地势高，临湖又有大树，野雁不容易上来，也不容易降落。"又说："因为你不太出去遛，所以没感觉。不信哪天你到下面几家院子看看，它们的院子低又开阔，常常站一堆野雁。几十只边吃边拉，不但把草坪啃坏了，还留下满地的粪便。人家还能到院子里玩吗？尤其有小孩的，小孩才出去跑几步就踩一脚屎，换作你，你欢不欢迎野雁？"

太太说的不是没道理。但如果说因为我们家地势高，所以野雁上不来，可就不对了。啊啊和呀呀不是天天来吗？它们甚至能由湖上直接飞过树梢再绕过大树干，降落在我面前。还有，前几年不是也常有成群的野雁在我们院子里吃草吗？

这下子，我又想到啊啊和呀呀的另一种可贵了——

自从它们成为我的宠物，做"雁狗"为我看家，别的雁不敢来，我的院子反而干净了。而且不知是不是面包的热量大得多，啊啊和呀呀不必整天吃草，拉的屎都少些，更使我的草坪上难得见到粪便。

晚上，我把电视声音开得特别小，因为我要听外面会不会有啊啊和呀呀的叫声。搞不好它们半夜归来，像是深夜回家的孩子，会找我要东西吃呢！

只是，我又失望了……

三月二十六日

今天我们去逛街

　　早上又被枪声惊醒，也又一次听见野雁飞逃的声音。我既高兴又火大，高兴的是野雁们昨夜显然回来了，火大的是高尔夫球场怎么又在放枪？

　　立刻拨电话去警察局，但我说得很有技巧。我说你们知道我家有两位近九十的老人，他们的心脏不好很怕受惊，如果枪响把他们心脏病吓出来怎么办？那接电话的警察立刻好像触电似的说，他会马上禁止高尔夫球场放枪。

　　我这么讲并不夸张，因为我高中时候常去找一个邻居同学，不按电铃，只在门口喊他的名字。每次他都好像失火似的跑出来："小声点！小声点！我妈的心脏病都被你吓出来了。"可见对有心脏病的人来说，大声惊吓确实危险。

　　我还有个经验，是早年在美国冬天暖炉出问题，打电话给维修公司，他们每次都说太多人家出问题，忙不过来，得等。但是自从女儿出生，我只要加一句："家里有小奶娃，怕受寒。"他们立刻就到。理由很简单，他们不怕骂，只怕出人命。人命关天，在美国打起官司，他们得赔死。

果然，我一强调老人家怕枪响，就再也没听见过枪声。不久，窗外传来雁群降落的叫声，接着太太进来报喜："你的啊啊和呀呀没跑，已经站在院子里等着吃了。"

今天下小雨。美国有句俗话："三月的风加上四月的雨，迎来五月的花。"我知道，雨季就要来临。啊啊和呀呀显然不怕雨，很自在地低头吃草。才见到我的影子，啊啊就转身伸长脖子对我叫。

我开后门出去，左手拿面包，右手拿雨伞，可是才撑起，两个家伙就吓得张开翅膀大叫着往后退。我赶紧把伞收好，再将羽绒衣的帽子拉上，走进雨里。啊啊似乎饿极了，没等我走下露台，已经跳上了矮墙。那墙有六十厘米高，只见它把翅膀张开，才扇一下就跳上了台子，接着摇摇尾巴拉了一条屎。我不往前走了，等着看它再跳下来。矮墙靠露台的内侧只有四十厘米，却见啊啊犹豫又犹豫，先做了好多准备才"砰"一声跳下。确实是"砰"一声，好像落在地面的不只是它的双蹼，而是它大大的肚皮和胸口。这下我知道了，对大雁而言，下楼比上楼难得多。

呀呀没跟上，伸着脖子在露台外张望。我先赏了啊啊两块小面包，它这么积极，当然应该有赏。但是我接着转身往前院走去。

今天呀呀不一样，它虽没跳上矮墙但是快步跟着我，走在啊啊的前面，因此它今天吃得特别多。我发现对呀呀得不断地扔食，让它一口接着一口吃，它才不会半路退回后院。也可以说，对呀呀得用"持续的引诱"。

果然，在我不断的面包攻势下，啊啊和呀呀一路跟到了前院。我先带它们在柏油车道上走，看它们对疾驶而过的车子好像没什么惧怕，就继续把它们往门前的马路上带。啊啊很棒，一路走在马路上；呀呀虽然也上了马路，但是只要吃完面包，立刻往路旁的草地走。车子一辆辆从我身边驶过，我有点怕啊啊被撞到，却发现它一点没觉得怎么样，好像早习惯了奔驰而过的车子。

我知道了！它们两个其实是"行家"。谁知道它们在南方住在什么地方？说不定住在公园里，搞不好每天晚上都要穿越马路上的车阵回家呢！常在报上看见大雁带小雁穿越马路，两边车子停下来等待的画面，说不定那里面就有啊啊和呀呀。野雁可以活十三四岁，长寿的甚至能到二十岁。它们南来北往，看尽春花夏月秋霜冬雪。迁徙的时候，它们可能停留过许多地方，有沼泽、有草原、有城市，当然看过许多车子，搞不好还听过不少枪声呢！像啊啊和呀呀这样成熟的野雁，必定如同见多识广的旅行家，在记忆里藏了许多惊险的画面。

这两天的枪响只吓唬了它们一下，就算我不去制止放枪，可能它们也会处变不惊。只是没想到它们怕雨伞，今天当我把雨伞撑开的时候，差点把它们吓得飞走。

晚餐时我提到啊啊和呀呀怕雨伞这件事。

太太突然说："对了！上次开街坊会议的时候，也有人提到野雁怕雨伞。好像他们用这方法去偷蛋，还有人问我要不要一起去呢！"

"笑话！真问错人了！"我说，"改天我们带啊啊和呀呀在小区绕一圈，告诉大家我有两只野雁的宠物。"

三月二十七日

相机泡汤了

我的宝贝照相机落水了,从钓鱼台上直接掉进湖里,马上冒出好多气泡。我虽然立刻跳下去捞了起来,自己也在冰凉的湖水里成了落汤鸡,可照相机还是完了。

但是今天实在太精彩了!

我照例拿着面包出去叫啊啊,叫了几声,没见它们飞来,又叫了几声,就看见隔着湖边小树丛的枯枝,有两道长长的水痕,原来它们已经沿着湖滨游近。我心里暗笑,知道它们不飞不叫,是因为不远处停了几十只野雁,因为不想被别的雁抢食,所以故意低调。

啊啊很快就爬台阶上来了,而且每吃一口面包都发出低沉的一声,好像很饿,食物又很好吃,再不然就是表示"很感激"。

可是许久不见呀呀上来,我往下看,发现它居然还在岸边,脸朝着湖面。我叫了声呀呀,它在水上转了个圈,又面朝湖了,大概还是对不远处那群同类不放心吧!

我没管呀呀，径自带着啊啊往前院走，存心想看看，当呀呀在下面守望的时候，啊啊会怎么表现。

啊啊居然一路吃，一点也没关心老婆的样子，只有快到马路的时候犹豫了一下。我赶紧扔出两块面包，它就又跟上了。我今天走得比较快，一面对呀呀好奇，一面想试试啊啊会不会因为担心呀呀而跟着我飞回湖边。所以我在绕回后院之前"开跑"，让啊啊心急。

啊啊果然愈跑愈快，先展开翅膀，接着飞起，但是没多远，就落在草地上，再快步追来。

我懂了！雁鹅跑太快的时候都得张开翅膀，尤其当它们由地势较高的地方跑向较低的地方时，更得张开翅膀，利用空气的阻力防止摔跤。当阻力太大，跑得又太快，则会被空气往上托地"飞起"。

无论鸭子或雁鹅，都有个大大圆圆的胸部，和长在身体偏后方的双脚。为了平衡，它们总得把颈子往后弯，使重心向后移。但是它们的脚（蹼）长得靠后面是有道理的，如同轮船的推进器，总得放在船的后方，才有力量。

至于圆胸，除了贮藏热量和胃囊，还有个好处，就是当它们要潜水，或够食水草的时候，只要双蹼往后一踢、脖子往前一伸，那圆圆的胸口就像个球，自然往下一转，成为倒栽葱的样子。

只是这种身体的结构，使它们非常不适于从高处往低处跑。稍稍快一点，如果脖子又太往前，保证会摔倒。昨天啊啊从矮墙上跳下来的时候已经看得出，好像个大肉块往地上砸。我甚至见过大雁降落在沙滩上的时候，因为冲力太大，非但摔倒，还打个滚的滑稽画面。所以今天啊啊虽然飞了一段，却不是真要飞，而是不得不飞，果然才飞四五米，就又换成走路。

我原以为呀呀会像往日一样，已经上来等着，然后"两口子"大吵一番。可是今天居然不见呀呀，原来它还守在湖滨呢！

我知道呀呀又小心眼了！不准别人进入它的地盘。我转头对啊啊说："你未免太自私了吧！独自上来吃，还绕了一圈。"接着故意带啊啊走到草坪的边缘，让呀呀能看见它吃东西。我很坏，不断叫："啊！啊！啊！"扔出面包，再看下面呀呀的表情。还拿照相机，用广角镜头拍了一张啊啊在上面大吃，呀呀在下面守卫的画面。

岂知就在我故意大声叫啊啊的时候，突然从右边水面传来一串雁鸣，那声音跟啊啊、呀呀每次飞来的时候一模一样，接着就看见两只野雁飞过来，落在距呀呀不远的水里。

我看清楚了！其中一只的脖子特别粗也特别黑，居然是头头，还带了个跟它相似的母雁。

快到交配产卵的季节了，原本成群的野雁开始寻找伴侣。早有"老伴"的也自然会脱队，找寻自己筑巢的地方。我知道愈到这时候，野雁们愈有"领域"的观念，它要确定自己的家园不被侵犯，孵蛋的时候不被打扰。

头头显然也找到了它的另一半，我猜它比较年轻，搞不好刚成家，怪不得年少轻狂，胆敢带着女朋友来"踢馆"。

本来守在右边的呀呀急了，大叫着朝头头游去。

啊啊终于动了，先大声喊叫，接着起飞，直接朝头头冲过去，而且立刻打斗起来。我知道它会出击，所以早早准备好相机，连拍了几张精彩的画面。接着我抄近路跳下山坡，直接跑上钓鱼台，先把相机打开，放在栏杆上准备好，再往水里丢面包。我存心制造矛盾，让啊啊和呀呀吃醋，所以不单扔给啊啊呀呀，还把面包捏成硬硬的面团扔给头头。

每次头头才靠近，啊啊就扑过去，把头头和它女朋友赶走。而且回头把面包吃掉，接着就昂着上半身，以几乎立在水面的姿态猛扇翅膀。妙的是，头头也做同样的动作，大概"输人不输阵"，做给女朋友看吧！非但如此，它们还各自弯着颈子理毛，表现一派潇洒。

"既然洒脱，当啊啊攻击的时候，你们为什么逃呢？"我心里笑。然后先往右边跑，扔面包，引啊啊和呀呀过去吃，再飞快地奔到左边，把面包扔给头头。

啊啊和呀呀真乱了，是吃自己眼前的食物，还是去抢别人的东西？它们的选择很聪明，呀呀拼命吃，由啊啊出击。多公平啊！"前半场"呀呀留守，啊啊跟着我一路吃；"后半场"啊啊出击，让呀呀吃。

头头被啊啊追得愈躲愈远。我急了！捏出更大更重的面团，用足力气往头头那边扔。

就在这时，"扑通"一声！照相机落水了。

三月二十八日

你们在雾里迷路了吗?

早晨下了一场雨,接着起大雾,而且是少有的大雾。非但对面高尔夫球场的树林草地全不见了,连近处的小树丛都陷入雾中。只隐约见到几棵院子边缘的大树,好像在一张白色的宣纸上勾了几笔淡墨。倒是柳树在白雾的衬托下显得比较清晰,"柳丝长,春雨细",不知什么时候柳树非但露出早春的嫩黄,柳丝也变长了。一条条弯弯的,正是"柳展宫眉"。

不知啊啊和呀呀在这雾里的什么地方。我打开后门叫了两声"啊啊",没听见回音。很奇怪!湖上已经是"雾失楼台",只一大片白,近处的院子倒还清晰。可能那雾气都是由湖面蒸发,所以凝在水上吧!我站在露台边缘,开着摄影机叫啊啊,希望拍到"雾里双飞雁"的美丽画面。

但是叫了一次又一次都没回音。不知是不是心理作用,觉得对岸很远的地方好像有些呼应。我用高倍数的望远镜头慢慢扫过湖面。模模糊糊看见几点黑影,正由湖心向左移动,有点像头头那一伙。我又连叫十几次啊啊,远处不再有回音,倒是头头好像扬了扬脸,回叫了两声。不知它们会不会趁啊啊和呀呀不在,来找我要东西吃?如果它们来,我一定喂。我要啊啊和呀呀吃醋,制造大战,也要给啊啊个教训:"不要恃宠而骄,如果我叫你们,你们不赶快来,就可能失去我的疼爱。"

我往右边看,猜啊啊会从右边飞来,因为它们最近都在那块地方盘踞,很可能打算在那儿筑巢。我昨天还叫太太从望远镜里偷看呀呀洗澡呢!它先在水里倒立,一次又一次,再摇尾巴拍翅膀,还用嘴从尾巴开始理毛。雁鹅的尾巴会分泌油脂,它八成从那里先掏一点油,一点点抹在全身。当呀呀洗澡的时候,啊啊都在旁边看,也好像在它太太的浴室外守卫,严防外人偷窥。它们岂知我从起居室的窗子,就能看得一清二楚。

只是现在所有的湖面都在迷雾之中,我也就看不清啊啊会不会还在那儿。如果它们在,即使不游过来也应该会叫两声。但我接着想到,恐怕在这浓雾天气,野雁是不能叫的。如同战场上的夜晚,最好别点香烟,甚至不能先开枪。因为枪一响、火一亮,就暴露了自己的位置。在迷雾中野雁的敌人看不见野雁,野雁也不知道天敌的位置,这时候如果野雁嚷嚷,极可能引来灾祸。而且像狐狸那种狡猾的家伙,摸准野雁所在的位置,用迷雾作遮掩,极可能摸到了眼前,野雁都不知道。

可是头头刚才为什么叫了几声呢?

我立刻又想通了,因为它们在湖心,大雾中不会有老鹰从上面冲下来,水底也没什么能吃雁鹅的大鱼,在湖上叫几声没问题。相对地，如果像啊啊和呀呀在湖滨甚至岸上，就半声也不能吭了。

那么刚才对岸远处的叫声又是谁呢？如果是啊啊或呀呀，它们为什么不飞过来？湖上没有阻挡，湖边草地的雾又比较淡，它们难道还不敢飞吗？是不是野雁就像飞机，只要"能见度"差些就不飞？即使可以在密云里飞翔，也不能在浓雾中降落。

我又叫了几声，还是没反应，只好回房间，我不能一直叫，叫得它们不得不反应。

爱太多，很可能伤了它们。

三月二十九日

吵闹的观光客

　　昨天的大雾一直到傍晚才散，当时我正在书房工作，听见外面"呱啦呱啦"地乱成一片，抬头看，上百只野雁正分成两批降落在眼前的湖面。接着就见啊啊和呀呀从岸边快速朝着"来客"游去。不知因为来客势众，还是知道对方只是"过客"，啊啊和呀呀没像驱赶头头似的穷凶极恶，只是很快地朝"客人"游。那群来客倒也知礼，只要啊啊和呀呀靠近，立刻向旁边让开。大概也因为来客太多，啊啊和呀呀是分开行动的，一个在北边一个在南边，像是面对侵入海域的敌人舰队，两艘驱逐舰前去鸣笛示警。

　　距离太远又太吵，我不确定啊啊和呀呀有没有发出驱敌的叫声。或许它们看到"大军压境"，采取柔性劝说吧！告诉对方："此地是我俩定居多年的，也受地方的认可与保护，大家总要有个先来后到，请远来的兄弟多包涵！"

　　尽管来客礼让，但因为有上百只，动起来不容易。如同压气球，压扁了这一侧鼓起了那一侧。我从楼上居高临下，好像看见两只牧羊犬在一片草地上驱赶羊群，一下跑东、一下跑西，"羊群"也就如云似的东飘飘、西飘飘，总算最后都被赶向了大湖的中心。

我平常很少看到上百只野雁一起降落。就算湖上聚集甚多，也是分成五六批，甚至加上一两只的"散客"，分为十几批降落。为什么今天会一起光临呢？就算看得出是两批，前后相隔也不到十五秒。

"平沙落雁"，真有道理！我最近才搞懂，为什么大雁不是降落湖面平沙，就是降落在宽敞的草坪甚至停车场，却很少降落在对面高尔夫球场的山坡。因为好比飞机降落，需要视野开阔和一长段的滑行。尤其当雁阵庞大的时候，它们必须瞄得很准，否则极可能相撞受伤。

"雁行折翼"是最悲惨的事，注定死在折翼之地，注定被群雁抛弃。偏偏折翼又很容易发生，像是前几天，啊啊和呀呀在闪躲湖边树枝的时候，因为飞得太近，就差点翅膀相撞造成骨折。它们的身体很重，如同巨无霸喷射机，引擎一不动就直直坠落。不像螺旋桨小飞机，就算失去动力，因为轻，也能慢慢滑翔。

野雁选择平旷的地方降落还有个原因，是它们落水或落地之后，还得"滑"一下或"跑"几步，才能停住。如果水面波浪太大或地面高低不平，甚至能造成翻滚骨折。飞，显然不是件简单的事。别看野雁天天飞，它们只要脚一离地，就丝毫不敢大意。或许正因此，啊啊跟我由前院往后院跑的时候，除非不得已，它宁愿快步跑也不起飞。大概这跟武侠电影里的大侠一样吧！每次我看武侠片里的大侠因为爬山而气喘吁吁,都想:"大侠啊!您这是何必呢?您武功这么高,只要一运真气、脚下生风,不是就飞过去了吗?"想必大侠飞檐走壁也跟野雁飞翔一般,其实有许多顾忌,冒了很大风险。

  谈到危险,我猜昨天一下子来了上百只野雁必定也有原因。或许如同机场能见度不佳,飞机无法降落的时候,不是转往其他机场,就得在空中盘旋等待情况转好。昨天附近都起大雾,所以成百上千的"野雁客机"都在空中盘旋,直到傍晚雾散了,才一齐降落。当时光线暗视线差,它们连草坪都不敢去,当然只有落在湖上。

  再平的地都不如水,因为水总是平的;再粗犷的湖也不如海,因为湖上的浪再大,也大不过海。

  湖上新来的这批游客整夜吵闹,它们十足像是坐巴士来的观光团。人多又兴奋,半夜不睡觉,大声地扯淡;而且天不亮,已经拖着行李上巴士,大呼小叫地出发了。

  "呱啦呱啦",我虽躺着,也能想见湖上的盛况:大家先摆动着头,挺着胸脯对天猛喊,好像飞机的引擎愈转愈快,终于累积够了冲力,再纷纷张开双翼,"啪啪啪啪",在水面一边振翅,一边向前奔跑,在一片水花迷雾中腾空而去。

  只是不知这批过客的下一站是哪里?它们三月底才旅行,是因为等待北方春暖吗?

  它们是去加拿大,还是去更北的地方?

三月三十日

我们被邻居骂了

跟太太去新开的韩国超市，回家，正从后车厢拿水果，听见啊啊的叫声，转头看，两个宝贝居然从后院走到侧面的车房来。啊啊还扇了扇翅膀，抖动一下大大的肚皮，抖下好多水珠，显然刚从湖里上来，大概听见我们的说话声，跑来讨食物。加上我午餐后就跟太太去超市了，没喂它们，看得出啊啊和呀呀一副急着想吃的样子。

看啊啊盯着我的手，才发现我手里正拿着一盒韩国小饼干，它们居然好像认得上面的图画。"你要吃吗？"我一边问啊啊一边打开盒子，掏出两块扔给它们俩。小饼干只有一美分大小，正适合它们一口一个。我还没看清呢，啊啊和呀呀已经吃下去，又"哦哦哦"叫着要。那"哦哦"的低音里还夹着高音，好像拉高嗓门说："哈！太好吃了！"

"好吃，对不对？"我干脆抓了一大把，打算喂它们。但是太太有意见了，说："别在这儿喂，小心拉屎。"她正说呢！呀呀已经"啪"地拉了一条。

我只好走出车房，把它们往前院的草地上带。两个宝贝吃得奇快，大概因为面包比较干，有时候还掉粉，它们叼的时候容易碎，我每次又掰不一样大小，所以它们吃得慢。现在喂这种小饼干就太方便了。我方便，它们也方便。

还有，这饼干甜甜咸咸的，大概很对它们的口味，所以特别爱吃，简直可以用"爱死了"来形容。好！机会来了，我干脆带它们两个上街，看它们跟不跟。

我走出院子往右转，一边走一边往背后扔小饼干。它们两个居然全跟来了，"啪啪啪啪"的大脚步声从后面传来，真有意思。我故意走得很快，它们就变成跑，大概跑得太快，还把翅膀稍稍张开。

有车子从身边驶过，啊啊和呀呀根本不在乎，倒是可以感觉每辆车子都放慢了速度。不知是为了看啊啊和呀呀，还是怕伤了它们。

经过右邻的院子前面，接着是一小块公有的湿地，因为上面没盖房子，所以能够直接看到湖面。呀呀大概不放心它的地盘，也没先说一声，居然一转身走过湿地，独自回湖上了。倒是啊啊贪吃，继续跟着我。看到脚科医生佛罗伊德，大概刚下班，把车子停在门口看我，我打了声招呼，告诉他我会为啊啊写本书，他说太棒了！

又看见心脏科薛医师的两个女儿走过，我就回头对啊啊说："跟好邻居说声'嗨'！"两个女生也跟啊啊"嗨"了回来。

走到丁字路口，我决定左转穿过马路，带啊啊到旁边巷子里逛逛。主要是想试试它的胆子，看它会不会跟那么远，它居然毫不犹豫地追来了。只见一人一雁走在小区幽静的道路上。

有辆车子开过我身边，突然停下来，一个花白头发的老女人摇下车窗盯着我们看。我猜她也要赞美一番，没想到老太婆开口问我："你会给它清大便吗？"我怔了一下，说："会！当然会。"回头，发现啊啊才拉了长长一条。它好像听懂了老太婆的话，连扔在地面的两块饼干都不吃了，一转身，很用力地拍翅膀，以我从未见过的四十五度角，朝着湖的方向飞去。

丁字路口有一栋两层楼的大房子，挡住湖，啊啊居然从那房顶上越过，再闪过一棵大树，哇啦哇啦叫着向湖面降落。这时候我才发现，因为呀呀正在远处喊，啊啊显然听见了，怕有入侵者，急着回去支持。

再回头，老太婆的车子已经不见了。幸亏我有"花粉热"，口袋里总带着一包纸巾，沿路把啊啊或呀呀拉的三条屎全捡了起来。虽说是屎，其实一点也不臭，根本是绿色的草叶，说不定还能当绿色颜料画画呢！

我主要是想试试它的胆子,看它会不会跟这么远,
它居然毫不犹豫地追来了。

06
亲爱

我只有先把自己变成一只大雁,与它并排,跟它成为一伙,一起往前看,一起叫,一起积累能量,它才会接受我的引导,与我一起飞。"加入"往往产生奇效。

三月三十一日

我把呀呀夹住了

今天是入春以来最暖的一天,足足有十七八摄氏度,加上过了春分,白昼一天比一天长,再不久就可以在院子里吃晚餐了。

我的野餐桌是白色的,中间有个洞,用来插阳伞,桌长七英尺,可以坐八个人。因为重,所以冬天都留在院子。经过去年的暮秋和一整个冬天,餐桌上积了许多青苔与泥垢。这种东西能侵入塑料桌面的深处,很不好清除。就趁天暖,好好擦洗一下吧!

我把清洁剂和刷子拿出去,想到还需要纸巾,正转身回屋里取,就听见"啪啪啪"几声巨响,一个庞然大物从天而降,正落在野餐桌的中央。居然是啊啊!平常居高临下看它,只觉得它胖,现在站在桌上,几乎比我还高,就感觉它可真是只大肥鹅了。两只粗粗黑黑的蹼,像竹节般结实的关节,圆圆大大的翅膀,上面是一层又一层的背羽和覆羽。强壮的一级飞羽(也就是翅膀尖端的大羽毛)折在背后,几乎跟尾巴一样长。下面的肚皮更甭说了，大概因为天天吃面包，既圆又胖；带着褐色小斑纹的羽毛，远看好像一圈又一圈的"妊娠纹"。脖子倒是细细的，上面是黑亮黑亮的小羽毛；靠近颈子后下方有一簇稍稍翘起来，大概是脖子和身体接触、最常扭转的位置。上面平平的黑色头顶，好像理了个"小平头"；眼睛高高的，是褐红与黄的混合色，中间一个黑黑小小的瞳孔。眼睛会眨，但眨得奇快，一副鬼灵精的样子。黑头黑嘴，恰巧在耳边有两条白，正面看过去，白色好像人的皮肤，加上四周的黑色，活像带着黑面罩的小土匪。

现在小土匪——不！它大大的，应该是大土匪——就站在我面前，头抬得高高的，与我四目交接，距离不到二十厘米。它非但毫无惧色，可能因为看来跟我一般高，加上我只有半个身体露在桌面以上，面积比它大不了多少，这啊啊就更神了，张开红红的嘴对着我叫，一边叫一边摇头。那不是左右摇，是很奇怪的上下左右都摇，以很快的速度抖一下再抖一下，表示兴奋。

"你要吃对不对？"我说，"可是你中午已经吃过了！还有，你老婆呢？呀呀呢？"我四处找，才发现呀呀站在矮墙外的草地上，只露出半个头，就问呀呀为什么不上来。呀呀好像听得懂，一振翅就上了矮墙。但它没飞上餐桌，而是由矮墙跳下地面，走到我脚边。

我叫它们先别走，跑回屋里拿面包。两个宝贝果然都没动，眼睛盯着我进进出出。我先扔了几块面包在桌上给啊啊，它一边吃一边发出兴奋的声音。可能因为已经傍晚，我拿的又是带点甜味的小餐包，啊啊特别爱吃。我又叫呀呀："上来啊！快！飞上来！跟啊啊一起吃。"可是呀呀一点反应也没有，只是一个劲儿地用嘴顶我的腿。我故意先把面包在呀呀前面晃一晃再扔给啊啊，逗呀呀飞上桌。还是不管用。我就把面包放在手心，举得高高的让啊啊自己叼，也让呀呀看得一清二楚。可呀呀还是不飞。

或许它太胖了，也可能要生蛋，不适于飞。我想起劳伦兹书里说的一只很美丽的母雁鹅埃达，就因为输卵管堵塞，在生蛋前死掉了。

我岂能让呀呀冒险呢？它要是摔伤小产了怎么办？我改变方式，走向旁边的草坪，呀呀立刻跟过来，我就一边往前院走一边喂它吃面包。我猜啊啊一定会飞过来，因为它站在餐桌上，桌子那么高，它只能飞下来。妙的是，我把呀呀都带到了车房，眼看就要进入前院，啊啊居然没过来，它甚至没有叫，还是呀呀忍不住，转回头了。

我跟着呀呀往回走，看见啊啊还直挺挺地站在大餐桌上，脖子伸得长长的，胸脯挺得大大的，一副顾盼自雄的样子。说不定它是第一次站这么高，好像"小弟"突然升上"帮主"，乐得不知东南西北了。突然听见太太的声音，说她正在录像，才搞懂，八成因为她站在后门拍照，啊啊不放心，所以由"进餐者"变成"守卫者"，看紧我老婆，好保障呀呀的安全。

我还想到一个可能，是当啊啊站在餐桌上的时候，可以居高临下，看见近处的湖面，所以它的嘴朝着侧院，用一边眼睛盯我太太，另一边眼睛扫视湖面。

既然如此，我就去湖边吧！那里离我太太远，又可以看清湖面，啊啊应该比较放心。我带着呀呀走到草坪临湖的一侧,坐在大石头上一边喂呀呀吃面包,一边叫啊啊。果然啊啊张开翅膀,连拍几下,再稍稍滑翔,很准确地降落在我眼前。

湖边的石头虽大,却不高,我坐在那儿已经矮了半截,加上草坪往湖边倾斜,它们站在较高的一侧,我就显得更小了。我一缩小,它们就变大,这叫"近之则不逊"。两个宝贝居然一左一右包抄过来,"呱啦呱啦"地抢着要吃。我把面包放在手心,向右伸,给啊啊,再把小块扔在脚边让呀呀捡。我不用喂啊啊的方式喂呀呀,是因为呀呀总不叼面包,而叼我的手指。

今天呀呀的胆子特别大,可能愈到太阳下山的时候它愈急着吃,吃完好回窝。它不但吃我脚边的东西,也捡我掉在腿上的面包渣。我灵机一动,把面包由膝盖、大腿,一步一步往上搁。再把大衣拉开些,在裤子口袋的位置放面包。

呀呀果然一路跟着吃,我把双腿张开,它则一步步走到我的两腿之间。我再慢慢把腿往中间靠拢,呀呀居然被我夹住了。它还算警觉,立刻退了出去。我就再用原先的方法引诱它。它不动了,先用嘴啄啄我左腿又啄啄我右腿,好像说:"让开!让开!不准靠拢。"但是当它终于走进来之后,还是被我夹了几秒钟。

"你拍到了吗?呀呀被我用腿夹住了。"我进屋问太太,她说拍到了。我又说呀呀啄我,还有点疼呢。拉开裤子看,居然在大腿内侧被夹红了一块。幸亏它没往中间咬。我心想,好险!

老鹰出现了

　　昨天呀呀被我用双腿夹住令我十分得意，因为过去它们虽然能在我手上啄食，也跟着走来走去，却从来不准我用手摸。我好几次试着轻轻摸一下，才伸手，它们就躲开了。别看它们的羽毛这么厚、身子那么大，反应可真好！我甚至猜它们有第六感，我才"起念"要摸，它们已经知道。唐诗里不是有"海鸥何事更相疑"吗？海鸥天天落在船上，跟渔夫好像十分亲近。渔夫得意地对朋友说，朋友不信，叫渔夫抓一只海鸥来看看，渔夫很自信地答应了，但是从那天开始海鸥就防着，再也不靠近渔夫。

　　动物都有很好的第六感，也可以说它们跟你有很好的互动，你喂它、带它、疼它、打它、抓它，每个心念和态度都能引来它相应的反应。怪不得最近新闻报导，有个年轻男孩在非洲跟狮子为伍，他不见得认识那些狮子，狮子居然对他很好。大概他的"动心起念"友善，狮子都能感觉吧！

　　昨天呀呀很自然地顺着食物，一步一步走到我的双膝之间。我就算把腿并拢，也没真要把它抓住，呀呀能感觉到，所以一次又一次地走"进"来。

当然还有个可能，是它可以主动碰我，我不能主动摸它。我手上放着食物，手不动，是它自己过来叼走，主动权在它。我腿上放着面包，腿不动，也是它主动走过来。可以讲：我和呀呀的"第三类接触"，不是我碰触它，是它接触我。

了解了它们的个性和喜好，今天我要进一步"第三类接触"，还是让它们来接触我。

啊啊和呀呀照例循着湖边阶梯上来了，我没立刻扔面包，也没把它们往前院带。而是转身走到后院草地的中央坐下。

啊啊和呀呀立刻快步过来，我开始扔面包，两个宝贝才吃完地上的面包就朝着我张嘴要，还不断向前，要抢我左手上的大面包。我知道了，因为我坐在草地上，比站在野餐桌前和坐在大石头上又矮了一截，加上两个对一个，它们就"更神气"了。

只是我发现它们有点怕我的鞋底，大概因为平常只见我的靴子，没机会见到鞋底，那下面又一齿一齿的，令它们害怕。所以每次我把面包扔在鞋底前，它们都不敢去吃。

我干脆把腿盘起来，将鞋底压在大腿下面。它们果然高兴了，嘴里"哦哦哦"像狗似的叫着，而且"得寸进尺"地向我靠近。每次我低头掰面包的时候，都觉得它们的嘴几乎碰到我的头顶。幸亏它们不是老鹰，据说训练猎鹰的人绝不能让猎鹰靠近自己的眼睛，免得被那扁毛畜生一口挖掉眼球。

啊啊和呀呀更猖狂了，开始把头伸向我的怀里。我为了躲闪它们抢面包，几乎得把面包藏在衣服里掰。它们居然还等不及，到怀里来抢了。

　　退无可退，我干脆躺在草地上。天空亮得睁不开眼，我就眯着眼睛继续掰面包，掰一块往腿边扔一块。接着我采取昨天的方法，把面包先搁在大腿上、小腿上、靴筒上，再扔到盘着的双腿之间。起先它们还不敢吃，一次又一次试探。还是呀呀比较急，终于把头伸进我盘着的双腿之间叼走了面包。我继续扔，它继续吃。我把面包放在小腹上，它居然一步踩住我的皮靴，再一步，双脚站在我的靴子上够着吃。我乐了！把面包放在胸口，这呀呀竟然又上前一步，站在我双腿之间吃起来。

　　多有意思啊！我只觉得盘起的双腿之间好像坐了个大娃娃，又好像呀呀以我的双腿当窝，卧在中间孵蛋。它可真胖也真重，热乎乎的，占据了我双膝和身体之间的每一寸空间。我一边继续在胸口放面包，一边偷偷把双膝往上抬，呀呀就陷得更深了。一不做二不休！我干脆把面包放在下巴的位置，只见呀呀先伸长脖子够，一次两次够不着，又因为我那盘着的双腿把它夹住，一时动弹不得。我正暗笑，却见它噗一声，也不知怎样用力一跳，居然上了我的胸口，先叼走我下巴的面包，再一转身，屁股对着我的嘴，还摇摇尾巴，不得了啦！我心想，可别在这时候拉屎。幸好！它从旁边跳下草地了。

　　我眯着眼睛看它们，发现啊啊从头到尾都站在距我左膝不远的地方，完全没动。其实啊啊只要走到我侧面，就能很轻松地叼走我放在身上的食物，但是它不动，好像冷眼旁观，也好像不放心呀呀，于是在旁边守卫。观察啊啊和呀呀这么久，我确定呀呀比啊啊笨得多，它不会准确地从我手上啄食，

呀呀屁股对着我的嘴，还摇摇尾巴，不得了啦！
我心想，可别在这时候拉屎。

不会主动呼应我的召唤。而且它虽然胆小，却贪吃；为了吃，常常不顾安全。

还有，呀呀的脑袋很死板，譬如今天我只要把它引诱到正下方，再往双腿双膝之间扔面包，它就从下往上，一路踩着我的靴子、小腹，走上我的胸口，任何时候我只要双腿一夹，或双手一抱，它都跑不掉。它却不会想到可以绕路，从我侧面走过来。

当然也可能呀呀想，天塌下来有啊啊顶着，反正啊啊在守望，也就没什么顾忌了。

"你好棒！好有责任心！是好丈夫！"我对啊啊说，并且扔出最后两块小面包。啊啊没低头吃，被呀呀过去叼走了。原来啊啊歪着头，正用一边眼睛往天上看。我用双手蒙住眼睛，从指缝看到一个黑影，缓缓滑过树梢上面不远的天空。

居然是老鹰！啊啊和呀呀最怕的天敌。

四月二日

危险的季节

早上推开后门，简直惨不忍睹。腐臭难闻的果皮厨余散落四处，高高挂着的喂鸟器整个被翻过来，里面的谷子全打在地上，还有两个装满水的塑料桶，从上面的露台滚到石阶下方。

"不知是什么动物搞的，一定很大，否则不可能把我压在顶上的塑料水桶先推开，再翻倒下面的花盆。"老岳父累得直喘气。

那些原本装满厨余的花盆是老岳父的杰作。我们家很环保，每天的厨余都由老先生装进大花盆，盖上一层土。日复一日，花盆装满了，再用黑色塑料袋套好，放在太阳下曝晒，没几个月就成为堆肥，再用来种花种菜。

昨天夜里就是不知什么小动物造反，把几盆堆肥打翻了。显然那小动物还一一扒过，捡了些能吃的走。说它"捡走"，是因为除了后门附近乱七八糟，连边缘草地上也有两块西瓜皮，表示小动物非但在现场吃，还外带回家。

调查的结果，大家一致认为是浣熊（Racoon）搞的鬼。因为湖边没狐狸更无野狼，唯一大到可以推翻水桶和花盆的只有浣熊。这种黑眼圈的小鬼，跟中型狗的身材差不多，虽然昼伏夜出，却被我在白天的马路上撞见一次。我的车子开过，它非但不怕还斜着瞄了我两眼。又有一回是夜里，我正作画，听到窗外有奇怪的声音，扒着窗子看不到什么，坐下来再抬头，才发现两只亮亮的眼睛，正从窗前大树上盯着我看。

我还看过一个影片：某人感觉家里的猫食总是无故减少，装了摄像机，才拍到有浣熊偷偷溜进来，还一边伸手到猫盆里拿东西吃，一边东张西望防主人出现。主人没出来，猫出来了，浣熊狠狠给了猫一爪子，把猫吓得尖叫着逃开，浣熊才好整以暇地"退场"。

今年整个冬天都没见到浣熊，没想到它一露面就造反。可能浣熊冬眠醒了，也可能像最近一只比一只忙的小鸟——忙着到我的喂鸟器里吃东西，再带回窝去喂它们的小宝贝。浣熊说不定也刚有宝宝，为了养孩子不得不偷。再不然浣熊正怀孕，为了补胎不得不多吃。

就像呀呀近来急着吃，甚至能为了吃而不顾危险，看到面包立刻勇往直前，可以走上我的胸口。

呀呀确实要下蛋了，肯定不超过十天就会开始孵窝。第一，它最近行动一天比一天迟缓，尤其上阶梯的时候看来很费力。第二，当它昨天走上我胸口的时候，我发现它肚子的后下方好像肿了似的，奇大！那里面一定是蛋。而且因为我喂它吃面包，营养充足，说不定能下六七个蛋呢！

只是我一边清扫浣熊打翻的厨余,一边想,狐狸和野狗是野雁的天敌,浣熊会不会也是呢?尤其当啊啊和呀呀孵窝的时候,它们会不会去攻击、去偷蛋?

我还想起昨天看到盘旋的老鹰,啊啊好像很紧张。今早我也看到老鹰在天上,它会不会正打主意,要下来抢野雁的宝宝呢?

我跟老鹰也有过近距离的接触。有一天看见一只老鹰斜斜地穿过临湖的大树,往钓鱼台的方向降落,我立刻拿着照相机冲出去,跑上通往钓鱼台的步道,果然看见一只足有六十厘米长的红尾鹭站在栏杆上。我从十米外连拍了几张照片,又一步步靠近,它居然先盯着我,再把头转开,非但没飞,还一副很大牌的样子;我走到离它五米的地方,把镁光灯打开又拍了几张,才见它昂昂头,纵身鼓翼,飞向湖上。

这红尾鹭是会抓鱼的,我曾经看过它以很快的速度俯冲向湖面,接着就抓起一条大鱼飞起来。那速度不过三秒钟,想必它在高空早瞄准了接近水面的大鱼,再一举成擒。只是我查书,又知道这种老鹰很爱抓野兔和老鼠,书上还说幸亏有它们,不知消除了多少鼠患。

老鹰太厉害了,话说去年我在钓鱼台的栏杆上看见一簇小动物的毛,约有一厘米长,好像从木头里长出来,好奇地过去摸一摸、拔一拔,居然拔不出。原来那些毛嵌在一个凹陷的木缝里。木缝呈三角形,显然是用什么锐器砸出来的。我研究了半天,想通了,八成是老鹰先抓了松鼠野兔之类的猎物,飞到栏杆上用它的利喙撕裂,在啄杀的过程中用力过猛,把小动物连毛带皮一起啄进了栏杆。

天哪！那老鹰的力量有多大！它如果要抢呀呀的蛋，啊啊再棒也挡不住啊！我突然心一坠，因为想到在湖边看过鸟的枯骨，上面连着羽毛。还有上个礼拜，我在前院见到一大片鸟的羽绒。

老鹰会不会已经偷偷展开了杀戮？

晚餐时我提到老鹰可能伤害啊啊和呀呀，太太不解地问："呀呀不是也会咬吗？还把你大腿咬紫了。啊啊不是很壮吗？它也有指甲和硬硬的嘴，还有大大的翅膀，难道打不过老鹰？"

我说："如果你拿'铝做的夹子'和'铁制的尖刀'对打，行吗？还有，如果你用羽毛扇子跟点火炉用的钩子对干，能赢吗？"

餐厅窗外正对着喂鸟器，松鼠挂在上面猛掏，哀鸽、红雀和麻雀急着捡食松鼠掉落的谷子。春天了！每种小动物都在繁殖，都在猛吃。至于那些大动物，像是老鹰和浣熊，则可能为了养孩子，不得不加紧猎杀。

啊啊和呀呀正在暮色中吃草，看来十分悠闲，它们未来的处境却令我忧心。

四月三日

我们一起飞翔

今天有件很得意的事,就是我能带着啊啊飞了。

事情是这样的:

因为"花粉热",我早上起得很晚。往窗外看,不见啊啊和呀呀的影子,可能它们先来过,等不到我,失望地走了。我就拿起望远镜,往它们最近总盘桓的右边湖滨看,果然它们两个在那儿。啊啊浮在水面游动,呀呀站在大石头上,弯着脖子理毛。

喝水、理毛、把颈子弯成很漂亮的角度游水,或是先潜水倒立,再扇翅抖尾,都是它们"燕好"的前戏。我猜今天它们不急着来吃东西,可能是想"行房"。就像年轻人可以牺牲午餐,或者随便吃两口,就拉着女朋友往"私密"的地方去。

"食色性也",先得有东西吃、活得下去,才有精力去"色"。但是"食"与"色"如果由年轻人挑,"色"恐怕更重要。因为"食",随处都有;"色"可不一定。对一般动物就更如此了，只有到发情期，母的才放出信号，也才愿意接受"性"。现在如果呀呀发情，啊啊能不把握吗？

但为什么呀呀不在水上"梳妆"？现在不是它们睡午觉、洗澡和梳妆的时候吗？总见雁群中午停在水上，先是一起把头藏在翅膀下睡觉，再纷纷扇翅理毛。今天为什么呀呀站在大石头上，啊啊却留在水面？会不会呀呀已经生蛋了，只是利用中午时分出来"放风"？

许多鸟在把肚子里的蛋全部生完之前，会先不孵，直到没蛋可生了，才寸步不移地坐在蛋上。目的是使幼雏能在同一时间"出世"，免得早生的已经破壳多日，鸟妈妈还得继续孵那"迟到"的蛋。想想！刚生的孩子已经离巢或喊饿，妈妈如果还非待在巢里，会有多焦虑？

所以我猜呀呀可能下了蛋，却不急于孵。

既然它们不急着吃，我用完午餐就没出去叫，径自陪太太到起居室看报。突然太太说：呀呀在外面耶！转头果然看见呀呀端端地坐在草地中央，两只翅膀还稍稍向外支开。我说："它要生蛋了，一肚子蛋，容易累，所以坐着休息。"

太太又说："但是我起先看到它把脖子藏在翅膀底下睡觉。"

我就说："因为风太大，又是午休的时候，所以把头藏起来。"

太太又问："可是啊啊呢？"

对！啊啊呢？我站在窗边四处望，不见啊啊。呀呀怎会独自跑来呢？再细看，才发觉坐在地上的不是呀呀，是啊啊。

想必呀呀在孵蛋，所以啊啊独自跑来，对着湖面坐在那儿，一方面为呀呀守卫，一方面告诉我它在等着吃东西。我立刻出去，才叫一声，啊啊就摇摇摆摆地跑过来。

我扔了两块面包，接着把啊啊往前院带。其实不用我带，啊啊也会往前院跑，它是跟着我扔在地上的面包跑。风吹得面包一路往前滚，好几次啊啊还没叼到，面包就飞了，使它不得快步追。

大风中，啊啊的背影很不一样，因为风把它的背羽，甚至尾巴上的白色羽毛都吹翻了，好像我许久没染的头发，在吹风的时候，露出里面一道道的白。所有的鸟都不喜欢逆风，因为它们的羽毛是由头往尾巴的方向生长。风霜雨雪从前面来，没问题！全顺着羽毛滑出去了。但是一碰上从尾巴或背后来的逆风，羽毛和羽绒被吹掀开来，寒风和霜雪再从那里钻进去，可就惨了。正因此，刮寒风的时候，只要看鸟头朝的方向，就能知道吹哪边的风（多半时候，它们都把头迎着风，使羽毛能伏贴在身上）。

果然啊啊每吃完一口，就立刻转身迎着风。为了避免它受凉，我以最快速度把它带到前门石阶上喂它，而且喂完一整个面包。

"没！"我摊摊手对它说，接着走回后院。啊啊跟在我的身边，一人一雁几乎并排走。我知道它急着回到呀呀那儿，就张开双臂、伸长脖子、上下点头地做出它们起飞前的叫声。那叫声我已经学得很像了，它不只是往外吐气的大声呼唤，而是声声相连；前一声未叫完就得跟上后一声，连中间唤气吸气也要发出声音，怪不得劳伦兹称这种呼喊为"滚转叫声"，那"啊啊啊、啊啦啊啦、呱啦呱啦……"连成一气，可真够

"滚转"的!

跟我并排走的啊啊立刻呼应我,也伸颈点头地滚转呼喊起来。我一边叫一边上下摇着手臂往前跑,它也张开翅膀与我同步跑,当我跑到临湖草地的边缘停下脚步,啊啊则张开翅膀迎风飞起,贴着水面而去。

现在我懂了!以前我带它飞,都是在它前面六七米的地方,一边喊一边往前跑,它虽然也跟了几次,但都飞不远。今天不一样,因为我与它并排,跟它成为一伙,我们一起往前看,一起叫,一起累积能量。当我做出向前快跑,一副要飞走的样子时,它就算不想飞,也得飞。这是动物的群性——当大家一窝蜂往哪里去的时候,就算"不明所以",也得跟过去。

我还领悟到一点:要带啊啊和呀呀,自己必须先成为一只大雁。

四月五日

盖在湖边的产房

刘轩三十多年前出世时，家乡还不流行让丈夫进产房陪伴。只见外面两排椅子上坐了好几个男人（包括我在内），想必都是爸爸，一个个抓耳挠腮、两手紧握、坐立不安。听见"里面"传出一点婴儿啼哭的声音，就不约而同地往产房门口冲。

现在的湖边正上演着相似的一幕：一个个在岸上孵蛋的是"雁妈"，一只只在岸边游来游去、看来十分不安的是"雁爸"。

每年到了这个时节，只要站在湖边向四周看，就可以数得出一共有几家大雁。因为当母雁孵蛋的时候，公雁都会在离窝不远的水面巡逻。只要以那公雁游来游去的范围，估算出个中心点，再往岸上找，八成有只母雁正在孵窝。

加拿大雁的窝都盖在地上，不能说是"盖"，也不能说是"结"，因为它们不像很多小鸟，会做出碗形的窝，甚至用长长的草茎编出袋状的巢。野雁只在离水不远的地方，铺上厚厚一层草叶草茎和羽毛，坐在中间扭动身体，向外拱出一个凹槽，再坐在中间生蛋。

我刚搬来湖边的时候，隔壁人家距我不到十米的院子里，就有一只母雁孵蛋。正好工人搭建钓鱼台，我曾经特别叮嘱不可打扰母雁，甚至要工人讲话小声些，以免吓跑了正在孵蛋的"准雁妈"。后来才发现是多虑，因为工人用电锯和电钻，吵得我都受不了，那只母雁却能纹丝不动，兀自缩着脖子、闭着眼睛，好像陷入它自己沉思的世界。以我现在对呀呀的观察，母雁比公雁敏感，胆小得多，为什么当时看到的母雁那么镇定呢？可能跟人一样吧！为母则刚。当人们在四周走动，它确实害怕，但为了护蛋，它必须留在窝里。

至于在水边站岗的公雁也不是省油灯，只要人们稍微靠近雁巢，公雁立刻会冲过来，张开翅膀"嘶嘶嘶"地发出攻击声。

我曾想过，为什么野雁不学猫头鹰和老鹰，把巢筑在树木间或悬崖上？后来想通了：所有动物的窝，都跟它们的能力相当。譬如鹿和羚羊没有窝，只以草原为家，在那宽阔的地方吃睡，也在那很少遮蔽的地方生产。它们没什么武力，很容易被食肉类的动物攻击，所以小鹿和小羚羊生下来就能走能跑，甚至跑得很快。

相对的，狮子老虎的幼仔非常柔弱，必须经过几个月甚至一两年才能长大，那是因为它们的父母强大得足以保护幼子。

鸟类筑巢的道理完全一样，雁鹅鸡鸭多半在地面孵蛋，所以它们的小雏破壳没多久就能游水、能跑步、能啄食。而那些需要母鸟一口一口喂很久才长好羽毛、练习飞翔的小鸟，则必须住在高高的树上，防止走兽的攻击。

单单在树上筑巢也大有不同。天生娇弱、几乎毫无攻击力的小鸟，会把巢筑在浓密的树丛中，免得被攻击。至于强悍的老鹰就不怕了，因为只有它掏别人的巢，不会有什么飞禽敢去掏它的窝，所以把窝盖在高高的树头或悬崖上。它们住的是高楼顶层，既可以居高临下、俯视众生，又能随时展开猎杀。

野雁太大太重了，又没有带钩的嘴和爪子，很容易受到攻击，当然只好演化出一破壳就能走能游的雏雁。而且因为它们善于游水，可以逃避走兽的攻击，所以选择在水边做窝。

据我看，今年在湖边孵蛋的野雁不超过五家。多妙啊！它们从二月初一群又一群降临湖上，连上个礼拜起大雾的那天都有上百只来过，现在却只剩五家。就算旁边的湿地芦苇间还有几对，相信也不超过十家。

这让我想起以前看过的好莱坞电影《西部开拓史》。一批又一批的新移民，赶着骡马牲畜、坐着圆圆的篷车，由美国东岸向不可知的西部前进。有的人没走多远，觉得水土不错就安家落户；有的人盼望更好的地方，则继续西行。

野雁们不也一样吗？那曾经来访的几百只甚至几千只都去了什么地方？它们会不会像西部开拓者停停飞飞，飞过五大湖，飞到加拿大，甚至更北，飞到接近北极的冻原。有的野雁像啊啊和呀呀，吃着湖边的青草，接受我的面包招待，甚至受我的保护，有些却得飞越关山到千万里之外，啃食冻原上夏天才长出的小草，而且受尽野狼、狐狸和鹰隼的威胁。

问题是,那些"野雁"会不会用另一种眼光看啊啊和呀呀,说它们失去了探险和远征的精神,不再是真正的加拿大雁?

无论如何,啊啊和呀呀是我疼爱的宠物,甚至成为我家的一份子。它们就是啊啊和呀呀,不是别的野雁。这里是它们的家,我不会让别人分享。

07
母亲

  四千多米的喜马拉雅山上,有一种像灯笼的草,在粗大的茎上,长满薄而透明的叶子,层层包着它的种子。然后,种子成熟,母株死亡。

  愈是对下一代有爱的生物,愈能在这个世界生存。经过亿万年的陨石风暴、冰河冻原,能绵延到今天的生物,都有着最能牺牲的上一代。

四月六日

伟大的母亲

我百分之百确定呀呀是在孵蛋了。

因为已经有两天没见到它,只有啊啊总来讨食。

啊啊讨食的方法很妙,它会先游到岸边,爬台阶上来,走过草坪,跳上露台的矮墙,再飞上我的野餐桌,伸长脖子站在那里。它一边居高临下守望呀呀孵蛋的地方,一边窥视我房内的动静,让我知道它正等着吃饭。

我昨天出去喂了它半块面包,因为啊啊狼吞虎咽,我怕一次喂太多,它会噎到。呀呀前几天曾经噎过一次,那是因为我躺在地上,骗它走到我身上,所以不像平常带它们散步时,一边走一边扔面包,而是不断把面包往身上放,让呀呀一口接一口吃,结果发现它吃完半天,还一直扭动脖子,十分不舒服的样子,甚至我掏出饼干,啊啊抢着吃,呀呀都不吃了。

现在呀呀不在,只啊啊一个吃,一口接一口,当然也可能噎到。

我故意喂一口等一下，看它把面包吞下肚子，再喂下一口。又想：何不借机摸摸它。它们虽然曾经走到我两膝之间，甚至走上我的胸口，可是"主动权"都在它们。我每次才要伸手摸一下，它们就会躲。有一回我真摸到了呀呀的背，它居然猛拍翅膀一副要飞走的样子。从那以后我就不摸了。

这是多好的机会！啊啊站在野餐桌上，身体正好在我面前，我试着在餐桌左边放块面包，当它过去吃的时候就用右手摸一下。它显然吓一跳，浑身抖动了一下。但啊啊毕竟不是呀呀，它没扇翅膀，只是回头看我一眼又摇了摇尾巴。我赶快放另一块小面包在右边桌上，它走过去，我再伸左手摸它一下，它又一震，尾巴又摇了摇。

就这样不断重复十几次，它果然比较习惯了，只是每次我摸完，它都会摇尾巴，不知是高兴还是抗议。我再试着把食物放在手心，引诱它跟着我的手，把头伸向我的腰间；我甚至进一步把手往背后藏，它得伸长脖子到我背后吃东西。于是它的身体碰到了我的身体，当我再用手摸它，就好像把它抱住一般。我要让啊啊觉得"吃一口"和"抱一下"，是同一件事。于是吃美食的"快感"能跟"抱一下"连接。久了之后，它只要被抱就想到有吃，自然愈来愈会"高兴"被我抱，甚至有一天听我的命令起飞和降落。

今天我中午和傍晚出去喂啊啊两次，因为虽然呀呀没来，但我发现啊啊特别饿，独自吃一整个大面包也不成问题。啊啊比过去表现得饿是有道理的，因为它多半时间都守在呀呀孵窝的水边。不像以前，可以有半天待在我的院子吃草。

呀呀当然更可怜了，它已经两天没进食。据书上说有些孵蛋的母雁，一天只离开窝几分钟，所以当小雁出生的时候，许多母雁已经瘦得不成样子。尽管如此，那些伟大的雁妈妈还是会伸开翅膀，把每个宝宝庇护在羽翼下。

母亲真是太伟大了！我愈老愈这么觉得。一方面看着孩子长大，"养儿方知父母恩"。一方面因为观察，发现今天的妈妈们比以前的母亲更辛苦、更伟大。

可不是吗？以前有几家孩子学这个学那个？农村的私塾离家能有多远？加上很多母亲不识字，根本帮不上孩子。哪儿像现在的妈妈，除了接送孩子上下学，还拉着孩子东边学钢琴、西边学数学、北边学舞蹈、南边补英文。有些妈妈甚至深更半夜还为孩子检查功课，再不然坐在椅子上熬夜打盹儿——陪读。

这世界上不仅人类，应该说每一种生物都有伟大的母亲。正因为有母爱，生物才能繁衍。我以前在夏天看见一种大黄蜂，会先把蝉杀死，再拖进它们地下的窝，觉得很奇怪。后来读昆虫的书，才知道它们是为了养自己的宝宝，甚至因此得到"杀蝉者"（Cicada Killer）的称号。

我在师大的老师林玉山，也被鹭鸶的母爱感动。他有一天正做鹭鸶写生，看见一只鹭鸶妈妈从水里抓了条鱼，打算回巢喂它的宝宝，半路不小心鱼掉在地上，那鹭鸶妈妈把鱼捡起来，没有直接回窝，而是先回水边，叼着小鱼在水里涮了涮，把沙洗干净再回去喂它的小孩。

我也早知道雁妈妈伟大，因为以前左邻院子的大雁孵蛋时，我曾经喂过母雁。别人的院子，我不能过去，只好扔食物到母雁身边。看得出那母雁很饿，每一口都狼吞虎咽。但是只要我的面包没扔准，丢在了母雁伸脖子够不着的地方，就算离开不过几厘米，母雁也不会稍稍移动它孵蛋的身体。

相信呀呀现在正坐在它的蛋上。为了使每个蛋受热均匀，它必须隔一阵就起来用嘴巴调整蛋的位置。据说小雁在蛋里还会叫，好像人类妈妈可以感觉到"胎动"，呀呀应该也会陶醉在它宝宝的叫声之中。那些孩子的低语会给呀呀很大的鼓励，让它坚持二十八天，等到孩子一一破壳而出。

不知呀呀听到小雁破壳的声音，会有怎样怦怦然的欣喜？

还有，当我在院子，对着呀呀孵蛋的地方叫："啊！啊！啊！啊！啊来呀！啊来呀！有好吃的了。"呀呀会怎么感觉？

它居然能充耳未闻，坚持到底。

虽然距离远，我看不见它，但在我的眼前已经浮现出一个独自坐在窝里、垂着眼睑、闭着耳朵、散发母爱的雁妈妈。

四月七日

啊啊来敲门

已经仲春了,早上居然飘了雪,只是雪花不密、落地即化。

我因为吃一种胃药,空腹半小时才能进餐,所以决定先喂啊啊。拉开后门,一股寒风立刻钻进来。我对着门外喊了两声就把门关上,回去穿大衣、穿鞋子、拿面包。再拉开门,看到啊啊已经站在上层的露台中间。

我的露台分为两层,下层放白色的野餐桌,也就是啊啊最近常常自己站上去等着吃东西的地方;上层距后门只有四阶,放了四把铝制的绿色野餐椅和一个小圆桌。露台四周有许多特大的花盆,由我老岳父在夏天种黄瓜、丝瓜和西红柿。

今天啊啊居然没往白桌子上站,而是径自登高到绿餐椅旁边。我先扔出一块面包,又想考考它,看它敢不敢再爬四阶,直接到后门来,就往石阶上扔了一块。它立刻两只脚并拢跳上一阶,把面包吃掉,而且没等我再扔面包,接着用同样姿势连跳三级,直接到我面前。

"你可真够大胆的。"我对啊啊说,又喊太太,请她为我录像留念,表示我训练啊啊有了新的成绩。

我站在后门外喂啊啊,看它一点也不怕,外面风太冷,干脆把后门拉开,躲到屋里喂。有几块面包被风吹进来,啊啊竟然把脖子伸进后门吃。我相信只要我再往屋里扔几块面包,它一定会进屋。可是太太说不准进!进来拉屎她不擦,必须由我擦。又说:"你不是在大马路上都清啊啊的大便吗?当然家里更得由你清。"

我很想让啊啊进屋遛遛,但是又怕,不是怕它拉屎,是怕它如果受惊飞起来,古董花瓶、吊灯摆饰全得遭殃。雁鹅在惊慌时乱冲,那翅膀的力量可大极了,据说某动物园有只天鹅(算是野雁的堂哥),才一生气鼓翅,就把管理员双臂的两根尺骨打断了。

我只好在门边喂啊啊,而且照例喂一口摸一下。啊啊已经习惯我摸了,但是还会摇尾巴。

"它会把尾羽张开,左右摇摆,好有意思哟!"我正转头对太太说。

啊啊好像突然一惊,蓦地转身,先看了看四周的栏杆,再认准方向振翅而起,快速掠过下面两层露台和草坪,再斜斜越过湖边的柳树,向着右边一百五十米外的湖滨飞去。

四月八日

我看到呀呀的蛋了

啊啊的窝显然在右边距我一百五十米的湖滨，但我用望远镜只能看到浮在水边的啊啊，从没见过呀呀，更甭说呀呀孵蛋的地方了。为了找呀呀，我每天举着双筒望远镜，累得两臂酸痛。所幸儿子前几年送我一个天文望远镜。我只看过一次彗星和卫星就没再碰，现在倒派上了用场。因为装小倍数的目镜，居然可以当作一般望远镜使用。

所以我这两天也试着用天文望远镜找呀呀。只是因为倍数太高，加上左右的景物倒反，一时很难适应，常常才发现啊啊，稍稍挪动一下就又找不着了。但是用这望远镜有个好处，是当我变换焦距的时候，树林里的景物会一层层地出现。也可以说那望远镜的景深很浅，当我对准某样东西，前后的其他景物都会变得模糊，使被对准的东西格外突出。于是我只要慢慢扭动变焦的小螺丝，就好像变魔术，一下是枫树的红紫、一下是柳条的黄绿、一下是草地的青葱、一下是朽叶的枯黄。

我没找到呀呀，却找到了春天树林的美。

吃完午饭，趴着窗户没再见到啊啊，连用望远镜都找不到。我有点担心：第一，刚才啊啊吃得好好的，为什么突然飞走？而且太太说她听见呀呀喊叫的声音，可能有特殊状况。第二，呀呀已经三天三夜没吃东西了，天变得这么冷，风又那么大，它是不是撑得住？它已经习惯每天吃面包，突然禁食，行吗？

我打算沿着湖边找，看呀呀在哪里。但是太太不赞成，说湖水太凉，又得经过邻居的院子。表示可以开车载我到对面的高尔夫球场，再从那边进入树林，往湖边找。

树林并不很大，邻马路的一侧做了栅栏，上面挂了好几块牌子："不准钓鱼""不准游泳""不准穿越"。我抱怨地说："这是公有地，为什么不准穿越？"但是车子才驶进球场，就懂了！原来那里接着高尔夫发球练习场，场子四周挂了网子，可能是属于球场的土地。

我和太太绕过网子，沿着栅栏走，再穿过树林踩着朽叶，往斜坡下面的湖滨找。离水还有二三十米呢，突然听见"哇啦哇啦"的野雁叫声！接着湖面激起一片水花，是啊啊不知从何处飞来，快步往岸上冲。这时候才看清，原来呀呀在一棵大树背湖的一侧坐着。

我叫呀呀，并掏出小面包，先秀给它看，再一步步靠近，它立刻站起来，但不是想吃面包或表示欢迎，而是发出"嘶嘶"警戒的叫声。还是啊啊比较有礼貌，虽然站在巢边，却没表现出敌意。

呀呀果然在这儿孵蛋，我很清楚地看见它身体下面露出

因为我们是初次造访，又是不速之客，啊啊和呀呀都不怎么友善。

一个大大白白的蛋,四周还有很多小羽绒。为了不惊动它,我蹲在两米外,把面包撕成小块扔过去。湖上的风太大了,面包都被吹飞了。我只好估算位置,朝风来的方向扔,果然落在呀呀面前。它吃了,一口又一口,但如同以前邻居院子里的那只母雁,只要落在它够不着的地方,就不吃。也可以说它虽然站在窝上,却坚持不走出来。麻烦的是呀呀眼睛确实有问题,因为当我把面包扔在它的蛋上,它先吃面包,接着又去啄蛋。大概因为面包跟蛋壳一样是米白色的,它误以为自己藏在羽绒下的蛋也是面包了。

我请太太"先退",免得呀呀紧张,又用很快的速度把两个小餐包都掰成小块,扔在呀呀四周,接着离开树林。只是一边走一边操心,怕呀呀把自己的蛋当作面包,啄破了。

"呀呀太笨了!不是普通的笨。"我在回程路上对太太说。

"你怎么不说是啊啊太聪明呢?就因为它特别聪明,所以特别通灵、会跟我们亲近。"

太太很会说话,而且显然,她也很护着啊啊和呀呀。

四月九日

会不会有贼潜入

夜里听到野雁的叫声,因为不是由远而近或由近而远,表示没有雁群离开或降落,那"呱啦呱啦"的雁鸣就可能来自地面了!好端端的夜晚,又过了发情的日子,它们为什么在夜里鬼叫?会不会有野兽攻击或什么人在夜里"摸营"?会不会有人来偷啊啊和呀呀的蛋,甚至把它们捉去打牙祭?

想起三十年前刚来纽约的时候,留学生说城里到处都是鸽子,只要夜里摸到鸽子聚集的地方,用手电筒一照,睡梦中醒来的鸽子一只只"呆若木鸡",手到擒来,可以回家做油淋乳鸽。

我十几年前有个管家也发过奇想,说要做烧鹅,接着就带着我近九十岁的老母亲去公园抓雁,一个追一个拦,没碰上半根雁毛,却被公园里的白人骂了,让我觉得很丢脸。

连我老岳父都动过抓雁的念头,说用高粱酒泡米饭喂野雁吃,保证全部醉倒,然后可以做烤雁大餐。他甚至连怎么做,烤箱够不够大都想好了。只是现在老岳父也成为照顾啊啊的人，我不在的时候常由他喂；就算我在，他也可能偷偷扔食物给啊啊。

昨天夜里野雁嚷嚷，会不会是有人想吃烤雁？冬天树林里的叶子几乎掉光，外人从马路上隔着栅栏就能看到湖，还有湖上的野雁。

我从半夜被雁鸣吵醒就紧张，久久不能入睡，最后不得不吃安眠药。梦里果然有了猎雁的场景，一片芦荡之间好多野雁。接着是枪响、许多狗在叫，还有野雁被砍了头、剖了腹，血淋淋地摊在湖上……

我醒着的时候，就常常想到野雁没了头的惨状。那是因为劳伦兹的书上说有一只他养的雁不见了，后来尸体被发现，没了头，可能是狐狸咬的。我梦到被剖腹的野雁，也可能因为在网上读过一篇有关苍鹭的文章，说渔民把抓到的一只苍鹭剖腹，居然从里面找到七八只鱼苗，可见苍鹭危害有多么严重。

问题是野雁不是苍鹭，连家乡保护野生动物的网站，都说野雁是人类的朋友，要大家别去伤害它们。苍鹭吃鱼，会让渔民受损，野雁不吃鱼只吃草，连我喂水果和青菜都不吃。加上野雁能看家示警，当然是人类的好朋友。

提到"示警"，老母亲在世的时候就常说鹅会看家，还会追着陌生人咬，夜里小偷潜入，鹅会大声把主人叫醒，还说因为蛇怕鹅粪，所以鹅能防蛇。这么说来，啊啊不是连拉屎也有道理了吗？

昨夜雁鸣很可能在示警。我们这边临湖，小偷如果从高尔夫球场进入，沿湖可以走到每家的后院。又因为面对的是一大片湖水和球场,就算小偷好整以暇地穿窬凿户,也不易被发现。幸亏有湖滨栖息的野雁会受惊呼喊,帮我们看家。

虽然吃了安眠药,还是早早醒了。我拉开百叶窗,看见啊啊正在窗前不远的地方吃草,看它的神情没什么异样。而且只见啊啊、不见呀呀,想必呀呀还在孵蛋。我关上百叶窗,又睡了,睡得很熟。

四月十二日

大战拉开了序幕

今天湖上发生大战,真是太精彩了!

虽然中午已经喂啊啊吃过东西了,但是下午它坐在后院好像总歪着头看我,所以五点钟工作告一段落,我就拿了两包饼干出去。刚下过小雨,有点湿冷,我把啊啊往前院带,坐在牡丹花圃的围栏上喂它,喂一口摸一下。但我发现今天不能摸,因为啊啊刚淋过雨,背上都是水珠,我不摸,水珠还浮挂在表面;我一摸,就沁入它的羽毛。

于是我不摸了,往街上走。自从那个美国老太婆停车抱怨,我就很少带啊啊上街;就算去,也只在前门走一小段。因为我发现邻居的草地上有不少野雁的粪便,虽然不是啊啊的杰作,但是当我带它走过,感觉还是怪怪的,好像我<!--illegible-->对小区的每一条大便负责。

今天本来也只想带啊啊在门前走走,但是远看整条街,有绿有黄还有好多紫;连翘、白辛夷、黄水仙和风信子全开了,就对啊啊说:"咱们一起去赏花吧!可别拉屎哟!"接着带它往下走。啊啊果然都没"放肆"。现在带它上街十足像遛狗,尤其雨后,只听见它两只大脚丫"啪啦啪啦"地响。过去它都跟在我后面,现在我换了方法,把饼干往前扔,所以当它低头吃的时候我会超过它。但是接着它又会"啪哒啪哒"地快步赶过我,吃下一块。

饼干是岳母由老人中心带回来的,最近犹太人过逾越节,发给老人的饼干硬硬薄薄,和以前的很不同。我没尝是甜是咸,但啊啊显然很喜欢,正因此它会把孵蛋的呀呀都忘了,一路跟着我在小区街上逛。

啊啊虽然忘了呀呀,我可没忘,所以到了临湖的那一小块湿地,就右转走到湖边。那里距我家已经有八九十米,不属于啊啊的势力范围。平常从院子望过去,因为有一棵大柳树挡着,看不清。今天走到湖边,才发现头头和它的一票同党都在那儿。

啊啊并没露出惧色,大概因为跟着我吧!雁鹅会"倚仗人势",我以前养的一只黄猫就这样,有一天我带它在院子里,看见大门下面露出一个狗屁股和短短的尾巴,是常常欺侮它的那只狗。正想呢!黄猫已经冲过去,从门下狠狠给狗"一爪子"。就听见那狗尖叫着躲开。我好奇地拉开门,狗正对着门尖叫,黄猫原本跟在我后面,居然"猫仗人势"主动往前冲,左右开弓连抓"狗脸"两下,痛得那只狗夹着尾巴鬼叫着逃走了。

现在往事重演,我把啊啊带到水边,先在岸上扔饼干,又扔向水里。啊啊立刻追下水,头头也不含糊,带队过来抢。啊啊大概知道在别人的"地界"得低调一点,专心吃饼干没有攻击。我也存心只喂啊啊，每次都把饼干扔在靠近啊啊的水面，所以头头和它的五个死党半口也没吃到，气得"呱啦呱啦"直叫。这一叫，啊啊可神了！居然伸长脖子，立在水面，连拍几下翅膀，做出胜利的宣示。突然听见远处传来雁鸣，啊啊先怔了一下，然后猛鼓翅，朝着呀呀孵窝的方向贴着水面飞去。接着传来呀呀和啊啊对吼的声音，想必呀呀对啊啊独自跟我上街，又吃香喝辣十分不满，所以跟啊啊大吵。

啊啊飞走，头头和它的党羽就得意了，纷纷在我面前的水边绕着小圈游，好像既怕我又想谄媚。头头以前吃过不少口，知道饼干的味道。但我今天没这么做，毕竟亲疏有别，啊啊和呀呀既然是我的宠物，它们不在场，我更不能对头头好。

我循原路回家走到后院，看见右边湖上两条长长的水痕，啊啊居然带着呀呀一起游过来了。

"呀呀出来了！呀呀出来了！"我对着屋里喊，叫太太快拿面包给我，接着跑上钓鱼台。

好戏上演了！

啊啊和呀呀从右边游来，头头和它的五个同伙居然也从左边游来，我还没扔出面包，大战已经开打。只见啊啊几乎用"踩水"的方式"飞奔"向头头，两员大将立刻缠斗起来。

人们打架动拳头，野雁打架也一样，它们的"拳头"是一般人认为的"肩膀"，也就是折在肩膀位置的翅膀。鸟的翅膀跟人的上肢其实差不多：人的手指是鸟翅膀的大羽毛（学名"一级飞羽"），人的下臂是鸟的"次级飞羽"。当人把上下手臂夹紧在肩膀的位置，再将手腕下弯、手指朝下的时候，就等于鸟类静止敛翅的样子。因为手腕靠近肩膀，所以一般人会误认为那是鸟的肩膀。

现在啊啊跟头头就各自用肩膀和上面的大羽毛攻击，而且每次"出拳"，水花四溅，声势更为惊人。

也许因为在啊啊的地盘又有我在场助阵，头头先输了气势，打不到五秒钟就朝左边飞去。这时候呀呀也出手了，攻击头头的老婆。那只比较弱的母雁不敌，立刻飞向对岸，呀呀也飞起来追着尾巴咬，只见两只雁影在远处坠落湖面，激起一片水雾，接着呀呀已经大叫着飞回啊啊的身边。而且两个伸长脖子贴着水面对叫，还扇翅膀、摇尾巴庆祝。

我更少不得厚厚赏赐，不断对呀呀扔出美食。啊啊大概知道呀呀已经饿了很多天，就算有面包扔到面前也不吃，让给呀呀吃。

头头和另外四只雁居然没游远，不断在左侧水面来回游动。我也存心作乱，不时往头头那边扔出几块面包。那些面包都特大块，因为这样才够重，扔得远。

虽然啊啊过去攻击了几次，但头头动作快，硬是吃到几口，一边逃，一边叼着食物急急往下咽。

突然远处传来哭泣的声音，那种野雁落单或战败时发出的拉长的单音，原来是被呀呀追杀到湖对面的母雁在哭。

头头转身了，朝它老婆游去，几只死党也跟过去，而且游着游着一同起飞。我没看清它们飞的方向，因为眼前的啊啊和呀呀也大叫着，像两块石头一样，朝它们家飞去。

湖面上有黑影掠过钓鱼台，映在草地上。我抬头，看见三只老鹰正在上面交叉着盘旋……

四月十三日

老鹰出手了

　　昨天才见到老鹰，今天就发生了悲剧。

　　钓鱼台的步道上有个破了的大蛋壳，一定是野雁的。里面还有些蛋清，可见刚打破不久。我用脚踢了踢，蛋壳发出像瓷器相撞的清脆音响。这里没有野雁的窝，不可能是小雁破壳之后留下的，而且从里面的蛋清可以知道那是个未成形的蛋。

　　据我观察，除了右边大约一百五十米外有啊啊和呀呀筑窝，左边两百米有一户人家临水种了许多小树，下面沙滩上可能有头头的窝；再过去一段距离，通往高尔夫球场的桥边或许有头头的党羽，对面球场临湖的大树后面还可能藏了一两家，今年整个莱克瑟丝湖畔不过五对大雁。如此说来，这个蛋一定是被什么动物从别处偷来的。

　　会不会是浣熊呢？以前常看见浣熊在钓鱼台的步道上留下一坨坨粪便，里面全是很小的种子，可见浣熊多半吃素。就算它们现在找不到果子，去偷雁蛋，也不可能运这么远来吃。

如此推理，一定是老鹰干的，只有老鹰能先攻击母雁，使母雁离巢，再打败公雁把蛋抢走，找个安全的地方啖食。老鹰夜里不能飞，这"悲剧"想必是在今天早上发生的。

问题是太太说整个早晨啊啊都在院子里吃草，再不然坐在临湖的草坪边缘。还说啊啊显然看得见她，她在屋子里走，啊啊的头也跟着动。甚至会换座位，坐在看得见她的地方。

如果我没读过劳伦兹的书，一定会说太太自作多情。但是书上说，有一只跟劳伦兹并不很熟的雁鹅，会站在不远的地方盯着劳伦兹看，连看几个钟头。说不定啊啊虽然跟我老婆不熟，但对她有好感（加上早晨我都在睡觉），所以守着她。

既然啊啊早上都在这儿，而且没有表现异状，它又随时盯着呀呀的方向守望，应该没问题。但我还是不放心，怕因为啊啊常常跑来我院子，被老鹰注意到，趁机攻击呀呀。又因为是偷袭，呀呀没来得及喊救命已经受重伤，所以啊啊不知道。

吃完午饭，我就和太太去高尔夫球场。球场正在种花，好多人在花圃间大呼小叫。幸亏呀呀的窝在树林里，园丁不会过去。我和太太循老路，绕过网子再沿着栅栏往山坡下的水边走，远远就看见呀呀好端端地坐在窝上。

说实话，这湖边的几家野雁，呀呀选的地方最棒。第一，它大概知道很多人痛恨野雁，所以没把窝筑在人家的院子里。第二，它选择湖的北岸。所谓"水北为阳"，总有阳光照耀加上湖水反光，比南侧温暖得多。

我今天还发现就算树林里空空的，从马路上也看不到呀呀的窝，因为正好它那里的山坡隆起，挡住了外面的视线。据劳伦兹观察，雁鹅筑巢的地点都由"老婆"决定，如此说来，呀呀虽然比啊啊笨，选房子看风水还是有一套的。

上次我突然"现身"，呀呀"嘶嘶"地对我吼。今天我换个方式，老远就对呀呀喊：

"啊！啊！啊！来呀！"这是我平常喂食的叫法，它应该最有好感。果然它没嘶，只是站起身露出下面四个大大的蛋。啊啊不知什么时候已经站在水边，连一声也没叫，使我差点忘了它。

野雁的背是褐色的，肚皮是白色的，深黑的翅膀大羽毛藏在褐色的"次级飞羽"下面。尾羽上方虽然有一条白色的"覆羽"，也只有在飞的时候能从后面看见。所以当呀呀坐在窝里，简直跟满地的朽叶融为一体。除非它动或叫，外人根本不可能发现。

我请太太站在远处摄影，独自走到呀呀旁边扔面包。今天没风我又蹲得近，面包都落在呀呀面前，它也就一口口享用。有些面包掉进小树枝之间，它还把嘴伸进去掏。啊啊在旁边站着，我也扔了几块给它，还在手心放一块，要它过来吃。它犹豫了一下，没动，可见情况还是跟平常不同。

呀呀今天虽然没有发出"嘶嘶"的叫声，却一边吃一边以很规则的频率，不断地低头抬头，并且发出"嘎嘎"的单音。好像叮嘱啊啊小心看着，搞不好我会突然出手抢它的蛋。

今天我细细看了那四个蛋，大小确实跟钓鱼台走道上发现的一样。蛋的四周全是小小的羽绒，还有一条红色，我吓一跳，注意看，居然是高尔夫球上的红字。天哪！呀呀把高尔夫球也弄进了窝里。

"呀呀是怎么把高尔夫球弄进窝的呢？"太太回程问。

我说："不知道！球小，说不定用叼的。但是如果它认为会叼破，就会用滚的了！"

问题是，因为距练习场不远，树林里到处都是小白球，难道呀呀全要叼进窝吗？一窝高尔夫球，那还孵什么蛋？

"这样吧！"太太突发奇想，"它既然看不出蛋的大小，把小白球都当成大雁蛋，下次我们拿鸡蛋来跟它换。"

"换回去怎么办？"

"我们帮它孵！"

08 战争

这世界上有谁是百分之百的坏人呢？只是有人太自私、太利己，或许因为环境，误入歧途。

恨的问题是要用爱来解决，而不是用恨。只有彼此体谅，各退一步，才能实现双赢。

四月十四日

我们帮它孵蛋吧

昨天太太说要拿鸡蛋换呀呀的蛋,回家自己孵,我骂她缺德。她说不是缺德,是宅心仁厚,因为怕呀呀的蛋被偷,不如由我们帮它孵。

"你知道孵出来会有多麻烦吗?"我立刻找来《所罗门王的指环》给她看。劳伦兹只帮忙孵出一只雁鹅,就已经够头痛的了。那小雁鹅睡在劳伦兹的床边,夜里隔一下就要叫妈妈,劳伦兹不答话,小雁鹅就哭。而且雁鹅有"铭印"的记忆,出生时看到谁,就认谁是妈。我问老婆:"你能整天带着它吗?带它睡觉、下厨、上市场?"

太太就打退堂鼓了,改口说:"我可以在快孵出来的时候还给呀呀啊。"我问她怎知道是不是要出来了,她说:"你不是讲二十八天吗?查查你的日记就知道呀呀从哪天开始孵,什么时候小雁会出来。还有,你不是说小雁会在蛋里叫吗?我可以听,它叫得厉害,大概就要出来了。"更毒的是她说:"你又不是没干过这种事,我是学你的!"

她讲得没错，我确实孵过雁蛋，但那是不得已，也因为"不得已"才做。事情是这样的：

前面提过，我刚搬来湖边不久，发现邻居院子里有一只母雁孵蛋，我不但叮嘱家里的工人别过去打扰，还常常扔食物给那只母雁。我对它的蛋很好奇，常在旁边观察，发现母雁只有在艳阳天的中午偶尔离开一下，而且会先衔羽毛和树叶把蛋盖上。它跟呀呀一样，也生了四个蛋。

有一天母雁公雁都不见了，但是窝里还剩一个蛋。我等了又等，怕那蛋会受凉，只好跳进隔壁的院子看（那家主人长年住在国外，屋子是空的，正因此母雁会选在他家筑窝。）窝里有好多碎蛋壳，表示三只小雁都孵出来跟着妈妈走了。剩下的那个蛋大概发育慢，妈妈和"它"的兄弟姊妹等不及，所以被放弃了。

多可怜哪！这样非冻死不可。我只好把那蛋带回家帮忙孵。我先贴着肚子揣在身上，吃饭写作都带着。可是晚上怎么办？揣在身上也危险，要是不小心把蛋压破，还了得？于是又四处找地方，发现卫星电视接收机上面是热的，而且热得恰到好处，不至于烫。于是在上面摆个芦苇篮子，先铺棉花把雁蛋放进去，再盖两层绒布。还怕温度不稳，夜里再三起来检查。

只是这样孵了一个多礼拜都没消息，我对着太阳照，壳太厚看不见清，摇摇也没什么声音。但重量不轻，显然"有料"，不是空的。于是继续孵了半个月。实在觉得不对劲，细细检查，才发现蛋壳上有个很小的孔。闻一闻，臭的！那居然是个"坏蛋"。

为这事我失望了好几天，后来想开了。蛋是坏的，母雁早知道，所以放弃。既然是坏蛋，反正孵不出来，表示并没有小雁被妈妈遗弃，我又有什么好伤心的呢？只是太太常拿这事取笑我，还跟朋友说，我被母雁骗了，花二十多天孵一个"坏蛋"！

今天太太虽然打了退堂鼓，说她没时间带"黏人"的小雁。我还是上网查了孵蛋机（Hatch Machine）。天哪！一个最普通的机器，也要上千美金。而且都是容纳几十甚至上百个的。我如果帮呀呀孵蛋，一共才四个，未免太小题大做了。网上也教人 DIY，除了孵蛋箱、加温器、吹风器、进风口、出风口，还有电子温度计。理论上是不能直接加温，免得过热。必须把暖风往里送，又必须保持通风，使蛋壳能够呼吸。还要维持湿度，所以里面得放一杯水。

这下我不得不佩服呀呀了。那个下面用小树枝、草茎树叶和羽绒铺成的窝，加上呀呀坐在上面送出体温，居然能有恒温恒湿和通风的效果。

夜里我对太太说，不必想着帮呀呀孵蛋了！它生的蛋本来就该自己负责；啊啊作为爸爸，也当然得保护老婆和孩子。

太太笑笑：

"其实我们冰箱的鸡蛋也没办法跟呀呀换，因为我们买的蛋是红皮的。"不过她又说："对了！也有白皮的，是咸鸭蛋，搞不好更像呢！"

四月十六日

有人来偷蛋

今天我为啊啊和呀呀去报了警。不！应该说我请邻居去报警，因为有人侵入他们的院子。活该那两个人倒霉，碰上我这个整天往湖上"巡视"的人。因为我的书房在二楼，书桌正对着湖，我家又在湖岸的最高点，可以看见大半个湖面。

下午三点多，我正在写作，突然看见原先在草坪坐着的啊啊，大声叫着飞向右岸，接着传来它和呀呀的大声呼唤。起先以为它们两口子又吵架了，但是细听不对劲，因为叫声不是连串的"滚转"，而是"单音"。最近很多情况，包括我走近呀呀的窝以及头头的老婆受委屈时，它们都会发出那种特别清晰高亢又"声声分明"的呼唤。

我立刻放下笔，拿起望远镜往啊啊家的位置看，见到呀呀正在拍翅膀。说实话，因为呀呀的窝藏在大树后面，我过去只知道在哪个位置，就算用高倍望远镜也看不到呀呀。今天却见它猛扇翅膀，而且往左看，啊啊也在旁边伸着脖子叫。

我再往林子里搜索，没见什么人。但是才放下望远镜，就觉得右边树林深处，有一块红色在动；再用望远镜找，赫然发现个穿红衣服的人。而且不只他一个，旁边还有一个，好像正弯腰在地上捡东西。

事情大了！我先用长镜头拍了两张照片，再下楼跑到后院、冲上钓鱼台。但是那里有树丛挡着反而看不见了，我再跑到与邻居交界处，地上刚冒出好多萱草的嫩芽，我也顾不了，直接踩上去，从竹丛缝里看，果然有两个人正在地上找东找西。

他们是在找野雁蛋吗？我看见一个人手上提个篮子，搞不好呀呀的蛋已经在里面了。我又往前门跑，出院子左转跑上大马路，打算由那里冲到高尔夫球场再折进树林抓偷蛋的人。但我才一个人，他们两个！说不定更多，会吃亏，还是先报警吧！于是又气喘吁吁地跑回家，请太太打电话给警察局，说有人侵入邻居的院子。太太说这样不好吧！应该由邻居报警才对，接着拨电话给邻居。那是位内科医生，夫妻上班儿子上学，连管家都不在。医生在诊所接的电话，说不知会不会是检查白蚁的人。我说不会，检查白蚁犯不着进入树林，而且鬼鬼祟祟，一看就有问题，医生就说她会打电话给警察局。

果然才三分钟警察就来了。我没听见警车响也没听到警察喊，但是可以确定警察来了，因为那两个人匆匆忙忙跳过矮墙，以很快的速度穿过树林跑掉。我正要喊警察说他们可能偷了大雁蛋，但是看见穿红衣服的那个人手里拿根长长的东西，是钓竿，原来是钓客，就没喊警察。怕那两个人知道我为野雁报警，怀恨在心，改天反而跑来偷呀呀的蛋。我还是不放心，想过去瞧瞧。可是又想，才报了警，搞不好警察还在抓人，我这时候进入树林，反被认为是贼了。而且以后难免还会有人打扰呀呀，我应该做个牌子叫大家注意保育。可是想想还是觉得不妥：把牌子挂在哪儿呢？如果挂在树林入口，不是"此地无银三百两"，反而提醒大家里面有野雁孵蛋吗？

"那么竖块牌子在啊啊和呀呀的窝前面吧！"太太建议。我想了想，还是不好。因为呀呀敏感得要死，突然多块牌子，只怕会把它吓跑。想了半天，总算有了点子——

我去车房找来一条从园艺中心买的，专门插在花圃四周做装饰的白色塑料小栏杆。长一米，高不过二十厘米，每条栏杆都有一厘米半的宽度，正好写字。于是用防水笔写上"请勿打扰这些野雁！它们是生态研究对象（Please do not disturb these geese. They are subjects of scientific study.）"。

接着我和太太又赶去树林，由我带着小栏杆走到距呀呀十米的地方，把栏杆插在地上。太太说："距离太远了吧！"我就再往前移。呀呀显然已经适应了我们的造访，虽然下午才受惊，却只站起来叫了两声，接着就和啊啊一起吃我带去的面包。我正好抓住机会，把栏杆插在窝前满是朽叶的地上。这栏杆不显眼，在远处看不到，应该不会弄巧成拙地把人诱来。至于真正走近的人，看到我写的字，知道有人研究呀呀和啊啊，应该也会有所节制。

我对自己的点子十分得意。走的时候回头看了又看，还拍照录像存证。至于那两个钓鱼贼，我不知道他们有没有被警察堵住。这湖上明文规定不准钓鱼，不知要罚多少。倒是太太开玩笑地说："有你这个 Block Watcher（意思是吃饱了没事，专门在小区东张西望、管闲事的人），邻居家都不会闹小偷了！"

四月二十七日

殊死之战

已经好几天没见到呀呀了。算算日子,再过一个礼拜小雁就会破壳。呀呀大概正紧紧守着窝,随时迎接小雁的诞生吧!小雁会在蛋里叫,那多有意思啊!人虽然自认为最高等,母亲却只能感觉到胎动,却听不到胎儿说话,呀呀则能当雏鸟还在蛋壳里就与宝宝交谈。只是不知卵生的动物有没有"胎动"?它们会不会也像人,在妈妈肚子里伸腿伸脚,甚至踹得妈妈直疼。我相信蛋壳里的娃娃应该也会动,最起码它们可以挪动身体,把嘴对着蛋壳里留有空气的那块地方说话,使声音能够传达出去。破壳的时候更不用说了,小雁天生有专门用来划破蛋壳的乳齿;当它成熟的时候,只要从里面用乳齿抵在蛋壳上,转动身体、划一圈,蛋壳就破了。在啊啊和呀呀嘴的最前端(就是看来像上唇的位置)有个圆圆硬硬凸起的地方,应该就是乳齿留下的痕迹。

纽约的春天是跳着来的,前一天还开暖气,后一天就可能得开冷气。突然热到近三十度,各种花都抢着绽放。好处是，美！糟的是，我的"花粉热"更严重了。尤其是当枫树开花的时候，因为那是"风媒花"，为了能被风吹得愈远愈好，花粉必须长得非常细小。所以"虫媒花"的大花粉落在身上没事，"风媒花"的小花粉却能钻进皮肤造成大麻烦。啊啊和呀呀的窝在树林深处，那树林又多半是枫树，使我最近不敢进去。

但我实在担心呀呀。经过这么久的观察，我发觉啊啊虽然很强，呀呀却十分柔弱。当然也可以说呀呀比较温婉贤淑，它不跟"老公"争。正因此，有好吃的它总让啊啊先吃，所以当啊啊长成大肥鹅的时候，呀呀就显得小三号了。这么弱的呀呀能几天几夜不吃吗？它会不会撑不住，像劳伦兹在书上说的，因为体力不济，有些母雁后来不得不放弃孵蛋？

还是给呀呀去送"外卖"吧！

傍晚，我和太太装备齐全地出发了。为了不让花粉掉进头发，我们都戴帽子；为了做"全纪录"，她带了摄像机，我拿了照相机。当然还有一样绝不能忘，就是呀呀最爱吃的带点甜味的小面包。

几天没进树林，简直像变魔术似的，路都快认不出了。不但几天前的秃枝上都长出了绿芽，地下的朽叶间更钻出好多红红嫩嫩的小藤蔓。我叮嘱走在后面的太太，小心那些三叶一组的藤蔓，怕是毒藤（Poison Ivy），回家一定得把衣服全扔进洗衣机，连鞋子和裤子都不能乱摸，因为毒藤的汁液是油性的，只要沾到一点点，就可能红肿疼痒几个星期。

我照例早早就叫"啊啊，啊啊"，使它们有个心理准备。夕阳在湖的另一侧，逆光看过去，深黑的树干间有着千千万万的闪光——我宁愿俗一点,形容那是"闪光",而不愿说"水光潋滟",因为实在太亮了。除了挂在对岸林梢的红太阳,还有水面的反光,照得人睁不开眼。

两个宝贝早就在那儿欢迎我们了。啊啊胸口都是水珠,可见才游回来。呀呀则站起身,露出下面窝里的四个大蛋和一颗小小的高尔夫球。羽绒好像积得更多了,因为都是胸腹的小羽绒,白白略带一点褐黄,跟蛋的颜色融成一体,好像个拆开的羽绒枕头。

我走到距呀呀一米半的位置,叫一声"啊"扔一块面包。因为敏感得厉害,眼泪鼻涕直流,只好以最快的速度往它前面扔。但是发现呀呀吃太快,直扭动脖子,好像噎住了,只好停。

就在这时候,突然看见闪亮的水光中出现一个大大的黑影,直直朝着啊啊冲过来。接着两只大雁已经纠缠成一团,从岸边打进水里。这时候才看清,是只个头比啊啊大些,脖子短而粗的野雁。

"是头头!"我对太太喊,"它来攻击了。"

正说呢!两只扭打的野雁突然各自跳开,啊啊快速奔上岸,跑到呀呀面前,贴着地面伸长脖子叫。我笑着问它:"打赢了!得意报功吗?"却见呀呀从窝上往后跳,下面的四个蛋全曝光了。这时候我才惊讶地发现那伸长脖子叫的不是啊啊,是头头。头头把啊啊打败冲过来对呀呀凶了。呀呀显然很怕,退到树的一侧,就见头头直接走上呀呀的窝,站在蛋上吃我扔在四周的面包。

事情发生得太快,我不敢动,怕头头一用力就会把蛋踩

我分不清谁是啊啊,谁是头头,
只好过去大声劝架:"好啦!好啦!别打了!"

破。所幸啊啊跟着追来了，一口咬过去，那头头居然不退反进，转身跟啊啊对咬，又由岸上打到水里。这次的打斗不像往常那样乍合乍分、胜负立判。

只见两只强壮的野雁没有叫也没有跳，只间断地拍两下翅膀，几乎可以说是静止在水里。一个咬住对方的大翅膀（相当上臂的位置），一个咬住对方的脖子。这样僵持不下足足二三十秒。接着"啪啦啪啦"一阵扑打翻转，位置变了，咬紧的嘴却没松开。

说实话，我太紧张，又在一片闪亮的波光之间，分不清谁是啊啊谁是头头，只好过去大声劝架："好啦！好啦！别打了！"才见其中一只跳飞起来，朝右边快速游去。剩下的一只先追一段距离再游上岸直喘气，呀呀也回到了窝上。

这时候我才注意到湖上一片雁唳，不知是助威喊好还是另有意思。那一只只野雁的黑影排成一线，真像以战舰封锁港口的大军压境。我知道其中最少有五只是头头的党羽。一只小的，是前些时被呀呀追到湖对面的"头头的老婆"。如此说来，它们鬼吼鬼叫都是为头头助威。今天若不是我和太太在场，一向孤孤单单的啊啊和呀呀非吃亏不可。

看着水上的野雁纷纷随着头头游远，我才和太太离开树林，还一路不放心地回头看，怕走了的"头头大军"卷土重来。我从来没见过这么激烈的野雁缠斗，所幸太太全程录像，可以为今天的"殊死之战"留下宝贵的纪录。

四月二十八日

野雁的爱恨情仇

昨天事情发生得太快,没办法看清楚整个战况。幸亏有太太录像,重复看了十几遍之后,终于理出个头绪。

录像里可以看到,当我在喂呀呀的时候,头头已经从左边往右边游,绕到啊啊的背后偷袭。那绝对称得上"偷"袭,因为通常野雁打架都会先叫阵,昨天头头却半声也没吭,就直直地冲向啊啊。

啊啊显然反应不差,它在头头还没上岸的时候已经发现,立刻转身扑过去咬住头头的肩膀。头头也不是省油的灯,它更狠,居然回咬住啊啊的脖子。两个僵持扑打了一阵,又嘴咬着嘴。接下来啊啊咬住头头的胸口,头头咬住啊啊的后颈,所幸不是咽喉,否则啊啊很可能窒息。

这时候我出马劝架,头头看情况不妙,朝右边半飞半游地逃开,啊啊还追过去一段距离,才得意地往回游。接下来的情况更复杂了!在录像镜头里只见啊啊还游在半路,右边却窜出个身影,是头头!它居然从右边不远处登陆然后飞跑过来。跑步比游泳快，头头反比啊啊先冲到窝前。

小胆的呀呀吓得立刻逃开，任由头头吃我扔在四周的面包。才吃一口啊啊就赶到了，接着展开另一番恶斗，而且打到我的背后。我当时一心注意窝里的蛋，没看清楚战况，幸亏太太站得远，才拍到些影子。

接下来的镜头是呀呀回到自己的蛋上，啊啊又守在了旁边。刚才败走的头头伸着脖子，用贴在水面的姿势很快地往回游，打算再偷袭。大概看有我在，游到岸边停住了，改成洗澡，先把头浸在水里，再抖动全身的羽毛。洗几下，转身游走，大叫着攻击四周看热闹的野雁，也可能是斥责没帮忙的老婆和党羽。

战况搞清楚了，接下来我得分析它们的行为。

首先，为什么呀呀那么差？头头才冲过来，它已经逃离自己的窝。妈妈不是应该拼命保护孩子吗？

有两个可能，一个是它确实胆小所以吓跑了。另一个是它知道头头志不在蛋而在面包。与其在窝上扭打，搞不好踩破了蛋，不如主动让出地方。

别以为鸟没这么聪明。举个很简单的例子，曾有一只"反舌鸟（Mocking Bird）"在我卧室窗前的树上孵蛋。那里迎湖，风大的时候整棵树都摇。每次摇得厉害，母鸟就会飞到不远处的树枝上，等大风过了再回巢。我起先以为它胆小，但是看它站在树梢，风把它全身的羽毛吹翻了，它都不在乎；至于大雷雨的时候，它非但没逃跑，反而张开翅膀把整个窝都盖住。由此可知反舌鸟妈妈一点也不胆小，它是"智慧"！知道树摇动厉害的时候，如果自己还坐在蛋上，鸟窝可能承受不住。

照这么想，呀呀躲开不正是智慧的表现吗？

再想想，那头头后来没偷袭成功，为什么反而好整以暇地在水边洗澡，接着去攻击别的野雁。这是因为"代偿作用"，好比一个人在路边伸手拦出租车，司机没看见或上面早有人，从他身边开过去了。这拦车的人很可能把手收回来抓头或摸摸脖子，下意识地去除尴尬。我早发现野雁有这种表现，它们即使打输了也会做出扇翅膀的胜利举动，尤其当"另一半"在场的时候，为了面子也得这么做。它们还会"市怒室色"，在公众的场合怄了气，却回家对老婆孩子冒火。

更令人难理解的是：为什么头头在我家湖边没这么凶，甚至当我扔食物在它眼前，它只要看见啊啊游近，立刻会转头离开；可是今天我非但在场，还站在呀呀和啊啊的旁边，头头竟然敢冲上来，一副理直气壮的样子？

我想问题出在我最近不但喂啊啊和呀呀，也偶尔喂头头和它老婆，让头头吃出味道，觉得它们虽然称不上老大，最起码也是被照顾的老二，有了争宠的想法。加上昨天我去了"三不管"的公有地，在那儿一个劲儿地扔食物给呀呀，而且扔一下喊一声"啊"。这是头头熟悉的声音，于是追来想得到些关爱。偏偏我没理它，甚至无视它的存在，还一路喊一路喂呀呀。终于使头头既馋又妒且恨，忍不住地冲上来。

晚上睡不着，脑海浮现个很有意思的画面——

一个老爸在自家大厅送礼物给子女。虽然老大多些，但因为长幼有序，下面的孩子没吭气。但是有一天老爸私下跑去大儿子家送钱，传到别的孩子耳里，事情就闹大了

雁的世界何尝不是人的世界？"人情"与"雁情"能有多少差异？

四月二十九日

啊啊会招呼客人了

感恩节过了,我新买的"感恩节百合(Easter Lily)"也凋了。傍晚把只剩叶子的百合拿出去种。正挖土,看见一辆车子开进来,是老朋友杨医生夫妇,还带了著名的旅行探险家眭澔平。

眭澔平说他久闻我家的湖景美,请我带路欣赏。几个人才走到后院就看见台阶上有个黑影移动,原来是啊啊正低着头一扭一扭地上来。

"是我的宠物啊啊!"我对眭澔平说,他兴奋地跟啊啊打招呼。我怕啊啊咬人,正好口袋里有面包,就把面包扔到啊啊面前。眭澔平也想喂,跟我要了一块面包,啊啊居然对他毫无惧色,十分亲切地从他手上把面包吃了。

我一边向大家介绍啊啊,一边带着啊啊往前院走。杨医生虽然每个星期都来跟我打球,常听我说啊啊的事,还知道我正在写一本野雁的书,但因为他都是晚上来,没见过啊啊。我原以为一下子来了三个陌生人,啊啊会有敌意,没想到它今天很给面子，居然跟着大家到马路绕一圈再回到湖边，而且都没拉屎。

眭澔平带着摄影机一路拍，我说："别拍我！拍啊啊。"又把啊啊带到后院边缘，告诉眭："准备好，啊啊要飞了！"接着走下湖边步道，叫啊啊，啊啊立刻飞过我的头顶，落在钓鱼台下的湖面。我又带大家到钓鱼台去喂啊啊，眭要了几块面包，一边喂一边"自拍"，搞不好还会把他拍的东西放上他的电视节目。

头头和它的太太听到我在喂啊啊，先站在左邻的院子里猛叫，接着飞到湖里，也快速游过来。我一边对眭澔平说："看！啊啊的对手来了！"一边对头头扔出两块面包。啊啊果然火大地追过去，但只表示驱离的意思，才游一半就转回头了。啊啊最近都这样，不！应该说为了避免再发生大战，我现在改变了喂食的方法，虽然偶尔扔面包给头头，但接着就会给啊啊。不像以前，扔给头头的时候啊啊没有，造成啊啊过去抢。相对地，当我扔面包给啊啊的时候，会故意往相反的方向扔，譬如头头在左边，我故意往右边甚至岸边扔，好把啊啊带开。

扔完面包，我对眭澔平说："你准备好！大战要开演了。"

然后对啊啊伸伸手，摊开手掌，拍了拍，说："没！"

好戏果然立刻上演，啊啊看我手上没了面包，知道今天的大餐到此结束，马上想到正是"秋后算账"的时候，于是立刻飞起来攻击头头，一直追到五六十米之外才回头。当它游过头头老婆的身边，完全没有理睬她，好像"打架是男人的事，与女人无关"。

啊啊今天的表现真是太大方了，让我很有面子。只是我有点忧心，它会不会对人类没了戒心，以为每个人的手里都有面包，有一天遇到坏人会吃亏的。

四月三十日

戴金坠子的啊啊

自从啊啊和头头那天打架,我一时分不出谁是谁,就后悔没能早早为它们做个记号。

其实我早想过,因为上个月我曾在湖上见到一对野雁,脖子上各绑了一条五厘米宽的红圈圈,看不清是什么材质,也不知道上面有没有写字。我猜八成写了电话号码和电邮,请看到的人联络主人。相信每个以野雁为宠物的人都会好奇,当它们南来或北往的时候,经过哪些地方,又在哪里长住。"父母在,不远游,游必有方。"这不但是"游子意""雁子情",更是"父母心"。

我想过很多办法为啊啊做记号,甚至去宠物店问有没有专给野雁挂的东西。宠物店的人一怔,笑说只有脚环,鸟都是戴脚环的。又拿出个皮制的狗项圈问行不行?我说:

"不行!太重了,会影响它们飞行。"可不是吗?啊啊和呀呀得飞上千万里,就算一点点重量都能成为负担。我猜那对野雁戴的红项圈必定是很轻的材质,而且不结实。因为如果太结实,当颈圈被东西勾住,很可能把它们勒死。至于给啊啊戴脚环,也不行,一方面我不认为有能力让啊啊接受。就算勉强做到,也怕得罪它,使啊啊跟我疏远;只有挂颈圈容易些,趁它不注意往脖子上一套就成了。

问题又来了!就算容易套,套什么东西呢?先做个大套子,像牛仔套牛一样,把它脖子套住再拉紧?还是用伸缩的材料,譬如橡皮筋?"不行!"我跟着就否定了橡皮筋,因为才在电视新闻里看到有人恶作剧,用橡皮筋套在狗嘴上,日子久了,居然让狗的整张嘴都烂掉。别看小小一根橡皮筋,很可能造成大伤害。

我也曾想过把塑料瓶横切成为环子,再将环子剪个口,套的时候拉开,套上之后自然合拢,碰上"牵扯"则会分开。但我还是没这么做,因为塑料圈太窄了会没力量,太宽了又嫌重。

太太也出点子说车房里有罐装的白色喷漆,何不往啊啊和呀呀身上喷,把它们喷成大白鹅,一眼就认出了。我说:"胡说!油漆会把它们的羽毛黏住,加上不透气,搞不好还过敏,成了秃雁。不行!"

不过今天我在拆印第安学校募款邮件时,发现个好点子。为了让人动心,印第安学校会在信里附赠一些小礼物,今天收到的是个铝合金的"捕梦网钥匙环",上面除了网,还挂了三片金色的小羽毛。我摘下一片,轻若无物。马上灵光一闪!去抽屉找来橡皮筋。过去我没用这种橡皮筋,是因为太细,挂上去不容易见到。但是当我把那小小的羽毛挂在上面就不一样了。第一,羽毛上镀了金,漂亮又显眼。第二,橡皮筋很细，就算勾到什么东西也一扯就断。第三，橡皮圈的直径约五厘米，正配啊啊的"颈围"，不会勒伤它。

傍晚雨才停，啊啊就来了，站在厨房外面探头探脑。它最近很少停留在我书房外的草地上，因为湖边的树木都长出叶子，它必须走到厨房的位置，才看得到一百五十米外的家。

我先做了一番演练，把拴了金色小羽毛的橡皮筋挂在左手腕上。左手拿面包，右手轻轻扯住橡皮筋，啊啊只要伸头吃我左手的面包，我就往前拉橡皮筋。事不宜迟，天要暗了，啊啊想回家比较心急又看不清楚，正是好机会。于是我拿着啊啊最爱吃的甜面包出去，先把面包撕成小块，放在左手心喂它吃几口，再用左手攥着整个面包逗啊啊过来咬。它果然想都没想，就一口咬住，说时迟那时快，我右手一扯一套，橡皮筋已经挂在它的脖子上。

五月一日

遇到劫匪？

昨天为啊啊挂上金链子，因为天黑了，没来得及给它拍照，所以我今天才起床，就抓起照相机往外走。还没出门，啊啊已经由杜鹃花丛后面一摇一摆地出现了。

最近啊啊走路的样子实在像呆头鹅，大概因为我喂它吃犹太人逾越节的面包，那面包里有油，啊啊变得特胖。加上它的两只脚分得很开，为了平衡，每走一步都得调整重心，肚皮大大、头小小，正面看就成了左摆一下、右摆一下的"醉鹅"。

醉鹅还跑得挺快，我才拉开后门，它已经"啪啦啪啦"、三步并作两步地跑过第一层露台，跳上台阶到了第二层。问题是，它的金坠子呢？

"你的金坠子哪儿去了？"我背着手，把面包藏在身后盯着它问。只见它一个劲儿地低头抬头、低头抬头，好像在鞠躬说"抱歉！不见了！"又把脖子伸得好长，往我背后张望，再绕到我旁边。我随着它不断转身，不让它看到手上的面包。

再大声问它一遍:"金坠子呢?你送谁了?送女朋友啦?还是送给呀呀了?"

让我想起以前在电视公司制作访谈节目《时事论坛》,请的都是新闻人物。有一天录完节目回家,已是深夜,突然电话响,是位高官的声音:"刘墉啊!打扰你了!都怪你给我找麻烦,我老婆冒火了。拜托你跟她说说,为我解释一下。"接着就冒出个粗粗沙沙的女人声音:"刘先生,你们可别串通了骗我!我先生今天是不是上你的节目?是不是化了妆搽了粉,那粉还是香的?"

我说是啊!那老女人立刻改变语气:"好!这次算他有理,饶他了!"接着那高官又接过电话道谢。第二天还打来公司致歉,说他如果昨天不三更半夜打那个电话,就死定了。

想到这儿,我笑笑,举着面包问啊啊:"说!你从实招来!是不是回家被呀呀审问了?问你是哪个美眉送的金坠子,然后一把扯下?你说实话,等下我可要去你家看哟!看看是不是呀呀扯走了,还是你送给别的美眉了,不从实招来就没得吃!"

我说的时候,只见啊啊伸长脖子盯着我手里的面包目不转睛,没等我讲完,不知怎么砰一声跳起来,居然把我高高举起的面包咬住,又砰地落回地面。幸亏我抓得紧,只被它叼走一小块。

"好本事!"我说,"你真变成狗了!"接着打开照相机,右手准备着,再用左手举起面包。果然这小子伸长脖子,"砰!"又不知怎么翅膀一振、双腿一弹,迅雷不及掩耳地跳飞起来,奇准无比地咬住我手里的面包。

同一时间，我的相机快门加闪光，"咔嚓！"这小子居然对闪光毫无惧色。"咔嚓！咔嚓！"我继续拍，它继续跳、继续抢，抢走我所有的面包。

太精彩！太精彩了！我跑回屋子，把照片"秀"给老婆看。

老婆说确实棒，啊啊真跟狗一样了。又一笑："你的书名别叫《啊啊》了，改为《狗仔啊啊》，会更吸引人。"

我说对！对！对！可是跟着摇头："不行！上次写《花痴日记》，明明讲的是养花莳草、自然生态，却被人以为是很色情的'花痴'，这次再不能叫'狗仔啊啊'了，搞不好人家以为我写狗仔队，偷拍名人在啊啊呢！"

对金坠子不见的事我还是不放心，傍晚又跑进树林。一边喂呀呀吃面包，一边四处找金坠子。那金坠子很亮，又有斜阳反射，应该很容易发现，只是我找了半天都没看到。

搞不好啊啊真送了人。再不然半路遇到打劫的，像是头头那一伙小强盗，被抢走了！还有，以前看过个悬疑电影，住在高楼的贵妇，珠宝首饰老失窃，没见一点贼的痕迹，后来才发现是被一只鸟飞进来偷走的。

野雁会不会也对首饰感兴趣呢？亮晶晶的，吸引这些鸟眼，于是你啄一口、我啄一口，硬把金坠子啄走了？也好！这丫头朴素些，比较安全！

五月二日

居然挂了彩

昨天意犹未尽,我今天又带照相机出去了。这是上次那架落水之后,太太新买的相机,小而扁,非常适合揣在口袋里。

犹太人逾越节的面包用完了,我去厨房翻柜子找出几包女儿藏的小点心。她经常把甜食藏起来,连吃冰淇淋都躲着我,不是舍不得给我吃,是怕我血糖高又嘴馋。岂知我早看见她藏的地方,两三下就把点心掏了出来。

啊啊已经好一阵子没吃这种点心了,但它显然记得,一方面因为它特别爱吃,一方面因为这种点心的包装纸会"咔啦咔啦"响,我猜它只要听到那声音就会流口水。

我故意把点心举在空中摇了摇,接着放回口袋。果然它快步跑上露台。我故意不理它,径自坐在露台边缘的矮墙上,两脚悬空对着后院的草地,装作欣赏湖景的样子。啊啊先站在背后不断啄我衣服,又转到右边伸嘴到我的裤子口袋,可是我坐着,口袋很深又绷得很紧,它根本塞不进嘴。我看它实在没办法了，掏出一包"咔啦咔啦"地撕开玻璃纸，故意掰一块放进嘴里。它急了！发出"啊呜！啊呜"狗似的叫声，"啪啪"两下，跳上我右边的露台矮墙，而且伸嘴就抢，差点咬到我鼻子。

好戏果然上演了！我从左边口袋掏出照相机，把手伸得远远的，拍了两张我与啊啊的合照。但是因为后面白色的屋子太亮，没开镁光灯，脸很黑，这时候啊啊又伸头过来乱啄一通，害我差点把相机掉在地上。

"你已经害我丢掉一台了，还捣蛋？"我骂它一句，从露台的矮墙上往前跳，没想到下面的草地是斜坡，又下过雨，有点滑，我居然"砰"一声滑坐在草地上，接着感觉一阵大风，原来啊啊从我头顶飞过，再紧急刹车落在我的脚前，接着转身朝我走来。

不久前呀呀"上我身"的时候，还显示它们怕我的鞋底，这次啊啊却毫不犹豫，一脚就踩上我的双腿，接着大步走上我的膝盖，我把双腿很快地往外张开，"哗！"这胖大鹅正好陷入我的双膝和双腿之间。"咔嚓！咔嚓！咔嚓！"我连着自拍了三张。突然觉得不对劲，这小子大概太急又太兴奋，猛摇尾巴，左右左右左右，我知道它八成要拉屎，赶快坐直。不知是不是被我的大动作吓到了，"噼里啪啦"，它猛拍翅膀，居然一下子站上了我的左肩。又因为没站稳，两只脚东踩西踩，还有一只伸进了我的脖子，天哪！又湿又凉，好像从冰箱里拿出来的。

"你客气一点儿好不好？"我骂它一声，大概把它吓到了，它双脚用力一蹬，又是一阵"噼里啪啦"，已经朝湖上飞去了。

我回屋秀新拍的照片给太太看,又请太太翻开我的衣领检查。

"有两道红红的,"太太说,"居然会被啊啊抓伤,还抓到脖子后面。"

"可不是吗?"我说,"大概把啊啊宠得不像话,爬到我头上来了。我也真够逊的,居然会被鸟欺负。"

说归说,其实我暗自得意,因为劳伦兹也不过让雁鹅站在胳臂上,我却不但让啊啊上了身,还上了肩。

想起《小飞侠》里的"虎克船长",只是我肩上站的鸟不同。

09 哀歌

　　什么幸福是永恒的呢?生与死常在一线之间。只是生长在幸福中的人,常不知道世间会有不幸这件事,直到有一天他真正地失去!

　　对生的尊重和对死的恐惧有很多好处,它会使你惜福、使你感恩,也使你更爱家人,并知道把握现有的一切美好!

五月三日

小雁该破壳了

最近几天我起床跟太太说的第一句话都是"啊啊来了吗?"虽然过去也常这么问,但是现在的意义不一样。过去啊啊出现,只表示它来吃东西,现在则表示呀呀的蛋还没孵出来。因为据劳伦兹观察,公雁虽然在母雁孵蛋的时候可能在别处遥遥守望,但是当小雁破壳的那一刻,也不知公雁怎么得到消息,总能及时赶到"产房"见孩子第一面。

小雁鹅有"铭印式"的记忆,把最先见到的,无论他是大雁、小狗、老母鸡,还是人,都认作自己的爸爸妈妈。啊啊当然得及时赶到,让孩子看第一眼,否则将来怎么带宝宝?

我以前认为公雁和母雁会轮流孵蛋,但是经过近一个月的观察,知道啊啊是只守望不孵蛋的。夜晚我不清楚,最起码白天啊啊不是在水上,就是在我院子里站岗,一刻也不曾孵过蛋。可我知道公雁和母雁会一起带小雁,因为往年总看见大雁带着小雁过马路,一个走前面带路、一个在后面压阵,中间几只小雁排成整整齐齐的一列。有一次刘轩五月回家,看到一家野雁在后院吃草,想出去拍照,才一探头,公雁就带队往树丛里跑,刘轩追过去,已经穿过树丛的公雁竟然转身飞回,朝着刘轩的头攻击,吓得近一米八的大男生往屋里飞奔,太太还在越洋电话里向我报告这惊险的画面。

数数日子,如果从四月六号开始算,二十八到三十天孵化,现在该是"预产期"了。

太太也十分关心呀呀,总问会不会像以前捡回来的"坏蛋",呀呀生的是"空包蛋",再不然根本没受精?

我说:"你问我,我问谁?"

她又问:"是不是有些会受精,有些不会受精?四个总能孵出一两个,不会全是'处女蛋'吧!"

我说:"应该不是做爱一次生一颗蛋,做四次生四个蛋,而是'举一役而完成之'。所以啊啊的精子可以同时让四个蛋都受精。也可能不成功,通通没受精、孵不出来。至于我捡回的那个蛋,是因为裂了,才成为坏蛋。"

由前天开始,我们也每天都进树林看呀呀。但不会一下车就喊"啊啊啊啊",因为我发现上次造成头头攻进呀呀家门的原因,是我太早对着湖上喊。好比当我在儿子家里喊"来吃啊!来吃啊"的时候,不会有外人自作多情地跑进来。但是当我在大街上先喊"来吃啊!来吃啊",接着走进儿子家里,则可能有一票外人尾随,进门之后主人如果不接待,难免发生冲突。

每天树林都不一样,可见春天的树叶冒得有多快!我相信如果耐心盯着树枝看,应该可以看见叶子一点一点往外钻。最有意思的是当地上的藤蔓和小草都冒出来,居然显出小路,隐隐约约看见一条不长草的羊肠小道。这让我有点紧张，因为小径正好经过呀呀的窝旁边。

今天还有让我不安的，是我发现除了呀呀的窝里有个高尔夫球，旁边还出现个啤酒瓶盖。那不过直径三厘米又带着齿的金属瓶盖，总不会让啊啊或呀呀误以为是蛋而叼回窝吧！不过那瓶盖今天倒产生了"妙用"，是当我一直扔面包给呀呀，造成呀呀有点噎住的时候，正好有一小块面包落进瓶盖。瓶盖里积了昨天的雨水，面包把水吸起来，呀呀吃下去，立刻就不噎了！

我在晚餐桌上说了这"鲜事"给岳父母听，笑归笑，还是有点不放心，会不会有什么人，看到"请勿打扰"的牌子，恶作剧地把瓶盖扔在窝前，告诉我他已经来此一游，知道呀呀孵蛋，要我小心一点？

五月六日

长了脚的毛线球

　　昨天上午啊啊没出现，我和太太认为小雁一定孵化了，于是带着面包跑去贺喜，却发现一切照旧。只有蛋壳上变得更脏，上面几条斜斜的直线，想必是呀呀踩了湖边泥浆，再走回窝里弄脏的。高尔夫球也还在，十分巧妙地嵌在四个大蛋之间，好像呀呀专门用来做隔离。我喂呀呀吃了不少面包，心想反正啊啊傍晚还会来院子，所以没扔给啊啊。倒是啊啊因为没吃午餐（最近它一天照例由我供应午晚两餐），居然伸长脖子由呀呀面前叼走了几块。惹得从来不争的呀呀发出"喔喔喔"的声音，大概是骂啊啊："你可以去刘氏鸟餐厅吃，为什么还来抢我的？"

　　可是啊啊下午并没出现在院子里。我非但站在后门叫，还穿上雨衣小心翼翼地走到钓鱼台，对着啊啊家的方向喊了半天，它都没出现。更令人不解的是湖上其他野雁也没消息，突然间大家都不知去了哪里。

　　今天我才醒，太太就跑进卧室说她要带几块石头去呀呀家。我吓一跳,问为什么?她说因为算日子小雁前天就该出来了,八成因为我喂太多面包,造成呀呀营养过多,生下了面包蛋,蛋壳太厚,所以小雁破不了壳。下午出门前,她又改口说要捡几个高尔夫球扔那些蛋,打出几条小缝,好让小雁出来。我笑说她大概把呀呀当成孕妇了,难产的时候,得做切开手术。

才下车,就看见球场靠湖边的地方有两只野雁,带着四只很小很小的宝宝排成一行游开。我叫了十几声啊啊,它们也没回头,但我们都很兴奋,猜那一定是啊啊和呀呀,只因为有了孩子,所以没游过来。太太还趴在高尔夫球练习场的网子上录了影,说小雁好可爱哟!

"虽然孵出来了,我还是得看看它们的窝。"我说,"而且说不定它们会把小雁带到窝边要面包吃。"于是一边喊着"啊啊啊啊",一边快步往树林里走去。

因为下雨,地上的朽叶有点儿滑,下坡时不得不放慢脚步,才走一半,已经从树缝里看到呀呀坐在它的窝上,啊啊也站在旁边。"不用急了!不用急了!老样子,刚才那一家不是啊啊和呀呀!"我对跟在后面的老婆喊。大概喊太大声了,呀呀今天居然对我发出"嘶嘶嘶"的警戒声,还是啊啊好,站在旁边没吭气。

我先扔了一块面包给啊啊,它直着颈子不动。我又蹲在窝前,照例喂呀呀,它伸长脖子吃了。但是才吃一口,又发出"嘶嘶"的声音,原来因为我太太冲得太快又走得太近,把它吓到了。我才要回头叫老婆千万别扔高尔夫球,呀呀已经"嘶嘶"叫着站起来了。

哇！可不得了！下面居然露出一个黄黄的小脑袋。跟着还有一个也伸了出来。先露头的小鬼一点也不怕人，从呀呀的翅膀往外挤，睁着圆圆黑黑又亮亮的两只大眼睛盯着我看。另一只在后面往外推，把前面那只一下子推出了窝。

毛茸茸、不过一个拳头大的雁宝宝，嘴巴大大的，全身浅黄色，活像个长了脚的毛线球，还"吱吱喳喳"地对着我直叫，一副要走到我脚边的样子。我赶快把面包撕成很小块扔过去，希望雁宝宝能吃几口。

却见呀呀一边伸脖子用头把小雁往怀里揽，一面撑开翅膀把小雁盖住。看得出小雁不断挤，想出来，可是妈妈不答应。又看见呀呀翅膀靠屁股地方的羽毛抖来抖去，原来小雁转了方向，从后面往外挤，接着露出半个头。我正要拍照，小雁又被呀呀转身抬起翅膀搂了回去。

这时候我终于看清，下面还有两个蛋，一个已经裂开，想必马上又有一只会破壳，至于最后面那颗好像还没消息。窝边有几块碎蛋壳，看来不是硬的，倒像折了两折的白纸，还有些卷曲的样子。

我把面包一个劲儿地往呀呀面前扔。它先猛吃，但是吃了七八口，停了。怕它又因为吃太快噎住，我把面包拿去水边蘸湿，回头继续喂，呀呀果然吃了，又只吃几口就停住。但我还是继续扔，使得呀呀前后左右都是面包。好像一个新妈妈的床前，堆满大家的贺礼。

"小鸭好可爱哟！"回程路上太太一个劲儿地说。

"你有没有听到它们叫，真好听！还有，它们都不怕你，一脸 naive（天真无邪）的样子。"

太太管"小雁"叫"小鸭",也对!以后就称那些新生的小雁为"小呀"吧!不!应该称公的宝宝叫"小啊",母的叫"小呀"。

还有一点,呀呀明明应该很饿,为什么只吃几口就停住?

因为它要留给新诞生的宝宝吃。说不定我们才走,它就对小雁说:"来!可爱的宝贝!尝尝这世间的美味、爸爸和妈妈最喜欢的面包,刘氏鸟餐厅的老板和老板娘专诚送来的'外卖'!"

五月七日

宝宝在哪里

大概因为太兴奋了,一夜没睡好,模模糊糊地脑海总浮现雁宝宝的影子。尤其是那只小东西,硬挣出妈妈的怀抱跑到前面吃面包,又被妈妈用翅膀拢回去的画面。不过我知道,呀呀一定等我走,就会放宝宝出来吃。否则平常它都狼吞虎咽地吃,甚至急得噎到,昨天为什么只吃几口就停住?它显然是为留给宝宝吃。我当时就想到了,所以后来特别把面包撕成很小块。

太太也非常兴奋,不断说吃完中饭就可以过去看了,还叫我用望远镜瞧瞧,说不定啊啊和呀呀已经带着四个娃娃在游水。我从窗子没见,又走到草坪边上做全面的搜寻。接着跑上钓鱼台,因为说不定啊啊一家已经游到门前。我大声叫"啊啊啊啊",又觉得不妥,怕啊啊急着吃,把宝宝放下独自飞过来。

正要转身离开,看见右边树叶间水光闪呀闪的,游来一队大雁。我先没看清,直到它们靠近,才发现是"头头夫妇"

和它们的四只同党。不过今天头头有点怪,原本粗粗黑黑的脖子上,不知怎么多了一道白。细看原来是掉了好多毛,露出下面白白的皮。"哈哈!"我对头头笑道,"谁让你那天跟啊啊打架?还是啊啊厉害吧!"

我三步并作两步地跑回屋,对太太报告头头挂彩的消息。太太说八成因为那天我们在旁助阵,啊啊特别神勇。否则单以脖子的粗细比,啊啊就不是对手。接着她又好奇地问我,如果小雁都跑出来了,晚上是不是还会回家睡觉,又或是睡到我们的草地上来?

我说不知道,只晓得多半的小鸟筑巢都是为了孵蛋。只要雏鸟能离巢,大鸟就会把巢放弃,所以常在树下看见被风吹落的空巢。对了!曾经在我卧室窗外做窝的"反舌鸟"和"知更鸟"不也一样吗?孩子一大,就鸟去巢空。人也差不多,很多不合的夫妻勉强维持婚姻,等孩子大了,两个人就拆伙。

匆匆忙忙吃完中饭,我从冰箱里掏出一个大面包和两个有甜味的小餐包。大的给啊啊和呀呀,甜的给雁宝宝。接着我拿起照相机,又叮嘱太太带她的录像机,兴高采烈地出发了。

"不知道它们会不会已经走了。"太太问了一次又一次。我说确实可能走了。从以前邻居院里的那对野雁看,只要孩子都破壳,爸爸妈妈就会带着游水,大概这样比较安全吧!最起码可以躲开陆上的敌人。

夜里显然下过大雨,草地很软,头上的太阳却很大,湖光亮得让人张不开眼。高尔夫练习场上传来"啪啪"的击球声,还有一颗小球正好落在我们身边的网子上。如果没网子,被打到非青紫了不可。问题是网子里面正有三只野雁在低头吃草。细看旁边还有七只小雁。

"七只,不可能是啊啊和呀呀的,而且多了一只大雁。"我说,但接着又想会不会是啊啊和呀呀带四只宝宝,加上"访客"带了三只宝宝。于是对着网子里面喊"啊啊啊啊""啊啊啊啊",没见一只回头,才继续往林子里走。

虽然湖上的反光刺眼,我还是远远就看见呀呀孵窝的地方已经空了。

"它们走了!"我对太太说,"果然都孵出来了。"

"在哪儿呢?"太太眯着眼睛往湖上找。

"不知道,搞不好咱们到这儿来,正好它们去咱们家。错过了。"

"那咱们快回去吧!"太太说。

"可是我要拍它们留下的窝,而且'请勿打扰'的牌子也得带回去,说不定明年还能用。"我径自走到呀呀留下的窝前,拍了几张空巢的照片。太太则弯腰拔起插在地上的小白栏杆,还说四周有好多羽毛。

果然!地上很多羽毛,除了小羽绒,还有一根大羽毛,至于窝上,原先厚厚的羽绒全不见了。真搞不懂!难道大雁像狼,会在离开的时候把四周弄乱,免得别人知道它曾经住过?

我又走近,绕到大树的另一侧,避开湖上的逆光,由正上方拍了几张空巢的照片,还特别拍了张大特写。

突然心一震,不对!在那看来只是泥泞的窝巢间,除了原先的高尔夫球,旁边还有个褐黄色好像纸团的东西,再往旁边看，有个弯曲的形状，嵌在湿湿的地土间，那不是一只雁宝宝吗？还有，那团纸，不是一个压扁的蛋，里面还隐隐约约有只小雁的头吗？

"你快来！"我叫太太过去。她看了好几眼，半信半疑、一个字一个字地问："小……雁……死……了？"

"是啊！被踩扁一只，还有一只才破壳就被踩死了，难道呀呀不懂得当妈妈，踩死了自己的宝宝？问题是还有两只呢？啊啊和呀呀呢？"我对四周喊："啊啊啊啊！啊啊啊啊！"喊了五六次，发现一排黑影很快地从正面过来，带头的还直叫，只是声音不对！而且那些黑影都大大的，其中没有小宝宝。正想呢！一只大黑影已经走上岸，把脖子伸得高高直直地迎着我过来，还发出"嘶嘶"的声音。

终于看清楚了！脖子上一道白，是头头！另外还有几只，没上岸，也"哇啦哇啦"地在水上叫。头头胆子可真大，它居然盯着我手里的面包一步步走来。"没得吃！"我说，下意识地往后退了两步。头头竟然一脚踏上呀呀的窝，正踩在那只被压扁的宝宝身上。

"去你的！"我大吼，"滚！"头头吓得张开两只翅膀，就像那天打架的样子，一翻身"噼里啪啦"地扑向湖面，四周的小羽毛全被扇得飞起来。就在头头张开的翅膀间，我看见空了两块，有两根大羽毛是断的。

我一下子懂了！大吼着冲向水边，差点刹不住步子跌进湖里。只见水面一群飞走的黑影，还有湖浪，一波波荡过来，上面漂着许多白色的小羽毛。

小……雁……死……了?

五月八日

都是爱的错

彻夜难眠,像昨天一样眼前又浮现好多影子。但不是毛茸茸的雁宝宝,而是头头迎面冲来一脚踩上窝,和被我呵斥之后翻身逃走的画面。还有那天啊啊和头头打斗,在水里彼此咬着脖子和肩膀僵持不下,以及头头后来绕道偷袭的镜头。那确实是"镜头",因为我回家一遍又一遍看录像才搞清楚。也因此留下一层又一层的印象,加上昨天的惨况,变成挥不去的梦魇。

我从年轻的时候,就有血清素(serotonin)的问题,由于负责脑神经传导的血清素不足,造成"挥之不去"的思绪。往好处想,睡觉前背书,半夜醒来总是"背到"一半,表示一边做梦一边还在背。所以前一天没背熟的东西,很可能第二天反而流畅。往坏处想,这血清素传导不良就是忧郁症,小小一点事,别人早忘了,却在我心头徘徊不去。女词人李易安应该也有这毛病,所以说"剪不断,理还乱;才下眉头,却上心头"。

现在我的痛苦又在累积了。两只雁宝宝活活被踩死,踩到了泥泞当中,几乎无法辨认。还有,啊啊和呀呀不见了,它们是不是带着那两只劫后余生的宝宝跑了?抑或……我不敢往下想,不敢想啊啊呀呀受了伤,另两只宝宝也死了,被踩死或被老鹰叼走吃掉……

应该不是老鹰干的。老鹰只会把小雁抓走,不会踩扁,而且老鹰多半由高处俯冲攻击,现在林子里的树叶已经长得很密,老鹰应该不会进去。

夜里睡不着,我一直想,愈想愈确定是头头那一伙干的,瞧它昨天把脖子伸得高高直直,盯着我手里的面包大刺刺地走过来,一副理直气壮的样子,搞不好它还认为我是去喂它呢!

我突然浑身发烫,难道头头原先不晓得啊啊呀呀在那儿,或者即使知道也井水不犯河水,像早期大家划分地界不随便侵入。只因为我后来每天喂呀呀,而且从树林外就"声张",把头头和它的党羽引来。即使后来我不先叫了,却已经让头头知道这里有好吃的。

还有,就是我前天和太太,对着高尔夫球练习场的网子里喊"啊啊",等于对着半个湖和整个练习场上的野雁告知:"我们又带好吃的东西来了。"

问题是我喂啊啊和呀呀并非一天两天,为什么这次那么严重?由四周掉落的羽毛和脚印看,简直来了一群烧杀掳掠的土匪。我一点儿一点儿想前天的画面,想那宝宝怎么走出妈妈的怀抱吃一口,又怎么在呀呀的翅膀底下用力钻,想从后面溜出来。还有,我怎么将面包掰成特别小块,呀呀又怎么不吃，把散落的面包全留下来给宝宝……

想到这儿，我的汗一下子冒了出来。

是谁造成这个悲剧？是谁害雁宝宝被踩死？

竟然是我！

也是呀呀和啊啊！

如果我不喂，不扔那么多面包在窝前。如果呀呀和啊啊像宝宝未出生前，喂一块吃一块，不把面包留在四周，也不会引起头头的觊觎。显然我引起头头的注意在先，呀呀又留许多面包在后。当我离开，头头游过来发现窝前有好多面包的时候，率众一哄而上。乱军之中小雁被踩死了，头头和啊啊挂彩了。啊啊和呀呀带着孩子，怎打得过强壮的头头还有另外几只野雁？所以，它们不见了……

问题是，我为了爱啊啊、爱呀呀、爱它们的小宝宝，所以喂它们，那天还带特别多的面包去喂。呀呀和啊啊又为了让刚出生的宝宝，能尝尝这难得的美食，所以自己忍着不吃，留下来给孩子吃。

我们都爱错了吗？

五月十日

不能宠孩子

连续三天，我早上还睡眼惺忪的就拉开窗子喊啊啊，接着走出后门站在阳台上喊；吃完午饭再到湖边和钓鱼台上喊，一遍又一遍。我多么期盼远远出现两个大影子带着两个小影子，那必定是我的啊啊呀呀和它们劫后余生的孩子。再不然像往日，先听到"哇啦哇啦"的叫声，接着看见两个黑影贴着湖面飞到眼前，再猛朝后拍着翅膀"刹车"，在一片水花间降落，甚至把水溅到我身上。

但是希望都落空了。整个湖上没一点消息，就算高尔夫球练习场里有些雁影，也都默默地低着头吃草。

野雁是很合群的鸟，它们会一起编队旅行越过千山万水；会有"雁首"在那人字型的雁阵中担任领队；会有轮班的"雁奴"，在大家栖息进食的时候伸长脖子警戒；会有小组的领导，带着羽翼已经丰满的新生小雁练飞；会有大家推选的"共主"，在深秋时节一声令下，率队往南方迁徙。

它们唯一不合群的时候，是抢地盘、筑巢和孵蛋的阶段。

跟早年美国人开拓西部一样，大家结伴驾着篷车西行，看到可以安家落户的地方，车队一哄而散，一个个抢地盘、插界桩，甚至争夺械斗。至于没争到的，只得继续往下走。这块地方于是安静了！留下来的人垦地的垦地、建房的建房，安了家、安了心、安了户，开始感谢上帝，合力建教堂、一起礼拜、彼此关怀。

此刻的湖上就像建了教堂，平安又平静。少了熙来攘往的雁群，没了争地盘、护家园的战斗，每只野雁都有足够的青草可吃、广大的湖面可游；每个家庭都不必再由公雁在门外站岗，因为小雁已经出世。加上到了换毛的季节，当它们的"一级飞羽"脱落，就不能再飞翔。这似乎是上天的安排，让大雁正好利用小雁还不能飞的时候换毛。

问题是啊啊和呀呀也该换羽毛了，它们甚至可能在跟头头打斗时扯掉好多"飞羽"，就算四个孩子都死了，此处已经成为伤心地，它们又能搬家远行到别的地方去吗？

它们会不会藏在树林的某个角落，不愿面对现实的世界？当它们看到别家野雁享受天伦之乐，会不会黯然神伤？于是连我好吃的面包都不吃，连我殷殷的呼唤都不理了？

今早太太坐在床边说："瞧！那天看到的三只野雁，带着七只小雁，过得多好？它们没人喂，自食其力不是长得挺好吗？由喂野雁这件事可以知道每个人都该靠自己，父母不能给孩子太多钱，钱多了非但孩子不努力而且惹外人眼红，有危险。"

太太不说还好，她说，我就更伤心了。其实她也很伤心，我看得出来，每次我叫啊啊，她都盯着水上看。过去她在厨房烧饭很少注意窗外,现在却隔一下就伸长脖子往后院张望。

她跟我一样,希望看见两只呆头鹅又挺着大大的胸脯,一前一后、一摇一摆地从湖边阶梯走上来。

五月十一日

那是谁家的娃娃

今天我看到小雁了,但不是啊啊和呀呀的,而是别家的"雁宝宝"。

下午我去理发,出门之前先跑上钓鱼台喊了几声啊啊。才进家门又跑到后院喊,还是没消息。但因为台北的一个杂志请我帮它们拍些湖景,傍晚我和太太又走上钓鱼台。刚举起相机就看见远处有十几只野雁,正从右往左游过湖心。我不断地对着它们叫啊啊,没一只理我。不死心,我又跑回屋里拿面包,举着面包对着它们喊,还是没反应。突然听见右岸传来野雁的叫声,接着又有六七只,沿着前一批的路线游过来。

我举着面包对它们喊,还用喊啊啊吃饭的特殊方法大叫:"啊!啊!啊来呀!啊来呀!"

它们先没反应,但其中一只往我这儿看了两眼。我赶紧摇动手里的面包,掰了几块,用力朝湖面扔过去。面包落在水上立刻散开,接着沉入水底。但我不死心,继续扔,还叫太太回厨房多拿几块。

果然，那只转头的野雁朝我游来，只是才游几英尺就回头追上原先的队伍。我急了，掰更大块的扔更远。它又转过来，从水纹看得出它游得挺快，而且是直直地过来，偏偏眼看可以吃到我的面包了，又猛然转身游开。

在它转身的那瞬间，我懂了，因为它脖子上的一道白。那是头头！它很想吃，但是那天我骂它追它，甚至弯腰想拿石头砸它，它怕了！

我很矛盾，我确实盼望啊啊和呀呀，也确实痛恨头头，但是现在又有点希望头头能过来。毕竟它还是我熟识的野雁，而且过去喂它吃过不少，可以说它是我除啊啊和呀呀之外的三号宠物。也因为我曾经喂它，甚至用它来逗啊啊吃醋，让它吃出味道与宠爱，开始登堂入室，造成后来的悲剧。

看头头游走了，我有点失落，好像宠孩子的老父，见诸子争产、兄弟阋墙，所有的黯然与寂寞。

就在这时候，突然听见些细细小小的声音在钓鱼台右下方。密密小小的杨树叶间先探出个黑头，游出一只大雁。接着一只、两只、三只、四只、五只、六只，陆续出来六只毛茸茸的小雁，最后跟着另一只大雁。

我知道它们不是啊啊和呀呀，不仅因为有六只小雁，而且因为两只大雁都很瘦，就算它们有羽毛，我也看得出来，差不多是皮包骨。

倒是六只小雁，一个个像圆圆的毛线团。

游到我面前，领头的大雁伸嘴到水里，好像在吃刚才散落在水中的面包。接着就见小雁由直直一行变成"三只、两只和一只"的三角队形。毛茸茸的小鬼灵活极了,不断在原点打转,活像女儿小时候玩的机器鸭。

我赶紧扔下好几块面包。前面那只,应该是公雁吧!用试尝的样子,先慢慢含着再吞下。后面那只则完全不理,倒是有两只小雁也吃了。我就对准小雁的方向丢,有一块面包正好落在小雁身上,被打到的那只没感觉,倒是旁边的小雁反应快,一伸嘴,抢吃了。

从头到尾,压阵的母雁都没吃,前面的公雁也很冷淡,一副可吃可不吃的样子。我发现它们在警戒,一方面注意我的动作,一方面不断用身子阻挡小雁,不准任何一只脱队。

我居高临下,总算看清小雁的样子了。其实它们不全是浅黄色,在那黄色之中还带点黑,好像先用淡淡的黄色水彩画好身体,接着在上面加些淡墨,造成"晕散"的效果。这淡墨的颜色,大概未来就会发展成灰褐的羽毛。

六只雁宝宝不断叫,声音很小,但是尖尖细细地交织成一片,好像在合唱。我猜它们就是我前几天在球场看到的,当时三只大雁带七只小雁,现在因为做客的一只带着"独生子"走了,所以成为二大六小。

面包还没喂完,一家野雁已经毫不流连地循原路游走了。它们是沿着岸边游,我就在岸边跟,希望它们能像啊啊一样爬楼梯上来。只是水边的树丛太密了,在一片红红的夕阳和深深的柳荫间,它们游出我的视线。

我晚上就要飞了,像野雁、像候鸟,飞到另一站,起站也是终站,故乡也是异乡。

这次走,只怕年底都回不来,因为香港凤凰卫视为我开了个为期半年、一周播出五天的节目，以后每周都得在台北录像。

　　班机是深夜起飞，八点出门前我又贴着窗子张望。对岸高尔夫俱乐部的灯火在水里拉出一条条金线，一队野雁的黑影正穿游而过，把金线弯成一圈一圈又一圈。

　　"拜托您帮我喂啊啊了！"我抱抱老岳父，"如果它们出现的话。"又紧紧抱抱太太，"看到它们，你要帮我录像拍照，E给我看哟！"我很忧郁，还没离开已经想家，还有想啊啊呀呀和它们的娃娃，以及那些不解的谜团。

10
悔悟

　　爱它！对它就有责任。你要给它空间，给它自由，让它回归，要创造机会让它磨炼天生的本能，创造自己的世界。

　　人对人如此，人对动物也一样。

十二月二十六日（西双版纳）

悔恨与感伤

年轻时画过一张画，描绘的是一个父亲驾着驴车带孩子赶路，桥下流水潺潺，山头白雪皑皑。还写了两句诗："行时春水才解冻，归来想必又深秋。"意思是回家过完年又要远行的孩子，离家时冰冻的河水刚融化，但是年底再回来的时候想必已是深秋。

最近总想起那幅画，因为我离开纽约的时候正是春寒料峭，至于回到家，只怕已经进入隆冬。

过去半年多，我经历了一生中最忙碌、最变化也最感伤的岁月。才到台北就惊闻汶川大地震，接着去成都参加湖南卫视救灾的特别节目。最记得当我上完节目走出现场时，门口一群中学生正围着一个轮椅上的女孩唱生日歌、吃蛋糕。女孩一眼就认出我，喊我名字，还问我要不要来一块，我谢谢她，说得赶飞机。

才上车，司机就问我有没有注意到那女孩有一条腿断了，绑着的纱布上都是血。我一惊，说没注意。司机说他知道，因为那女生在地震时压断了腿，不得不截肢，应邀上节目前又摔一跤，伤口出血，是他刚刚载去医院紧急包扎的。

"好像又流血了。"司机叹口气。

"会吗？"我说，"我只看到她手里拿着蛋糕，对我招手、对我笑。"

坐在轮椅上一脸灿烂笑容的小女孩和四周有说有唱脸上挂着白色奶油泡沫女生的画面，我一辈子不会忘……

那次还去了上海，回台北录《世说心语》节目没多久，又跑去大陆的十几个城市，大前天才在南宁跟纽约赶到的太太会合，一起飞来云南边境的西双版纳。

虽然每次跟太太通电话，问她是否见到啊啊，太太都说没有，还讲因为春天到了，隔壁那家房子的新主人整理了院子，推土机每天都轰隆轰隆地来来去去，把大雁小雁都吓跑了。但是今天晚上，当我又提到啊啊的时候，太太先歪着头、噘着嘴，看着窗外，又沉吟了半天，小小声慢慢地说："不用想了，它们恐怕早死了！"

我立刻从床上坐了起来。

太太也缓缓坐起，摸着我的肩膀："我不是跟你说过吗？有湖边的邻居，也不知是几号的，有一天开车经过咱们门口，拉开窗子问我要不要改天一起拿着黑雨伞，沿着湖边找野雁窝，把蛋全扔掉。我那时没搭腔，可是你走没多久，又碰上那个人，很得意地问我有没有注意到野雁少了！都因为他在野雁孵蛋的时候，把蛋通通扔进湖里。"

我感觉头皮一下子发麻，觉得上半身的血液都往下沉。照这么说，不是头头攻击啊啊，而是那坏邻居发现啊啊的窝，踩死了小雁、踩扁了未孵出的蛋，搞不好还把两只初生的雁宝宝弄死了?

我眼前呈现一幅悲惨的画面,想到湖边有多少野雁窝、有多少蛋,而且都是即将孵化的蛋,里面的雁宝宝八成已经会叫了,却被人扔进湖水,沉下去、沉下去、沉下去……

不知为什么想起珍珠港事变的一幕:一艘军舰整个翻覆,只有船底露在水上,里面传来敲打船壳的声音,"当!当!当!当!当!"一声又一声,虽然有人去救,但是船壳的钢板太厚,切不开。大家无奈地听那敲打的声音一点点弱下去。

我想到在蛋壳里的小雁,它们会知道外面发生什么事吗?会在落水时被震死吗?抑或沉到水底,就像那敲打船壳的遇难者,敲着、敲着、唤着、唤着、喊妈妈、喊爸爸,一声又一声,没有回答,终于被寒冷的湖水淹死冻死?

深夜,坐在旅馆的床上,我气得浑身发抖,骂那邻居太没良心。

太太先没吭气,隔了半天才说:"你能怪他吗?四周的邻居,除了右邻跟咱们一样位置高,野雁不常上来,其他几家,没有不恨野雁的……"

"别忘了那是鸟类保护区!"我打断她的话,"我要告他们!"

"你怎么告?你有什么证据?你要啊啊作证吗?"

我又怪太太,为什么当时听那人说要沿湖捡雁蛋,没有立刻反对。

太太说:"我不是也告诉你了吗?"又怕我冒火,赶快加一句:"咱们都没想到他们会真做啊!"

我沉默了。愤怒、悔恨与自责,在幽美恬静的西双版纳,我却彻夜难眠。

一月十日（台北）

雁爸的玄想

　　自从知道邻居破坏啊啊的窝，我就后悔当初没听太太的话，用咸鸭蛋换呀呀的蛋。最起码可以在两只小雁孵出来的时候，把另外两个还没破壳的蛋带回家，大概连孵都不必，小雁自己就会出来了。

　　其实我去年五月初就要回台北，为了等小雁孵化才一延再延。如果我早把呀呀的蛋换过来，甚至可以把"它们四个"带回台北。当然不能托运，（听说行李舱冷得要死）必须随身带着，再不然放进手提箱。现在虽然安检严格，总不至于不准带几个蛋吧，我就说是在飞机上要吃的，还会有问题吗？

　　不过就算放在手提箱里，上飞机后我也得拿出来随身揣着，一方面保暖，一方面防止小雁突然孵化。多有意思啊！突然"吱吱喳喳"跑出几只小雁。不知空中小姐看到会怎样，她们会不会围过来赞美："宝宝好漂亮！"搞不好机长还来道喜，说照惯例这些在飞机上出生的小雁，以后搭机都免费！

　　这类事情我早做过。有一回离家时昙花正含苞，应该当天晚上开，我就把花苞带上机。才起飞花就开了，也不知她哪儿来的力量，虽然离开了茎叶，还能硬把每个花瓣撑开，露出里面长长的蕊丝。香味更甭说了，在飞机密闭的空间里特别香，好多乘客交头接耳不知是什么香味。使我后来不得不把花举起来示众，居然好些人说是他们这辈子第一次看到昙花，更甭说在飞机上了。

我更大胆的一次是把在纽约养的螳螂带回台北。因为女儿功课忙，太太也不愿管，我又非回台北不可，只好把刚下完蛋的母螳螂，连笼子带蛋一起带上。为了慎重我还先打电话问著名的昆虫学家陈维寿，能不能带螳螂入境？他说螳螂是吃虫的，不会危害植物，应该可以。

所以我那年到台北的第一件事，不是上班，而是去公园抓虫喂螳螂。没想到台北暖，在纽约应该次年春天才孵化的螳螂蛋，居然提早五个月，蹦出几十只小螳螂，小得跟米粒差不多，还个个举起钳子，一副要吃人的样子。我正发愁该怎么供养这批小鬼，隔天居然少了一半；再隔天全不见了！我满屋子找，没见半只，猜小鬼八成被妈妈吃掉了。

北美的母螳螂生蛋之后没多久就会死，不老死也会被冻死，它们全靠耐寒的卵囊（螵蛸）过冬，等次年春暖花开再孵化，所以没一个螳螂妈妈见过自己的子女。我突然给它们换了地方，乱了自然的规律，母螳螂没死，小螳螂已经降世，怪不得妈妈会不认得自己的孩子，还以为是天赐美食呢！

问题是我如果真把呀呀的蛋带回台北，孵出几只雁宝宝，是不是也违反了大自然的规律？我可以把那些毛茸茸的宝贝先搁在纸盒里养，再放在房间里走。因为"铭印记忆"的特性,它们会认我做爸爸,天天追着我,于是我可以把它们带上街。八卦出奇的记者,搞不好还会来报导呢!

但是下一步怎么办?我这"雁爸"不会飞,它们也就不飞吗?抑或我得把它们的"飞羽"剪掉,不准飞!甚至让它们根本不知道野雁是会飞的?那些家鹅不就这样吗?还有,好多从小被阉的猫狗,总关在家里,只怕一辈子都不晓得世上还有同类呢!

这样太残酷了吧!

爱它!对它就有责任。人对人如此,人对动物也一样。让我想起在电视上看过一个美国的养雁人,为了他的雁宝宝没爸爸妈妈带着迁徙,只好自己架着小飞机率领宠物飞翔。只见一机在前,后面跟着长长两列野雁,壮观极了!

更感人的是,我还看过一个大陆东北的农民,不知怎么也有一群认他做爹的雁宝宝,成天跟着这位老汉走进走出,老汉先带着"孩子们"下水,再划着船带路。还不够,干脆开着快艇,让那群野雁跟着船飞。最后,这东北老汉不知怎么弄来一架轻型飞机,居然跟那美国人一样,把一群野雁带上了青天。

我能在台北带着我的几只加拿大雁上天吗?就算上了天,我又把它们带去哪里?何处是儿家?我把它们一下子带回台北,不是破坏大自然的规律、让它们没了"根"吗?

想起王鼎钧的名言:"故乡是什么?故乡是祖先流浪的最后一站。"如果我真把小雁带来台北,它们再繁衍出世世代代,它们何尝不是祖先?为子孙创造了一个"新的故乡"?

眼前又浮起啊啊和呀呀的窝、最初见到的四个大蛋、中间夹着的印着红字的高尔夫球、旁边一个瓶盖，还有四周厚厚的羽绒……希望啊啊和呀呀还活着，就算被我的恶邻居伤害、逃走了，依然能记得我，今年春天还能回到莱克瑟丝湖。

我一定会保护它们，不准任何人经过我的地界，也阻止任何人进入啊啊和呀呀的领土。我会用我那发红光的"镭射笔"警告每个斗胆侵入的人。

实在没办法，我会被逼成为真正的"雁爸"，带着它们漂洋过海到台北。

一月二十四日

游子的归来

终于赶在女儿二十岁生日前回到纽约,虽然昨夜进门已经十一点,老岳父还是跑出来欢迎。

"谢谢您这段时间照顾家。"我抱抱他。

老人不断嘿嘿嘿地笑说没照顾什么,连啊啊都没照顾到,每天从老人中心拿回的面包,原先要给啊啊呀呀和小雁吃,但是天天叫、天天等,不但啊啊不来,连别的野雁也没露面,面包把冰箱都塞满了,只好和岳母当早餐吃掉。

这时候太太接过话,说忘了告诉我啊啊的窝不是邻居破坏的,应该还是头头造反。

"你是怕我告邻居?"我没好气地说,"我不会告的!但是决定以后在咱们湖边竖块牌子,告诉大家这是我的院子,不准穿越。"又问她怎么知道不是邻居干的?

太太说前几天她遇到右邻管家,问管家是否可能记得去年春天的事,看见什么人从我院子走过、进入他们院子再穿入树林?管家竟然记得,说确实看过,但没见到脸,也没看见有人进入树林，只从屋里看到湖边有一把黑伞晃来晃去。她以为是我，因为才看到我跟野雁在院子里散步。

"我跟野雁散步？"我一怔。太太就说，可见不是邻居掏啊啊的窝，因为小雁孵出来的前两天，啊啊都守在呀呀旁边，根本没到院子里来。又讲隔壁管家居然不但记得，还查本子找出是哪天，因为当时主人出去度假，只有她一个人在家，看到黑伞特别紧张。大概也因为紧张，没敢跑到湖边看，还写在记事本上。

算算日子，管家看到黑伞的时候距呀呀下蛋不过十天。这么说，确实不是邻居干的，只能证明他曾经沿着湖边掏野雁窝。

而且我猜他本来可以一路走进树林，但是因为树林属于球场，平常没人管，水边全是树丛又有矮墙，所以止步。再不然他认为野雁在哪家孵蛋，以后就会在哪家活动，所以只扫除人们院子里的雁蛋，没进入三不管的树林，还很得意地认为帮大家除了"雁患"，于是四处邀功。

我还想通一件事：头头原先不常出现，就算游水也在左边水域，但是呀呀孵蛋的后半期，头头两口子却往钓鱼台的位置游。又总见它们站在左邻的后院，直挺挺地对着湖上看，既没低头吃草也没坐着孵蛋，一副游手好闲的样子。正因此，有一天我在后院喂啊啊和呀呀，头头才会跑过来抢，甚至跟啊啊打斗。

我猜它们原先八成在隔壁的院子做窝，当时隔壁没人住，院子一片荒凉，正好适合它们孵蛋，做梦也没想到会碰上坏人。

我突然同情起头头那伙，原来它们最先受害，没了孩子、没了家，失去了生活的重心，才会四处游荡。不知它们是否也有忌妒心，看到啊啊和呀呀，非但家庭美满而且有我疼爱，于是由妒生恨……

早知道头头的遭遇，我一定会多喂它们一些。它们吃够了，也就不会天天盯着啊啊和呀呀的窝，更不会跑过去抢食物、踩死啊啊的宝贝。

因为时差我起得很早，拉开窗帘，扑来一股寒气，湖上一片空荡荡，乍看像个大停车场。太太说今年起初不冷，让人以为地球暖化、冬天不会来了，但是从上个礼拜气温骤降，没两天湖面就冻成一块。

大概因为结冻时没刮风，接下来又没下雪，所以冰面很平，颜色也显得暗，正是溜冰人最喜欢的黑冰。黑冰过去，高尔夫球场还带点绿，晨光中山丘一弯弯地托着一层层的寒林。突然看见远处几个小黑点，像音符似的在天际摇摆，掠过寒林的树梢。

是野雁！我的心狂跳，对着屋里大喊："雁群已经回来了耶！"

它们为什么不来

虽然昨天晚上喝了不少咖啡,而且硬撑到十二点才睡,仍然七点不到就醒了。从暗暗的卧室走进起居间,眼睛一下子不能适应,只觉得外面像摄影棚的大水银灯迎面打来,一片白茫茫的。

直到瞳孔缩小适应了,才看清楚外面真是白茫茫。不知昨夜什么时候下了雪,雪不大,从栏杆看只有半英寸,天空却是蓝的,而且万里无云。

如果不往下看,也不去感觉窗外渗入的凉意,说外面是八月的艳阳天绝对能信。因为冬天的阳光虽弱,照在白白的湖面上就有了加乘的效果。

温度显然很低,否则在这种大太阳下,那么薄的雪早融化了。现在却连花园椅子一格格的铁丝上,都清晰地立着雪。"立着",表示没风,小小的雪花像叠罗汉似的立在细细的铁丝上,交织成白色格子的图案。

湖上依然安安静静,没一点消息。也可能来过雁群,又走了。想起去年先在草地上看到野雁的屎，又见到雪泥鸿爪，而知道鸿雁归来，我穿上羽绒衣推开后门。

费了好一番力气才拉开门，原来冻上了。我先对着湖上叫几声"啊啊啊啊"，不知因为嗓子未开还是天气太冷，喊出的声音好像冻结了。太太喊："冰滑！不准下去。"我说只到院子走走，有状况会打手机求救的，接着走下台阶。

雪地很亮，有些雪花好像结合在一起，成了小冰晶，让人想到女人晚礼服上缀的亮片，"唰啦唰啦"地晃眼。怪不得滑雪要戴"雪镜"，爱斯基摩人甚至用两片不透明的东西，各切出一条"横缝"当作雪镜，据说那有滤光的效果，使上面的天光和下面的反光都射不进眼里。

没有野雁的爪痕，只在前院看到一串野兔的小脚印。不死心，我又往湖边台阶走下去，怕滑，每一步都用鞋跟踩实，再走下一步。

突然听见清脆的一响，接着是玻璃碎落的声音，正纳闷，又有两响从湖边传来。我急着往下找，没什么小动物，只见地面有些玻璃碴子，还有几根立着的，活像从前人家为了防贼，在墙头砌的碎玻璃。又一响，接着看见树枝在动，我终于弄清楚了，那些湖边光秃的柳条上，一根根都挂着薄冰，大概因为太阳晒，柳条受热，加上原有的弹性，把外面的薄冰崩开。裂下的小冰片则像碎玻璃般坠落在绒绒的雪地上，有躺着的，也有像尖刀般立着的。

西边远处的天空又出现一串小黑影，像在淡蓝的宣纸信笺上，用干墨"飞白"写出的"一"。我没叫它们，因为太远，叫也听不到。正猜它们飞往何处，又见三只雁从东南方向往西北飞，也直直的没什么犹豫，就更搞不懂它们迁徙的方向了。

冻得受不了，我只好回屋。每次从台北回来，我都有"万事不关心"的懒散，不想写作，甚至不想看报看电视。但是这回不同，我手上多了副望远镜，总盯着窗外，只要天边有一点动静，就举起来。

我还是看不出个道理，一群往东、一群往西、一群往北，还有些"散客"，两三只、三五只地飞。居然没一只掠过这片湖。是因为结冻，它们看不到，还是因为各自有心中的目的地，所以飞得那么肯定？如此说来，啊啊和呀呀也应该很肯定，它们一定会直直地从南方飞回来。

一月二十六日

是光临，不是别离

"老人中心门口来了好多好多野雁哟！"下午三点，老岳父才进门就喊，还用他浓浓的湖北腔加强一遍，"蒿多！蒿多哟！"

"真的吗？"我拿着望远镜，转身问。

"当然是真的！蒿多！蒿多！在吃草，老人中心那边的草都露出来了。"

"咱们家的也露出来了啊！"我说。

"可不是嘛！"老岳父看看院子，歪着头说，"大概因为老人中心有池塘吧！里面已经有好多雁在游水了。"

"才不是什么池塘呢！"岳母插话进来，"根本就是一块凹地，积了水，像个池塘。"

我没再说话，心里出现群雁戏水的画面。再看看湖，虽然今天变暖了，还是一大片冰，不过上面出现很多小小的凹洞。用望远镜看，每个小洞中都有一片朽叶。原来朽叶被风吹到冰上，因为颜色深，比较吸收阳光的热量，所以下面的冰先被融解成凹洞。

相信老人中心的池塘也是这么造成的，那里的水浅，跟我眼前的大湖比起来，好像用两个盘子装一薄一厚的冰块，当然薄的会先融解。就那么一摊水居然能吸引好多野雁下去，但我相信再暖一两天，眼前的湖面也会开始解冻。

四点多，我把望远镜放在手边写文章。好多野雁还是在远处的天空流浪。由东南往西北、由南向北、由西向东，没什么道理，也没有一队经过湖上。

冬天昼短，五点钟已经暗了，突然听见"哇啦哇啦"的叫声，冲到窗边没看见野雁，原来声音由前院传来，接着天窗上一片花花的乱影，一群大雁约有二三十只，已经朝湖心飞去了。

我立刻跑下楼，打开后门对着天上喊："啊！啊！啊！啊！"再做出"轮转"的叫声："哇啦啦！哇啦啦！哇啦啦！"却见雁群飞过湖面，到了高尔夫球场的上空。我再大声叫："啊！啊！啊！"不知它们是不是听见了，开始转左，沿着对岸的湖边飞，再往南，因为有树遮挡，飞出了我的视线。

我猜它们要降落湖面，只是先试探风向。今天风从右边来，当然从左往右逆风降落最好。可是等了又等也没见到半只雁影，连叫声都消失了。

就在这时候，头顶又传来"哇啦哇啦"的叫声，跟着从屋脊冒出一群野雁，不知是不是刚才那队转回头。我还没来得及开窗大叫，它们已经从湖上掠过，接着右转朝东北边飞去了。那个方向有个公园和一大片湿地，它们八成飞去那里。

我想通了！野雁非找水不可，没有大湖大水，小池小水也成。前两天湖上一片冰,它们早看到,所以根本不过来。今天是花花白白的,才过来瞄一眼,发现湖面还没解冻,就又往别处去了。

我猜它们就算在夜里飞,也很容易找到有水的地方,尤其月夜,水会反光,说不定还映着一轮明月,像机场的引航灯带着它们降落。

夜里又有好几阵野雁的叫声,带着欣然的喜气,应该是"雁鸣",不是"雁唳",是"光临",不是"别离"。相信啊啊和呀呀已经来了,它们或许正在附近的某个湿地栖息,等待莱克瑟丝湖的解冻。

夜里又有好几阵野雁的叫声,带着欣然的喜气,是"光临",不是"别离"。

11 似曾相识

"多情却似总无情""情到浓时情转薄"。只有不喜不悲的人,能当得起大喜大悲。也只有无所谓得失,不等待回音的人,能攀上人生的巅峰。

一月二十七日

几行鸿雁上青天

　　今天是清洁工来打扫的日子,太太没等我起床就急着把卧室的窗帘拉开。我躺着仰望,看见一个小小白白的影子挂在蓝天上。是海鸥!它飞得很高,约有三百米。孤孤单单一只也不晓得在做什么。但我知道飞得愈高愈轻松,所以它长长窄窄的翅膀只是张开,没有振动,活像牵着线的风筝在天上微微地摇摆。

　　野雁在长程迁徙的时候飞得更高,因此能利用上升气流,轻轻松松地飞越千山万水。反而是昨天低空掠过湖上的野雁,得费力地猛拍翅膀。同样道理,那些表演高空跳伞的人能浮在天上翻来转去,甚至拉着手排列出复杂的图案,换作低空就办不到了。不是没时间,而是没有强大的上升气流托着。

　　海鸥还在高空摇摆,突然旁边又冒出两只,也用风筝的样子挂在蓝天。这些家伙明明该在海边,为什么总到湖上来?会不会该在湖上的啊啊,现在也飞去了海边?

　　可不是吗?以前我住在湾边,海滨公园里就有好多野雁。

海水不结冻，那些野雁总能到水里玩。不过它们会像在湖里那样洗澡潜水吗？咸咸的海水会不会对它们不利？很可惜我那时没注意。

清洁工已经在清理起居室，逼我非起床不可了。起身看湖面，眼睛一亮。我立刻跳下床："雁来了！雁来了！"

太太探头进来说她早看到了，所以故意把窗帘拉开，让我惊喜。

原来冰湖间已经出现了个直径二三十米的水面，怪不得野雁会降落，也怪不得海鸥会来查看。

才一下子，海鸥更多了，或许怕野雁，高高低低地像蜻蜓点水，只偶尔落下，接着又飞起来。

只见湖上一片，不来是不来，一来居然有上百只，睡的睡、走的走、游的游。

我急忙穿上大衣，拉开后门叫"啊啊啊啊"。没回音，我又走到草坪边上喊，还是没一只回头，反而有好多排成相距半米的一列，缓步向湖左移动。

我再冲到水边的钓鱼台上，对着它们喊："啊！啊！啊！啊！啊！啊！"刚才朝左移动的那行野雁，居然摇着脑袋"哇啦哇啦"叫，再一起往前跑，接着上了天。这下子右边的那些野雁也叫了，在水里的先登上薄冰，再聚成一团，"哇啦哇啦"地拍翅膀。连"助跑"都没有，就"拔地而起"。即使距离百米，都听得见它们"啪啪啪啪"的振翅声。

"快点回来了！野雁都被你赶跑了！"太太在屋里喊。

一月二十八日

鬼门关前走一遭

昨天野雁并没被我吓走，因为半夜窗外几阵喧哗，早上看，它们全回来了，成群地在冰上散步。

只是今天我差点送命。事情是这样的：下午三点多，我用儿子送的高倍望远镜看冰上的野雁，一只一只看。突然胸口痛接着延伸到脖子，一般人八成认为心脏病发作，但我知道是气喘犯了。用力呼气，果然传出咻咻的哮喘声。有气喘病的人不怕慢慢发作，因为还有足够的时间喷药应付。最怕的是大小气管一下子缩紧的"突发"，因为瞬间已经吸不进空气，造成缺氧头晕。邓丽君当年就是洗澡时气喘突发死的。

我知道不妙，立刻转身找气喘喷剂，问题是我人在楼上药在楼下，才走到楼梯已经眼冒金星。扶着楼梯把手撑到起居室，拿起药，却喷不出东西，摇摇药瓶对空喷一次，才通。赶紧放进嘴里喷了两下，没管用，胸口还疼，我知道因为气管已经缩起来，药根本进不去，于是等，希望先前喷的多少能打开一些气管，让下一剂喷雾进去。一分半钟之后再喷，胸痛总算渐渐消失。

虽然鬼门关前走一遭，我却一刻也没休息，上楼继续用高倍望远镜找啊啊。只是这次我学乖了，把气喘喷剂带在身上。

我知道找啊啊不容易，因为就算它在距我十英尺的地方不动，我都不一定能认出它。必须看它的眼神、听它的声音我才能确定。尤其是啊啊的眼神，它跟我亲，眼神没有惧怕，感觉瞳孔比较大。加上它的头会左歪歪、右歪歪，好像小娃娃撒娇不断问妈妈："有糖吃吗？"还有，每次它从湖边台阶爬上来，先摇摇尾巴再抬着头对我叫，更显现特别的兴奋。

可是现在上百只野雁，有成群成排站着的，有在湖心游水的，有弯着脖子睡觉的，虽然望远镜的倍数高，几乎等于在眼前，但少了彼此的互动、听不见它们的声音、见不到它们的眼神，要辨认就难上加难了。

我还是不死心，希望用第六感去发现。最起码我可以看看那群野雁里有没有头头。很少野雁有头头那么粗的脖子，应该很容易找。找到了头头，找啊啊和呀呀就有希望了。打架归打架，它们很可能还属于同一群，就算有过不愉快，旅行的时候还是可能同团。

我也想说不定能看到那一对脖子上有红圈圈的野雁，去年它们过这湖上，没两天就走了。今年也可能路过，这次我要看清楚那红圈圈是什么材质，改天照样给啊啊和呀呀做个蓝色的戴上，多好认！

如果细细检查，很可能不少野雁脚上都有环子。好比来我"鸟餐厅"吃饭的小鸟就有戴脚环的，那都是爱鸟人的杰作。距我家不到一百米的地方有个野生动物协会的小屋，前面树上张着好几个网子，协会的人会把小鸟先捉住，再一一套上脚环放生，目的是观察它们迁徙的路线。搞不好野雁的红领圈也是它们挂的。对了！改天我可以问那些专家，年年来这湖上的野雁在南方可有固定的家？在哪一州？什么地方？

　　想象有一天，我去了啊啊南方的家，站在湖边或湿地之间，大声喊"啊啊啊啊！啊来呀！啊来呀"，它们会不会先一惊，再兴奋地迎过来。"他乡遇故知"，那是多么欣喜的一刻！

一月三十日

顽固的鸟

夜里开始下雪,相当相当大。我半夜起床到客厅看了看外面,屋檐有灯,远处虽然照不到,却能照亮近处的雪花,只见一大片一大片鹅毛雪交叉飞舞,像狂风扫下的落叶。再看树梢和墙头,已经堆了四时以上的雪。

不知那一百多只停在冰上的野雁怎么办?它们会不会早知道有大雪,先一步飞了?抑或坚持留下来?

雪确实够大,大到梦里都能听见,"砰砰砰砰",闷闷的,好像把棉被扔在地板上的声音。我知道那是枝头的雪愈积愈重,当枝子撑不住,往下弯,雪就一起坠落地面造成的。

好大的雪哟!一早,太太就进来说:"什么都不见了!"

"野雁跑了?"

"哦!野雁倒没跑,还在湖上呢!可是那块融化的小水面又结冻了。"

拉开窗帘,果然一片白,院子里几棵龙柏被雪压成好几块,已经看不出原先漂亮的树型。足足六英寸的白雪把湖岸的界线都模糊了，湖面和高尔夫球场连成一气，更像个大大的广场。

雪还在下，像小雨滴，只是落得比较慢，使所有的景物都隐在一层纱帘之后。偶来的风不时把纱帘掀开一角。就在那一角里，看见好多小小的灰影，密密麻麻的，是野雁，会不会已经被雪埋了？我跑上楼用高倍望远镜看，居然没有一只在动，全把颈子弯过来藏在翅膀下睡觉。因为厚厚的雪积在四周，它们明明是站着，看起来却像卧在雪上。

下午，雪停，风却变大了，远远近近都是积雪坠落的"砰砰"响，还有雪花被风吹散，形成的片片雪雾。

湖上少了遮挡，风更强，把表面的粉雪吹得四处流窜；还好像有些从上而下，直直坠落的气流，扔炸弹似的这边开花、那边开花，吹得雪花呈"同心圆"地四周飞溅。妙的是野雁脚下的雪不见了，露出冰。不知是野雁的体温帮助雪融解，还是它们站的地方原先是融解的湖面，本来就有下面渗上来的暖流。

它们还是一动不动地，睡。不错！在这种天，一片白雪，不见半点草坪的世界，除了睡，还能怎样？或许睡是它们最能保留体力的方法。

怪不得孙康能"映雪读书"，夜里，天地一片蕴藉的暗蓝，隐隐约约在那蓝天蓝地之间，有着一群沉思者、沉睡者、坚持者，或者更好的形容：苦行僧！

我从望远镜里看它们的表情。不知它们如果有心思，是怎么想？会不会后悔自己太早离开温暖的南方，又或者想："错了已经错了！"

看得出风很大，它们背上的羽毛被吹得一翻一翻的，但没有一只动。真的！没有一只动。一群顽固的鸟，如同一堆金属的雕像。

一月三十一日

爱是一种执着

"看什么看?看啊啊差点没了命,还看?"太太又在喊。

原本不打算说我前天气喘的事,但还是被老婆知道了,因为她在洗衣服的时候发现我口袋里的气喘药,一路逼问,只好告诉她。就从那一刻起,她开始诅咒啊啊,只要看见我站在窗前往外望,就大喊,说什么外面零下七度,单单透进来的寒气就会让我气喘。还说啊啊不会回来了,早死了!不死也气走了。湖上一堆雁,哪一只不都跟啊啊和呀呀长得差不多,干吗非认那两只不可?有奶就是娘,等天气暖了,到水边撒面包,保证来一堆啊啊和呀呀,要几只有几只!

她说得没错!苏东坡不是也早讲了吗:"逝者如斯,而未尝往也;盈虚者如彼,而卒莫消长也。"把手伸进河水,此刻的水已经不是前一刻的水;点一炉火,此时的火也不是前一时的火。后浪推着前浪,薪火传递着薪火。水和火都好像没变,其实流逝的已经流逝,燃烧的已经燃烧。即使我院子里的萱草都如此,年年春天看她发,一大片;夏天开得灿烂,又一大片；夏暮凋零，好像被晒死了，秋天又冒出来，还是一大片；接着被冰雪掩盖，第二年再冒出嫩芽。她们死了吗？曾经死过吗？还是死了旧的，发了新的？搞不好一年之间都死两代、生两代，只是在我的眼里，她们总在那儿，不曾死。

人的生死、木的荣枯、雁的来去，不都这样吗？年年雁来，年年雁走，过去我没跟哪只野雁特别亲近，也没特别关注哪一家，只觉得湖上雁群来来去去，不多也不少。可是而今心中有了啊啊和呀呀，就不同了。引一句佛家语，是有了"我执"，既然有了"执着"，有了私情，就难免"被执"，造成烦恼。

这道理我早懂，也常在找啊啊、喊啊啊，一次又一次失望的时候自我安慰：既然我不能改变世界，只好改变自己；既然"我执"的不来，只好"放下"。但我办不到，总还是念着啊啊和呀呀，那是缘，天地间亿万只野雁过往迁徙间，只有它们和我的缘，凭什么就是它们，在我院里徘徊、在我窗前觅食，吃我的面包、跟我的脚步、听我的呼唤，甚至走到我身上，跟我玩、跟我亲。这娑婆世界美在哪里？就美在有爱、有执、有私、有认定的"那个"。想想！倚闾盼望的是谁？载欣载奔的是谁？守着病儿落泪的是谁？儿病痊愈又欣喜欢唱的是谁？这不都是"我执"的结果吗？

想起多年前全家去贵州深山探望个小女孩，有人笑说世上残疾可怜的人那么多，你何苦来哉？一家四口万里迢迢地跑去，花多少钱？费多少力？不过帮一个小丫头。我当时回答：这就是缘，只因我知道她要瞎了，见到她、跟她说话、认定要帮她。话说回来，如果每个人都这么"我执"，这么

"执着"地帮助一个跟他有缘的,世上的可怜人不就都有望了吗?

也想起有个孩子失踪,遍寻无着的母亲,对着电视镜头哭求,请那带走孩子的人告诉她孩子好不好:"我的孩子,你喜欢,就带去吧!但是请用任何方式,哪怕写个纸片、打个电话,就几个字、几句话,甚至半句话,说我的孩子还好,我就心满意足,对您的大恩大德感激不尽了。"

我也一样啊!我承认自己太执着,竟然为两只鸟这么魂不守舍。但我要说,我并不指望啊啊和呀呀回来跟我玩、逗我乐、解我的寂寞。我只希望知道它们还在!它们还好!就这么一眼、那么一声,让我看到听到,即使永不再见,我也心甘。

二月三日

那熟悉的身影与呼唤

我已经不抱希望了,因为原先停在湖上的雁群今早又不见了。我不再走到窗前张望,免得面对一片渗入的寒意,以及寒寒的心情。

下午四点,一个人坐在起居室的躺椅上看书,椅子原用来看电视,所以不面对窗。电视旁边有个六角的古董柜,放我的印章和化石收藏,柜内除了上面两盏石英灯照明,还镶了一整面镜子。我正翻书,突然听见外面传来一声雁鸣,又不算鸣,有点像狗叫,低低的却很响,不是"啊",而是介于"哇"与"汪"之间的声音。几乎同一瞬间,古董柜的镜子里也一闪,转头看,窗外正掠过十几只野雁。它们飞得很低,几乎从树梢穿过;也很安静,除了叫那一声,就不再吭气,一只只把翅膀张得开开地,先略略向左边飘,再右转,顶着风,以翩翩的姿态画出优美的弧,降落在湖心。

几乎在听到"狗叫"的同时,我不但回头看,而且跳下了椅子。以很快的速度先把手机和气喘药放进口袋,再抓起蓝色毛大衣往后门走。才走到门口又回头,把蓝大衣搁下,换成那件奇丑的紫色羽绒衣。出门前把手机打开,阖上盖子放进口袋,免得开机的音乐把午睡的老婆吵醒。

还好,门没冻上,很轻松地拉开了。地上的雪已经结成冰,踩上去"咔咔"响地碎裂。我知道因为靠近屋子,地面泛上暖意,已经把最下面的冰融解了,就故意用雪靴的鞋跟往下踩脚,把冰砸裂,再一块块踹开,露出下面的石板地。我喜欢这么做,一方面在冰上用力落脚踩得稳,一方面把冰踩裂,可以让它早点融化。只是没踩几块就踩不动了,而且因为是积雪变成冰,显得高高低低,就算极小心地落脚,也会有滑溜的感觉。

我抓紧石阶旁边的栏杆,有点黏手,才发现忘了戴手套,所幸还不至于把手冻黏在栏杆上,又懒得回屋子拿,就勉强扶着往下蹭。终于走到院子,因为下面是草地,上面的冰一踩就陷下去,反而容易走。我站到院子边缘大声喊"啊啊啊啊",隔着水边灌木丛的枯枝,看见那批野雁正纷纷理毛。怕它们看不见我,犹豫了一下,我决定冒险走上钓鱼台。湖边步道上的冰非常诡异,有些一踩就往旁边崩裂,露出下面的木板,有些又硬而滑,害我好几次差点人仰马翻,幸亏紧紧抓住旁边的护栏。最紧张的一次是右脚唰一滑,我以反射动作左脚一顿,大概发出很大的声音,惊起一对哀鸽(Mourning Dove),"啪啦啪啦"尖叫着从头顶飞过。

我很有信心,觉得这批野雁不会像前两天那批被我吓走,因为它们不同,飞得不同、降落得不同,降落之后也不同。别的野雁降落时"哇啦哇啦"地叫,这批不叫,因为它们对这地方熟悉,不必互相叮嘱:"小心哟!小心哟!"它们的个头也不一样,显然比较大。我湖上的加拿大雁有两种,一种大些、一种较小,啊啊呀呀和头头都是大的。大的和大的玩、小的和小的玩。更重要的是刚才听到像狗叫的那一声,让我心一震,直觉是啊啊!虽然雁鸣都差不多,但我觉得那很像啊啊兴奋时的叫声。

终于站在了钓鱼台上,清清楚楚地看见那批野雁有些排队在冰上走,有些在梳洗理毛,还有两只好像往冰上一冲一卧,身子就滑了出去。原来冰上有一汪水,它们当作融解的湖面游泳了。这更显示它们的从容,不急于了解地形、做出警戒,反而玩耍了起来。而且看得出它们已经注意到我,一个个用眼角余光往钓鱼台看,还有几只先用一边眼睛看,再转头用另一边眼睛看。

我把帽子拉开,大声喊:"啊啊啊啊!啊啊啊啊!"它们一下子全站直了,伸长脖子盯着我。我更兴奋了,换成叫啊啊吃东西的声音:"啊来呀!啊来呀!"再举起手,糟了!刚才急着出门,忘记拿面包。但我还是举起手,而且双手挥动地喊:"啊来呀!啊来呀!"突然看见其中两只野雁,低头、抬头、低头、抬头,快速地上下摇摆着脑袋,开始大声叫,用那种起飞的滚转式"啊啦啊啦!啊啦啊啦!呱啦呱啦"的叫法,接着转身,正对着我迈出步子,张开翅膀向前跑,"啊啦啊啦!啊啦啊啦!呱啦呱啦!"一声接着一声,飞起了!像两只箭似的,直直朝着我,贴着结冻的湖面,以我最熟悉的身影、用我最熟悉的呼唤、以我梦中都盼望的姿态,在我模糊的泪眼中扇翅膀、扇翅膀、扇翅膀,"啊啦啦!啊啦啦!

啊啦啦！啊啦啦！"直直地飞向我，飞向我……后面，我注意看，可不是嘛！居然还跟来两个较小的身影，也一边飞一边呱拉呱拉地叫着，想必是那两个劫后余生的娃娃……

居然还跟来两个较小的身影,想必是那两个劫后余生的娃娃……

[美]刘墉 著

那条时光流转的小巷
（第二册）

花山文艺出版社
河北·石家庄

图书在版编目(CIP)数据

余生很长,不必慌张. 那条时光流转的小巷 /(美)刘墉著. -- 石家庄:花山文艺出版社,2023.7
ISBN 978-7-5511-2378-5

Ⅰ. ①余… Ⅱ. ①刘… Ⅲ. ①散文集－美国－现代 Ⅳ. ① I712.65

中国国家版本馆 CIP 数据核字(2023)第 136326 号
经刘墉授权在中国大陆地区独家出版发行

目　录

辑 一　梦里不知身是客

爱，就注定了一生的漂泊 / 002

在梦中飞翔 / 007

半生中夜长开眼 / 013

半睡半醒之间 / 021

着意过今春 / 025

此生无悔 / 043

今生无憾 / 046

遗忘多年的最爱 / 050

墓园箫声 / 054

手提袋老人 / 058

老顽童的烟灰缸 / 065

辑 二　拍拍、吹吹、摇摇

父亲的浴缸 / 070

父亲的画面 / 075

馓　子 / 079

爸爸做的 / 083

母亲的矛盾 / 088

我的第一次婚礼 / 091

拍拍、吹吹、摇摇 / 095

爸爸的小女儿 / 102

年夜饭 / 107

辑 三　跑回故乡的小巷

那条时光流转的小巷 / 112

如果图画像一本日记 / 117

梦回小楼 / 123

模糊的窗花 / 128

跑回故乡的小巷 / 132

枕中天地宽 / 137

辑 四　四季的声音

蝉蛹之死 / 144

庭院深深深几许 / 149

四季的声音 / 152

壁　虎 / 161

暮冬园事 / 166

老农玄想 / 172

香　闲 / 176

辑 五　笔·墨·砚·雪

笔　情 / 180

墨　情 / 185

纸　情 / 191

砚　情 / 196

雪的千种风情 / 208

辑一

梦里不知身是客

什么地方是我们记忆中真正的家呢?

每次旅行,半夜或清早醒来,总会先一怔:"咦!这是哪里?"

然后才哑然失笑,发现自己"梦里不知身是客"!

爱，就注定了一生的漂泊

飞机起飞了两个多钟头，心里始终不踏实，觉得好像遗忘了什么，看见有乘客拿出一卷长长的东西，才想起为纽约朋友裱好的画，竟然留在了台北。

便再也无法安稳，躺在椅子上，思前想后地怨自己粗心，为什么临行连卧室也没多看一眼，好大一卷画就放在床上啊！想着想着，竟有一种叫飞机回头的冲动，浑身冒出汗来，思绪是更乱了。

其实一卷画算什么呢？朋友并非急着要，隔不多久又会回台北，再拿也不迟，就算真急，托带一下，或用快递邮寄也成啊！但是，就莫名地有一种失落感，或不只因那卷画，而是失落的一种感觉。

从台北登车，这失落感便浓浓地罩着。行李多，一辆车不够，还另外租了一部，且找来两个学生帮着提，免得伤到自己已经困扰多时的坐骨神经。看着一包包的行李，有小而死沉的书箱，长而厚重的宣纸，装了洪瑞麟油画和自己册页的皮箱，一件件地运进去，又提起满是摄影镜头和文件的手提箱，没想到还是遗忘了东西。

什么叫作遗忘呢？两地都是家，如同由这栋房子提些东西到另一栋房子，又从另一户取些回这一户。都是自己的东西，不曾短少过半样，又何所谓失落、遗忘？

居然行李一年比一年多，想想真傻，像是自己找事忙的小孩子，就那么点东西，却忙不迭地搬过来搬过去，或许在他们的心中，生活就是不断地转移、不断地改变吧！

当然跟初回台北的几年比，我这行李的内容是大不相同了。以前总是以衣服为主，穿来穿去就那几套，渐渐想通了，何不在两地各置几件，一地穿一地的，不必运来运去；从前回来，少不得带美国的洗发精、咖啡、罐头，以飨亲友，突然间岛内的商店全铺满舶来品，这些沉重的东西便也免了。

取而代之的，是自己的写生册、收藏品和图书，像是今年在黄山、苏州、杭州的写生，少说也有七八册，原想只挑些精品到纽约，却一件也舍不下。书摊上订的《资治通鉴》全套、店里买的《米兰·昆德拉》《李可染专辑》《两千年大趋势》，甚至自己写专栏的许多杂志，都舍不得不带。

算算这番回纽约，再长也待不过四个月，能看得了几本《资治通鉴》？翻得了几册写生稿？放得了多少幻灯片？欣赏得了几幅收藏？便又要整装返回，却无法制止自己不把那沉重的东西，一件件地往箱里塞。

据说有些人在精神沮丧时，会不断地吃零嘴儿，或不停地买东西，用外来的增加，充实空虚的内在，难道我这行前的狂乱，也是源于心灵的失落？

不是说过这样的话吗："挥一挥衣袖，不带走一片云彩。其实东半球有东半球的云，西半球有西半球的彩，又何须带来带去！"

但毕竟还是无法如此豁达，便总是拖云带彩地来来去去。

所以羡慕那些迁徙的候鸟，振振翼，什么也不带，顶多只是哀唳几声，便扬长而去。待北国春暖，又振振翼，再哀唳几声，飞上归途。

归途？征途？我已经弄不清了！如同每次归来与返美之间，到底何者是来？何者是往？也早已变得模糊。或许在鸿雁的心底也是如此吧！只是南来北往，竟失去了自己的故乡！

真爱王鼎钧先生的那句话："故乡是什么？所有故乡都是从异乡演变而来，故乡是祖先流浪的最后一站。"

多么凄怆，又多么豁达啊！只是凄怆之后的豁达，会不会竟是无情！但若那无情，是能在无处用情、无所用情、用情于无，岂非近于"无用之用"的境界！

至少，我相信候鸟们是没有这样境界的，所以它们的故乡，不是北国，就是南乡！当它们留在北方的时候，南边是故乡；当它们到南边，北方又成为祖先流浪的最后一站。

我也没有这番无所用情的境界，正因此而东西漂泊，且带着许多有形的包袱、无形的心情！

曾见一个孩子，站在机场的活动履带上说："我没有走，是它在走！"

也曾听一位定期来往于两地，两地都有家的老人说："我没有觉得自己在旅行，旅行的是这个世界。"

这使我想起张大千先生在世时，有一次到他家，看见亲友、弟子、访客、家仆，一群又一群的人，在四周穿梭，老人端坐其间，居然有敬亭山之姿。

于是那忙乱，就都与他无关了。老人似乎说："这里许多人，都因我而动，也因我而生活，如果我自己乱了方寸，甚或是对此多用些心情，对彼少几分关照，只怕反要产生不平，于是什么都这样来这样去吧！我自有我在，也自有我不在！"

这不也是动静之间的另一种感悟吗？令人想起《前赤壁赋》中"盖将自其变者而观之，则天地曾不能以一瞬；自其不变者而观之，则物与我皆无尽也"。苏轼不也在动乱须臾的人生中，为自己找到一份"安心"的哲理吗？

但我还是接近于陈子昂的"前不见古人，后不见来者，念天地之悠悠，独怆然而涕下"。也便因此被这世间的俗相所牵引，而难得安宁。

看到街上奔驰的车子，我会为孩子们担心；看见空气污染的城市，我会为人们伤怀；甚至看见一大群孩子从校门里冲出来时，也会为他们茫茫的未来感到忧心。而当我走进灿烂光华布满各色鲜花的花展时，竟为那插在瓶里的花朵神伤。因为我在每一朵盛放如娇羞少女般的花朵下，看到了她被切断的茎，正淌着鲜血。

而在台北放洗澡水时，我竟然听见纽约幼女的哭声。

这便是不能忘情，却又牵情太多、涉世太深的痛苦吧！多情的人，若能不涉世，便无所牵挂。只是无所牵挂的人，又如何称得上多情？

临行，一个初识的女孩写了首诗送我，我说以后再看吧！马上就要登机了，不论我看了之后有牵挂，或你让我看了之后有所牵挂，对我这个已经牵挂太多的人来说，都不好！

只是那不见、不看、不读，何尝不是一种牵挂！

猛然想起，有一次在地铁车站，看见一个衣衫褴褛，躺在墙角的浪人，大声对每个走过眼前的人喊着："你们爱自己的家，你们睡在家里面！我爱这个世界，我睡在世界的每个地方。你们都是我的家人，我爱你们！"

也便忆起前年带老母回北京，盘桓两周，疲惫地坐在返回的飞机上，我说："回家了！好高兴！"又改口讲，"台北是家吗？还是停几周飞美时，可以说是回家？但是再想想，在纽约也待不多久，又要返回台北了！如此说来，哪里是家？"

"哪里有爱、哪里有牵挂、放不下，就是家！"

"世界充满了美，让我牵挂；充满了爱，让我放不下！"我说，"台北是家，纽约是家，北京是家，巴黎是家，甚至小小的奈良也是家！"

爱，就注定了一生的漂泊！

在梦中飞翔

从小，我就爱做梦，梦里我常飞，一飞飞了四十多年。直到今天，如果我早晨显得特别兴奋，妻就说："你昨夜又梦见飞了！"

不知是否受嫦娥神话的影响，我小时候的飞，就像服了灵丹妙药，会自己羽化升空。那是直直地上升，觉得自己已无重量，成为一团云雾般腾起。家在脚下逐渐远了，天空从四面包围过来，我成了天地的一部分，消失了自己。

少年时的飞，就不一样了。古人说"乘虚御风"，我想，我那时的飞正是如此。

我不再是一朵云或是一片羽毛，我有了体重，只是重得很"轻"，似乎只要一点儿风，就能把我托起来，像风筝一样浮入天际。

我常梦见自己站在月光里，开始感觉微微的凉，由一边沁入，逐渐沁透全身，我的衣襟开始飘摆，轻轻地，吸口气，就飘离了地面。

那不再是如小时的直立，而成为斜斜的姿态；那也不一定是直上云霄，而是一种飘游。

刚起飞的时候，总要先经过城市。那时的台北，还多半为平房。本来由地面看，毫不起眼的房子，从空中，尤其是月光下斜斜飞过时，望过去，真是太美了。

千百栋相差不远的房子，亿万片灰灰的瓦，一起在月光下闪着银光。像是好多锦鲤，在水里游着，随着月光的变幻，前后摆动。

然后，我飞得更高了。屋檐下的灯火开始映现，晕黄的、柔和的光点，交织成一片灯海，当我快速掠过，那一盏盏灯，便在眼中拖起一条条"光的尾巴"。

那时我常梦见一个小小的山城，一侧是山，一面临海，房子依海而建，路比房子还高。

每家都有一个小院，出了房子进小院，再爬石阶到山城的街道。

每家都有天窗，是那种在阁楼上开的小窗，可以临窗看山，也可以凭窗望海。

我总梦见许多孩子从房里跑出来，叫着、跳着跑上街道，聚集到山顶的一个望海平台。

平台上有个石座，上面立个石柱，柱上爬着不知名的绿色植物，结了许多红色的果子。孩子们不断攀上去摘，还没吃完，新果子又长出来了。

小孩摘果子时，许多母亲坐在旁边，满眼慈祥地看自己的孩子，又满眼凄迷地看远处的海。

我从没摘过果子，只是盘旋两圈，就朝大海飞去。

十五岁那年，我学了国画，画中的山水多半是俯瞰的"高远景"。我的梦，也就变成以山川林木为主。

只是国画中的树，都先用墨勾画，再上些淡彩，我梦中的树则要美得多，他们很少单独出现，总是整山整林，蔚成一片树海。

风吹、海动，一齐弯腰、一齐扬起。尤其是在有月光的梦里，那绿，绿得鬼魅而神秘，像是密得窥不透，又突然闪动光芒，飞腾跳跃。

那飞，不再像少年时有沁凉的风，把我自然托起。我总是先站到高处，再张开双臂，以一种欢迎或乞求的姿态，接受夜风的洗礼。然后，轻身跃下，便从山巅像鹰隼一样滑翔，掠过树梢，飘过幽谷，飞过冷泉，降在湖心。

二十多岁，我初到美国。有一天，在田纳西州的郊外，看见远远一座圆圆的山丘，四面是森林，只在山顶有片草地，草地上有间房子。

从那时，就常梦见那么一栋房子——一栋比我见到的更美的房子。

房子像一朵四瓣的花，中间是圆的，也是房子的入口，由那"圆厅"可以通向四个房间。

房间里漆着不同的色彩。旁边没窗，只有朝最外的那一侧，有落地玻璃，对着外面的风景。

漆成淡绿的那间，对着草地。

漆成淡蓝的那间，对着池塘。

漆成淡黄的那间，对着菊圃。

漆成淡白的那间，对着松林。

于是，每走进一间房，便面对一种季节的风景——

春草、夏池、秋菊、冬松。

至于更远处，是高高的杉树林，只林间一条小径。我常梦见自己飞过那个小径，躲过杉树的枝丫，飞临我的"四季之屋"。

三十多岁，我在大学教书，生活形态改了，梦也变了。我常梦见校园，梦见一栋又一栋的教室，梦见自己迟到了，却又忘记该教哪一班。再不然则在教室间飞来飞去，找不到自己该去的教室。

我梦中的学校，也是多彩多姿的。

有一所，在两山之间，左右的山壁，夹着金色的大门。我轻轻飞过，进入峡谷的校园。看见左右两排校舍，中间有孩子在玩耍。

我教的学生都不大，当我飞过教室窗外，孩子们常拥到窗边挥手。

我也去过一座建在半山的小学。满山的秋草、秋风，和被秋阳染成淡淡赭白的小楼。我觉得那校舍很古朴、很中国，尤其是琅琅的书声，在几栋楼间回荡，很美！

教书的梦，连做了几年。不知什么原因，那种梦不再了。代之而起的，是拥挤的街道和满地的泥泞。

梦不再静谧祥和，飞也不再轻松悠然。

站在高处，我常不再敢如年轻时，大胆地往下跳。我开始畏——是不是仍有如年轻时的风，会把我浮在空中？我开始惧高，怕有一天会跌下去，粉身碎骨。

就算飘起了，也是惊险的。只因为飞得不高，每次过街，总怕被下面的大巴士撞上。我拼命地挥动双臂，挣扎着往高处飞，却不断向下沉，沉到了泥泞的地面。

我梦见战争，梦见飞机，梦见自己坐的飞机，在大树与高楼之间斜斜地冲上去，在千钧一发的瞬间，飞上天空。

我也梦见回家，家却不见了。一片黑死的城市，没有人、没有灯火，却有着窥伺的眼睛，和冷不防便飞来的子弹。

飞，变得如此辛苦、如此危险，如此的虚悬与惶悚。正如我的生活、生活中的战斗，我开始感觉中年的无力，感觉自己的体重，不再是云朵、不再是羽毛、不再是嫦娥，而是日益沉重的平凡的身躯。

但，我仍然爱飞。哪怕再辛苦，即使只飞三尺高，那毕竟是飞呀！

昨夜，我又梦见飞了！

不在喧哗的街道，没有战争的场面，也不见千山林鸟和万家灯火。

我梦见自己站在临海的悬崖上，一阵风起，我久久不再的信心与年轻的豪情，居然又被勾起。我伸展双臂，把自己交托给天地。我又一次轻轻地被吹起了。

没有名利、没有包袱，没有心情的重量。

飞向大海，海的那边是一片银白的弧形的海平线，和悬在天际的一轮明月。

回头，是沉睡的深黑色的大地。

海的波浪在月光下闪耀，随着风，像一匹深蓝的绸缎，被轻轻地抖动。然后，在大地的边缘，激起一串串浪花，一圈连着一圈，进进退退。

离岸不远，我看到一栋白色的房子，映出灯火，像是灯塔，引我夜归

风渐渐弱了，我开始急急地往岸上飞去，唯恐飘不到陆地，就将落入海中。

海岸近了，灯火更清晰了，如我儿时见到的一般。

我看到屋里有个孩子，正在凭窗远眺，像是以前梦中山城的孩子，手里拿着红红的果子。

我看到孩子的脸，竟然是我日夜思念的女儿！

半生中夜长开眼

失眠的毛病，是由少年时开始的。

那时候每个星期天学画，平常功课忙，只有周末晚上能动笔。工笔画又费时，八点开始，先裁纸、磨纸、打草稿，再一遍一遍点染皴擦。告一段落，天边常已经微微亮了。

年轻，体力好，不见得困，但是怕母亲骂，只好蹑手蹑脚地上床。

那睡，不是真睡，一方面睡意已经过了，一方面还挂念着桌上的画，最后一道渲染，整张纸都是湿的，湿的宣纸见不到真正的效果，很可能一干，原来画的颜色全褪了。所以睡睡醒醒，醒来就摸到桌前，看一看。不对劲，则添两笔，愈添愈多，欲罢不能，只好不睡了。

所以高中时，碰上假日，别人养神，我伤神，星期一的精神特别差。更严重的是，由于每个礼拜总有这么不正常的一天，生活的节奏被打乱，渐渐造成失眠，常在梦里惊醒，以为桌上仍有画等着修改，接着想到画已经完成，却又袭上许多课业的压力。我的功课向来不怎么样，那不怎么样，来自一种潇洒，就是"我只念我爱念的"。但潇洒又不是真放得开，常好像有个小妖怪，在扯衣角。考试的压力、成绩的压力、母亲的压力，都在扯。结果潇洒成了拖延，愈拖延愈难潇洒。

于是莫名的恐慌浮现了，中夜醒来，虽然没想什么，却就是慌，就是难眠。

那时我住在台北市金山街的一栋木楼上，前面是窄街小巷的违建区，后面是栉比鳞次的房舍。深夜，前面仍传来小吃叫卖的声音，后窗外则是一片虫鸣。

我卧室的窗子，对着后方，邻人一株槟榔树，斜斜探过我的窗前，有月亮的夜晚，梳子般的树影正映在我床边的纸门上。

睡不着，我常盯着那树影看，一边在心里以"国画的笔法"描摹那一根根长长的叶子。"描"，这个失眠的动作，就由那时形成。

对！"描"，我几十年来的失眠夜，常做"描"的动作，可能在心里描一张画，可能是临一幅字，尤其学了草书之后，白天练字，晚上就带进了梦，梦一半，眼张开，正在心里写到一半。

那描，也可能以背书的方式出现，上床前背的课文，整夜在梦里复诵。半夜醒来，正背到中间，就张开眼，把它背完。所以有些课文，别人在考试之后，忘了大半，我却可能愈背愈熟，改天再考一次，成绩还会进步。

按说这临摹与背诵，应该对学习很有帮助。可是，有利就有弊，弊在我不想描、不想背，它仍然在脑海里自己进行，挥之不去。

大学联考前，失眠更严重了。本来要做"拒绝联考的小子"的我，不得不向制度屈服，白天K书[1]，晚上K书，夜晚一两点钟上床，眼前好像爬满纠缠的藤蔓。我开始吃安眠药，起初很管用，昏昏沉沉地，倒上枕头就不省人事。可是药效愈来愈差，由半颗增加到了两颗半。吃药之后，照说明书上说的，不立即睡，坐在桌前，桌子开始转，好像渐渐浮上了天空。躺下去，脑海里轰然一声，跟着，又清醒了。然后，每次翻身，就轰一声；不动之后，又回归清醒。

愈在睡前怕失眠，愈会失眠；愈在失眠时希望睡着，愈睡不着。上床时已经不早了，第二天还要去学校，还得应付模拟考，我不能没有足够的精神。钟表的移动变得愈来愈清晰，好像每一秒，都是一滴血，从心头滴落。时光正流逝，早晨正来临。微微地张开一线眼睛，看看窗外，天是不是还黑？稍稍抬起头，听外面，对门做馒头的是不是已经开了门？伸手摸过小闹钟，摸索上面的荧光字，天哪！已经四点半了。

突然间，浑身冒冷汗，愈睡不着了。

睡不着的时候，恨自己，气得想给自己头上几拳，捶昏了，让它昏睡。也恨自己不会数羊，数着数着，又想到了别的地方。

---

[1] K 取自 Look（看），意为看书。

我那时甚至恨窗外的小鸟,怨它们为什么那么早起?造成我心里的威胁。

所幸进大学,失眠好多了。也非不再失眠,而是不再跟"它"计较。早上如果是素描课,我大可以迟到;如果是英文课,我大不了重修;如果是国文课,不上也没关系。心里既然放得开,就无所谓失眠,只能称之"没睡着觉"。

那时候最爱阮籍的一首诗:"夜中不能寐,起坐弹鸣琴。薄帷鉴明月,清风吹我襟。孤鸿号外野,翔鸟鸣北林。徘徊将何见,忧思独伤心。"

我也喜欢胡适之的"依旧是月明时,依旧是空山,静夜。我踏月独自归来,这凄凉如何能解!翠微山上的一阵松涛,惊破了空山的寂静。山风吹乱了窗纸上的松痕,吹不散我心头的人影。"

每当睡不着的时候,我都想这两首诗,也就学阮籍,起坐鸣琴;学胡适,画我纸门上的槟榔树影。我常熄着灯,独自对着夜窗,看下面人家的灯火渐疏,远远一栋小楼上的灯火犹明,想那或许也是个失眠的"夜之族"。

我也喜欢看月光从屋顶上洒下的感觉,在夜晚迷蒙的水汽中,月光像是一丝丝地坠落。从我的小窗,仰头,不见月,只有一片白白的光晕,觉得自己仿佛沐浴着冷冷的"月之华"。

从那时,我就常画月,以水墨渲染,也以喷雾表现。我把宣纸先折皱,再含着一支"L"形的喷管朝纸上吹墨,随着纸的高高低低,吹出凹凸的效果。

我也爱以古人的诗词入画,"长安一片月,万户捣衣声""雁字回时,月满西楼""惟怜一灯影,万里眼中明""回乐峰前沙似雪,受降城外月如霜"都是我常画的诗意。

或许少年任侠,我更喜欢"并刀如水,吴盐胜雪,纤手破新橙。锦幄初温,兽香不断,相对坐调笙。低声问,向谁行宿?城上已三更。马滑霜浓,不如休去,直是少人行"。

在小楼上,一个纤美的女子,偎在男人的怀里,这画面我试了许多张,虽都不甚满意,但总是一边画,一边想那少年的风流倜傥与女子的似水柔情。

结婚之后,仍失眠,只是身边多了另一个失眠者,有时候压在肩上,便忍着,不动,静静听她的呼吸。

那时喜爱的诗词也不同了,总想起苏轼的《悼亡词》:"小轩窗,正梳妆。相顾无言,唯有泪千行。料得年年断肠处,明月夜,短松冈。"

儿子将出世,有一天夜里,妻问我取什么名字,我正想到"小轩窗",就说:"叫轩吧!"

初到国外,因为研究所的课都在晚上,后来教书,也多半把课排在下午,所以失眠的情况好了一阵。

也不是真的不再失眠,而是由于彻夜画画写作,总是昼夜颠倒,既然夜里不眠,也就没了所谓失眠;只是四十以后,又有了新的困扰——

毕竟不再是少年,常常熬了夜,就疲惫得厉害,造成次日不能再熬。辞掉教职以后,改为下午创作,早早就寝,问题就更严重了。

倒也不是难成眠,而是易醒。醒后睡不着,有一种特殊的慌乱，依旧画着圈圈，描着草书，早年背的诗词也依旧一行行流过眼前。川端康成死后，日本的艺评家今东光曾说："唯有毫无理由的自杀，才是真正的自杀。"我想中年以后，无所谓、无所为的失眠也是如此，不必想什么，不是愁什么，只是难眠。那才是真正的"失眠"。

当然，也可能是中年以后的心绪更乱了。虽不明着想，总在暗中想；每个夜晚，看似沉睡，实际是把心扔出去，要那心去找灵感。我常在睡不好时对妻说，既然失眠，就用来想文章、想画、想往事。妻说得妙——

"就因为你爱想，所以睡不着。"

失眠夜确实是最宜于思想的，因为不想白不想，反正醒着也是醒着，何不把握时间？所以最近我常在睡觉熄灯之后，突然像是触电一样，跑回书房，找我的写作大纲，或是翻一翻平日收集的写作材料，然后去睡，睡了醒，醒了想。我的作品常是集合几个看来不相干的故事，成为一个人生哲学，那些故事可能放置经年，都没能组合在一起，却往往带到失眠夜，反复咀嚼之后有了顿悟。

失眠夜是最能悟的。

窗外传来唧唧的虫声、呜呜的猫头鹰叫声、远处救护车奔过的音响和更遥远处海上的汽笛声。每个声音代表着一个空间，一个有形的，以及想象的空间。

于是天地变宽了，使我可以把思想的触角伸到地极。在清醒与睡意之间，也最没有牵挂，仿佛喝了酒，少了挂碍，更能"胡思乱想"。那是梦与醒交会的产物，如同摩洛哥，在非洲和欧洲的交会处，能融合两大洲的文明，产生一种特别的"风情"。失眠夜玄想出来的，也能在现实与超现实之间，抓住一种特别的神韵。

大概因为"心猿"与"意马"没了羁绊，有时候，它们能带回天外飞来的灵感，使我不得不立刻点亮灯，写在床头的小本子上。第二天清醒时翻阅，可能觉得全然不是东西，也可能惊喜不已。

所以我的失眠夜，不如说是我的耕耘夜——用思想耕耘白日找不到的一块心田。我常想，我写作速度快，时常下午走进书房，能毫不犹豫，立刻动笔，实在都因为那些作品的架构，早在失眠时想了许多遍。

中年失眠，对枕边人的感触也不一样了。

昔日的少女而今成为半老的妇人。偶尔打鼾，必因白日太累；偶尔磨牙，想必有什么心理的压力。所幸她总能睡得很稳，任我辗转反侧，她还是睡得如此酣畅。有一天，她居然半夜醒来，怪我为什么睡不着，笑说："你只要把眼睛闭上，不就睡着了吗？"

她这么一句，又让我想了许多，想起诺贝尔奖诗人聂鲁达的诗——"如此亲密，我入睡时你也合上双眼。"

多浅白、多动人哪！让我好像见到一个猫样的女人，虽不想睡，只因为情人睡了，也便假装地闭上眼睛。

我想，我也是只失眠的猫，只因为她睡了，我也在一旁假装闭上双眼。

也常想起元稹的"惟将终夜长开眼，报答平生未展眉"。

多么蕴藉的诗句啊!如果元稹不失眠,不像我一样整夜望着天花板,睡不着,怎么可能写出这传诵千古的名句呢?

历代的文人,想必都被失眠所苦,也都受惠于失眠吧!

睡不着,想韦应物的"空山松子落,幽人应未眠""独夜忆秦关,听钟未眠客",想孟浩然的"感此怀故人,中宵劳梦想""永怀愁不寐,松月夜窗虚"。愈想愈觉得亲切,因为知道两位伟大的诗人,正与我同病,可以相怜。

失眠夜,也总想起三毛在信里说的,她只要第二天有约,前一夜就紧张,因为不敢睡,天亮九点还是完全清醒的。还有大儒陈寅恪,在"解放"之后,仍然得吃进口的安眠药,否则难以安枕。以前与我一起到美国讲学的邵幼轩女士,更在一路上对我抱怨困扰她多年的失眠。

陈寅恪和三毛,都著作等身。邵女士更是花鸟画的名师,年登耄耋,仍然佳作频出,他们是否也都受害于失眠,又受惠于失眠呢?

有了这么多病友相伴,我的失眠夜愈不孤独了。

只是在失眠时常想起太极拳大师郑曼青,以前听他的弟子说郑老师死得真辛苦,因为武功太高,内力浑厚,所以临终在床上就是不蹬脚,没办法痛痛快快地死去。

人们常把死比喻成长眠。于是我想,当有一天,我死,会不会也像失眠一样,想睡睡不着,想死死不掉,累得很呢?

我相信那时候,我也会把握"失长眠"的机会,好好回味我多彩多姿的一生,好好把握犹自清醒的一刻……

然后,我就要好好睡他个大觉,补我平生不足的睡眠。

半睡半醒之间

迁入新居第一天的深夜,十七个月大的小女儿突然爆发出哭声,像是山崩地裂般的一发不可收拾。递奶瓶、送果汁,用尽了方法,还是无法和缓,一双眼睛惊惶地看着四周,拼命地拍打、挣扎!

妻和我都慌了,是不是要打电话给医生?会不会哪里疼,又不会说?

"你肚子痛吗?"我盯着孩子挣得通红的小脸问。

猛摇头,还是号哭不止,突然从哭声中冒出两个字:"外外!"

"要上外外是不是?"总算见到一线端倪,二人紧追着问,"可是现在天黑黑,明天天亮了,再上外外好不好?"

"不要!不要!外外!"小手指着卧室门外,仍然哭闹不止。

"好好好！上外外！"

可是抱到外面，站在漆黑的夜色中，小手仍然指着前方，只是哭声减弱了，不断喃喃地说："家家！"

"这里就是家啊！我们的新家！"眼看一家人，全被吵醒走出来，我指着说，"你看爸爸、妈妈、奶奶、公公、婆婆，还有哥哥，不是都在吗？"

哭声止了，一脸疑惑地看着众人，又环顾着室内。

"还有你的玩具！"奶奶送来小熊。

接过熊，娃娃总算精疲力竭地躺在妈妈怀里，慢慢闭上眼睛。

只是第二夜，第三夜，旧事又一再重演。

为什么白天都玩得高高兴兴，到夜里就不成了呢？必是因为她睡得模模糊糊，张开眼睛，还以为是在老家，却又大吃一惊，发现不对，于是因恐惧而哭号。

那初生的婴儿或许也是因为每次醒来，发现身处的不再是熟悉了十个月的房子——妈妈的身体里面，而啼哭不止吧！如果他们会说，一定也是："家家！"

于是我疑惑：什么地方是我们记忆中真正的家呢？

每次旅行，半夜或清早醒来，总会先一怔："咦！这是哪里？"

然后才哑然失笑，发现自己"梦里不知身是客"！

李煜离开家国北上，半夜醒来，先以为犹在"玉树琼枝作烟萝"的宫中，然后才坠入现实，怎能没有"身是客"的感伤！

只是那"客",既没有了归期,还称得上"客"吗?

每一块初履的土地,都是陌生的,都给人"客愁";而当那块土地熟悉了,这客地,就成为家园。

只是如果一个人,像我的母亲在大陆三十多年,到台北三十多年,又住美国十几年,在她的心中,什么地方是客?何处又是主呢?

"儿子在哪里,哪里就是主。"老人家说:"所以每次你回台北,我就觉得在美国做了客!你回美国,我的心又落实,成了主!"

于是这"乡园"与"客地",总不在于土地,而在于人了。怪不得十七个月大的娃娃,要看见一家人,又抱到自己的玩具熊之后,才会有"家"的安心!

但家又是恒常的吗?

有位女同事新婚第二天说:"多不习惯哪!半夜醒来,吓一跳,身边怎么睡了一个人?噢!想了一下,原来是丈夫!"

妻也说得妙:"你每次返台,我先还总是睡半边床,渐渐占据一整张,偏偏这时你回来了,于是又让出半边给你。真有些不习惯!"

更有个朋友出件糗事,居然再婚三年多了,半夜醒来,叫自己枕边人前妻的名字。"这有什么办法?跟前妻睡了二十年,跟她才三年多啊!"他自我解嘲。

这下子,我就更迷惑了!莫不是有些古老的记忆,也会在半睡半醒之间呈现?那迷糊的状态,难道就像是被催眠中,可以清晰地回忆起,许多在白日完全遗忘的往事?

顺着这个道理去想，我便做个尝试，每次早晨醒来，先不急着睁眼，让自己又浮回那半睡眠的状态，并想象不是躺在现实的家，而是初来异国的那栋红屋，来美之前的旧宅，甚至更往前推，到达高中时代的小楼，童年时期的日式房子。

我闭着眼睛，觉得四周全变了。一下子浮进竹林，一会儿摇过蕉影，还有成片的尤加利树，和瘦瘦高高的槟榔树，我甚至觉得一切就真真实实地在身边，可以立刻坐起身，跳下床，跃过榻榻米，拉开纸门，走过一片凉凉的地板，再拉开玻璃门，站在阶前，嗅那飘来的山茶花的清香，和收拾昨夜扮"家家酒"的玩具！

多么美妙的经验！在这半睡半醒之间，我甚至浮回了最早的童年，那不及七里香高的岁月。我想，说不定有一天，我会悬身在一片流动的流体之间，浮啊！荡啊！听到那亲切的、规律的、咚咚的音响，那是我母亲的心音……

我也想，有一天自己离开这个世界，会不会也像做了一场梦，在另一个现实中醒来？那么，我宁愿不醒，闭着眼睛，把自己沉入记忆的深处，回到我的前生。

只是前生会不会还有前生？爱人之前是否还有更爱的人？如同我那朋友半夜醒来，竟唤着他前妻的名字？

我更疑惑了！迷失在这半睡半醒之间……

着意过今春

春到长门春草青,红梅些子破,未开匀。碧云笼碾玉成尘,留晓梦,惊破一瓯春。花影压重门,疏帘铺淡月,好黄昏。二年三度负东君,归来也,着意过今春。

——宋·李清照《小重山》

出国九年,从不曾在这个季节归国,算算已是九年十度负东君,更数倍于易安了!考虑再三,我终于下了决定:归来也,着意过今春!过一个属于我自己的春天。

离开纽约时,正是雨雪霏霏的深夜。到达台北时,恰是阳光普照的早晨,故乡以一种和煦的春天欢迎我。

两道的山峦,已经是碧绿的,且摇曳着千万点芦花。芦花在朝阳里闪烁,泛出一缕缕蕴藉的银白,我家后山的溪谷之间,就有着一大片比人还高的芦荡，却怎么看，也觉得不如故乡的美，或许因为美国的芦花不泛白而呈褐色，已经就少了几分轻柔，加上它不似故乡的芦花，能迎风飘散，化为点点飞絮，就更缺乏了许多飘逸。

小时候父亲常带我去北投洗温泉，路上总会驻足，欣赏远处大屯、七星山的景色，而我那时不懂得看山，唯一的印象，就是满山满谷，摇摆着的，柔柔软软的芒草。

车子也经过了田野，早春的作物犹未开始，闲逸的鹭鸶正成群地翩然飞舞。那是田野中的高士，不掠夺，却带来许多飘逸。她们也是田园山水的景点，在相思林间，在阡陌畎亩间，留下那瘦长的衫影。

常爱读王维的"漠漠水田飞白鹭，阴阴夏木啭黄鹂"。

常爱看高剑父画的柳荫白鹭，那深色的长喙，弯转的颈子，轻柔的冠羽，和细细的双足。画起来，既有着长喙和双足的强硬笔触，又有颈背的弧转，加上装饰羽的飘柔，无怪乎，她们能成为画家最爱描绘的对象。

我看见一只白鹭，正翩然地滑过田野，眼睛盯着那个白点看，山川就都融成一幅深色的水墨画了！

我曾经不止一次对朋友说，白鹭是我认为最美的一种鸟。也不止一次地，换来笑声和诧异的眼光。人们岂知道，对我这个在纽约居住的游子来说，"漠漠水田飞白鹭"，正是一再重复映现的，童年的梦。

台 北

车近台北,映眼是十里红尘。早起的人们,在街道上疾驶而过的摩托车和汽车喷出的浓烟间,正企图吸取最后一口较新鲜的空气。

我只能说那是较新鲜的空气,因为即使在这晨光曦微中,台北的空气,已经受到相当的污染。所幸人们是最有适应力的,好比在水果摊挑水果,即使整篮中,已经被别人挑到剩最后两个,继续挑的人,还是会自我安慰地说:"我现在所挑的,是两个当中,最好的一个!"

于是尽管环保专家们曾经一再表示,台北的污染已多次超过警戒线,甚至到达危险的地步……人们还是说:"所幸早上的空气还算新鲜,我家附近的空气也算不坏!"

当车子在我住的英伦大楼停妥时,几个老邻居,正从"国父纪念馆"晨操归来,热络地打着招呼:"趁早上的空气新鲜,运动运动!"而当我下楼拿最后一件行李时,他们正登车驰去,留下一团浓浓的,含铅汽油特有的黑烟。

这就是我的台北,一个晨起的台北。但实在说,台北是不睡的,譬如现在,有些人仍未眠,有些人才苏醒,有些人永远不曾真正觉醒过。

但她永远是我的台北,那是我生于斯、长于斯,在和平东路师大旁边小河钓鱼,在水源地抓虾,在家中院子里种番茄、香瓜和小草花,在邻居树上捕蝉,摘面包果的台北。对于她,如同孩子对母亲，不论她多么苍老或有着多么不佳的生活习惯，我仍然爱她！

"只怕你记忆中的一切都变色了！今天的台北，早已不同于以前！"朋友对我说。

"不！"我抬起头来，从车窗间，看松江路北边对着的一片迷雾："在那片烟尘的后面，正有着一群不变的——青山。"

何止如此，在台北的四周，都是不变的青山，我童年时，她们是那样地站着，今我白发归来，它们依然如此地守候。

山，是执着的，如同我对她的爱慕与怀想。

所以，站在这污染的台北，毕竟知道四周仍然有着清明的爱恋，即或我因污染而昏迷，仍有许多安慰，因为自己正被拥在一片青山之间。

向北看，七星山、大屯山静静地坐着。我曾经就在这个季节，到七星山上寻找丹枫，路旁的野草莓依然可见，月桃花的种子，变成了娇艳的丹红色。我曾经从阳明后山瀑布上的自来水收集站，进入通往七星山的小径，穿过浓雾和偶尔飘零的冷雨，坐在顶北投上面的瀑布边涤足。

向西北看，观音山正静静地卧着，从百年前看渔帆的归航，到而今看货柜轮的油烟，在海平面出现。

童年时，小学老师曾领着全三年级的学生，去远征硬汉岭。回程时，或是带错了路，几百个孩子，从陡陡的黄土坡上，连滚带爬地下来，居然一个也没受伤——中国孩子就是这么可爱，他们有的是韧性；中国的家长也是这么可爱，他们信任老师。

向南看，有一条溪流，蜿蜒过台北的下缘，河边有着大片的草地，水滨开满姜花。

我早逝的父亲，曾领着初记事的我，站在河滨听说书和大鼓。也曾经将我抱在怀里，点着电石灯，蹲在溪边彻夜钓鱼，我们还曾经坐摆渡，到河的另一岸，在暴雨中穿过竹林，避入一所尼姑庵，吃她们种的大芭乐，听潺潺的雨声和轻轻的梵唱。

向东看，我已经离去整整三十年的父亲，正从六张犁的山头，俯视着我。

小学三年级，他离开之后，我常站在龙安国小的楼上窗口，远望那一座山，有时候天气晴和，我甚至能认出父亲坟墓的所在。

进入初中，便再难有这种眺望的机会。直到考取师大美术系，站在红楼的顶层，才又有了更高的视野。那时虽然已经多了些烟尘，但山还是可见的。岂像现在，四处高楼林立，成为另一种现代化的水泥山林，真正的青山，反而难得见到了!

或许山已被很多人遗忘，正如同入夜之后，城市的天空，也不再属于星子。卡拉OK和宾馆的霓虹灯，高高地悬在欲望街头、芸芸众生的顶上，那五光十色灿烂闪烁的灯光，岂是古老的小星群所能抗衡?

但我们都是从山林来的，即或不在田园间成长，也流动着原始山林的血液。因为在人类进化的百万年间，现代的文明才算多少?我们绝大多数的祖先，都是与山林为伍，由那山林孕育。

所以就算千百年后，我们的子子孙孙住到其他星球，如果有一天在无意间，听到了虫鸣、水韵、松涛，恐怕也会有一种悚然的感动，像是浪涛澎湃，从他们的心中缓缓涌起。

清　境

　　清境农场，这名字实在取得太好了！因为"清境"不仅是清静，同时是清新，而"清"，岂不就是一种"境"界？

　　到达这个雾社与合欢山之间的清境农场，已是入暮时分了。

　　斜阳把山峦的棱线深深地雕塑出来，山谷中几抹停云，也染上了一分淡赭。倏地山风起了，停云开始移动，一下子躲进了山阿，销匿了形迹；也有两朵撞在山的棱线上，抽成丝丝缕缕，在斜光中闪动。

　　冬云与夏云毕竟不同，冬云沉重，而夏云飞扬，这大概主要是受日照和气温的影响，冬天没有足够的热力，引发山谷中的水汽，所以难能蔚成云海。但是看那几朵孤独的云，各不相睬地流浪；看那清明开阔的山谷，无遮掩地呈现，不更有一种豁达吗？

　　"众鸟高飞尽，孤云独去闲，相看两不厌，只有敬亭山。"

　　李白所描写的，必定就是这么一个暮冬初春的山景。人与山静静地相对，亭亭而立，敬穆无声，这当中有多少万化的沟通与心灵的契合？还有那对于大自然的尊敬与爱恋！

　　夜宿清境国民宾馆，那是一栋面对群山的黄瓦白墙的建筑，形式并非规则的四合院，却高低间次地夹着一个花木扶疏的小天井，行在其中，除了走廊上光滑得近于危险的铺地瓷砖，倒有一种高低穿梭的楼台之美。

晚餐后,我独自走上面山一侧的阳台,隔着朴拙的圆木栏杆,由山谷中正斜斜地飘上一股沁人的寒。那寒是带着一种抽象的蓝色的,冷冽透明,如同溪水,那种清澈而毫无杂质的溪水。

众山无语,以一种折叠的黑色,横过我的眼前,那是一种墨黑,但是属于砚池中的墨,黑得流动而光灿,且在那黑中,仿佛能见到一抹雾白,只是亦非白,但感觉隔了一层,或正是夜岚吧!也可能是山村人家的灯火,由谷中映上,在空气中回折,所产生的柔美,却又若有似无的感觉。

不见月的踪影,仰首穹苍,只觉一片湛然,待瞬间,眼睛将焦点从远处山陵的距离,调到无限……

我震动了!多年来难有的震撼,从心底、从眼底,从整个胸膛之间,以一种无声的咏叹,一种哭号前的深深呼吸、屏息与崩溃……

我看到了一片无比壮观的——星海。

仿佛是千点、万点、亿兆点闪动的碎琉璃,从四面八方涌来,又像是要迎头地坠下。不知是不是因为仰首,我只觉得自己被团团地包围,满目星子,竟不知天地左右,好似全身都投入一流星河,滚啊滚地,进入那冥冥的无际。

现在我知道了!山巅不仅是尺幅千里,可以登高览胜的地方,更是观星玩月的好所在。因为在这里没有空气的污染,来遮断你的视线;没有高楼大厦来切割你的天空,更没有喧嚣扰攘,来搅乱你的心灵。

站在山巅,你可以拥有超过一百八十度的宽广视野,前看、后看、左看、右看，还有那仰望穹苍，全是一片星海，不是你在观星，而是星在看你，因为我们根本就是站在星海之中，我们也就是星中之星，那宇宙无限的众星之一。

此刻我才惊觉，原来总从主观角度看万物的自己，一朝站在客观的位置，才发现自己想拥有的，实在是拥有自己的。如同自以为大的人类，从想克服自然、拥有土地、权利，到想要征服宇宙，岂知道，自己的地球，竟是宇宙中一颗微不足道的星子。

整个夜晚，我都在思索这个问题。可惜的是，当晚某国中的学生，也正在那里住宿。带队的老师们，或许心想平日管束得够多了，且放松孩子一天，让他们尽情地玩闹一番。

于是十一二点，仍然听见这些大孩子奔跑追逐的脚步与呼叫嬉笑。

我很高兴，见到这么一批未来的主人翁，充满活力地，已经开始做清境国民宾馆的主人翁。但也为我们的教育担心，我常想，如果有一天，我们也能像许多西方人一样，为后面的人，把门撑开，而不是自顾自，或只顾同行的亲友，该有多好？

我也常想，如果我们餐馆中的宾客，能在觥筹交错，放情饮乐的时刻，也能考虑邻桌的安宁，而控制声量，该有多好？

教育，不仅是给予他们未来生活需要的知识，更要告诉他们如何与别人一起生活，在建立自尊的同时，先应知道如何尊重他人。

而今，许多人都喊要更多的自由与民主。但是否人人都知道什么是体谅、包容、无私与民主的胸怀？

我曾经在第二天向宾馆的柜台建议,希望她们能在秩序的维持上多下功夫,更别动不动就用扩音器呼叫广播。

"因为他们人多!"小姐回答。

"少数人可以为多数人牺牲,但是多数人不能强迫少数人牺牲!"我说。

当有一天,我们的社会,更能够照顾少数,为每一个残障着想,为左撇子设计工具,为奇行异想的人留出发表的空间该有多好?

当有一天,我们能看到一大群原本喧哗的人,只因为发现旁边有一个沉思者便立刻降低声音,该是多么令人感动的画面!

晨起,没有雾,昨晚深不可测的山谷,像是晨妆时,少妇把所有的头发,都拢向脑后,露出宽宽的额头。

出奇地宁静,连小草都不见丝毫的颤动,使得眼前那几公里之遥,直立两千多米的山峦所夹成的宽谷,更显得空荡而明晰了。

我可以看见对面山脚的人家和蜿蜒的小径、最高峰处黄褐色崩裂的山石节理、左侧公路边高大的松树,和前面坡地上的菜园……突然从山谷中传来咚咚的鼓声,循着望去,原来是一所小学,正在举行早会。

孩子们似乎出奇的少,却都排着整齐的队伍,按照程序举行升旗的仪式。或许因为山谷太宁静了,虽有数百米之遥,却几乎能听清楚他们讲的每一句话,还有嘹亮的歌声,是多么的亲切,仿佛贴着我的心,激动着我的每一个细胞,带我倏地飞回了自己的童年。

童年的学校是多么美，我常对自己的孩子说，我的小学可比他的美太多了，因为那时虽然也在台北，学校旁却有着大片的稻田和草地。瑠公圳还没有铺成公路，圳边甚至有些妇人在洗衣裳；孩子放学之后，常站在圳边打水漂。岂像是现在的小学，老师要跟外面的车子比嗓门，孩子要小心躲躲闪闪地，穿过马路上的危险区和污染的烟尘。

我原想，这样的生活，是再也不可能见到了。岂知，在这里竟然能重温儿时的旧梦。

"客人早！"

当教室里的孩子，看见在门口张望的我时，齐声地喊着。

居然并不是出于老师的指示，因为只见几个孩子，正分组劳作。孩子们都有着健康红润的脸颊，笑嘻嘻，又有些害羞地看着我。

那是一栋两层的楼房，面对着宽阔而陈设各种运动器材的操场，其中有一个玩具是金属和压克力设备做成的飞机，在阳光下闪闪发光，相信即使美国的孩子见到，都会羡慕不已。在国外从事教育近十年，我愈来愈感觉岛内对教育所下的苦心。

我沿着走廊前进，发现每一间教室里的孩子都不多，看来是一所袖珍的小学。

"想当年可是并不小，足有几百人呢！他们多半是荣民或由滇缅边区撤回的义胞的孩子，但是现在老一辈快退休了，新一代又都往城里跑，所以只剩下六十多个小孩子。"花白了头发的主任说："尽管学生少，老师们都还是很认真的，有些是师专毕业之后，志愿到山里来。"

临走时，主任希望我为清境国小画一幅画：留在学校做个纪念，也让孩子们欣赏！

回到宾馆，我立刻拿出纸笔，走向山边，作了一张水墨的写生。画上有山峦、有密林，还有那半山腰的清境国小。

而那群孩子天真可爱的笑脸，则成为我长存记忆中的，另一个画面。

芦　山

芦山不是庐山，但在我的记忆中，它美如庐山。

我曾经在那里度过蜜月，也曾带着一家人，再去多次叩访。记得初去的那年也是这个季节，过了长长细细的吊桥，一栋日式建筑前大片的樱花林正是初绽。

我曾经坐在那栋日式旅舍临窗的廊上用餐，饮洛神茶，喝水蜜桃酒；也曾经一边洗温泉，一边静听涧中的溪水，并在夏夜用卫生纸卷成长长的纸捻，塞在窗缝，以阻挡山里成群飞来的小虫。而灯一熄，所有屋里的小虫，居然都掉到床上。

但是而今回想，即使那些小虫，也是美的。

再访芦山，在这十多年的漂泊与天涯羁旅之后，我怎能压得住那份兴奋之情。

车子停在一处热闹的市街边，我下去问路：

"请问芦山还要进去多远？"

"进不去了！这里就是芦山。"

"我是说有一条小吊桥的芦山。"

"就在前面,那街角右转!"

我将信将疑地走过去,像是步入菜场,地下湿湿地淌着水,却正看到一座小小的吊桥,在两边的商店建筑间出现。

走过吊桥,只见溪谷边一大片五颜六色的小房子。日式的旅舍已经残破,门前两株老柏树斜斜地躺着,樱花树干上钉着路灯,一个颓垣上晾着几床棉被。

再过去则有着两栋水泥的现代化建筑,一栋楼房的前面,放着"卡拉 OK、法式装潢、镭射音响"的彩色广告牌。

我没有多留,只是在回程行过吊桥时,对那溪水投以最后的一瞥,看见的是几块破夹板、塑胶瓦片和空罐。

对于芦山,这个拥有我许多美丽回忆的地方,我不愿意多说。但是深深感觉,我们的社会,已经过度地商业化。商业带来的不仅是现实的功利,更造成了一群以"得"为首要的民众。

"得",并没有不对,但是人们要有得、有舍,才能再得。譬如到这山水之间,就不能以"得"为目的,只想到在这里可以洗最养生的温泉,买到最廉价的山产,且兼能享受城市的声光娱乐。

到山林中来,我们正该"舍",捐弃机巧、开拓胸次、舒畅情怀。我们是来荡涤尘俗,洗出自己的本真,而不是填塞已经过于窒碍的心灵。

如果能,我宁愿将这次的芦山行,从记忆中抹去,有一本书的名字是"把爱还诸天地",而我要喊:

"把山水还给我的记忆!"

明　潭

　　虽然没有预订，却住进日月潭边最好的地方。除了卧室，还有宽大的书房和起居室，彩绘的宫灯、华丽的藻井，推开雕花的窗棂，再隔一重黄瓦红柱的长廊，是一个伸展出去的大阳台。

　　我在想，是不是某些幸运者，较容易享有宁静与美好，也较能够忘记城市的喧嚣？

　　就如同此刻凭栏，眼前一百八十度的视野内，几乎没有任何建筑，只见临湖的树林、高垂的藤蔓、团簇不知名的黄花、圣诞红，还有那千顷波外的光华岛和更远而空蒙的青山。

　　慈恩塔就在遥远的正前方，下面带着一环烟霭，和隐隐约约向右淡远的几抹远滩。点点的游船，在潋滟的波光间闪动，是从我的角度，唯一能见到的人影。其余就都是静了，而那隔着潭面幽幽传来的庙院钟声，更增添几分空灵的感觉。

　　若不是想要泛舟，而走向码头，我怎能想象，原来自己背后的市街，繁华拥挤的程度，竟与台北的西门町不相上下。

　　是不是有些人永远不会觉察，这里还有个纷乱的市街？

　　是不是有些人永远不会知道，在那纷乱之外，就最近潭边的地方，还可以发现最美的风景与幽静？

　　我开始同情范仲淹。

　　我没有选择坐大船，因为记忆中，那种船的马达总是喷散一股煤油的黑烟，又咚咚地破坏四周的安宁。所以选择了一艘手划的小艇，慢慢向湖心荡去。

最爱许浑的"淮南一叶下，自觉老烟波"，和温飞卿的"谁解乘舟寻范蠡，五湖烟水独忘机"，那是一种洞明世事，豁然达观的境界。而每次谈到烟波与烟水，更再三吟论其幽邈淡远的意味，那疏疏淡淡，似有却无的画面，多像是笔简墨精的马夏山水。

小船渐渐地荡离岸边，原本微澜的潭水，居然兴起了轻波，每一艘呼啸而过的汽船，更激起一沦沦的小浪，才知道在那浩渺无争的潭面上，还是有许多诡谲的变化，又忆起韦应物的诗句"世事波上舟，沿洄安得住"，和杜甫赠李白的"江湖多风波，舟楫恐失坠"。

我黯然了！掉转舟头，遥见自己所住的旅店，隐现左侧的林间，可是，就在那上方，为什么正有股浓重的黑烟，一团团地滚向天空，又随风飘向远处的潭面。

"你们旅馆上面，为什么喷黑烟？"我冲回旅馆，问柜台的小姐："你们感觉不到那烟的污染吗？"

"我们烧油。风会把烟吹走，怎么可能感觉到？"

林玉山老师

在国泰医院的病房里，看到卧病多年的林师母。林老师弯下身，摸着师母的头，附耳说："刘墉来看你了，从美国回来。"又转过身，对我无奈地叹口气，"说也是没用的，已经成植物人了！"

卧病老人灰白的头发很短，眼睛直直地张着，随着不断扭动的头而茫然地摇摆，鼻子里插着多年赖以灌食维生的管子，怎么能想象,这就是昔日慈颜笑貌的师母。

"自从她病了之后,就少作画了!"每一年回国拜望林玉山老师,问他有什么近作,都听到这句令人心痛的话。当师母还在家里时,总见老师推着轮椅进进出出;送到医院来,原以为他会轻松一些,却听说他有时一天要来探视两三次,若不是这样深爱着她的丈夫,倾其晚年所有的心力和财力照顾,她岂能拖到今天?

但是,一个中国近代少有的写生花鸟走兽画大师,是不是就这样而将近停笔了呢?生命的责任,包括照顾另一些生命;创作生命的责任,是否也因此而会牺牲呢?

相信这世上,许多应该伟大,而具有创作才华的人,都在对自己的家庭尽责时被磨蚀了。而在他们的心底,将有多大的矛盾与挣扎,这岂是他们的家人都能了解的?

"在某一期《艺术家》杂志上,看到您推着轮椅的画面,就在您家的廊下,逆光的两个黑影。"我不知道自己为什么会这么说,但是我居然说了,"我觉得很美!一种说不出的崇高的光辉的生命之美。那是悲剧,但有一份美。绝对美于艺术的创作。"

谁能说,爱不具有崇高圣洁的美?

谁敢讲,牺牲无悔的爱,不是另一种永恒的创作?

黄君璧老师

谈到对当今国画坛最具影响力的人,我想首推黄君璧老师了!

我没有用"大师"这个词，而称他为老师，因为觉得那才最能表现我对他的感觉，虽然他早已是公认的画坛宗师、一代巨擘，但是对学生们的亲切，和有教无类的态度，就像是启蒙时的老师，一步步地引着孩子。

虽然他近年来的听力不佳，但是有一天我才吸了下鼻子，他就听到了，急着找药给我吃，还摸摸我的手："明天要多穿衣服！"

又有一天我扭了脖子，他则叫我过去为我捏了捏，果然如师母所说："老师的手最管用了，一捏就好！"

在这位今年已经九十岁高龄的老人面前，我十足变成了个孩子。对于极早出道，东西漂泊，又早年丧父的我，能够在今春，将近三个星期的时间，每天跟在黄老师的身边，如迎春风，如沐春雨，且再做个孩子，是多么美好的经验。

每天上午九点钟，我就站在黄老师的画桌旁，看他完成一张张不同风格的作品，并随时为我解说："松叶画好之后，要再以干笔，在其间点一下，才觉得厚！"

"这秋景虽然以赭为主，但也要加染少许石绿在岩石的阴暗处，才显得变化而精神！"

"你看看！我在这边云头上，故意留下干的笔痕，而下面则用湿染，有见笔，有不见笔者，才生趣味！"

虽然二十年前就跟黄老师学画，但竟有那么多的诀窍，我到今天才能领会，甚至他碟中的脏色，都变得有许多道理。我发现，在他优美的画后，有着无尽的生活体验与写生的资料，在他特有的雄浑厚重背面，是再三的经营、层层的渲染与细细收拾的工夫。

碰到老学生,他能娓娓道来四十多年前学生间的恋爱故事。画到某一种皴法,他可以指出在大陆的何处有类似的山头。而他居然自谦地说:"我不聪明,记性差,靠勤以补拙。"

而当有人问他长寿之道时,他则站起身,蹲着马步,把双手举到前面,再向后甩动,说:"每天早上甩五百下!"

或许连他自己都不知道,他之所以能九十岁,而望之若六十许人,且能运笔如飞,一天工作八小时以上,都是由于他谦和开阔的胸怀、追求世间一切美好事物的乐观态度,与锲而不舍的工作热忱。

当我为他的作品摄影时,他总是笑吟吟地坐在旁边看,注意我的每个小动作。

当他看到报上登《玉山雪景》的照片时,立即剪下来收入剪贴簿。

一册收录许多年轻画家作品的记事本,他能连续翻上好几天。

无论工作多么忙碌,他还要牺牲午睡的时间,主动跑去看画展。

收藏早已富甲一方,他居然还集每一种新发行的邮票,数十年来,一张也不少。

甚至有一天我用毛笔写了个便条给他留在桌上,他居然左看、右看,说是在欣赏我的字。

虽然这都是小事,但使我了解一位伟大艺术家成功的真正动力。

十多天来，我们每天为固定的研究工作，一直要忙到晚上七点半。虽然他总觉得腹部不适，且看了好几次医师，但是每当我问他累不累，要不要休息时，他总是大声地说："如果你累就休息，我不累！"

返美的前一晚，黄老师设宴为我饯行，席间突然想起有一个研究主题尚未完成，坚持吃完饭赶回去画。

夜里十点钟，当我告辞时，外面正落着毛毛的春雨，老师送我到门口，握着我的手说："东西要比别人好，我不怕麻烦！"

他的话很简单，声音也很低，似乎只要我一个人听到，但是落在耳里，每个字都是那么重、那么沉，因为这是一位伟大画家追求完美，"衣带渐宽终不悔"的宣言。

宝岛的春意更浓了，飞机升空时，心中泛起千百种的滋味。

"他乡生白发，旧国见青山"，这里的一花、一草、一木都是那么的故园亲情，虽然在西方的物质文明冲击下，许多记忆中的东西变了色，但就像是日久生雾了的银器，细细擦拭之后，便能再闪亮地呈现。

故园之情，像是佳酿，愈陈愈醇，而啜饮起来，特别温暖地直入心底，熨帖全身，且令人陶陶然。

只是，带着这个宝岛初春的和暖与温馨，我是否更难适应眼前面对的，万里外冰封雪冻的冬天！

此生无悔

芭蕾巨星努里耶夫病逝了,各种媒体都做了连续的报道,但令我印象最深的,不是他舞台上的英姿,或重病时的憔悴,更非他的万贯家产和显赫的成就,而是他临终时说的:"我这一生什么都经历了,此生无悔!"

这使我想起了三十年前,也在巴黎去世的一位女歌星尹迪丝·琵雅芙(Edith Piaf)临终前唱的一首歌——《此生无悔》(*Non, je ne regrette rien*)。

比较起来,他们的遭遇竟有几分类似。

同样有着贫苦的童年,被母亲遗弃的琵雅芙,从儿童时代就跟着在马戏班当特技演员的父亲,东西漂泊地卖艺。努里耶夫则生在火车的车厢里,八岁看过一场芭蕾舞之后,就决定走这条艰苦的道路,毅然在少年时离开家。

他们同样地，二十岁之前就在舞台上崭露了头角，然后以舞台为家，甚至以舞台作"故乡"，直到生命的尽头。

我至今仍清晰地记得，那自称是"小麻雀"的琵雅芙，穿着她像是流浪儿的破旧衣衫，在舞台上引吭高歌的神情。虽然已是多年前电视上播出的纪念专辑，但她那嘹亮而忘情的歌声，总回荡在我的耳际。

那确实是"忘情"，仿佛把身边什么事都忘了，只有她自己，放开声音，打开心房，把一切摊在天地之间，一无隐瞒……

努里耶夫也是这样，他说："只有在台上的时刻，我才活着！"当他走上舞台，似乎能完全变成另外一个人，浑然忘我，用他的肢体展现出生命的光辉。

他们都不知道自己的"根"在哪里，终年的演出，使他们的生命仿佛是用行李堆成的。

他们也都是敢爱敢恨，而令人争议的。琵雅芙后来嫁给比她年龄小二十岁的男子，瘦削而且仿佛日渐缩小的她，站在年轻丈夫身边，如同一条被榨干水分的小蔬菜。

努里耶夫则在巴黎机场演出"跳过栅栏，从四周呆愕人群中消失"的画面，并在不为人了解的情感生活之后，因为艾滋病而失去了生命。

琵雅芙死时四十八岁，努里耶夫也不过五十四，许多人都说，如果他们对自己的生命珍惜一点，应该长寿很多。也有人讲，演出既然是他们的生命，倾一切精力去表演，正是他们把握生命的方法。

最重要的是，他们都说："此生无悔！"

他们都死在寒冷的季节，都有着上千崇拜者，冒着凄风冷雨，排着队，前去悼念。

我常想，他们在我心中，真正留下的伟大印象，与其说是芭蕾和歌唱的成就，不如讲是那认定方向，绝不迟疑，勇往直前的生命态度。

把行李打开，走上舞台，不管一切的掌声和嘘声，忘情地演出，然后走下舞台、回到旅馆、收拾行李，走向人生的下一站。

匆匆一生，或许也只是他们演出生命的其中一站。

多么美丽的谢幕词啊——"此生无悔！"

今生无憾

"我们家族有个不成文的规定。"一位朋友对我说,"就是只要火车能到的地方,非不得已,绝不坐其他的交通工具。"

"为了安全?"我问。

"不!为了曾祖母临终的一句话。"朋友摇摇头,"她说一辈子没什么遗憾,唯一遗憾的是'没看过火车'。"

"因为那时候,你家乡没火车?"

"早有了!据说安静的时候,还能听见火车的汽笛。可是我曾祖母为了照顾一大家子,听火车,听了好多年,居然没能走只要几十分钟的路,去看看火车。"他抬起头,盯着我,"你能想象吗?她一生的遗憾,竟然是没见过火车。而更大的遗憾,则留给了我的曾祖父,他说让妻子忙碌一辈子,没见过火车就死了,也是他一生的遗憾。"

"从此,我们家族就总是坐火车,为了曾祖母、为了曾祖父坐!"他喃喃地说。

小时候,父亲请一位朋友全家来过年,那家的老奶奶已经八十多岁,吃完年夜饭,没下桌,老奶奶笑嘻嘻地说:"今天可开斋了!"

父亲那位朋友当场脸色就不太对。当大家聚在客厅守岁的时候,他居然一个人躲在厕所哭。

父亲跑进跑出地劝他,不准我问是怎么回事,只说叔叔喝醉了。

那位老奶奶不久就死了,没过几年,她的儿子也因肝病去世。

从殡仪馆回来,母亲偷偷对我说:"他家好多财产,都被那叔叔输光了,后来穷得差点没饭吃。所以当老奶奶表示好不容易吃到肉的时候,他的儿子就伤心了。"母亲叮嘱我,"爸爸妈妈活着的时候,好好孝顺,别像那位叔叔,临死还念着:'我对不起我娘!'"

儿子刚出世的时候,有一位护士常到家里来推销奶粉,时间久了,也就变成我们的好朋友。

护士的丈夫是位军医,因为待遇不好,孩子又多,太太不得不在下班后,还抱着大罐、小罐的奶粉,赶一班又一班的公共汽车。

军医后来退伍转入民间,没几年,自己开了诊所。他的妻子居然还在推销奶粉,说是刚买的房子,分期付款太重。

我出国不久,接到朋友的信,说那位护士死了,乳癌!知道的时候,已经是末期。她自己做护士,丈夫又是医生,居然乳癌拖到没有救,才发现。

写信的人,淡淡几句:"夫妻俩太忙了,大概连摸摸太太乳房的机会都没有。临死,护士哀号地哭喊:'我太冤了,连新买的彩色电视,都没看过几眼!'"

美国电视新闻,播出专题:一个慈善团体,招待俄国特殊儿童,游迪士尼乐园。

成群的孩子飞抵佛罗里达的奥兰多,孩子们居然坐着轮椅,挂着点滴。一个戴着帽子的小孩,摘下帽子,露出半根毛发都没有的苍白的光头。

他们都是患了绝症,不久于人世的孩子。

人生才起步啊,他们却已经要结束了。

画面里,有孩子们在被扶持下,进入游乐设施的镜头。几个孩子举起手,做出"V"字形胜利的手势。

那些孩子都在笑,四周看的人却哭了。

笑的孩子说:"好高兴,我终于看到了米老鼠,这是我一生的梦想!"

读唐诗,李白的《行路难》,写陆机临死的时候说:"能不能让我再听听华亭的鹤唳?"

诗里又写李斯,在被腰斩前,对儿子感叹地说:"我想跟你,再牵着咱们家的黄狗,臂上站着苍鹰,一块儿出上蔡的东门,去逐狡兔,只是还能办得到吗?"

合上书,心情有些沉重,放一卷录影带《青少年哪吒》。其中一段是两个不良少年,偷东西被发现,一个跑得慢,被打得半死。

不敢求医，后来逃脱的人把伤者扛回了自己家，满脸是血，性命堪忧的少年，居然喃喃地说，真希望有个女孩子来抱抱他。

录影带放完，转回电视，正放映曾被禁演的《午夜牛郎》，剧中将结束的一段 ——

重病的达斯汀·霍夫曼，在朋友的扶持下，用仅余的一点儿钱，买到了前往梦想中的土地，佛罗里达的长程车票。车子一路南下，愈来愈暖和了，渐渐有些棕榈和蓝天艳阳，车里去度假的人开始兴奋，达斯汀·霍夫曼却等不到最后一刻，静静地死去了。

有几个人能死而无憾呢？

真正令人惊悸的是，许多人的憾，竟然只是看看火车、电视、吃某样东西、游某个地方，或搂到一个人。

那竟然是每个人，只要在活着的时候，稍稍加点心意，就能完成的理想。只是因为忙碌、因为拖延，一年年遗憾下来，直到再也没有明天可以实现的死亡。

而且把这种遗憾留下来，成为别人的遗憾……

遗忘多年的最爱

十几年前,在亚洲影展看过一部日本的科幻片——《日本沉没记》。

片子里虚构,某年日本东侧的太平洋,发生了地层滑动,大块的土地崩坍,滚入深不可测的海沟。

眼看扶桑三岛就将沉没,日本人开始四处逃生。有人显现了末世无法无天的丑陋面,有人表现了牺牲的情操,有人坚守着土地,端坐在祖先留下的木造房子里,一起沉入海洋。

记忆最清晰的,是一对情侣,在混乱中失散。电影的结尾,映着年轻女主角,独自坐在火车上,眺望窗外景色的画面。一片草原与蓝天,这异国的土地,成为她未来的家。

至于她的恋人,片中没有交代。只是在每个观众心底,留下许多遗憾。

窗外的景色愈美，愈祥和，愈令人遗憾。

初到美国的时候，在一位同学家做客。他是个既英俊又有才华的男人，却娶了才貌都远不能相配的女子。尤其令人不解的是，他竟然抛弃了在国内交往多年，早已论及婚嫁的女朋友。

"我的父母、兄弟都不谅解我！"他指了指四周，"可是你看看，我现在有房子、有家具、有存款，还有绿卡。谁给的？"

他叹口气："人过了三十五岁，很多事都看开了，我辛苦一辈子，希望过几天好日子。"

只是，我想，他心里真正爱的，是谁呢？

读谢家孝先生的《张大千传》，五百多页的传记看完，到后记，又发现一段重要的文字。大意是说张大千的后半生，固然有妻子徐雯波在侧，但壮年时代，杨宛君才是陪他同甘共苦，而且相爱相知最深的。

帮助张大千逃出日本人魔掌的是杨宛君，陪他敦煌面壁、饱受风沙之苦的也是杨宛君。只是大千先生在接受谢家孝访谈时，却绝少提到这位他生命中最重要的女人。

谢家孝先生说："是不是他顾及随侍在身边的徐雯波，而避免夸赞杨宛君？"

"海峡两岸来日，不论谁拍摄《张大千的传奇》真人真事，杨宛君应是女主角地位……他（张大千）在八十岁预留遗嘱中，特别在遗赠部分写明要给姬人杨宛君，足证在大千先生心中，至终未忘与杨宛君的一段深情岁月。"

合上书，我不得不佩服谢家孝先生，作为一个新闻人实事求是的态度。在《张大千传》完成十三年，老人仙逝十年之后，终于把他不吐不快的事说出来。

这何尝不是大千先生不吐不快,却埋藏在心底三十多年的事呢!

也想起有"民初才女"之称的林徽因,在跟徐志摩轰轰烈烈恋爱之后,终于受世俗和家庭的压力,嫁给了梁启超的儿子梁思成。

梁思成的才华不在徐志摩之下,他是中国古代建筑研究的先驱,一直到今天,他四十年前的作品,仍然被世界建筑界,认为是经典之作。

走遍中国山川,又曾到西方游学的梁思成,毕竟有不同的心胸。

当徐志摩飞机失事,梁思成特别赶去了现场,捡回一块飞机残片,交给自己的妻子。

据说林徽因把它挂在卧室墙上,终其一生。

我常想,梁思成之爱林徽因,恐怕远过于林之爱梁。问题是,这世上有多少夫妻不是如此呢?每个人都有他自己的心灵世界,在那心灵的深处,不见得是婚姻的另一半。

有位飞黄腾达的朋友对我说:"我一生做事,不欠任何人的。对父母,我尽孝;对朋友,我尽义;对妻子,我尽情。如果说有什么亏欠,我只亏欠了一个人——我中学时的女朋友。她怀了我的孩子,我叫她去堕胎,还要她自己出钱。我那时候好穷啊!拿不出钱。问题是我不但穷,而且没种,我居然不敢陪她去医院。"他长长地叹了口气,"到今天,我都记得她堕胎之后苍白的脸,她从没怨过我,我却愈老愈怨自己,如果能找到她,我要给她一大笔钱来补偿……"

他找了她许多年，借朋友的名字登报寻人多次，都杳无音信。

怪不得日本有个新兴行业，为顾客找寻初恋的情人。据说许多恋人，隔了六七十年，见面时相拥而泣，发现对方仍是自己的最爱。

有一天，接到一位长辈的电话，声音遥远而微弱。居然是母亲十多年不见的老友。

母亲一惊，匆匆忙忙由床上爬起来，竟忘了戴助听器，有一句没一句地咿咿呀呀。

我把电话抢过来，说有什么事告诉我，我再转达。

电话那头的老人，语气十分平静："就告诉她，我很想她！"

过了些时日，接到南美的来信，老人的孩子说他母亲放下电话不久，就死了。脑癌！

战战兢兢地把这消息告诉母亲，八十多岁的老母居然没有立刻动容，只叹口气："多少年不来电话，接到，就知道不妙。她真是老妹妹了，从小在一块儿，几十年不见，临死还惦着我。只是，老朋友都走了，等我走，又惦着谁呢？"

母亲转过身，坐在床角，呜呜地哭了。

是不是每个人心灵的深处，都藏着一些人物，伴随着欢欣与凄楚。半时把它锁起来，自己不敢碰，更不愿外人知。直到某些心灵澄澈的日子，或回光返照的时刻，世俗心弱了，再也锁不住，终于人物浮现。

会不会有一天，当我们临去的时刻，才突然发现一生中最爱的人，竟是那个已经被遗忘多年的……

墓园箫声

去父亲的坟上扫墓，顺便往高处爬爬，一方面作为健身活动，一方面眺望远处的台北市。

这是个老旧的墓园，最新的墓也有三十年了，石阶都已经倾圮，有些墓因为地层滑动而倾斜，至于原本光丽的大理石碑，则由于酸雨的侵蚀而满面黑斑。倒是花草繁茂、树木葱茏，且因为疏于照顾，各自倚斜，而有了一种庭院深深的感觉。

用"庭院深深"来形容山坡墓园，我认为并无不妥。因为庭院之为庭院，必须有建筑掩映其间，而建筑又必不能新，新房子就算有树木浓密的庭院，也少一分"深深"的感觉。

于是这断垣残碑，与深深庭院，便成为最好的搭档。一物凡至于残破，不论它是木造、石造，或砖，或瓦，虽然失去了原有的光鲜，却能成为自然的一部分。

看！那藤蔓爬满了墓墙，后面的泥浆随着雨水流进一块墓地，放肆的青苔和小草又在那一条泥浆上生长起来，且开出小小的白花。舍去"残破"，从另一个角度看，不是更浑然天成吗？

来自尘土的归于尘土，死的最高境界，或许正是睡成大地的一部分，如此说来，这满眼的苍凉，就反而有些可喜了。

当然，也非所有的墓都残破，很可能才转过一个蔓生芒草、已不见碑文的墓，就看见一个光洁整齐的小园。下面红色的钢砖，虽然还是几十年前的东西，却不见一丝青苔。两侧的龙柏，仍然直直地立着。墓碑显然经过刷洗，重新贴的金箔铭文，在阳光下闪闪耀眼。

"儿子发了，重修的！"陪我上山的管理员说，"你如果发现有些小墓，却做得特别讲究，八成有个得意的子孙，他们虽然有钱移葬到更大的地方，但坚持守在这个小角落，为的是相信祖坟风水好，所以不敢动，连一寸都不敢移。"

管理员已经七十岁了。记忆中，父亲入葬时，他就在这儿，一个年轻健壮的小伙子，每年清明跑前跑后地当着家属的面洒扫，并收下一个又一个的红包。随着墓园的衰老，小伙子也弓了腰。他冒着大太阳，喘吁吁地为人修墓，不知他心里是怎么想，半辈子在墓穴里爬进爬出，"有进无出的日子"却也不远了。

当年满山青烟，冥纸飞舞、人头攒动，甚至哭声幽幽的清明场面，早已不复可见。一方面因为清明到了山路管制，人们分散在清明前后上来；一方面不再允许纳入新坟，旧坟移葬也不得转卖，新陈不能代谢，子孙远了，祖先也就变得寂寥。

"迁葬"也是使这墓园益发零乱的原因，隔不多远就见个小池塘，实际不是池塘，而是棺木迁走之后留下的墓穴。

"这个墓园迁葬的特别多。民国四十几年死的，那些大陆来的，在台北只住了不过十年，一心念着老家。子孙孝顺的，记着老一辈的遗嘱，大陆开放，就把尸骨移了回去。当然，为了这个，也闹了不少事，有一回在山上差点打起来。"

"是有家人反对？"

"太太的娘家反对！老头子来台北没几年又娶了，大陆生的儿女，硬要把老子归葬回乡，跟他老娘埋一块儿。台北的太太生的子女却要留下来，说怎么能挖掉半边，让他刚死的娘一个人睡？"老管理员笑笑，"这种死掉一个人，修成双穴，另外一边活着的刻红字，或空着不刻的'寿墓'，造成的麻烦可大了！"

看我不懂，他挥挥手，引我走上小路，到两座坟前："你瞧！都是双穴，一边空着的寿墓。左边这个墓死的是丈夫；右边这个墓死的是太太。两家原是好朋友，又先后办丧事，所以墓地买在一块儿。"

"这不是很好吗？有个伴儿！"我看看墓碑，"算来两家活着的另一半，都九十多了吧？不简单！"

"才麻烦呢！"老先生干笑了几声，用扫把敲敲左边的坟，又指指右边的墓，"真倒霉，这两家的另一半，大概扫墓碰上了，出去玩几趟，结了婚，死了一块儿埋在后山，剩下这里两个半边坟，真可怜！干脆，送做堆，俩并成一个。"他大声对那个墓喊着，"你们俩结婚算了！死守着干什么？等不到啦！"

山头到了，有个小亭子可以远眺，凛冽的风从亭子另一侧吹来，许多树往这边弯腰，顺着树梢望过去，多么壮观的画面啊！成千上万座白白的墓碑和坟头，布满整个后山的山谷。

向前看，是父亲埋葬的这座老墓园，显然残破多了，只是开发得早，所以位置好，正对着台北的十里红尘。

二十多年没登上这个山头，台北的样子全变了。一座座高楼，整齐又不整齐地站着，倒与这山前山后的景象十分协调。

"城里的楼盖得愈高，这山里的坟就愈漂亮。"老管理员也站到了亭子旁边的石椅上，皱着眉头往远处看，"活的时候住得讲究，死了当然也不能马虎。"他转过身，"你等着看，后山还再盖呢！愈盖愈大，还要造楼，一次装几千个骨灰匣子，将来后面的风景，可不比前面的台北差！"

他又干笑，不知是否因为带点儿哮喘，竟有些像是破破的箫声……

手提袋老人

　　五年不曾搭地铁了，说实在话，我很以此为傲，因为若不是有点办法的人，要想不靠地铁，而在纽约生活，还真不容易。但是对于地铁里的样子，我一辈子也不会忘记，不单因为那段初到美国搭地铁的岁月，更有那件糗事，虽然事隔七年，想起来还会脸红，尤其是在这种天寒的日子。

　　七年前的今天，我是留学生，一个真正的天涯游子。在皇后区租了间房子，经常到曼哈顿办事之后，挤一个小时的地铁回缅街车站，再缩着脖子，吐着白烟，抱着十几磅超级市场办备的食粮，踩着一脚高一脚低的冰雪回家。有一次不小心，在大马路的薄冰上，摔了个四脚朝天，吐司面包直直地滑到大巴士的底下，成为当日街头的免费表演。但是回想起来，比那次在地铁里的糗事还差得远，因为摔跤是糗在外面，而且人人可能摔倒；地铁那次却是糗在里面，心里糗，却说不出。

　　本来那天我不想出门的，因为是圣诞前一日，每年此时全美死于车祸的不知有多少，想必路上一定塞，但又因为有本急着用的书不得不买，只好进城，并一反过去逛街的习惯，四点钟不到，就从第五街和四十二街交口的车站，搭乘七号地铁回家。

　　车上居然出奇的冷清，不知人们是不是都早留在家里团聚过节了。我一进车厢，就右转坐在角落，这是受行家指点的，因为据说坐得靠近车门，随时可能被人抢了跑，至于坐在角落，则有两面保护，遇到状况，更能取得以一敌三的地势。

　　偌大的车厢里，只坐了四五个人，我把手提塑胶袋放在左边的空位上，又将里面新买的书抽出一个角，这样原本起盗心的人就不会抢了，除非他跟我是同行，也念研究所，又急着要这本书写论文，果真如此，抢去也就罢了。

　　不过放眼车厢里的人，似乎没有这一号人物。当然在纽约不能以貌取人，许多看来像土匪的，实际却是博士。尤其在地铁里，博士也最好打扮得有些土匪的样子。胡子不要刮、衣领翻上去，低着头，以冷冰冰的眼光，从眉毛之间斜斜地瞪着每个车上的人，只要你露出一点儿善相，被抢的必定是你。我当时就是以这种"在你抢我之前，先小心我抢你"的眼神向四周瞄了一圈，最后停在对面。

　　就在正对面，也靠着车厢一角，坐着个老头子，我居然上车时没有立刻看到他，大概因为他太不起眼，看来有点像一堆货吧！

那确实是一堆货，用五六个大型手提袋叠起来的货。而那大胖子，则成为货物的中心。他最先吸引我的，是那个特别突出的肚子，凭这个圆得像小山丘的肚子，我认定他应该很胖。还有那双特大号的塑胶鞋，以及里面透出的红色裤管。

我下意识地猛吸了几口气，测试一下有没有怪味道，譬如百日未洗澡的恶臭或腥臊，以决定是否迁地为良。因为虽然是短短一瞥，以我乘地铁半年的经验，已经敢断定，这是个"手提袋老人"，那种通常都散着尿臊味，总是提着简单衣物寄宿街头的可怜鬼。

在这个朱门酒肉臭、路有冻死骨、号称世界第一大名城的纽约市，每个冬天冻死几个手提袋老人，早已不是什么新闻，而可以称为例行报表的一项；人们碰到这种可怜虫，也只当是身边的另一种族类，懒得多浪费些眼神给他们，大不了车挤时屏住呼吸，车松时移到另一边。

现在我总算决定不移，大概因为在这冰点以下的温度，连臭味也结冻了，所以我没有嗅到什么，而且知道这种老可怜虫绝对不会抢人，也便将自己故意露出的"凶狠的眼神"收了起来。

回到本来的善良面目，视觉便软化细致了些。我开始往他的肚子以上梭巡，看到一团白胡须，压在一顶带着鸭舌的帽子下，脸是看不清的，想必他正在利用难得有暖气的地方睡一觉，再不然他就是花一张地铁车票，便整日躲在车上的那一种。

车子慢慢摇过哈得孙河隧道，转出地面，想必因为外面的亮光，或是过隧道时的震动，那老头居然醒了过来，把帽子移到高高的肚皮上。令人奇怪的是，他的脸居然并不太胖，也并不怎么脏，甚至还有些红扑扑的。我想大概是属于领有社会救济的那种人，每个月领了钱，没有计划地买牛排、冰淇淋猛吃，吃到最后两个礼拜，没钱了，就在街头一个个垃圾桶里翻，捡些别人吃剩丢弃的东西。这种人我见多了，因为在中国城特别多，道理很简单——中国食物好吃。但是中国城里难得见到中国浪人，中国人保有传统的美德，在海外绝不在乡亲面前丢脸，所以捡破烂儿，也必然到洋人区去。

眼前这个老可怜果然要开始吃东西了，他往右边的大手提袋里掏，便听见里面稀里哗啦的，翻出一个红纸包的巧克力花生糖。这突然使我想起一位英国文学史教授说过的笑话：在英国当乞丐讨到一小片别人吃剩的牛排时，便在人家阶前，正襟危坐，掏出袋中的餐巾铺在腿上，并拿出刀叉，一小块、一小块地品味。这个联想，使我禁不住地笑了出来，却赫然发现对面的老可怜居然也对着我笑。我赶紧将眼神转开，窗外开始飘下密密的小雪花。

到家又会冻僵了，我心想。低头看见那老家伙的大胶靴，十分滑稽的样子，想必也是捡来的。

"太大了！找不到中号，小号的又不对。"老家伙竟看出我在想什么，而且，他居然对我说话。

我礼貌地把嘴角挑了挑，赶快又移目窗外，雪是更大了。

"雪可是不小，幸亏没有坐汽车，否则塞车就得几个钟头。"老可怜又说话了，肚皮一起一伏地动着，这下我才看清，他居然外面穿了一件灰布的单衣，应该说是一个单层布料的宽大袍子，裹着里面臃肿的身躯，当然还有不少其他的衣服，否则早冻死了。

"自己缝的，勉强可用了！"老头子居然又看出我的心思。

我只好点点头："是！我知道！"

天哪，我当然知道！在这种冰封雪冻的日子，谁会拿一件单衣当毛皮大衣啊，而且那么宽松，夏天不可能穿，当然只好自己做。这种人我早就听说了，他们自己一个人，提着几个手提袋，就叫作一家，因为全部家具器皿都在袋里；至于衣服则全穿在身上，从春到夏，他们一件一件脱，也一件一件丢掉，反正都是烂货。到了秋天再一件件地捡，捡一件加穿一件，于是愈穿愈厚，到下雪时，正好穿得像个球，可以勉强御寒。想必这个老家伙里面也是十七八件，大概自己知道活像小丑，所以缝个大单衣，套在外面，遮羞！

我敢赌一百块钱，猜得准没错，你没看见那灰布单衣里偶尔露出的红色吗？活像个小丑，哈哈！只怕里面还穿件女人的红裙子呢。想着，我又笑了。

"真是漂亮的雪，来得正是时候，已经好几年没有银色圣诞了！"想不到老头子居然还有雅兴，欣赏起雪景来了，他岂知道我最不爱过节，尤其是岁暮寒冬的圣诞，使我心酸、想家。

想到家，我突然对这眼前的老人产生了一丝好感。与那些车窗外看见的一家家人比起来，我还是宁愿跟这个老人比，他在自己的国家里没有家，我则是在别人的国家里没有真正的家，仿佛是同样可怜。

"你常坐这七号地下铁吗？"我抬头问他，这是我上车以来，第二次看他的脸，他居然精神不错，眼中闪着光亮，想必早已在车上来来回回地睡足了。

"不常坐,因为我住在曼哈顿!"老头子笑着,颤得隐隐透出里面的红衣服,也差点笑死了我,只是我硬忍着没笑。他当然可以说是住在曼哈顿,大概还可以说住在第五大道呢!只是后面得加个"路边"。

"去看朋友吗?"我故意问,看看他怎么答。

"对对对对!"他居然连答了几个对。

"朋友住在哪儿?"我存心让他下不了台,知道他答不上,只怕得编一个地名了。

"很多!就在马路上看看他们!"

哈哈哈,真笑死我,他居然这么坦白,没想到乞丐们也是要庆祝圣诞节的。我又把笑憋了回去,只是下面的话不知该如何说了,所幸车子就在这时转入位于缅街的底站。

我匆忙地道了声再见,便提起袋子跳下车,为的是怕他尴尬,因为我知道他极可能会留在车上享受难得的暖气,如果硬要等他一块儿下,他的谎言恐怕就要被拆穿了。

我从地铁车站的西北通道出来,去银行提了些钱。半年的纽约客,使我知道身上绝不能带超过二十块钱,所以买了书,口袋里所剩,已不够上超级市场。

在超级市场的门口,其实不算门口,应该是大门和二门之间那小坎避免冷风直接吹入的地方,看见一个手提袋老浪人,正缩在墙角发抖。"你住曼哈顿的老朋友,说不定会来跟你拜节呢!"我心里嘲笑着对他说。

而当我抱着买好的东西出来时,他果然正在吃一块巧克力花生糖，红色的糖纸，跟那个车上的老家伙咬的是同一种，说不定他还真下车了，且把那捡来的无比佳肴分些给难友。

雪是够密的，我低着头，把食物和书举在右耳侧，一个劲儿地沿着缅街向前冲。

突然看见一双熟悉的鞋子，黑色的，出奇大的胶靴子，不正是车上那个老家伙的吗？我的视线向上移，是一条大红裤子，再往上是白色的衣边和红色的上衣，还有那白色的大胡子。

"嗨！"他对我笑着，并把一个东西塞进我的纸袋里，"圣诞快乐！"

他……他果然是那车上的老家伙，只是脱去了外面的灰布袍，并换上一顶红帽子，正拿着大手提袋，向每个过路的儿童分送糖果呢！我没能再跟他交谈，因为他早被孩子们团团围住，孩子们的欢呼声，使满天的雪花也变得有情：

"圣诞老人！圣诞老人！圣诞快乐！圣诞快乐！"

老顽童的烟灰缸

我不抽烟，也拒吸二手烟，可是我的桌上总摆着一个水晶烟灰缸，因为，那是桃乐丝送的。

当桃乐丝第一次出现在教室时，我吓了一跳，心想：学校怎能收这么老的学生？她看来有八十了！

看她走路，就更惊人了。只是从教室门口，走到位子上，她大约花了两分钟。一条腿不良于行，不得不靠着拐杖，又因为把重心都放在拐杖上，肥胖的身躯便成了歪斜的样子。高高耸在一侧的臀部，每走一步，就把背在肩上的大画板顶起来，好像撑着帆在一波波海浪里危行的船。

令人头痛的，还在后面。

当她第一次交作业时，只见一张白纸递上来。

"你的画呢？"我问。

"在上面！画了好多！"她指着白纸说。

低头细看，才发现果然有许多淡如水的、灰白灰白的笔触，隐隐约约地透出来。

我不能伤这老太太的自尊心，只好一笔笔为她添加，每次把画还给她，都觉得还回去的是一张我的画，不是她的画。

"多好啊！"桃乐丝把画举起来，给全班同学看："我要把它框起来！"

桃乐丝是最早把画框起来的，也是最爱送礼的学生。

她的第一个礼物，是三把刀片。

"给我一分钱！"有一天桃乐丝冷不防地对我说。

"一分钱？"我不懂一分钱有什么用。

"对！只要一分硬币。"

我给了她，便见她窸窸窣窣地掏了半天，从画袋里摸出三把刀片，交给我："教授！你需要的！可以用来切纸，你看你的纸都裁得多不平？"桃乐丝笑着说，"我们犹太人送刀，一定要拿钱，刀只能卖，不能当礼物送。这三把刀片，还是我男人留下的呢！"

提到她丈夫，桃乐丝总是说同样的话，不知是怨，还是讽刺："男人哪！就是拼命冲、拼命赚钱，然后早早死掉，把钱留给老婆的苦命鬼！"

然后，总不忘叮嘱，对我和班上每个男生说："不要太辛苦！要活长一点儿，免得便宜了你们的老婆，否则，就在死之前，让她生一堆孩子！"

逗得男生又笑又叫，女生则指着男生骂。

我班上,最会带头作乱的,居然是这桃乐丝老太太。

桃乐丝不但大发谬论,而且像小孩儿一样,会出各种顽皮的点子。

譬如我教学生在渲染之前,先用水把画面喷湿。桃乐丝就发表她的新方法:

"你们不必喷水,只要打开莲蓬头,放热水,让整个浴室都是雾,然后把纸放在地上。"

"这样也不会像喷的一样湿啊!"有学生说。

"你猴急什么?"桃乐丝一瞪眼,"别忘了!现在是冬天,你只要打开浴室窗子,让冰冷的空气进来,就成了!"她得意地说,"雾会一下子结冻,变成雪花,这就是人造雪。雪花落在纸上马上化了,就跟喷壶喷的一样匀!"

据说很多毛头孩子回去都试了,把家里浴室弄得的一团糟。谁知道,这歪点子会是近八十岁的老顽童出的。

学期结束,最后一堂下课之后,桃乐丝留在教室没走,我则自顾自地收拾画具。

她突然一扭一扭走过来,拿出个绑着蝴蝶结的礼物,放在桌上:"教授!我为你做的!"

打开来,是个玻璃的水晶烟灰缸。我不抽烟,心里有点失落。她似乎早料到,急急地喊着:"不是给你抽烟用的!你翻过来看看,整个烟灰缸下面贴的是什么?"

翻过来,我吓一跳,居然是各种面额的钞票,一片片撕碎,再拼贴在一起的。

我愣住了,不知该说什么。

"它花了我不少钱,也用了不少时间。可是我想了又想,送你什么好呢?钱,你不会收。礼物,你不一定看得上。到最后,出了这个点子。"桃乐丝红着面颊,晃着满头银发:"送你一个很值钱又很不值钱,却有个八十岁老太婆心意的礼物!"

每次有朋友来访,看到水晶烟灰缸,要吸烟,我都说不行,然后把烟灰缸递过去,请他欣赏,并为他说桃乐丝的故事。

辑二

拍拍、吹吹、摇摇

我知道你在拍我、爱我,

我还没睡着,

你要继续拍,别走开哟!

父亲的浴缸

到美术馆看画展,出来,迎上中午的艳阳,广场没有遮荫,疏疏落落的几个人影,都晒得扭曲了。倒是花圃里的"百日菊"开得正好,还有一只白头翁,跳来跳去。

走近看,白头翁一下子飞开了,躲在后面的柏树里叫,叫一下,又飞出来,继续在花圃跳,原来那里面正在喷水浇花,这白头翁是来消暑洗澡的。

站在烈日下看它洗澡,真有些羡慕。瞧!它不但正面淋,还转过身冲尾巴,再打开翅膀跳近些,让水喷到腋下,又或是水喷得太强了,吓一跳,抖一抖,匆匆忙忙地飞开,站在柏树梢上转过头,用它的小嘴,一点一点地理毛。

突然有些感伤,因为让我想起了小时候养的一只"十姊妹"。

那时大家一窝蜂地养十姊妹,说这看起来不起眼的小鸟,可以帮金丝雀孵蛋，日本又流行养金丝雀，所以商人会高价收购十姊妹。

我的那只十姊妹，是别人送的，小小的幼鸟，还附带个竹笼子。

虽然只有一只，倒挺吵，又爱在不及一尺见方的小笼子里猛拍翅膀，把谷子"扇"飞了，也总把塑胶的小水皿弄翻。

为此，我特别给它换了两个矮玻璃瓶，瓶口虽不大，也够它吃东西、喝水了。

它还是常把四周弄湿，因为它把头伸到瓶里喝，弄得一头水，再不断地甩头，能把水珠甩到一米外，更讨厌的是，这样没几下，水就不多了，害我总得为它添。

有一天回家，没听到它叫，也没见一桌子水，笼子里静静的，头在水瓶里，尾巴高高地翘着，一动也不动。

赶快打开笼子，把它拉出来，眼睛嘴巴都张着，身体却已经僵硬了。

我后来常想，它为什么总把头扎在水里？愈长愈大，愈扎愈深，没抓稳，一头栽下去，瓶口又小，挣不出来。

直到二十年后，在美国，看人家院子里，常摆一个大大盘状的"鸟洗澡盆（bird bath）"，见一群群小鸟站在水里拍翅膀，才知道鸟也要洗澡，我那小小的十姊妹，只因为我没为它准备浴缸，却又忍不住不洗澡而淹死。

每次想到它"插"在瓶里的画面，就有着深深的愧疚。但是再想想，我那时候，连自己都没一个洗澡盆，总在公用的浴室里，匆匆地冲一下，又会有种很怪的感觉。

那时候，我住在一个小木楼里，楼下住了好多师大夜间部的女生，加上两家屋主，总有十三四个人。到了晚上，大家争着洗澡。烧水、提水、冲水，加上有些女生还要洗内衣，叮叮当当的铝盆撞击和哗啦哗啦的水声，能足足吵上几小时。

碰到动作特慢的女生，我有个妙法制她，就是站在浴室门外讲鬼故事："你知道吗？这里以前是枪毙人的地方，后来盖了房子，可还不安宁，你千万别看窗外，那毛玻璃上……"

接着就见那女生又叫又骂地冲出来，再换我冲进去。

浴室里空气极差，又有潮霉味，又有脂粉味，一个十六岁的小男生，站在一架子放着女生私物的小脸盆和四周挂着的三角裤之间洗澡，感觉有些香艳。

但我宁愿回到十二三岁，坐在大铝盆里洗澡的时候，那时家里失火，全烧光了，勉强在废墟边盖个小草房。每天晚上，天黑了，没人看得见，我就把那圆形的铝盆端到废墟之间，倒上水，洗澡。

四邻的灯火黄黄的，传来水声，是他们在灯下洗澡。而我，既无灯火，也有灯火，上面深蓝的夜空和星星，一起看我洗澡。

空气好极了，曼陀罗香、茉莉花香，夹着焦黑的一根根柱子，散发出怪怪的味道，竟有一种置身古老庙宇的感觉。

不远处，就在那焦黑的柱子间，有个黑黑圆圆的筒子，依然矗立着，那是父亲生前，烧洗澡水锅炉的烟囱。

日据时代的东西，倒还真结实，几次收破烂儿的人，问我卖不卖那铁烟囱时，我都摇头。

那是废墟上留下来，唯一的，我能纪念父亲的东西。

我也曾爬上瓦砾堆，从一根根朽柱和灰土间，窥视下面的白瓷浴缸，仿佛听见父亲说："水刚放好，趁热，你先下去洗吧！"

不等他说完，我就跳下池子。

那确实是个池子，一个四周用白瓷砖砌起来的方方大大的池子，里面还高起一边，可以坐着。

六七岁的我，正皮，一身汗、一身泥，跳下去，蜷着腿，一蹬、一蹬，就一上一下地漂浮着，把水溢得一地。

每次母亲看我身上脏，叫父亲先洗，父亲都笑笑："小孩儿，脏，正好，有阳气，他先洗，我再洗。"

我不但脏，而且坏，记得有一次跳下去，突然想尿尿，又懒得起来，居然就尿在了水里。

洗完澡偷偷看着父亲，他下了水，高高兴兴地洗，还眯着眼睛泡，一点儿没发觉。心里有些罪恶，也有点窃喜。

这画面，我四十年来都没忘，我常想，那天父亲是真没闻到水里的尿臊，还是装不知道。

我也常在女儿泡澡的时候，心想，这小鬼会不会遗传我的"坏点子"，偷偷在水里撒尿？

我是不会用她的剩水洗澡的，因为她睡得早，我睡得迟，当我洗澡时，她的水早凉了。

不过有一次，浴室的下水道不通畅，我性子又急，等不及女儿洗的剩水慢慢流完，便往里添热水。

希望她没尿尿在里面，一边想着，一边坐进去，才接触盆底，就吓一跳，叫了起来："天哪！怎有这么多沙子？"

"叫你等水放完,我清理完再洗,你不听,小鬼皮,脏死了!"妻子挥手叫我起来,"我再换缸水。"

"不用了。"我说,心里浮起一种温馨满足的感觉:"这小丫头,最近身体愈来愈好,也愈吃愈多,在学校,真不知道有多皮,不然也不会弄这一身汗、一身沙。"

真像是躺在沙石的海床上,有孩子的嬉笑声传来、有咸咸的海风吹来……我眯起眼睛,想到四十年前,眯着眼,躺在浴缸里的父亲。

父亲的画面

　　人生的旅途上，父亲只陪我度过最初的九年，但在我幼小的记忆中，却留下非常深刻的画面，清晰到即使在三十二年后的今天，父亲的音容仍仿佛在眼前。我甚至觉得父亲已成为我童年的代名词，从他逝去，我就失去了天真的童年。

　　最早最早，甚至可能是两三岁的记忆中，父亲是我的滑梯，每天下班才进门，就伸直双腿，让我一遍又一遍地爬上膝头，再顺着他的腿溜到地下。母亲常怨父亲宠坏了我，没有一条西装裤不被磨得起毛。

　　父亲的怀抱也是可爱的游乐场，尤其是寒冷的冬天，他常把我藏在皮袄宽大的两襟之间。我记得很清楚，那里面有着银白色的长毛，很软，也很暖，尤其是他抱着我来回走动的时候，使我有一种居高临下的优越感。我一生中真正有"独子"的感觉,就是在那个时候。

父亲宠我,甚至有些溺爱。他总专程到衡阳路为我买纯丝的汗衫,说这样才不致伤到我幼嫩的肌肤。在我四五岁的时候,突然不再生产这种丝质的内衣。当父亲看着我初次穿上棉质的汗衫时,流露出一种心疼的目光,直问我扎不扎。当时我明明觉得非常舒服,却因为他的眼神,故意装作有些不对劲的样子。

母亲一直到今天,还常说我小时候会装,她只要轻轻打我一下,我就抽搐个不停,且装作上不来气的样子,害得父亲跟她大吵。

确实,小时候父亲跟我是一国,这当中甚至连母亲都没有置身之处。我们父子常出去逛街,带回一包又一包的玩具,且在离家半条街外下三轮车,免得母亲说浪费。

傍晚时,父亲更常把我抱上脚踏车前面架着的小藤椅,载我穿过昏黄的暮色和竹林,到萤桥附近的河边钓鱼,我们把电石灯挂在开满姜花的水滨,隔些时日在附近用网子一捞,就能捕得不少小虾,再用这些小虾当饵。

我最爱看那月光下,鱼儿挣扎出水的画面,闪闪如同白银打成的鱼身,扭转着、拍打着,激起一片水花,仿佛银栗般飞射。

我也爱夜晚的鱼铃,在淡淡姜花的香气中,随着沁凉的晚风,轻轻叩响。那是风吹过长长的钓丝,加上粼粼水波震动,所发出的吟唱;似乎很近,又像是从遥远的水面传来。尤其当我躲在父亲怀里将睡未睡之际,那幽幽的鱼铃,是催眠的歌声。

当然父亲也是我枕边故事的述说者,只是我从来不曾听过完整的故事。一方面因为我总是很快地入梦，一方面由于他的故事都是从随便看过的武侠小说里摘出的片段。也正因此，在我童年的记忆中，"踏雪无痕"和"浪里白条"，比白雪公主的印象更深刻。

真正的白雪公主，是从父亲买的《儿童乐园》里读到的，那时候还不易买到这种香港出版的图画书，但父亲总会千方百计地弄到。尤其是当我获得小学一年级演讲比赛冠军时，他高兴地从海外买回一大箱立体书，每页翻开都有许多小人和小动物站起来。虽然这些书随着我十三岁时的一场火灾烧了，我却始终记得其中的画面。甚至那涂色的方法，也影响了我学生时期的绘画作品。

父亲不善画，但是很会写字，他常说些"指实掌虚""眼观鼻、鼻观心"这类的话，还买了成沓的描红簿子，把着我的小手，一笔一笔地描。直到他逝世之后，有好长一段时间，每当我练毛笔字，都觉得有个父亲的人影，站在我的背后……

父亲爱票戏，常拿着胡琴，坐在廊下自拉自唱，他最先教我一段"苏三起解"，后来被母亲说"什么男不男、女不女的，怎么教孩子尖声尖气学苏三"，于是改教了大花脸，那词我还记得清楚："老虽老，我的须发老，上阵全凭马和刀……"

父亲有我已经是四十多岁，但是一直到他五十一岁过世，头上连一根白发都没有。他的照片至今仍挂在母亲的床头。八十二岁的老母，常仰着脸，盯着他的照片说："怎么愈看愈不对劲儿！那么年轻，不像丈夫，倒像儿子了！"然后她总是转过身来对我说："要不是你爸爸早死，只怕你也成不了气候，不知被宠成了什么样子！"

　　是的，在我记忆中，不曾听过父亲的半句叱责，也从未见过他不悦的表情。尤其记得有一次蚊子叮他，父亲明明发现了，却一直等到蚊子吸足了血，才打。

　　母亲说："看到了还不打？哪儿有这样的人？"

　　"等它吸饱了，飞不动了，才打得到。"父亲笑着说，"打到了，它才不会再去叮我儿子！"

　　三十二年了，直到今天，每当我被蚊子叮到，总会想到我那慈祥的父亲，听到啪的一声，也清清楚楚地看见他手臂上被打死的蚊子，和殷红的血迹……

馓　子

　　小时候，看见女生脑后垂着粗粗的辫子，我会说那像麻花；当辫子松了，我就改口，说那是个馓子。许多同学不知道馓子是什么，我则向他们解说：馓子就像又松又大的麻花，由于它又酥又脆，一压就碎，一咬便散得满桌都是，所以叫馓子。

　　馓子是馓子爷爷做的。在那时候，似乎除了他，没有人能做得出馓子。用那么多细细的、脆得冒泡的小面条，又卷又编地，做成那近一尺长的大馓子，该是多么精工啊。

　　"只有馓子爷爷的老手艺才能做出这么好的馓子。"爸爸也常这么说。当他讲完，又总会添上几句，"其实馓子爷爷原来不是做馓子的，在大陆的时候，他家里很有钱，有着大片的地租给佃农。但他是个很厚道的地主，不但地租要得低，每年春、秋，到了农忙的季节，还特别雇来铁匠，免费为佃农修整农耕的器具；更设有托儿所，为大家照顾幼儿，使得妇女也能下田帮助丈夫。他真是个老好人，只是时运不济。也亏得居然小时候跟在用人身边，学会了这手艺，而今靠着糊口。"

大概正因此，父亲对馓子爷爷非常尊敬。每次听到外面传来馓子爷爷沙哑的叫卖声："馓子、麻花！"父亲总要穿整衣服，亲自出去买。他们常站在晚风中聊天，一谈就是十几分钟。我最记得馓子爷爷的白胡子，在晚风里摇，还有那剪得短短小平头的白发和灰布的衣衫，对比起他的脸总是红扑扑的。他的脚踏车，从来不是用来骑的，只是推着走。上面摆着一个长方形的竹篮子，里面铺着白布，再垫上油纸，一条条金黄色、香喷喷的馓子和麻花，则分两排，整整齐齐地放在里面。

"馓子爷爷，我爸爸说你是个好人，在大陆很有钱、很有钱。"每次我打岔，馓子爷爷总是挥手笑笑："过去的事，不要提了！"他的脸似乎更红了。

"有钱难道是害羞的事吗？"我当时很不解，"还是一朝穷困，就会有不堪再提当年勇的尴尬？"

馓子爷爷确实是穷困的。我曾经有一天晚上随着父亲到他在泰顺街违建区的家里，我们通过窄得不容两人并肩的小巷子，似乎还穿过好几户人家的厨房，地上油亮亮，却又水汪汪的，弯来转去，才进到一个灰暗的小屋里。房子非常矮，没有天花板，虽然贴满了报纸，仍然可以看见上面的竹条屋顶和漏水的痕迹。

屋里只有一张床，上面坐着一个大男孩，大概读高中了。离床不远的地上，放了煤球炉子，上面置个大油锅，旁边则有些简单的盘碗。

馓子爷爷并没有请我们坐，因为屋里唯一能坐的就是那张床。而床上的男孩略略点个头之后，没有下床，不知是故意，还是为了能从屋子中间挂的小灯泡得到更多的光亮，而转头举着书看。

"要考大学了！四个孩子，两男两女，就只有这个老幺跟我跑出来。他娘死了好几年，没人管，没教养。"馓子爷爷说着，便弯身，伸手从床底下拖出一个两尺宽的铝盆，盆子似乎很重，父亲帮了一把，却被馓子爷爷止住了，原因是盆子也只能拖出床边，便已是贴着油锅，再没地方移动。

盆子里全是稀稀软软的面，上面泛着一层黄色的油光，这时只见馓子爷爷拿出两根特长的大筷子，把那面左拨右拨，甩了又甩，仿佛母亲手拉面似的，抽出一大堆面丝，再以两根筷子各绞着面丝的一头，双手打个转，沙的一声，锅里略略爆出几点油星，那原先小小的一条面，竟然在瞬间膨胀扩大。捞起来，就是我每天早晨吃的馓子了。

从那时起，我每次吃馓子，都先咬一口，再把顿时松散的小细条，一根根地捡起塞进嘴里。心里想着，这里的每一根，都是馓子爷爷用两根筷子拉出来的，尤其神妙的是，它竟然是由床底下一盆油面变出来的。不知道那床，是不是有很大的学问？在我幼小的心灵里，哪会想到，馓子爷爷的家，除了床底下，根本找不到别的地方可以摆得下那盆面。

参观过馓子爷爷的工作之后，家里似乎更少不得馓子、麻花了，不知是因为母亲胃不好，得吃干干的麻花，还是父亲每天非吃新出锅的香酥馓子不可，正如馓子爷爷说的："你们家是包饭的。"也因此，就算是刮风下雨，他也会专程披着雨衣送来一包。

父亲病后，馓子爷爷除了送进家里，在床边陪父亲聊聊；当父亲临终，什么都不能入口的时候，他还带了一大包馓子到医院去。我急急地把馓子拿到父亲唇边，父亲摇了摇头又点了点头，示意我吃。馓子爷爷把我拉到病床边的椅子坐下，摆了张油纸在我腿上，叫我吃。又递了一个给竟日未食的母亲，说是才出锅的。母亲咬了一口，馓子纷纷碎落在油纸上，滴滴答答的声音好一会儿都不止，原来是母亲那像断线珠子般扑簌簌的泪水。

那是我最后一次看见母亲吃馓子。父亲死后，家里便再也不出现馓子了。母亲说因为吃到馓子，就会想起父亲，想到一家人早晨坐在桌前，异口同吃，咔的一声，接着馓子便纷纷坠落的景象。而我也不愿再吃馓子，因为总记得母亲落在油纸上的泪水，和那永远清晰的滴滴答答的声音。

爸爸做的

小时候,我家的房子很大,我的玩具很多,我从来没羡慕过什么人,除了费叔叔家的小孩。

去费叔叔家之前,我一直认为他们很穷、很可怜,因为常听父亲对朋友说:"小费真可怜,学历那么好,在上海也已经做到很高的职位,偏偏在1948年离了职,跑了之后,没饭吃,又央求回原来的公司,想从先前的位置干,已经不可能,只好当个临时办事员,以前的老同事每次见他缩在一角抄抄写写,都不知说什么好。"讲到这儿,父亲总会叹口气,"唉!人才啊!只是时运不济!"

正因此,家里有什么多余的东西,父亲都会拿去送给费叔叔,甚至我的玩具有重复的,他也建议分一个给费家的孩子。

这是最犯我忌讳的,所以我打心底排斥他们。每次听到费家的孩子要来，就赶紧跑前跑后地藏玩具。

终于有一天，我发现自己错了，因为费家的孩子不但不可怜，而且他们家比我家更特殊，他们的玩具比我的更好玩。

我本来是很不愿意去费家的，猜他们家一定像我舅舅为狗钉的那个木头房子。因为我早听说费叔叔没钱，又分不到宿舍，所以自己在河边空地，搭了一间临时的房子。

只是这临时的房子，居然让我看傻了眼。直到今天，我都能清楚地记起，当我走进他们家大门，仰望那高高屋顶的感觉。

全是竹子的，竹墙、竹门，和高高的竹子屋顶。虽然去的时候是夏天，里面却很凉快。坐在他们卧室的地板上，那地板也是竹子的，觉得屁股好冰。屋顶上则有许多星星闪闪的阳光，斑斑驳驳地筛下来，于是坐在屋里，竟有些置身竹林的感觉。

更美的是，推门出去，才几步，就是河，河边长满了菖蒲和姜花。费家的孩子拿出木头做的玩具船，一头用绳子拴着，涉过河边的浅水，向外推，一下子，小船就漂向了河面。

河面闪亮亮的，小船成了个逆光的黑影，像是一艘真的大船，在河面破浪前进。那感觉真刺激，因为船虽小，却有不少乘客，费家的孩子放了许多大蚂蚁在上面，说它们是冒险的水手，看看有几个能历劫归来？

于是我们开始收绳子，每拉一下，便见些水花打进小船，也就发出一片惊呼。

小船回来了，数数蚂蚁，为那些丧生的哀悼一番，平安返航的则全部放生。

这是多么冒险刺激的游戏啊！

我突然发现,爸爸从店里买来的,五颜六色的玩具,都不如费叔叔为他孩子做的那艘小木船。我的玩具是死的,他们的玩具是活的,世界上可以找到很多跟我一样的玩具,却找不到跟他们一模一样的小木船。

回到家,我想了好久,为什么费叔叔那么厉害,能盖好特殊的房子,还为他的小孩做那么可爱的玩具呢?

再看到这种"特殊"的木船,已经是二十年之后了。

九月的兰屿,海上的风浪已经不适合捕鱼,男人留在家里,海边的原始村落就分外热闹了。

兰屿人的房子都有三部分,最外面是可以坐在上面乘凉、看海景的"阳台"。后面有凹在地面下,可以躲避强烈季风的"住屋"。旁屋则有一间一半在上、一半在下的屋子,视为"工作房"。

就在那工作房里,我看到一个赤着上身、穿着丁字裤的父亲,细心地雕一块木头,几个孩子则瞪着大眼睛围在四周。

船的两边是尖尖高起的,就像他们出海打鱼的大船一样。

"海上浪大,船容易翻,两边高高的,只会倒在水上,不会整个翻过来。"

"船的前面要刻个圆圆的眼睛,船跟鱼一样,有眼睛,才能看路,才能游水。"

孩子用带着雅美族口音的国语,对我说。

我问那男主人,小船能不能卖?他摇摇头,指了指孩子。

隔天,在海边看到一群孩子,举着好几艘小木船,对着海面比,似是让那小船,在他们的想象中出海。

"好漂亮的船！"我对他们说。

"我爸爸做的！"

"我爸爸做的！"

"我爸爸做的！"

"我爸爸"，我在那三个字里，听到一种说不出的骄傲。

那些未曾受过教育的爸爸，则在各家的凉台上蹲着，咧着缺牙的嘴笑。

在文明社会的眼里，他们都很原始。

但，他们都是伟大的爸爸！

儿子上小学的时候，有一天回来愁眉苦脸，原因是历史老师规定要做个殖民时代生活的模型。

"我想盖个房子，但不知怎么盖，咱们家又没材料。"儿子说。

"要什么材料呢？"

"那个时代，用砖或木头。砖盖烟囱、火炉，木头搭墙，屋顶则用石片或杉木片当瓦。"

"这好办啊！"我说。

于是我带他去挖了些黏土，揉成小条儿，再切成一截一截，把每截都弄成长方形，阴干之后，放进烤箱。

又找来一块三夹板，用钳子把板子撕成三层，剪成一条条，作为墙壁的木材。再切成小块，当作屋顶的杉木瓦片。

原用来砌浴室瓷砖的石膏，成为了"水泥"。

我"写生簿"里的硬纸板，成为了"内墙"。

父子合作，房子盖起来了，而且楼分两层，地上铺了一小块布，视为毛毯；还做了一个有枕头和被的床、两把老式的高背椅、桌子，和一本袖珍圣经。

儿子把一个小灯，垂进烟囱里点亮。关了大灯，小房里映出昏黄的灯火，真像是一个新大陆早期拓荒者住的房子。房子里虽没人，却有我跟儿子的心。

十多年过去，搬了两次家，换了三栋房子，儿子的玩具都扔了，只有那小模型，总是立在他的书架上。

"这是什么东西？"有一天儿子的女同学指着模型问："一个小破房子！"

"笑话！"儿子叫了起来："那是我爸爸帮我盖的房子！"

母亲的矛盾

小时候在家门口玩,只要看见"酒干倘卖无"的车子过来,我就会急着往回跑,把大门关紧,偷偷从门缝里看车子上有没有被绑着的小孩。因为母亲常警告我,说"他们"会抓小孩去卖。

后来,我弄清楚了,问母亲为什么骗我。

"我看到有小孩四处捡罐子、钉子拿去换钱,怕你也去捡,弄得一身脏,所以吓吓你。"母亲说。

小时候,任何陌生人给我的东西,我是不吃的,甚至上了高中,有女生做点心,送到学校给我,我都不敢碰。生怕里面放了迷药,吃下去被勾了魂。

二十多年后,我也怨母亲,害我少吃许多点心。她又一笑:"这有什么错?你姥爷这么教我,我就这么教你。"

只是，母亲当年也满有弹性。记得有一回，某女生送我一盒点心。我没吃，带回家，母亲看了看，伸手拿过一块，想都没想，就吃了。还直点头："不错！就是欠一壶好茶。"

我马上出去"反映"。没两天，女生登门，送了两罐冻顶乌龙，我拿进去，母亲居然说不能收。我立刻冲出门"退货"。女生的脸突然变成猪肝色，一声不吭，把两罐茶打开，唰的一声，全倒进了门前的水沟。

我至今都记得对面卖馒头的山东大汉，隔着路骂："年轻人，暴殄天物啊！"

母亲管我交女朋友，好像防毒蛇猛兽，我明明在楼上窗口张望，她却站在门口，对来访的女生说："刘墉不在家。"

"我看到他在楼上！"女生指着我说。

"我没看到！"母亲也理直气壮，然后回房对我说，"叫那女生别再来，否则我不修理她，修理你！"

但是，母亲的"峻法"中还是有"人情"。碰到我父亲生前同事的女儿来，她就变得和颜悦色。有个女生知道了，总托有"交情"的同学来传话。后来，即使没受托，这"信差"也常来找我。据说，两个女生在学校打了一架。

从上大学，母亲就不管我交女朋友的事了。只是常提供些意见。像是有一回过年，某女生来向她拜年，她就教我去回拜，说是"礼尚往来"。

隔一阵，那女生又送我一个礼物，我正打算回送，母亲却说："女朋友不同于一般朋友，你要是对她没意思，就别误了人家，让她陷得更深。一般人是有来有往，跟异性朋友，则不必如此。"她叮嘱我,"宁可失礼,不要伤情!"

据说"寡母"最难对付,"寡母独子"更可怕。不过,在我太太眼中,婆婆却像亲娘一般。我们夫妻吵架,我母亲常站在她那边。有时候碰到我脾气不好,母亲会私下责备我。我甚至觉得她成为我婚姻的"守护者"。

只是,最近有一天,妻对我说:"记得我们刚恋爱的时候,有一次出去看电影,回家,我看到老娘坐在黑黑的房子里擦眼泪。"

母亲很少为我落泪。小时候,我不用功,她会打我。大学联考前,我拼死命K书,她却很不高兴地说:"拼什么命!考不上又怎样?"

小时候,她常催我读书,说:"凡事都不要拖,'明日复明日,明日何其多!'一天天拖下去,拖到哪辈子?"

现在,她九十岁,常拄着拐杖到我书房张望,说:"凡事不要急,慢慢来!'明日复明日,明日何其多。'你还年轻,有的是明天,别累坏了身子!"

我的第一次婚礼

我结过两次婚,但,是跟同一个人。

我们是大学一年级,接受广播电台访问时认识的。回学校,我请她上福利社,送她一本我编的《文苑》杂志,还为她叫了一瓶新出的"大使"饮料。

那饮料有点牙膏的味道,但我们喝得挺带劲,据说同学都不怎么爱喝,所以福利社后来只要见我和她走进去,就推销"大使"。剩下的"大使",全是我们包办的。

从夏天喝到冬天,天愈冷,情感却愈热。古时言情小说,在红叶上题诗或跳过墙约会的场面,我们全经历了。在那个保守的时代,我们是最先搂着腰进校门的。

我们一起搞"朗诵诗",我是"男独诵",她是"女独诵"。也同台演戏,我当男主角,她当女主角。只是我演小太保,她演大家闺秀。她戏里的老爸，看到我就头痛。

在现实生活里，自从我们谈恋爱，她的成绩就下降，我的成绩就上升。大概因为她总坐在桌边陪我作画、聊天，我一边聊、一边画，画得特别好。她却不能一边聊、一边读书。

她的成绩不像以前那样常拿第一，她的老爸、老妈或许不知道。听说她认识了我这么一个美术系的穷小子，也没真紧张。但是，大三那年春天，听说我们想结婚，她家里就闹了地震。

我后来常想，要是我的孩子，大学念一半，突然要结婚；后面还有三个妹妹，一个跟着一个。只怕听到消息，我也要头晕。

我的岳父斩钉截铁地说："不行！"

我的岳母对她说："如果不好好念书，就去爸爸公司做事。"

我问她："你听谁的？"

"听你的！"她想都没想，就说。

于是，那年春天，五月十号，一早，我匆匆忙忙地赶去学校。

当天上素描课，大概是个晴朗的天气，只记得教室外头几棵大树，映出一片绿。

我迟到，同学都开始画了。

"谁带印章了？"一进门，我就喊。那时候师大学生每月领公费，常把私章带在身上。

有两个同学举手。

"走！"我说："帮帮忙，帮我到地方法院公证处盖章，当'见证人'。"

我们一溜烟跑了。教室里的同学纷纷把画架推倒，发出轰然巨响，当作结婚礼炮。据说我们的老师徐宝琳，为此被系主任骂了一顿。

上午在法院申请书上盖好章,我带她去买了件短短的蓝色洋装,又把自己"塞进"那一百零一一套的黑西装里。梳了头,搽了不少发蜡,再去银楼买了两只细细的白金戒指。

下午公证时,有七八对新人一起行嘉礼。同学来了一大帮,手上抱着花,全是从校园里"借来的"。

我在重庆南路上,看到一个背着照相机的男人,问他"有没有底片?"。

"剩几张。"

于是请他帮忙,按了三次快门。

照片出来,十分精彩,尤其我的小黑西装,配黑框眼镜和有棱有角的发型,十分"后现代主义"。

我立刻领到了结婚证。跟太太一起回门,拜见岳父岳母大人。

岳父绕着沙发一直走。我而今只记得这个画面,也常想,要是换成我做岳父,恐怕情况会热闹得多。我也常盯着小女儿看,心想,你将来可别跟你妈看齐。

骨肉总是骨肉。隔些天,我老娘跟我舅舅出了面,大家先把我们小两口,或真或假地骂了一顿。接着两家商定日子,隔年元月二号,再办一场盛大的婚礼。

第二次的场面自然不同。在中山北路的红宝石餐厅,席开数十桌。诗坛大佬左曙萍先生证婚,师大喷泉诗社的朗诵队献诗。请帖用西卡纸烫金,外加红色丝带,新娘换三件旗袍亮相。

虽然只是个大四学生,系里的老师全到了。林玉山老师、喻仲林老师、胡念祖老师送了画。穷哈哈的同学，也都掏出公费，包了红包。大家都说我这第二次结婚够体面，有同学私下竖起大拇指："够大胆！"

多年后，我的学生结婚，我一定送画。

当年做我"见证人"的女同学，有样学样，照我的方法革命结婚，并请我做她的见证人。

我的儿子带女朋友回家，我很少表示意见。

我的女儿带小学男同学回家，我都心跳加速。

我的岳父岳母跟我们同住，成了真正的一家人。每次岳父绕过沙发，我都心一惊，想起当年那一幕。

我的老婆很不喜欢第一次结婚的照片，说太土了！

但是，当我们讨论，该庆祝哪个结婚纪念日的时候，答案一致：当然是第一次！因为那是我们自己决定的！

拍拍、吹吹、摇摇

拍　拍

我知道你在拍我、爱我，
我还没睡着，
你要继续拍，别走开哟！

女儿小的时候，夜里爱哭闹，总要抱在身上，拍着入睡。

一天抱着她，背上有些奇怪的感觉，走到镜子前，才发现，原来她搂在我肩上的小手，也正轻轻地拍着我。

我拍她，是希望她早早入睡；难道她拍我，也希望我跟她一起进入梦乡吗？抑或，那轻轻地拍，是一种呼应，告诉我，她感觉了我的拍、我的爱！

于是我想，那拍，应该是一种天生就会的行为语言，表示"爱"！

但抚爱不更是爱的表现吗？轻轻地抚摸，尤其在背上，是多么特殊的一种感觉，带着一些温暖、一点刺激，引起一种又安全、又兴奋的复杂感觉，为什么孩子回应的不是抚摸，而是拍拍呢？

拍，是连小动物都喜欢的，尤其狗，当它走到面前，你轻轻拍它的头，那一双小眼睛，就会翻啊翻地，盯着你看。狗不会笑，但由那眼神里，看得出笑。

当然狗也爱被抚摸，跟人不一样的是狗有长毛，所以只能顺着毛摸，由头顺着背脊一路抚摸下去，再重新把手移回头部，向下抚摸。

这下我就想通了，原来"拍"是由"抚爱"变出来的。当我们一下一下地摸，摸的距离短了，不就跟拍相似了吗？

所以拍狗，要顺着毛拍；拍娃娃，如果顺着汗毛的方向，带一点儿抚摸，那感觉会好上加好。

当然，拍也不限于对娃娃。老师常拍拍学生，表示关爱；父母常拍拍子女，表示疼爱；夫妻常互相拍拍，表示亲爱；朋友常拍拍彼此，表示友爱。连美国的心理学家，都发表了研究报告——餐馆的侍者，如果有意无意地，轻轻拍拍客人，后来得到的小费常会比较多。

在球场上就更明显了，球员们常拍拍彼此，甚至成为一种仪式，在比赛开始时，每个人对拍一下手。据说这样有安神的作用。那拍表示的是：不要怕！有哥们儿在！

这就使我对"拍拍"又有了一层想法。

拍着和摸着的不同,就像不断闪动的灯和一直点亮的灯,其间的差异一般。把手摸在身上久了,渐渐不觉得它的存在。如果改成拍,则可以意识到对方。

所以父母在娃娃入睡时,不断拍着,娃娃虽不会说话,却能心里知道——我的父母正在身边。

于是娃娃拍着爸爸妈妈,或许也就表示——我知道你在拍我、爱我,我还没睡着,你要继续拍,别走开哟!

每次,我抱着娃娃,哄她入睡,拍着拍着,发现她的小手不拍了,小胳膊从我的肩膀上滑下来。

我就知道,她睡着了!

吹 吹

有一次,我从后面吹个长发女生,

那女生回头一白眼:

"有什么冤情?"

小时候,眼睛进了沙,母亲给我吹吹;稀饭太烫,母亲给我吹吹;撞到桌角,母亲也给我吹吹。

后来想起,真怀疑那吹有多大作用,只是小时候,觉得吹一下,好多了!

吹,这个动作很妙,没有人能一边吹、一边笑,所以吹的嘴,是很难见到笑的。但不知是不是天生的反应,吹的时候,总会跟着扬眉，那扬眉噘唇的表情，则是充满喜感的。

这一边盯着孩子一边吹的表情，最进得了孩子的心！

然后，孩子也学会了吹，吹热汤、吹蜡烛。每个人大概都能记得小时候吹蜡烛，大人说先许个愿，再吹。话还没了，孩子已经鼓足气吹过去。如果能一次吹熄一片蜡烛，那就何止兴奋，更是得意万分了。

再长大，吹就有了更多的妙用。吹桌上的渣滓、吹墙角的蜘蛛网、吹女生的头发……

有一次，我从后面吹个长发女生，那女生回头一白眼："有什么冤情？"

那机智和幽默，让我回味了十几年。

吹出来的风，确实有些鬼气。道理很简单，吹是无迹可寻的。你可以甩出一个纸团，然后说不是你甩的，但毕竟有个纸团的存在；你可以大喊一声，然后说不是你喊的，但认得出是你的声音。只有吹，一口气吹出去，赶紧把嘴闭上，那风走得比声音和纸团慢许多，当别人感觉到，谁能认出来是你吹的那口气呢？

除非那口气成为有形的东西。

小时候，我的父亲就常为我吹有形的东西，他把碎肥皂放在杯子里用水浸，再伸手进去，不断地捏、不停地搅。然后，拿个竹做的笔套，为我吹肥皂泡。

后来，我在学校附近的小店摸彩，摸到许多香肠形的气球。人小，吹不动，就拿给父亲。

总记得，当他眯着眼吹气球时，那吹进去的气，嘶嘶响且带着一点儿回音。每吹一口气，气球就大一分，爆炸的危险也就多一分。

有时候气球炸了，父亲居然能用炸下来的碎片，再吹成一个个小小的气球。

父亲过世，到现在三十五年了，我常到六张犁他的坟头探望，小心地拔掉每一根杂草，再用鞋底蹭去砖上的青苔。

他的坟前，有一棵高大的木麻黄，一根根针叶落在洗石子的坟座上。许多夹在石子中间，拂不去也捡不起来。

我只好用吹的，用力地吹，吹得眼睛直冒金星，吹得直掉眼泪……

摇　摇

说不定，当我们终于闭目的那一刻，
才发现，我们的病床是码头，
正有一艘船在等着我们起航……

不知是否因为当我们还是胎儿时，都得在母亲子宫的羊水里摇上十个月，这温馨的经验，使我们天生就喜欢被摇。

小时候，要妈妈摇着入睡，在摇篮里咿咿呀呀。只要一摇，就不再哭，就天下太平。

多么令人不解啊！平平静静，反不如摇来摇去来得美。连长大了，都喜欢摇的感觉，荡秋千、荡摇椅，愈荡愈高，愈惊险，愈刺激，愈过瘾！

或许摇的感觉之所以醉人，就在那分刺激。不论摇在羊水里，或摇在半空中，都有一种脚踏不到实地的"虚悬感"。偏偏在这时候，又能意识到母亲的身体，或结实的摇椅，那虚悬与平安交互产生的感觉，就是最吸引人的地方。

每次去新泽西的"大冒险乐园"，我都会坐坐海盗船。

那是一个古式的北欧大船，两头尖尖，挂着骷髅头，中间则有两根吊杆，把船吊在半空。

参加游戏的人，一排排坐在船上，船就开始向两边来回摇动，起初还只像个钟摆，后来愈摇愈高，便有了垂直俯冲的恐怖。从头到尾只见一船人在尖叫，却有人才下船，就又争着去排队。

我想这个玩意儿，正抓住了人们爱摇的天性。

当然，摇也有许多种，最起码有"规则的摇"和"不规则的摇"。后者因为难以预期将发生的摇动，会让人不安。前者则因为没有变化，使人安心而昏昏欲睡。

摇娃娃入睡，就要用前者，一边摇着、一边拍着，最好还一面唱着，拍着同样的节拍、唱着重复的旋律、摇着同样的幅度，娃娃一下子就能沉入她梦中的船。

据说每个娃娃都是坐船来到这个世界的，所以当产房里一夜之间，全生女婴或男婴时，护士们便说，这是一船过来的，全在这个产房停泊了。

居然也就有那么一种人，下了娘胎，还忘不了上辈子坐船的经验。

有一次清晨，乘朋友的游艇出去，海湾里停了许多有舱的小船，全降了帆、投了锚，静静地浮在水上。

朋友把船速放得很慢,说快了会被罚,而且扰人清梦。

我不懂。

他笑笑:"你看!那些船全有人住,他们也不是住,而是睡,白天在陆地上班、吃饭,晚上就回这船里睡觉,码头上有专门的'计程船'载他们'上床、下床'!"

"何必呢?"

"他们喜欢浮在水面上,被水波摇来摇去的感觉,据说很多失眠的人,都这样治好了!"

胎儿时,妈妈的子宫是我们的船;幼儿时,摇篮是我们的船;成年之后,许多人拥有了自己的船。

我想,佛教说"度到彼岸",真是有理。

说不定,当我们终于闭目的那一刻,才发现,我们的病床是码头,正有一艘船在等着我们起航——那艘曾载着我们到妈妈床边的船!

爸爸的小女儿

少年时交女朋友，最怕碰到两号人物。

第一，是"她"老爸。电话那头，闷沉沉一声"你是谁"，吓得小毛头连名字都忘了。

第二，是她老哥，咔咔咔咔，一串重重的木屐声，就知不妙。门打开，探出个横着眉的大脸，另加一双粗黑的手，把着门两边："你是老几？敢泡我老妹？"下面的话，不用他说，小子自当知道——"下次再敢来，给你一顿臭揍！"

至于她老妈，是不用担心的，啰唆归啰唆，骨子里却善。她可能问你祖宗八代，原因是已经设想，将来把女儿嫁给你。她也许把你从头到脚，瞄了又瞄，但那"审阅"里，多少带些"欣赏"的意思。怪不得俗话说"丈母娘看女婿，愈看愈有趣"，却几曾听说"老丈人看女婿，愈看愈有趣"的呢？

妙的是，当小女生找男生的时候，这情势就恰恰相反了。"他"的老爸总是和颜悦色，眼里带笑；他的老妈，可就面罩寒霜，目射怒光了。

碰到老姐、老妹，更不妙，冷言冷语，不是带酸，就是带辣，尤其站在"他"老娘身后，小声小气地说暗话，最让小女生坐立难安。无怪乎，自古以来，就说"婆媳难处""小姑难缠"，却少听见"公公难对付"这类的话。

这一切，说穿了，就是同性相斥、异性相吸。婆媳、岳婿是如此，父母和子女之间也一样。

父亲常疼女儿，妈妈常疼儿子，这虽不是定律，占的比率总高些。心理学更有所谓儿子仇父恋母的"俄狄浦斯情结"，和女儿恋父仇母的"厄勒克特拉情结"，尤其是到了十三四岁的青春期，情结表现得更明显。

这时节，女儿和儿子，在父母的眼里，也变得不同。过去挂在脖子上的小丫头，一下子，成了个羞羞答答的少女。表情多了，心里老像藏着事，愈惹父亲猜怜。女儿大了，似乎愈来愈能取代她的母亲，学会了管爸爸，也能下厨、洗衣服、照顾父亲，甚至跟父亲谈心。

这时候的父亲总是中年了，青年时夫妻的激情，已经归于平淡；中年的妻子，语言变得不再那么婉约，容貌也不再如年轻时的清丽。突然间，在女儿的一笑中，父亲竟发现了他恋爱时妻子的娇羞。在女儿一甩长发的刹那，老男人竟然回到了五陵白马的少年。

儿子在母亲的眼里，也是这样。小捣蛋，曾几何时变成鸭嗓子，又曾几何时，粗壮了胸膛。朋友打电话来，直说分不清是男孩子还是男主人的声音，连自己打电话回家，儿子接，心里都一惊，这孩子多像他爸爸！

而他爸爸已经秃了头、腆着肚子。有时候，丈夫不在家，只儿子一个人陪着，反觉得更有安全感。

揽镜悲白发，为自己的青春将去，皱纹难掩，正伤怀的时候，儿子突然从后面把老妈一把搂住，说妈妈比外面女生都漂亮，将来娶老婆，就要像妈妈这样的。浅浅几句话，不论真假，是多么暖心？

偶然，儿子一句"妈！你穿黑袜子和短裙，真漂亮"，居然，不自觉地，便总是穿那套衣服。经过多年丈夫的漠视，将要失去的自信，竟从这小男生的言语中，突然获得了补偿。

只是，这样可爱的老爸的乖女儿、老妈的乖儿子，那个从自己的春天，伴着走到秋天的孩子，总是把老爸老妈放在心中最爱的儿女，居然有那么一天，遇见一个八竿子打不着的人，带回家来，又急急忙忙，没等父母看清楚，就拉进自己房间，又拉出大门。

长发一晃，裙脚一甩，高大壮硕的背影、父母心中永远的最爱、小小的恋人，丢下一声"拜拜"，竟飞出门去。

站在门内的，两个已经不够劲直的身影，瞬时怕又苍老了一些。多少不是滋味的滋味，袭上心头，喜的是：儿女长大了，能自己飞了。悲的是：奇怪，这家里的人，过去嫌吵，现在怎么突然冷清了。恨的是：他！她！居然好像把我们从他心中"爱的排行榜"，由第一、二名降到二、三名。

第一名，竟然是那个死丫头、浑小子！

多年前，有个老朋友打电话来，笑说："把别人未来的老婆，抱在自己腿上，真是人生一大快事。"

我惊问，才知他是搂着他自己的小女儿。

也记得年轻时读古人笑话集，说有个老丈人，女儿新婚之夜，与宾客夜饮，突然大叹一口气："想那个浑小子，现在必定在放肆了！"

过去，对这两件事没什么感触，而今，新生的女儿不过四岁，居然总是想起。

多么戏谑的笑话，却又多么真实！笑中有泪、有不平、有无奈。尤其是那个嫁女儿的老父，一方面强作欢笑地应付宾客，却又难以接受爱女"变成人家床上人"的事实。

曾参加一个朋友女儿的婚礼。向来豪爽不羁，爱开黄腔的老友，挽着女儿走过红地毯，送到男孩子的身边。

当新郎为新娘戴上戒指，女孩子的眼里滚下泪水。回头，她的老父，也湿了眼眶。

只是，我想：他们的哭是同一件事吗？

做父亲的，必定是哭他小天使的离开。

做女儿的，是哭与父亲的别离，还是感动于"爱的相聚"？

跟洋人比起来，中国人闹洞房，要厉害得多。吃苹果、捡豆子、衔酒杯，甚至像《喜宴》电影里的"两人在被窝里脱衣服扔出来"。

只是洋人婚礼，有个最狠的节目，外表很美，却蚀到骨子里。

觥筹交错，歌声舞影，在新婚宴会欢乐的最高潮，音乐响起，宾客一起鼓掌欢呼。

新郎放下新娘的手，新娘走到中央；老父放下老妻，缓步走向自己的女儿，拥抱、起舞。

《爸爸的小女儿》（*Daddy's Little Girl*），这人人都熟悉的歌，群众一起轻轻地唱：

你是我的彩虹

我的金杯

你是爸爸的小小可爱的女儿。

拥有你、搂着你

我无比珍贵的宝石！

你是我圣诞树上的星星

你是复活节可爱的小白兔

你是蜜糖、你是香精

你是一切的美好

而且，最重要的：

你是爹地永远的小小女儿……

我常暗暗祈祷，将来女儿不要嫁给洋人。即便嫁，婚礼时也千万别奏这首曲子。

我知道，当音乐声起，女儿握住我的手……

我的老泪，会像断线珠子般滚下来。

年夜饭

天增岁月人增寿
春满乾坤福满门

在黑板上写下这副中国最常见的春联,逐字做了翻译,再解释了词性相对的道理,和中国人悬挂的方法。又在纸上写了个"福"字,倒过来拿着,讲解"福到了"的妙趣,觉得台下的洋孩子们似懂非懂的样子,摇摇头,看时间不早了,便宣布下课。又突然把学生们喊住,道了一声"Happy new year",学生们大声肆意地应着,还有个高大的洋孩子送过来一包东西,说是给老师的年礼,在中国城买的,原来是包速食面,便也笑嘻嘻地接下,丢进手提箱,又收拾起先前使用的幻灯机,左手一包一箱,右手一架沉沉的机器,斜着身子,用肩膀顶开大楼侧门，外面正下着霏霏的细雪。

挂了个电话给入学部，老婆匆匆地应话，说今儿个约谈的学生太多了，只怕要拖得很晚，只好自己先回去。穿过停车场，雪是愈下愈密了，天色也便更阴沉了下来，灰蒙蒙的，想起《日瓦哥医生》电影在西伯利亚的景象，这纽约有时竟真像西伯利亚的凄寒。

冲进家门，母亲正坐在厨房，没有开灯，黑黝黝的一个影子："发愁呢！晚上吃什么好？大过年的！"

"随便嘛！跟平常一样，天天不都是过年吗？"

"我弄了个五花扣肉，就想不出别的了，昨天剩的莱，冰箱都装不下！"

"那等会儿就端上桌吧，薇薇只怕要晚下班，咱们先吃！"

"唉！"老人家叹了口长气："哪儿像过年哪！一点儿年的味道都没有，连鞭炮都没听见一声。"说着径自向里屋去了。心里觉得对老人家过意不去，跟了进去，母亲正坐在临窗的椅子上看后院的雪景呢！

成百的寒鸦，正迎着雪在枝头聒噪，每只都不断地抖动身体，振落身上的雪花。这是老人家最爱看的景致之一，她几乎算得出那些鸟会什么时候突然消失在树林的深处。

窗台上摆着一排柿子，母亲一个个摸了摸，又为它们掉了掉方向："天这么冷，这柿子又摘得生，只怕熟不了几个。"跟着又是那个老故事了，"想当年在北京老家，后院里放只水碗，浸上个大盖柿，等冰冻上了，拿进屋，撕开一个口，用力吸，柿子全成了果冻，真甜哪！哪儿是这美国柿子比得上的……"

突然电话响,儿子从学校打来的,开口就是洋腔,听了有气,吼了回去:"你讲英文,老子听不懂!怎么?是不是为了旁边有洋同学在,说中国话丢你脸,那就不要说,老子不懂洋文!"儿子赶紧改了国语,说什么班联会要开会,不能回家吃晚饭。

"好好好!不回来算了!"挂上电话,回头看见老人家站在后面发呆,也不知说什么好,又不到吃晚饭的时候,便默默地下了楼,摊开稿纸,打算爬爬格子。

却听得上面厨房传来剁菜的声音,把写作的兴致也打消了,想要上去抗议,又按捺了下来,老人家不是说了嘛,"大除夕,全家不能一块儿只吃年夜饭,总得吃几只元宝(饺子)吧!"

辑三

跑回故乡的小巷

记忆中，一片日式的房子，每家都有个种满花草的小庭院。有两根石砌的门柱，但是没墙，用树作墙。房子的后面，是稻田，细细的田埂，伸得老远老远，接上一片竹林和淡水河的堤防。

我的童年就是在其中跑过来的。

那条时光流转的小巷

夜里飞往北京,由于机场在郊外,只见疏疏冷冷的灯火。

飞机落地了,灯火变得稍微清晰,却又像萤火虫似的一明一灭。仔细看,原来那灯火是隔着树映出来的,民宅的灯光本就不亮,受树的遮掩就更模糊了。树摇,灯火也摇,明明灭灭的,如一群群的星子。

突然有一种激动,不是激动于到了父母出生的地方,而是想起我的童年,童年的那条小巷!

那时光复不过十年,水电都差,一条几十米的巷子,见不到几盏路灯。刷了柏油的黑木柱子,上面顶个圆盘似的灯罩和小小的灯泡,灯泡还忽暗忽亮。

巷里的人家都种着树墙,那种用七里香围起来的"象征式"的墙。墙里有院,院中又有树,加上日式房子的窗棂小,屋里的灯火，隔着一重重，就更照不到巷子里了。

就是这样的，似可见，似不可见，迷离如梦的巷子，孕育了我的童年。

吃完晚饭，天将黑的时候，母亲常会让我出门，在她规定的范围内玩耍。

我活动的范围，是以电线杆为界的，向右不能过第三根，因为过去之后是温州街，车多。向左不能过第二根，因为过去有一家，出了两个太保。

其实太保没什么可怕，邻居的太保哥哥更可爱，尤其是蹲在黑漆漆的一角，看他们的香烟，一红、一红，听他们喝酒，咕噜、咕噜，然后，听他们臭盖[1]。

最记得有个肩上一道疤的，说中国的"墨剑"，怎么痛宰日本武士刀。在黑黑的巷子里两个高手对决，武士刀砍出的每一刀，都被墨剑挡了下来；而当墨剑出手，拿武士刀的挡都没挡，就倒了下去。

因为那墨剑漆黑如墨，是不闪光的，在黑黑的巷子里，敌人看不到。

也记得在某帮派号称"掌法"的一个，说他见过最惨烈的械斗。一个人由墙上跃下，下面的人横刀一挥，硬是在空中把那人的两只脚齐齐斩断。

四周香烟的火光更紧了，吸完一根，擦火柴再点一根。火柴的红光，映着紧蹙的眉头和炯炯的眼睛，是我童年印象最深

---

[1] 方言，意为吹牛。

的画面。

当然，他们也会讲女生、讲太妹、讲"女人"。说什么"天涯九龙凤"的老大，长得多么标致，出手如何狠毒。说女生打架，满地头发，满脸流血。

女生打架，用抓的、用拔的、用咬的，比男生用刀子还可怕！

也记得其中一个去嫖了妓，被前呼后拥地推到黑巷一角说感言。

那时我才九岁，他们的话却记到今天。我后来常想，他们虽然自称豪放，打打杀杀，竟然大部分十六七岁，还是处男呢！

小黑巷子里，是最适宜玩"官兵捉强盗"和"躲猫猫"的。尤其各家的树墙、院子，任我们穿梭，更有着一种神不知鬼不觉的妙处。

当然，在这穿门越户的过程中，也便有些"向帘儿底下，听人笑话"的机会。

我家隔壁，是老夫少妻，那老夫在大学教书，还不良于行，却娶了个年轻貌美的学生。他屋里总传来那女学生娇滴滴的嗓音："老师！老师！"

父亲在世的时候，一听到，就会对我妈说："听！又在叫老师了！"他说话的表情好特殊，现在想起来，他是有点羡慕。

我家左邻，是位将军，那屋子里的排场，就又是一番了。我最怕听见他清喉咙的声音，有时玩"躲猫猫"，藏在他家树丛中，突然听见"哼"一声，接着窗子拉开，呸！一口浓痰飞出来。

至于对门，也是位教授，教授的爸爸是知名的书法家。有一阵,孩子们都不敢往他家院里躲,因为老爷爷死了,那教授总躲在房里哭,呜呜地喊:"阿爹啊!阿爹啊!"

黑黑的小巷里,除了飞蚊子、飞萤火虫,还会飞一群群的蝙蝠。才入夜,就见一团团黑影,在路灯下盘旋,有时候从头顶掠过,扑啦扑啦的,能吓人一跳。

孩子们常拿雨靴,往天上扔,因为不知听谁说,蝙蝠一看到靴子,就会钻进去。

没见过一只靴子抓到蝙蝠,我倒是有次打中了一只,见它斜斜歪歪地跌进河边草丛,小时候胆子大,钻进草丛,硬把蝙蝠摸到了。得意地拿回家,把蝙蝠塞进玻璃瓶里,紧紧扭上盖子。

第二天,蝙蝠不见了。

这之后,最少有十年,我相信蝙蝠是会"奇门遁甲"的。

黑黑的小巷,也是耐人"寻芳"的。

黑暗中,什么都隐藏了。龙柏成了黑黑一团;槟榔成为瘦瘦一根;扶桑花白天开,夜里全睡了。倒是各种白花,变得特别清晰。

我家阶前,有棵单瓣的白茶花,冬天我最爱躲在树下,看上面洒下微微的灯光、月光,再嗅嗅那似有似无的幽香。

斜对门李家的院里,有茉莉,我至今喜欢一种粉红盒子的法国香水,觉得什么女人涂上这种味道,都美,大概就因为那香味让我想到童年的茉莉。

至于昙花,就更美了。

我家前院种了一大棵,每次夏夜盛开,父亲都会在院子里挂上灯，四处呼朋唤友，来赏吉兆"国泰民安"的昙花。

我爱那花，也爱那灯。觉得在一串灯中，人影晃来晃去，真美！那种影子忽大忽小，灯火忽明忽暗，人声忽来忽往，夹杂起来的感觉，好像梦。后来读辛稼轩的词："众里寻他千百度，蓦然回首，那人却在灯火阑珊处。"我心里映起的，就是这迷迷离离的画面。

我常想，"时光流转"或许就是这样。在朗日晴空下，是见不到时光流转的。只有我童年黑黑的小巷，每一盏灯，都能映出一条条影子，忽长忽短、忽胖忽瘦。也只有在那小巷穿梭的记忆中，找到的哭声、笑声、倒水声、麻将声、吐痰声，和打小孩声，是那么幻中有真，真中似幻，值得我一生咀嚼、一生回味。

多美啊！迷离的灯火、往日的情怀。

多美啊！那条时光流转的小巷！

如果图画像一本日记

小时候,我认为这世界上只有三个大画家。

第一名,是《儿童乐园》书上画插图的。一从竹林、一片水塘,远远有个牧童牵着牛过河,近处几只大白鹅,天边挂个红红的太阳。

每次看那张插图,我都好喜欢、好喜欢。觉得世上最美的地方,就在图画里。

第二名的大画家是我爸爸。虽然他不会画别的,只会画兔子。但是太绝了!他只要用七笔,就能画出个大耳朵、圆尾巴的小白兔。再用红颜色点上眼睛,天蓝色涂上背景,真是可爱极了!

我爸爸还会在纸上用蜡笔写字,再将纸对折,放到灯上烤,然后打开,一个字就变成了两个字。所以,我爸爸也是魔术画家。

至于第三名的大画家，当然就是我了！我会画画，每朵花都画得一模一样。我爸爸常把我带到办公室，叫我坐在他的位子上表演，每画好一张，全办公室的人都鼓掌叫好，还说我的画将来可以卖很多钱。

可见我有多伟大！

幼稚园放暑假，有一天下午，我娘睡午觉，我在旁边画画。愈画愈得意，突然觉得有件事，已经等不得将来，现在非做不可。

我抱着一堆自己最满意的作品，偷偷溜出大门，一路走，一路喊："卖画哟！卖画哟！"

太阳晒得直疼，四处亮得像张大白纸，有人躲在檐下乘凉，也有人在小店里吃冰，我大声喊，却没人理我。奇怪了！我心想，就算我的画不够好，现在，我把我爸爸画的兔子放最上面，你们居然也不买吗？

只记得舅舅骑着脚踏车，我娘迈着"解放小脚"，跑得气喘吁吁的，把我从田埂上抓回家。一顿好揍，还罚跪。

一边跪，我一边想，我要是真卖了画，就不会被罚跪了。还是爸爸好，他刚进门，我就告状，他立刻冲去找我娘吵。还把我搂在怀里说：

"人家不识货，咱们还不卖呢！"

从此，我学会了"识货"这个词，谁跟我看法不一样，我就骂他"不识货！"

我爸爸识货，小学一年级，我代表学校，到新公园参加写生比赛。我记得很清楚，是坐在新公园的一个大钟下面。我爸爸的办公室在中山堂那边，短短一个下午，他居然溜出来看了我三次，可见他有多得意！

可惜我没得奖！

从小学到初三，我没有一次参加校际绘画比赛得过奖。连最小的"佳作"，也没拿过。我知道——大家不识货！

当然，我的"风格"特殊，恐怕也是原因。那时候，我有个印象——书法比赛得奖的都是方方正正、又粗又黑的"颜体字"；图画比赛得奖的，都是上上下下，用粉蜡笔涂得满满的那种。

而我，写的书法，忽粗忽细，像图画；画的图画又只见线条，没多少颜色，像书法。

虽然比赛得不了奖，我的书名还是远播的。因为我会画漫画，我的画总被同学传来传去，然后笑得前仰后合，所以班上编海报，总是我的天下。

只是有一回，我画了个光溜溜男生搂光溜溜女生的漫画，由桌子缝塞进后面女生的抽屉。她拿起来，一言不发就交给老师，害我被狠狠打了两下手心。

我是最早为革命性作品，遭到道学夫子政治迫害的艺术家！

初中毕业那年，我看到一个邻居大妹妹画的东西。软软一张纸，全是黑色的线条，还有小人牵着驴过桥。这不正是我的画风吗？

于是我去找她老师，学了国画。

三个月之后，我得到"全省学生美展教育厅长奖"。接着我的书法也得奖了，好像一下子，大家都识货了起来。只是我常对着自己临摹的功课想：这不是我画的！也不是我想画的！

我那时候最爱的还是漫画，尤其擅长画孙悟空，甚至画了好几本取名叫《现代孙悟空》的漫画书，描写花果山的仙石怎么产生核子反应，爆炸成孙猴子，孙猴子又怎么抱着火箭冲入水帘洞和天宫。

我也画些讽刺漫画和儿童"连线""走迷宫"的游戏图画，从报社赚到不少零花钱。

不能免俗的，高中时的我，也爱看明星、画明星，只是别人用铅笔水彩，我则用毛笔和国画颜料。

至今，我墙上还挂了幅十六七岁时画的影星秦萍。我常走到画前端详，心想：那时候用卫生纸蘸颜料来画树，又用赭石和胭脂画肤色，还勾几丝头发，再用水墨渲染的技巧，居然抓得那么准确，只怕我现在都画不出来呢！

可能是画不出，也可能是因为失去了青春少年的那股热劲。

我的"明星画"，到大学变了样，成了白描勾勒的古典仕女。不过说古典不古典，我的美女都是大眼、大鼻子、大嘴巴。虽然穿上古装、吹笛鼓瑟，却个个现代而性感。

师大的才子教授汪中老师，倒是满欣赏我的美女，特别为我题过一幅："画眉明媚着时妆，楼畔垂杨三月长，玉笛声中歌出塞，江山万里忆刘郎。"

那张画挂在我卧室墙上，每回女朋友来，都要斜斜瞟一眼，说："这女生丑死了！而且，忆刘郎的不是她，是我！"

记得女朋友初来我家的时候，我正要作画。她就坐在桌边，帮我研墨。

我没画她，倒画了个茅屋竹篱的人家，门前弯过一条小溪。题的是杜甫的《客至》："舍南舍北皆春水，但见群鸥日日来，花径不曾缘客扫，蓬门今始为君开。"

我的女友进入我的"蓬门"，晚上常来陪我画画，她很能说，有解闷的效果。又能说得不疾不徐，不致影响我作画的情绪。我是她最佳的听众，她是我最佳的观众。

她过二十岁生日，我送了张尺幅小画作礼物。画中两栋瓦顶的平房，前面几丛花木，远处一蒲葵林，下面则有两个孩子在玩耍。

她问："两个孩子是谁？"

"是我们！"我说。

过了二十年，我把画翻出来，她又问："两个孩子是谁？"

"是我们的孩子！"

儿子出世那天，我由医院回到家里，虽然已经两天一夜未睡，仍然精神抖擞，打开纸，画了张小画。

画中高山、云海，山巅二人，一坐一立，远眺天边落日。题为《曙光》。又记："壬子年八月十七日晚五时，薇薇腹痛，送产，伴之彻夜未眠。次日午时三十五分产下一子，重八磅余，声洪体赤，是刘轩也。乐甚！归，十一时援笔作此以志之，画名曙光，愿来年如日中天，则吾黄昏矣！"

谁想到，才一转眼，儿子已经快大学毕业，我也真近了黄昏。

岁月像是白纸，用离合悲欢的血泪画过去，有泼墨的潇洒，也有工笔的拘谨。我常对着自己的作品想，那上面的每一笔，不都是时间、都是生命吗？每个创作都有当时的心境，是模仿不来的。

少年时的作品,是青涩,可是涩里有甘。也确实笔笔都不成熟,却也笔笔都见天真。

天真是多么可爱啊!

展读私房画,像是展读自己的半生。童年的作品都没了,《儿童乐园》也早已不见。所幸其中的画面还印象清晰,仿佛昨日。

八十六岁的老母常笑说:"当年卖画!卖画!现在真卖画了!而且卖了高价!"

只是,在我心底,总有那么一只白兔、几只白鹅、一头水牛、一个牧童和一轮落日。

他们,还是我认为的,最伟大的作品。

梦回小楼

年岁渐长,虽没觉得脑力衰退,体力却不如前了,尤其是上下楼梯,好几次踩空,差点滚下去。

其实也非老得脚软,反而是因为"心"太年轻。身子不如以前灵活,心里却满是冲劲,仍然想用少年时的步子"跑"楼梯。

所幸在梦里,脚步还是健劲的。我常做梦,梦见在黑黑窄窄又陡又直的楼梯奔跑,连跳带蹦,几步就上了楼顶;再两三级一纵,几步便下了楼。

这绝对是从少年留下的记忆,那时我住在台北金山街的一栋小木楼上,其实也不能说小,只因为一幢楼隔成两院,楼上又比楼下缩小许多,所以地方不大。

更小的是那道楼梯,碰到胖子来访,几乎要在后面推,才能上得了楼。

　　楼上只一大间，隔为前后两室，中间纸门拉开，毫无隐私可言。却因前后有窗，各朝东西方向，早上隔着前院的尤加利树，筛进一室日影；晚上又映着后院的槟榔，看一片红红的晚霞；加上春秋季风，过堂而去，十分轩朗清凉。

　　更有幸的，是邻院一丛修篁，竹梢高过房顶，且倚斜到我的窗口。每当雨天，屋檐的雨水坠落，打在细细的枝头，翠绿的叶子一上一下地弹动，不知吸引我多少注意，误了多少读书天！

　　那时我念成功高中，走路不过四十分钟，比绕道转车来得痛快，加上路经几所女校，可以看看女生，所以若非风狂雨骤，总爱走路回家。

　　如今高楼林立的金山街，当时全是违章建筑，还有一间高墙的监狱。使小巷穿梭，有着寻幽览胜的乐趣。只是必须随时提防旁边泼出的脏水和头顶一层又一层晾着的衣服。

　　有个姓陈的同学，常陪我走回家，他迷信，坚持绝不从女人的裤子下过，常站在衣服下研究：那一条裤子是属于女人还是男人的？

　　我家隔街对着的就是违建区，左侧有个小杂货店，过来是饺子铺、弹棉花的、卖馒头的和理发店。

　　我很爱听弹棉花的声音，尤其是当竹梢在雨里跳舞的时候，那弓弦的震动，就成了节拍。我常想弹棉花的师傅必定一边弹，一边哼着歌，才能那么有节奏。弹弹弹弹弹，突然停一拍，再弹，真像唱"大鼓书"。那一顿，美极了！

馒头铺老板孩子不少,初时过得很苦,后来突然转运,近悦远来地涌至好多顾客,都说他用手和面,材料实在,馒头咬起来带劲儿。

对面人家常吵,骂老婆打孩子。有一夜母亲惊惶地推我起床,只见对街地上一排火焰,腾腾地向上冲,四邻全起来了,帮着扑灭。后来听说跟某家女儿的男朋友有关,大概交恶,在沟里烧了油,想把他们一家烧死。

理发店是个本省籍老板开的,对我特别慷慨。剃小平头时必定加意料理,剪得像飞机场似的平。洗头时另加薄荷霜,凉飕飕的,再用力抓,十分解痒。

高二那年,我休学在家养病,留了"西装头",更少不得到那儿妆点。油抹得极厚、极香,使枕头上好像涂了层蜡。

那时电视刚普遍,理发店也装了一台,理发小姐和客人一同举头,难免刀伤。有回一个新来的小姐,先抬头看电视,接着猛看表,门口又来了个骑摩托车的男孩子,砰砰升火待发,载小姐扬长而去。我回家检视,挂彩五六处。

第二天小姐卷了铺盖,理发店老板送了瓶碘酒给我。

饺子铺原本跟我无缘,因为我是北平人,家里常包饺子,只是后来过去买了三次饺子,倒结了大缘。

当时我已经上了帅大,听打钟再跑都不迟。有一晚请位女同学到家里听录音带,研究朗诵诗。隔两日、三日、四日,她居然晚上都不请自来。

原来她在外面做家教,当时电力不足,常分区停电,她家教完回宿舍,总正逢学校停电,直得到我这儿等。才坐定,我家也停电，于是点蜡烛。

每次她来，都因为还没吃饭，由我为她买饺子，所以我说那是饺子"缘"，使她成了我老婆。

记得她第一次来，小心翼翼地走下我的窄楼梯，母亲正由外面回来，抬头瞄了一眼，转头对我说："个儿不错，站在小楼梯里，看不清，只觉得挺细长。"

第二次来，老人家不知为什么，赞美地讲："这女孩子，能省！"

至今我都不懂，她为什么能有这么正确的判断。

母亲对我交女朋友，管得很严。高中时，常在大门旁，夹竹桃树下放把扫帚，说是专打坏女生。问题是在大门里面却有着成群的女孩子，使我住在众香国中，倒有些贾宝玉的意思。

小楼的楼下，是个女子英文补习班，在当时还小有名声，每天一清早便听见琅琅的"英语会话"声，然后是打字机的嗒嗒声；下午如果有美姿班，可能传来高跟鞋的响声。至于圣诞节前，则下课之后常有响亮的音乐和舞步声，因为一群少女正为重要的日子热身。

补习班的主任姓孙，隆准[1]，十分干练，也住在那儿，小楼上下处得像一家人。她的管家，我不知名字，只叫她"欧巴桑"。初来应征时，居然不愿做，说："楼上是寡妇，楼下也死了先生，再加上我，三个没丈夫的女人，太苦了！"

她还是被留下，孩子也带来，在小楼中长大，我至今仍清

---

[1] 书面语，意为高鼻梁。

楚记得她每天吃饭的情形，主人叫去，她舍不得，好的留下来，自己捡剩的吃。

小楼后来拆了改建，由于父亲生前工作的单位，为我们安排得不好，母亲拒绝搬。但是有一天早上，传来轰轰的敲打声，晚上墙壁全裂了，房子倾向一边，原来隔壁半栋房子已经先被拆除。

离乡多年，刚回来的时候，特别去看看，住过七年的地方，居然不认识了。金山街被打通，直接可上高架道路，两侧低矮的房屋全成为现代化的大厦。

馒头铺还在，更出名了。有一回绕道过去，想买几个尝尝，却见冷锅冷灶，一个年轻人应门，说这两天放假不做，改天请早。

"是有这么个印象，以前对面住了姓孙和姓刘的，好像是日本式的两层楼，我太小，得去问老的了！"年轻男孩子笑着说。

难道，我也算是"老的"了？只是昨夜，我还梦见自己在又陡又窄的楼梯，跳上、跳下……

模糊的窗花

小时候过年,最怕到胡奶奶家吃饭,倒不是因为怕她家火锅里酸人舌根的大白菜,而是怕那餐桌上的规矩。

胡奶奶是旗人,而且从宫里出来,所以规矩特别大,吃饭的时候,每夹起一箸菜,都得配合那菜的名称讲句吉祥话。母亲常说胡奶奶家的厨子一流,我却觉得难吃透顶。这难吃,是真"难"吃!

偏偏自从父亲过世,隔三年又失火烧了房子。临时搭建的小草屋,四墙钉着薄薄的木板,北风一吹,咻咻直叫,冷飕飕地从墙缝往屋里钻。

"到胡奶奶家过年吧!"母亲说,"她来请好几回了。"

于是连着几年,三十晚上都是在胡家过的,甚至有两年,前一个星期就拎着小包袱搬过去。

这一个星期，胡家可热闹了。胡奶奶常说："二十三，糖瓜粘；二十四，写对子；二十五，扫舍日；二十六，去买肉；二十七，去杀鸡；二十八，把面发；二十九，蒸馒首；三十晚上坐一宿，初一街上走一走。"

我最喜欢二十三吃的元宝糖，麦芽夹着花生，卷起来，再切成元宝的样子，据说原是用来祭灶王爷的。

祭灶是一大早，胡奶奶摆上香案，交给儿子祭，自己站在一边看，家里的女眷也一律不准参加。说因为灶王爷是美男子，男女授受不亲，所以"女不祭灶"。

我可一点儿看不出那灶王爷有多美，一张纸上印个留三撇胡子的人，前头是"福""寿"大字，站着两个财神。下面印着一堆元宝，左右站着两个童子，各捧着一个罐儿，上面写着"善""恶"。最顶上则印着一大堆字，包括"正月大""二月平"等十二个月。标题是"合历灶君神位"，还画了个骑奔马的人。

但是母亲说，那画的学问大了，又叮嘱我："可不能说'那张纸'，要讲'灶王爷'。灶王住在灶上，把一家生活看得清清楚楚，见到好事，一律写下扔进印着'善'的那个罐，看到坏事，则丢进'恶'罐，一年过完，灶王爷得骑着画上面那匹奔马，回到天上禀报玉皇大帝，如果说了坏话，大帝发脾气，家里就要倒霉了。"

怪不得胡奶奶年年盯着儿子祭灶，说什么"上天言好事，下界保平安"。还拿着糖去涂灶王爷的嘴，把原本烟熏了一年，已经又黄又脆的纸，涂得一团模糊。

"这是请灶王爷嘴甜点儿！"胡叔叔说。

"把灶王爷的嘴粘上！少说为妙！"胡奶奶讲。

我一直到现在，都想："这是中国人行贿的古老传统。"

胡奶奶家祭灶是二十三，但据说也有二十四祭的。

"官三、民四、王八婊子二十五！我们是清宫出来的官。"胡奶奶大孙子说得妙："王八婊子要多做一天生意，所以二十五才送灶王！"

只是，我又想："王八婊子要涂多少糖才够啊？"

灶王爷一上天，胡家就要大扫除了。他们家平常已经一尘不染，地板不油漆，却白亮亮的，滑得可以溜冰。到了二十五"扫舍日"，更是连椅子都抬到院子里拍打。胡奶奶说一年只有这时候能"大"扫除。因为门神、灶神、井神各路神全上天了，不致受到惊动。

然后杀鸡、发面、蒸馒头，忙上几天，就到了最重要的年三十。

除了那顿难吃的年夜饭，我印象最深的就是丢骰子了，一家上下哗啦哗啦地掷。

我则跟他家几个小的玩"大富翁"和拿橡皮筋射纸子弹，令我很不平的是每次分成两国打仗，当我射得太好，打中对方人马的时候，跟我同一边的就会扯我后腿："你打中我哥哥眼睛了！少打一点儿！"

年三十，胡奶奶的儿子最忙，带着家里的长工跑进跑出地贴春联、窗花和年画。春联是胡叔叔自己写的，窗花是胡奶奶用红纸剪的，年画则从菜市场买来。

我最喜欢看年画了，印着一个个红脸蛋儿娃娃和"方孔钱"，写着"阖家欢乐""富贵长春""五路进财""钱龙引进""宝马驼来"。两边还印着摇钱树、龙凤和喜字图案。

不知是否因为印刷套版不准,颜色常印出黑色的线框。胡奶奶的孙子皮,说:"印歪了没关系,只要拿手指头蘸口水,点一下,颜色就化开了!"

只是没点几下,图画全模糊成了一片。再加上屋里烤火,外头冷,窗上凝了许多水珠,连窗花都往下流红水,像淌血似的。只是我心里想,没敢说。

鞭炮响成一片的时候,胡奶奶家的客厅也闹作一团,胡叔叔带头,左一个孙子、右一个孙女过去磕响头,嘴里还叫:"老奶奶吉祥!老佛爷平安!"

这时候母亲跟我最寂寞,我记得很清楚,好几年母亲都把我拉到别的房间,坐在一角擦眼泪:"胡叔叔以前在办公室,就跟你老子坐对面,看看他们一家!"母亲把我搂得很紧。

我不哭,盯着窗子上模糊的窗花……

跑回故乡的小巷

小时候,有一个大哥哥曾经装鬼吓我。到现在我还记得很清楚,长长黑黑的走廊那头,"鬼"发出凄厉的叫声,一步步地逼近,我想跑,但是完全失去了力气,软软地瘫在地上。

从那以后,我常做这样的噩梦,梦见厉鬼,梦见坏人。我跑,但是一步也动不了。

小时候大人也常讲战争的惨事。南京大屠杀,日本鬼子拿成人练劈刺、用小孩当枪靶,还有人说当年怎么拼命飞奔,躲过匪军的追杀。

"只觉得咻咻咻,子弹从耳边擦过,有个朋友一起跑,跑到安全地点,以为没事了,觉得腿上热乎乎的,低头,才发现肚子已经穿了个大洞,怔一下,倒地就死了。"说往事的人先是摇头,好像无限唏嘘,又突然变得眉飞色舞,"躲背后飞来的子弹,就靠两条腿,跑得快。可是这跑有学问,如果敌人是单发,啪、啪、啪,一枪一枪来,你要忽左忽右地跑,让他瞄不准;要是碰上机枪,横着扫,就只能拼命向前奔了。"

所以我童年的梦里也总有战争,砍下的人头、染红的江水、冲来的战车和背后飞来的子弹。

每次我都拼命跑,然后腿软了,跑不动,满身大汗地惊醒。

不知是否受这噩梦的影响,我从小就爱练跑,希望用白天的"成就",跑出夜里的"鬼域"和"战场"。

"跑"是很见真章的。小孩子最先体验的竞争,恐怕不是谁的功课好、谁的力气大,而是谁跑得比较快。

一群孩子玩,大家一起跑,慢的,马上落在后面。

"官兵捉强盗""老鹰抓小鸡",慢的,马上被淘汰。

你可以打不过别人,但是只要你跑得快,撒开步子,就能把对手抛在后面。

"跑"是弱者求生最大的本钱。小时候,我也就靠这跑的本事,占了不少便宜。

记忆中,一片日式的房子,每家都有个种满花草的小庭院。有两根石砌的门柱,但是没墙,用树作墙。房子的后面,是稻田,细细的田埂,伸得老远老远,接上一片竹林和淡水河的堤防。

我的童年就是在其中跑过来的。

一群孩子像是一群轰炸机,伸着臂膀,穿过这家的院子,钻进那家的树墙,再冲上田埂、穿越竹林、跑上提防。

当然,有跑就有摔,跑得愈快,摔得愈惨。

跑跑跑,正得意,却发觉脚下不听使唤,要停又停不住,才想"不好了"。已经飞在空中,狠狠扑倒在地,且向前滑好几尺,才停住。

手破了、肘破了,膝盖磨去了两大片皮,混着沙土,淌出血水。

便急急冲到井边,狠狠压几下唧筒的手把,再移到前面出水口,让那沁凉的水冲到伤口上。

冷,惊一下。痛,又惊一下。看看洗去沙土,露出的伤口,更是惊心。

接着,退出了玩耍,在小朋友同情的注视下,偷偷躲回家去搽药。

那种一边挨骂、上碘酒、红药水,一边听小朋友在外面跑来跑去,又叫又笑的画面,我至今,不曾忘。

高中,我跑得更快,但是才要参加校运会,就肺病发作,半夜吐血,休学了。

大学,又被选为系代表队,可是心跳过速,每次练跑完,都差点死掉,临上场,被女朋友拉了下来。

女朋友很快地成为老婆,爱情也没长跑。

倒是后来做电视记者,"跑"了新闻。

新闻真是要用跑的,接到个消息,匆匆忙忙带着摄影记者跑出去,追着新闻人物跑,再跑回公司,跑上主播台,常常人都"ON"了,还在呼呼地喘气。

新闻没跑太久,又把这"跑"带到了美国。先在博物馆的安排下,介绍中国艺术,一站一站地跑,又跑到纽约,进入大学,在教室和办公室之间跑。

有一回，我毛病不改地"跑"回办公室，居然有位同事拉开门，问我是不是失火了。

"没有！"

"那你为什么跑？"

"我习惯用跑的。"

"请到操场跑，不要在走廊跑，弄得我神经紧张。"他居然训了我。

从此，我就不曾再在学校跑，只是回家，等儿子放学，带着他一起跑进屋后的森林，由林间小径，跑去湖边。

儿子那时十分瘦弱，所以我总是跑在前面，并时时叮嘱他小心路上圆圆的小树枝，免得踩上去滑倒。

我也常跟他赌，赌他不能一口气跑回家。

跑着跑着，他跑到了我前面，渐渐跑进高中，跑到曼哈顿，跑去波士顿，跑出了我的生活。

上一次，他回家，我们去公园打球，回程，意犹未尽，一起沿着马路跑。

上坡时，他边跑边说，我勉强答着，转头看他，突然发觉自己老了。

去年秋天，回到故乡，为了健身，每周都去打网球。有一回，朋友开车来接，才转出巷子，我就发现忘了带样东西。

"不用掉头了，单行道，太麻烦。"我对朋友说："我跑回去拿。"

冲下车，沿着巷边的红砖道跑。

两边都是老式的公寓，房子虽旧，却都有个小院，院里花木扶疏，探出墙头。

初秋，行道树正浓，还有些人家把花盆移到路边，成为小小的花圃。

穿着球鞋，我怕朋友久等，飞快地跑着。觉得四周红红绿绿，一闪一闪地掠过；还有好几回，要低着头、侧着身，躲开墙头伸出的枝叶。

突然有一种好奇怪的感觉——跑了半生，跑了地球好几圈，也在许多异国的巷弄做过长跑。

但是，此刻、此情、此景，那么的熟悉，那么的惊喜。发觉过去跑新闻、跑码头、跑学校，都不是真跑。

只有现在，跑过了四十多年的岁月，居然跑回童年，跑在故乡的小巷，最真实。

枕中天地宽

不知是否睡姿不良，从小就常落枕。既然没办法换脖子，只好常常换枕头。

记忆中，最早的枕头是个"中美联合面粉袋"的套子，装着灰白色的木棉。棉籽没除干净，隔着枕套，常可以摸到一颗颗的。小孩都有"摸尖东西"睡觉的喜好，于是摸着枕头里的"圆球球"，就格外容易安眠了。

至于溽暑，那棉絮枕头的上面，则多加了层软软的小草席，或许是大甲蔺做的吧！柔柔的，带点草香。只是三伏天就麻烦了，不停地淌汗，把那草席泡得有些酸咸菜的味道，半夜实在受不了，只好把枕头推开，屈着颈子直接睡在床单上。

自那时起，就常"落枕"。

于是母亲为我换了个小绿豆壳的枕头。小，大概是因为绿豆壳难得吧！也可能因为这枕头"实在"，所以小小的一个，高度也就够了。

绿豆壳枕头，我用得最久，也最喜欢，甚至冬天都不放弃。它的好处不单是透气，而且另有妙趣。

譬如，棉枕的弹性大，好像随时要把我的头弹起来。绿豆枕则非但没弹性，而且具有"可塑性"，将头扭一扭，绿豆壳自然纷纷被挤到两边，留下中间一个凹处，恰好把头放下去。

至于最妙的，是声音。棉枕随你怎么转头，都安安静静，这绿豆枕则稍稍动一下，便沙沙作响，有些像陪父亲到淡水河畔钓鱼，夜里躺在他怀里听到的潮汐，一波又一波。

枕头里的潮汐还在，父亲的潮汐却断了。

父亲入殓的时候，九岁的我，只记得他蜡黄的面容，睡在一个元宝形的枕头里，枕头两端高高的，中间凹下一块，卡住父亲的头。我心里直喊："这枕头那么硬、那么紧，父亲睡得多不舒服！"

往后，每当我睡进绿豆枕，左右转转头，看枕头两边的豆壳全被挤得高高的时候就想：这枕头也是两边高起，像个元宝，父亲死的时候，为什么不拿我这个去枕呢？

绿豆枕有时候也能成为我的玩具，把枕头抛在空中，听里面豆壳撞击的声音，再抓住枕头中间，使两头大、中间小，便觉得手里有绿豆壳滑过的感觉；再不然，抓住枕头一端，先觉得手底实实在在，渐渐豆壳溜掉了，手空了！枕头也就从手里坠落。

这枕头是个虚虚实实的小世界，有很多"鬼魅"在里面跑来跑去，不可捉摸……

看我这么喜欢绿豆枕，母亲却笑说，夏天真正清凉的是"蚕屎枕"，用那一颗颗蚕大便蓄成的。蚕因为吃桑叶，所以拉出来的屎也清凉，一点儿不臭，还香香的。

自从听她这么说，每次养蚕，看到它那一颗颗黑色的蚕屎，我便舍不得抛弃，把它们集中在一个盒子里，希望能有个带桑叶味的枕头。睡在上面，不是去淡水河的水滨，而是夏天午后的桑树头。直到有一天，不小心把水打翻在蚕屎上，没多久，全变成一摊黑黑绿绿的东西，我突然有了反胃的感觉，赶紧把那盒蚕屎倒掉。

小学六年级，到狮头山毕业旅行，住在寺里，硬硬的榻榻米上摆了一排吐司面包样的东西，忘记是什么材料，只记得重重硬硬的，两边各钉着一圈钉子。更忘不了的是一群男生夜里顽皮，把枕头抛来抛去，突然有人大喊不好了，点亮灯，满脸鲜血，半夜送到山下。

枕头，这应该是软软的东西，居然可以伤人！

我开始对枕头有了新的诠释。

或许因为绿豆枕会把头陷在其中，造成整夜不转动，而僵硬落枕，母亲有一天拿了一个新枕头给我："朋友介绍的，又硬又通气！"

那是竹子编成的，想是先在当中加了硬硬的框架，再缠上细细的竹皮，工很细，编成花样，且带着网眼，举起来对着光，隐约可见另一侧的东西，有点像鸟笼。

睡这个枕头，没有潮汐，倒有了竹林，和穿林而过的清风。

有时候侧睡，耳朵贴着竹皮的网眼，真觉得有风在吹。所以虽然因为高，让我睡不习惯，但这竹枕倒还伴了我相当的一段时光。

不知从什么时候开始，报纸上大做"药枕"的广告。

广告伴随着长篇大论，先谈睡眠与枕头的关系，再分析各种药枕的好处，仿佛用了药枕，不但能安眠，而且有清心、退火和滋阴补阳的功用。

药枕声色果然不凡，想必其中药材珍贵难得，竟比我当年的绿豆枕还小，提起来也是沙沙作响。闻闻气味，有薄荷的清凉、桂皮的树香，甘草的甜味、陈皮的辛辣……活像置身中药铺。

躺上去，就更不同了，不但像绿豆壳一样，有些滚动的声音，而且夹杂着干叶子折碎的音响，偶尔还发生断裂的效果，想必是由桔梗一类小枝子发出的，于是每一转头，便像是步入黄叶满地的秋林。

这药枕是否清心，我不知道，只晓得每天早上起来，一头的中药味，连女朋友都嗅出来了，歪着脸问："你是不是天天喝苦茶？"

于是我为她也买了一个。当别人洞房里都是一对龙凤大花枕的时候，我们的却是又小又扁的两个药枕。

只是这种情况没能维持多久，睡惯高枕头的她，不得不换回一个厚厚大大的棉花枕。许多朋友见到我们的床，都猜那个小药枕是她的，大厚枕是我的。听到实情之后，则发出奇怪的笑声，好像我的卧室里"乾纲不振"，老婆有以大吃小之嫌。

搬到美国之后，药枕虽然没有带，床上仍然是一高一矮，妻的枕头足有我的两个厚。有一天，转过脸，看她高高在上，便笑她是高枕无忧。

"如果你有忧，我能无忧吗？枕得再高也没用！"

我们确实经历了一段比较艰难的岁月，美国社会如同鹅绒的枕头，很软很软，却常冷不防地钻出一支羽茎，扎你一下。我的枕头也一换再换，总觉得不如以前在国内用的，最起码没有了潮汐、竹韵和秋林。只是再回故乡时，竟然岛内也都换成了洋式的大枕头。

应邀回来好长一段时间。这次飞回纽约，走进卧室，一惊，原来一高一矮的枕头，居然都变成了矮的。

"你改睡矮枕头了吗？"

"没有！"

"那么你的高枕头呢？"

"收起来了！"妻说："你每次一走就是三四个月，我明明一个人睡，何必用高枕头？只要摆两个矮枕头就够了，平常并排放着，看来好像你还在家。晚上睡觉时，则把它们叠在一块儿，成为一个高枕头。"

"我回来了，怎么办？"我笑道："快拿出你的高枕！"

"不用！你不在，你的枕头是我的枕头；你回来，你的肩膀是我的枕头……"

辑四

四季的声音

后院紧邻着列为鸟类保护区的森林,也便自然拥有了四季不同的鸟啭虫鸣,或许正因为听多了轻灵之音,感触也变得敏锐起来,而今已经不必用眼睛看,从窗外的声音,就足以分辨季节和万物的消长。

蝉蛹之死

自从搬来这林间的房子,蝉鸣就更猛烈了。有时候细细听,竟觉得那声音像是浪涛,排山倒海,一波一波地袭来,只是声音虽响,却不吵,而且因为掩盖了其他的杂音,四周反变得更安静了!

只是蝉既多,便增加了许多可怕的蝉壳。树干上、枝丫间常挂着一串串褐色的小东西,冷不防地吓人一跳。

我本不该被吓,因为小时候不但常用竹竿卷上蜘蛛网,黏捕枝头的鸣蝉,而且专门收集蝉壳,据说那是一味药材,可以拿到中药店卖。小朋友们需求既殷,丑恶的蝉壳,也就成为至宝,每发现一个,非但不怕,反而有中了奖的兴奋。

说那蝉壳丑恶,是绝不为过的,虽然早成为空空的虚壳,仍然面目狰狞,死抓住树干不放,它是即使在死后,还坚持完成任务的。唯有这样,里面的蝉才能安全地挤出背上一个裂缝,再一步步地蝉蜕出来。想想看,那是多么大的一番挣扎,可不像茧里的蛾,只是咬破一个洞,就能顺利脱身。

那也不是蛇蜕皮能比的,因为蛇只有一条,蝉却有六只脚,且带着毛、连着刺,加上大大的头、圆凸的眼睛和薄薄的翅膀,丝毫无损地完成蜕变,岂是一件易事!

正因此,那蝉壳就更得抓紧了,紧到里面的主子左摇右晃地挣扎,整个身躯都挤出来之后,还能安稳地攀在自己的虚壳上等待恢复。

它使我想到产后的妇人,面色苍白地躺在恢复室里,只是不知那虚壳是母亲?抑或蜕出的蝉是孩子?又或它们都既是母亲,也是孩子?

一个死了!一个生了!死者原是生者的一部分!既然后者要生,前者就必须死。只是那壳若有知,是否要冤屈自己被遗弃?那生者在与虚壳相惜相守,一起成长十七年,终于钻出地表,见到光明,又奋力攀上枝头之后,在它决定脱离的刹那,又是否有一种痛心与不舍?那是生离?抑或死别?还是只不过换了一个身份,脱下一件衣服?

古人真是豁达,在中药里不称蝉壳,也不称蝉蛹,而说那是"蝉衣"!

多么精巧的一件衣服啊!须眉俱在,毫发如生,怪不得成语说"金蝉脱壳",妙的不是金蝉,而是令人疑惑的"蝉衣"!

或正因此,千年前的埃及人,就崇拜蝉,在金字塔里陪葬许多蝉形和甲虫的陶器，且涂上亮丽的蓝釉。中国人的老祖宗更用玉雕成蝉，放在死者的口中，成为"玲"。他们是怎么想呢？想那死者的灵魂脱壳飞去了？想那留下的尸身，并不是真正的死者，只是一件如同"蝉衣"般的"人衣"！

但是否所有的蝉蜕都那么成功，它们会不会像妇人难产，蜕不出去？而真真正正地与那蝉衣同朽？

傍晚，推开后门，阶前一个颤动的小东西，吸引了我的视线，那是一件蝉衣？不！应该说是一只蝉！又应该说是一只未脱去蝉衣的蝉。但是没有蝉蜕的，是否能称为蝉呢？

便说它是蝉蛹吧！这蝉蛹似乎刚钻出泥土，正四处找寻可以攀爬的东西。虽然长了眼睛，它好像似乎是没有视觉的，盲目地向四方探索，攀住石阶，又滑了下去；进入草地，又翻身栽倒、仰面挣扎。

我没有理它，径自到院角欣赏林景，只是回屋时发现它还不能自己翻身，尤其危险的是，附近有几只大蚂蚁逡巡。

顺着蚂蚁走去的方向望，更可怕的景象出现了，一只蝉已经身首异处，几只蚂蚁正钻入尸体的胸腔觅食，而那旁边离地不远的墙上，则有着一个完整的蝉壳。当然，我了解那是一只刚蜕出的蝉，还没来得及翻飞高鸣，就断送了生命！

我突然领悟，为什么蝉要坚持往上爬，必要到高高的地方，才开始脱壳。因为那里比较安全，使它们能有足够的时间，在没反应、无武装的情况下，完成蜕变。这使我想起武侠小说里形容闭关练功的高手，练成之后猛不可当，练功之时，却人人都可以置他于死地。

现在这仰面挣扎的蝉，就正要找个闭关的所在呢!

生怕落入蚂蚁的魔掌，我把蝉蛹拿起来，放到树干上，看它攀住了，才松手离开。只是刚转身，便听见啪一声，它又重重地跌回地面。

这大概是只笨蝉，自己没有本事攀高，又碰上强敌环伺。好人做到底，我何不为它安排一个蜕壳的地方，也正好观察那过程。

我把蝉蛹拿进画室，又找来一块由垦丁买来的奇木，让蝉蛹在上面攀着，只是不知奇木因为打过蜡而滑不留足，抑或这蛹本身不够强健，它一遍又一遍地跌了下来。眼看天已黑，只好把它放回树下。

第二天一大早，我就冲到后院，想它应该已经攀在干上，变成金蝉，却发现一只仰卧的蝉蛹，僵死在地面。

攀不上的情况下，何不在地面蜕变算了？经过十几年的等待，难道还非要登上最高枝？抑或上天早限定了时间，若不能在几小时之内蜕变完成，就注定要死？又或是非找到一个自认安全的处所，它就宁可死在蝉衣之中？

它岂知未蜕变的蝉，依然只是只蛹，不能飞、不能鸣！如此说来，死死守着蝉衣，即使那蝉衣能千年不坏、万年不朽，又有什么意义？

"爸爸！你在看什么？"儿子突然探出头来："喔！一只死蟑螂！怎么！咱们家有了蟑螂？"

我没答话，仰面向天，太阳穿过林梢，满林的蝉全叫了起来，先是抖抖颤颤地试音，渐渐找到共鸣的节拍，瞬间变得高亢。

　　我坐下来谛听，觉得那蝉鸣居然与往日的不同，带有一份特殊的欣喜，像是欢呼，又如同喝彩，哗啦哗啦地喊着……

庭院深深深几许

邻居的杜鹃花,总是剪得整整齐齐,早春花开时,像是一块块彩色大蛋糕,我的花却从未曾修理,东支西岔的,开得疏疏密密。

至于仲秋菊花的季节,我的院子就更纷乱了!夹道的雏菊,年年及时而发,加上母亲在春天撒下的百日草,此时也长得瘦瘦高高,一阵秋风苦雨,全倚斜倾倒了,走过园间的石板道,仿佛行在菊花阵间,必须跳着前进。

今年又多了藤蔓,这两棵年前由学生家里移来的植物,真是各展所长,完全不须施肥,却繁生得令人吃惊。不但爬过了篱墙,扯断了铁丝网,而且将院里的一棵粉花树,也层层罩了起来,春天花开时,原来的粉花成了团簇成串的紫藤。

还有蔷薇也是极猖狂的,斜斜探出的枝条,有六七尺长,带着尖尖的红刺，冷不防地钩人衣裳。

门前两棵梧桐，更到了早该管教的岁月，垂下的枝丫，挂着梧桐子，常拂人面，而且周围数丈的草坪，完全失去了阳光，怎么施肥，都无法长得好。

所以每当邻人剪草，我就略感惶恐，觉得自己立身在众家齐整的庭院间，有些落拓不修边幅之感。

其实这些也是有意，全为我的个性使然，非仅发型不爱落入形式，院子中的花木，也愿其适性。藤本当爬，菊本当蔓，蔷薇本当舒展，梧桐本当飘摆，否则又如何尽得其间风流！

最爱欧阳公和李易安的"庭院深深深几许"，那庭院之美，全在三个深字，让人读来便觉得重重柳韵、层层松涛、积叶成茸、荫满中庭，一眼望去不断，一径行去不完，也只有懂得造园艺术的中国人，能得其中神理。

也最爱那种绕树而行，俯身而定，蹑脚而跳的感觉，万物自有其静，我且不去干扰，人何必非要胜天，且看鸟栖深林，林藏鸟兽，彼此既是主，又是客，正如同人在林园穿梭，也是林园的一部分，何必非要它来让我？相揖相敬，岂不更是融融而见天趣。

也就因此，与邻人齐整的庭院相比，我的更见野逸之趣，而这种野逸并非放荡，如同"大胆下笔，小心收拾"的写意山水，乍看之下，似乎笔墨淋漓、恣意挥洒，细究其间，却有许多定静的功夫。

且看那狂风后折断的花枝，有许多既加了支撑的竹条，又细细地予以捆绑定位，使那断枝处能够慢慢复原；且看那伸得过长的雏菊，在花盆的另一侧都加了石块，免得不均衡而倾倒；且看草地的边缘，都做了防止土壤流失的工程。这高妙处，正是妙造自然，在无碍自然发展之中，做了保育的工作。

所以每当环保人士大声疾呼的时候，我都暗自想：如果有一天把凡尔赛宫廷院搞得像是五色大拼盘的设计师，能突然顿悟，而做出深深深几许的园林；机械文明陶铸出的人们，能够知道自然的零乱，实在正是宇宙的齐整与均衡时。人人育物，而不碍于物；人人适己性，而能不碍他人之性。从人定胜天的抱负，走向天人合一的境界时，问题就能解决了！

今早，在院中写稿，几只小鸟站在不远的枝头朝着我叫，心喜鸟儿亲善，便也与之对唱，却见引来群鸟，也都在不远处跳跃飞鸣，使我得意万分。直到有一只山雀耐不住地冲上离我头顶不远的茱萸树梢，吃那初熟的果子，才发觉自己竟是扰人进餐的恶客。只好即刻收起稿本，让出位子。

且勿怪我为鸟雀所欺，因为人在天地间，本不当独尊，让几分与林木，退些许与鸟兽，身外反得几分清净土，胸中反得多少宽敞地！

四季的声音

后院紧邻着列为鸟类保护区的森林，也便自然拥有了四季不同的鸟啭虫鸣，或许正因为听多了轻灵之音，感触也变得敏锐起来，而今已经不必用眼睛看，从窗外的声音，就足以分辨季节和万物的消长。

譬如早春，情人节之后，虽然还是满地积雪，鸟儿却已经在枝头打情骂俏。我常想，为什么它们在这么冷的时候就准备求偶产卵了呢？太低的气温不是会影响孵化吗？但是又想想，或许鸟儿更知夫妻的情趣，小两口在外面细雪纷飞的日子，挤在树洞里，既然不能到外面逍遥，何不顺便孵几个蛋，等到树梢抽出新绿，泥土也从融雪中露了头，正好孩子也出世了。

天生爱操心，每年春天听见林子里传来吱吱喳喳的小鸟叫声，便觉得看到了医院育婴室喂奶时"群婴乱哭"的景象，偏偏鸟儿又起得奇早，天刚露白，已经"哭"成一团，接着窗前山茱萸的枯枝上，便传来鸟妈妈或鸟爸爸的叫声。使我这个一向晏起的人，忍不住披衣下楼，到车房里找大袋的鸟食，先倒入纸盒，再利用纸盒的尖角，转倒入那像是一栋小房子的喂鸟器，而后提上楼，打开卧室的两层窗，忍着近零度的寒风，将小房子挂在窗前。

由于多次受寒，一家人都纠正我的做法，可是我说，跟那辛苦的鸟父母比起来，我还算轻松呢！何况在这么早春，有一阵没一阵地下雪，万物都未发舒，鸟父母怎么可能找到足够的食物养孩子呢？我更预测，由于今年早春，我换装了这个再也不让松鼠占便宜的喂鸟器，保险夏天树林里的鸟，会比往年多一倍。

事情没有多久就应验了。仲春才过，早上几乎已经无法安枕，因为"刘氏鸟餐厅"的生意兴隆，大排长龙。

鸟儿的家庭，原来跟人类是差不多的。人们开车带孩子去吃汉堡，鸟父母也是把孩子一齐带到我的餐厅来。

麻雀夫妇的孩子很多，共五名，整排紧紧地靠着，站在山茱萸的横枝上等待，大鸟并非直接到我放的食盒取餐后飞回小鸟身边，而是衔到谷子之后，先飞到别的枝头或地面，将谷子嚼碎，再转去喂食。

那些鸟兄弟姐妹，都生得一个样子，飞羽尚未长全，浑身毛茸茸的，一对翅膀无力地垂向两侧，胸腹由于腿的力量不足，所以直接贴在树枝上，或许天生为了吃，嘴巴都长得奇大，虚扑着双翼，高声吱吱喳喳叫着，吸引父母的注意。

不知道是不是鸟也跟人一样偏心，对于那比较不知道撒娇的孩子，大鸟常会忽略，所幸食物多，别的小鸟吃饱了，不再积极地求食，那被冷落多时的，才有机会。由这一点，我更认为自己做了功德。想想，要不是我这刘氏鸟餐厅的设立，不知有多少弱小，会在出生不久被淘汰。

当然孩子少的鸟家庭，小鸟能获得较多的照顾，像是三个小孩，尖嘴黑头顶的小山雀（chickadee）；两个小孩，黑眼圈、灰身子的白颊鸟（titmouse），和只有一个小孩的红雀大主教（cardinal），很显然地看出孩子愈少，父母愈轻松。尤其红雀，夫妻二鸟总是一个站在远处守望，一个吃谷子喂食，表现了极好的家庭分工。

鸟儿天生才具也不同，大嘴的鸟可以轻松地吃核果，小嘴专吃昆虫的鸟，在这无虫的早春，只好改变食谱。聪明的小山雀，由于喙小得可怜，又专爱挑向日葵子，所以自己发明了方法，先用两只脚踩住葵花子，再啄开外壳，一口口慢慢品味。

至于斑鸠，总见不到它们的孩子，想必是夫妻二鸟，自己先到餐厅享用，然后再叫上一包外卖，带给家中的小孩。这种反刍或制造鸽乳的喂食法，在许多小鸟身上似乎也可以见到，常看到一只大鸟吃一次食，便接连喂上好几只小鸟，它一边喂，一边不断伸缩颈子，像是由嗉囊中挤出食物。这种画面给我很大的感动，使我想起埃塞俄比亚饥荒和高棉难民的画面，许多饥饿的母亲，托着自己干瘪的乳房，让怀中的孩子吮吸，那是将最后一点生命的残汁挤出去。

孟夏的时候，小鸟都长大了，成串地站在电线上，俯视着我的窗口，有时候鸟餐厅的食物告罄，而一时没补充，它们甚至会趴在纱窗上往屋里张望。这时候的大鸟也轻松了，虽然小鸟仍然常常装着蓬松羽毛、拍动翅膀地乞食，大鸟却可以视若无睹，只有那红雀，比较娇宠独生的孩子，仍然一个劲儿地喂食。

跟人一样，孩子大了，家里就变得比较安静，夏日的森林虽仍然有一声声的鸟鸣深处，却远不如春日的嘈杂，取而代之的则是唧唧的虫声。

用唧唧来形容虫鸣是不对的，正如同以小提琴的声音来形容交响乐的不足，因为那是千百种不同声音的集合，如海涛、如潮汐，一波波地涌来。

夏夜听虫，总令我想起迪士尼的《爱丽丝梦游仙境》卡通电影，各种花草的精灵和小虫、青蛙，在指挥者的引导下，有秩序地按照节拍演奏。

林里的虫声就是如此，那不是乌合之众的大杂烩，而像是有指挥家在台上似的，以规律的节拍，忽大忽小、忽强忽弱地从四林间涌来。弱的时候，好像童年陪父亲垂钓时，听到的细细水声，是一种呢喃，又像是轻叹。强的时候，像是珠玉飞漱，绵缀不绝，那声音无比紧密，如同玛雅古城的石块，天衣无缝地砌合，竟插不下一把小刀；又仿佛冬日的细雪，一层外还有一层，怎样也窥不透。

从来睡得很轻，但在夏夜，虽然开着窗子，正迎着万顷的密林，而虫声如涌，却能很安然地入梦。有一晚学生在画室里听见了虫声，问我后院是不是装了马达什么的，其他学生一齐附和，我才发现那虫声对于不常听的人，竟是如此轰轰然。

对于这件事，我曾经多次思索，也曾在夜晚静静分析窗外的虫海，想要以失眠夜来找一个咒诅虫声的理由。但是，没一下子，就进入梦乡，而那梦中有虫声伴着，却感到无比的安宁。那是一种浑然完满的感觉，虽不是无声的静阒，却觉得更是恬适，仿佛让那软软的蚕音包着、托着、裹着、浮着，轻轻地荡入其中。

我渐渐了解，安静并非无声，而是一种专情，每一样能唤起我们专情的东西，不论文学、绘画、音乐、雕塑，都能带来安静。而最好的安眠药物，则应该是那蚕音鸟啭的大自然之音，因为我们的世代祖先，绝大部分都与大自然为伍，只有到了近代，才被那许多人为的喧嚣，扰乱了体内的天然律动。要想调整它，最准的调音师，就是这些天籁！

暮秋的夜晚，只要聆听窗外，就可以知道当时的气温。虫儿真是敏感，甚至连天气将要转寒，它们也能提早觉察，渐渐将高亢之音，降为低沉之调，如果次日天暖，又可能重新恢复那浩荡的交响。

落雨的夜晚也是如此，虫声会随着雨点的大小而起降，但与气温转寒时的变化不同，有些虫似乎特别怕雨，稍有些霏微，便失去了那一种乐器；另有些虫则不怕雨，即使倾盆而下，隔着雨幕，仍然隐隐约约地听见那雨中行吟者的歌声。

秋虫声就是要这样聆听的，在那细小的音韵中去感触，即使到了极晚秋，只要以心灵触动，仍然可以感受到那微微的音响。我曾想，说不定白天虫儿也是叫的，只是因为其他的声音太多，心灵也不够静，所以听不见，于是人们自作聪明地说：

晚来虫鸣。确实，自从有了这个感悟与推想，日间在园里写作，居然渐渐自鸟啭中，可以过滤出虫鸣，自认为耳朵对大自然的品味是更细致，也更深入一层了。

只是随着仲秋虫声的日稀，便有了许多凄然，不知那些原本活泼而快乐的虫子乐师，是因为禁不住霜寒而次第凋零，抑或逐渐隐退，如果它们是后者，明年孟夏还会不会出现？虽然下一年的音乐季可以预期，但是否仍会是同一批音乐家？但再想想，虫海也是生生死死，每日生，每日死，说不定就在那夏夜不断的混声大合唱的队伍中，就时时有团员颓然在行列中萎落，再由那新生的穿戴逝者的衣服，偷偷站起来。于是那唱、那奏，既是迎新也是送旧，唱着"逝者逝了！生者生了"。都是宇宙当然的事，岂不值得欣欣歌颂吗？

当墙外那棵叶子奇大，有些像是热带阔叶木的树，一夕间突然低垂了叶片，晚秋便真来临了，虫鸣更在这一年成为绝响，代之而起的，是另一种天籁。

虽然在台风时听过风的怒吼，但是直到今天，我仍然不敢确定，风本身是不是会造成声音，咻咻的是它吹过电线，簌簌的是它吹过树梢，飒飒的是它穿越森林，那出声的是风，抑或被它拂动的东西呢？

不过无论如何，风是整个天籁的催助者，催着青绿，也催着秋红。繁花在风里开展，在风中受孕，在风中残落；密叶也在风中抽芽，在风中飘零。

如果细细谛听，确实可以听见四季的风之絮语，甚至连那小小如樱花绢细的花瓣飘落的声音，都可以听得到，因为它们带着充足的水分，凋落时，常片片黏在一起坠落，也因此，虽然同为花瓣，由于每次落下的数目不同，轻重有别，也就能产生不一样的声响。

当然最富变化的风声还是在晚秋了，每一片叶子都述说着一段不寻常的故事，如同它所经历的岁月。愈是高高在上的，愈在寒风中先红，也愈早告别枝头。橡树的叶子红得发暗，因为它们是失去了水分的供应而变色，所以凋零时如同一张张厚纸片，在风中因振动而沙沙哀吟，又在地面哗啦哗啦地滚动。

至于饱含水分却不得不凋的枫叶和梧桐，就相较得沉默了，尤其是在秋风秋雨的日子，它们柔软的叶片，能贴上窗玻璃，成为逆光下最剔透的风景。但是落在草坪上，却常牢牢地黏附着，遮盖了天光，造成下面秋草的早衰。还有那红叶的漆树，由于是复叶，一枝长长的茎上，挂着二三十片小叶，所以总是挂着、纠葛着落下，制造出另一种复合的音响。

可惜院中没有芭蕉，在风中用它叶片摩擦如摇橹的声响送我入梦。所幸临窗的瓜藤，叶子转黄泛白之后，由于失去了水分，表面带着绒毛，又有藤蔓牵挂着，摇曳摩擦出最美的音乐。那是以薄薄的叶片作共鸣板，以须蔓为琴弦所制造的交响，如果再遇上潇洒的冷雨，点滴凄清、点滴凄清，更是愁损离人，载我到了宋室的江南。

与仲夏以后由高转低的虫鸣恰恰相反，冬天的风声由低转高，当叶子都不再争议，树枝便开始在风中呼啸，我想那风并不单纯，它们虽由同一个方向来，却在每一个枝子间转来转去，仿佛神怪电影中的精灵，飘忽地难以捉摸，却又戏弄每一个遇到的对象。

所以清明朗澈，甚至掩藏不下一只飞鸟的冬林，在北风的拨弄下，反而能奏出各种令人难以想象的音阶。与虫声不同的是，虫鸣必多半靠双翅的振动，所以近于弦乐器，那风涛则属于管乐器，或带些锯琴绵延不绝如缕的诡异。它们分成好几部，高低呼应地唱和，且摇动屋顶上的电视天线，发出铮铮的音响。

冬夜听风，需要壮阔的胸怀，如同吟大江东去浪淘沙般，要有山东汉子敲铁板的铿锵，非闺阁小境界所能消受。此刻，春日的鸟啭、夏夜的虫鸣、晚秋的吟唱，都像是清代四王吴恽的工细小品，发展到白石老人的金石之笔，提炼了精华，而扬弃了纤巧。只觉得旷大的天地，原本经过自己细细皴擦点染的枝枝节节，突然恢复成一张白纸，横直涂上几笔，却道出了真正不吐不快的东西，也便再无可添加处。

倒是那白，颇耐人玩味，且点滴可听。犹如一早起，推窗看到的那满天满地的白雪，若用三个季节训练出的敏锐观察，每一片雪花都是一幅图画；每一片雪花的飘落，居然都像是小片琉璃般，发出清脆的音响。

至于特别寒冷而朔风野大的日子，就更是好听了，呜呜像是吹法国号的北风，把邻人屋顶上的粉雪卷起，再带上我的窗玻璃，就听见叮叮当当恍如八音盒或小风铃的敲击，美极了！

还有那双层窗间，奇寒的日子，若偷溜进些室内的水汽，更会在最外层玻璃上，结起一片片像是羽毛，又如同云母般的冰花，有时会长长地延伸几尺，连缀成一幅玉树琼枝的图画。

当然真正的玉树琼枝还是在窗外，一寸寸堆高的雪花，渐渐压弯了树梢，枝子承不住时，就整片整块地向下滑落；小鸟在树上跳跃，扑翅的振动，更会惊落满树的白花。这时坐在屋内，只要听那雪花落地的音响，是干雪的轻？是湿雪的重？抑或凝成块的冰雹？就可以知道冬天的脚步移动到了什么地方。

当那脚步渐远，先有冰冻近月的大雪块从屋顶滑落，走过长长的檐下，一定要小心被打了头，尤其是有大片斜顶的屋子，那雪块坠地的声音，真像是打雷。

而后许久不曾听见的水声，由屋角的天沟中传来，淙淙潺潺又滴滴答答的，屋内的暖气管则收敛了许多杂音。鸟的叫声频繁了，甚至有些站在窗边，啄食以前掉在缝里的小米，发出紧促的像是敲门的音响："喂！情人节要到了，刘氏餐厅几时重新开张啊？"

壁　虎

　　从什么地方溜进来一只壁虎？冷不防地，差点害我把手上的杯子砸掉。

　　总有十二三年没见过这个小东西了，它有着浅灰色的身躯，三角形的头，长长的尾巴，四只脚和一双大眼睛，应该是不讨人喜欢的，但是细细看，倒渐觉得几分亲切。

　　它躲在洗手台后的瓶瓶罐罐之间，只把头探在外面，盯着我看，居然没有逃跑的意思。

　　因为涉世不深，使它不知道躲藏？还是因为根本没见过人，竟不知道那是可能一鞋底就把它打烂的可怕的敌人。我想两种原因都对，因为在这栋楼里从来不曾见过壁虎，它必是迷了路，由浴室通气口爬上来，又误入此间的小东西。

　　"这里没有蚊子，你何必来呢？这里明亮的瓷砖，使你无所遁形,你怎么逃呢?这里是讲究的大厦,不可能允许你逡巡,你又怎能生存呢?你应该在那老旧日式房子的纱窗,或红土砖房的窗棂间跳跃才对啊!"

小时候,我常不专心念书,怔怔地盯着玻璃窗上的壁虎。它可以称得上是我的玩伴,在我半夜念书,枯燥乏味的时刻,悄悄从窗角探头,上演一幕捉贼记,为我解闷的小东西。

我最喜欢看它走路的样子,那确实是"壁虎",每一步都是那么稳重,在垂直的壁面上,两只脚不动,两只脚移步,即使移动的脚没抓住,也不会摔下来。不正是登山家的要诀吗?

它的步子通常不快,在那虎步之间,加上身体的摇摆,更有着"龙行"的架势,一方方的玻璃则是它的阵地。它静观四方,可以一个动作维持许久,而毫不改变。但是只要猎物进入范围,又能突然加快步子,瞬息掩至。即使是快步,也相当稳重,我可以很明显看到那有条不紊的步子,与身体左右弯曲的配合。脚上的吸盘,在玻璃窗另一边的室内看,是白白的颜色,紧紧地吸在光滑的玻璃表面。

当它冲到猎物不远处,步子又会放慢,缓缓地、悄悄地向前挪动,不知是高兴,还是声东击西的战略,突然不断抖动尾巴,也便在这一刹那,长长的舌头一卷,猎物就进入口中。

有时候,我可以明显地看到食物进入它腹中的情况,更妙的是如果遇到怀胎的母壁虎,还可以看到那胎儿在腹中的样子,有时能同时见到两三个大大圆圆的蛋,在它肚子里。隔天母壁虎不见了,再出现时已经没有胎儿,又过些日子,居然几个软软小小、大头大眼的小壁虎，已摇摇摆摆地在窗棂上试步。

现在这个小东西，依我的经验，看那淡灰的颜色，不很长的身躯和柔柔的小爪子，虽不是刚出生的壁虎，也只能算个青少年。

我移了一下发霉的罐子，它居然非但不躲，反而向前跑了出来，直到我拿洗头水的瓶子在前面洗脸槽的边缘敲打，才转而爬向浴缸边的墙上。

怎么办呢？我总得把它弄出去啊，难道让它留在浴室里，不吓到我，也会吓着别人，女孩子碰见更不用说了！她们会想我住在一个多么不文明的地方。而且，即使我收留了它，半只蚊子都找不到，还是会饿死的。

我拿起淋浴喷头，打开冷水冲它，希望小东西能顺着原先进来的通气口出去，却发现因为屋里亮，而通气口内无光，当它经过一格格的小洞时，竟然毫无所感，完全想不起自己来时的道路。

我又想，是不是把它冲到浴缸里去，让它流进下水道，可是，八成会淹死，不等于把它打死吗？

我头大了！难道要我用手去抓它出去？小时候总听大人说，被壁虎尿到身上，会又痒又痛，如果这个小东西情急之下，对我撒泡尿该怎么办？

我终于想出个主意，找了一把扫帚，打算先用帚毛把它压住，再拿钳子夹它出去。

我先摸了摸帚毛，并不太硬，应该不致压伤它，便用水把小壁虎逼到墙角，再迅速用扫帚去压。这涉世不深、毫无战斗经验的小东西，居然开始闪躲了，拼命地向天花板跑，被我一扫把拦截了下来，却见一条小东西坠落到浴缸中，是它的尾巴，这么一个没长成的小壁虎，居然懂得自割以求生了。那细小的尾巴在浴缸里犹自扭动着，难道这断了的肢体，仍然接受舍弃它的主人的指示吗？一个已经没有了生命的生命，竟然能无知地执行一种知。

可惜它的主子还是被我的扫帚压住了，我试着不用很大的力气，免得伤了它，并用另一只手拿老虎钳去夹，问题是老虎钳太沉重了，夹在软软的壁虎身上，使我手上居然一点儿感觉也没有，怎样能不把它夹扁又能夹得住呢？

我大声喊："拿双筷子来！"

家人匆匆地递了双筷子给我，总算把它夹住了，不知是不是已经受了伤，它居然完全没有挣扎。我把小壁虎放进纸袋里，拿着冲出大楼，正是忠孝东路上车水马龙、交通堵塞的下班时刻，人行红砖道上停满了摩托车，楼下摆满了摊子，行人摩肩接踵地走过，旁边大楼地下室舞厅的霓虹灯已经开始闪动，我竟然找不到一个可以把这壁虎放掉的地方。

回到楼上，我把扫帚从浴室拿出来，又将老虎钳收好，将淋浴的喷水龙头挂回原来的位置，再用筷子夹起断掉的小尾巴，丢入抽水马桶冲掉。抬头突然发现白瓷砖的墙上，居然留有一长条的血迹，正是壁虎自割的位置，原来那自割也是要流出鲜血的！

我用卫生纸擦拭着血痕。那是殷红的，在白瓷砖的反射和衬托下,不带一点儿杂质,也无丝毫的暗紫色调,只是那么的纯红,使我竟不敢相信它是滴自一只小壁虎,而有了内里的悸动。

暮冬园事

暮冬本非种花的时节,更何况是在北纬四十多度的地方,只是因为冰封连月,实在闷得发慌,下午看屋外一片阳光,温度计在日晒下高达二十摄氏度,便毫不犹豫地去车房拿了铲子,决定开始今年的园事。

实在这种对时序温度的敏感,以自己的主观,催着季节变迁,是我素来有的毛病。当然这亦非病,只是一种自我安慰的方法。就像不爱念书的孩子,心里催着老师快点结束,刚上课,就已经盘算着放学之后要如何玩耍一般。

所以明知道,现在才二月中旬,春天总要等到三月,番红花露头才算来到,这两天的和煦,不过是个短暂的假象,还是欢喜异常,只当冬天已跨出门槛,步步走远了。

放在后门的旧皮鞋,从秋暮便不曾再穿过,用力朝地上磕了磕,怕其中藏有躲着过冬的虫们,虫没见着,倒落下不少秋园中带来的泥土,还夹着一片枫叶。这双黑鞋自从由出客的层次降级,就被我放在后门,专做园间工作之用。早先也曾试着穿球鞋操作,发现既容易在凹凸的鞋底带泥,又不便于踏铲子挖深土,反而这双硬底皮鞋,虽然面上的风光不再,倒仍耐园间的粗活,仿佛许多显宦,一朝势落之后,从基层商贾做起,常有过人之能。

选择由靠近树林的院角下铲,一连三铲居然都碰到石头,细想这块地原是种向日葵和百日草的所在,虽非经过改良的沃壤,倒也细细筛检过,怎么一冬之后,竟冒出这许多杂物。不过今天初动土,似乎不必计较,便向侧移开五尺,由夏日的瓜田下手,铲子果然轻松地插进泥土,只是都在半尺处便再难深入,使我想起当年在楼顶运土种花的情况,有时想挖深些,却为碰到下面的水泥楼顶而无可奈何。只是此刻人在山头,园圃也非初种,怎么下面会突然出现如此平均深度的硬块呢?

我奋力地挖开一片,露出下面坚实的地面,再以铁铲用力地敲击,丁丁然有金石之声,蹲身用手触摸,居然冰寒刺骨,原来是犹未解冻的泥土。

遂领悟了"冰冻三尺,非一日之寒"的道理,诚然解冻三尺,也非一日之暖所能办到,无怪那近树林的院角,会坚不受铲,只为隐在矮墙阴影之下,还是全然冻结的状态。这又使我想起第一次出国,冬天到达韩国,走在梨花女子大学的校园中,感觉脚下有些异常,原来从小在故乡的泥土上行走,自自然然地感应了土地的弹性,所以突然站上如同坚石的泥土地,便有些莫名的怪异。

不过此刻园中的地表不是硬的,甚至可以说是出奇地柔软,有些像是霪雨初霁,表面不见雨水,实则仍见稀软的景象。但那软又软得均匀而有韧性,不似雨水淋透的泥土,倒令人有走在新和的高筋面上的联想。

看瓜田难做深耕,只好再向园子中间移去,此处既远离了树林,又不靠近房子,应是最受日照之处,果然铲铲到底,足有十二寸之深,只是土质奇黏,要比夏日锄地,费加倍的力气,才能将土翻上。

大陆北方的春耕,或也是在距此不远的时间开始,我一面吃力地铲土,一面联想到拉犁的耕牛,初解冻的泥土,那耕牛想必也是特别吃力的,所以与"春江水暖鸭先知"相对的,春泥初解牛先知,或许牛若有灵,从犁的顺滞,也能感觉"春有多深"!

园中的土,都是灰褐色的,与六年前初搬来时相比,有了天壤之别,想当年处处都是石砾、黄沙,哪能种花?全赖儿子和我到森林中,挖那深黑色的腐殖土,先盛入纸袋,再一包包运上位在高处的花园。过两年,儿子的功课日紧,对园艺也少了兴致,只好去花店买成包的牛粪往下倒,每次抱着数十磅重向下倾撒,呈粉状的牛粪,顿时飞扬成烟,令人欲呕,真是了不得的经验。所堪告慰的,是效果甚彰,几年下来,土质已完全改善,种花繁茂,种菜也丰收,不但每日满室瓶插,满桌园蔬,连那远在新泽西的亲友,也分享不少。

当然以前黄色的砂质土是仍在其中的,尤其是此刻下铲,更能感受到，腐殖土黏而无声，碰到砂土则唧唧作响，奇怪的是常感觉遇到石头，翻上来又没有发现，只觉得在阳光下，泥土中有些晶晶亮亮的闪烁，细看才知道竟是些莹洁剔透，有如水晶碎钻般的小冰块，挖出一颗放在掌心，瞬间就融化不见了。

终于领悟，原来在那泥土之中，也有着许多小空隙，饱含清纯的水分，所以能在寒冻之后，结成一颗颗的小碎冰。想必植物的根，在土中生长游走时，也有些寻胜探幽之感，或是遇到石砾阻于途而不得不绕道，或是突然进入这种小水泡，仿佛到了水晶宫。如果人能缩成超小型，在土中挖掘，进入这水晶宫，四周一片清冽，将是多美的事。也遂了解原来土中的昆虫蚯蚓，也有这许多乐趣，远非地表外的众生所能领悟。

随着翻出的泥土，还能看见一些冬眠的虫子，直挺挺的仿佛死后僵硬的尸体，轻轻触压，才见些许蠕动，想必将它们暴露在地表，再跟着来几道寒流、下几场大雪，就都会冻死。无怪北方人讲究及早翻土，一方面能将地表的朽叶，早早埋入地下，促进分解，一方面也能消除害虫，预卜新年的丰收。

所以瑞雪兆丰年，实非因雪中带有营养，而是因为雪能慢慢融化、浸润，更产生了杀菌除虫的作用，否则瑞雪跟大雨又有什么不同呢？

惊讶地挖到了几个块茎的植物，灰白半透明地冻成了冰状，才想起是去年春天种的美人蕉，只为了秋天忘记将它的根块挖出来，所以遭到冻死的噩运。像大理花、美人蕉这类应在热带生长的植物，到北方种植时，一定需要秋藏的道理，是我这两年才了解的。因为在台北只觉得此花年年自发，无须照顾，书上也载明多年生草本，所以初来美的这几年，都是春天由花店买来块茎种植，夏秋欣赏繁花，暮秋不知将它们挖出来干藏，第二年却要怨这些花不再萌发。直到近年才了解这些块茎块根，不像郁金香、百合、风信子富含淀粉的鳞球可以耐寒，所以冰冻不必三尺，它们就因为体内水分的结冻，而消灭了生机。

其实动物也是如此，甚至包括了人，譬如北非的黑人因为近热带，需要增加散热面而身体颀长；南非洲的黑人，则为了御寒保暖，皮下脂肪特厚而趋向矮胖。所幸现在的文明人有各种调适改变环境的方法，否则像我这种来自南国的异乡客，只怕要像大理花、美人蕉般地冻馁。

铁铲移到园子的右侧，细白栏杆围着我的娇客，初种时选了较低凹的位置，后来才发现牡丹本是喜燥恶湿的植物，只好一面培土，一面在四周挖沟，迤逦地把水引出去，岂知到了冰雪的日子，沟里全结了坚冰，看来那牡丹倒成为众水环绕的小岛。此时冰已解冻，只有靠边处仍见块块冰凌，沟底则积着层层的朽叶，泡了大半个冬天，那些叶片居然都还十分完整，只是褪了秋色，要想分解为沃壤，只怕非得埋入地下，或待夏日艳阳的催化。

近墙边也堆积了厚厚一层朽叶，想必是北风席卷来的，其中有一处我知道是地鼠家的入口，既然层层覆盖，想必地鼠仍在冬眠，便也不去打扰。倒是院左篱边的叶子，纠缠在萱草、紫藤和铁丝编成的篱墙间，有些杂乱碍眼，便取来竹耙清理，叶子被我成块地扒开，露出下面深色的泥土，赫然竟有着一排排黄绿色的嫩芽，像是短毛刷子般挺立着，原来是那在夏季茂盛，深绿色带着白脉的小草，还有那较宽而钝头的，则是五月下旬绽放的鸢尾。而今才二月十八，在朽叶的覆盖下，她们已经蠢蠢欲动了。

再抬头看那又名"木笔"的辛夷，摘下一枝带着绒毛的花苞，里面居然已经准备好了艳紫色的花瓣，林间有群鸟啁啾地掠过，柳梢泛着鹅黄，濛濛然似有轻雾穿林，雾中带着一抹特殊的淡紫。

我扶铲而立，暗想，难道这真已是早来的春天？

老农玄想

"见缝插针",这是母亲常用来形容我经营园子的一句话。真不知道她是怎么想出来的,确实贴切极了!

只因为院子并不算大,想种的东西却多,既有年年增添的树木花果,又有每岁必耕的菜园,自然好比收入有限,孩子却接连出世的父母,不得不精打细算。

譬如一套衣服几个孩子接着穿,我种菜也是如此,算好了小白菜不怕冻,早早地播种。收成之后,再接青江菜。至于初夏青江菜也收成了,则种最持久,而能不断摘食的甘蓝。尤有甚者,是在赶档期的情况下,不等成片的青江菜苗长高,先大把地拔了煮汤,再捡那特别肥壮而体貌不凡的,种在菜田边缘,使它们充分地发展,长成特大号。空出来的地方则可以适时种"下一作"。

当然种菜的"见缝扎针",如果只有这么简单,也便算不得功夫了,其中最高明的,还是衡量日光的本领。因院子之后既有森林而蔽东方之初日,院子另一侧又有房子,挡住了下午的阳光,这中间不过一千六百平方米的地方,虽非"亭午夜分,不见曦月",所能享受日光的时间毕竟有限,自然也得像那分配食粮的荒岁,算着饭量地配食。

譬如不需什么阳光的小铃兰、风信子、绣球和野紫罗兰,全种在山茱萸的下面。早春茱萸未绽,阳光直下,正好让它们风风光光地开花,而后则荫蔽着直到暮秋。

还有只要一半阳光的牡丹,则种在院子近林的蔷薇花侧,盛夏时蔷薇的枝条四蔓,正好筛下一半的阳光。

至于最需日光的黄瓜架,则高高立在院角,虽不能得到上午的十足日照,却能承受自午至晚的阳光。瓜田之前种四季豆,最高不过一尺半,不足遮掩瓜架的日光;再前方,隔着田埂种上三排青椒,再接十棵大男孩番茄(Burpee Big Boy Tomato),都是属于三尺左右的大个儿,凑在一起,既无鹤立鸡群,也不至于有矮子吃亏的不公平。

此外,今年我更发奇想,其实也是穷则变、变则通的困而生智,创造了可以挪动的游牧民族——草莓。把它们一棵棵移种到盆里,再衡情度势地,找那园中最有日照的地方安置,于是田埂上、水泥地上,乃至前院的车库边缘,就都能见到那鲜嫩的果实了。

这妙点子,一方面使草莓获得了足够的阳光,利用了不能种的地方,也避免了草莓贴在地上易腐和招虫子的弊端,高高地悬在花盆边，既是果实，又为点缀。岂不一举而数得？

所以每当我在园中小坐，便觉得自己十分伟大起来，想想一个只有菲薄固定收入的家长，却能把这一"大家子"照顾得个个健康，且得展所长，获得十足的造就，岂不是一种成就吗？

在这耕种的过程中，也确实可以享受作为生命主宰的感觉，那些无知的种子，若不是我撒下去，它们有几颗能萌发成长？至于我种在什么地方，它既没有发言选择的权利，更无未来自行移动的能力，从我种的那一刻，便决定了它的一生。

如果下面有块大石头，而我未察；如果那是最贫瘠的黄土地，或没有阳光的死角，就算这种子是最好的，又如何呢？当别人在阳光中茁壮，展开如盖的青绿、开花、结果的时候，它却可能永远像侏儒一样瑟缩在角落，而后或是在怨骂声中被拔除，或在一个寒流的夜晚，悄悄地死亡。

这样想来，我就觉得自己更伟大了，因为在桃花开的时候，我会特别去摸摸每一朵花蕊，帮助它们受孕；在紫藤攀爬时，我会帮着它们找正确的途径，将那贴在地面的升高，转进铁丝栏的拉出来，使它们不致在往后的日子，因为环境的阻碍而影响了发展。

至于百合、郁金香，这些球根的花，我更在暮秋时，为它们分家，免得在地下不断繁殖，因为挤在一起，而无法获得足够的营养。

当然施肥更是不可少的，想想这样"见缝插针"，一作接着一作，一棵连着一棵，如果没有足够的养分供应，怎么可能长得好呢？我的肥料来源从来不虞匮乏，因为一面除草，也就一面积了肥。我在院角总是挖有一个大坑,将那清除的杂草、朽叶全往里倾,倒满了,则盖上土,经常喷水,使草叶快速地分解,如此一坑一坑地替换,自然总有黑褐色的腐殖肥料供应。有时甚至直接将花果种在这些坑上,长得更是茂盛。

每当我把那些肥料撒在田间时,总是嘀嘀咕咕地说:"来!用你兄弟们的尸骨滋养你吧!"

至于将花果种在肥料坑上时,则讲:"在千人冢上建立你的凯旋门吧!"

这时,似乎又觉得自己由这园中伟大的家长,一下子变成了有虐待狂的刽子手,青面獠牙地发出阴阴的冷笑。看世间的繁荣与萧条、生育与杀戮、伟大与卑微,全成为自己导演的一出戏,且沾沾自喜……

香　闲

在北京紫禁城大殿两侧,看到一龟一鹤的铜香炉。据说以前天未明,小太监便将香炉点上,两缕青烟从那龟鹤的口中缭绕出来,晨雾中已见午门外奔入的百官,一言不敢发,肃穆地拾级而上,只听得窸窸窣窣的宽袍大袖摩动的声响。

对上朝的千人场面和宏伟建筑,我没有多大的感动,倒是在心里勾画出,那黎明晓雾中缥缈的香烟。

从尖尖鹤嘴中吐出的香烟,必是一缕如丝、细细长长的吧!它们会是怎样袅袅娜娜地腾升,又随着晨雾飘散呢?如果大漠的狼烟烽火,有一种特殊的凝聚力,可以飞入高空而不散,那殿前的香烟,是否也能如九龙柱上的龙身,不绝如缕,绵缀牵引地在四周游走呢?

总在古诗词中读到"朝罢香烟携满袖""晚妆初过,沉檀轻注些儿个"或"香冷金猊,被翻红浪"之类的句子。游博物馆,也总是看到金铜的香炉、锦缎的香囊、木制的香奁和瓷制的香盒。更有那韩寿偷香,只为了嗅到男孩身上有自己女儿香膏的味道,便将女儿嫁给对方的故事。

可见,不论香烟、香油、香粉和干花香料,在中国都早是极为普遍的东西。

自然,闺中的香与那庙堂上的香不同;熏衣的囊香,与沉水的兽香也是大异其趣的。前者像是花香,有那悦人之美;后者则好比佛前的供奉,能收虔心凝神之效。

可不是吗?拈一炷香,看那一点星火,引出一缕轻烟,冉冉上升,就是多么清心的事。何况还有那悦人,却又端穆的香味,幽幽地,绵长地传来,便更见涤心的力量了。

或许香之宁神,正如同幽幽钟鼓之于耳,一沁佳茗之于口,一轮初日之于目,由于它是如此的丰富却又邈远,占据了我的嗅觉,吸引了原先容易旁骛的注意力,所以能够带来宁静。

当然这是指燃烧之香,属于檀木沉香,雅正而不绮丽者。若是那馨花芳草、岸芷汀兰,乃至麝香抹鲸之类,且随着花影云鬓而摇曳的,就有着另外千百种滋味了。

譬如冷香,常是属于夜的。晚香玉、姜花、昙花和铃兰,都是冷香。带着那么一抹幽寒,冷冷地袭来,中人欲醉,却又醉得冷冽怡神。

至于暖香,则有玫瑰、玉兰、含笑之类,常是属于日的。君不见太阳愈烈,街头买来的玉兰花便愈香吗?那香是暖暖的、丰实的、华丽的、开朗的,即或浓郁,也不令人昏醉。

倒是紫藤、丁香、辛夷这些看来并不十分华丽的花，散发出一种引人遐想的香气。紫藤带有动物香，丁香带着杏仁味；辛夷则正像她的名字，辛辛辣辣的，妙的是，她们常是紫色。

真正温润优美，最堪偕隐的香味，应是那王者之香的幽兰、暗暗浮动的梅花、小小的茉莉和攀附篱墙的金银花了！它们都小、都貌不惊人，却也常是可以入茶入药的。

如此算来，这世上的香，何止属于抽象嗅觉的东西，实在竟有声、有色、有寒、有暖、有为、有守起来了。如同乐音有不同的频率，香必是也有不同的频率，各占不同的音高、音量和音质，引起不同人的共鸣，也能织成整首的交响曲。

是的！交响曲，巧妙的香水家，就用那千百种异香，织成芬芳的交响诗。仅仅一挥袖口之香，便能让有欣赏力的人，用鼻子去聆听，以心灵去品味，且余音缭绕，久久不去。

但我，宁愿一香一香地欣赏，从那沉香的浓郁、檀香的端穆、玫瑰的馥丽，到茉莉的清纯。从庙堂到闺阁，自繁花到细草。

对了！是哪位诗人说的"细草香闲"？那香闲用得多妙！香得悠闲而雅逸，以一种无争的闲适之心，细细地品玩，这"闲"，不也成为了一沁馨香吗？

所以若问我爱哪一种香，我难答，却可以率直地告诉你：我爱一种香，叫作"香闲"！

辑五

笔·墨·砚·雪

  从天下为公、兰竹、白云、山马、长流,到那叶筋、猥取、红豆、精工,我也便渐渐发觉,笔毫之刚并非腕底之刚;而毫末之柔也并非腕下之柔,从线条之转折、笔锋的转折、指掌之转折,乃至心灵的转折,根本浑如一事。心转笔转,有时觉得每一支笔都是自己身体的一部分。

笔　情

　　我早生华发，未三十岁，已经花白了许多，每有朋友问，便自嘲说：不正像是"七紫三羊"的毛笔吗？

　　同辈少有不知七紫三羊的，记忆好的人，甚至叫得出"集大庄、文清氏"或"老店林三益"这些制笔厂的名字，只因为早期的中小学生，多半都跟这种毛笔打过仗。

　　"七紫三羊"正如其名，笔尖一段黑毛，约是那占全笔7/10的所谓"七紫"；后面近笔杆处，包了一圈白色的短毛，则是占3/10的所谓"三羊"。紫毫性刚，作为笔的中柱，有利于运锋转折；羊毫性柔，像是棉花般吸水，可以补紫毫载墨之不足。一主内，一主外；一在前线作战，一在后方供输，两者原该是最佳的搭配，但不知是否偷工减料，抑或因为幼年搦管，常觉得笔锋毛太刚太少，写小字时扭来扭去，作大字时又嫌硬。

临柳公权尚能称手，若逢颜鲁公，就力不从心了。

小时候写毛笔字真是苦差事，每次把笔插回套子，稍不小心就会折损笔毛；笔上潮湿的时候，直往外冒墨泡，溅得四处都是，笔干时又怕黏在套子中。尤其是放假之后，小小一支笔管，插在铜质的套子里，早已凝固成一杆枪，左摇右撼拔不出，硬拉出来，但见一截空笔杆，毛笔尖却留在了套子中。

每次掉了笔头，母亲总先蘸些松香粉，放在火上将松香烤化，再即刻插入笔杆里，没多久就坚固了。这时我便会拿到水龙头下，打上肥皂，将那千年黑垢一并洗净，只是不知毛笔为什么那样吸墨，不论洗多少遍，还是挤得出黑水，也绝对没有办法把羊毫恢复新笔时的洁白。

不过有些同学是只用"七紫"，而不用"三羊"的，他们泡笔时，只发开那紫毫的笔尖，笔腹以上，羊毫的位置则一律不动，据说这样特别好使力，我曾借来用过几回，觉得像在用羽毛笔。

羽毛笔在中国是不流行的，何况那时大家早用了自来水笔，不过我倒是私下自造过几支，方法是捡公鸡的翅膀大羽毛，用刀片将羽茎削成斜面，再于尖端处垂直切一刀，完全成为钢笔尖的样子。只是用这种土造的羽毛笔别有一种钢笔所无的趣味。这是因为羽毛不似钢铁的坚硬，随着运笔的轻重，能变化出许多粗细不同的线条，正像是西洋中世纪羊皮书上的字，有一种特别的立体效果。此外羽毛笔还有一妙，就是书写时沙沙作响，随着笔画的轻重转折而抑扬高低。除了实用价值不及钢笔耐久，在艺术表现上，羽毛笔显然跟中国毛笔一样，更有变化，也更贴心。

小学时，签字笔尚未发明，不过我也早已尝试，用厨房洗锅的"轻石"，磨成小小的尖头，再配上自来水笔的笔管，由于轻石多孔而吸水，笔管内的墨汁自然顺石而下，颇能写上一些字。只是我这自造的签字笔太不耐用，笔尖又脆弱易折，为此我弄脏了不少本子，受了许多责骂，但后来想想自己是最早使用签字笔的人，倒还有几分得意。

似乎在签字笔发明之前，圆珠笔就流行了起来，也便总可以见到染得一身一脸圆珠笔油的人和写在这一面，不久之后全透到纸背的情况。

早期的圆珠笔虽然滑，惹起麻烦却比钢笔和毛笔严重多了，钢笔水怕"褪色灵"和漂白粉，弄脏了好洗。墨汁虽难洗，但容易干，也便少出意外。唯有圆珠笔漏油时，不但洗不净，而且随时可能遭到暗算，甚至落笔时停在纸上的厚油渍，也能染得一袖口。

此外圆珠笔最怕碰到光滑的东西，纸滑它不滑，硬是写不出东西。我曾经痛恨一个数学老师，就用白蜡烛将作业全部薄薄打上一层，作业发回来时，果然看见上面上一大堆重复又重复的"勾痕"，相信那数学老师必定报销掉好几支圆珠笔，且还弄不清是怎么回事呢！

高中开始学国画，启蒙指定的毛笔叫"天下为公"，名字十分堂皇，笔势却并不伟岸，短短的褐色毛，大约是黄鼠狼身上借来，至于价钱，可是远在七紫三羊之上。

果然一分钱一分货，这天下为公居然为我开启另一片天下，我用它画鹿角一般尖细的树枝、潺潺的水纹、柔柔的勾云,又横笔侧锋地表现出斧劈皴坚硬的岩石,我开始了解,一支好毛笔,不但可以软硬兼施,而且是"大小由之"。中国毛笔的特色,是能具备"尖、齐、圆、健"四德,即使用的是大笔,如果掌握那尖细的笔锋,仍然可以画须发昆虫;即使用的是小笔,如果用力按压、缓缓出锋,也能表现粗实的线条。

小时候,父亲扶着我的手练字,说是握笔的手心要能放得下蛋,我那时手小,摆不下鸡蛋,便把个鹌鹑蛋塞在其中。母亲看我写字时,则说笔要抓得紧,即便有人偷偷从后面抽笔,也要不被抢去,我便猛力地握笔,把手指都掐出血痕。至于听说"眼观鼻,鼻观心""笔杆要对着眉心",更一味模仿得差点成了斗鸡眼。

直到学画之后,才知道什么是"指实掌虚""气静神凝"。原来握蛋的意思是说手指要灵活运动,而非像是抓棍子般死板;抓得紧和鼻观心的意思,则是指注意力要集中,将自己的"精神",通过肘、腕、指掌,传达至笔尖,而不是松散不经意地随便涂抹。

渐渐发觉小小一管、密密千毫之间,居然有这么许多天地;而那每一根线条,每一摊墨沈之中,居然有那样多的情思与韵趣。

也渐渐发觉,这手中的毛笔,居然成为一种会弹奏的乐器,将那许多无声的声音,用层层轻重高低的音符,交织成一篇篇交响的乐章。

于是公孙大娘舞剑,长年舟子荡桨,乃至锥画沙、屋漏痕,这许多古人顿悟用笔之妙的抽象故事,也便不断在脑海中浮现,而有了新的体会。

从天下为公、兰竹、白云、山马、长流，到那叶筋、猥取、红豆、精工，我也便渐渐发觉，笔毫之刚并非腕底之刚；而毫末之柔也并非腕下之柔，从线条之转折、笔锋的转折、指掌之转折，乃至心灵的转折，根本浑如一事。心转笔转，有时觉得每一支笔都是自己身体的一部分。

有一年到日本京都，名山古刹间看到一矮墙围起的上百方尺之地，中间叠石如塔，塔底苍劲地刻着"笔冢"两个斗大的字，但不知这写"笔冢"二字的笔，是否也葬入了冢中，又不知那用笔之人，是否也随之地下。

笔为人用，为人用笔，用笔为人，用人为笔。

我在碑前矗立良久，觉得数十年用笔的自己，在这宇宙之中，何尝不像一支笔。到头来，必然是销得断毫枯管，问题是：笔下耕得出多少心田？

墨　情

"咱们家没有黄金条，倒有不少黑金条！"

小时候，每当母亲清理樟木箱里的衣服，总会说上这么一句，而每到冬天她初穿起厚大衣时，我便捂着鼻子喊：好怪的黑金条味儿！

"要说是墨香，你在别处还闻不到呢！这是麝香，听说过吗？如兰似麝！"

我不懂什么麝，却知道那必是很珍贵的一种东西，因为有一回父亲特别掏出一块黑金条，小心翼翼地在我面前打开那厚厚的棉纸包，露出里面一条黑漆漆写着金字儿的东西，掏出手绢擦了擦上面的白霉，又赶快包了回去。从那小心的劲儿，我就知道，可真是"咱们家压箱底的宝贝"。

宝贝是不出箱的，父亲桌上摆的是公事房发的墨，我上学带的则是小小的塑胶砚台和福利社买来的极品墨条。

虽然写着极品，谁都知道那是最差的东西，因为不但磨起来滋啦滋啦的响，磨的地方膨胀得一倍大，而且易崩、爱掉渣。每到作文课，孩子们在原本就不平的桌上摆起底不平的塑胶砚，再滋啦滋啦地磨墨，有时候突然磨出一块小石子或是崩出一团黄土，弄得墨水四溅，引来一片叫嚷，这画面、这声音，三十多年了也难忘。

或是因为大人们把祖传的那几块墨宝贝得有些过分，墨对我也便有几分神秘感，我常想，那如兰似麝的黑金条，是用来磨墨写字，还是摆着好看，抑或专供薰衣服。

"这好墨啊！可是比金子还贵，它是用麝香、珍珠粉、珊瑚末、玉屑，跟那千年老松树烧出来的烟和在一块儿造的，别看这么一小块，可是得让那有力气的大汉，捶上一万下，那材料才能匀，也才能紧，所谓一点如漆，这么一块好墨，能抵上公事房发的几十块，即使不小心掉在水里，两个月也不会溶化……"父亲眯着眼睛说，好像是神话故事一般。

为什么要把墨丢到水里呢？我心想。不过跟着便偷偷把我的"极品墨"放进一个装满水的奶粉罐里，并藏在柜子深处，直到有一天母亲说柜子里必定死了老鼠，才发现那罐子已冒出了白毛，臭得比阴沟水还可怕。

极品墨后来总算被瓶装墨汁取代了，小学五、六年级，有人用化学制的墨膏盒，有人用蜡纸袋装着墨汁瓶，我则承继了父亲的铜墨盒。

铜墨盒原是父亲在办公室用的，方正而略带圆角，盖子及盒边都是黄铜打造，上面精工刻着两个殷商铜器的图纹，盒底则以一块红铜镶嵌。墨盒打开，里面装的是泡了墨汁的丝瓤，盖子里层有一方石版，大概是专用来捺笔的。

墨盒拿回家的时候，已经是父亲过世百日了，我费了九牛二虎之力，才把墨盒打开，里面却早已干成了一小块。母亲去找了些丝棉，用水烫熟，又把墨盒洗干净，将丝棉放进去浇了些墨汁："从今你就可以不用磨墨了，干了就将瓶装的墨汁加进去，比磨的好，你老子磨了一辈子，也没磨长久，而且磨出来的墨汁倒在墨盒里容易臭，像他的臭脾气！"

"用咱们家如兰似麋的墨去磨，就不臭了！"我说。

"照臭，把麋香闷着，只怕臭得更凶！"

墨盒确实比较好用，由于有丝棉的滋润。它不必像用瓶装墨汁般不断捺笔，否则会有渗漉晕浸之忧，也不像磨墨费时间。但是我只用了一年多就停止了，因为我不高兴同学们好奇地把玩我的墨盒，也不喜欢老师的讯问，尤其是一个初次上课的国文老师，在观赏我的墨盒之后说：你真有福气！这么小，就用这么讲究的东西！

我把墨盒洗干净，用父亲丧礼后摘下的挽帐白布层层包好，交给母亲，她不解地看我。

"把它跟黑金条放在一块儿吧！爷爷留下的墨，爸爸舍不得用；爸爸留下的墨盒，我又何必用呢？"

有些东西，似乎是当然应该跟着它的主人去的，它属于上一代，能使下一代有所感动，却无法进入下一代的生活。

我又回到了磨墨的日子，而且渐渐开始喜欢那种"墨与砚若相恋"的感觉，一块平凡的石头，一块黑黑的墨条，当注上水，轻轻磨几下，居然就能产生淡淡的幽香和纯纯的墨汁。它不像瓶装墨汁那么浓，却比墨汁来得细腻；它容易晕散，但晕散得均匀而优美。尤其是在学国画之后，更知道了墨有"干、湿、浓、淡、黑、白"五韵，又有焦墨、宿墨、埃墨，乃至松烟、油烟的不同。

那时我用的是一块日本制的吴竹墨，通体包着金，仿佛一块真的金条。我花了好几次赚得的稿费买下它，却发现它是那么难磨，画小小一张图，单单磨墨，就得耗上二十多分钟。

但是我一直把吴竹墨用到无法再抓得住，才收进柜子，因为尽管难用，它却是我所用过的最贵的墨，使我想像自己也是昂然的一介书生，如同父亲口中的祖父一般，用那上好的李廷珪墨，飒飒几笔，就成为众家争求的墨宝。

每一次看到古画，我都会想，不知道这画家用的是什么墨。如果在裱画店里，我甚至会贴近那些作品，细细地嗅一下墨的味道，并注意墨沈中是不是有那金玉之屑。

"有金有玉，这么多年也早掉了！"裱画店的老师傅说，"只有墨最实在，几千年几百年都不变，有时候纸绢黄得不成样子，那墨迹可还是清晰不改。所以墨不必多么贵，只要细致、不掉灰就成了！"

从高中历史课本里，我也确实读到"由甲骨文的朱书、墨书痕迹，可知中国在殷商已经有了笔墨的发明"。算来几千年，那龟甲兽骨上的笔痕，不还是清晰得一如昨天书写的吗？

由于好奇，我特别找到做墨的地方，没想到那竟然如同火场废墟一般，四处都是焦灰。在一间低矮的瓦房里，看见盏盏灯火，于黑暗中跳动，每一个火苗上，都有着一个半圆的钵，收集下面蹿升的油烟。另一处破了顶的棚子里，几个工人则在捶打和了胶的烟墨。

我没有看到如父亲所说的珊瑚末、珍珠粉和玉屑，墨对我不再那么神秘，我却对墨多了一分敬佩，觉得它很伟大，伟大得平凡，从最平凡的地方发生，成为最长久的存在。

我也渐渐了解，这么平凡的东西，是人人都可以发现，也可以制造的，譬如画黑蝴蝶，为了表现那不反光的黑翼，我就曾经用白瓷碟，放在烛火上，收集烛烟来当墨用。譬如西方人用的黑墨汁，常叫印度墨，可知印度人也很早就使用了墨。

既然烧东西会产生墨烟，当然任何懂得用火的民族，也就都可能用那黑灰来作画、写字，那黑灰也就是墨。可是为什么只有在中国，墨才能被发扬光大，且在那水墨的无边韵趣中，表达出深入的情思？

有一天在研墨时，我顿悟了其中的道理：因为我们的祖先没有制成墨汁来使用，而是将那烟灰做成墨丸、墨锭、墨条，每次使用，每次研磨，取那砚池中的水，和以墨牛，来耕砚田。

于是"试之砚则苍然有光，映于日则云霞交起"，那每一次墨和水的遭遇，便成为一种风云际会，与濡水蘸墨的毫翰，构成了许多机缘。

他们不像用钢笔蘸浓墨汁，只是单一的表现，而是不断地交融、不断地交织，不断在偶然的飞白、渗漉、晕浸与泼洒间，创造出一种永不重复，永不雷同的结局。

小时候父亲说的神妙故事犹在耳边，那压箱底的黑金条却随着一场大火而成为灰烬的一部分，说实在的，我几乎没能真切地看清楚李廷珪墨是什么样子，只知道家中曾有祖父留下的好几条传家宝。

传家的李廷珪墨原是不准用的，不用的墨又何必生为墨，它的存在与不存在，也就与我甚至这世界没有太大的关系。不过我喜欢父亲对珠粉、玉屑、麝香、珊瑚末的描述，也欣赏裱画店师傅对那珠玉的否定，因为墨之为墨，正如我之为我，本无须那许多精巧的装扮。而若没了那许多附会夸大的添加，世上又有几人能予实爱，且从这平凡的漆黑之物中，悟得许多真理？

纸　情

从香港寄来三件大邮包，是两个月前订的一百张"蝉衣笺"、一百张"罗纹宣"、五十张"玉版宣"和二十张"豆腐宣"。一一点过，并在包装的牛皮纸上写下日期和名称，打开柜门，却发现三面架子，早已塞得毫无隙处，甚至有反潮之虞的地上，也堆了数十卷"月宫殿"，正不知如何是好，又听门铃响，邮差笑说忘了一包由台北寄来的东西，才想起是月前在和平东路买的两百张棉纸。

总忘记自己藏纸如山，甚至连更衣室里、床底下也塞满了各种纸，却还老是四处搜购，只要看那纸行老板一挤眼："我偷偷收下了几十张'文化大革命'前的东西，您要不要看看？"便即刻一挥手："甭看，我全包了！"

碰到学生买错了纸，说是要扔掉，我更忙不迭地说：不要扔，拿来给老师练字，或转卖给用得着的同学。问题是，练字用不了多少，差的纸也少有人要，只好愈堆愈高。乾隆纸、金粟笺、发纸、蝴蝶海苔纸、画仙纸、各式宣棉纸，乃至最廉价的机制纸，立身其中，觉得像个纸行，而朋友见了，则呼我一声"纸痴"！

嗜纸而能成痴，大约总非一日之功，而当天生就对纸有慧眼，于是别人看纸不过为纸，我看纸，则其间自有许多乾坤。

譬如手工制的长纤维与机制的短纤维纸就不大相同。凡是透光看去，一丝丝纠葛盘旋，如同满天云龙，而且上下左右的韧度相同，必是手工漉成的长纤维纸。至于看不出明显的纤维，上下和左右的韧度又不一样的，必是机器制造的短纤维纸。

这是因为前者用手将泡软的树皮，一条条撕开，捶打、蒸煮、加胶，再以竹竿搅拌，举帘而成。当纸浆被捞起时，因为经过手工摇动，所以纤维的分布平均。后者则不但在机器搅拌时容易打碎纤维，更因为制造时纸浆的流向相同，而缺乏变化。

这许多知识，实际也是一日日累积的。记得有一个行家，曾叫我撕报纸，从横着撕与直着撕感觉的不同，而使我了解了所谓的"纸浆流向"。

裱画店的老师傅自然更是审纸的高手，他曾经教我从纸上竹帘的痕迹，来作为重要的鉴定依据。

"你叫黄君璧用港宣或是宋褚，当然成，但如果发现任伯年用的是埔里的台宣，就非假不可了！"他又眯着眼睛，神秘兮兮地说："以前人会用寺庙里抄写经文的'写经纸'，以求其古雅；现在也有人专跑图书馆的善本部门，偷前朝书里的老纸造假，若用那宋纸、宋墨，只题名，加上宋代不兴盖章，你说怎么鉴定？"

老师傅不但能裱、精鉴，还会接纸、造纸。他说中国纸最好接，因为是长纤维、质软，所以只要在两张纸的接头处把纤维拉长，就能天衣无缝地接合。

老师傅接纸全不用刀，先将纸边打湿，用他那长指甲细细刮薄，再淋上浆水，把要接的纸，对准帘纹地放上，将重叠处照样刮弄一遍，卷起风干后，果然毫无破绽。

至于造纸，有一回看见客人拿了张破了的古画，要求师傅把那破洞，用同一式的纸料补上，却又不准从画边上切纸填补。"既要纸质、颜色相同，又不能找到一样的老纸，师傅怎么敢接呢？"我心想。

却见老师傅用圆口刀，从画面四处平均地刮了一遍，收集下一团纸毛，调上浆水，压平之后居然造出来一小片，正补上了破洞。

从裱画老师傅那儿，看到的新奇事儿，真是太多了，而我对纸，尤其对中国纸的痴，大概也就从那时种了根，我尤其记得他说："没有这么精良柔韧的纸，画如何能经得再三的装裱？没有长纤维，画又如何能裱成卷轴，历经几百年无数的舒卷而不新？没有这么细的纸质，中国水墨的韵趣又如何发挥？纸是中国人发明，纸的精神、灵魂，也只有在中国获得真正的提升！"

纸居然也有精神、灵魂？我一步步地追索，发现手工造的纸，确实各有各的面目，非但不同批的纸，因为纸浆中胶含量和纤维密度的差异而不同，即使同一张纸，左右也可能有厚薄之分。

加上中国的"生纸"特别容易吸收空气中的"悬浮物",所以放置久了的纸,能成为半吸水的"风矾纸",有时候放得太近厨房,因为吸了炒菜的油气,画来满篇细小的白点,更造成特殊的效果。

黄君璧老师就最会利用这种效果,有时我在想,我是小纸痴,他才是真正的老纸痴。因为不论多么旧、多么皱,甚至染了满处墨痕的垫底纸和生了黄斑的受潮纸,到他手上,都能成为特殊的效果。于是白点成了雨景,潮斑成为云树,皱痕成了石纹。

"顺着这些斑点作画,反而能打破旧格式,创出新构图!"黄老师说。

可不是吗?纸被我们从橱柜里请出来,展在案上,轻拂纸面,如同相对促膝的老朋友。它不是被我们役使,我们也不能全听它的,而是在彼此了解体谅、互就互让的气氛下,共同创作一张不朽的作品。

作品之不朽,也靠纸之不朽;纸若朽了,作品也便难存在;而艺术家的不朽,更有赖于作品的不朽。这位朋友在笔朽、墨枯、人亡之后,依然为我们发言,岂不是太伟大了吗?

所以即使是不着一墨的白纸,于我这个纸痴,也便有许多遐思可以驰骋,正因为它不着一笔,所以可能有无限的生机,如同一个初生的孩子,代表的是无限的希望。相对地,如果不能善加利用,也便毁了它的前途。

于是这纸与每一个用它的人,不也就是一种缘吗?

是何其有幸的纸，能被携入修葺的兰亭，成为王羲之笔下不朽的《兰亭集序》，落入辩才和尚的手里，再被萧翼偷出来，经过各家的临摹，却又不幸地随唐太宗而长眠？又是何其有幸的纸，能被黄公望画上富春江畔的十里江山，进入收藏家云起楼主之手，临死殉葬投入火里，再千钧一发地被抢救出去，留得残卷，成为故宫的无价典藏？

又是何其有幸的南唐楮树，能经过寒溪的浸润、敲冰举帘、荡漉熔干，成为那"滑如春水，细如蚕茧"的"澄心堂纸"。

又是哪一位慧心的人，在简牍、缣帛风行的时候，会想到以树皮、麻草这些平凡微贱的材料，捶煮成人世间第一张纸呢？那初生的纸，会是多么的粗拙而丑陋，它必定有着不整齐的边缘，高低起伏的表面，黄褐且带着灰砂的色彩。它或许只是在偶然间被创造，却为人类文化开辟了一条宽敞的大道，载着世世代代的知识，驰向未来。

问题是，当我们在阅读、在书写的时候，面对着莹洁如玉、吹弹有声的纸张时，又有几人想到，它们曾是草茎树皮？因为太精细的机器制造过程，即使对着光线，也再难窥透它们的骨骼。

因此，我钟爱传统的中国纸，喜欢轻拂它们的表面，感觉那粗细适中的质理，且用我的笔墨心灵与它们共鸣。尤其是在夜阑人静的时候，窗外的风从林野间吹过，飒飒的音响正如同笔尖滑过纸上的声音。柔柔的毛笔尖是风，千丝万缕交织成的纸是林野，那音响交融为一，非常非常的真实、自然而优美……

砚　情

"这种砚石非常珍贵,只有在广东端州的一条溪流里才找得到。为了顺着矿脉,挖掘出最好的石头,采砚的工人,从溪边的岩壁凿进很深的洞,窄小的洞里,只能爬着前进,要想转个身都不行。偏偏很多砚坑都距离水面不远,山里下雨时溪水暴涨,疾流一下子冲进砚坑,使许多人丧生。所以在深入砚坑的时候,总是好几个人一组,遇到深的洞,则要十几个人,大家前后相连地爬进坑里,把猪油灯放在胸口,仰着脸凿切石头,然后把切下的端石传递到坑口,外面的人则一面负责收集成果,一面负责警戒,看到溪水暴涨,立刻大喊一声,于是坑里的人,手拉手,由最外面的人用力拉,成串地退出来。尽管如此,那爬到最深处的人,在拉出洞外时,常已经淹去了半条命。

"你要知道,人到了生死交关的时候,常只顾自己逃命,溪水一下子淹进洞里,哪里还会想到伸手等着下面的人来抓?所以这进坑采砚的事,都是一家人,通常做父亲的在最前面寻找矿脉,弟弟和孩子们则长幼有序地跟在后头,愈年轻的愈接近洞口,也愈安全,女人们则在外面守着。

"据说有一个采砚几十年的老人,带着一家儿孙下坑,老人突然挖到一块他从没见过的好砚石,那虽然是块石头,但温润柔腻得如同婴儿的皮肤,摸起来好像有弹性、能呼吸一般,砚工们管这种石头叫端溪石精,就像古灵精怪,是吸收天地寒泉千万年的灵气,才孕育出来的,传说在矿坑里,只要一松手,这种石精就会不见了。当老人挖到这块多少砚工梦想一辈子,也碰不到一次的石精时,兴奋地交给身边的兄弟,一个人、一个人地传出去,并叮嘱着每个人绝不能松手。哪里知道,这时溪水突然暴涨,一下子冲进了狭窄的砚坑,靠近坑口不远的一个初入坑的孩子,瞬间慌乱了,只记得祖父一路传话出来,这是百年难遇的石精,半辈子可以不愁生活的无价之宝,正犹豫着,一只手已经被外面的人拉住,狠狠地拖了出去。而当他脱离洞口时,另一只手仍然紧紧地抓住石精,只见如排山倒海般直泻而下的洪流,已经淹没了整个砚坑,而他的爷爷、爸爸、叔叔、哥哥们,全留在了洞中。"

每次父亲准备练字,他总是要求父亲重复这个早已会背的故事,看着缓缓研磨的墨,散出淡淡的幽香,原先的清水,逐渐泛出油油的紫光,他觉得那块砚石,正是端溪的岩壁,而那一泓墨,则是壁上深邃的山洞,里面一晃一晃、一闪一闪的,是盏盏的猪油灯,和仰面凿石的工人。而每当父亲说到山洪暴发那一段，他则在心里喊：快逃哟！快逃哟！丢掉石精，保命最重要！

只是故事的结局并没有改，悲剧还是一幕幕地发生了。

"咱们这块端砚是不是石精啊？如果是，我就不要，因为它害死了砚工的一家人！"他对父亲说。

"不是石精害死人，是那个不懂事的孩子，舍不得扔掉石精，所以害死了洞里面的家人！"父亲说："你放心！这不是石精，只是一块端砚。虽然如此，这么细、这么紫的砚石，现在也不容易找到了，它同样是工人们手手相传，从阴冷湿黑的坑里采来的！"

父亲不在家的时候，他常偷偷打开紫檀木的盖子，细细端详那块神妙的石头。砚面大约有他三个手掌的幅度，和一个拳头高，靠近砚池的一侧，浮雕着云龙的图案，从龙口向外吐出一道气，里面包含着一个绿色的龙珠，父亲说那叫鹦鹉眼，只有在好的端石上面，才找得到这种圆眼。那云的图案一直延伸到砚田的两侧。砚田是暗紫色的，略略横过两三条绿色的石纹，据说是石眼的尾巴。靠近砚田的另一角，则又有着三个绿眼，每个眼的中心，且带着一个黄点，父亲说这叫莲叶田田，池中有水，可灌砚田，田侧有莲，池畔见天，天上有龙，兴云致雨，为降甘霖。

他轻拂砚面，立刻留下小手印，赶紧使劲地搓，却搓出一条条的老泥，像是从久不洗澡的身上搓下来的一般，令他难解的是，这砚石明明总是"洗澡"，为什么每次搓，都会出现老泥？

父亲洗砚，是不假他人之手的。而且既不用肥皂，也不用丝瓜瓤，而是专托朋友找来已经变黄的老莲蓬，磨拭砚上的黑垢，洗完之后，除了底部和侧面用布擦干，对于砚面是绝不碰触的，说是留一些水，正可以润砚，而且如果用布擦拭，难免留下棉屑，磨出来的墨质就不够细了。父亲甚至总要保持砚池里的水，说是用来滋养石头，免得枯干。那哪里是一块砚台，根本就是父亲案头的山水，一片可以灌、可以耕、云蒸水起的土地。

只是父亲故后，那块田便难有人耕了，母亲不准他用，说是小孩不懂事，容易弄坏了，但是母亲还总是为那砚台注水，且说着与父亲一样的话：砚台要滋养，免得枯干。每次看母亲缓缓地收拾书房，见到砚台，像是吃一惊，赶紧冲出去倒半杯水进来，突然掀开檀木盖，将水注下去，又匆匆地盖上，走了出去，他心中就对那砚台升起一种特殊的感觉，甚至是一种敌意。

初中一年级的早春，家里失了火，当他焦着头发跑出大门，熊熊的火苗已经冲破了屋顶。第二天的清晨，母亲带他回到废墟上，走进断垣，只见许多人，一哄而散地跳出墙去，劫后残余的一点东西，全被捡走了。母亲跨过一堆堆烧焦的衣物，算着位置找到书房的残砾，将破瓦和发着炭酸味的断梁小心地抬开，风乍起，木烧竟的书页随着烟灰飞扬，就在那层层的焦土间，露出一块深紫……

"因为它倒扣着，看来是块烧得半焦的砖，所以没让外人捡去。"在废墟上临时搭建的草寮中，他的母亲又为那方端砚注上清水："全赖这云龙啊！所以没烧坏，恐怕这石头也有灵，合该跟着咱们！"

当年秋天，他参加学校的书法比赛。

"把这块砚台带去磨墨！"母亲居然说出这样令他有些吃惊的话："你现在大了，应该知道珍惜，而且参加比赛也应该有件利器。"

果然他的砚台一进场就吸引了同学的注意，唯一的缺点，是占据太大的空间。学校的桌子，本就个大，剩下的地方，勉强摆得下竞赛用的毛边纸。

依照记忆中父亲研墨的方式，他将水从研池里移上砚台，再遵守"磨墨如病夫"的原则缓缓研磨，问题是，前后左右的同学早已开始写，他们多半使用现成的墨汁，再不然则用带着墨膏的塑胶盒，即使是使用普通砚台的同学，由于从来不洗，砚面上积了一层厚厚的墨垢，没有磨几下，也就可以开动了。

他心里有些着慌，急着动笔，第一笔才下去，就晕开了一大块。豆大的汗珠突然从额头冒了出来，轰轰然，他不记得是怎么写完，只觉得交上去时，跟别人的作品放在一块儿，自己的墨色特别淡，仿佛孱弱苍白的病人，站在许多黝黑的壮汉之间。

"父亲不是说这砚台特别发墨吗？它让我丢人丢够了！"

他一进门，就把砚台扔在床上，剩下呆立着的母亲。他觉得不仅是自己受了骗，母亲也同样被骗了几十年。

"我还在磨墨，别人早已经开动。等别的同学都走了，我却还在洗砚台！"他生平第一次愤怒地吼叫。

母亲一声不响地抱起砚台，又从床底下掏出一块火场拾回的破布包了起来。

再见那方端砚,已是许久之后的事。婚礼前夕,母亲捧了一件沉重的东西,小心翼翼地放在他的书桌上:"你成家了,十年前的那场大火,什么都没留下,只有这块砚台交给你,我知道你并不喜欢,但好歹也是你父亲心爱的东西,就收着吧!"

他不知道说什么好,觉得母亲已经不是记忆中的强者,如同那方端砚,过去是神圣不可碰触的,而今却像是乞求他的收留。

新婚之夜,他喝了不少,却毫无睡意,坐在桌前,突然有要画几笔的冲动,新婚妻子为白瓷的笔洗盛满水,他又要求再倒一杯清水过去,并将那方端砚推到面前,缓缓地将水注下去。

十年了!一个曾经数十载不曾断过供养的石砚,竟然裹在那半焦的破布中,一待就是十年。不知是不是因为过度地干渴,小小的一个砚池,居然用去了大半杯的清水。起初注水的声音是喑哑的,随着水位升高,那水声竟泠泠地悠扬起来,像是小河淌水、春凌解冻;又好似古老庭院中,在太湖石间流下的一洌清泉,不是单音的水声,而是由四周的石罅,作为共鸣箱的回响。为什么过去不曾注意,难道只有像父亲一样,将石砚正正地放在眼前,让砚池另一侧的凹陷处朝向自己,才能因为回响,而听到这么美妙的声音?

"这是父亲留下来的唯一一件东西!"他用手指从砚池中按了些水到砚田上,轻轻地揉搓,仿佛幼时的动作。却觉得身边的妻,恍如父亲高大的身影,而那纤纤柔荑,则成为父亲温暖的大手,抓着他的手,一笔一笔描去……

以后每晚练字，他就都用这块端砚了，即使忙得没有空动笔，他也喜欢用手指蘸水，在砚面轻拭，他尤其爱摩挲那田田的莲叶，可以清楚地感觉到，绿色的石眼，和其间黄、黑的圆晕，有着软硬高低的不同。在书里他已经读过不少有关端砚的文章，知道那应当是麻子坑的出品。端石原是地球泥盆纪，由地下细腻的泥浆，经过亿万年的高压所形成，在它还是泥浆的时候，或许有些不同成分的泥泡浮动，凝固之后，就成为这种珍贵的石眼。

但他的妻子说石眼令她觉得有些可怕，好像石头成了精，瞪着绿色的眼珠，和黄色的瞳孔，他便转述小时候父亲讲的故事给妻听，但把内容改成年轻的孩子丢下手中的石精，使一家人逃脱，却再也找不到石精的结局，他觉得原来的故事太残酷了，使他用这一方端砚，都有些不安。

虽不怎么爱砚台，他的妻却总担任清洗的工作。女人力气小，缩胸挺腹地捧着，有时练字后看见妻子更衣，胸前犹留一道红印，加上妻说在清洗时，不知不觉中总会磨伤了手，使他终于把端砚置入柜中。

出国前，他的母亲说："这一去不知道就是多少年，以前人出远门，总要装一瓶故园的土，到异乡不适的时候，就撒些在水里服下，你说美国海关不准带泥土，那么就把你爸爸的那块砚台带去吧！土本是石变的，身体不对劲，摸摸石头也管用！"

他觉得有些好笑，但还是顺从了老人的意思，而且唯恐在行李中摔坏了，便放在随身的旅行袋里。从维州跑到纽约，又转到田纳西、北卡、佛罗里达、俄亥俄和加州，每一次搬动，都觉得端砚又加重了几分。

不过他确实常摸那方石头，尤其是在不舒服的时候，他总是揉搓砚面，也如同孩提时所发现的，每回都能搓出许多老泥。他发觉那老泥不是由砚里产生，而是磨损了自己手指的皮肤。好砚台就妙在这里，看来柔软，像是玉肌腻理、扪不留手，却能在不知不觉中磨蚀与它接触的东西。

也就因此，这端砚实在是发墨的，别的砚台需要一百下才能磨浓，它则只要五六十下，不解的是，为什么初中书法比赛时，却让他出了丑呢？

随着艺术造诣的加深，他渐渐领悟其中的道理。原来愈是佳砚磨出的墨汁，质愈细，也愈容易晕，反不如瓶装墨汁，有时写下去的墨不浸，笔画旁边却见一圈水渍。可以说：差的墨像是水和黑灰相调，墨灰不晕，而水晕。好的墨，则是水墨一体，水动墨也动。正因此，画那缥缈的云烟，必须用好墨佳砚，才能表现得轻灵。

他尤其领悟到，人持墨研磨，但是砚磨墨，更是砚磨人，心浮气躁的人，是不堪磨的。

问题是在这个功利为尚的时代，有几人能不浮躁，又有谁不希望能像用瓶装墨汁般立即奏功呢？这端溪佳砚或是一个时代的瑰宝，甚至更上许多时代，足以让米南宫惹得一身墨，忙不迭揣入怀中的东西，却不一定能被这个时代所接受啊！

所以作大画，或示范挥毫时，他宁愿选择可以快速研磨，而且容量特大的"墨海"砚。他以一种躁切的方式，任凭墨渣崩溅,顷刻磨就一摊墨,再神妙地挥洒出几幅画,博得满堂彩。

但是夜晚回到家,他还是注水砚池,想那莲叶田田的江南,广东肇庆斧柯山的端溪,和垂入石洞的采砚工人。

随着探亲的人潮,他终于踏上了那块土地,却没有见到传说中泛着紫光的石版道,和"踏天磨刀割紫云"的采砚人。一辆又一辆的货车,扬起漫天的尘土,震耳欲聋的切刀,溅出一摊摊的泥水。国营工厂里,看到像是穿了制服般的砚台,整整齐齐地等待包装;端溪河畔的砚坑,则是不断的抽水马达声,和切成方块的砚材,用履带输送出来。

在一处较讲究的厂房里,他总算见到一群雕砚的工人,成排地坐着,像是电子工厂生产线上的作业员,传递着一块块的砚石。

挑选过的端石,先被削平了底,再依照砚面的情况画上花纹,由手操电钻的工人,打成蜂窝一般,传递到下一站做细部的修饰。

有些砚田被特意地磨成微凹,据说是为模仿久经使用的古砚;有些砚石带着黄土和铁质的斑痕,则以浓墨涂抹掩饰,只露出砚面上石质较佳的一块;护砚的匣子,虽然仍是各依砚石的形状雕制,却髹上一层厚厚的亮光漆,再贴上"端州名砚"的现成金字。

尤其令他惊讶的,是许多砚石都在打洞之后,被填上一团泥土样的东西,晾干送到下一站去雕磨。这动作使他想起补牙前,医生先是修整蛀洞,再调料填入的情况,只是那石头间被填塞的黄土和绿土,竟然都成了最珍贵的石眼。

"有一阵子日本人疯狂地搜求端砚,害得我们差点把半边山都挖开了,带眼的石头也差不多挖光了,加上石眼是要找的,有的石头左看、右看都没眼,只有切开才看得到,多一寸、少一寸都没办法发现,而今用机器雕磨,有谁耐得住一分分地找眼,再凑合着石眼来设计图案呢?而且眼嘛,本来就是石核,只是用来装饰,有谁会在石眼上磨墨呢?这加了人工石眼的砚台,谁又能说不是端砚?好比穿金戴银的人,摘了去,总还是个人哪!"

他失望地转回自己生长的地方,那里的溪流也出产砚石,虽然远不及端砚驰名,但是他想或许自己破碎了的童年的梦,多少可以获得补偿。他跟着寻砚的工人,涉足在冰冷的河水里,看他们捡起一块块石头,再以锉刀刮试。他们告诉他,台风之后,是最好的采砚时机,好的石块,被洪水从山里冲来,愈敢走入疾流里的人,愈可能获得上选的砚石。

他们也对他说,雕砚的刀,是不怕钝的,因为好的砚石,都是绝佳的砺石,柔中带刚、肉中见骨,所以一边以刀试砚,一面以砚磨刀。

他们将采回的石头,放在空场上曝晒,说是湿的时候见不到裂痕、斑点,一晒就无所遁形了,有时候不好的会自己断裂。水里沉得、烈日晒得,才是好石头。

他也试着下去雕砚,发觉那从河床上捡回的平凡石块,与他印象中坚硬的岩石是大不相同的,有时候一刀雕下去,还以为下面是一块上好的桧木,粉白的石屑飞扬处,看到的是石头的血脉和肌理。

他一面雕，一边想，自己作山水画时，用的笔是兽毛、竹管制成；蘸的墨是松树烧的，画的纸是楮皮漉的，研的砚是岩石雕的，用的水是溪流集的，本来就是以山水画山水，即或画得不像真山真水，不也有着山灵水韵，自然地涵泳其中吗？

所以他只雕出平平的砚面和微凹的砚池，就住手了，他觉得雕砚的上选，应该像父亲留下的那方端砚，依照天然的石纹和石眼，刻出装饰的"薄意"和注水泠泠的砚池，使那天然的岩石，成为案上的山水；否则就宁可留下粗粝的石皮，完全不加雕琢，仿佛携一块墨在溪间写生，找一处岩石的平面，就研磨起来，正是天人合一的表现。

不过他的理论，是无法为砚工们接受的，他们喜欢大事工程地雕出充满匠气的水牛和乌龟，甚至连牛毛也不放过，且应顾客之请，刻出某某人赠的字样，再贴上金箔，打上厚厚的亮光蜡。

"现在的人买砚台，只是为装饰，愈突出、愈抢眼愈好，所以砚台要大，砚池要宽，表示稳如磐石，云生水起，生意兴隆。虽然打了蜡的砚台不发墨，但是颜色才漂亮，也才好卖呀！何况钢笔、圆珠笔、自来水毛笔，都是现成的，就算真要用墨，也是用瓶装的墨汁，有谁真会在这砚上磨墨呢？"

果然连他大学时代教画的教授，也都在用墨汁了，只是先把墨汁倒在砚里，再略略地磨几下，以加强些浓度而已。旧日的同学，甚至有人发明了电动磨墨机，一次插上三大条墨，一开马达，顷刻磨就，下面的砚台，则像个石造的圆槽，成为了机器的一部分。

不过他还是坚持自己磨墨，不但因为这样可以作为作画前手腕的一种运动，更由于他喜欢那注水时像小河唱歌般的声音，和墨锭滑过砚田的感觉。不滞、不涩、不凝、不滑，仿佛有一种磁力，从那深紫色的砚石中放射出来，将手上的墨，恰如其分地吸引住。至于磨墨的音响，则通过指掌、手臂，只有心灵才能感觉到，是化为轻烟的松树与曾为山灵的砚石，百年后重逢的唏嘘与喟叹。

礼失而求诸野，他甚至把珍贵的端砚带上了课堂，随着墨一个个传递下去，教那些洋孩子，体味一下磨墨的感觉，只是学生们似乎对这石头的价值更感兴趣，一路地追问多少钱，相互调笑着，说如果不小心摔在地上，就会被关监牢。其中有个学生甚至吐了些口水到桌子上，反在桌面上磨起墨来，然后说何必用这么麻烦的砚台，桌子也能磨墨，引得满堂肆虐的笑声。

当晚，他把儿子叫到案前，愤怒地数落洋学生不识货，又说将来这方端砚，当然会传给自己的独子，但是如果知道孩子不好好保存，甚至会把砚台卖掉的话，就宁愿捐给博物馆。

十六岁大的儿子，头一歪，突然笑说："您还是把它捐了吧！因为即使我不卖，我的儿子也可能卖，或是哪一个孙子总会将它卖掉，照您的理论推上来，当然是捐掉比较保险！"

他呆住了，手中的墨却还在研磨，油油的墨光间，他又看到晃动的人影，仿佛一群正在挣扎的采砚人，拼命地向外攀爬，自己则是爬出洞口的那个少年，手里拿着父兄传来的，百年难得一见的石精。而滚滚的洪流，正像是排山倒海般地涌来……

雪的千种风情

一九七八年的二月,我第一次踏上新大陆。

坐了三十多个小时的飞机,又转了三个机场,到达弗吉尼亚的小城莱克星顿,看到的是一片白。

接我的华李大学教授朱一雄,开着车子在白里奔跑,只有两边的电线杆和行道树,告诉我那是公路。车子在起伏的白里升起又降下,转过一片白,还是一片白,最后停在一个白白的屋顶前面。

雪厚,积了半墙高,只见两扇窗、半个门,门也是白的。进门,有一种感觉——好像一张好大好大的白纸,中间切个口,走了进去。然后,那"口"又合了起来,人全不见了,还是一张大大的白纸。

在北方,人怕雪,却又盼雪。

怕，大概怕雪太厚，压垮了房子；怕天突然变暖，融了雪，变成洪流。

盼，除了"瑞雪兆丰年"，也许就盼那种关上门，只剩一片白，自己躲在那张白纸背后的感觉吧！

穿窗望去，只见雪，有些惊心。转过身来，不见雪，全是温馨。外面的雪愈厚、天愈冷，这对比愈强烈。好比看别人的孤寂，愈对比自己的团聚；见别人的清苦，愈对比自己的富裕。

"隔窗观雪"与"隔岸观火"，原是一样的道理。

当然，雪也是极耐看的，它把平常一切令你分心的景物全盖住了。没了"界"，就没了"法"；没了"形象"，便失了"言诠"。那一大片白，如同一大块空白的画布，让你尽量去想象、去发挥。

画布也可能是挂在现代美术馆里的名家之作，纯白的画布上只淡淡勾几条线，就能价值连城。欣赏的人会想：这线一定有它的道理，那剩下的白一定有它的意思，于是愈想愈有东西。

可不是吗？雪的下面总有景物，有树、有草、有躲着的小动物、有被掩盖的车子，也可能有已经冒出头的番红花和含了苞的连翘。

雪，不是贫白，是富白；不是冷白，是温白；不是硬白，是软白；不是纯白，是花白。只有经过几十年冰雪历练的人，才能体会这当中的道理。

细 雪

以前有部日本电影叫《细雪》，我没看过，却总想起，想象那电影一定很细、很柔、很迷蒙、很凄美。

全是因为"细雪"这两个字。

"细雪"会不会像"细雨"呢？它是小小的，一丝丝、一点点，细细的、柔柔的，不撑伞也无妨的！它会不会像唐伯虎那张《函关雪霁图》形容的"春雨如油"，是给大地进补的？

想象了许多年，又欣赏了二十多年，发觉细雪的美竟然不只是视觉的，更是心灵的，是那种下雪的声音，无声中的声，最美。

细雪总是偷偷下。好像老天原本没打算下雪，不小心，飘过一团水汽，迎向一股冷风，于是小水珠凝成了小雪粒，降下了。

那种细雪常一闪即逝，当你叫"下雪喽"的时候，已经不再下了，使人有一种惊艳，又有一点儿失落。

当然，细雪也可能下个不停，好像初恋的情人，有说不完的话，慢慢地说，一遍又一遍地重复，却百听不厌。

他的美，就在那么安静、那么平均，不疾不徐，一层一层；远远望去，望去远远，全是雪，又全不像雪，只觉隔了一层迷雾——会动的迷雾。

下细雪的，必定是个无风的天气，也只有无风的细雪，才称得上细雪，如同只有晒不黑的白，才是真白。

无风，就无声，那无声愈显示细雪的安静，也愈显示老天爷的耐性。它一点一点地撒，撒在地上，立刻化了，但它不死心，撒个不停。

灰色的水泥地，吸了细雪，渐渐变成深黑；褐色的树枝，吸了细雪，渐渐变成深褐。细雪是情感的谘商者，一点点下功夫，说明那执着的灵魂。李易安说："数峰清苦，商略黄昏雨"。细雪也清苦，它反过来"商略大地"。

终于有被说服的小枝、小草了，不再冥顽固执地开始"拥戴"细雪。终于也有那土石心动了，织起黑黑白白的斑块。

细雪是最能见"大地"冷暖的，看地上的那些斑块，就知道原来大地的温度不尽相同，热力强的地方，细雪一落就融；热力弱的地方，则渐渐有了堆积。

细雪的日子，人们总是互相问："还在下雪吗？"因为每个人都不认为这细细小小的雪，会有多么了得。雪停了，是一种当然；还在下，是一种惊讶。

惊讶里又带了几分惊喜，好像美丽少女问卷帘人，那青衫少年还站在街角吗？

所以，细雪也是"费人猜"的，尤其在梦中，在清晨，天微微亮，想起昨晚的细雪，一夜安安静静，不知如何。起身，拉开窗帘，一亮、一惊，天哪！曾儿何时，这街角的少年，凭他的柔情，已经改变了山河大地。

眼前还有什么？只一片白、一片静。仿佛南柯一梦，梦到了另一个国度。

湿 雪

如果说"细雪"是老天爷没有能力下的时候下的雪,那么"湿雪"就是它不该下的时候下的雪。

也可以说:"细雪"是天气够冷却不够湿,所以凝结不出足够的雪花时下的雪;"湿雪"则是天气够湿,却不够冷的时候下的雪。

这雪绝对要用"落"来形容,而不能说它"飘"。因为湿雪太重,不能飘,甚至可以说,它连"落"都办不到,是一团团坠下来的。

只见满天的小炸弹,以飞快的速度坠下,落在地上立刻溅起雪水,活像一团团稀泥。既然是稀泥,就像泥一般黏。一团团的湿雪,挂在小树的枝头,起初看,像是开了一树梅花,渐渐愈积愈多,变成雪球花。

"湿雪"与"细雪"还有个不同——细雪是小小晶莹的雪花,尽管小,用放大镜看,还是带花的。既然带花,堆在一起,花与花之间,就有些距离。加上天冷而干,每个小雪花都有它自己的坚持,坚决不与其他的雪花结盟,所以碰上一阵风、一点震动,甚至只是寒鸦扑翅飞过,孩子呼喊跑过,那细雪都能像整瓶倒下的味精,立刻飞散。

湿雪则不然,他是冰,是暖天在摊子上买的刨冰,看似水,其实已经半融解,在冰粒与冰粒之间全是水;那水又不是纯水,却还带着几分冰的意思。所以,如果把看来同样大小的两团"细雪"和"湿雪"拿到秤上称称，湿雪只怕比细雪重不止一倍。

于是，原本剪得整整齐齐的杜鹃，因为承受不住，而一块块凹陷了；原本往横伸展的松枝，因为承受不住，而向下倾斜了；原本攀着大树，向上爬的常春藤，因为挂满雪团而不得不下垂了。

更可怕的是，那老树可能早已死去，全因为四周的常春藤，而看来蓊郁葱荣，如今常春藤牵着、扯着，把那湿雪的重量全加在树干的一边，当这"老人家"实在撑不住，只好为那"少妻"折损了生命。喀嚓！挺立了几十年的老树，就这样，倒下了。

与老树相比，反而是那些优柔的枝条，耐得住湿雪的压迫。你这湿黏的小子尽管来、尽管挂，我不吭气，只默默地承受、默默地低头，低着低着，当你慢慢地往下滑，终于抓不住我的时候，我就将你一把甩掉。

看来树枝甩雪团的景气，就像看女孩子甩负心汉一样过瘾，当她忍无可忍，绝裾而去，便再也不回头。

只见一团雪从枝梢滑落，树枝猛地向上反弹，触动更多挂着湿雪的树枝，也纷纷把雪团抛下。这忍无可忍的爆发，能感染整个林子。一时只见枝头飞动、雪团坠落，夹着断枝声、撞击声和团团湿雪落地的声响，成为下雪天最喧哗的景象。

若是夜里突然下场湿雪，就更精彩了，先是大窗上传来扑簌簌，好像雨打芭蕉，接着屋顶上传来轰隆隆，好像雷声滚动。再接着几声霹雳的断枝声，教人直以为春雷已在云堆里响起。

不过落湿雪时，确实常离春天不远了。

如果前面所说，湿雪是老天爷在不该下的时候下，所以总落在春分前后。这时洋水仙、迎春花和郁金香都露头了，牡丹也抽了小红芽，突然来阵盈尺大雪，真是令人心惊，唯恐伤了好花。所幸，来得疾、去得快。天既然已暖，就算偶有闪失，来个不期的风雪，也没两天，全化了。

当然，这不该来的湿雪，也可能提早，而落在金秋。

十一月初，日本丹枫已经红透，林深处的银枫，却还是一片绿。

本是秋高气爽的日子，应该有一片蓝蓝的天，却突然从北方提前飘来一个冷气团，碰上南方滞留的水汽，于是风云变色，下一场莫名其妙的湿雪。

那八成是当年的第一场雪，谁也料不到，却不得不惊呼的雪。

那也必然造成整个城市的交通瘫痪，因为铲雪车还来不及出动。

只是，孩子们会很高兴，因为下湿雪的日子必不很冷，湿雪又重又黏，最适合打雪仗。

我也很高兴，因为我从没见过那么美的丹枫。平常高挂的枫枝，因为挂满湿雪而下垂，像是一片片艳红的屏风，立在我的面前。

屏风上有红有白，红因为雪的浸润，而特别艳，艳得闪闪发亮；白因为红的衬托，而特别厚，好像一斛斛的珠子，堆在红丝绒的台子上。

我想，这世上最惊心、最摧残、最无情也最难忘的，大概都是这种在不该发生时发生的事吧。

这世上最惊心动魄的美,大概也总是像这湿雪,令人有"夜阑卧听风吹雪,铁马冰河入梦来"的壮阔吧!

风 之 雪

如果说雪也有热情,那么最热的雪应该是"风之雪"。

这"风之雪"不是指大风大雪,而是讲乘风的雪。又不是形容暴风雪,而是说那雪下大,风大,甚至在个大风的日子,没有雪,却因为风,从远远地方带来雪花。所以"风之雪"的日子可以有大大的太阳,甚至露出半片蓝天。

风呼呼地吹,吹过光秃的树梢,发出哨子的音响。起先只见枝子摇摆,还觉不出风有多大,但是,突然,看见许多小小的点子在树林间闪动。一眨眼,已经飞到眼前,挂上你的窗玻璃,一下子消失了,滑下去,化为一滴水。

这就是"风之雪"——乘风而来的小精灵。

古人说"凉风起天末",那"天末"两个字最宜形容风之雪。因为你怎么看,都不该下雪,这雪从何而来呢?于是,你想到"天末",必是在天地的末端,有个制造风雪的机器,也可能是个比赛的起跑线,许多小鬼在那儿准备参加风的马拉松。

枪响了,风起了,老天爷鼓足了气力吹,那些小雪片就拼了命地飞。它们也能令你想到飙车的少年,一群,冷不防地在街角出现,已经冲到你的眼前。

也就因为下"风之雪"的日子往往有阳光,你又可以看到另一种景象。就是雪花是灰的。仰头,阳光射下来,雪花不白,反而发黑。这跟在飞机上看到的白云，从地面看就成为乌云的道理一样——它遮了光。

想想，满天小小的灰点，有大有小，左飞右飘，像什么？

像夏天在草地上玩，聚在你头上的蚊子，又像路灯下见到的小飞蛾。"风之雪"不是无生物，它有了生命，有了各自的主张。

对！各自的主张！

看"风之雪"，你才知道原来风的方向总在改变，它可以从北方吹来，穿过树林，突然分成两股，一股往上，从你的屋顶掠过；一股往下，刚要撞上你，又紧急回转，在院子里穿梭。

于是风交织了，雪也交织了，好像一根根透明的丝线，牵着一片片冰雪，在你眼前呼啸、表演。

"乱云低薄暮，急雪舞回风。"杜甫这诗句描写的"舞回风"，就是"风雪"的精彩演出。

当然，看风雪，你也可能想起另一个人——刘义庆，他在《世说新语》里记载谢安问两个孩子："白雪飘飘像什么？"

谢胡儿说"好像把盐撒在空中"。谢道蕴则讲"不如说好像柳絮被风吹起来"。

谢胡儿说雪是粉雪，无风时下的雪。谢道蕴说的则是"风中之雪"。

风中之雪如花、如絮，从无出来，往无处去。

它不积、不黏、不滑，甚至不凉。

它是喜欢恋爱，却不多问多说的女子，一刻温存，就消失不见。所以我说，如果雪也能热情，那必是"风之雪"。

雾　凇

可能在个初冬的日子，有雾，无风，地上湿湿暗暗的，树干也像淋了雨，变得发黑。

叶子全落完了，天光从上面透下来，在一层层的雾中反射，这黑与白就成了对比。

你或是走路，或是开车，穿过这层迷雾，白蒙蒙的，凉凉的水汽向你两边散去，使你突然想到嫦娥，想起广寒宫，想起李白的琼楼玉宇，也可能想起李后主的"玉树琼枝作烟萝"。

然后，你抬头，一惊，什么时候四周真变成了玉树琼枝。

每个小树枝都在发亮，都在闪，都好像小时候吃的"枝仔冰"，中间细细一根竹签，顶着长长透明的冰棒。

那是亿万支冰棒，连缀在一起，挂在空中。

雾是流动的，有时候散开一道，阳光射下来，在玉树琼枝间闪烁，亮极了！想必那些冰棒、冰条、冰柱，能有凸透镜的效果，把阳光聚合，成为耀眼的光芒。

这时候，你才发觉，原来冰天雪地的"冰天"是这个样子。最美的冰不是河里的冰，也不是路上的冰，甚至不能说是冰河的冰，而是这悬在天上的冰。

只是这"冰天"真难得一见，只有在天气转寒，树枝的温度都已经降到冰点以下，却还有雾气浮动的日子才能出现。

湿湿的雾气，此刻已经成了小小的冰珠，只是太小，所以飘在空中，又因为在地面结冻，所以来不及"组织"成雪花。

它们飘啊飘，像"游魂"，遇上"实体"，就要附身。于是，树枝上开始发亮了，而且愈结冻，愈有水汽附身过来。

一层一层地雾飘过，一层层地附在枝梢，枝子变重，开始下垂。垂到一定的斜度，冰硬，撑不住，便裂了开来。

那冰的碎裂，就如同春溜解冻，又像水晶玻璃的高脚杯，薄薄的杯体、细细的高脚，不小心落在地上，有冰片，也有冰柱，一下子崩解，发出高高低低的音响，向四方飞散。

这么美，怪不得古人总是歌咏它，说这是丰年的兆头，还为这景象取了个美丽的名字——雾凇。

"香消一榻氍毹暖，月澹千门雾凇寒。"

想象在那么一个寒冷的冬夜，千门万户都闭着，层层密林都立着，让薄雾飘过，月光洒过。

那月下的迷雾必是白茫茫的，而迷雾间，又闪亮亮挂着剔透的冰晶。

而你，拥着氍毹的毛毯、亲爱的人儿，穿窗望去，看这玲珑的月夜，是多么美、多么静，多么温馨……

[美]刘墉 著

现代症候群

（第三册）

花山文艺出版社
河北·石家庄

图书在版编目（CIP）数据

余生很长，不必慌张．现代症候群／（美）刘墉著
—石家庄：花山文艺出版社，2023.7
ISBN 978-7-5511-2378-5

Ⅰ.①余… Ⅱ.①刘… Ⅲ.①散文集－美国－现代
Ⅳ.① I712.65

中国国家版本馆CIP数据核字（2023）第136328号
经刘墉授权在中国大陆地区独家出版发行

目 录

第一章　现代症候群 / 001

风水症候 / 002

女强人失婚症候 / 007

留学生失婚症候 / 012

老夫少妻活得长？ / 016

中年女性的反叛 / 020

君子坦荡荡 / 024

拖出去斩了 / 028

给我们一片乐土 / 033

"无有不如己者" / 038

幽默，你在哪里？ / 042

第二章　做个现代人 / 049

做个现代人 / 050

给我一张白纸 / 056

创造自己的命运 / 059

不能及时成功就是失败 / 064

话不能这么说 / 068

单亲家庭不是问题 / 072

奔驰的马车 / 077

第三章　纽约客谈 / 081

纽约，真好 / 082

守望相助 / 094

谁的脚印 / 100

情侣·小偷·大少爷 / 110

哈罗"入伍"记 / 123

美利坚之屋 / 140

不识年滋味 / 147

谁是纽约客？ / 151

知其不可而为之 / 155

第四章　吾家有子初长成 / 159

超级妈妈 / 160

掌握时间，就是掌握生命！ / 166

男大不中留 / 173

第五章　掰 / 179

床 / 180

猫爷万岁 / 191

电话的滋味 / 202

吃咖啡与咖啡痴 / 210

第一章
现代症候群

现代化，诚然不错。但是跟着来的，就是现代病。且如同神经官能症一样，出现各种强迫性的症状，彼此影响，一下子全不对了，是谓之"现代症候群"！

风水书上说
"屋后不能接水",
所以别买后院
有游泳池的房子……

风水症候

纽约的房地产市场,近一年来突然变得冷清。其实冷清并不表示人们都不买房子,只是像在摊子上挑水果,僧多粥少的时候,能抢到就不错;碰到供过于求时,便要挑三拣四。所以房地产市场固然不兴旺,倒还挺热闹的。总听朋友说正四处为房事奔忙,趁价钱低快点买。只是看了几十栋的人不少,却难得听说哪位成交了。

有位房地产界的朋友对我说:"现在卖房子难,卖房子给中国人尤其难。看几十栋之后,总算找到合意的,价钱也谈妥了，工程师更检查过房子结构了。最后签约时，却要附加一条：如果风水师说不成，还是可以解除这项买卖！"

起初我不信，直到近日春暖花开，四处活动，跟朋友接触多了，才发现炎黄子孙虽然不同，但中华文化的影响也确实深远。许多来美数十年的同胞，吃洋食，说美语，孩子个个ABC，半句中文不通，老夫妇们可能早把中文报改成 *New York Times*，却唯有一样仍是道道地地的中国——看风水。

我的家庭医生，最近新置百万美元的宅第，却在我刚一进门，赞美他的房子宏伟时，就叹说："实际我看上的是对门那栋，价钱一样，可是没有买。"

"被别人捷足先登了？"

医师笑答："不是！只因为那屋子后面多了一个游泳池，风水书上说，屋后不能有水，否则好比背水一战，是很危险的！"

事隔不久，我孩子中文老师隔壁的房子要卖，托我找个地产掮客，没想到那掮客一看房子就说，卖是能卖，只怕不好卖给中国人，因为房子前面有一块空场！

我说："那不正合于风水上'左青龙、右白虎、前朱雀、后玄武'的'前朱雀'吗？"

"你错了！这个空场太大，又有草丛，中国买主最忌，因为怕藏盗匪流氓！"

又过了数日，一位朋友说他的父母移民美国，原本看上一户公寓，坐北朝南，阳光充足，价钱也公道，正要付订，老父却突然发现大楼的正门面对着一条直通的大马路,谓之"一箭穿心",坚持放弃,所以又不得不四处觅屋。

我说:"旧时候,因为驾马车、牛车,或拉人力车,不易刹脚,碰到直直的路,迎面有个房子,转弯不及,容易撞进去造成死伤。而今前面的横路既宽,加上红绿灯,且用现代交通工具,照明又佳,何虑之有呢?况且就算撞进来,你住在十楼,难道车子会一直开上去,往卧室里钻不成?照这么说,皇宫是最不能住的了,哪个皇宫不面对直直的大马路?"

"那是皇宫啊!"朋友仿佛觉得冒了大不韪地说,"皇宫、总统府、衙门、警察局,这些气旺的地方,当然可以面对直马路!至于我们这种气弱的小民,连大门对着别人家的门都不行,要挂镜子,挡煞气!"

"挡煞气?"

"对!把煞气照到对面人家去!"

隔日我把这位朋友敦亲睦邻的方法说给另一位朋友听,未料他也击掌而叹:"对极了!而且你要知道,不但门外要讲究,土地不能不方正,门里也不可马虎。买殖民式的(Colonial)房子尤其要小心,因为那种屋子常是一进门就对着楼梯,犯冲,万万不能买。至于一开门就对着壁炉的也不成,火太旺,必须在火炉上挂盆向下垂的植物。屋子里更要讲求'形',不能住那呈'刀形'的房间,更不能睡在梁下面……"

"可是就算是个长方形的房间,看来也是刀片形的啊!"

我说,"还有,现在的房子都在梁下钉了天花板,怎么知道何处有梁呢?"

"爬到阁楼上面去看,再不然用锤子慢慢敲天花板,听声音就知道哪里有梁了!"

"照您这么说,买房子真难,美国房子横梁特多,房子的形又总不正,而且进门常对着楼梯!"我说,"可是似乎白宫也是大门对楼梯哟!"

"我不是早说过嘛!人家气旺,祖坟葬得风水好,咱们是不能比的!"

"照这么说,你我当不了高官,甚至发不了大财,都是祖坟风水的问题了?"

"对呀!错不在我们,是先人的阴宅墓穴不够好!否则运气来了,挡也挡不住,你不要当官,人家也自然会推你出来。所谓三代之先,便知荣发,为了我们的曾孙能进常春藤盟校,你我现在就该看风水、选龙穴!"

当天晚上,我就对儿子说:"拿梯子来,爬上天花板,看看大家的床头有没有对着梁!"又转身对老婆说,"咱们是不是趁房价低,出去多看几栋房子?因为懂风水的朋友说,屋子要后高前低,最好后面有山,而且左右环抱,这样碰上盗匪来攻,比较易守,而且守不住,还能往山里逃。这可是先人们经过无数灾难、战祸之后发展出的风水之说,千万不能马虎!"

后记：这虽然只是一篇游戏文章，但我希望提出的是，只有历经苦难的民族，才能发展出这种苦难的风水，因为人们对环境缺乏安全感，甚至对自己的能力缺乏信心。人们不确定一分耕耘、一分收获，对突来的成功，更不认为全是靠自己的努力获得的。所以，他们把许多自己应当负的责任，推给了神秘的风水、命运！更莫名其妙地将十七八世纪的风水观念，带到二十一世纪的现代。

请不要小看风水症候，它的影响深远、反映深入！

> 常听女强人们说一句话：
> "奇怪！我看得上的，
> 有才能、有见识的男人，总是别人的老公。
> 那些追我的，又都'不够看'！"

女强人失婚症候

一对情侣同时走出大学校门，他们海誓山盟地计划，三年之后步入结婚礼堂。

男孩子去当兵，女友则进入一家贸易公司当会计，两个人每天一封信。遇到营里放假，不是女孩子南下相会，就是男朋友北上，两人之间不但情感未减，反而由于经常别离，相需更殷了。尤其可喜的是，因为女孩子晋升总经理秘书之便，男孩子未退伍前，女孩就已经为他在自己公司找到了一个基层的工作。

每天早上，都是男孩子骑机车接女朋友上班。不！应该说是接未婚妻上班，因为再过一年多，就是他们的佳期了！

每天晚上，也都是两人一起走出办公室。但后来因为女孩子升为机要秘书，经常要随同经理开会，遇到外地来的客户更得陪着出去应酬，而不得不让未婚夫自己回家。

当然，男孩子也愈来愈忙了！早上打完卡，整理一下资料，就急急忙忙地骑着机车出去跑业务。从基层做起，本来应该如此，有几个老板不是这样灰头土脸地打拼出头？

三番五次，女孩子看不过未婚夫下班前，冲回办公室的狼狈相，低声地叫未婚夫去洗把脸、换件衣，又建议他去买一辆中古汽车，也免得自己的秀发被风吹乱了。尤其是碰到晚上有应酬的情况，女孩子必须衣着光鲜地上班，而坐在机车后座，乌烟瘴气地在车海中穿梭，总有些不对劲。

只是男孩子说，台北这种交通，除非当主管，人家听自己的，否则为了赶时间，还是机车方便。何况钱省下来，也好筹备明年的婚礼！

拗不过未婚夫的一番大道理，女孩子碰到刮风下雨或盛装出门的日子，只好先通知男孩子一声，自己直接坐计程车：

"反正公司付钱嘛！经理秘书，总会有些特支，上面已经讲了，下个月就为我大幅调薪！"

受到公司重用，总是有道理的，女孩的学历、谈吐和靓丽的外貌，常常受到客户的赞赏，不少生意实在不是在会议室谈成的，而是在晚上的杯觥之间有了默契。

当然未婚妻的得意，对男孩子也有帮助，最起码她可以提供不少公司的消息、商场的秘闻，甚至商业上的诡秘技巧给未婚夫听，真让男孩子听得目瞪口呆。在他眼里，自己的未婚妻不但比以前更漂亮，而且见识也更惊人了。

只是男孩子最受不了，难得在一起度个周末时，问未婚妻要到哪里去用餐，未婚妻说出某家餐厅，他还不知道在哪里，等未婚妻轻车熟路地带到，一餐下来，整整去掉了月薪的四分之一。

女孩子也有她的理由："这已经是我所去过最普通的地方了！你明知道，我一个月跟你吃不了几顿饭，多付几文钱又算什么！何况你未来在商场上混，总得见世面，不能连鱼子酱、鹅肝酱都没看过，刀叉从哪边开始用都搞不清楚啊！"

女孩子甚至为了带未婚夫上餐馆，而推着男孩子去买了两套像样的西装，又曾经半路冲进百货公司，就为了买一双袜子，并且在计程车上要男孩子换上。随着公司高阶层主管到外国去时，她更是为男孩子采购了不少东西。连未婚夫的床头灯都在她的要求下换新。

"你怎能忍受这么刺眼的灯光？不觉得太没情调了吗？"

几次还在激情的途中，女孩就这样抱怨。

"可是，我一个月的薪水，才够买几个灯啊！我们总得存点钱结婚，距离我们约好的日子，没有多久了！"

"钱？我有。"

"那是你的钱！"

"先不要谈这个,最重要的是,我将可能升职,所以婚期最好延后,而且绝不能让公司知道我们快要结婚这件事。"

下面的故事,我不说了,因为大家可以猜得到结局。

在今天的社会,这是一个普通得不能再普通的故事,却也是值得深思的事。

女职员陪主管应酬,在酒廊里谈生意,一星期没有几个属于私人的夜晚。涉入公司的业务愈深,见识愈广,薪水与地位愈高。相比之下,当年同进同出的男朋友,却可能仍在基层打拼,因而相形见绌。

既然在见识上、财力上、地位上、思想上的距离都越来越远,私下相处的时间又越来越少,自然情也越来越淡!

男孩子可能因为"供养"这样的公主,而难有积蓄结婚,终至分手或造成晚婚,甚至另找一个比较平凡的女子。

女孩子可能对家事一窍不通,但升上高阶层后收入日丰,自己拥有令人羡慕的地位与财富,终至成为迟婚的女强人。再不然则要放弃既有的事业成就,而回归家庭。

常听这些女强人说一句话:"奇怪!我看得上的,有才能、有见识的男人,总是别人的老公。那些追我的,又都'不够看'!"

至于那些从基层灰头土脸地干起,终于混出头的男士则说:"当我走进那位小姐在大厦顶楼的房子时,脚下踏的是软软的羊毛地毯,如同腾云驾雾一般。那时我才觉得自己的窝太破了!自己的老婆太落伍了!奇怪的是,这样杰出的女人,为什么迟迟不嫁呢?"

为什么?听了以上的故事,您当然知道原因!

而且这是良性、恶性循环?并每每有下面婚外情的"又一章"!

有青春、有美貌、
有财产、有美国籍，
但是不嫁。

不敢嫁！

留学生失婚症候

在我纽约的绘画班里，有三个未婚的女生，一位学电脑，一位学旅馆经营，一位学会计，她们都是美籍华裔，有很好的家世和不错的收入，其中一位最近还买了一栋独门独院的大房子。论才艺，当然更是不差，不但中、英文俱佳，而且画得一手好画。

问题是，她们都三十出头，居然连恋爱的消息也没有。

读者或许要猜：想必她们都很丑！

那么让我告诉您：她们不但不丑，而且很漂亮，其中两位甚至称得上美女。

每年我暑假归乡之前,其中一位女生,都要对我说:

"刘老师,您可要为我留意呀!帮我找个老公回来,差不多就成了,我不挑的!"

可是每一年,我都空手而回,甚至没有为她打听,因为我知道,就算找到也成不了,否则在美国那么多人追,她们为什么仍然"小姑独处"呢?她们对在眼前的男孩子,尚且如此自我保护,谨慎得像是穿了铠甲,又怎可能信得过我从家乡带回去的男朋友?

"只怕他图我是公民,想借我拿个'永久居留'吧!"

"只怕他在家乡早有要好的女朋友,甚至已经订了婚呢!"

"家乡不是流行一句话——'讨个好老婆,少奋斗二十年'吗?"

"我是不是应该在结婚之前,先办夫妻财产分开?"

这是我经常听到的事。我甚至亲眼看见:

有一个在家乡念完专科,又去美国留学的女孩子,再由大学部读起,并在班上认识了一位香港侨生,两人交往几个月,同进同出形影不离。原本大家都以为他们在毕业之后就要论及婚嫁,岂知有一天女孩子提到由于没有绿卡,找工作困难之后,男孩子先是一怔,当天晚上就避而不见了。

"因为我念大学部,那男生以为我是美国高中毕业,早有了绿卡,等到真相大白,当然会离开!"女孩子居然一点也不伤心,"他根本就是要找绿卡谈恋爱嘛!不过也好,我原来也以为他有绿卡呢!"

听了这个故事,我恍然大悟,原本以为,没绿卡的人与有绿卡的人结婚,是天作之合。如今才发现,许多这样的搭配,反而因为对对方的不信任,而难有结局。因此,有绿卡的人结婚的对象,往往还是有绿卡的,只有如此,才能令他们安心。这也正是我不愿意为那三个美籍华裔女生介绍家乡男朋友的原因——没有信心,怎么可能谈恋爱!

有时男女双方固然有信任,毛病还可能出在家长身上,我知道这么一件真事:

有位家乡的中学老师,到美国留学,并嫁给了一位小时候认识、早年移民美国的男朋友。婚后男方家长坚持不为女方申请居留,就是要考验她是不是真爱自己的儿子。而那女孩子在长久地不被信任和委屈之后,居然一气之下,拂袖而去,使得男方家长得意地说:

"看吧!根本就是为了绿卡!"

除此之外,最近我那十七岁的儿子,也给我一番启发:

有一次我问他:"要不要我在家乡为你注意一下,未来可以交往的对象?免得将来讨个洋妞?"

他居然回答:"我宁愿找个在这里长大的中国女孩,至少我不必花时间教她如何适应美国的生活!夫妻要一起面对挑战,慢一步都不成的!"

"此外,对家乡留美女学生造成影响的另一个因素,是中国大陆留学生的大批进入美国。曾有一位家乡男留学生对我说：

"家乡留美的女生，自以为能考过托福，又有钱自费留学是多了不起，我宁愿找个吃苦耐劳的中国大陆女生！"

至于家乡的女留学生，也妙！居然有人讲：

"如果要玩，最好别找家乡来的男生，因为你只要跟他约会两次，半个留学生圈就都知道了，没多久就满城风雨，只怕以后要嫁都难！"

各位读者，您能怪我不为自己的学生介绍对象吗？只因事情太复杂了啊！

但是我也要提出一个观念：

不论在哪里，恋爱的基本条件，是互信与平等。堂堂中国青年，教育素质绝不比美国人差。所以不要存着留学找对象的想法。回过头来，有多少本国男女精英在等着你！

美国留学的经验、受挫的愤懑，加上国内的经济成就，和你另一半的冲力，才是最佳的结合啊！

至于我那三位美丽的学生？

我曾建议她们先解除自己的铠甲，再在广大的美国寻找，而不必占据"家乡名额"！

那些有年轻妻子的老人，

如果真是平均较长寿，

是否并非因为"身体的接触"，

而是由于……

老夫少妻活得长？

去年美国一个医学研究团体，不知是否吃了熊心吞了豹胆，居然发表了这么一个统计报告：

"娶年轻老婆的男人比较长寿！"

这当然会立刻引起轩然大波，妇女团体纷纷攻击：

"这是大男人沙文主义作祟！"

"男人想甩掉糟糠妻，另娶年轻女人，所以为自己放垫脚石！"

"我丈夫一辈子没读过报给我听，居然一大早就得意扬扬地朗诵这个混蛋新闻,什么意思?"

问题是,医学研究团体也非泛泛之辈,他们确实可以拿出统计数字。于是,另一派解说出现了:

"只有那些特别老而弥坚男人,才会胆敢再娶年轻女孩子;而不是因为他娶了年轻老婆而变得强壮。做研究的人,是倒果为因了!"

"如同老教授常跟年轻人在一块,就会显得比较年轻,这是因为他们感染了年轻人的活力!"

更妙的是,有人举了这么一个例子:

"笑话!请他们也做个统计,是不是养狗的老男人都比较长寿?八成如此,那是因为养狗的老头,每天早晚不得不牵狗出去散步、大小便,吸入较多的新鲜空气,又有不错的运动,当然比躲在家里看电视、让胆固醇堆积的老家伙活得长。这么说,难道跟年轻狗睡觉的老头比较长寿吗?"

总之,自从报上刊出这个消息,乱子可就闹大了。最起码,在我那满是中年以上学生的国画班里,就连续好几个星期没有宁日。只要哪个老男生胆敢露出半点得色,老女生就要群加挞伐。连我这个教授,都不敢再提国内某大师有"姬人"、某名家有少妻之类的故事,唯恐干犯众雌之怒。

妙在我居然就从拜访几位大画家的时候,对于前面的问题,有了另一种体认。

去年秋天,在某地探望一位名画师,碰巧老人出去开会,由他的老夫人出来招呼。别看老画师的作品抢手,随便一张小画，在国际拍卖市场就能卖上万美元，家里可是十分局促。房间不能说不多，但是间间如同栈房，东一堆西一堆，连那最重要的画室，不但桌子不大，而且满是油烟味。至于灰尘就更不用说了，我从一进屋就鼻子痒，连打了五六个喷嚏，而且差点犯了气喘，只好匆匆落荒而逃。

但是跟着，我又去看另一位老画师，应门的是比他年轻三十多岁的太太，从进门就见她跑出跑进地忙。家里整整齐齐，电器用具全是最新式，连那为画配框、包装，乃至计价、参展、宣传，都由夫人一手包办。屋内的光线更是明亮，令人一进去就有精神，岂像前一位老先生家里一片灰暗，说得难听，是有一种晦气。

前者在我拜访之后不久就过世了。为他超凡的艺术成就感伤之余，我不禁想：

如果他的妻子，能像后者的妻子一样，他是否会因为生活起居的舒适、生活态度的积极、治家方法的现代，而活得长一些？甚至他的艺术成就，都可能因为有一个懂得推广的太太，而能有更高的表现？后者年岁比前者大得多，不是还在少妻的陪同下，四处旅游、创作吗？

我深切地思索，那些有年轻妻子的老人，如果真是平均较长寿，是否并非因为"身体的接触"，而是由于他们被照顾得不同。

如此说来，做丈夫的实在不必把注意力放在别人的少妻上，而应该与自己的老妻共同讨论：

我们是不是该用较年轻的方法与观念来生活？我们是否因为年老而过于封闭、显得小气？如果自己做不动，是否应该请个人来帮忙打扫？

把环境弄得舒服，少生病，就算花点钱，也是值得的啊！

至于那有少妻的老先生们，则不必过早得意，因为如果你的年轻妻子，懒散、落拓，甚至有过于别人的糟糠老妻时，只怕你会更提早地把遗产交出去！

"总算孩子大了,"
一个太太宣布,"我打算离家出走!"
所有听到的中年妇人,
都兴高采烈地过去道贺。

中年女性的反叛

一九七八年春,当我担任美国丹维尔美术馆驻馆艺术家时,曾应邻近的马丁斯尔市艺术中心邀请,去做了两个星期的国画指导。负责接待我的,是当地艺术家凯利夫妇。

他们每天轮流开车带我去教课、参加各种活动,同时在豪华的宅邸中,为我举行了一个小型的画展。身为业余编织艺术家的凯利先生,编织了一面精致的旗子送给我,太太则下厨学做中国菜,七个孩子更成了我的好朋友。他们家庭的温馨和马丁斯维尔的春景,在我寂寥旅途的记忆中,留下了鲜明的印象。所以五年后,当我终于也一家在纽约团聚,生活安定下来时,便亟欲再叩访这难以忘怀的一家人。

我打电话过去,传来的是凯利先生苍老无力的声音:

"我的妻子与我离婚了,一个人北上,或许在加拿大吧!她说孩子大了,总算自由了,所以,她要过自己要的生活……"

同一年,我私人画班的高才生宁芙太太,突然辍学了,说她的六个孩子多半成人,最小的也能自己照顾自己了,所以她要离开家,去完成一些年轻时的愿望。

"我不打算离婚,但要离开家,十多年前我就这么想了,直到今天才有机会。人都近五十了,再不去寻找,就来不及了!"宁芙太太说。

妙的是,同班的太太们,居然兴高采烈地向她道贺,你一言我一语地说她们也很怨,觉得半生都浪费在尿布和洗衣粉里,真应该向宁芙太太看齐,未来也过过自己想过的日子。

坐在一旁,不知该说什么好的我,见到的是一双双闪着光亮的眸子,我发现——

那些中年妇人们,似乎从宁芙的"勇敢"中,获得了激励,也可以说,她们因为看到宁芙做出她们不敢做或不敢说的事而兴奋不已。

今年暑假返乡,一个儿时的玩伴约我午餐。

"我打算离开我老公,你觉得如何?"她突然问我。

"你们的婚姻不幸福吗?家庭不成功吗?"

"婚姻幸福不幸福我不知道！"她说，"家庭应该是成功的，从一无所有，到有好几栋房子！但是你要知道，房子全是我赚的，我老公那点薪水只够吃饭！"

"常听说贫贱夫妻百事哀，你们这样富裕，为什么还要怨呢？夫妻共同奋斗，有了这些成就，何不共同享受成功的果实，况且孩子又都上高中了！"

"喂！你有没有为我想想，你不觉得我还算年轻吗？不趁着年轻，完成自己的理想，难道要等到做老'阿巴桑'再后悔吗？"她居然有些冒火。

问题是，在接下去的闲谈中，我听不出她真想做什么，既非再找个小白脸嫁了，也不是出去另闯一番事业。总之，她就是怨，觉得自己过去是白活了，却似乎完全没有想到离开后，那大她十多岁的丈夫，会是怎样的景况。

过去总听说男人到了中年，有了经济力量，又少了孩子的负担，容易有外遇。一方面希望在别的年轻女人身上找寻青春，证明自己还年轻；另一方面因为厌倦了一二十年刻板的家庭生活，想找些外来的刺激。

遇到这几个朋友、学生的例子，才惊觉到——在女性心灵的底层，何尝没有这种"变因"！而且变因可能是在男性压制下的反弹，以及对自己逝去青春的呐喊，其中的愤懑，更是中年男性所没有的。

最后，我对儿时的玩伴说：

"让我举个例子吧！你和你先生一起走在人生的旅途，他背着重重的行囊,你拉着几个孩子,走过大半的路,行囊轻多了,孩子也大了,你向前看,路上的风景不见得有后面美,路边的花,也不如后面多,于是你对丈夫和孩子说:'你们自己走吧!趁着我精神还好,体力仍足,决定跑回头,再走一遍走过的路。而这一次,我要好好看看周遭的景色,拾取一些可以珍藏的东西!'

"可是你为什么不对丈夫说:'你的行囊也轻了,让我们再往回走一段,趁天色未暗,看看过去未曾欣赏到的美景'呢?

"如果你丈夫说他走不动了,你是否忍心抛下他,一个人走回头路呢?

"夫妻在艰苦的奋斗期,确实可能少了情趣,但那情趣若能在子女成年后,再共同去寻找的话,本无须抛下一方,独自前往!

"由各自背负行囊,无暇四顾,到相互扶持,行一段惬意的人生路,不另有一番境界吗?"

具有中年反叛"基因"的女士,以为如何?

非我去寻芳，只是误入桃源！

非我要偷窥，只是被我看到！

既非吾之本愿，即使出轨，

倒也能心安。

君子坦荡荡

故 事 一

"叮当！"门铃响。

我像触电似的从沙发上弹射出来：

"快，快收报纸！彩色版！姜受延出浴！还有，还有另一张！对了！就是那个穿帮照！来不及？先塞到沙发坐垫底下好了，我去开门！不成！还有里面的香港版，广东文章他看不懂，可是看得懂漫画啊！"

打开门，儿子早等得不耐烦了："怎么这样久才开门？我好饿！"做祖母的听到，忙不迭地摆碗筷，并端菜上桌，可是，天哪！我暗叫一声不好，在那锅子底下垫的报纸，不正是昨天藏起来的蓝毓莉舞台秀照片吗？而那个十四岁的小伙子，正一边扒饭，一边目不转睛地盯着看呢！

故 事 二

"快啦！我没空等你！"接着喇叭猛响。等老王冲出门，太太已经在车上生火待发了。

"专为女人剪头的师傅，会不会理得女人气啊？"老王心里直不安。

"最起码比你们那种观光理发厅剪得好！"太太眼睛一瞪，寒光直射人心：

"至少是用真正的剪刀理发！而且你看吧，里面的客人，三分之一是男的！"

走进美容院，果然有不少男士，像是幼儿园孩子般坐在那里静候发落，至于他们的身边，则多半有着一位英明神勇、"发"力无边的夫人。

故 事 三

"咱们就在这家餐厅聊聊吧！"

"可是情况好像不太妙啊！你看那女侍的眼神也有点儿怪，还有怎么一张张桌子后头，坐的都是年轻的女孩子，还直往这儿看呢！东西也难吃，不是孙二娘开的人肉铺子吧！"

以上三个故事都是我们见怪不怪的事情，却也显示了家乡一个特有的现象——

为什么美国家长不会藏《纽约时报》《每日新闻》或《今日美国》呢？

因为他们分得很清楚，报纸就是以新闻为主，至于杂志，如果你爱体育，有体育杂志；如果你想买东西不吃亏，有消费者杂志；如果你爱野生动物，有野生动物杂志；如果你对自然人文地理感兴趣，有国家地理杂志……

为什么美国的妻子不会保驾着丈夫理发，上餐馆也不必怕进了黑店呢？

因为少有挂羊头卖狗肉的理发厅！如果你是纽约客，想找刺激，大可以去四十二街、时代广场。还不够，则开车去哈得孙河畔码头或曼哈顿南边的醉猫街。至于上餐馆吊马子，何不明目张胆地去单身汉俱乐部和上空酒吧？而且不怕找不到，因为招牌上写得清清楚楚。

或许这就是中国人含蓄与老美冲动的不同处吧！

我们的男士想看养眼的照片不好讲，想去寻幽访胜又不敢说，聪明的主编自然想出两全其美的办法，使得正襟危坐的君子，在看严肃的国家大事、谠言宏论之余，兼能得色相之美。使那说是去理个发,好参加明天汇报、上台演讲的正人君子,踏入雾气氤氲、香烟缭绕的理发厅,乃至吃个下午茶时,也兼得武陵人入桃源,忘路之远近的搜奇访幽,乃至探险的趣味。

若果真有个遭遇,且被发现,则当事者可以说,非我去寻芳,只是误入桃源;非我寻艳色,乃是偶然得之。好比拾遗而昧的人说,这不是我偷来的,只是别人遗失,被我捡到。既然没有预谋,即使犯罪,也不太大;既非吾之本愿,即使出轨,倒也能心安,岂不妙哉?

问题是"名不正则言不顺",这种似是而非、方圆莫辨的"道理",和自我逃避、假貌伪善的态度,只怕已经十足影响到我们的社会了。甚至有一天造成"德之不修,学之不讲,闻义不能徙,不善不能改",原因很简单——弄不清什么是义,什么是不善。

> 明太祖若生在今天,
> 只怕要下旨:
> "把这丧心病狂的'社会',
> 拖出去斩了!"

拖出去斩了

前些时,报上登了这么一条新闻:

有个人开车不小心,撞了一对母子,孩子没事,母亲受了重伤。

肇事者在路人协助下,将妇人抬上车,疾疾地开往医院,却在半路丧心病狂,一不做二不休地把妇人推到山沟里。

所幸伤者的家属查出肇事者,逼问出实情,终于找到奄奄一息的妇人,而且在抢救下脱离了险境。

当时朋友间谈到这件事,一个反应是那人太笨,意外撞伤人本来没多大罪,又有汽车保险,如果他好好把妇人送医,脱离险境,可能没事;另一个反应则是此人良知泯灭,应该拉去枪毙。

后来的结果我不知道,但心里总认为:大家似乎应该想想,是什么原因使他丧心病狂?是不是这个社会,在无形中给了他不正常的观念?

我有位高中同学,大学刚毕业时,勉强在贸易公司谋个外勤的工作,任务是由基隆押货到高雄,再由高雄押回台北。

"为了赶时间,我们常在夜里跑,纵贯路上(当时还没有高速公路)灯不够亮,路面又不平,时常看见骑飞车翻倒在路当中的人,满身是血地趴在那儿,我们必须小心地绕过他……"同学说。

"没下去救吗?"我问。

"我是想下去救,但司机说救了会倒霉,那人或他的家属会赖上你,硬说是你撞的。"同学笑一笑接着说,"刚开始心里很不舒服,看多就习惯了!"

这使我想起多年前,有一天在计程车上看见一个被车撞了的人,满脸流血地倒在地上,许多人围观,却没人过去救助。

"这人头受了伤,应该扶起来坐着,让血往下流。"司机说,"否则必死!"

下车时我问他:"你既然知道扶起来可能救他一命,为什么不停车下去救?"

"你既然听到我这么说,为什么不叫我停车,自己下去救?"司机冷冷地回答。

这件血淋淋的往事,让我一直羞愧到今天。

前年十月十日下午四点钟,我由六张犁山上扫墓下来,在山脚看见一个浑身是血的男孩子,躺在路边挣扎,全身发抖,缩成一团,鲜血正从他前额的裂口不断涌出来。

好像倒回多年前的那一幕,许多人站在远处观看,男男女女、老老少少,围成一个三丈的圆圈,路中间是一辆撞得不成形的自行车。

我的司机也跟前面说的货车司机一样,小心地闪过自行车,继续往前开。

我叫他到有公用电话的地方停车,去拨119。他不愿意等,我只好跑回出事的地点。

孩子还在挣扎,血流得更多了,救护车迟迟未到,四周观者如堵。

终于有个年轻的女人过去抱起那孩子,她走了两步,喊"太重了",但四周没有反应。

我冲上去把孩子接过来,鲜血立刻浸透我的衬衫,我大喊:"有没有车?"

隔了几秒钟,一位男士挣开身边的家人,跑向不远处的一辆空计程车,他也是位职业司机。

我们先把孩子送到最近的私人医院,里面出来人看了一眼:不收!

车子只好沿基隆路驶向国泰医院。

孩子被担架抬了进去，我向急诊处柜台借抹布擦脸上的血，有位五六十岁的男士过来对我和司机先生说：

"你们是善心人吧？小心，会倒霉的！"

我们没有倒霉，孩子清醒后对赶到的家人说是自己骑车从山上的斜坡向下冲，撞到挡土墙受的伤。

119的救护车也赶来了，解释了迟到的原因。

名叫谢瑞和的司机免费开车把我送回家，因为我染了满身鲜血，没有车会载我。

"今天我休假，本来岳母叫我少管闲事，"谢先生说，"但是看你把他抱起来，我也就不再犹豫了，救人命重要！"第二天，我去医院打听，那位姓许的小弟弟虽然断了几根骨头，但是已经脱险。

如果他要感激，应该感激那第一个把他抱起来的年轻女人。

至于我，因为西装笔挺，毕竟迟疑了一下，既然迟疑，就算不得善。

据说明太祖的儿子有一次落水，被许多臣子救上来。明太祖下旨，凡是衣帽不脱就下水的，一律连升三级。至于脱了衣帽才下水的全部杀头，因为先考虑自己衣冠，才想到救太子命，不可能是忠臣。

照这个标准，我岂不也该杀？

今年春天，我坐计程车驶过台北市敦化北路时，司机突然一叹：

"开到这儿，让我伤心！上个月搭了一位别人拒载的老先生，他上车脸色就不对，叫我开去医院，才到这儿，人一歪，死了！"他又一叹，"我赶紧把车卖掉，不然要倒霉的！"

我心想："死当结草！鬼也有良心，你救他，难道他还要害你不成？要害也该害拒绝救他的人呀！"

在《人生真实面》专栏里，我曾经写过一位冒牌医生，深夜开车过桥时，看见一个骑士因为速度太快而翻车，他知道那人受了重伤，只是怕暴露自己的身份，终于没有下车救命。

许多人看了之后，问我是真是假，我的答案是：那是我朋友的亲身经历。

在这个号称充满人情味的社会，几乎天天可看到这一类"见死不救"或"为德不卒"的事。而且自找借口地说："救这溺水的人，下次你就是替死鬼！""救这将死的人，他死前糊里糊涂，会抓着你，说是你撞的！""别载这病危的人，死在车上会倒霉的！"

至于最普遍的，则是"少管闲事"！

救人一命，居然称作"闲事"？

所以当我们咬牙切齿，说应该判那将伤妇推入山沟的人死刑时，是否应该扪心自问："是不是五十步笑百步？"明太祖若生在今天，只怕要下旨："把这丧心病狂的'社会'，拖出去斩了！"

> 难道有一天全体民众，都将铁窗拆下，
> 小偷就会突然增多吗？
> 难道有一天全部商店，都改挂小小的招牌，
> 生意就会一落千丈吗？

给我们一片乐土

曾在海外读过这么一则故乡的新闻：

"一户拥有两层楼的人家，楼下遭了小偷，主人便将下面的窗子全装设铁栅。但是才装好没多久，小偷竟然攀着楼下的铁栅，上了二楼，又偷去不少财物。

"无奈的屋主，只好把楼上也设了铁栅窗。岂知不久之后，半夜屋中失火，一家人因为铁栅的阻挡，未能及时逃出，全葬身在火窟。"

看完这则新闻，我立即有个感触：是谁害死这一家人？

是小偷？是屋主自己？抑或这个社会？"

去年，我那八十岁的老母亲归乡，虽然旅美近十年，但对于家乡的气候、食物，居然都还能适应，只有一点不对劲，就是咳嗽加重，甚至后来引起了肺炎。

众亲友痛定思痛，检讨之后的结论是，老太太讲话太多，又太大声。而当我建议她老人家音量放小一点时，她居然回答：

"亲戚们老带我出去吃饭，席间哪有不讲话的道理？而说话总要对方听得到才行，地方吵，只好使劲地喊！"

听完她老人家的话，我也有个感触：是谁害她咳嗽加重？是亲戚？是她自己？抑或这个社会？

今年归台，在台北某处，看到两个有趣的画面：

一个窄窄的楼梯门，对街而开，想必楼上有不少公司、行号，或特殊的营业，为了招揽顾客，纷纷将五光十色的招牌，挂在楼梯口的上方，由骑楼屋顶，一个接着一个，越挂越下来。最后进出其中的人，除了矮个子，人人都得弯腰低头。

至于我住的大楼，楼上楼下不知开了多少商店、餐馆，不但招牌一个比一个"凸出"，而且从大门内，摆到门口，最后居然放到了马路的慢车道上。

见到这两个画面，我也有一番感触：

如果有一天什么人不小心出入楼梯，撞了头，或骑车撞到那厚重的大招牌，进了医院，甚至送了命，该怪谁？

怪招牌？怪他自己不小心？还是怪这个社会？

记得我高中时代，有一天到台北市的新南阳戏院看电影，我印象非常清楚，片名是《西部开拓史》，而我记得更清楚的则是——我居然从头到尾，站着看完电影！

不知是不是戏院的座位斜度不够，当天又客满，前面的观众有些将书本垫在椅子上坐着，再后面的人蹲着，更后面的人坐在椅背上，到后来，则半场以上的人全站了起来，不但站到椅子上，甚至两脚站到扶手上。

而我最能确定的是：绝大多数的人，没能真正欣赏到这部电影史上的经典之作。所幸当天没人从椅子上摔下来受伤，否则该怪谁呢？

怪电影院？怪自己？还是怪大家？

从高中的那场电影到现在，已经足足二十四年了，这二十四年间的社会，如同前面提到的那些例子，一再地引起我感喟：

为什么我们的同胞，在漂亮的大楼落成的喜庆鞭炮声中，便叮叮当当地开始钉铁窗、挂招牌、建违章？

为什么我们的餐馆中，总是吵吵闹闹，似乎人人在比中气、练"狮子吼"的功夫？

难道如果有一天全体民众都将铁窗拆下,小偷就会突然增多吗?

难道改成像世界一流城市街道,只在门厅或橱窗、雨篷上做小小的招牌,大家的生意,就会一落千丈吗?

难道西方餐馆中低声交谈的人,会听不到对方在说什么,只是上唇碰下唇地演哑剧?抑或他们反而能拥有更多的闲适与优雅?

问题是,当人人都装了铁窗时,你能不装吗?

当人人都拉大喉咙时,你能不喊吗?

当人人都比招牌大时,你能只悄悄地挂出一小片吗?

如同二十四年前,当人人都站起时,我能不站吗?

进一步想!

难道我们就这样"恶性"地"比"下去,留给子子孙孙一个只知争逐,不知约束;只有强权,而乏公理;虽知真理,却无公义的社会吗?

威廉·荷顿曾经演过一部片子,其中有位电视新闻主播发了疯,某日冲动地对观众说:

"如果你对住在火柴盒的屋子里,自我封闭、自我保护、任外面罪恶繁衍的社会无法忍受,请你现在打开窗子,对外面大声地喊:'我受不了了!'"

在电影中,满城的人们,都拉开了窗子,发出他们心中的怨气和怒吼。

请问,我们是不是也该有这么一天,约个时间,告诉那些自以为不守法可以占便宜的人：

这社会仍有正义的吼声！

我们要留给自己和子子孙孙，一片干净、安宁而祥和的土地！

> "无有不如己者。"
> 对于这句话的道理,
> 美国人显然远不如我们
> 领会得深入。

"无有不如己者"

某日到朋友家做客,正逢他孩子放学。十几岁的大男生,把书包往沙发上一甩,就大声地抱怨:

"我写得那么好的作文,居然被老师骂文不对题,退回重写,真是把我气歪了!"

"你是怎么写的呢?"我问,"跟题目差得很远吗?"

"不但差不远,而且我认为自己讲得头头是道。"孩子说,"我一开头就举例:我家大楼里的公用走廊,原来很宽,但是很多住家把门向外推,走廊就成了他家的客厅。我家不远的地方,有一个小公园,住在旁边的人,划出公园一角来种菜,据说他家不但用不着买蔬菜,自己还吃不完。我每天在去学校的路上,常会被冷不防地浇一身水,因为马路旁边变成了洗车场。我家用的信封信纸,从来不必出去买,只要把我老爸公司的名称涂掉就成了。"男孩十分得意地说,"然后,我下了一个结论:由此可知,'无有不如己者'!没有什么东西,不像是自己的!这就是孔子大同理想的实现!"

"说得好像很有道理,最起码反映了社会现状。"我说,"那题目是什么?为何文不对题?"

"题目原来是老师口头讲的,我以为是'无有不如己者',后来才知道是'无友不如己者'!"孩子的脸有一点红,却又猛一抬头,"可是我写的,不是更有理吗?"

这件事,使我想起两年前纽约的一个大新闻:

有位野生植物专家,突发奇想地大登广告——在中央公园开班授徒,指导大家挖掘公园里可吃的野草。

在厌倦城市文明、工业食物的纽约,立刻引起广泛的回音,尤其是素食者,更是趋之若鹜。

于是每天在中央公园,就见一大群人,弯腰弓背,做拾荒寻金状,在大片草坪上,地毯式地搜索。有人当场下肚,有人更"吃不了兜着走"。

没多久,野生植物专家被抓了,理由是"教唆盗窃公有财产"。

案子闹上了法庭，植物专家说得也有理：

"每年中央公园用在杀杂草上的钱，不知有多少，而我是带大家吃杂草，从来不碰正式的草，可以说为公除害。像益虫、益鸟一样，是'益人'，怎么能算是盗取公物呢？"

官司打了好一阵子，吃草的人还是败诉了。只是后来听说被公园聘去开班，由公园招生收学费，再发薪水给他。也可以讲"换汤不换药，只是名正言顺"罢了！

这又使我想起十多年前刚到美国时，所住社区闹过一个新闻：

有人觉得消防栓太难看，于是用各色油漆加以美化，画成圣诞老人或小丑的样子；又在安全岛上种花。结果被警察抓去，说是破坏公物。

当时更有美国老华侨提醒我：

"在美国要小心！譬如你把垃圾拿到街边放着，等垃圾车来收，突然想到里面丢了不该丢的东西，而再把垃圾提回，就算违法。因为垃圾只要放到马路边，就是政府的了。如同你把信丢进邮筒，就不能再后悔地取回。"

有一天我拿这件事问邮差。他一笑：

"没错！譬如我们送包裹的邮车，开到你门口，你千万不要好心地跳上车来帮我抬，因为那就像是你跳进银行保险库一样违法。又譬如，人家门口常立着一个小邮箱，你不要以为那是属于私人的。如果你去别人邮箱里拿走一样邮件，被抓到，要判作偷窃美国联邦政府财产，是要被重罚的！"

"无有不如己者。"对于这句话的道理，美国人显然远不如我们领会得深入。

美国某电视气象播报专家说:"各位女士遇到强暴,如果无法抗拒,何不干脆享受一番!"

第二天,他就被炒了鱿鱼。

幽默,你在哪里?

听女孩子谈择偶的条件,似乎总脱不了"要有幽默感"这一项。我便想:在她们心中,什么是幽默感呢?会不会连促狭捣蛋、说说笑话、扮个鬼脸都能算是幽默?

这使我想起高中时,有一天学校里来了几个美国外宾,由英文老师作陪,那场面真难形容,倒是有位同学说得妙:"奇怪!平常英文老师都一脸夫子相,怎么碰到外国人,就突然变成猴子了!"

可不是吗?尤其是当这群人走过操场的时候,远远看去,只见其中一人，又缩脖子、又端肩，加上手舞足蹈、尖声干笑，正是我们的英文老师。而事后，您猜那老师怎么解释？

他说："这是幽默！跟洋人在一起就要幽默！"

问题是，那些真洋人怎么反而没做成猴子样呢？

有幽默感（with a sense of humor），在西方社会诚然是非常重要的，当别人这样说你时，甚至是一种相当的夸赞。因为没有机智的人，不可能表现出高度的幽默。

"机"是快速的反应，幽默往往要在最恰巧的时机灿然出现，才能给人灵光一闪之感，所以需要抓住"第一时间"的反应。"智"则是智慧，真正高级的幽默往往不是直接的，因为幽默多少带着几分谑，如果太直接，难免尖刻伤人，所以要绕个弯子来，段数才显得高，那绕弯子就非智慧不能达到了。

举例来说，某日我参加慈善晚会，其中义卖残疾人士画的圣诞卡，有一位不知趣的宾客，居然大声说："怎么卖圣诞卡？我一年根本寄不了几张！"这煞风景的话一出，整个场面都僵住了，就在这一刻，突然有位太太举起手，笑嘻嘻地喊着："喂！要不要我分一些我的朋友名单给你？"顿时引得哄堂大笑，所有尴尬都解除了，怎能说那及时的发言，不是高度机智的表现呢？

至于以幽默的方法来做反击，就更不简单了。中国的诗经有所谓"主文而谲谏"，意思是以隐喻迂回的方式来劝谏人。那幽默的反击法，则是"主文而谲攻"。

譬如当我任"中视"代表时，有一次摄影记者因为机器突然故障，不得不用一架家用的小机器救急。岂知那被采访者的家属，竟然带着几分嘲笑地说："早知道您用这种小机器，我就自己拍好送给您了！"

我那摄影记者回头一笑："这也就是为什么要我来拍的道理！"

他这句话真可以说是既幽默、又含蓄地给予了还击，意思是："你拍的毕竟不是我拍的，机器相同，拍出来的可不一样啊！"更深一层的意思，则是："就是因为你不敢用你老兄拍出的烂东西，所以还得我这位专家出马！"

如果他真将前面一大段讲出去，难免成为正面的冲突，所以那淡淡短短一句，学问是大极了！

"淡淡地"，这正是幽默的最高境界，如同会说笑话的人，往往自己面无表情、毫无笑意，却冷不防地说出叫人前仰后合的话。

在西方有一个非常著名的幽默例子：

法国大文豪伏尔泰，总是赞扬另一位作家，但是对方却一个劲儿地批评伏尔泰不好，伏尔泰听说后，只是淡淡一笑：

"真的吗？相信我们双方都错了！"

不过几个字，全然改变了形势，岂不妙哉？！

又有一个笑话，某男士骂某女士为狗，被告进了法院，法官判决被告应向原告当庭道歉。被告回问：

"我称女士为狗，是犯了法，但是如果称狗为女士，行不行呢?"

法官想了一下:

"行!"

接着被告就对那原告深深一鞠躬,说:

"对不起!女士!

我还亲眼见过一个以这种逻辑方式反击的幽默例子:

有一个人在竞选对手诘问"你一无所长,到底有哪样比我强"时,只是淡淡一笑:

"我实在跟阁下差不多,阁下的优点,我全有!我的缺点,阁下也都具备!"

这句话,若不是聪明人,还真难会意,它的妙处是表示"我的优点,等于或大于阁下!阁下的缺点,等于或大于我"!

当然这种反转式的句法,也不尽然用在攻击,譬如在"金钟奖"的颁奖典礼上,我就见过某电视公司的得奖人在致辞时说:

"过去我以公司为荣,但是今天(顿一下),公司要以我为荣!"顿时引得满场热烈的掌声。

他这句话的妙处,不仅在于句子的反转,更在于其中的停顿,引起听众预期的心理,甚至使人有错误的预期,然后峰回路转,一语惊人!

梁实秋教授就善于这种幽默,譬如他曾说:

"我从来不相信儿童是未来世界的主人翁(一顿),因为我处处看见他们在做现在世界的主人翁!"

更妙的是，我曾在纽约电视上，看一位著名小提琴家到高中座谈，在学生发问告一段落之后，小提琴家说：

"刚才有些问题问得很好，但是有些问题……"他停顿了一下，学生都紧张起来，以为他要批评问得不好。就在这一刻，小提琴家继续了下面的话："简直是好极了！"赢得一片欢呼。

凡此，都是将听众先做错误的导向，而后语锋突转，达到幽默的效果。

看完以上几个高级幽默的例子，读者或许发现幽默固然难，要听得懂幽默，也真不容易。确实如此，幽默不仅常像"歇后语"，有时更如猜灯谜。譬如中国人最常用的：

"七窍通了六窍"，表示一窍不通。

"聪明透顶"，比喻将秃的头；"聪明绝顶"，比喻已经秃光的头。

又如，故意把"誓死不渝"，讲成"誓死不偷"，都算是一种幽默。

至于洋人也爱玩这种双关语的幽默，我记得最清楚的，是在画展中，会见一位美国老先生指着画中人的眼睛说："Beautiful students！"隔了两秒钟，大家全笑了，原来那"student"等于"pupil"，而"pupil"则是瞳孔的意思。

洋人固然喜欢在言语间耍幽默，但是也有许多禁忌。譬如种族、性别、残障，都少碰为妙，因为那是天生而无法改变的，幽默不得体就变成了歧视，而歧视则是最大的忌讳。

譬如在电视上常表现幽默的气象播报专家,就曾经有一位因为讲错话,隔天便卷了铺盖。你猜他说什么?他是跟着前面一条强暴妇女的案子耍幽默:

"各位女士遇到强暴,如果无法抗拒,何不干脆享受一番!"

他是犯了既伤受害者的自尊、又表现了性别歧视的大忌讳,怎能不走路呢?

由此可知,幽默固然妙,但是如何抓住分寸,幽默得恰到好处,更是大学问。近日看电视,见主诗人拿一位残障歌星当笑料(当天那位残障者并未到场),或对着相貌不出色的女孩子说"阁下这副尊容",再不然则在电视剧中让儿童当众尿尿,在桥剧中表现在车上偷香,以手摸对方臀部,再拿到鼻子前嗅的镜头。让我不禁要问:

"这是幽默吗?还是因为社会一下子开放,连幽默笑料也顿时失了分寸?"

我朋友所说的一段话,更引起我的省思。

"当人们吃完大油大腻之后,是无法欣赏淡雅的禅宗水墨画的!当'抓痒'式的幽默已经引不起皮肤的感觉,只好用'打'的了!"

请问我们的社会,是否已经因为吃了太多的油腻,而对点到为止、意味深长的高级幽默失去了感觉?

幽默,你在哪里?

第二章
做个现代人

现代社会如一辆奔驰的马车,时代变,你就得变。

> 生活在现代,
> 就得照着现代的步调走。
> 时代变,
> 你就得变。

做个现代人

某日,我在东亚艺术概论的课上,谈到中国绘画里表现的宁静、闲适的愉悦,突然有个学生举手发问:"教授,无论在电视或电影上,我们见到的中国,总是熙来攘往的人群与喧闹的环境,可以说比起纽约毫不逊色,他们怎么可能享受宁静与闲适的快乐呢?如果你说的是几百年前,我相信;但如果今天的中国人还能享受这种快乐,我实在很怀疑。"

这位美国大学生所提出的,正是我们今天面临的问题。从小,我们阅读的诗文,表现的多半是宁静恬适的境界;看到的国画，描绘的总是悠闲淡远的景象；甚至儿时的记忆中，也依然保存着瓜棚下纳凉和夜晚追逐萤火虫的印象。但是曾几何时，随着现代化、工业化，便是农村也难以享受旧有的宁静。这不过在二三十年间，甚至只是一二十年间所造成的巨大改变，使我们无法将想象中的青山白云、归帆远浦、渔樵耕读、恬淡天真与眼前的一切相对照。

如何在喧闹的环境中保持宁静的情怀，在变乱的社会中保持稳健的态度，做一个快乐的现代人，就是我在本文中要讨论的。

> 现代人的快乐不是无忧，而是忘忧；不是逃避环境，而是改变环境；不是等待宁静，而是创造宁静。

谈到宁静，一般人总想到无声的状态，其实真正的宁静，是一种内心的平静与恬适。这种恬适不一定能由无声所引起，我们甚至可以说现代人尤其难用无声来培养内心的宁静，这就如同快跑的选手到达终点时，不适宜立刻躺下来休息一般。由于日常过度的忙碌喧哗、争逐奔忙，如果骤然把我们投入"无声的宁静"，因为心中的"不宁静"，反倒对比得容易不安了。所以现代人需要的宁静，常是有声的宁静，竹韵、松涛、虫鸣、鸟转，甚至一首音乐、几曲清歌，反倒更能让我们沸腾的胸臆，渐渐平复下去，慢慢地引来宁静的情怀。

我常说，现代人的宁静，是咖啡室的宁静。当我们走在熙来攘往的闹市，推开咖啡室厚重的玻璃门，便一下子把喧哗摒在门外了，于是坐下来取一个舒适的姿势，啜口咖啡，聆赏几首柔美的乐曲；而当时间到了，推开门，便再度投入那尘嚣的环境之中。

所以现代人的宁静，不是遁隐山林友麋鹿、煮白石式的宁静，而是在尘嚣与喧嚣的空隙中找寻宁静。那短暂的宁静，能使我们疏散前一刻的紧张，并为下一刻冲刺加注更多的力量。现代人的快乐不是无忧，而是忘忧；不是逃避环境，而是改变环境；不是等待宁静，而是创造宁静。

> 以速度争取时间，再用这时间去享受宁静，而非拖泥带水，永不得真正的空闲。

读者或会问，宁静如何创造呢？我的答案是：宁静可能反倒需要以迎向喧哗去创造，如同和平常需要以迎向战斗来求取一般。

这种例子在美国最普遍，我们经常可以看到老美把五个月的工作，赶忙地在四个半月完成，剩下的半个月便去度假。当你问他："何不慢慢做呢？"他们必然会告诉你："慢慢做，也是忙，因为事办不完，心不定，也便难以放松，反不如一鼓作气，将争取来的时间，拿去痛痛快快地享受些宁静的生活。"由此可知，现代人的工作，应该以速度争取时间，再用这个时间去享受宁静，而不是拖泥带水，却永不得真正的空闲。

也就因为现在的社会一切步调都快,那产生的"变数",也自然愈来愈多。高速公路一辆车子出事,很可能排几公里的车队长龙;电脑输入的一点误差,很可能弄得鸡飞狗跳。它不像农业社会,除了天气难以把握之外,其他只要照着农历去做便成。过去画山水,明代画家所描绘的舟船与宋代相隔几百年,却少有差距;现代的画家如果要画船舰,只怕十年便是一个样子。总之,现代生活的变数是太大了,不能在这万变中,随时适应,也就没有办法掌握生活,没有可能快乐。

> 生活在现代,就得照着现代的步调走。时代变,你就得变。

对于现代社会的变,我们不能"以不变应万变",因为别人都变,我们的不变,就要出问题。很简单,如果银行提款改用"自动提款机",你偏偏不去学着用,短时间或许仍能多花点时间到柜台办事,只怕再过十几年就要出大问题。同样的道理,旧时的知足常乐,只怕到了现代也有许多不适用。譬如你有某种电器,虽然过时,只要能用,也便凑合着使用,但是一朝有了小毛病,连零件都配不到,于是不得不换新的。

总之,现代是个车,人在车上驾着时代跑,时代又带着人跑,车子更顶着车子跑,如同高速公路,开不快的不准上,开得太快的又要吃罚单。生活在现代，就得照着现代的步调走，时代变，你就得变，你永远是被动，也永远是主动。想要离群索居，完全我行我素的人，在现代社会很难适应，只有与环境融合，并掌握环境的人，才能快乐。

> 现代人要把满足的准点，设在比眼前能力略高的位置。

谈快乐，人们总会想到"知足常乐"这句话。现代人的快乐，自然也是如此，只是那知足的"准点"与旧时大有不同。老一辈的人通常把那满足的准点放在与自己当时生活水准相当的位置，于是眼前的一切，虽不极佳，倒也合人意，所谓"比上不足，比下有余"，便十分快乐。但是现代人，因为科技进步太快，刚出品的东西，往往已是不久便要落伍的，所以那满足的准点，只好设在比眼前能力略高的位置。

或许有读者不同意我的看法，但是只要您想想家中有多少尚在分期付款的东西，便会了解我所说的意思。古人往往是游刃有余、行有余力，才做下一步；现代人却往往是力有不逮时，已经开始进行、开始享用，因为只有这样，才赶得上时代。所以就"知足常乐"而言，现代人是以"赶上最新的、企及更高的"的理想来满足自己，来使自己快乐。

> 消极地等风雨过去，不如积极地冲过风雨。

记得前年，有位在国际贸易上非常成功的朋友跟我到纽约的中国城观光，我提到中国人"忍一时风平浪静，退一步海阔天空"的格言，他立刻表示强烈的反对：

"当你等到风平浪静、海阔天空时，别人早已冲过暴风雨，到达宁静的彼岸了。所以在现代社会，应当面对风雨，接受挑战，冲出暴风圈。"

去岁我回乡坐计程车，看到一辆小轿车上撞上路边的树。

"一定是开得太快了，所以闪避不及。"我说。

"只怪他反应不够快，所以撞上树。"年轻的司机表示。

在这个人口爆炸、动乱纷争、喧嚣扰攘又瞬息万变的现代环境中，我们应该是等待风平浪静式的宁静，躲在月白风清、渔舟唱晚的山间水畔，找寻那古典的恬然自得，还是冲过风雨、冲出险阻，在企及更高的理想下，享受那"争取来的满足与宁静"呢？

请读者诸君，自己斟酌吧！

> 我们为什么不用儿时的眼睛
> 去看、去想：
> "多有意思的东西，
> 上面什么都没有，可以让我去创造。"

给我一张白纸

打电话给一位从事编剧的朋友，问她的近况。

"接了一档戏，把原作改编成脚本。但是原作简直不能看，读来读去，说有多烂就有多烂。"她回答。

"真可怜！"我同情地说，岂知她居然笑了起来。

"有什么可怜呢？应该说是走运！假使原作写得烂，我编得也烂，才叫可怜。相反，如果我能把剧本编得好看，怎么能说可怜呢？"她把声音放大，"原作越烂，编剧可以发挥的地方越多，所以是走运！"

放下电话后,想想她的话,倒觉得有些人生的哲理。

以前读过一则笑话:

十字路口新来了一位英俊的交通警察,住在附近的一对姐妹都挺心仪他。

有一天姐姐才进家门就高兴地说:"那警察对我真好!看到我过街,就换绿灯。"

接着妹妹回来了,也高兴地讲:"那警察一定喜欢我,因为他看到我要过街,就马上改成红灯,让我等久一点儿,好多看看我!"

妻在美国大学的入学部做系主任,常说那是全校最忙的部门,别的部门都闲得没事,她的部门却喘不过气来。

我说:"劳逸不均,谁愿意到你的部门呢?"

"错了!"妻笑道,"就有那么多人宁愿从清闲的部门调过来,因为事情愈多,愈表示自己有存在的价值!"

记得初到美国时,每次欣赏盛开的山茱萸花,美国朋友总会说:

"四个瓣的花,像十字架,所以每个花瓣的边缘都被天使烧了一个焦焦的缺口。"

那些山茱萸花瓣上,确实都有个灰褐色边缘的缺口,活像是被烧过。然后美国朋友就会强调:

"人世间怎能那么完美呢?就因为不完美,我们活着才有追求。"

在美国,经常可见到一对父母带着好几个残疾的孩子,每个孩子的残疾不同，人种可能也不一样：原来是认养的。

当许多亲生父母为了所谓"自己的幸福"，把残疾的子女丢给社会救济单位，甚至从此再不去看一眼，只当孩子不曾存在过的时候，居然有那些主动去背负重担的人。

我的小女儿很喜欢画画，当我看到杂志上美丽的图画，常会剪下来给她。令人不解的是，每个成人都会喜欢，甚至愿意框起来的图画，那三岁的娃娃居然不爱，她宁愿要一张白纸，她有自己的道理：

"人家都画好了，还有什么意思？"

年轻与世故，差异会不会就在这儿呢？

小时候当别人拿给我们一张白纸时，我们会好兴奋、好兴奋地接过，并去找自己的蜡笔。然而在二三十年之后，当别人交给我们白纸时，却失望地丢在一边：

"无聊的东西！什么也没有！"

我们为什么不用儿时的眼睛去看、去想：

"多有意思的东西，上面什么也没有，可以让我去创造。"

我们是何其巧合地生在这个时代——一个伟大却不完满的时代，一个有许多重担需要我们背负的时代！

> 天生的个性，可能就是"命"。
> 改得了自己的个性，就能改变自己的命；
> 懂得积极开创未来的人，
> 则能创造自己的命。

创造自己的命运

我有一位老大无成的朋友，年过四十，连个固定的工作都没有。当有人问到他的未来，他总是一摊手：

"算命先生早说了，我这个人什么都不错，就是命中没有主运，所以做任何事都成不了，这是天注定的，自己没办法！"

而当我问他什么是"主运"时，他则说：

"主运啊！就像是树干，有的人主运强，好比那高大的乔木，主干粗壮而高大，成得了栋梁之材。像我这种没主运的，则好比是灌木丛，浓密有余，但是没有主干，长不成大树！"他的话锋一转："不过算命先生也说了，像我这种没主运的人，也好比是藤子，自己虽长不高大，却能攀附，要是遇见贵人，譬如好朋友、好老婆之类的，如果他们的主运强，则我还有出头的机会。"

但是当朋友介绍他到一家公司做事的时候，明明是很有发展的公司，他却没两天就不做了，道理是：

"那老板确实很强，可是他的生意有风险，没主运的人不能跟有风险的人在一块儿，好比藤子攀在有风险的大树上，大树倒，我也倒，跟你们这些自己站得住的人，是不同的！没主运的人，连坐车都得小心，如果同坐的人命不好，撞了车，我也会跟着死。倒不是我的运坏，是被别人连累了！"

于是我对他说：

"让我讲几个真实故事给你听吧！我有个高中同学，很想到外国发展，大学刚毕业就去看相，问什么时候能如愿。算命先生说：'你明年年底以前一定能出去！'

"问题是第二年过了，他还没碰上出去的机会，于是去找相士理论。

"'我算你能出去，你自己不出去，我又有什么办法？'看相的理直气壮地说。

"我还有个朋友，看相的时候，故意考对方：'您算我可以有几个小孩？'

"'三个！'

"'我只有一个!'她听了之后跳起来,'而且因为长东西,把子宫都拿了!'

"岂知算命先生一笑:'我是说你命中有三个,你不早生,我有什么办法?'

"又有个人找算命先生,问姻缘。

"'今年你是结不了婚的!'相士铁口直断。

"其实问姻缘的人,只是迟疑到底能不能嫁给她已经交往多年的男朋友,听相士这么说,一气之下,心想我就要砸你的招牌,硬是赶在年前嫁了。

"'你自己要跟命斗,我当然没办法算!'相士听说之后讲,'如果人人非要拗着来,谁还能算得准?'

"可是那硬要和命斗的人,如今儿女都十多岁了,夫妻恩爱,事业顺利,又怎么解释呢?

"我在纽约念书时,同宿舍有个男生与女友交往多年,父母始终坚决反对。于是他去请教一位×宗名师。

"'你只要每天早晚床脚提离地面三次就成了!'名师说。

"几个月后,他的父母果然不再反对。可是那女孩竟先不告而别,听说去跟别人结了婚。

"'只怪我注意抬床脚,却忽略了床上人!'那男生自责地说。

"接着又有一位介入别人婚姻的小姐,请教那×宗名师,怎么能减少痛苦。

"'忘了他!'

"'我忘不了!'

"于是名师教她将男朋友照片,不知用何方法、朝哪个方向走,故意将照片掉在地上,再加吞几次口水,说是依此秘法去做,就能把男朋友忘掉。

"这又使我想起鉴定齐白石的画,有所谓凡是画上题七十六岁的作品,都是假画。因为一九三七年,算命先生说齐白石流年不利,所以白石老人用瞒天过海法,从七十五岁一下子跳到七十七岁,连胡适等人编的《齐白石年谱》都把这事记了下来。

"问题是这'瞒天过海'法,真瞒得了天吗?只怕是瞒了人吧!那忘掉心上人的方法又算是'秘法'吗?根本就是掩耳盗铃嘛!

"据说有两姐妹同去算命。算命先生算出其中一个人,某年曾被倒过账,另一个人则不服地说:'当年我们是同时被倒账,为什么你没算出我来?'

"'八成因为你虽被倒,却没放在心上,所以没显示在命里!'算命先生说,'而你妹妹伤痛欲绝,因此看得出来!'"

举了这许多活生生的例子,我对那自称没有主运的朋友说:

"命固然有许多是上天注定,但也有上天无法注定的。我看你所谓的没有主运,只是没有恒心、主见和志向,也可以说是你个性上的弱点。话讲回来,个性可能就是命,改得了自己的个性,能'超越自己'的人,就能改变自己的命。

懂得积极开创未来,知道'创造自己'的人,则能创造自己的命。

"至于只想靠父母、朋友、贵人的那份依赖性,才真是没有主运的原因!"

我们常说人才不怕被埋没，

迟早会被发掘出来。

但是，

今天这句话或许不对了！

不能及时成功就是失败

　　由于后院紧邻者被列为鸟类保护区的森林，我经常能观察到鸟类的生态，尤其是在屋檐下挂了野鸟的喂食器，躲在百叶窗后，更可以近在咫尺地看它们的小动作。

　　最爱仲春、山茱萸花盛开的时节，红雀、斑鸠、麻雀，都携家带小地来进餐。其中阵容尤其庞大的要算是麻雀了，一对父母，足足领来五只小宝宝，不知是否因为怕冷，宝宝紧紧地挤在同一枝上，等着父母喂食。

　　大鸟总是先飞到喂食器里衔取谷子，然后飞到地面咀嚼，再回到枝头哺育孩子。而每当大鸟飞临的时候，小雀都极力地抖动翅膀，张大了嘴巴，并发出叫声。别看那些小雀不大，它们的嘴巴张开了可是惊人，似乎整个头，就只有一张嘴的样子。而且小雀的嘴跟大鸟的颜色不同，色彩较浅，边缘呈淡淡的黄色，非常显眼。

观察久了，这些小雀的生活，竟使我产生一种惊悸，我发现在那一窝初生的小雀之间，居然也存在着激烈的竞争——生存的竞争。至于那张大嘴巴、高鸣，乃至抖翅的动作，则莫不是为了吸引大鸟的注意。

鸟毕竟是鸟！那做父母的居然不知道计算每个孩子的食量，它们可以来来回回地喂同一两只小雀，只为了那两只的嘴张得特别大、声音特别响、翅膀抖得特别凶。有时候看到最瘦小的一只，半天吃不到一口，真是让我发急，可是又有什么办法？只怪它的父母太蠢，更怪它自己不知道争取表现哪！

几乎是一定的，那不知道表现而吃不到东西的小雀，后来都不见了，剩下壮硕的两三只被喂得更结实，终于能独立进食。我常想：这是否就是自然的定律呢？因为大鸟的体力有限、食物有限，在成长过程中，当然有些子女要被淘汰。

于是那抖翅、张大嘴、高鸣的表现，就值得我们深思了。因为鸟的社会正反映了人类社会，生物间生存竞争的道理是相同的。

去年年底,当《民生报》公布年度畅销书排行榜的时候,也道出了一个残酷的现实:卖得好的书与滞销书的比例,是一比四。金石堂每月进书近七百种,其中百分之七可能全年一本也卖不掉。

那些卖不掉的书,难道就都差吗?不!它们可能从进书店,就没被摆在显眼的"台面",而被塞到书架的一角,因此一年下来,不曾被顾客翻阅过。如此说来,内容再好又有什么用?滞销书的命运,不仅像我所看到的那只瘦小麻雀,不知所终,而且几乎从一开始,就注定是早夭的命运。

我们常说人才不怕埋没,迟早会被发掘出来。但是,今天这句话或许不对了!

一百年前,你可以靠科举考试而一举成名天下知;三十年前,你可以因大学毕业而雄赳赳、气昂昂;十年前,你可以混个硕士而不愁找不到好工作。但是再过十年,只怕你拿到博士学位,都还可能失业。因为你一心读博士,"出道"落在别人后面,等学位拿到时,只能给中学毕业的老板打工。

在这个极端竞争的时代,你不但要成功,而且要及时成功,否则就是失败。甚至你要嫁个理想的丈夫,也不能再凭自己天赋的外在或内在来吸引异性,而要主动地展示给你中意的人看。

否则你可能只是一本封面无比精美的书,由于出版商少了炒作、宣传和疏通而被束之高阁。也可能是内容无比深入的精品,却落得一本也卖不掉的命运!

你的内容再美,人家翻都不翻,又有什么用?尤其现实的是:在这个时代,一过时,就没人要了!

所以,不如学学我窗外那两只聪明的小雀吧!

当长辈说话,
你表示同意,
而回答"对"时,
可能已经不对了!

话不能这么说

我有个学生出去打工,上班的第一天就被老板刮了,哭丧着脸跑来对我诉苦:

"当我同意别人看法时,总是说:'对!对啊!'我已经说了二十多年,对什么人都一样,从来没有人说我错,可是今天跟老板讨论问题,才说了几个'对',他就冒起火来:'讲什么对不对!跟长辈说话,要讲是!不要讲对!'"

我听了她的话,当时一怔,心想可不是吗?我也常对长辈讲"对",细细研究,真应该改为"是"呢!

说话的学问真是太大了，有些话我们讲了半辈子，技术上有问题却不能自知，甚至得罪了人还弄不清是怎么回事。

譬如我的两个学生——琳达和菲比，原本交情不错，也只为言语造成多心而疏远了。据说菲比到达纽约那天，请琳达去接飞机，碰面之后琳达问他："听说你的表哥就住在附近，为什么不找他就近来机场呢？"菲比说："因为他忙！"

岂知就这样得罪了琳达，她心想："喔！他忙，难道我就不忙？他的时间值钱，我就不值钱？"从那时起，她就不太理菲比了。

我想菲比是无心的，得罪了老同学自己还不知道，但是如果当他能回答：

"因为我跟你（琳达）的交情，比我亲表哥还好，巴不得一下飞机就能看到老同学！"不是要好得多吗？

国画大师张大千曾对我说，他有一次因为说错话，差点落得杀身之祸。当时他应邀到一位军阀家里做客，早就听说大帅养了一只名犬，十分爱犬而早就想看看那只名犬的张大千，一见到大帅就兴奋地说：

"我早就想到您家来拜望了！"

以为张大千是心仪自己，大帅得意地点头：

"不客气！"

岂知张大千居然接着说：

"我是为了来看你这只狗！"

张大千说他才讲完心就凉了半截，匆匆忙忙告退出来，直摸自己的脖子：

"幸亏大帅当天心情好，否则脑袋就搬家了！"

我自己也说过这种容易让人多心的话。记得有一次要宴会上有人为我介绍某大学的校长，我兴奋地说：

"久仰！久仰！将来小弟如果在美国失业，一定要请您提拔！"

我说话的原意是谦虚，岂知极可能引起对方反感："敢情我这里是收容所？没地方要你，你才到我学校来？"所以如果有一天我真希望到那学校教书，他八成不会聘我！

懂得讲话技巧的人，能把一句原本并不十分中听的话，说得让人觉得舒服。譬如有一位官员，对事事请示的部属不太满意，但是他并不直截了当地命令大家分层负责，而改成在开会时说：

"我不是每样事情都像各位那样专精，所以今后签公文时，大家不要问我该怎么做，而改成建议我怎么做！"

还有一位曾在外交部任职的主管，当他要属下到他办公室时，从来不说："请你到我办公室来一趟！"而讲："我办公室等您！"

这两个人，都是巧妙地把自己的位置，由"主位"改成"宾位"，由真正的主动变成被动，当然也就容易赢得属下的好感。因为没有人不希望觉得是自己做主，而非听命办事啊！

最高明的，要算是那懂得既为自己"造势"，又能为对方

造势的人了。我曾经听过一位派驻美国的官员在临行酒宴上讲的一段话,真是妙极了!他说:

"大家都知道,如果没有过人之才,不可能在这个外交战场的纽约担任外交工作,况且一做就是十多年。而我没有什么过人之才,凭什么能一做就是十几年呢?这道理很简单,因为我靠了你们这些朋友!"

多漂亮的话啊!不过一百字之间,连续三个转折,是既有自负,又见谦虚,最后却把一切归功于朋友,怎不令人喝彩呢?

说了这许多,如果问我到底该怎样讲话,我却很难回答,但研究了这么多年,最少可以想到一个原则,就是:除了为自己想,更为对方想,谈好事,把重心放在对方身上;要责备,先把箭头指向自己身上。最重要的是,当你表现自己的时候,千万别忘了别人。

因为没有一个听话的人,会希望被讲话者忽略。也没有一个忽略听众的说话者,能获得好的回响!

让我们放心吧!

放下自己的心,也放下他们的心。

让一切随着自然的现象,都变成一种自然;

让每一片挂碍,都成为一种坦然!

单亲家庭不是问题

一位中学老师对我说:"现在单亲家庭的孩子愈来愈多,未来在教育上,会成为很大的问题。"

我说:"如果真是愈来愈多,也许就不成为大问题了!"

读者对我这句话或许有些不解,那么让我说几个故事吧。

故 事 一

有一天，我儿子同学的妈妈突然打电话来，指名要找我儿子，原因是她女儿有个加拿大的男朋友到纽约来，请求在她家住几晚。

"她女儿男朋友的事，为什么要找你呢？"我问儿子。

"因为那男生我也认识。她不放心这个大男生跟她的两个女儿晚上在家，所以向我调查那个男生的品行。"

"她不会自己看着女儿？"

"她上夜班，夜班钱多，否则没办法养家！"

"她先生呢？"

"单亲家庭！"

故 事 二

"我能不能放学之后去麦克家玩？去陪他？"儿子早上问。

"为什么不带他回家来玩，让他陪你？"我说。

"因为麦克要在家陪他弟弟，给他弟弟做饭吃！"

"他妈妈呢？"

"跟男朋友去佛罗里达度假了！"儿子一笑，"他爸爸Walk out（离家出走）不见好多年了！"

故 事 三

一阵刺耳的摩托车声传来,儿子对着窗外睁大了眼睛:

"哇!杰克才买了新的自行车,居然又添了一辆机车!他爸爸可真是大方!"

"杰克不是单亲家庭,他爸爸早离婚走了吗?"

"对啊!但是为了讨好儿子,隔一阵子就会买个昂贵的东西送给杰克。"

故 事 四

儿子到女同学桃乐丝家玩,半夜十一点打电话回来:

"能不能来接我?因为地铁已经不安全,计程车又叫不到!"

"你不是说桃乐丝讲过,如果太晚,她妈妈会送你回来吗?"

"她妈妈怕她爸爸突然跑回来,他们离婚很久了,可是最近桃乐丝的爸爸常跑回去,而且脾气不太好。"

以上,我举了四个单亲家庭的例子,他们或因为只有一个人赚钱而经济情况不佳;或有个不辞而别的男主人;或有位拿钱讨好孩子的离婚父亲;或有个离婚之后,仍然来骚扰的爸爸。

读者可能要讲,这不是已经造成问题了吗?为什么我反而说"如果真的愈来愈多,也许就不成为大问题了"呢?

那么请听我再说个故事。

小和尚问师父:"怎样才能修到最高的境界?"

"你要做到'放心'两个字!"

"怎样才能'放心'呢?"小和尚又问。

"当你这么问的时候,你已经不可能'放心'了!"师父说,"你一心想着怎样放心,那'心'已经被你提起来了,又怎么放呢?所以要放心,就先不要去想那心,心是挂碍,你既然能不念着,挂碍也就放下了!"

对!心是挂碍!如同那些单亲家庭里有着许多挂碍与矛盾,本来就是问题,我们不能否定那些问题的存在。但是,我们愈把它当作问题,问题变得愈大。如果不去夸大这些问题,问题就变得有限了。

如同我儿子的那些同学,都处在有"问题"的单亲家庭中,但是过得正常极了。他们毫不避讳自己的父亲出走、母亲交了新男朋友、单亲赚钱不够用这些事,反而能为单亲分忧、照顾弟妹、出去打工帮助家用。当你看这些孩子谈笑间说出自己特殊的家庭情况时,真觉得他们是在说别人的事。更没有一个听到的人,会觉得那单亲家庭的状况有什么稀奇。也就因此——

挂碍消除,他们放心了!整个社会也做到了"放心"两个字。

　　据美国社会学家的调查，七十年代初期，全美单亲家庭占九分之一以上。至于二〇〇〇年，由未婚妈妈主持的家庭更占了全美家庭的五分之一。问题是，这惊人比例的家庭，除了显示经济上因为一个人赚钱而平均较不富裕之外，并没有造成多大的社会问题，那些子女也都表现得跟一般孩子没什么不同。道理很简单，这种情况愈来愈普遍，没什么稀奇，也没有人会用异样的眼光去看待。

　　无可否认，随着整个社会的变化，由离异父母、未婚妈妈组成的单亲家庭，可能愈来愈多。也无法否认，如同我前面举出的例子，那种家庭可能会有一些问题。面对这个趋势，我们的社会应该如何去帮助他们呢？

　　相信你知道答案了。让我们放心吧！放下自己的心，也放下他们的心。让一切随着自然的现象，都变成一种自然；让每一片挂碍，都成为一种坦然！

如果这个社会像是一辆由我们驾着奔驰的马车,当马跑得飞快,创造举世惊叹的经济奇迹时,我们会不会反而被摔下车子?

奔驰的马车

楼里有人搬家,门口的大厅里堆满了家具。

"是三楼的方先生乔迁,从我们这儿搬到一个更豪华的地方。我去过一次,将近二十层的大楼呢!每一层电梯出来,都是宽敞得像我们门口大厅一样。"管理员对我说。

但是看那些家具,我却有一种怎么样也配不上所说的大楼的感觉:弹簧已经凸出来的床垫,褪了色的窗帘,生了锈的垃圾桶,脱了皮的五斗柜,堆满灰尘的电视机。

是不是正因为俭省,他们才能"更上一层楼"?

是不是正因为不分昼夜地"打拼",家里才疏于照顾?

问题是,既然生活的品质已经不重要,又为什么在房子上追求一等的品质呢?

我真的很难想象,当他把这些破烂家具放进新居时的样子。"乔迁"本来应该代表"苟日新,日日新",又一段新生活、新品位、新层次的开始,他却把过去的腐朽与灰尘,一股脑儿地带了过去,甚至连以往的心情和生活态度,也全盘做了引渡!

有一个朋友几年之间发了大财,于是决定从原先的小房子移入一栋独门独院的透天厝。去看房子的时候,逛完精品屋,夫妻都兴奋极了,好像一下就要跳上枝头成凤凰了。但是房子才落成,丈夫就对我私下抱怨:

"奇怪!我以前没觉得老婆的品位差,怎么现在连挑壁纸都不会,贴起来左一块绿,右一块红,说有多不配就有多不配。而且她的身体怎么也变得这么差,去监一下工,回来就累得跟孙子似的,将来房子那么大,她哪里还照顾得过来?"

隔一阵子,那丈夫又说了:

"我现在才发现办公室的秘书不简单,厕所里的肥皂盒、毛巾、润肤剂、小花瓶,甚至挂一个装了香花的小包包,每件东西都是一个色彩、一种调子,那么搭配。回头看看我的新家,外面壳子几千万,里面该多土有多土,她怎么连毛巾都不会买呢?"

没想到有一天到他们家做客,席间那太太也说了话:

"我告诉你,自从有了新房子,我发现里面最不搭调的就是我老公,他不但上厕所不掀坐垫,而且往大理石脸盆里擤鼻涕!"一面说,她一面端上菜肴,每一盘用的碟子颜色都不同,而且有不少缺边损角的地方,一不小心,就可能被割伤。

我心想这房子好比是几千万的硬体设备,他们却舍不得花几十万块钱买些好的软体配合。墙上挂的全是彩色月历、海报、廉价商品画,窗外虽然对着青山,洒进温馨的阳光,却也照出一屋子的脏乱。这种生活态度,到底对不对呢?

有位英国朋友对我说了个笑话,当他给乞丐一小块牛排时,乞丐坐在阶前,先从口袋里掏出餐巾,又由提包里取出刀叉,然后正襟危坐,细细品尝。

"穷归穷,品位不能不重视。"他笑道。

这也是我想起某日到纽约一位艺术家家中做客。到达他住的地区,吓一跳,连他自己都事先叮嘱:

"千万开辆破车来,否则一定被偷!"

但是穿过两道铁门,走过黑黑的长梯,进入屋中,却让人心为之一惊,精神为之一爽。那么宽敞、那么简单的布置,除了音响,没什么值钱的东西,却每样东西,都那么有格调,好像专为他家制造的。

他端上一杯可乐,杯子是高脚冰花玻璃的,先放在冰箱冻过,再注入可乐,加上冰块,拿在手上,不用喝,自有一种雅致与情趣。

这也使我想起某次欣赏茶道，茶跟点心都并不特殊，但是那茶具、那程序、那种"和、静、清、寂"的境界，以及先用水泡过的花器和含苞带露的花，令我深深感动。

什么是精致、品位？它并不与金钱成正比！室小只堪容膝，楼低可以摘星，就算郑板桥的"秋星闪烁颓垣缝"，能有品、有味，自然风流雅趣！

于是值得深思的是：如果这个社会像是一辆由我们驾着的奔驰的马车，当马车跑得飞快，创造举世惊叹的经济奇迹时，我们会不会反而被摔下了车子，如同那一位买了豪邸，却发现彼此最不能搭调的夫妻一般？

更进一步想：当经济起飞，人性起飞了吗？

日本索尼创办人盛世昭夫在《一个可以说"NO"的日本》中批评日本人的胸怀，建议日本企业家在把产品推向世界舞台时，也把"自己"投入世界舞台，成为赞助者、参与者。

这几句话是不是也值得我们深思呢？

如果我们不能除旧布新，用新的眼光、新的胸襟、新的视野来看自己创造的"这个新的大好环境"时，只怕未来不搭调的不是"房子的主人和房子"，而会是"这个世界和我们"！

让我们一面赶着马车奔驰，一边改进车上的设备和自己的姿势，才能跑得更快、驾得更稳！

第三章

纽约客谈

这一章写纽约的鲜事、奇事,也写我在纽约的滑稽事……

"纽约客"常会对刚来的人说:
"如果你只住上半年,你会天天都巴不得逃离纽约;但是假使你住了一年半,则打你你也舍不得离开。"
纽约如烟、如酒、如咖啡、如海洛因、如一切令人上瘾的东西,使你恨,也使你爱,使你诅咒,却又拥它入怀。

纽约,真好

我在纽约住了四年,早在三年半前,就想写篇东西介绍这个不平凡的城市,但是由于事务繁杂而一拖再拖,结果由对纽约最强烈的第一印象,到愈来愈深入的体会了解,由无暇动笔,到不敢动笔。如今,自己虽早成了一位所谓"纽约客",却惭愧不曾在文字中,好好介绍这个我旅居最久的地方。

传说中的纽约

"你想去纽约久住吗？千万打消这个计划，那简直是一个无比可怕的城市，那是一个贼窝、一个小偷聚会所、一个杀人犯的'开放式监狱'……"

这是当我在弗吉尼亚州告诉学生们打算去纽约时，换来的反应。但是看我执意甚坚，学生们不得不由"阻止的恐吓"改为"悲悯的警告"。

"你千万记住，在纽约不要戴手表、戒指，不要放五块钱以上在口袋里，不要张望路牌，即使不认识的地方，也只能偷偷看街名，然后快快地走，仿佛很熟的样子。"

"你走在路上，要靠着人行道的左侧，不要沿着墙根，否则随时可能被人堵住；如果街上有人或车跟着你，则要快速闪入商店或人家；街上人少时你也要避免走在别人后面，或让别人走在你后面，免得你吓了别人，也免得别人吓了你。"

"任何人敲门，都要先锁链条，再打开一缝，或从'猫眼'看清来人，再开门。深夜如果有人在街上喊救命，你要赶快把灯熄了，并上床睡觉，但熄灯时不要走近窗子，免得凶手以为你偷窥，而在作案后也杀你灭口。"

"如果你心脏病发作倒在路上，千万别忘记抓紧自己的钱袋；如果你出门，最好让屋里的电视开着；如果你开汽车，四个门都得锁着;如果你看到一个男人笑嘻嘻地向你走来,最好不要理他,因为那八成是个同性恋者……"

带着这许多警告和悲悯的告别与祝福,我离开弗州,来到了可怕的纽约,住了下来,而且一住就是四年多。这四年间,我没有忘记弗州学生的警告,也不曾否认他们的话,但是这四年,也使我爱上了这个城市,使我成为它的一部分。这是多么矛盾的事,但却矛盾得真实而自然。

"纽约客"常会对刚来的人说:

"如果你只住上半年,你会天天都巴不得逃离纽约;但是假使你住了一年半,则打你你也舍不得离开。"

纽约就是这样一个地方,如烟、如酒、如咖啡……如一切令人上瘾的东西,使你恨,也使你爱,使你诅咒,却又拥它入怀。

纽约是联合国,集合了世界上各样的种族;它也是一个万花筒,集合了五光十色。在这里有世界上最伟大的音乐、艺术殿堂,有世界第一流的服装设计与餐馆宴饮,有世界最高贵的绅士淑女穿梭于第一流的酒店、华厦,有世界最著名的建筑与公园。

但纽约也是世界上乞丐最多的城市之一,是"朱门酒肉臭,路有冻死骨"最佳的例子,是毒品的中心、娼妓的温床、罪犯的巢穴、小偷的市场。在这里有动辄十亿的买卖生意,也有为几块钱就杀人的勾当。这是精神病患的养成所、心脏病的制造厂,也是世界上医学最发达的地方。

纽约是用高楼、汽车、美女、醇酒、富商、乞丐、政客、刺客、音乐厅、餐厅、博物馆、酒馆堆积起来的。

从高空中看纽约，是地上的星海；从半空中看纽约，是百里红尘；从地面看纽约，是满地的垃圾；从地下看纽约，是穿梭纵横的地铁……

纽约就是这么一个复合品。谈完大体的印象，也让我为您分项地述说。

摩 天 大 楼

远看纽约的大楼，如同墓园的碑林，以天线和避雷针为十字架，以千万的小窗为铭刻。入夜时，每一扇小窗都诉说着一些昏黄的故事，乍明、乍暗，在深蓝夜空的背景上，贴一幅多彩的剪影。

这里的树却被对比成了草，这里的日月常被忘记，这里的灯光是星星，车鸣是雷声，人群是潮汐，这是一个真正的"人造的风景"。

摩天大楼的顶层，是观光的胜地。那里没有脱衣舞，却可以租给你各式的衣服装扮；那里没有黄色的照片，却为你制造泛黄的照片，你可以穿上拿破仑的军装，进入特别的"拍立得"相机，遁入历史，成为今天的纪念；你也可以买到各种风景卡片和纪念品，而在背后发现印着 Made in Japan；你可以"更上一层楼"地走上阳台，看尺寸百里的景色和那围在四周、防人跳楼自杀的通电的栅栏；你也可以投个两角五分的硬币，从望远镜中看看中央公园。

到摩天大楼顶层观光，大约可以不必担心，因为这里只有一个电梯通地，又是最接近上帝的地方，所以犯案率极低。

西四十二街

这是一个男人们想去也要去、女人却想去而不敢去的地方。

这里的烟，使人昏眩、发狂；这里的节目，使人脸红、心跳；这里的药，不是为有病的人准备，却能造成毛病；这里的玩具，不是为孩子们制造，却能制造孩子。

这里的电影，多半是三个"X"，看了之后，能使人飞出满天的X；这里的舞台，多半两人表演，但不曾听过一片掌声；这里有女郎，但不"阻街"而"留客"；这里有男士，不但"逛街"，而且"流连"。

苏 荷 区

有人蓬首垢面，有人长裙曳地；有人路角买醉，有人街边吟唱。百万富豪是过客，在画廊里一掷千金；穷困画家是住客，能在其中一夕成名。这里不要古典，要新奇；不要过去,要明天;不要现实,要"超写实";不要真枪,要"喷枪"(作画的一种工具)。

在这里,你可以用旧瓶、破铁,化腐朽为神奇;也可以用白色的画布,点上几丝油彩,而成家;你可以竟日把胡子泡在酒里找灵感,也可以把灵感变成餐馆(许多艺术家开餐馆而致富)。

据说这儿的房子原本都是仓库和厂房,廉价卖给艺术家。墙壁大得正好悬画,房子大得可以容船。有些艺术家装了暖气、隔了间、铺了地毯;有些人却用来堆画,睡在油彩和画布之间。

据说这里的艺术家有些拥财百万,有些靠政府救济混饭,有些人靠做些装潢为生,有些人靠修古董赚钱。但是不管多么富或多么苦,他们都不愿意离开,因为:

这里是世界艺术的中心,在这里才能找到"尖端"。

中 央 公 园

有人在这儿开万人音乐会,有人办演讲示威和游行,也有人摆摊子卖手工艺品,更有人坐马车、开汽车、骑脚踏车、长跑、散步、遛狗、野餐和划船。

这里有浓荫,有湖塘,有万顷草地,有千只白鸽;这里的闲静多于喧闹,坐在椅上的老人多于少年,躺在地上的青年多于老年。

这里东西横跨四条大道，南北纵横五十条街，四侧的高楼是边墙，又仿佛是两肋之骨，保护着这个城市的肺脏。大都会美术馆（The Metropolitan Museum of Art）和美国自然历史博物馆（American Museum of Natural History）为它两肋插刀；青铜与白石的雕塑成为它的冠冕。当朗日和风，有万人躺在它的怀中，沉思、默想、呆望；当夜幕初垂，有马车的铃铛和蹄声，叮叮当当地传来。

可惜，这里也是罪恶的温床，抢劫强暴的地方，每一堵矮墙，都是大门；每一条大街，都是捷径；每一处树丛，都能躲藏；每一个单身的游客，都是最佳的对象。

哈 林 区

那里的夜晚特别黑，因为大部分的人都不反光。

那里有醉猫蹒跚在十字路口，踩着轻飘飘的脚步；有成群的男女围在酒馆前面谈笑；挂古董店招牌的实际常是旧家具店；挂着俱乐部牌匾的商店，实际常是介绍所；热门音乐的喧闹声中夹着教堂唱诗班的颂赞；文盲和流氓聚集的地方，隔两条街正是"常春藤"的哥伦比亚大学。

那里没有种族歧视，因为都是被歧视的种族；那里没有白人的欺压，因为白人早已自我放逐。

地　铁

如果地上的道路是动脉，地铁就是静脉，输送着比较蓝的血液。

这里有四彩浓痰，有五色车厢（被不良少年喷画而成），有七彩招贴，有各色人种。

这里的人，抬头的少，低头的多，或是看书，或是打盹儿，或是编织，或是冥想。

这里的人沉默的多，说话的少；板脸的多，笑貌的少。因为车声响，说话听不到；因为坏人多，只怕一露出善相，就要被抢。

这里人多时，大家争着往空车厢挤；人少时，大家急着往人多的车厢挤。因为人多时要争座位，人少时要挤在一块才安全。

这里有学钢琴的美国女孩，被陌生人推下铁轨，碾断手指；有打抱不平的韩国人，被推下去压死；有难以统计的人被抢、被奸；有人为了没有火柴借火点烟而被杀，有人因为身上没钱可数而被害（去年地铁"进入统计"的窃盗案共八千三百三十八件，抢劫案计六千六百二十九件，强暴案三十六件，杀人案十三件）。

这里是最上轨道、也最不上轨道的地方。

地铁也常是初期移民前往纽约的原因，只为它四通八达，只为它快捷便宜。当地面上交通拥挤的时刻，地铁依然快速；在冰天雪地的冬季，地铁依然温暖。

所以，地铁车站的附近，常是热闹的聚落；地铁不到的地方，却常有高级住宅区（因为那些人有钱，可以自己开车）。

博 物 馆

从整座的神殿，到完全的庭园；从教堂的陈设，到墓中的尸体；从毕加索到韩干，自米开朗琪罗到唐寅；从龙门的石刻，到罗丹的雕塑；从中国的唐三彩，到埃及的蓝釉小泥人；从数丈的恐龙到成群的大象；从最早的浮游生物，到女人的子宫……这里是整个人类史的集合展示所，展示出人类的伟大与卑微、历史与未来。

在这里，你可以足不出户，而看遍天下美事；你可以一笔在手，而画遍珍禽异兽。除了没有剥制真人为标本，各种动物都成了静止的风景；除了展示的橱窗，上万的艺术家及科学家，在做不断的创作与研究工作。

这里的博物馆可以接受捐赠收藏品，但只接受有资格捐赠，并且有条件被收藏的东西；这些博物馆人人可进，即使只付一毛钱（采取任意捐赠的方式），也欢迎你进去。

可惜的是，到这里的人，似乎观光客比本地人还要多。

百 老 汇

演奏中途，没有人会冒失地鼓掌。

剧场之中，没有人会嗑瓜子。

即使不懂，到这儿也得装得像；即使打瞌睡，也不能发出鼾声；即使没有空，也得赶几场大牌的演出；即使是大牌，也得鞠躬尽瘁地上台。

这叫作尊重剧场，也叫作文化。

不知是谁将"Broadway"翻译为"百老汇"，倒真有些传神，在那百老汇大道，确实有上千成百的各色商店，也有那数百年的古老建筑，更是世界著名演艺人员汇集的地方。

那里的剧场，白天前门可以罗雀，深夜后门睡满醉鬼，但是到那华灯闪烁的时刻，便见巴黎美女、伦敦显贵、美国政要、阿拉伯财阀与东方佳丽成群地拥来。黑色的轿车横排两条街，名牌的香水直飘三条路，而轻咳、浅笑、冬天半裸、夏日燕尾、腊月摇扇、三伏披裘，正是一副高级社会的典范。

于是：台上粉墨登场，演的是剧中人；台下描眉画眼，演的是"人中剧"。

中 国 城

纽约的瞎子不认识百老汇,也要认得中国城。

在这里,有过年的锣鼓喧天,有十月的万人游行,有沿街卖鱼虾、果菜的摊贩,有"闻香下马、知味停车"的中国餐馆。

在这里,白种人是"外国人",中国人是"本地人",有半句英文不说的老华侨、新移民,有老马识途、嚼着鸽子头的白人老饕客,有警察管不了的华青帮派,有自成社团的中国会所。

这里的电话亭上写着方块字,菜单上印着洋人不懂的英文,药店里堆着树皮草根,墙壁上贴着"左""右"和"中间派"的政治广告。

这里的书从琼瑶到冰心,从《菜根谭》到《肉蒲团》,从《老夫子》到《小亨利》,从《本草纲目》到《人间词话》,且常兼卖邓丽君、凤飞飞等人的录音带。

这里有价值连城的古董、装潢裱褙的商店、丝绸锦缎的布庄、包揽全球的旅行社,和每天出发前往大西洋赌城的巴士。

这里有昔日的显贵、今日的寓公、留美的学者、偷渡的"移民"。这里虽是中国城,但难找到中国式的悠然。虽也有东方的薨角飞檐,却寻不出东方的闲静。外地的中国人匆匆地来，又带着口腹的满足、油油的嘴角与半车的蔬果、干货，匆匆而去。纽约的观光客成群地来，再带着纪念品和纪念照乘车而去。自从东方热之后，新闻与电影里常少不了中国城的景色，但是什么是中国城，什么是中国精神，难有几个人知道。

这里有中国的口味、中国的面孔、中国的声音、中国的聚会。在这里能重温旧梦，能兴起感怀，能减少乡愁。举目望去，那高楼华厦犹如当年上海的霞飞路和外滩；平头看去，那霓虹闪动，电影广告，正是台北的西门町。午间饮茶，全是一派港式；烤鸭三吃，完全故都风味。杯盘交错，谁知尽是他乡之客；酒令行开，都是"乡音未改鬓毛衰"。只是饮罢登车驰去，看夜幕深垂，曼哈顿的灯火正粲如繁星，而中国城已远，兄弟们又自东西，难免兴起一种幽幽的感伤：

故乡何处是，

忘了除非醉！

> 每一个人都深深感觉到：
> 邻居的不幸，也就是自己的不幸，
> 更是自己未能恪尽守望之责的
> 一种耻辱。

守望相助

当我搬进纽约湾边的新居时，可以感觉到每一扇邻居的门后，都闪动着几双狐疑的眼睛；甚至连我晚上搬垃圾到街边时，都发现有人隔着窗帘窥视。

也就在搬家的第二天，我收到了警察的罚单，原因是：不到收垃圾的日子，却把垃圾堆在门口，有碍观瞻。

"对不起，本来可以马虎过去，只是因为你的邻居看不顺眼，告了一状，所以我们不得不开罚单。"警察说。

"多么可恶的邻居，"我恨恨地说，"不要跟他们来往，太不友善了。"

但是，第三天下午，当我下班回家时，发现一直忙而未剪的草地，居然已经剪得整整齐齐。

"右邻一个胖子过来剪的。"母亲说。

"这太不好意思了，赶快去拜望一下。"当晚我就备了一份薄礼——中国点心，过去按门铃。

"欢迎！欢迎！"他们似乎早猜到我会过去，"我们正想一家去看你们呢！"矮矮圆圆的男主人引见了那面孔姣美，却身材庞大的妻子，以及几乎与母亲是同一个模子翻出来的女儿。

"天哪！你是圣若望大学的教授？"胖太太兴奋地叫着，"我正在那里修研究所的课呢！以后我的车子坏了，你可以开车载我一程。"

"我不开车。"我说。

"哦？！"她愣了一下，又笑了起来，"那你可以搭我的车。"

次日，这一家人果然穿得整整齐齐地过来，还抱了好大一盆花，且跟我那不通英语的老母，絮絮叨叨地讲了许多养花的道理，老人家点了不少头。

我们家的背景资料，似乎很快地在街坊间传开了，信箱里一下子多了许多贺卡，居然连附近报税公司、花店、洗衣店和鱼店，也送来了优待新居民的通知，还有那地区街坊会的缴费通知书及联合警卫公司的账单。

才是搬家之后的第三个礼拜,左邻一人孀居的曼妮老太太,为我们在她家里举办了欢迎会,所有的菜肴全由中国餐馆叫来,而且不晓得是否因为我是中国人,连她家的墙壁上都挂了中国风味的装饰。老太太身穿镶着盘扣的唐装,为我一一介绍。从她左邻的华格斯勒夫妇,对门的杰克,到半英里外她儿子当年小学同学的家长,和现住曼哈顿的独子。

"一个孩子绝对不够,等你像我一样七十岁的时候就知道了,真寂寞啊!"老太太像是万分郑重地叮嘱,"趁年轻,再生他半打!"

邻居们居然一齐附议。

从此每当我在后花园种花,并与曼妮遥遥相望时,她少不得走过来,趴着矮墙,再叮嘱一番,附带指导一些种番茄的技术:

"这后面是半里的树林,所以各种小动物奇多,浣熊、松鼠、野兔、山雉,都常常会来偷吃,所以不要等番茄成熟,就把大蒜打碎混肥皂水,喷在番茄上,它们怕蒜味,自然就敬而远之了。"

看来似乎十分专门,可是我发现她自己的番茄比我家的还营养不良,倒是野草长了一大片,茎蔓有两英尺高。

"老太太弄不动,我们帮她清一下吧!"我对儿子说,并带着他先用电剪刀,再用剪草机,把老太太院里的杂草除得一干二净。

没想到这一举,真是影响深远。过了几天,先看到老太太叫人运了一车沙土和红砖,接着每天一大早,便见她蹲在院里工作。她先把沙子撒在地上,再盖上一块块的砖头,有时候遇到凸出地面的树根,则拿着小斧头不断地砍,只听得丁丁声,一连就是两三个钟头。

于是对面的杰克出动了大斧头,华格斯勒先生扛来了锄头,我也拿出了日月潭买的番刀,花了一个星期的时间,老太太的花园真是令人"眼"目一新。

"我年岁大,锄不动野草,也没有剪草机,只有这样才能防止它们再长。"曼妮又去买了许多花,间隔地种上。从此每天我母亲在后园浇水,总不忘为她的新花喷点远水过去。

曼妮老太太岂止是没有剪草机,恐怕连雪铲也没有,因为她实在无此必要。前院的草坪,自有华格斯勒先生每隔一周为她修剪,到了冬天下雪之后,我和华格斯勒更争着为她铲雪。令人佩服的是,我这个夜猫子,有时候早上五点钟临上床前出去铲雪,发现华格斯勒老先生已经整装出来了。

"这是我的起床运动!"老先生挥手说,"你回家睡觉吧!"

我的夜生活,左邻右舍全知道了,所以每当早上送挂号信,家里无人应门时,自有邻居收下。偶尔碰到邮差,他则会向我报告些邻近地区的最新消息。譬如"对门杰克五十年的古董终于找到了修理的零件,本周日要试车","杰克的右邻,也就是他的小儿子,又生了个女儿,已经在门前挂起了一个粉红色的气球",或是"右邻的右邻,那犹太老夫妇的女儿回娘家,还带了个小外孙"之类。

　　孩子的诞生,似乎是整个地区的人都感兴趣的事,就如同每个新邻居的迁入,能够令整条街的人瞪大眼睛一般。起先我不了解原因,后来才由邻居的闲谈间知道:有幼儿诞生的人家,显示屋主的年龄不会太大,这种青年或中年的住户,是最稳定的,不会像风烛残年的老居民,很可能撒手西归之后,房子就得易主,而那新的主人却不知道是什么样的。在纽约的高级地区,很可能因为一两户被称为低级住户的人家迁入,或因为人种的歧视,或由于这些住户对环境的不照顾,譬如该剪草而不剪,该整树而不修,造成整个社区的恶化。敏感的人,能因为新邻居的不妙,而趁房价未下跌前,快快脱手迁离。随着他们的迁移,更恶性循环地造成所谓低收入家庭的迁入和高级住民的迁出。也就因此,许多非常好的住宅区,能在几年之间完全改观,所以美国人对邻居的重视,只怕绝不下于中国。

　　此外,在高级住宅区内,除了正规警察的管辖之外,人们更常再请警卫公司昼夜巡逻。屋主出外度假时,他们甚至为你随时检视门窗。邻居们更有守望相助的组织,经常开会,从向政府抗议地税的上涨,到集体出动为公共设施大扫除。组织严密的社区或村子,活像是一个小国家。确实的,这个国家从联邦政府到州政府、市政府、区、郡、村、里,都表现着高度的自治,也就由这许许多多的小环节,紧紧地结合为强盛的国家。

当然严密的警卫巡逻还是可能百密一疏。有一天我从外回来,看见曼妮的门口停了两辆警车,她的大门则是敞开的。我赶了进去,屋子里已经聚了一大堆人,三个警察和四邻的朋友围着站在中间、吓得不断颤抖的曼妮。

"曼妮被抢了——她在卧室看书,居然有一对十八九岁的男女,从后窗潜入,偷走了她的银器和皮包里的钱。曼妮看见了那个女的,幸好男的已经出去了,否则很可能会伤害曼妮。"杰克小声地对我述说经过。

虽然是因为下班晚了,才不能及早赶到现场,但是我仍然非常惭愧不安。据说杰克的小儿子为了找寻可疑者,已经开车在四处绕了半个钟头。

"你为什么不喊呢?我们都在家的,而且你又有我的电话,为什么看到小偷之后,不从卧室偷偷打个电话给四邻,让我们把他们堵住呢?"华格斯勒先生叹着气。

"我为什么要喊,喊只怕更危险。"没想到曼妮突然严肃地宣布,"各位邻居,就算有一天你们听到我尖叫,也千万不要立刻赶过来,免得自己受到伤害,你们只要做一件事——打电话给警察。"

从曼妮事件发生之后,每一家都更谨慎了,大家不单是谨防自己被盗,更注意着左邻右舍。因为每一个人都深深感觉到:邻居的不幸,也就是自己的不幸,更是自己未能恪尽守望之责的一种耻辱。

我双手持剑,从走道穿出来,进入客厅,再右转走向楼梯口,大声对楼下喊:

"谁在楼下,我有枪!"

喊了两声,才发觉说的是中文……

谁的脚印

"你这么一大早,跑到后面去干什么?"我才打开卧室门,母亲就拉着嗓子问。

"没有啊!"我还没全醒,模模糊糊地答。

母亲没有吭气,径自安排早餐去了。今天是星期六,一家人难得能一块儿用早餐的日子。至于平常总是各自料理,孩子先连跑带吃地塞几口,冲过街赶校车;妻则咬一口猫食在嘴里,边嚼边开车地去上班;至于我总是最后起,如果当天不教课,则来个 brunch。

"幸亏今儿是礼拜六,这种小雪,路最滑了。"妻看着窗外,高兴地说。难得看到她没化妆的样子,好像换了一个老婆。

"再过一阵子,就可以在后山坡上滑雪橇了!"儿子讲。

"什么时候去玩雪都成,别像你老子,才起床就往林子里去,要赶着拍照,也得等吃完早饭,身子暖了再去,刚起床,最容易感冒了!"

"您说什么啊?"妻张大了眼。

"我说你老公,早晨从床上溜出去,你居然还不知道,睡得多死!"

妻转头看我。

"我没出去啊!"

"你算了吧!只怕六点钟没下雪之前你就跑了,以为我不知道?"母亲狠狠地把奶油抹上面包,交给她孙子。

"哇!如果用爸爸的望远镜头拍照该多棒啊!"儿子大叫。

"老子没出去呀!"

"小孩子也要骗,出去就出去了,骗得了谁,看看雪地上的脚印!当我是瞎子还是老糊涂了!"

"脚印?"我吃了一惊,"什么脚印?"

"哼哼!你自己瞧瞧去!"母亲得意地努努嘴,显然是后门的方向。我赶快跑到卧室。

从我卧室的窗子,正好可以看见楼下的后门外面,以及紧挨着森林的院子。霏霏的细雪早已铺成了一片银白的世界,而就在那片薄薄的雪地上,不正清楚地印着一连串脚印,从靠近森林的矮墙,直直地通向后门吗?

"是有脚印!"我赶回餐厅,看妻,"你早上出去了吗?"

"我发疯了啊?"

我看儿子,但是又想他不可能有那么大的脚:

"你穿老子的鞋,溜到后面看松鼠对不对?再不然,又是穿了拖鞋,告诉你多少次,不准穿拖……"

"少冤枉人,我孙子是我叫他起床的,要不是说去曼哈顿,我才不叫他呢!"母亲狠狠骂了回来,随手又塞一片面包到孙子嘴里,"快吃!吃了好走。"

"慢,慢,慢来!"我有些急了,"我可说真格的,没到后院去过,今天不是愚人节哟!"

"愚人节在四月!"小鬼插嘴进来,被我敲了一下头。

"那是谁呢?"母亲也觉得有点不寻常了,"薇薇!你去看看,是不是脚印。"

妻以日本女人的碎步子领旨飘了出去,又立刻飘了回来:

"是!大男人的脚印!会不会是查电表的?"

"笑话!查电表的到后门去干什么?"我有点没好气。

"前门敲不开呀!"

"那他进树林干什么?"

"小便!"儿子举手发言,又被我敲了一下头,重重地。

"那脚印是由树林到咱们后门,可不是由后门通向树林,只有进，没有出。"母亲脸色已经有点不寻常。这使我想起来，确实如此，便又跑进卧室，向全院仔细察看了一遍，虽然上面已经盖上了些细雪，但很明显的，确实有一道脚印，而且是皮鞋印，可以见出脚跟和脚掌的痕迹，笔直地走向后门，其中有些地方重复，极可能是两个人，最可怕的是：只有来，没有去。这下我可以断定不是自己家里的人，因为一个人可能撒谎，两个人总不可能。

"你们有没有听到楼下有什么声音？"我赶回餐厅，几个人都站着瞪大眼睛听。

"我是听见后门有点声音。"母亲小声说，"那时候我正在楼下的书房祷告，闭着眼。但是感觉上，窗外确实像是有个黑影走过去，我只当是你呢！所以继续祷告，没理这碴儿。谁偷东西选天亮的时候呢？"

"怎么祷告得有贼都不管了？上帝又不抓贼。"

"贼？贼在哪儿？"妻吓得缩了过来，却被我一把推开：

"快！快穿大衣，儿子你先出去，找隔壁老汉来。薇薇你也走，到对面找德国人，还有左边的华格斯勒。老娘也出去到曼妮家。"我全身汗毛都竖了起来，如同要作战的野兽。

"我没穿袜子，而且老汉一家回希腊去了！"儿子说。

"小声一点，先出去再说，紧急报警的电话是几号？"

"119！"妻在发抖。

"去你的！那是台北，这儿是纽约，电话号码呢？我不是贴在电话机上了吗？"我压低声音地喊。

"那是在楼下的电话上,我去看!"儿子说,"我喜欢官兵捉强盗!"

"混蛋!快点出去!小声一点,贼在楼下!"(按:我的大门由屋外的石阶直通二楼,所以出大门无须经过一楼。)

"贼在楼下?"妻似乎还不相信,但是奶奶早拉着孙子冲出门去了。

"我去拿刀!你快走!叫人!报警!"我把正犹豫的妻推了出去,并冲进卧室,抓起她那把向师父买来的七星斩妖剑,一把将红缨扯了去,以免碍手。这时候才开始后悔没有买枪,自搬到这个靠近森林的房子,我就一直要买枪,都是妻不许,说搞不好,没打着小偷,却打着了老婆。看吧!现在只怕要为此送命。

我双手持剑,从走道穿出来,进入客厅,再右转走向楼梯口,大声对楼下喊:"谁在楼下,我有枪!"喊了两声,才发觉说的是中文,赶快又翻成英语:"Who is there? I've got a gun!"

楼下居然没有应,倒是客厅里的鹦鹉突然大叫"哈罗",吓得我转身跳了起来,差点没滚下楼去。灵机一动,何不也吓这贼一下,将失灵一个多礼拜的警铃打开。我这个屋子是全部设有警铃装置的,只怪前几个星期重修浴室,工人们进进出出,敲敲打打,不知道是震动了窗子,还是伤到了电线,警铃灯居然从此不亮,也就表示有线路不通,只要打开总开关,全屋便警报大作。上个礼拜原想找人来查,又因为楼下浴室也打算重新装潢，怕修好了又坏，所以拖到现在，否则怎么可能让贼溜进来，而一家居然不知道呢？不过，现在倒好，他虽然进了屋，我还是可以吓吓他，说不定一惊就会跑了，想必他会从原路后门出去，跳入后山树林，如果居然向楼上跑，只要头一伸出来，我就可以给他一个泰山压顶，外加樵夫指路，管叫他血染五步。

主意不过一瞬间，我已经打开警铃，一时如同拉警报般，呜呜震耳地响了起来，我却没如原先计划在楼梯边等着，而退出了门外。因为，我想起来，他八成有枪。

才退出门，只见左右两路四辆警车正刹住车，如同《警网神探》影片中那样，跳出来七八个警察，个个身手矫健，其中几个立刻进入左右邻的后院，并直奔树林而去。曼妮老太婆和我那老母及家小，由警察护送出了曼妮的家；跟着又有两辆灰色的警车开来，那是我们这区雇的私人守望警卫，据说是专替小偷开道的，因为小偷的车总是跟在他们后面开，他们前脚巡过，小偷就后脚进门。看吧！果然他们最后赶到。说时迟，突然一个黑影从门前台阶的左侧斜里蹿上来，将我一把拉了下去，我的斩妖剑，飞到一丈开外，正要反抗，才发现抓我的是个警察，手里拿着枪，示意我伏身爬到警车那里去。"我的剑！"我回头找剑，发觉妻以五千块钱买，又托人藏在古筝里带来的七星斩妖剑，竟已成了三节剑。

妻看到我英勇护家保身而退，一把搂了上来，此时警察已经开始喊话。

仍然没有动静，有警察斜跑回来报告，确实后院有向屋内走的脚印，带头的一个警察过来问我，是不是确实没有家人进过森林。

"没有！我发誓！"我举了举右手，警察早又开始喊话，叫那顽贼弃械投降。

还是没有回应！原先拉我下台阶的警察冲了进去，跟着又上两个；左右后院靠树林，也有四个警察向屋逼近，看样子枪战就要爆发。

"小心我的收藏！我有很多……"我向警官报告，他理都不理我，抱着无线电对讲机，突然转脸问我："你有没有Attic（阁楼）？"

我一下没听懂，儿子却答话了："有！"看来他不但不紧张，还十分兴奋。

"在哪里？"警官问。

"卧室外，天花板上有个板子是活的，移开就是。"

他对里面传呼，那贼可能已经上了阁楼，便见躲在警车后面的枪口，都朝向了屋顶，朝向那个我新装的自动散热器，而在回头间，我发现七十多岁的华格斯勒老先生居然也蹲在车后，他的那把老猎枪，则似乎被缴了械地撂在警车里。

时间一秒一秒地在屏息中过去，突然警铃声止住了，一个警察从前门出来挥挥手。

"没事了！贼已经不见了，你回去清点一下东西，看有没有少什么？"警长最先站起来，这时我才发现自己居然没有穿鞋子。

我急急地冲下楼,因为我相信贼如果偷,一定是拿了楼下的东西,我早就知道柜子里的收藏品很可能会被贼觊觎,因为只要从楼下窗外用手电筒向里照,就可以看见我那黑漆大木柜里的七珍八宝,还有十八世纪的意大利大理石像,他当然抱不动,但是如果一气之下推倒,我可就惨了。

令人惊讶的是,居然什么都是原样,除了一个警察正在扶我的书架,想必先前被撞倒了,架上的颜料、图钉和炭笔撒了满地,柜子里一样也没缺。

"有没有少?"警官问。

"到目前,没有!"

"那就不用采了!"他对一个正往黑漆柜子上拿着小毛刷扫白粉的警探说。这时候对门的麦克、华格斯勒老先生,还有曼妮全进来了,我那儿子正在为他奶奶翻译,接受警探的问话。后院则闹哄哄的,显然邻居们正议论那一排脚印。

"那脚印是进屋来的,却没有出去,你们又没看见贼跑掉,到底是怎么回事呢?"我仍然心有余悸,不放心地问。

"我们已经查了全屋的每一个角落,没有任何被人入侵的痕迹,门锁也没有被撬的样子。"

一个警探似乎在向长官报告他的结论,附带答复了我的疑问。

"那么脚印该如何解释呢?"

"我想……我想……"那警探似乎也没个准了,"他大概原来想要作案,没下雪前就躲在了后面屋檐下,但是一直没能下手,结果天亮了,又怕你们会从楼上后窗看到,所以退着步子,眼睛盯着窗子,警戒地退回树林。

"脚印有没有拍照?"警官没有表情地问。

"拍了!但是因为小雪不断下,所以不清楚,而且土都冻硬了,雪又很薄,所以没能看出鞋底的纹路,但脚不小,鞋跟和脚掌很明显,应该是较高跟的雪靴。"

"树林里呢?"警官追问。

"你是知道的,雪这么薄,树枝遮了之后更不匀,加上下面那么厚的枯草、朽叶,不可能看得出。"

"通知越岛公路上的继续守着,这边靠树林一带也留两辆车,说不定还藏在里面,没多少时间,跑不远……"

警官的话还没说完,忽然听到一声尖叫,就见曼妮老太婆冲出我家,两个警察立刻追了过去,我们也都赶到门口。却见曼妮又走了回来:

"我刚才没来得及锁门,听说贼还在树林里,所以吓了一大跳。"

大家都笑了,但是笑得不轻松,每个邻居好像都急急地往家奔,人人都自危了。平时每次街坊聚会,都骄傲地说,这是在纽约市难得靠近森林的住宅区,而且又是划定的鸟类保护区,可以四季听鸟啭虫鸣,岂料今天这个森林却成了人人自危、暗藏凶险的所在。

我们全家的曼哈顿之行当然是取消了,邻居们好像也都没有出去，每个人的窗帘都一掀一掀的，想必是在向外张望。每一声狗叫，都引起大家的精神紧张。连一向在街上跑着打雪仗的孩子也被锁在了家里。我的警铃立刻被修好了，虽然是在放假日，但警铃公司一点不敢怠慢。

警车每五分钟过一辆，隔着萧疏的林子，可以看见山脚越岛公路上也有警车的红灯在闪动，整个奥克兰花园区人家的门灯都彻夜亮着，第二天见面，每家人似乎都说失了眠。

"醒醒！快醒醒！"出事的第三天，天还没大亮，突然被妻摇醒，"我觉得后门又有动静。"

我像是弹射般地飞身而起，并抓起眼镜，躲到窗边，把小百叶窗轻轻挑开一道缝，只见一个不高的人影，似乎手上举个黑色的面罩挡在眼前，并由我的后门倒着步子向林边退。

"这下要被我抓到了！"我匆匆套上几件衣服，也没理会正在摸隐形眼镜的妻的呼喊，三步并作两步地冲下楼去，拉开后门，可不是有个小矮人正穿着我的大雪靴，举着我的双筒望远镜，一面朝天看，一面不断地后退吗！

"你！"我压低了声音，却近乎颤抖地说，"在……干……什……么？"

"我在看哈雷彗星！"儿子笑嘻嘻地回答。

在偌大的房子里，
若没有了那两只非洲蓝绶带鸟、
一只亚马孙大鹦鹉和小天竺鼠的喧哗，
真不知要失去多少生活的情趣。

情侣·小偷·大少爷

"咱们家里，只有四个人，却一共是八口。"母亲经常如此抱怨，"所以一点儿也不如外人想象的清静，甚至可以说是吵闹。"

话虽如此讲，我们全家却都欣赏这份吵闹，因为在偌大的房子里，若没有了那两只非洲蓝绶带鸟、一只亚马孙大鹦鹉和小天竺鼠的喧哗，真不知要失去多少生活的情趣。

每天清晨，屋后森林里的麻雀、乌鸦和"碧玉"还瑟缩在被窝里，我的那一对"蓝衣情侣"便已经开始了山歌对唱。

随着最早起床的母亲，那只亚马孙鹦鹉也就像水车似的绕着笼子打转，并哇啦哇啦地喊着，这时楼下的天竺鼠早被吵醒，更不甘寂寞地发出尖锐的叫声，意思是："我要吃早饭！"

从这婉转悠扬的歌唱、哇啦哇啦的狂喊，到高八度的叫嚷，就交响为我家的起床号，但对我这个不日上三竿绝不下床的晏起者而言，它却是一首"安眠曲"。

情　侣

记得两年前，那对蓝鸟刚来的时候，我整整有一个星期没能睡好，气得差点把它们送出去。其实它们也正是被人送出来的，前一个主人据说是位美国演艺界的小姐，养了一大笼各色的小鸟，不知突然得了什么传染病，几天间死了大半，小姐心想换个环境或许还能活几只，于是告诉她的几个朋友，其中之一正是我的相识，便要了最后剩下的四只给我。偏偏在抓的时候，两只飞出笼子，活活撞死在墙上，所以到我手上时，只有两只，其中那只雄的，还在捕捉时断了一条腿。

"怎么搞了个瘸子来呢！"当我发现的时候，曾懊恼了好一阵子，不是怨朋友不会挑，而是心疼那断腿鸟的遭遇，直到发现雄鸟很快地适应，而且飞来飞去，行动丝毫不受影响，才略略释怀，甚至愈来愈觉得满意了起来。因为居然那么巧合，这对劫后余生的蓝鸟，正是一公一母，而且必定早就成了情侣，或是结为了夫妻。

从它们到达的第二天，那断腿的雄鸟，便单脚站在横杠上与母鸟紧紧地偎着唱歌，每当家人走近笼子，它则发出警戒的叫声，与母鸟一起躲到笼子的角落，并总是站在母鸟的前方；夜晚在那竹编的巢里睡觉，公鸟更必然将半个头探在巢外，随时注意外面的动静。它确是一只残疾的鸟，但在遭遇重伤的第三天，就重新建立起信心与勇气，成了保护者，站在最前哨了。

这对鸟的笼子，也是朋友送的，用雕花的桧木和细润的竹材，组合成一个纯中国式的"建筑"，屋顶是木料，精工雕成一条龙的样子，龙尾弯转于上，正便于悬挂；四角飞檐，则略略翘起，十分匀称典雅；笼底分两层，可以装卸自如，以便更换垫纸。

此外，我又为它们买了一个可以自动装添的食谷器、饮水器、挂在笼外挥发性的防虫剂、一瓶液体维生素和一个瓷制的洗澡缸及洗澡药水。自然，也因此增加了不少工作：我必须每星期为它们添一次谷子，并在添加时拌上维生素；每三天换一次饮水，并把饮水器洗净；每两天换一次垫纸；每天倒上洗澡水。而我最喜欢的，也就是看它们轮流入浴了。每当我添水时，它们总会兴奋地叫，刚添满便立刻争先地跳进池子，最先入浴的水多，自然最过瘾，浸头扑翅地溅得满处是水，急得池外的那只大声催促。如此一鸟出浴、一鸟入浴，一只享受、一只催促，必要轮番四五次，将池中的水洗掉大半,才会跳在横杠上振翅晾干。

过了不久,更令我惊异而感兴趣的事发生了。那是一个初春的早晨,我依旧在梦中,却隐隐约约地听到一串银铃般的鸟啭,那不是我熟悉的蓝鸟,叽叽喳喳的对话、尖声的示警,也不像入浴的高歌,或吃菜时的欢唱,而是一种前所未闻的音乐,一种颂赞,以八个连串高低不同的音,加上重叠的咏叹,使我不得不侧耳谛听,睡意全消。

我披衣下楼,悄悄地穿过客厅,偷窥那悬在后窗帘帷架上的鸟笼,一幕奇妙的景象出现了:只见那雄鸟粉色的喙里衔着一片干了的菜叶,挺着宝蓝色的胸脯,轻扑着灰红色的翅膀,在母鸟面前,单脚跳动,引颈高歌,虽然嘴里含着东西,那歌声却嘹亮而中气十足,且欢愉间带着激情。它重复一遍又一遍地唱着,脚下嗒、嗒、嗒,似是打着拍子,而那母鸟则像是从锁窗间俯视的朱丽叶,一会儿侧耳细听,一会儿又凝神遐想……

此后的好一阵子,它们两个好像精神都不正常似的,忽冷忽热,或是紧靠着吟唱,或是先后地追啄,或是狂呼尖叫地吵架,或是互不理睬地在笼中各据一方,而且妙的是,经常在我们吃饭时大打出手,使全家置箸围观。

"不要打!不要打!有话好说嘛!"母亲常挥着手,拍着笼子劝架。

"它们是怨偶,不打不亲爱。"这是妻的结论。

"再打就把它们隔离,在笼中插片玻璃,相见不相聚,只有七夕才相遇。"我说。

"我知道它们是干什么了。"儿子突然抱来他的彩色动物世界,"书上写得很清楚,它们是非洲红颊蓝绶带鸟,当雄鸟求爱的时候,会捡起一根草茎或羽毛,飞到雌鸟栖息的地方,竖起全身的羽毛,向它摇摆点头。"

从此,它们尽管打情骂俏、爱怨交织,我尽管欣赏热闹,作壁上观。只是不解,情歌唱了近两年,吵吵闹闹也时有所闻,却一直未见添丁进口。

所以,我说它们是新时代儿女,实行了计划生育。

小　偷

我不知道蓝绶带鸟的芳龄,也不晓得天竺鼠的年岁,因为它们是别人送的,而原来的主人我都不认识。

"老师送了我一只天竺鼠。"

我刚跨进家门,儿子就畏畏怯怯地跑到面前报告,他的奶奶则露出一种特殊的眼神,在厨房的门口张望。

"你说什么?你弄了一只老鼠来?"我吃了一惊。

"是老师送的,只有几个小朋友得到……"他嗫嚅地说,突然又眉头一扬,"是奖品呢!因为我最近表现特别好!"

"哦!是奖品。"似乎是件不坏的事,"好吧!在哪里?"

话才说完,儿子已一溜烟地消失在门外。

"我爸爸答应收养了!"接着便听到邻居孩子一片"哟

哈"的欢呼声,儿子已经抱着一个小纸箱挤进门来说:

"它好胖,好可爱,是老师送出来的最大的一只。"他打开盖子,便听见里面一阵"跑马"的声音,原来是个大头、小眼睛、胖身子,既无颈围,又无腰身,更没尾巴的褐白相间的小动物。

"它是女的!"儿子将它举在我的面前,只见一个又圆又大的肚皮,和一股骚臭的味道。

"老师有太多老鼠了,挤在一个小笼子里,所以照顾不好,有些怪味道,我们给它洗澡就不臭了。"

"你老师有几只?"

"六十多只!"说完,就把老鼠抱了进去。

不一会儿,妻回来了,小鬼少不得又从头报告了一番,岂料跟着就被连打带骂地拖到我的面前。

"怎么回事?"我问,"我已经答应他收养了,这是奖品!"

"天晓得,只有你才会被骗,天底下哪个老师会不征得家长同意,而送老鼠给学生做奖品?八成是老师多得养不了,问哪个冤大头要,他就举手了!"

"是不是真的?"我放下报纸。

"……"儿子哭着说,"我把它放到后院森林去好了。"

"那样不对,会饿死的。"我对妻说,"要教孩子有仁爱心,让他转送给别的同学好了。"

第二天,老鼠没有别人收养,儿子倒是抱来了一大包浅绿色的天竺鼠专用饲料,和一个像是奶瓶的饮水器。

第三天,我帮孩子弄了一个纸箱,拿了一个调色盒给老鼠装饲料,又在纸箱上开了一个小洞,把饮水器的"嘴"塞进去。

第四天,我弄了一些木屑放在箱内,又垫了许多报纸,以维持干燥。

第五天,儿子的兴趣已经没了,完全交给老子管理。

第七天以后,我又把换食换水的工作,让给了我的母亲。从此不久,每当母亲跨下楼梯的第一阶,就会听见老鼠的尖叫声,因为它认出了喂食者的足音。

虽说天竺鼠只对母亲索食,但妙的是,每当我抖动纸张时,它也会鬼叫个不停,原来那抖纸的声音,与母亲到纸袋里取饲料的声音相似,所以能勾起它的联想。这毛病实在非常讨厌,因为我的画室在楼下,天竺鼠也在楼下,而画纸不时抖动,那小东西听觉又奇佳,所以每当我展纸磨墨灵感飞扬时,鼠鸣便不绝于耳,唯一求得耳根清净的方法,就是提供大量食物。问题是,这老鼠食量奇大,给多少,吃多少,正如它的英文名字"Guinea Pig",它根本就是一只猪。

此外,比猪更讨厌的是,猪只要吃饱就没事了,绝不会有挖地道越狱之举,这天竺鼠却天生与跳梁小丑同辈,每当夜阑人静,常听得咔嚓、咔嚓之声自楼下传来,十分像童话故事中"虎姑婆"吃人手指头的声音,又仿佛那宵小之流正在锯我家的后门,初时真是令人不寒而栗,使我难以安枕,所幸久而习之，也只当是窗外风吹树杈的声响，倒还有几分情致起来。

如此习以为常几个月，突然连续数日未闻老鼠鬼叫，也不见其磨牙，家人都觉得这老鼠必定是自修有成，已经能得"定静"的功夫。正在交相夸赞时，母亲突然惊呼，原来那老鼠将纸盒咬了一个大洞，早已自由进出多时，只是因为洞在盒角，又有木屑相掩，所以难于察觉。直到母亲发现盒边的饲料异常减少，才惊见那老鼠居然把饲料袋咬破，并且来了个"大搬家"，把半袋的食物，偷偷移到了纸盒靠墙的一边，从高墙铁槛的监狱食物配给，到自由出入的外役监自助餐，那老鼠自然怡然自得了。

"既毁损公物于先，又越狱潜逃于后，更有偷窃之举，再行囤积之实，且居然蒙蔽主人，伪装矫情，故作天真无邪状……"宣读了天竺鼠的多条罪状，我决定将它递解出境，而且亲自执法。

其实这递解出境是我早就想好的，因为某日我经过邻近的宠物店，发现店橱窗内居然也有好几只大老鼠，于是灵机一动：何不将那些天竺鼠"送作堆"，免费让给宠物店呢！所以无须考虑，我就抱着天竺鼠的破盒子，跑去了宠物店：

"这只胖老鼠，我不想要了，送给你们吧！"我说，"顺便连这半包食物和价值三块多钱的饮水器，也一并奉赠。"

"对不起，我们不要。这一定是你小孩的吧？你小孩必定在 Holly Family 小学念书，他的老师必然是 Mr. Grose

吧?像你这种家长,已经来过十几位了!你算是最有耐性的,来得最晚。"

于是老鼠继续住了下来,而且住进更高级的旅馆,由小纸箱搬入了大木箱,只是半夜三更的"越狱声"似乎更响亮了。

大 少 爷

"有些动物,像鹦鹉,天生就有模仿的本能,不必刻意教,它们自己就会想去学。"某日儿子对我讲述学校新教到的东西。这几句话,突然使我灵光一闪,宠物店里那几只活泼的鹦鹉,便在眼前呈现。那是当我等着送天竺鼠,四处浏览时看到的。然后我便想起那电影中鹦鹉表演和电视中鹦鹉学语、唱歌的镜头。

"鹦鹉是很有意思!"我故作平淡地说。

"我们养一只鹦鹉吧!宠物店里就有亚马孙鹦鹉!"这小鬼居然颇合我心,而且早已观察入微。

"很贵呢!"

"好像正在大减价。"

"是吗?"

"当然。"

于是我们一老一小立刻就出现在宠物店里,果然是大减价,原价美金四百元,减为半价二百元。看来十分令人心动。

"还是太贵了。"我有些迟疑。

"买给我做圣诞礼物吧!"儿子求着。

这也蛮好,我心想,既是我自己感兴趣的东西,又可以做圣诞礼物,一举两得,不是很好吗?

"好!买一只鹦鹉给你,但是没有圣诞礼物也没有圣诞树,省下的钱大约够了。"

岂知,我居然漏算了笼子和各种装备的开销,只知道当我把鹦鹉的纸箱、三尺高的铁笼、杀虫剂、维生素、磨牙的石头、洗澡喷雾剂、剪爪子刀和混合着葵花子、玉米、小米、花生的饲料搬上车时,已经是囊空如洗。

"新年礼物也省了吧!"我说。

鹦鹉搬回家,第一件事就是决定放在楼下还是楼上。

"该放在楼下。"我说,"因为我晚上画画,没有人陪,它可以解闷。"

"该放在楼上。"儿子说,"因为楼下有老鼠不停地叫,鹦鹉到后来,一定只学会老鼠叫。"

最后,依照饲养手册的指示,将笼子放在了楼上客厅,原因是楼上比楼下暖,而亚马孙鹦鹉要平均七十五华氏度的气温。至于摆在客厅,则是因为书上讲,要放在一家人经常聚会的场所,使鹦鹉能有不断听人讲话的机会。当然在客厅里放的位置,也全照书上所说:不要放在靠暖气处,以免空气太干,使鸟掉毛;也不能放在靠镜子处,以免它注意自己的形象,而不专心学讲话。

但是对于书上所说的"只能有一个人专门负责教说话"这一条，我们是未能遵守的。于是当我母亲走近笼子时，教的必定是"奶奶！奶奶！叫奶奶，给葡萄吃"。

当我和儿子在家时，教的一定是"哈罗，哈罗"。

妻则很少理那鸟，因为嫌它把地毯弄脏了，搞得四周都是葵花子的壳，所以总是骂鹦鹉一句："笨蛋！"

转眼两个月过去，鹦鹉既未叫"奶奶"，也没说"哈罗"，更不会讲"笨蛋"，倒是学会了不断地绕着笼子打转、荡秋千、盯着人手咕咕叫，表示要吃水果以及看电视和抓痒。

说到打转，它可以连续由笼顶到侧面，到笼子下方的木棍，再回笼顶，不停地打十几个转，而且嘴脚并用，速度奇快无比。

至于秋千，则悬挂在笼子的正上方。初来时，它只有八个月大，对于能活五十岁的鹦鹉来说，还是个婴儿，所以根本不敢上秋千。岂知才半个月下来，它不但爱上了秋千，而且晚上睡觉一定要单脚站在秋千上；有水果时，更必定要在秋千上吃，就算在笼子下面，给它一块水果，也会千方百计地搬到秋千上享用。那秋千似乎成了它的餐厅和卧房，也是最愉悦的地方。

谈到吃东西，鹦鹉与一般鸟是大不相同的，它每只爪上的四趾，不像一般鸟的三前一后，而是两前两后，爪上的鳞皮也比一般鸟来得细，动作灵活，根本就像是手。它可以用手抓着东西往嘴里送，从婴儿拳头般大的石头，到小小的葵花子，都能握得非常稳，而且能配合着那尖锐如钉的喙，将掌中物调前转后。

此外，它爱吃甜食，酸的水果尝一下，就扔掉；遇到甜食则追着不放，如果人手上有甜味，还会伸出黑黑的舌头舔。可惜饲养手册上警告不能给它吃蛋糕，以免长得太胖，会得心脏病，否则它真可以与主人共用下午茶。

除了甜的水果，那鹦鹉最大的嗜好，应该是看电视了。起初我们全家并不知道它有此雅好，只是发觉当人们站在它笼子前面时，它便会不断地咕咕叫和打转，心想，这鸟真是十分爱主人，擅长表演争宠，后来才发觉，它只是因为被挡住看电视的视线，而不得不调整位置，以便观赏，如果大家再不让开，它就会大声地抗议了。那声音十分复杂，有时低沉如同鸽子，有时高亢如鸿鹄，更有时活像老母鸡生蛋之后的"报告"。不过正因为家人有所企盼，指望它"大少爷"哪一刻触动灵机，发出半句人语，所以总是竖着耳朵听，把它发出的怪声怪调，往自己盼望的方向想，倒也十分有意思。

最后谈到它的绝妙嗜好——让人抓痒。

想当初，这鹦鹉刚来时，真是不准人们靠近半步，稍稍接近，就发出呜呜的怒吼，立起全身的羽毛，做出攻击状。渐渐地，由于喂水果、逗谷子等取悦的行为，总算对家人有了好感，但是仍然不准人把手放在笼子的上方，那样做，它似乎会感到不安，偏着头做出警戒的样子。

"书上说，要驯服它，先得使它不怕人的手。"我想出一个办法——逐渐接近。先将手靠着笼边放,再逐渐地移向它的头顶,几天下来,果然有了进步。于是我更大胆地偷偷把手指探进笼子,摸它一两下头。它先是反应激烈,使我差点挂彩,渐渐居然也温驯下来,我便像抚摸小猫似的抚弄着它头上深绿带黄的羽毛,未料它居然把整头的羽毛都立了起来。我先以为它是生气了,后来看它气定神闲,才发觉敢情是搔到痒处,要我把手伸进羽毛抓痒呢!

从此,只要我和儿子一靠近笼子,轻轻说"抓抓痒痒、痒痒抓抓",它就会立刻竖直毛发,等待"马杀鸡"。而且只要碰到痒处,它必然会顶着手指用力,恐抓得不够重;至于抓错了地方,则会作势欲啄,十分不悦状,跟着便像猫抓痒一般,伸出爪子自己解决。似乎是说:"你抓得不对,还不如我自己来!"这种抓痒的表现,是饲养手册里没有记载的,却成了我养鸟的最大乐趣。

二月底,是我的生日,儿子除了送蛋糕之外,还画了一张生日卡,上面画的不是花,也非风景,竟然是只红眼睛、黄腮、绿头、绿身、黄红尾巴的亚马孙鹦鹉,上面还画出一根线,并写着"Hello",表示鹦鹉讲"哈罗"。

"我过生日,你为什么画了只鹦鹉给我呢?"

"因为我知道如果有一天鹦鹉说哈罗,你一定会高兴得跳起来!""知父莫若子",谁说不是呢?

> 哈罗"入伍受训"了,
> ……只要半天,晚上七点钟打电话给他,
> 大概就已经训好,
> 可以带回来了。

哈罗"入伍"记

"哈罗"是个名字,它来自南美的亚马孙丛林区,长得尖嘴利眼,短小精悍,一看就知道不是个"凡人"。它最爱吃的东西是蛋糕泡水,最爱吃的水果是葡萄,最爱喝的饮料是咖啡,最礼貌的动作是握手,最坏的行为是随处便溺和大声喊叫。当然这也不能怪它,因为它今年才两岁半(算命先生说,它可以享五十年的阳寿呢)。也正因此,它只会说一句话:"哈罗!"

哈罗,是我家的鹦鹉。

其实哈罗真正学会说"哈罗"还是不久以前的事,那时我正在家乡,突然接到儿子的信:

报告您一个大好的消息,咱们家的小鬼哈罗,居然会说"哈罗"了,而且说得很清楚呢!

不到一个礼拜,又接到老婆的信:

我告诉你一件头痛的事,自从你的哈罗说"哈罗"之后,每天下午四五点钟就大叫个不停,拼命似的拉长喉咙喊,害得过路的人,都停下脚步往屋里张望,以为我们在叫他。

又过了不久,母亲在电话里也抱怨了:

"那鸟自从学会讲话之后,是愈来愈皮了,大喊大叫不算,而且常常飞到地毯上,大摇大摆地走来走去。有一次我们到超级市场买点东西,心想只去一会儿就回来,所以没把它赶进笼子。天知道!回来之后,才进门,就见一条黑影奔向笼子,再检查,居然满地毯,从客厅到厨房,从桌子底下到沙发后面全拉了屎;平常不见它那么会拉,也不知道才二十分钟,它是哪儿来的那么多粪便。"说到后来,母亲似乎发了奇想,"找找看,问问专家,有没有什么东西,像是尿片子啦,可以给你的鸟挂着,免去许多麻烦。"

而当我回到纽约，才进门，从来不太讲话的三姨，也跑来参了哈罗一本：

"这个鸟现在可不同了，吃什么东西，都先要把食物叼到水盒那里，丢下去泡一阵，再捞起来；吃完之后，以前只是把喙在木杠上磨磨便罢，现在居然也学会了爱干净，非去洗洗嘴不可，弄得水盒一天要换好几次水，每次换水还要咬人，咬不到人，就咬人的衣服扣子，我的扣子已经被它弄坏好几个了。"

最糟糕的是，当我的学生若丝·芭克听说她协助翻译的《刘墉山水写生画法》出版，而赶来一睹为快时，我才为她端上一杯热咖啡，那哈罗居然由老远的客厅一角的笼子上，直朝若丝小姐飞去，吓得若丝拔腿便跑，咖啡也洒了一地。

"这都是因为你喂它喝咖啡，养成了习惯，见到咖啡就没命，喝多了兴奋则鬼叫；晚上睡不着觉，更要大声吼。"老婆说。

"不不不！这是因为翅膀长得太长了！"还是儿子有学问，抱来育鸟手册，"你看！每半年就应该修剪一次翅膀，免得它乱飞。"

"对！可是该怎么剪呢？"

"书上说，一个人把鸟抓出来，先抓爪子，再抓头和颈，然后另一人把翅膀拉开，用特别剪翅膀的剪刀，从外面数来第三根羽毛开始剪……

"书上说，只要剪一只翅膀就成了，因为这样它就无法飞得直，也自然不敢乱飞……

"书上说，要从羽毛根部大约一寸的地方下刀，千万不能剪到正在生长的羽毛，因为那种羽毛是有血液流动的，直到羽毛不再继续长，血管才会被封闭……

"书上说，只有有经验、不紧张、情绪稳定的人，才能动手……

"书上说……"

"这么多禁忌，我不剪了！"我一挥手，"还是找专家来办理吧，改天我去问问附近那家宠物店，说不定他们会。"

"剪翅膀？小意思，你把鸟带来，两分钟都不用，只要两块五毛钱。"宠物店里的小姐，身材不高，口气十分豪放，拍拍胸脯，大有老娘此中高手的意味。

这时环顾左右，才发现这家宠物店还真有些名堂，大鸟、小鸟、大天竺鼠、小白老鼠，各种热带鱼、波斯猫、暹罗猫、俄国蓝猫、狼狗、狐狸狗、吉娃娃、沙皮、北京狗，乃至蜥蜴、毒蛇，一应俱全。而且妙的是，十几只大鹦鹉全站在一个木槽子的边缘，只见客人走来走去，那些鸟居然全如老僧入定一般，既不见咬人，也未闻大喊，偶尔喃喃几句，也甚儒雅可听；如果换了我家的哈罗，早不知有多少人的衣扣要被扯掉了。顿时我便有几分佩服："此店不可小觑！"

突然脚下一阵骚动，低头看，原来一只暹罗猫，居然十分不认生地在我脚边厮磨起来。

"你的猫可以自由走动啊？"我好奇地问，"你不怕它去捞鱼、扑鸟、掏蛇吗？"

"笑话！它们都是好朋友，只要进我的店，猫绝不扰鸟，狗绝不咬猫，就算把小老鼠放出来，也会平安无事。"

想必确是个专家，这下我是真服气了："好吧！我现在就回去把鸟带来剪翅膀。"

"要不要把食盒和水盒装满？"听说哈罗要到宠物店去旅行，母亲开心地问。

"不用，只要两分钟就剪好回来了。"我说，"连食物和水盒都不必带，因为在车上笼子得躺着放，食物一定会打翻的！"

于是大家七手八脚地为哈罗的笼子罩上黑布，便将它运上车。老婆开车，我押车，儿子好奇，也自然同行。

车子停在宠物店后面的停车场，我和儿子把鸟笼由后门抬了进去，并赶快把那总是敞着的后门关上，因为我知道，他们虽然可以自信店里的宠物不会逃跑，我可不敢保证哈罗不会越狱。

看我把鸟笼上的黑布掀开，店里的小姐便尖声向里面喊，敢情并不是小姐动手，而是另有专家操刀。

那专家，看来果真悍，连腮胡子、铜铃眼，穿着一件花坬、像足军队迷彩衣的短袖汗衫。八月的酷暑却足蹬皮靴，半长不短、早破了边的牛仔裤，系着一个拳头大的皮带扣子，活像摩托车党、龙头老大的样子。这时那娇小的女子，早送过来一只手套，大汉便拉开笼门，一把伸了进去。我家宝鸟，果真也不含糊，迎面便是一嘴，不过专家还是专家，他让哈罗咬着厚厚的手套，就势将手推向笼边，扣住哈罗的脖子，只见哈罗一阵杀猪似的鬼叫，大汉突然把手抽了回来，对他的女友（抑或太太？店员？）大声地吼着："手套不对，换一双。"说着便脱下手套检视，想必是被咬痛了。

换了一双更厚的手套，又是一番折腾，哈罗总算被乖乖地放倒，小姐忙着拉开翅膀剪，而且居然两只翅膀全都料理了，不知是加倍服务，抑或书上说的不对。

关上笼子，我算算时间，前后足足有五分钟，比他们的预估多了两倍。

"你这只鸟吃什么东西？真是壮鸟，只是缺乏教养，你根本没有训练过嘛！"

"当然训练了！"儿子和我不约而同地说，"它会叫'哈罗'。"

"这有什么稀奇，我店里的小鹦鹉都会说话，而且会讲好长的句子。"他指指店前面橱窗里的小鹦鹉，"其中一只会说'鸟会讲话'（Bird can talk），我不过训练几天而已。"

"可是这鸟对人很友善，它每天都叫我们为它抓痒痒。"

"这就更不稀奇了，我问你，你的鸟会在你手臂上走来走去吗？它会站在你的肩膀上吗？它会跟你亲嘴吗？"

"你看！"说着他便走向一只站在槽边的大蓝鹦鹉，让鹦鹉站在他那长着黑毛的胳臂上，又放了一颗葵花子在自己嘴里，叫那鸟自去叼出来；再把手指放在鸟的嘴里，让鸟衔着；

还将一只巨灵之掌,往那鸟头上一阵猛搓,仿佛为鸟洗头一般,那鸟居然都不生气,看得我一家三口全傻了眼。

"把你的鸟留下来训练,只要半天工夫!现在是两点,说不定你晚上七点就可以领回去了,五十块钱,包你的鸟会乖乖地听话,在你身上走来走去,而且绝不咬人,包不吵闹。"

"真的吗?"

"当然!我连猫都能教会它们自己去人的厕所小便,除了不会冲水、洗手,动作都跟人一样!"他把眉头扬了一扬,看着我。

"五十块?"

"五十块!"

"半天就成?"

"八成半天的时间就够了!"

"你怎么训练呢?我的鸟很顽固呢!"

"这是机密,但是多么顽劣的鸟,都能训练好!"

"保证?"

"无效退费!"

"怎么样?"我转向老婆和儿子,"会在胳臂上走来走去,不再鬼叫,不再咬人,好像不差。"

"那就留下来吧!它的毛病再不改,实在太不像话了。"

"可是改了就不像我们家的哈罗了啊!"儿子居然反对。

"但是,你难道不希望哈罗在你手上走来走去吗?"

儿子歪着头,想了想,终于动摇了,于是三票全过,把哈罗留下来。

"哈罗呢？"母亲看我们空手回家，惊讶地问。

"哈罗'入伍受训'了。"我把宠物店保证做到的事，一一向母亲报告，同时附加一句，"只要半天，晚上七点钟打电话给他，大概就已经训好，可以带回来了。"

"训训也好，这鸟确实有些乖张，不过五十块可也真不便宜。"母亲说。这时三姨从里面好奇地走出来，母亲便大声告诉耳朵不怎么灵光的她。

"哦！"在"文化大革命"期间一下子白了发的三姨点着头说，"好！好！好！送去改造一下是不错的。"

这个下午似乎过得特别慢，儿子自己有表，偏偏还是每半小时就来问一下时间；平日不太下楼的母亲，也到书房张望了好几次，每次都讲一句"让哈罗受受训也好"，便上楼了。问题是大家走来走去，害得我画都画得不安稳，只好改练毛笔字。

总算熬到了晚上七点，我遵训练师之嘱打了电话去。接电话的是那个小女子。

"彼得出去了，他说你的鸟还要多训练一下，明天礼拜天，后天再打电话来。"

"他怎么出去了呢？"儿子气急败坏地问，"他怎么能出去呢？"

"我怎么知道，人家并没保证半天就训练好啊！你有一点耐性好不好！"

"在外面住一晚，说说梦话给整屋子的鸟听，倒也不错，说不定换了地方，就会说梦话了。"母亲笑着说。

"爸爸！你为什么没问她，今天傍晚哈罗有没有大声叫'哈罗'呢？说不定会把他们吓死。"

"我们乘机把鸟笼子的地方清理一下吧！真是太脏了。"三姨把放鸟笼的玻璃桌子和下面的地毯弄干净，我又拿了卫生纸沾水，把旁边墙壁上哈罗吃东西甩上去的渣子擦去。一个晚上似乎没做什么，也没看电视，便过去了。

十二点，我突然想起一件大事，哈罗的笼子里没有放水，也没有食物。

"怎么办？已深夜了，不晓得他们有没有注意到，我是不是该打个电话去叮嘱一下。"我问妻。

"已经十二点，太晚了，饿不死你的鸟的，明天早上再打吧！"

"可是明天是礼拜天，他们会不会有人在呢？"

"宠物店总会有人在。"

"真的吗？"

"这是以前你自己说的。"

于是早上才七点多，我便打了电话去。

"我们昨天就已经喂它了，你放心！"听声音，彼得似乎还在梦乡，想必是在店里。

"既然彼得住在店里，我们何不去看看呢？"儿子中午在餐桌上说。

"宠物店远吗？"母亲问。

"可是，礼拜天宠物店一向是不开门的。"

"顺便出去遛遛，好久没往那边去了。"母亲说，"不开门你儿子也死心了！"

既然老母如此说，我只好听命，说实在的，我自己也真想去瞧瞧。

于是正好是送哈罗去受训的二十四小时之后，星期天下午两点，我们一家五口全到了宠物店，门上果然挂了一个"Close"。儿子跑去敲门，没有人开，我又按了电铃。门拉开了一条缝，是那女的，没有化妆，有点像是其中的一个宠物："是你呀！今天不开门。"

"可是我的鸟……"

"很好啦！告诉你明天打电话嘛！OK？"

没等我搭话，门就重重地关上了。

"我没有看到哈罗呀！我是往昨天哈罗笼子的地方看过去的，可是没有哈罗的影子！"儿子焦急地说。

"八成怕我们看她没化妆的丑相，所以不开门。"妻说。

"怪不得他的鸟下午不会大声叫，一来是因为被关笨了，二来是由于店里那么黑，看都看不清楚，还叫什么！"母亲也发表了感想。

"这才像是集中营啊！所谓不见天日，没有光明。"三姨说。

星期一中午，照例儿子上学、老婆上班、三姨整理花园，我因为白天没课，便和母亲在客厅看报。

"宠物店的人怎么说？"老人家问。

"说是咱们的鸟太没教养了，放纵既久，自然需要多些时日，才能使顽石点头。"

"他怎么让鸟点头？没本事，训练一个月也点不了头。原来不是讲半天就成吗？"母亲放下报，又摘下眼镜，"刘墉啊！他们是不是用打的方法训练哪？"

"我问过了，说是机密。"

"机密？他当然说是机密，他们一定会把鸟打死的。"儿子居然比平常早到家十分钟，说是跑回来的。

"只要不打头。"他的奶奶说。

"身子也不能打，我们把它带回来，不要训练了！"说着小鬼就往门口走。

"人家说不要去看，太早看它，会让它把刚学会的东西忘掉。"

"他们一定是把它虐待得快死了，不敢让我们看！"儿子瞪大了眼睛，跑到我面前，"爸爸，他们会不会用《飞越杜鹃窝》的方法——脑叶切除啊，我可不要一只笨鸟！"

"如果变笨，就把它像电影里一样地弄死算了。"我也有点气了，不知是对什么人，反正有些气急、火大。

晚上学生来，我把这事告诉了学生。

"听说他们用敲鼻子的方法，鸟最怕打鼻子。"

"听说他们用一种通电的棒子，鸟不乖就电它一下。"

"听说他们用一种有催眠作用的药,硬性洗脑。"

"听说他们用针刺,因为鸟的毛厚,重量又轻,打是不会痛的,只有用针扎才管用。"

大家七嘴八舌的,使我一夜都睡不安稳,而且岂止我,据说一家都没睡好,儿子还做了噩梦,又踢又打的。

"每天哈罗大声叫,真觉得吵,现在不在家,又觉得好冷清似的。"看一份报,母亲半途放下来好几次,对我这么说。

"每次走过房门,看见那个空的桌子,少了个笼子,好像空空荡荡,到了别人家的样子。"三姨笑,却又蹙着眉,"好不习惯!为什么久不闻哈罗鬼叫,连邻居都问。"

"不会给我们换了一只吧?"连一向不太开口的妻,也有些担心的样子。

"只怕已经被他们那只暹罗猫吃掉了,所以不敢叫我们去看,他们不知道该如何交代。"儿子大喊。

"弄死了赔钱!"

"我不要!"小鬼居然哭了。

"我现在就打电话,拿回来算了!"

"对!"居然是异口同声。

"差不多了,你过来看看也好!"彼得在电话的另一头似乎有些迟疑地说,愈发勾起我的疑云。

"看看也好?"这是什么意思,我很不高兴地挂上电话,"好就是好,不好就是不好。"

"管他好不好,带回来就好,我们哈罗用不着他们训了。"

母亲也有些不高兴地说,"人又花钱,鸟又受罪,我还怄气。"

五分钟后,又是我们三口走进宠物店的后门。我一眼就看见在那柜台旁边一个金属架子上,站着的正是我家的哈罗。

"哈罗!"儿子过去对着鸟喊,那鸟居然没有反应,倒是浑身抖个不停。

"它不认识我了。"儿子转过头,急着报告,"看!它在发抖。"

我趋前细看,可不是吗,那鸟的眼睛里充满恐惧与失神的感觉,活像是突然遭遇大难而失措慌乱者的眼神,又仿佛精神病院中直挺挺踱步子的患者;至于那双翅膀,更不像以往紧绷绷、光光亮亮地贴在身上,而是蓬松地吊在两侧,如果不是走近看,真会觉得那是只才从冰水里捞上来,冻得颤抖不已的鸟。

"它的翅膀怎么合不拢呢?"我问,"没有受伤吧?"

"当然没有,我不是跟你说了吗?它是因为练习走路,太累了。"说着他以两只手伸过去,同时抓住了哈罗的双脚,再放在一只手上站着,那鸟果然便张着剪了毛的翅膀来回走动了起来,只是身子颤抖得更厉害了。彼得又把手臂移到了胸前,让鸟贴着站,再以一手轻轻地抚开哈罗的身体。要是平常在家里,摸到哈罗的尾巴,它早就会大声抗议,再回嘴咬人了,此刻却不知怎的,居然服服帖帖地让他抚弄了。说着,彼得居然把哈罗移到嘴边,对着嘴亲了一下,再把鸟放在我的胳臂上。哈罗的爪子紧紧地抓着我,又有些颤,我赶紧把它移回架子。这时才注意到彼得的两手和两臂上全是伤,而且有些显然是见血的新伤。

"每次把手放在它嘴里之前,"彼得把手指含在口里,"最好先用口水濡湿,这样它就会知道那是你的手,而不是东西,也自然不会用力咬。但是注意!你要以手背快速地接近它的头,而不是用掌心对着它,也尽量避免用手掌在它前面挑逗,否则它就会咬。"彼得把手在哈罗眼前晃动了几下,果然哈罗便有了攻击的动作。

"好!现在你自己把它由杠上拿起来,放在臂上走走看,要两手各由左右脚同时拿,使它无法躲避。"

我如法做,果然哈罗大叫了两声,没有咬我,便好好地站在我的手上,只是我发觉,它那种乖的表现,似乎是种畏惧,而非服帖。

"多少钱?"我想还是快点把它带回去。

"这鸟不太容易对付,所以多训练了三天,而且不知为什么发疯,扑倒我一杯咖啡,你给我七十五块吧!问题是,你满意吗?"

"OK!"我把鸟塞回了笼子,里面倒真是放了些水和葵花子。

"那个小碗你可以带回去。"彼得高兴地收了钱,"注意!第一点,你要不断继续这种练习,否则它会忘;第二点,如果它不乖,你只要拿只手套,在它眼前晃晃就成了!"说着,他拿个褐色的手套在笼外摇了摇,果然哈罗吓得倒抽气地怪叫着,想必吃了那手套不少亏。

我们三人有一种又逃又抢地把哈罗救出来的感觉,以及一种劫后余生、快快离开是非地的心情。

回到家,客厅中真是灯火通明,平常非常省电的母亲,居然把所有的灯全开亮了。

"来来来!叫奶奶瞧瞧,你受苦了啊!"母亲居然自称为那哈罗的奶奶,这也是头一遭。

"好像是被洗脑了!"三姨也趋前看着,"这个'小青年'锐气都没了,看它那双眼无神的样子。"

"不晓得让人怎么整的呢!我们也没检查,有没有什么地方骨折受伤。"妻说。

"八成今天知道我们要去,整天集中教育、疲劳轰炸,硬是训成这个样子。"我说。

儿子则闷不吭气地端来了食和水。

问题是,一个晚上哈罗一点东西都没吃,只是呆呆地站在杠子上,带着它那失神凝滞的眼神。最后母亲下令:

"大家不要看了!罩上黑布,让它睡觉,明儿一早就好了。"

第二天 大早,每个人起来,没刷牙,第一句话居然都是:

"哈罗好了吗?"

答案是:"没有!"虽然它开始吃东西了,但是再也没有像以前一样地在笼子四周快速地攀爬、倒吊着摇摆、泡它的食物，更没有叫一声；连打开笼子，它以前最兴奋、总是忙不迭地向外冲的时刻，它居然都没有反应。

"哈罗是不是让他们打笨了哟！"母亲已经有点担心了，其实家里哪个人心里不如此想呢？只是不愿说出来罢了。

白天，三姨特别拿哈罗最爱吃的花生和葡萄逗它，叫它来抢，并不断地对它说"哈罗"。

晚上，我们特别放弃电影长片，将电视转到哈罗最兴奋的动物世界，而且试着挡住它的视线，看看它会不会如往常般鬼叫抗议。

夜里，我们故意不为它在九点整罩上黑布，看看它会不会像以前一样大叫地催促。

我们用了各种方法刺激，希望它恢复过去的记忆，但是都失败了。

三天日子，如同蜗步一般漫长，充满低气压地过去了。哈罗所在的角落成了最受注目，却又最不敢注目的地方。

第四天，星期六，蔚蓝的天空，本来是该出去打球的，大家却全守在家里，意兴阑珊。突然——

"哈罗！"下午四点钟，石破天惊的一声，全家都站了起来，仿佛久旱听雷鸣，几乎不敢相信自己的耳朵。

"哈罗！哈罗！"哈罗拉开了喉咙喊。

"哈罗说'哈罗'了！"全家欢呼。

从此哈罗又恢复了老样子，啄人衣服、咬人纽扣、扑镜子、抢咖啡、拿着食物泡水，且随地便溺、狂呼猛喊，一切旧有的坏习惯，完全没改；至于在人手上走来走去，早忘得一干二净了。

问题是：再也没有人抱怨，甚至大家还交相赞美：

"这才像是我们家的哈罗。"

> 在美国挑房子，
> 不但要懂得看地区、看结构，
> 还要知道看垃圾、看车子、
> 看草坪和人行道……

美利坚之屋

由于新添了女儿，岳父母前来照顾，家中又常有远客，我为了换个较大的房子，最近不得不四处觅屋。

在美国买房子可比在家乡要考虑得复杂多了，就地区而言，既有高级区、普通住宅区、商业区的差异，白人、黑人、西裔、亚裔的聚落又不同，甚至还要考虑有没有种族排斥的问题和学区的好坏。尤其重要的是，得看出整个地区的发展趋势、居民移入的情况，否则随着地区的恶化，几年之间，房屋的价值可能下跌一倍以上。

就房屋本身而言，学问也真不少，美国独门独院的房子，里面多半是用木料和石膏板搭建的，外面有石、有砖、有铝、有杉木，还可能用那远看是砖、近看才知道像是电影布景用的"假贴皮"。

加上老美多半懂得室内布置，厚厚的地毯一铺，各式的灯光墙饰一挂，浴室走道再换成大理石、花岗石，附带按摩缸、天光屋顶，使人步入其间，目不暇接之下，也就容易忽略真正重要的"房屋工程架构"。直到搬进去之后，才发现地层有了下陷，屋顶有了歪斜，基础遭了白蚁，某些水管又可能渗漏了多年。

所以在国内买房子讲究风水，那风水多半是抽象的；在美国注意风水，则是写实的。稍不注意，真可能会漏风、进水！选房子的人，必须既有史学家的本事，看一个地区的演变、兴废；又有社会学家的本事，观察该地区的风气；更要有工程师的眼光，不被表面的装饰所欺骗。

所以有房地产的专家说，不要因为房子的颜色惹你讨厌，或厨房太脏而拂袖不顾，那是几千块钱就解决的问题。重要的是房子，如同看女人，不要被衣服骗了。

他们又说，其实啊，房子也不重要，真正贵的是地！想想那广告上刊登的佛罗里达海滨别墅，多漂亮！全新的，才多少钱一幢？还带室内游泳池呢！所以如果在最好的地区，买下一栋破旧老屋，拆掉重建，还是划算！

最令人火大的是，他们私下偷偷地说：

"那些刚来美国的亚洲客最好骗!由于新来,对地区不了解;带着大把现钞,成交爽快,不会夜长梦多;加上在亚洲一定住得不够讲究,所以只要羊毛厚地毯一踩,花花的壁纸和水晶吊灯一看,就腾云驾雾,眼花缭乱,不知东南西北了!"

可不是吗?我起初也差一点买下坏区边上的房子,幸亏遇到贵人指点,才没有蚀本。经过这十三年,换三栋房子,阅屋数百幢的经验,才渐渐有了些领悟。

这确实是领悟,因为看屋如看人,那品质、面貌是相通的,所谓"世事洞明皆学问,人情练达是文章",买房子虽非写文章,却要对世事、人情有许多观察,也自然能领悟许多人性。

买房子先要认清掮客。掮客在某个角度来讲,对购屋或售屋的人都有好处,也都有坏处,因为他可以使买主见到更多的房子,也可以为卖主制造更多的机会。他会要求买主尽量出高价,又要求卖主不断地减价,当然他更会尽量展示好的一面给买主,并私下向卖主说尽房子的缺点。

也就因此,当掮客开车带你去看房子时,千万别以为一路上所见到的高级住宅,就会属于你看的那一区!因为他们往往会非常有技巧地,专带你绕路走漂亮的街道,等你买下来之后才发现,那房子在好区与坏区的交接处,只因为他带你穿过好区、避过坏区,所以你会被蒙在鼓里。

当然最好是亲自再跑几趟。譬如当你上班时间前往,看到的是幽深巷弄；在假日见到的很可能是一片吵闹，碰到你不愿见到的人，或在街角群聚的不良分子。

在美国，懂得看地区的人，常在看"人"之外，观察三样东西——停的车子、放出来的垃圾、庭院和人行道。

车子，当然是看车种、价位。一个四处停高级车的地区，自然不可能贫穷。至于不是旧车、烂车，就是东凹西陷的"祸车"和"解体车"时，可就得大大地小心了，只怕偷车贼就住在你的隔壁。有些人甚至会到附近超级市场的停车坪察看，因为那里可以显示出大地区的情况。

看垃圾、庭院的人，境界就又高一等了！因为其中显示的，除了富裕更包括了公德，也可以说能见出人性。

于是你可能看到一大袋一大袋整齐放置的垃圾，而知道那屋主是用专装垃圾的强力塑胶袋的人家，他可能有较整齐的个性。

你也可能见到一小袋一小袋印着中文字的购物袋，分别以那袋子的提手打结，堆在路边，而可以猜想，必有个具有勤俭美德的中国人邻居。

你可能看到许多人家的垃圾里，夹着婴儿尿布的盒子，而猜想那里的屋主属于年轻一代，年轻邻居的好处是充满生气，缺点则是可能比较吵。相反地，老年屋主虽然安静，却也暗示比较大的"未来变数"——你很可能发现，有一天老人去了，他远在外地的孩子，草草卖掉房子，换来了你最不欢迎的邻居，一时整个地区的人，纷纷卖房子，房价瞬间惨跌。

　　如果你够细心，更可能由最小处看出人性。记得一位精通置产的朋友，曾经指着路边人家，对我说：

　　"你看！他拿出来的屋内拆下的木条，上面的铁钉都被特意地敲弯。而那纸盒上，则写明'小心碎玻璃'的大字，这是因为他考虑到收垃圾人的安全！"

　　"那人家的公共人行道，有一块被大树根顶得高低不平。在差的地区，可能没人在意；在这里却见屋主小心地用水泥补在不平的地方，怕孩子和老人摔倒，也方便推娃娃车的人，免得有颠动的情况！"

　　"你看！家家的草都长得不好，也没勤加修剪，表示地区差！因为剪草是有感染性的，人人都剪，你就不好意思不剪！只有恶化到某一天，大家都马虎，也没人站出来纠正时，才会造成这个现象。别小看这一点，它除了显示人们的公德不佳，更可能因为屋主连假日都忙得没空整理庭院，又舍不得花钱找园丁。这种家长常无法教出好孩子，孩子一坏，地区就坏！搬进去，你和你的孩子也都倒霉！"

　　还有一个可以由外面看出地区的好方法，是看四邻房屋的保养。最简单的例子是，如果你在旁边看见一栋完全拆除后新建的房子，又不是为图利而由一家庭改成两家庭或三家庭，八成显示那个地区是不错的。因为没有人肯在已经走下坡的地区，斥巨资重建。

　　谈到建筑本身，学问就太大了！除了请工程师代为检查，会看房子的人，往往进屋之后，先注意天花板和地面，这两者能"平"是基本条件。有些人甚至会拿个弹珠放在地板上滚滚看，以检查水平。

进一步是看墙面，譬如有大的裂缝，既在楼上见到，又见延伸到楼下，极可能是地层有了下陷或移动。这是因为老美盖房子，多半不打很深的地基，又总是在建筑前不久才整地、推土，造成地层容易松软。

至于地下室，"看墙脚"就尤其重要了，如果墙脚有水痕、霉斑，都表示下大雨或融雪的时候，有淹水的可能。还有接触地面的柱脚，一定要敲一敲，如果空心，表示有生白蚁的顾虑。许多人以为白蚁会飞到屋梁上，把房子蛀垮，实际白蚁冬天都要退回地下，它们多半是春天由接触地面的木柱，逐步向上侵入，才蛀到屋梁的。所以靠地的柱子没有白蚁，梁上就不应该有。

开关一下窗门，也是检查房子的好方法，因为太老的屋子、倾斜的屋子和懒惰的屋主，都可能制造不能开启的门户。或许有人要问：懒惰的屋主有什么关系？我的答案是：

关系大了！因为屋子就像是人的身体，只知道生了大病开刀的人，绝不如平日勤加保养的人健康。所以会挑房子的人，常爱看地下室男主人的工具房，如果发现各式工具完备，挂得又整齐，八成那房子连小毛病都没有。因为有一点小裂、小缝、小漏，主人立刻就会把它修好，而"自己"做的精工，往往能比外面工人做的结实几倍。当你住进去，只觉得每个橱柜、门窗，甚至水管、天沟，都特别讲究，不知省了多少麻烦，这时真得感谢前任屋主"修得善果"！

相反地，那离婚夫妻的房子，不必问，常能看得出来。譬如门上有洞、锁被撞损，杂乱的橱柜、积垢三分的浴室瓷砖，不是显示有个全武行的丈夫，就可能见出一个沮丧的妻子。

当然，有地产掮客说："这种房子正该买，因为离异夫妻，急着分产，甚至已经各自买了房子，正急着要钱，所以还价的空间特大！"

但他们很少会对中国的买主说。因为：

风水症候！离婚的房子，中国人八成不要。最起码，太太会拒绝！

有些人一过年就往国外跑,

说得好,

是度假;说得露骨些,

是避难!

不识年滋味

离开家乡愈久,对"年"的感觉愈淡,倒不是忘了怎么过年,而是不知道什么时候过年,更怀疑干吗要过年。

小时候过年,心喜又大了一岁。手里拿着红包,说是压岁,却直往墙边站着画线,得意地看着今年又高了半个头,所以那心情是"只要我长大",忙不迭地希望新年送旧年。

少年时过年,是万般滋味的。既窃喜去年混过了,却也离那初中、高中、大学的各式联考,又近了一年。寒假刚过,黑板边上只怕就开始一日缩水一日的阿拉伯数字,为联考做了倒数计时。只有考取大学的那一年，觉得真是朗朗乾坤，好个新的一年。

至于中年，则是最没有道理过年的。经济稳定了，明年未必比今年又增减些什么；生活富裕了，过不过年，衣服鞋子和餐桌上摆的，也没大的分别，倒是多了小的要红包，长官要送礼，这许多麻烦事。就算是走运当上了长官，却还得受那宾客登门的寒暄之苦。

所以有人从大除夕就往牌桌上坐，因为过年理当是可以赌的，不为无益之事，何以悦有涯之年？他这一年，是在方城间混过去的。也有人一过年就往国外跑，说得好，是度假，又表示自己经济的水平高，实则在心里窃喜的是，可以借题不去拜年；说得露骨些：不是过年，而是避难！

只是不知老人过年的心态如何，倒记得老母六十五岁那年，突然宣布从此不再出去拜年，言下之意，是年岁大了，不再需要出去哈腰，只等诸晚辈来拜，坐在太师椅上散红包。实在应该说，因为她再少有求人之处，既然少了需要拜托之事，所以也就免了拜年之苦。

年是用"拜"的，这话一点没错。君不见，过年拜佛烧香拜祖先，拜望亲友、长辈，至于同一辈则互拜，这"拜"的意思，是拜谢以前的照顾，拜托以后继续爱护，也是难得见面的朋友借机互相拜访。

但是就在这"拜"上，便也见出许多学问。年高德劭者，前去拜年的人多，这是"拜望"；财大位高的，宾客络绎于途,这是"拜托";至于那门前车马稀的人家,是大可不去拜年的,因为你去拜,也八成要扑空——他早给别人拜年去了,偏偏那人多半不是你。

小时候,虽然苹果贵,我却最不爱。很简单,因为吃到的苹果,都空空干干像是脱水的。尤其是年节之后,那一篮子渡海个把月,又串了千门万户,张太太、李太大提进提出无数遍,总算忍无可忍,被分发下来享用的时候,早成了食之无味、弃之可惜的蜡果。直到来美国之后,吃到了新鲜的苹果,反觉得有些不真实了。

不过,穷困时过年,当然是要比现在这种富足时,来得印象鲜明。以前听母亲说,她小时候过年才能吃到肉,大学时到兰屿,听孩子在小学里唱歌,不知是不是自己改了词:"新年好!新年好!新年的孩子个个吃得饱。"才发觉那里的孩子一天常只能吃一顿,所谓的营养午餐,也不过是一个馒头加碗野菜汤。

去岁除夕,正是我从台北赶回纽约的第三天,时差没过来,却带了新年的消息回家,我对老婆说:"我特别赶回来过年!"太太一笑:"噢,可是我那天要开会开到很晚!"我又转脸对儿子说:"不错吧!老子特别赶回来陪你们过年!"岂料儿子一怔:"什么过年?"

惹了一鼻子灰,总得找个台阶下,想过年前理当大扫除,便兀自从厨房最上面的柜子打扫起来,将那过期的食物、不必要的瓶罐全扔在大垃圾袋里,却见老母怒气冲冲地跑来:

"那是我留的,怎么全扔了?"

"要过年了,这是除旧布新!"我赶紧解释。

"什么过不过年的!你除旧,敢情把我这老的也除掉好了!"

您说,过年容易吗?所以,请别问我在美国怎么过年!

太太开车,被歹徒割破轮胎;

儿子出门被抢走现款;

女学生在电梯里差点儿被强暴;

男学生被一枪打中脖子……

要做纽约客,先想想怎么活着!

谁是纽约客?

十二年前,当我结束丹维尔美术馆的工作,打算到纽约任教的时候,每一个听说的朋友都瞪大了眼睛说:

"天哪!你怎么能离开这么闲静的弗吉尼亚州,到那个强盗出没、杀人不眨眼的纽约去?纽约的人冷酷到即使你心脏病发倒在地上,大家也都只是绕道过去,没有人理睬!"

在我抵达纽约的当天下午,一位朋友带我提着几十公斤重的大箱子,爬上数十级的石阶,到圣若望大学后面的一户人家租房子。那房东太太只为了我问"能不能只租到暑假结束"这么一句话，不由分说地就请我走路。尽管我说"如果非要以一年为期，也可以"，她却以"因为你有只住短期的想法，难保你不半途开溜"，而拒绝了我的要求。

后来我由于兼新闻工作，常跟纽约搞新闻的朋友往来，接连地听说其中一位小姐在家门口遛狗时被抢；另一位小姐在大街上被抢颈上的金项链，由于链子太结实，几乎被拖了半条街，脖子都拉出了血；又有一位年轻小姐，早晨上班时，居然被人一拳打伤了小腹。

至于我在圣若望大学任教，一位姓朱的女同学从我的画班下课之后，居然在回家的公寓电梯里差点被强暴，她骗对方说："我年龄大得可以做你妈妈。"那歹徒竟笑答："我就喜欢！"

最可怕的是一位中国男学生，居然在学校侧门外，为了护卫女同学，被一个黑人少年开枪打中脖子，幸亏命大，子弹从比较不要紧的地方穿过。

而后是我内人在法拉盛被人恶意割破轮胎，所幸她知道那是匪徒的伎俩，勉强开到修车厂，坚持中途不下车检查，所以能平安度过；至于我绘画班上的两个学生佩姬和柯莱特，则中了圈套，在下车查看时被抢走了皮包。

更令我惊心的，是连着几年，当我在中国城做春节特别报道时，同一条街上都发生了枪击案；还有我的左邻被两个少年打破后窗冲进去，当着女主人，抢走许多银器；以及我儿子和同学一起去看电影时，被人抢走了身上的现款，同学的父亲追踪匪徒，在电影院里开枪的种种。

十二年来在纽约，仅仅是身边，就发生了这许多事，把我真正磨炼成一位纽约客。

纽约客（New-Yorker）这个名字真是取得太好了，那是一种特殊的动物：将满腔的热情藏在里面，以一种冷漠的外表、冷静的态度，来面对周遭冷酷的现实。因为如果不够冷漠，就容易"人善被人欺"；不够冷静，就要处处反应失当，吃大亏。

作为纽约客，他知道即使迷了路，也只能不露声色地看路牌，而不可东张西望。也就因此，到陌生的地方之前，必定先看地图，如果是自己开车去，出发前就要把车门锁好，因为不知道那地区的情况，难保没有人会在你碰到红灯停车时，突然冲上来，将枪口冷冰冰地抵在你的太阳穴。

作为纽约客，他知道晚上商店打烊之后，如果在街上行走，要尽量靠着马路那侧，而不可沿着骑楼边缘走。因为随时可能有人从旁边的门里伸出一只黑手，将你一把拉进去；也可能迎面走上两个人，将你挤到旁边洗劫，甚至避免你喊叫追逐，而临走赏你一刀。至于靠马路走，如果看情况不对，还可以冲向街头拦车呼喊，或者是冲过马路，而避过一场大祸。

作为纽约客，他绝不独自穿过地下通道，而在亮处等到有人同行，再一起穿过。他也绝不单独一人坐在地下铁的空车厢里,更不会坐在角落。也就因此,常可以看见,地下铁到了深夜时,许多人放着空的车厢不坐,而宁愿挤在一块儿。

作为纽约客,当他听到邻人家有枪声,或见到街头的凶杀时,不会立即冲往现场,而是报警。因为他知道,当他有勇无谋地冲过去,很可能吃下另一发子弹,警察却因为没人报案而无法赶来。

作为纽约客,当他夜里听到街头枪响或有车祸的声音时,绝不立刻点灯,而是从窗帘间察看,记下肇事的车号和歹徒的相貌穿着,成为提供线索的证人。因为他知道,自己提早曝光很可能惹来杀身之祸,更使警方失去了破案的机会。

作为纽约客,深夜坐计程车时,必定请送行的朋友,先记下计程车的牌号,而且记下车牌的动作最好让司机看见。至于到家后,则应该立刻打电话告诉朋友,以免对方担心。

谁说纽约客没有情?只是那情冷静地藏在里面。他避免给予恶人可乘之机,绝不暴虎冯河,也绝不因吝于报案,而让匪徒逍遥法外。

明知不可以做，而人民非要做，

政府阻止不了，

只好配合而为之。

目的是——人道。

知其不可而为之

纽约有个高中生，连续被抢劫了五次，案子虽没破，学生却获得老师的表扬，原因是他能毫发无损，可见"被抢"的功力之高，足为同学楷模。

"被抢"的学问确实不小，七八年前纽约警察局为了教导人民"被抢之道"，还特别公布了一套办法。

譬如男人被抢时，如果穿了外套，要先把两襟敞开，露出口袋，叫歹徒自己去拿，表示倾囊以授；至于女人，则要自己掏出口袋里的东西送过去，免得对方在摸口袋时，引发了另一种非分之想，变成抢劫并强暴。

但仅仅是掏口袋，警察局又千叮万嘱：不要忘记先拉开外套的两襟，免得抢匪以为你是伸手掏枪，而先把你撂倒。此外被抢的态度也要讲究，必须不卑不亢：如果卑得像狗，他少不得"顺便"踢你一脚；若亢得像是毫不在乎，甚至说："去！给你吧！"必然会吃亏，因为抢匪不是求施舍，他们还有自尊心，否则早改行做乞丐了（纽约的乞丐收入甚丰）。

谈到这儿，我们能不佩服纽约警察的善解人意吗？他们的道理很简单，抢劫事小，人命事大。如果只是被抢，大可以不去破案；假使受伤或丧了命，则非得破案不可。为了自己轻松、人民安全，所以公布这一套"办法"。

尤有甚者，今年初，纽约市政府居然想到为注射毒品的人提供免费针筒，为监狱里的犯人提供保险套，以避免艾滋病的感染呢！只是人们难免心想，这针筒该如何发放？如果明知那些人用毒，为什么不抓？

此外，我们有数以万计（只怕十万计）的小留学生在美国念书，倒也沾了他们特殊制度的光。这是因为美国政府规定，只要是学龄儿童，不管他们的父母是否非法移民，都可以免费接受国民教育，甚至严格讲明不准移民局到学校查非法移民，以免剥夺孩子们受教育的机会。

从以上这些例子，我们可以说那是另一种"知其不可而为之"，明知不可以做，而人民非要做，政府阻止不了，只好配合而为之。目的是——人道。

（本文为反讽）

第四章
吾家有子初长成

自从写了《超越自己》,突然成为教子专家,其实天下父母心皆同,子女心也差不多,我只是说出一些大家都有的问题,引起许多共鸣而已。

《吾家有子初长成》,是我为《财富人生》杂志撰写的一系列文章,看来生动有趣,实则是与大家分享我的"头痛时间"。

当然,也开了一些头痛药!

妈妈是女超人,

不能叫累!

叫累也不能生病!生病也不能不烧饭!

烧的饭一定要好吃!

超级妈妈

故　事　一

深夜一点钟,从画室走出来,看见儿子正慢条斯理地在吃他的意大利通心面,老婆则两手撑着垃圾袋,站在餐桌前:

"快点吃了!把纸盘丢进来,我好拿出去,明天一清早收垃圾,晚上就得放到马路边!"

儿子懒洋洋地、一副死相地吃完,把刀叉往盘子上一扔,就转身回房了,留下做母亲的,佝着背绑垃圾袋,又打开前门,披一件外套,冒着纽约十一月的霜寒,把袋子拿到路边去。

故 事 二

深夜一点钟,我跟儿子同吃消夜,老婆因为身体不舒服,早早就休息了,所以我也只好勉强吃儿子用微波炉做的意大利罐头丸面。我先吃完,径自将刀叉拿去洗,并回头对儿子说:

"把脏东西收拾一下,一齐丢到垃圾筒里,楼下也检查检查,有没有垃圾,然后拿出去!"说完就进卧室了。

只听得儿子匆匆忙忙的脚步,楼上楼下地传来,再就是开衣橱和大门的声音,居然没多久,外面的灯光便熄灭了,想必他已及时就寝。

故 事 三

车房里先传来车子的引擎发动声,跟着,浴室里便响起吹风机的轰轰声,十分钟之后,楼梯上脚步声响起,做母亲的尖声喊:

"快一点!吹个头要吹多久,再不快点你就要迟到了!"

又隔了半天,才听见儿子下楼和关车门的声音,以及车子冲出门,急转弯而去的吱吱轮胎摩擦响。想必一路上都在训儿子。

只是当天儿子又迟到了!

故 事 四

老婆住院,我早上不教课、不开车、不出门,儿子前一晚就发了愁,早早上床,天没亮就轻手轻脚地起床,自己开冰箱,也不知弄了什么东西吃,吹风机响了两分钟不到,就人去楼空。

晚上儿子顶着北风回到家,直喊冷,先问妈妈什么时候出院,吃完饭,急急地去做功课,说是因为巴士来得慢,早上差一点迟到,今天要提前睡,第二天更早起。

临睡又问了一遍:"妈妈什么时候出院?"

无所不能的超级妈妈

上面这四个画面,相信是每个家庭都可能经历的,却由其中提供了许多值得深思的事。

母亲(也可能是父亲,但多半是母亲,所以本文中以母亲为假设)往往巨细靡遗,对子女照拂得无微不至,在她的心中,即使孩子已经十六七岁,仍然可能会因为鞋带系不好,一脚踏住另一脚的鞋带而跌倒,所以当孩子系鞋带时,她还要目不转睛地看着。

即使有一天她不得不叫孩子自己做事，也要千叮万嘱，唯恐有什么闪失，可以说：她在帮助孩子思考！

在孩子心中，母亲常是无所不能的，她可以早上五点钟起床，做早餐，送孩子上学，自己去上班，经过超级市场买菜，赶回家烧饭、洗衣，催孩子做功课、练琴，记账，打骂着孩子上床，东摸摸、西理理，忙到深夜睡，而第二天——

又是生龙活虎，早上五点多钟就忙里忙外的——超级妈妈！

避免我这样过一生

美国电视上有个感冒药的广告：

妈妈一把鼻涕、一把眼泪地说："妈妈感冒了！"

大儿子、二儿子、大丫头、二丫头、小毛头，加上老公，全傻了眼地问："我们怎么办？"

于是感冒药画面插入，母亲吃下去。

哗！超级妈妈重显神威，全家人乃大欢喜！（旁白：请服用××牌感冒药！）

问题是，这个超级妈妈会得到怎样的回馈？她会受到子女多大的感激？她又是否能够教育出具有独立人格，且知道孝顺的子女？

答案常是令人失望的——不！不！不！

因为她是超级妈妈啊！她本不该生病，也不需要子女照顾！她既然不需要，我们又何必去照顾她呢？

于是许多子女就这样地被呵护、被帮忙思考，成了标准的"MAMMY'S BABY"！

于是许多母亲就"我这样过一生"！

如何解决这个问题？前面"家庭记录"的第二、四两例，诚然提供了很好的答案。

愈去爱的人，愈懂得什么叫作爱！

人性有个基本的表现，不是被爱得愈多的人，愈懂得去爱，反而是愈去爱的人，愈懂什么叫作爱！也可以说：愈是奉献给对方，愈会加深地去爱对方！

我们常会发现：年轻父母养的孩子比较不会回馈父母，因为父母都健在，也仍然像是他的朋友一样，他不必去操心；相反地，那些老寡母带大的小孩子，却常比较孝顺。这是为什么？

因为那些孩子未成年时，母亲已经年老，他一方面需要靠母亲养育，一方面又得随时注意母亲的身体，并帮助母亲，否则老母大去，或是重病，孩子就会顿失所依。

那孩子既有忧患意识，母子之间，更是相依为命的！那母亲不是单方面付出，而是在孩子未成年时，便已经获得孩子回馈、关心与照顾。套一句《陈情表》中的句子，那是：

"臣无祖母，无以至今日；祖母无臣，无以终余年！"

李密的"孝",不正是这样来的吗?

此外人性又有另一个基本表现,就是"没有失的'得',不觉其得之可贵;失而复得之'得',愈觉其可珍!"

相信每个做母亲多年的都经历过,自己离家多时之后返回,所见到的一双双殷切、盼望而欣喜的眼睛。

因为只有当"妈妈离家时",孩子们才能有时间"反省"母亲在家时的"千般好、万般福",他们由不方便中,感觉到母爱的伟大与可贵。这时候,当母亲付出时,子女便会比较感恩。只是,感不了多久,便又无感了!

脱下超人的外衣

从以上的讨论中,我们可以得到一个方法,就是当我们希望子女孝顺时,不妨将自己的姿态放低,表现出对子女的需要与倚靠,制造一些机会,让子女付出爱,从而产生更多对父母的爱。

我们应制造机会,让他们不得不自己去管理自己,甚至全家的事,使孩子由困顿当中,增益其所不能,进而知道掌握时间与做事的方法。

听了我的这番话,各位"超级妈妈"们,请不要等以后怨子女的不孝,而趁现在"偶尔"脱下超人的那件印着"S"的衣服,像是"超人"电影中,装作书呆子型的记者吧!

你将看到奇迹!

孩子赖床，常因为不敢面对今天。

孩子迟睡，常因为今天过得不错。

问题是他们该起不起，

该睡不睡，该快不快，该成功没有成功！

掌握时间，就是掌握生命！
——教孩子使用时间的方法

故 事 一

"快去睡觉了！已经深夜两点了，还在搞什么？"

"我在做一份报告，明天最后一天！"

"不是上礼拜就开始做了吗？怎么还没弄完！"

"我要做得特别好！因为前一次得了 A++，老师特别夸奖，所以这次要更好！"

看孩子这么求好心切,妈妈只好不说话了。

(第二天早上)

"怎么还不起床?要迟到了!"

"我不舒服!"

摸摸头,好好的:"是没睡够吧?不是生病!"

"我不敢上学!"

"为什么?"

"因为今天要考英文,我还没准备!考坏就麻烦了!不如在家读书,明天再去补考!"

结果:没上学。

结果:报告没准时交。

结果:补考之后被扣分。

故 事 二

春假这一个礼拜,你打算做什么?"

"跟同学看电影 *Back to the Future* II(《回到未来 II》),去打几场球,给暑假国际营认识的朋友写几封信,温习两个礼拜之后可能考的东西,当然,还有家庭作业。"

母亲想想:嗯……不错!有娱乐、有运动、有郊游、有功课、又有准备,是很好的假期计划!

(春假过后的一个星期天)

"妈!开车送我去图书馆!"

"有急事吗？"

"有！去借书，借《基督山恩仇记》！"明天要交读书报告——

结果：没借到书，因为同学们都去借这本书。

结果：去买了一本，但是报告没写出来，因为书太厚，看不完！

结果：多拖了两天才写成，而下面碰到的考试，全考砸了！因为假期里念的，已经忘了一大半！

故 事 三

已经深夜一点钟。

"你在干什么？戴着耳机发愣？"妈妈问。

"我在等着听新闻快报！看看明天会不会下雪，下雪之后会不会停课！"

（二十分钟之后）

"你在浴室做什么？"

"我在摘隐形眼镜，还有刷牙、洗脸！"

（十五分钟之后）

"你在做什么？已经一点半了！"

"我在放洗澡水！我在等水满！"

（三十分钟之后）

"你为什么还不关灯睡觉？已经两点多了！"

"我在收拾书包。"

结果：两点半钟才熄灯。

故 事 四

"咦？早就看他醒了！怎么还没出来？"母亲过去敲门，没反应，推开门，这小子居然穿好衣裳，却又缩回去睡了："怎么又睡了呢？昨天不是早早就上床了吗？"

"我只是想再躺一下！"说着用被蒙着头。

"混蛋！快点滚起来！"老子怒气冲冲地进来，"又不是睡得晚，为什么赖床？婆婆妈妈的！哪里像个男人？"说着就要动手捶人。

母亲一把挡住："就让他多睡一下好了！"

"他上礼拜出去旅行，怎么一大早不用人叫就起床了？还有在暑假国际营里，他不是起得比别人都早吗？"老子吼着，"为什么现在要赖床？"

结果：老子捶了儿子一拳，儿子态度恶劣地顶撞两句，父子两天没讲话，而且当天早上儿子又迟到了！

安排时间的比重并善用时间

以上四个情况，是每个家庭都可能经历的，也暴露了许多孩子的问题。

由故事一，我们发现孩子常犯一个毛病，就是不知道怎么分配时间。他们可能明天要考三科，却把大部分时间花在准备第一科上，等第一科读完，却已经晚到没时间和精力念下两科。或是勉强念完，第二天却没精神上学。

他们也可能花不成比例的很多时间，去搞一样东西。问题是这一科的老师不会因为他这一次杰出的表现，就免除以后的功课。别的同学表现虽远不及他，但只要达到应有的水准，也能得到高分。他反倒因为误了其他的功课，而在最后遭到挫败。

故事二，看来似乎与故事一相同，实际问题出在：孩子不懂得分辨"大时间""小时间"，完整时间与零碎时间。

他们可能用大而完整的假期，做一些每件只需一两小时就能完成的事，却在小而零碎的时间，想要去做需时数日才能做成的"大题目"。这就好比，有了大笔钱却只知道买许多小电器、小摆设，度假游乐的人，到头来没有自己的房子住！

故事三所表现的，是不知道在同一时间做许多事。这种人往往只能单线地使用时间，他不懂得在等车时看杂志，在坐车时背英文单词，甚至在长途的车程中打个盹儿。如同故事中，那孩子明明可以一边摘眼镜，一边听收音机、等洗澡水；或一边听收音机、等洗澡水，一边收书包。结果他却要一件件分开来做，浪费了两三倍的时间。

白日恐惧症

故事四中，我们需要探讨的则要复杂多了。

请不要认为年轻人起不来床，只是属于懒惰的表现，或单纯地因为前一天的睡眠不足。也不要认为孩子在遇到使他们兴奋的事情时，会自动早起，只是一种现实的表现。

实际上年轻人赖床，往往潜在心理上，是不敢面对眼前的一天。父母的压力、老师的压力、功课压力、同学压力都可能是他的困扰。

正因此，当白天没有压力时，他们早上就比较容易起床。而那些爱赖床的年轻人，晚上往往特别兴奋，而不愿意睡觉。早上脾气不好，有所谓"起床气"的人，放学之后，也多半情绪很好。甚至只要他们背起书包，走出门，看到同学之后，就立刻表现得欣然。凡此，都是同样的道理，如同演员的舞台恐惧症（Stage-Fright），未上台前，能终日不安，等到真正上台，恐惧一下子全不见了。

孩子在从温暖的被窝和美好的梦境中醒来时，如同大人在长期的假日后，返回工作前，一样有着沮丧期。所以当我们发现孩子突然有赖床的毛病，而并非睡眠不足或生理有病时，必须先去了解他们是否有精神上的压力，而加以疏导。但是这一疏导，并非让他们拖下去，或躲避下去，而是使他们能面对现实的挑战，否则他们不但现今有问题，成年之后，也可能有不能面对现实的表现。

我认为对爱赖床的孩子，了解、鼓励与鞭策应该一齐来！而对那些不懂得利用时间的年轻人，我们一方面要教导、分析使用时间的方法，一方面应该留些空间，让他们从错误当中得到教训。更要观察，那些"拖"，是否也导因于"他们不敢面对现实"！

掌握时间，就是掌握生命，更是抓住现实！

孩子要出去住校,你该高兴!

孩子的同学要来家住,你该觉得光荣!

孩子换过不少异性朋友,你该鼓掌,

因为那表示他对异性有了选择力!

男大不中留
——子女步入成熟期,父母应有的态度与调整

故 事 一

"咱们买一栋有游泳池的房子如何?"某日我对十六岁的儿子说。

"好啊!我赞成。"儿子继续看他的电脑杂志。

"那么你就得进一所比较近的大学,譬如普林斯顿或哥伦比亚,这样才能常在家享用游泳池,对不对?"

"进远处的大学照样可以游泳,哪个学校没有游泳池?"

"可是家里有你专用的更衣室、免费的餐饮,游累了跳上床就可以睡大觉,更不怕在池子里撞到别人!"

"老爸!"儿子总算抬起头,"但是你有没有想到,家里的游泳池边,站的是老爸、老妈,学校游泳池边,站的却是美女啊!"

故 事 二

"我儿子经常说有同学家长邀请他去玩,并且留他在那里过夜,又说要把几个同学带回家住,好像家里开旅馆似的!"某日我对美国朋友说。

"那真是好极了!"

"好极了?"我瞪大眼睛,"你说好极了?"

"当然!第一,表示你儿子人缘不错,人品也好,否则哪个家庭会欢迎他去过夜?第二,表示你的家够大,而且够温暖,否则如何留宿别人的孩子?别人又怎么会喜欢到你家去?第三,表示你的孩子够独立,因为不够独立的孩子不懂得做主人,如果孩子到你家过夜,却都是由你这个老爸出面接待,由你太太为他们准备早餐,又在你们的监督下活动,那些十七八岁的大孩子保准会受不了而逃走。所以不论孩子去别人家住,或别的孩子到你家来,对你都是好事,甚至可以帮助你孩子成长!"

故　事　三

"谁说女大不中留？我看哪，男大更不中留！"我对系里的同事说，"现在高中还没毕业，已经常常弄到七八点钟才回家，连带使我的健康也大不如前了，因为从前常有儿子下课之后陪着打球、短跑，现在却连谈话的机会都难得！"

"他有他的世界嘛！你总不能叫他永远属于你，你把他生下来，是为了你有个伴，还是为了你有个后？"

"可是在一起十八年，孩子突然上大学离开家，做父母的多寂寞啊！"

"天啊，你不开香槟庆祝，居然还要喊寂寞？"同事从椅子上跳了起来，"我的孩子才十岁，我早就做梦有你这么一天了！夫妻重新回到两个人的自由之身，要去哪里，就去哪里！要在房子的什么地方亲热，都没有人碍眼，这是人生的新阶段，夫妻二度蜜月的开始啊！"

故　事　四

深更半夜，夫妻二人正坐在灯下发愁，等儿子打电话来，好去地铁车站接。却听见门外楼梯响，小伙子居然自己回来了——还带着一个细高细高的洋妞。

"我能不能为你们介绍，这是我的女朋友——安娜！"儿子一手把安娜挽了过来,"她妈妈开车送我回来的,正在门口等,我特别把她带进来见见你们。"

"好!好!好!"我们两口做出笑脸,"把门灯打开,看得清楚!"

第二天一大早,老婆就打电话给她的心理学专家:

"我们有麻烦了!我儿子不但到女朋友家吃饭,见过她一家人,居然还把那女孩子和女孩子的妈妈都带回家来,一副要定了的样子!真正要命的是,我和我先生都不欣赏这女生,而我儿子竟觉得她美若天仙,看样子是坠入了情网,怎么办?"

"你们平常对他交女朋友,管得很严吗?"

"是啊!"

"嗯……那是真麻烦了!因为他缺乏免疫力,没有比较的机会,一朝有大胆的女生主动找上,母猪也成了天仙!"

"那怎么办哪?他如果要娶那个女生,我们一定要改遗嘱,一文也不给他!"老婆急得跳起来。

"对了,你儿子多大啊??"

"十七岁又三个月!"

"那还好,现在只是过渡期。"电话那头开始安抚,"未来机会还多,换了环境,自然可能换对象。话说回来,今天交这种三八野女生反而是好事,既然交过,就有免疫力了。如果你儿子现在二十七岁,可就真麻烦了!"临挂电话,对方又叮嘱,"你们没有骂他吧?记住,少批评!这年龄的男孩子,正义感和反叛性特强,你愈看不上、愈瞧不起,他就愈要!你只当没见过,根本不记得!因为交这种女生,就是要引人注意,你们不注意,他就没意思了!"

教训和启示

以上虽然看来只是笑话式的故事,却在它的真实面背后,告诉我们许多严肃的问题,或启发我们一些现代父母应有的观念:

一、孩子有孩子未来的世界,父母不能以自己的价值观,来衡量孩子的选择,也不应该再有养儿防老,或养儿做伴的想法,希望孩子永远跟在身边。

二、现代年轻人,如同大人一样,除了在外的交际,也应有在家中招待朋友的权利,或到别人家做客的机会。这种做主人和做客人的经验,可以帮助他独立,并建立较佳的人际关系。

三、利用孩子招待朋友和引介朋友家长的机会,做父母的正可以进一步了解子女交友的品位,并给予适当的导向。

四、夫妻生活的目标,不应过度建立在子女的身上,在子女未离家之前,就应该开始有心理准备,更进一步建立属于夫妻两人"二度蜜月"的积极人生观。

五、不要完全禁止年轻人交异性朋友,否则他未来不是找了一个母亲型的大女生,继续做"MAMMY'S BABY",

而难以成熟,就是莫名其妙地以第一个异性朋友为终身伴侣,连一些比较的想法都没有,死心塌地爱上对方。所以培养孩子对异性迷惑的免疫力,是每个父母的义务。

六、孩子交了不适当的异性朋友,可以为他做客观的分析,而不要主观地排斥或歧视,免得激起不正常的同情心、正义感和母性,反而陷得更深。尤其不可有过激的反应,而当以冷静的态度来面对。

"自求多福!"不论对做父母或子女的,这句话都很恰当。那些非要为子女造福,或非要子女为父母造福的人,都可能过犹不及!

第五章

掰

"掰",看这个字就知道,是拿手分开东西,像"掰月饼""掰开来瞧瞧"。又因为"掰开来",而有发现真相的意思。可是掰,这年头常被人当"瞎扯",分明不懂,偏装内行,胡乱分析。下面这四篇文章,既引经据典地分析,又天南海北地瞎扯,故谓之"掰"!

如果问在生活用品中,与我们关系最密切,
却又可奢可简,甚至可有可无的东西是什么,
我相信答案必然是那一生差不多有三分之一在上面度过,
生于斯、死于斯、欣于斯、悲于斯,
甚至八成孕育于其中的床了。

床

　　床是谁创造的,没有人敢给一个肯定的答复,这就好比问厕所是谁发明的一般。自有人类,便自然有床,铺些干草是床,垫些毛皮是床,铺张草席是床,摊张塑料布是床;精雕细琢、嵌金缀玉,外加上锦帷兽香,也是床。只要那圆颅方趾的动物往上一躺,下面所占的地方,便自然可以称得上是床;甚至推而广之,便是土地之上,什么都不铺设,只要倒下身,那大地便也是床,青天自然成被。

其实何止人类懂得"床的学问",连那鸟兽也丝毫不差,几乎大部分的鸟,下蛋前都知道"筑窝",辛辛苦苦地衔些干草、碎叶、羽毛,将那小小的爱之窝,铺上一层柔软的东西,卧在其上,不但舒服保暖,更免得鸟蛋碰破。这还不稀奇,且看那狼,不但懂得找个好的所在困觉,睡醒之后,还知道践踏消灭睡过的痕迹,成为"狼藉",是对于床,在"事后"多了份料理的功夫。所以事前不知道铺置床的人,不如鸟;不知事后料理床的,不及狼。当然这世上也有些鸟自己是不设窝的,譬如杜鹃,硬把蛋下在别人的窝里,让别的鸟去孵,它自己也就不必设床,这与那四处为家、随"遇"而安的某一种人,大约是表亲。

固然说床可以不拘形式,只要能卧即成,但人类总在追求更舒适的环境,那"不可一日无此君"的床,自然也随之进展。妙的是,虽然都是睡,这古来床的变化可也真不小,床的品目之多,也真一下子说不完。

在中国,"牀"这个字,就已经有许多学问在:左边从"爿",这像墙的东西,代表木板;右侧从"木",则表示木质。可以知道最少在造字的时候,我们的老祖宗,已经知道搭那木板床了。到后来床产生了俗字,变了个样子,成为"床"。那上半部"广",代表搭着半边的屋顶,意思是在有顶的情况下,那木床才算是真床,否则一下雨便成泽国,如何能睡得安稳?可以说是在造字上又进了一步。所以我主张今天写"牀",应该都写成"床",既省了笔画,又觉得舒适,比那旁边只有块墙板的床，有道理得多。

西洋人不像我们老祖宗这样懂得文字的艺术，却有许多异曲同工的发展。起初洋人的床，是不带顶子的，后来不知是不是受到东方的感化，居然都在四周竖起柱子，架上"天篷"，也仿佛由"牀"进入了"床"的境界。

中国人是床椅不分，可躺可坐

至于造床的材料，外国人则比我们还讲究。埃及大王图坦卡蒙墓里发掘出的床，是黑檀木造，加上兽头雕金为饰的；至于巴比伦人的领导阶级，则喜欢使用铜镶宝石为床，其中埃及人的"折椅"传入了中国，大约就是后来所谓的"施转关以交足，穿便绦以容坐，转缩须臾，重不数斤"的"胡床"。

胡床，又叫作"交椅"，实际只是个椅子，但是中国人似乎很早以前，就把坐和卧的器具，统称为"床"了。譬如那《孟子·万章篇》中记载，舜的同父异母弟弟象，在落井下石以为害死了舜之后，赶往舜的房子，正打算去接收舜的遗产和两个老婆时，居然发现"舜在床琴"，那床就不当作睡的床，而是坐的床。

同样的道理，所谓"坐床大典"，可也不是坐在睡觉的床上。中国人用来坐的床，大约是以木料架铺起来，离开地面的一块平台状的东西，有时上面还能加设屏风，摆上书卷,拈香弹琴,故宫收藏的元人画倪瓒像和唐伯虎仿唐人物图上,都有这一种床,连那山西大同出土的北魏漆画,都有这种"坐床"。而据我想,古时坐在老虎皮上教课,所谓"坐拥皋比"的张载,那张虎皮,想必也是铺在这一号床上。

至于西方,也有供人可躺可靠的床,譬如亚历山大大帝就常坐在睡椅上听政。这种长条形、一侧高起来的"亦床亦椅",早从希腊时代一直到如今,都有人使用。西班牙大画家戈雅差点为之坐牢的名画《裸体的玛亚》,是半躺在这么一张椅子上;马奈当年引起恶评的名作《奥林匹亚》,似乎也是躺在这种椅上。谁叫这种椅子,既能倚靠端坐,又能平卧而眠,有这许多"风韵"呢!

与外国人的睡椅比起来,我们的床,可就严肃得太多了。传统睡觉的床,入画的似乎不多,偶尔落到画家笔下除了那《风流绝畅图》,多半十分不入味。譬如顾恺之的《女史箴图》,固然一男一女据床而坐,而且那床还上带顶罩,边垂帘幄,附加屏风,却十足表现的是道学文章,教育女子,对丈夫要小心讲话,否则就算睡在一起,也得不到信任。所可贵的是这张画倒提供了我们"考床"的最佳参考资料,似乎与十八世纪路易|六的床有些相近,跟那鹿港民俗义物馆中的床,也相去不远。

李清照对床榻有独特的笔下功夫

谈到文学作品中,有关床的实在也不太多,翻遍唐诗三百首,除了三岁小儿也会诵的"床前明月光"(李白《静夜思》)和温庭筠的"洋簟银床梦不成,碧天如水夜云轻",根本就找不出什么"床"。与这些伟大的男诗人比起来,倒还是才女李易安高明,且看:

> 凉生枕簟泪痕滋,起解罗衣,聊问夜何其。(南歌子)
> 昨夜雨疏风骤,浓睡不消残酒。(如梦令)
> 睡起觉微寒……沉水卧时烧,香消酒未消。(菩萨蛮)
> 香冷金猊,被翻红浪。(凤凰台上忆吹箫)
> 枕损钗头凤,独抱浓愁无好梦。(蝶恋花)
> 玉枕纱厨,半夜凉初透。(醉花阴)
> 酒醒熏破春睡,梦远不成归。(诉衷情)
> 藤床纸帐朝眠起,说不尽无佳思。(孤雁儿)
> 伤心枕上三更雨。(添字丑奴儿)
> 枕上诗书闲处好,门前风景雨来佳。(摊破浣溪沙)
> 绛绡薄冰肌莹,雪腻酥香,笑语檀郎,今夜纱厨枕簟凉。(丑奴儿)

随手拈来,已得这许多或凄楚感怀,或香艳浓郁的佳句,自古文人,对枕簟床榻能下这许多功夫的,当非李清照女士莫属了。

当然,男作家最后倒也没让易安专美于前,直到现代总算出现了一代情圣徐志摩,且看他那《爱眉小札》八月十一日所记:

> 阿眉!比如昨天早上你不来电话,从九时半到十一时,我简直像是活抱着炮烙似的受罪。心那么地跳、那么地痛,也不知为什么,说你也不相信,我躺在木床上直咬着牙,直翻身喘气哪!

看得多么让人脸红心跳又为他紧张啊!要知道,古书载:"三尺为榻,八尺为床。"他老才子若躺在那三尺的榻上咬牙翻身喘气,只怕不扭到腰,也得摔下来啊!

说到从床上摔下来,可真不是闹着玩的,从徐才子的床上摔下来还好,如果换成了那欧洲中世纪末期的"伟然大床"(The Great Bed of Ware),摔下来只怕非死也得重伤,因为那每边十二英尺长的大方床,离地面足有七英尺半高。

床越来越低,"上床"更容易了

高床,似乎在欧美很是流行了一阵子,不知是因为睡在其上,有"高"枕无忧之感呢,还是有什么特别的风水讲究,总之，据我在弗吉尼亚州华李大学亲眼所见，那美国南北战争时的名将李将军睡过的床，就够高的。据该校一位教授说，某年有位东方外交官赴校演讲，学校特别礼遇，留之夜宿李将军当年睡过的床，这位身材不高的外交官跳了半天，居然上不了床，可见那床有多高了。

再有一明证是我而今在纽约所睡的床，儿子当年六七岁时就上不去，只为那是我老房东的赠礼，十足的古董床架，上加现代弹簧床垫和我这半古董人物。

又有一年，我到挪威旅行，下榻奥斯陆的格兰大旅馆，精雕巧琢的半宫殿式建筑，给人一种鬼里鬼气的感觉，尤其是高大宽敞的卧室正中央，放置的那张特高的床，白色的床罩，远远看去活像医院停尸间里盖着白布的停尸床。乖乖！好不容易爬上去，赫然头顶上，丈高的天花板下，挂着的黑色足有百斤重的大吊灯，那根尖尖的锥子，正对着我的心脏。

所幸人类虽然愈长愈高，楼也愈盖愈高，房间却愈来愈矮，床也愈变愈低，甚至愈缩愈小。老祖宗们当年睡的"伟然大床"，两个人各朝相反方向翻两个滚，还滚不到边；现在的"Twin Size"，一个人睡，却还有"失身"之虞。大概也正因此，床不得不低，如此一来，"上床"更容易了，床与地也愈来愈没有分别了，加上长毛厚地毯，有些人干脆将床免除，整个房子都成了床，岂不更妙？

其实东方人早就有了这许多会通，日本人用"榻榻米"，中隔的纸门一拉开，能成为可以睡上百人的大床。至今许多韩国家庭用的大炕，地面是油油光光的，摸起来是热热乎乎的，因为下面有管子通烟火热气，不也正是个带"电热"的大床吗？不过这两样我都不欣赏，因为那"榻榻米"太滑，上面铺起垫子、棉被之后尤其滑，一不小心，就要摔跤；加上夏虽凉而冬不暖，就算放了暖气，因为热气上升，地面仍是凉凉的，还仿佛有冷气透过草席的缝，直往上沁人骨髓。

至于"大火炕"，我也不欣赏。记得有一年我睡在上面，半夜活活被烤醒，拿起放在上面的手表，烫得十足像刚出锅的卤蛋，实在太热，只好把窗子拉开一缝，瞬时外面零下十几摄氏度的冰寒便又溜了进来。结果当侧卧时，靠炕的一侧是煎烤乳猪，不靠炕的一侧，却又如那冰镇冻肉，一觉下来，足足肩痛了一个星期。

结了婚，千万别睡会叫的竹床

至于洋床，我也有不欣赏的，首先是他们对床的称呼"bed"，英语稍稍没念清楚，就成了"bad"。十余年前有位仕职航空界的朋友，粗懂英文，某日写信给她的外国友人，谈自己跟男朋友已经处坏了，结果那句英文写成了"I am in bed with my boyfriend"，意思反成了我跟男朋友在床上。想到这事，每次我讲"bad"都要小心三分。

鬼子造的床，我则最怕那种现代玩意儿——"水床"，这东西实际就是胶袋里灌水，如同一个压扁了的"大水球"。睡在上面，地不动而人自晕，耳下是淙淙泠泠，身体则摇摇荡荡，所幸四边有个稍硬的圈圈保护，否则只怕不必转身，便会被摇下"船"来。加上水不像弹簧，睡到弹簧床上，先生如果是个大胖子，大不了太太会滚到先生旁边挨着；睡在水床上可就妙了，先生如果胖，太太便要被高高地举起，尤其危险的是，如果胖子打个喷嚏，只怕太太便要被床中的水震飞出去。

此外中国的竹床也不甚高明，每次提到它，都使我想起两件事。

一为我的某位长辈以前常常训诲我，说她当年有多苦，每到夏日艳阳，便夫妻二人，抬竹床到院中，用力向地上磕，于是便有各式虫等，如伞兵般纷纷自床缝降下，呈野战突击队式，四处散开，听来多么恐怖。

还有一事，是我初中时曾读过一篇小说，当其中主角夫妇告诉几个子女，如果夜里碰到地震，要赶快向院子里跑时，子女回问："我们睡得迷迷糊糊，怎么知道地震？"父亲灵机一动说："只要听到爸爸妈妈的竹床吱吱呀呀地响，就是有地震。"结果某夜其中一个孩子被如此声音惊醒，前呼后喊地，姐妹兄弟全逃到院中，独不见父母出现云云……这个故事，我当时不太懂，直至大学，某日才突然通悟，从此立志，结婚以后，绝不睡会叫的竹床。

床笫间事，焉能不慎？

认床，应该是许多人都有的毛病，夜夜寝于其上，既是肌肤之亲，更是生死之交，自然产生特别执着的情感，因此有些人换了床就难以入眠。古时欧洲的某皇甚至旅行都带着床，路易十四甚至一人独占四百一十三张床，床床都是圣物，连那莎士比亚死时，居然还在遗嘱中指明将他"次好"的床留给老婆。当然这些都是有钱人。据史书记载，十八世纪，在欧洲如果一个人住旅馆，极可能得与一个或一个以上完全陌生的人合用"一"张床，只为当时的床实在是稀而贵。比起他们，我们炎黄子孙，对床的考究可就另有一番学问。那镂花雕洞、嵌螺缀钿和其间的枕簟熏香的讲究且不去说，单单床的摆设，便有万般的学问。所谓床上的人视线不能背着门，也就是床上人，要能张眼见得到门为佳，否则由门外来客容易惊动床上人的"气"。

但又有所谓卧室的床不能与门成一直线的讲法，即是由门外应该不能一眼就看清床上，否则遇到刺客，一箭便能将床上的人射穿，太不安全。

更玄的是如今钢筋水泥的时代，仍有所谓床头不能对着梁，免得梁倒下来把人压死；床又不能放在"刀形屋"的刀刃或尖角上，免得被"割"。还有所谓设床要因主人阴阳五行定位之说。床下的东西就更讲究了，黄金、镜子、玻璃、宝石、瓷器之类明亮之物，大约无碍，若有昏暗晦败之物，则易招病；至于被人下蛊念咒，或用稻草木人写上床中人的生辰八字，心扎钢针，则八成要完蛋。相反，若懂得施法，在那床垫下动动手脚，或为床的四腿绑上红绳之类，又往往有为床上人祛病延年之效。此外连那抬床、动床都有玄奥之处。

话说吾友李君当年在圣若望大学时交一女友，双方家长都反对，李君某日突获观气貌色专家指点，每日晨起，上下抬动床脚离地若干次，果然未久，男方父母便不再反对，只是女方家长依旧，终至仍然告吹，且据说损失了一些钱财。我曾十分感慨地对他说："谁让你只抬床脚，怪不得'床头金尽'。"他则回答："君言差矣！只怪我没将床移到东边，袒着大肚皮睡觉，所以做不成'东床快婿'。"

我则说："所幸你没移，如果移了只怕要生病，因为你卧室东边有窗，而床最好别放在窗边。"

"为什么？"李君不懂。

"你未读《论语》吗？伯牛有疾，子问之。自牖执其手曰：'亡之，命矣夫！斯人也，而有斯疾也！'

"伯牛病重，必然卧床，孔子能隔着窗子握住他的手，他的床岂不是正在窗下吗？由此可知窗下不可设床。"

"床笫间事亦大矣！"李君击掌而叹。

"生死由之，生死以之，累则趋之，病则卧之，游戏其中，伤颓其中，醉梦其中，岂可不慎？"

> 如果问这世界上,除人以外,
> 最伟大的动物是什么,
> 答案绝不是会耍把戏的猴子、海豚,
> 也不可能是那能看家救主的狗子,
> 而应该数那楚楚可爱的猫了。

猫爷万岁

声势惊人的一族

说实在的,猫除了因为脑子小了点,而必须把第一名拱手让给人类,其他方面,几乎样样不比人差。世界上最壮的动物,不会是日本的猪木,也不可能是当年的阿里,而是猫的大表哥、万兽之王的狮子;世界上最快的动物,绝不是美国的刘易斯,也不是南非的左拉,而是公认为猫的二表哥、每小时能跑七十英里的豹子；世界上最能黑夜逡巡、飞檐走壁的，更不是英国的侠盗罗宾汉，或中国的盗帅楚留香，而是那夜能视物、轻功绝顶的"猫大侠"。连那世界上最难令人捉摸的动物，恐怕也不一定是矫揉造作的小姐、女士们，而是那身披重裘，手藏利刃，睡时鼾声震壁，走时阒无声息，才看缠绵床榻，便见飞影屋梁；忽而蹭耳摩颈，百般温存，骤然怒发冲冠，剑拔弩张，且能在逐猎、凌虐、杀戮之后，眯着眼，以那沾着血的舌头，轻舔慢理巧梳妆的猫了。

古埃及年代，身价不同

猫伟大！对于这一点，我们的老祖宗可远比洋祖宗们发现得晚。

早在五千年前，埃及人就已经将猫尊为上宾，甚至奉为神祇了。那猫神不但掌管人们的农作收获，而且领导人们死后的灵魂。埃及人不但对猫生时"事之以礼"，死时且"葬之以礼"，所以如果您到西方博物馆，看到大木乃伊旁摆着许多小木乃伊，可别以为那是他们的死小孩，而八成是他们家的死猫。至于那猫木乃伊旁总有更小的木乃伊，则是制成木乃伊的老鼠，为了给那死猫到天国去享用。他们甚至立法，任何人杀了猫，即使是意外，也要判处死刑，所以在古埃及，真可以说人命不如猫命值钱。

相反，我们的老祖先，不但远不如埃及人尊敬猫，而且认识猫也远比埃及艳后晚。君不信可以查查看,甲骨文上,老鼠的记载是一大堆,却偏偏连"猫"这个字都找不到。也正因此,十二生肖中,鸡狗猪都列了名,却独独不见猫。后人硬编个故事说,因为玉皇大帝在选十二生肖时,老鼠没有依约叫猫起床,使猫缺席而未列名,实际是由于定十二生肖时,我们的老祖先还没养过猫啊!

照西方学者的研究,家猫大约是非洲野猫和丛林猫结婚之后生下来的杂种。最早由埃及人领养,再渐渐由腓尼基人和后来的罗马人远征军带到世界各处。如此说来,我们中国人养的"狸奴",倒还真是由"昆仑奴"传来的东西。但是不论在东西方,人们起初养猫大概还总是为实用的成分多,为赏玩的成分少,所以《诗经·大雅》里说:"迎猫,为其食田鼠也。"连猫造字的来源,也有一说,是因为老鼠为害田里的秧苗,而猫能捕鼠,除去了害苗的东西,所以"猫"字的右边,要从"苗"字。

想必埃及人当年养猫也是如此,正因为猫捕鼠,间接地救了庄稼,所以后来被奉为保佑收获的神。

天生的侵略性和好奇心

其实猫捉老鼠,既非前辈子与那跳梁小丑结了怨,也不是因为老鼠的肉特别香,而是天性使然。所以吃饱了的猫,不见得就不抓老鼠,只是抓到不一定吃下去罢了。猫以扑鼠为乐，由美国大肥猫看到橡皮电动鼠追得死去活来，就可以证明。我们几乎可以说，猫有一种天生的侵略性和好奇心。看到小鸟，它要扑；遇到蟑螂，它要逮。非因小鸟和蟑螂的滋味，而实在是因为那是它感兴趣、可以追逐为乐的，而且最重要的一点——那些东西都比它小，它玩得来。

也正因此，猫会抓小鸟、小鸡，却不敢去惹那老鹰、大公鸡；它可以把老鼠又踩、又丢、又咬、又摔地弄个死去活来，却绝不会去碰那大袋鼠。同样的道理，如果真有一种方法，把猫的主人变成老鼠一样大，且不论主、猫之间有多么深厚的情谊，我敢保证，那"狸奴"必定毫不考虑，一个箭步扑上，将那主子口到擒来。

既是贴心宠物，也是势利小东西

猫是最好奇的动物。猫心理学家一致将猫的行为归在好奇心上。一只养了十年的老猫，很少会不为好处或奖赏而听主人呼唤的，但在好奇心的驱使下，却很可能想尽办法，把每个橱柜的门都打开。在好奇心的驱使下，它们的耐心是惊人的，而它忍着不好奇的能力，则几近于零。所以当你明明知道猫在家里，却呼前喊后地唤不到时，只要拿根绳子，拴个小铃铛，一路拖着走，保证那猫必定立刻跳出来；否则，它就算不得是一只猫。

猫就是这么势利，它在你脚边咪咪叫着，不是为了要吃东西，就是请你开门让它出去玩；它在你手边厮磨，八成是希望你为它总爱发痒的颅，来两节痛快的"马杀鸡"；当它绕着你的睡衣腰带打转，或追着你的拖鞋跑，八成是为了玩耍。说来说去，猫对人好，总不脱"吃、喝、玩、乐"几个目的。连那睡觉都是如此，到了冬天，猫总不离人，你坐着，它要躺在腿上；你上厨房，它很可能跟到炉台上卧着；你写文章，它极可能趴在灯下做梦；你上床，它也要掏个缝挤进被窝，且比你先发出震人的鼾声。于是对那自作多情的主人来说，便觉得这猫真是贴心了，问题是，这些人八成是故意不去想：到了大夏天，那猫可是睡到了窗台、石板地或透风的门缝边，除非有冷气，只怕在主人身上连半刻都不愿意待。

体型袖珍，功夫惊人

有些人不喜欢猫，是因为觉得猫太残酷。其实这也不能怪猫，谁让它是猫呢，跟它的表哥、堂哥即狮子、老虎比起来，它已经因为体型小，不得不依附人，而韬光养晦得多了。话说回来，你叫兔子狠，它也狠不起来啊！

除了身材小，猫实在具有一切凶猛野兽的条件。它的毛皮丰厚、光滑而富弹性，有最佳的保护作用；它的脚下有肉垫，正适于蹑足偷袭；它的眼睛几乎在正前方，最适于测量距离；它的瞳孔可以大幅张缩，正适于日夜视物；它的耳朵大而能转动，正适于搜寻；它的爪子可以不断生长，正适于钩抓；它那三十颗牙齿锐利，正适于撕咬；加上带倒刺的舌头，可以把骨头上的肉舔得一干二净；还有那"软骨功"，特殊活动的肩胛骨，使它能挤缝钻洞；更有那超级的弹性，可以纵跳奔扑。正如画虎名家林玉山先生所说：

猫除了在比例上耳朵、眼睛大些，鼻子小些，根本就是一只老虎，这小老虎居然跟人撒娇，谁还能不满意呢？

色盲、聋子、美食家

当然猫也有它的缺点：因为它的脚爪都向前，所以爬上容易、爬下难，美国的救火队就总是接到求援电话，驰云梯车去救困在树上的猫；猫又只能咬而不善嚼，所以总是囫囵吞，隔一阵子便得吃草呕吐来清肠胃；至于它那夜光眼，也非全然灵光，如果真碰到毫无光线的情况，仍然如同瞎子一般。此外猫更是个不见五色的"全色盲"，更因为遗传基因的关系，许多蓝眼、全身白毛的猫，都是聋子，使得主人为了怕这种猫过街危险，特别给它们挂上牌子——"我是聋猫"。

猫也有许多跟人相同的地方，使人不得不十分佩服。譬如猫也有乳齿，到六个月的时候才换为成齿；猫又是一种会返老还童的动物，十岁以上的老猫，会跟老人一样，再变得好奇而有童心；猫甚至会做梦，而且脑波跟人一样地动；猫还是"美食家"，少而且要求色香味俱佳，许多猫在鼻子不通的时候，就因为嗅不到味道，而拒绝吃东西。连语言，猫都跟人一样有许多抑扬、顿挫、呢喃、轻吟、浅唱、雌吼、雄啸的变化；尤其是春情发动的季节，夜阑人静，数猫各据屋梁，赏月吟风，为酬应唱和的雅集。只听得此猫拍铁板，以山东大汉的雄浑，唱一曲大江东去，浪淘尽，千古风流猫物，那边刘邦已击筑而歌"大风起兮云飞扬"；既而对面屋顶，更有荆轲凭檐唱"风萧萧兮易水寒"，那歌声既雄浑豪放，又慷慨悲凉，既如歌剧演唱，又似小儿啼哭，且绵绵交织不绝如缕，大约起初总是"呢呢儿女语，恩怨相尔汝"，既而"划然变轩昂，猛士赴战场"。最后不是因为那煞风景的人们，从房下甩上了拖鞋而草草散场，就是在一片鬼哭狼嚎、凄呼惨叫的打斗中，轰轰烈烈地结束。

缩水的老虎

常言说得好："猫急了咬人，狗急了跳墙。"猫虽然在体型上差狗甚多，但是凶起来的狠劲，可绝不下于狗。它们全身的毛发竖立，连尾巴尖的毛都能支支如戟，体积一下子看来能比平常大上一倍；那原本十分秀气柔软的小脚，也一下子五爪全张，利刃外露；至于娇滴滴的咪咪叫，此刻则成了呼呼的低吼。这时如果它脸和身体都正对着你，倒还无妨，如果突然身体向旁倾斜，变成以一侧肩膀对你，再将那身体的重心移到另一边脚上，你可就要小心了！大约猫以左肩对着你时，必定出左前爪攻击，以右肩对敌时，则一定出右爪。懂得逗猫打架的人只要在它亮出左肩时,向它右边移动,在它亮出右肩时,往左边快速移位,就八成会逼得那猫不得不重新布阵,最后知难而退;至于不在行的人,以为猫侧身亮出肩膀,是畏敌的表现,而贸然进逼,则百分之百会遭殃。

此外,跟猫对垒,还有许多意想不到的可怕处。碰到凶的,它能一下子东蹿西跳地扫尽你满架的古董;碰到懦弱胆小的猫,则可能两脚一叉,撒你一地奇骚无比的救命尿。尤有可怕者,是猫不但"急了咬人",而且"饿了吃人"。多年前有一部英国电影《猫的故事》,就是描写猫攻击人和吃人的事。最近美国更有位养了一大群猫的老太太暴毙家中,等到邻居发现,尸体早被关在屋里的饿猫们分食,剩下的不过一堆枯骨。

各式品种,风貌不同

当然人有脾气好坏之差,猫也因品种和生理、生活情况而大有差异。刚生完小孩的母猫凶,是十足的母老虎,自是大家所公认,所以西方人管凶狠的女人叫猫。此外野猫要比家猫凶也是当然。而尤其要注意的是不同品种的猫,脾气也有极大的差异,其中最以凶狠闻名的要算是暹罗猫。这种猫不但跳上人身时常会不知轻重地出爪子,让你大腿上挂彩,发起狠来更可能直扑上脸,当然也正因为它们的胆子比较大,是少数可以拉着链子逛街和坐车兜风的猫;更以语言的声音丰富，能说善唱和动作敏捷，善于抓蛇闻名。也正由于它们凶悍，迪士尼的《小姐与流氓》卡通影片中，那把狗小姐欺侮得差点自杀的两只猫，就由这种黑嘴、黑耳的暹罗猫担纲。

常言又说："狗拿耗子，多管闲事。"其实猫早不让狗子专美于前，也参与狩猎，而可以称得上"猫去打猎，多管闲事"。像是跑得最快的Cheetah（一种特殊长身体高肩的豹）就曾经被训练为人们狩猎的助手，只可惜这种猫科中唯一总是露着爪子的大猫，现在几乎已经要绝种了。

超级市场内，为它设专柜

常言还说："哪个猫儿不偷腥。"其实猫并不是都爱腥的，即或爱腥，口味也各有不同，而且随着时代的进步、工业的发展，猫们的口味也在自然间改变。早期养猫的人都没鱼吃，只好喂猫些菜汤剩饭，那猫也自吃得津津有味；早期在家乡，疼猫的主人常会去菜场的鱼贩处，要些鱼的内脏和小鱼头，煮后能腥得满屋子人作呕，倒成了猫的佳肴。后来经济发展，主人懒得、也苦于煮那腥臭的东西，买些沙丁鱼罐头，更能合得猫爷的胃口。至于最进步的美国，则在超级市场内，只见满架的猫食，有软有硬，有成包的、有成罐的，有掺水、有不掺水的，有蛋加肝的、沙丁鱼的、鸡肉的、牛肉的……口味之繁，足比餐馆的菜单；而电视上更总有猫食的广告，不但十分色彩缤纷，而且为其中的猫明星穿衣戴帽，甚至开飞机，一句"嚼嚼嚼"（Chew！ Chew！ Chew！）的广告词，更成了人们的口头禅。只怕哪一天会特别开一家猫食超级市场，而由群猫自己推着车采购呢！

猫在中国，也受宠爱

当然猫在西方也不尽然都走运，当中世纪时，猫被认为是邪恶的东西，而成千上万地与女巫一起送去烧死、杀死、吊死。恐怕也正因此，造成老鼠的大量繁殖和黑死病的泛滥。由此可知，有猫时不一定觉得猫的可贵，无猫时，恐怕祸害就要踵至了。即使到今天，我们仍然很难否定猫对老鼠的捕杀及吓阻的贡献。

倒是后知后觉的中国人，一向对猫不错，虽然名字不甚佳，管那猫叫"狸奴"，但文章中描写歌颂的倒也不少，譬如陆游的《赠猫诗》："里监迎得小狸奴，尽护山房万卷书。"至于以猫为题材的绘画更是不可胜数，沈周名作活像一团球的花猫且不用说，连明宣宗也画有《花下狸奴》的作品。可见中国人上上下下对猫的喜爱与恩宠了。

独具慧眼的猩猩

美国加州的一位十三岁的猩猩——可可小姐，最近也养起了它的宠物猫，这可不是玩具哟，而是真真实实的一只四个半星期大的无尾小猫。妙的是那可可小姐不但收养了这只猫,还亲自为猫取名字为球(这猩猩是受过长期特别训练的,可以听话、识字、打手语),抱在身上又舔又亲,比人类对待宠猫的恩爱丝毫不差,而且这收养的过程还被拍成专辑,登上了今年元月份最新一期的《国家地理》杂志呢!

各位看官,我们老中岂能示弱,明天赶快送一只小猫给那动物园的狒狒女士或猴子小姐收养,并摄影为证,刊诸报端。

假使说电话带来了"烦恼",
倒不如讲它带来的是"烦扰",
几乎只要您府上一装电话,
也就自然装上了这"太扰烦"(Telephone)。

电话的滋味

如果有人问我,认为近代最伟大的发明是什么,我会毫不考虑地告诉他是"电话",因为电话使"天涯咫尺"、隔着一片大洋的朋友,只消拿起"特律风",便能谈天说地。但是相反地,如果他问我近代最糟的发明是什么,我也会毫不迟疑地答复是"电话",因为它使我们"咫尺天涯",隔着一道墙的朋友,原本可以当面讨论问题,而今却也懒得走动,硬是要拿起话筒子,直把那号码拨去电信局的交换机,再绕个大圈子,回到不过几步之遥的隔壁,无形中又像是拉远了人们的距离。电话就是这么妙,几乎它所有的利,都跟着许多弊,我不敢说那弊多于利,但最起码的:电话带给我许多烦恼。

只要您府上装了电话,自然也装上了"太扰烦"!

假使说电话带来了"烦恼",倒不如讲它带来的是"烦扰",几乎只要您府上一装电话,也就自然装上了这"太扰烦"(Telephone)。黎明即起,硬是赶在你刷牙时,打电话推销者有之;半夜三更,十万火急叫牌搭子、紧急告贷者有之;好梦正酣,突来电话,却是问"小路刺刀民在不在"者有之;拈断数茎须,险韵诗将成之际,突然那惊魂一响,灵感全消者有之;躬身入厕,刚摊开报纸,打算"水落石出"之际,突然铃声大作者有之。可恶的,莫过于初初入浴、肥皂满身、一头雾水,突然电话铃声响,且一声更似急于一声,仿佛老天要塌一般,不接硬是不心安,只得湿淋淋地跳出澡缸往电话机跑,抢过话筒:"喂!"啪嗒一声,好死不死地却挂上了。

以上这些"烦扰",想必大部分人都经历过,但是依各人身份、工作的不同,更有些特殊的烦扰。小姐们可能接到"登徒子"或"变态人"的电话,吓得浑身发毛;政治家们可能接到恐吓电话,要你一家人好看;明星们可能接到倾慕者的电话,爱得要死要活;至于我这个身兼"中视"驻美代表的人，则很可能在纽约隆冬的夜里四点，突然被台北公开的越洋电话惊醒，只听得长官在那头十分热情感人地问："怎么样？最近纽约的天气冷吧？"

有一种人成天吃饱没事干，专门拨电话，只为了……

此外，这世上除了变态人、登徒子、仇家恶客之外，还有一种人，成天吃饱了没事干，硬是以打电话恶作剧为乐。

我有幸不但碰过这号人物打电话来，还认识几位有此雅好的朋友。其中两位小姐，专爱在电话簿上查男生名字，再打电话去嗲声嗲气地找这位仁兄，遇上已婚而正是妻子接电话的，少不得要紧张地问东问西，小姐也就极尽婉转矫饰之能事，愈发引得对方猜疑，再突然挂断，笑作一团，想那做先生的回家将如何地被拷问。至于另一位好恶作剧的朋友，则以打电话触人霉头为乐，譬如问对方"是不是棺材店"之类。不过倒也非人人都会让他得手，据说某日他又重施故技地随便拨了个电话："是不是棺材店哪？"岂料对方竟然回道："正是，怎么样，您要几个，两个还是三个，够不够？"反倒触了他一鼻子灰。

恶作剧的电话，我是接到不多，但是当年住在长安东路二条通时，因为邻居颇有几位"晚上工作"的小姐，以至经常在半夜接到拨错或跳号的电话。气人的是，当我好言告诉他拨错了号码时，对方却可能穷凶极恶地问："你是她什么人?"

至于另一种恶作剧的人,则是打电话却不讲话的人。当我在家乡时,有一阵子这种电话奇多,而且连半夜三更都打,硬是不挂也不吭气,我接是如此,家母接听也是如此,倒是拙荆一声:"喂!"对方就挂上了,我猜八成是家母和我的旧识,只是至今仍是个谜。

许多人一拿起电话,可以一句做十句,翻过来转过去,说得如"炒豆儿"般快!

接电话,除了有以上这许多由于打电话者不被人欢迎而造成的烦恼之外,还有一大麻烦,就是碰到说个没完的话匣子。

妙的是:许多平日见面毫不啰唆的朋友,一拿起电话,大概少了口沫横飞之虑,或觉得不是"面命",就必须加倍"耳提",而变得一句话分作十句话,翻过来转过去,还说得如"炒豆儿"般的快,你连打岔叫停的机会都没有。不过碰到这种人,倒也有个好法子对付,只消将电话筒轻轻放在桌边,继续做你自己的事,偶尔"嗯"儿声也便可以了。

当然这是说碰到外面的"长途电话",可以如此对付,但是如果遇上自己家里,也出了这么一号人物,可就麻烦了。有时人在外,突然有事非打回家查询或交代,左拨电话、右拨电话还是占线,足足等上一个钟头,急得满头大汗、怒火填膺,好不容易拨通，正想吼过去，却听到那头夫人先抱怨了："你猜，刚才是谁打电话过来？真把我急死了，要挂都挂不上……"于是过错全推到了王太太、李太太的身上，先生要发作也没办法了。

当然那爱占线打长途电话的，不一定全是夫人，家中"有女初长成"的父母们，大概都有经验，大小姐们似乎只要到了爱照镜子的年龄，也便自然爱抓电话，家里只要电话铃响，一溜烟似的蹿过去的准是她，然后便见缩在一个角，抱着电话机猛哨，那讲话的小声小气，不要说外人听不到，跟她讲话的人能否听得清，都让人怀疑。大凡碰到这种情况，家人可以死掉打电话的心了，不超过一个小时，话筒是绝对放不下来的。而且这大概是人性，所以无分中外，在美国如果您问家中装两架电话的人，八成都是因为家里有着那么一位豆蔻公主，唯一的不同是，在美国，如果子女打电话，父母问对方是谁，可能换来一双白眼："不关你的事！"在中国，却可能回答一句："跟同学讨论功课！"见面三分情，打电话则全靠一条线，难免……

以上所谈的，多半都是接电话所造成的苦恼，而主要的原因是：我们接电话总是无法选择，同一种铃声，可以是百万元生意上门，也可能是夫人查勤；同一种铃响，对方可能有十万火急的大事，也可能没事闲聊聊。在拿起电话筒之前，谁也难以预知，那话筒的对面，会传来怎样的消息。也因此，愈是忙人，愈不敢不接电话；偏偏愈是闲人，愈是爱打电话，自然造成许多苦恼。但是相反地，我们打电话出去，虽然一切操之在我，仍然可能有许多困扰。

首先，除了那专线、热线电话之外，我们很难料知对面接话的会是什么人。于是沙着嗓子答话，你以为是老王，却可能是老王的儿子；娇声娇气地答，满以为是老王的女儿，却偏偏会是他的岳母。电话就是比不上见面，见面时一眼就能看清，岂会有这许多错误发生呢？至于给外国人打电话，就更是一件麻烦事了。平常见面，外文说不通，总能比手画脚地让对方了解，碰上通电话，可就少了这一层"行为语言""行为表意"的方便，愈是听不懂，愈是急，也愈说不通，连想要报以一个聊以解嘲的笑容，对方都看不见，岂不苦哉？

此外，所谓见面三分情，这打电话全靠一条线，就硬是少那三分情，于是平时当面拜托，八成能办妥的事，在电话里请求，就常只剩下五分的把握。事情很明白，就算你脸色不好，谁能看得见；就算你火冒三丈，又岂奈何得了对方；就算你气得摔碎电话，也是你自己损失。电话再方便，还是跟当面讨论有许多不同啊！

从拿起电话到撂下听筒，电话礼貌是一门大学问！

谈到电话礼貌，这还真是一门学问，几乎从拿起电话，到撂下听筒，都有许多讲究。对于答语的功夫，我最欣赏日本小姐,总是低声细气地两声:"摸死、摸死!"让人听得直舒坦到骨子里。至于中国人,"喂!"就此一声,虽然有些惊人,倒也尚称干脆,毕竟是炎黄子孙的爽朗磊落。但是我们的兄弟之邦——韩国朋友,可就不凡了:"要把沙哟!"这四个音节,十分铿锵有力。也就因为我们中国人打电话,只有那么一个"喂",所以学问特别大:轻柔的喂,是亲切的;清脆的喂,是明艳的;沙哑的喂,不是苍老,便有些"感性";至于那发自丹田的喂,则有"来者不善,善者不来"的架势。从那一个字当中,你可以十足感觉出,对方是慵懒不耐,抑或欣然企盼。也常因为这一声"喂",能完全影响打电话者的心情。

至于挂电话,学问可就更大了。平时与人谈话,如果对方看表,我们便该知趣地打住。可是通电话,就少了这一层的观察,我们这头正讲到兴头上,对方却可能早把一只大钟摆在桌上,甚或一只脚已跨出门外,这时就全凭通话者的功力了。如果对方再三地说"OK",而且将那尾音提得略高,你便得明了那"OK"的意思,不是同意,而是"可以挂电话了吧"。

偏偏这世上,有一种只把自己的时间当时间、自己的事当事的人,轮到他要讲,你怎么也插不下半句话去,等他讲完了,不待你发表任何意见,咔嗒一声挂上了,剩下个"再见",是他在挂了电话之后说的,只怪你没听见。

另有一种电话礼貌欠佳的人,全是因为他太忙,于是你电话才拨通,他先捎过一句三分之一秒的话:"请等一下。"跟着便让你听《少女的祈祷》,直到少女都睡着了,他老兄还不来接,你正耐不住要挂,他老兄倒及时返魂,"什么?老刘,你还在等啊?"

这就是电话的滋味,妙吧?

> 对咖啡,
> 我就是痴,
> 而且一迷几十年,
> 未尝稍改其志。

吃咖啡与咖啡痴

有位朋友酷爱打麻将,不但自己打,还要别人打。也不是叫别人做他的"牌搭子",而纯为推销国粹:

"您打麻将吗?"

"不打!"

"天哪!"就见他仿佛吊丧似的一脸悲凄,"别的可以不会,麻将怎能不打?这里面的乐子可大了!您可千万不能不学学。"那说话的样子,又一下成了传教士。

"爱物成癖"不算稀奇,至于成为一种信仰,甚至达到

"先天下之忧而忧,后天下之乐而乐""唯恐有一只羊走失"的境界,可就真是成迷、成痴了。

对咖啡,我就是痴,而且一迷几十年,未尝稍改其志。

少年时,住在一栋小楼上,楼下住了不少学生。有个印尼侨生每天必煮咖啡,香味穿过长廊直往楼梯上蹿,所以在我没碰过咖啡之前,先受过一段时间的熏陶。

有一天我过印尼侨生门口,探颈看看,居然获赏半杯,虽然只觉其苦,未感其香,倒是齿颊留芳,余味无穷。"举凡大美的东西,必有境界,而境界必非一朝一夕能得",我心想,只怪自己还没有品咖啡的境界。

五十年代,物资还缺,咖啡不是日常饮品,像巧克力般,是奢侈的代名词,除了到"明星咖啡馆"这类专供文人、雅士聚会的地方,能尝到那种"西方中药",一般商店是不卖这玩意儿的。

直到五十年代末期,才在点心铺看到一种状似方糖的咖啡。外面包装粗拙,印刷也差,想必是南洋产物,就近输入。只是味道不错,冲泡更方便。

热水一杯,将"大方糖"投入,糖化了,里面夹的咖啡精显现,稍稍一搅,便有那醉人的香醇流出。尤其是冬夜酷寒,临窗独坐,徐徐端起咖啡一杯,尚未入口,先一阵香、一团热,冲上眉目之间,那潇洒、那情韵,就已经"够味儿"了。

然后,上了大学,主持"写作协会师大分会",既然有这么个文艺的头衔，便少不得文艺的气息。记得初掌会务，邀干部七八人，在武昌街的"灯楼"小聚。

"灯楼"恰如其名，处处悬灯若上元佳节，虽都不甚明亮，却昏黄跳动，颇有情致。同学们围坐一圈，各点冰咖啡一杯，一面搅动冰块，一面细细品尝。突然觉得在座诸人，都有了"五四"健将的丰神。唯一煞风景的，是有个同学，两三下"吸光"，还一个劲地吸空空的杯底，令我这"阮囊羞涩"的社长十分气恼、十分脸红。

咖啡就像茶，宜浅啜，不宜牛饮。只是我这一向懂得浅啜的饮者，竟在巴黎得了番教训。

十七年前，初去欧洲，在巴黎先逛了罗浮宫，再穿过杜维丽公园，到达竖着埃及记功柱的康孜特广场，我口干舌燥地冲进一个咖啡馆。

咖啡端上来，吓一跳，还以为是小孩办"家家酒"的玩意儿，小小一杯，不过一口量。我把侍者叫来，摊了摊手；侍者一笑，也摊了摊手：

"你要大杯的，去美国！"

说实在话，一直到美国之后许多年，我对咖啡都还算门外汉。道理简单：美国人本来喝咖啡就不上路。君不信，尝尝速食店保丽龙大杯咖啡一口，就知道。与其说那咖啡是用来品的，不如说是用来牛饮的。直到我教到一个叫久安的犹太学生，才真开始懂咖啡。

犹太人跟中国人很接近，他们宠孩子，爱吃中国菜，精打细算,而且喜欢送礼。

久安送的礼,不是咖啡豆,是咖啡,每次上课前,现煮了带来。

想必久安也是爱此物成痴,有了"普度众生"的境界。当她看到同班同学一起品尝、赞美的时候,那喜形于色的样子,似乎把上课这件事都忘了。

于是,我不但品尝了讲究的咖啡,而且是在一群"饮者"之间共饮。班上的学生年岁都不小,也自然都有相当的品位,每次咖啡入口,先猜其中的配料、火候,再论色泽香味。久安又存心表现,常换配方,切磋的机会,就更多了。

那年近圣诞,久安来上课,没带热咖啡带了一个电动的煮咖啡器,一包调配好的咖啡豆和一张小纸条。

她把小纸条偷偷塞给我老婆,上面是她的配方。那神秘的样子,仿佛交出了一部《葵花宝典》。

从此,我家有了自产的高级咖啡。每天早晨,诸事未兴,先是磨豆,煮咖啡。电壶用的是过滤的方式,冷水经电热为滚水,由上方小孔落在滤纸托着的咖啡粉上,再滴进保温壶中。

保温壶大,一次可煮十几杯,只是最香的总在刚煮好的第一杯。不过我的工作也愈来愈忙,除了第一杯尝得出滋味,后来的放在手边,随手取饮,常喝得精光,却忘了是怎么喝的。有一次作画,不小心,把毛笔伸进咖啡里,差点弄糟一张佳作。

从此，我总把咖啡放在画桌的边缘地带。

十年前，开始经常返乡，家乡当时买滤纸还不方便，只好带了一个黄金滤网回来，黄金的"延展力"大，经过精制，能做成薄如纸的滤网，用完洗净，十分方便。只是每次朋友来访，对那黄金网的兴趣，似乎更过于咖啡。

调制咖啡待友既久，饮者之名传开了，便自然得了许多赠品。有人赴罗马观光，带回号称教父专用咖啡一瓶。也有人去巴厘岛，买回锦盒装三色小咖啡砖一套。最妙的是某教授转赠的咖啡一罐。

那装在大塑料罐中的咖啡，据说是一个印尼侨生的赠品。既是当地土产，又用以赠名师，自然是上好的东西。

我接过咖啡，当下打开罐口，用力吸气，没闻到咖啡味，想必是沉潜之物，不可以"表相"观之。

拿回家，立刻烹煮，水呼呼然沸，深黑色浓汁，沥沥然坠，注入杯中，凑近鼻子，再一吸气，还是未有咖啡味。

终于端到唇边，狠狠啜下一口、两口、三口，喝完了，有点像咖啡的颜色，又有些巧克力和可可的味道，虽是好滋味，却仍然不敢说那是咖啡。

直到——

整夜睡不着觉。我猛地坐起，一击掌："那果然是咖啡！"

咖啡的味道出不出，炒的火候、磨豆的时间、煮的方法都是关键。

豆子炒得焦些，看来黑，尝来苦，譬如 French Roast,

虽然不宜单独喝，但是调在其他豆子中，就别有一种浓香。所谓"咖啡不苦，不叫咖啡"，这苦，有时候要"存心去配"。

配综合咖啡，最重要的是"主味"，你可以用中性的摩卡、带酸的"哥伦比亚"，或所谓的极品"蓝山"。只是主味加上苦味，香是香，却不一定厚，也可以说味道嫌薄，虽已经适于行家"品苦"，却不见得能获一般人的青睐。这时候带巧克力和香草味的 Chocolate Vanilla，带点心味的 Cookies and Cream，或榛子、杏仁香味的 Vanilla Hazelnut、Chocolate Almond，就是最佳配料了。

至于磨豆，有人必要磨得极细，有的人却求中等，据说极细的味道太直，中等颗粒则香味先出来，杂味仍留在其中，虽然嫌浪费，却有去芜存菁之效。

记得二十年前，家乡有一阵子新闻报道高级咖啡，但见长裙曳地、身披轻纱的女子，手持"虹吸式"咖啡器，婀娜飘到宾客桌前，然后深情款款地将局面摆开，再轻身跪下，恭敬料理。咖啡侍候完毕，且将饮用的成套的器皿赠送宾客，甚至有"拍立得"留念者。

咖啡文化随着经济的发展，显然也一飞冲天，而且有技惊世界之举。

是否要妙龄女子"轻拢慢捻抹复挑"，才能煮得好咖啡，我不敢说。但是那种据说由东瀛传来的煮法，确实大有学问。

滚沸的水，因为压力增高被挤入上方的容器，而蒸气仍然通过中间的细管向上喷出。过去用小壶煮咖啡的"直接加热",而今成了"间接加热",上下容器之间因为有滤网,当火力减小,咖啡回流之后,又可免去再过滤的麻烦。

爱吃苦,可以加热两次,让水上升两次。吃得淡,可以在水位上升不久,就关掉火苗。

自认为饮中仙的我,自然也不落人后,早早就制备了这么一套工具,丢掉了西方世界的"黄金网"。

只是这种煮法,下面要点酒精灯,水位上升之后必得立即熄火。而我总忘了熄火,于是一个又一个,不知煮坏了多少咖啡壶。

当然,笨人不止我一个,也就有聪明人发明高压蒸气速煮,和全自动的吸取式咖啡壶。美国买不到后者,由家乡带了一具回番邦,洋朋友来访,就更有得"秀"了。

我的咖啡配方,虽然得久安的真传,这十年来也有了许多改变,改的不是我,是负责买咖啡豆的老婆,那改变也常是"无心插柳"。当咖啡店少了我要的豆子时,建议买别种,尝尝不错,便将错就错。于是改了又改,自认已经尝遍了各种配方。

我这咖啡专家之名,想必在咖啡店也传开。偶尔随夫人出马,店中人必报我以神秘的笑:"他们都是知音。"对我佩服之至!我是更自豪了。

由前年开始,我为广电基金做一系列研究,长期的工作压力,使得心跳加快,脖子更是胀得不适。

"只怕有一天,我这唯一的嗜好也得戒了!"我感慨地对老婆说，仿佛叱咤武林的一代宗师，被废了武功一般沮丧，"但是听说咖啡豆也有不含咖啡因的，你是不是打听打听！"

隔了半晌，妻突然笑了起来：

"你几时喝过有咖啡因的？十年来，我都是给你买无咖啡因的。"

我怔住了，不知是喜还是悲。只是不解，为什么许多朋友都说喝多了我的咖啡，一夜睡不着觉。

包括我自己在内。